増補 歌曲源流

개정판
增補 歌曲源流

2005년 7월 20일 초판 1쇄 인쇄
2005년 7월 25일 초판 1쇄 발행
2016년 11월 7일 개정판 1쇄 발행

편 저 ● 함 화 진
주 석 ● 황 충 기
발행인 ● 한 봉 숙
발행처 ● 푸른사상사

등록 제2-2876호(1999.8.7)
경기도 파주시 회동길 337-16 푸른사상사
대표전화 031) 955-9111(2) 팩시밀리 031) 955-9114
메일 prun21c@yahoo.co.kr / prun21c@hanmail.net
홈페이지 //www.prun21c.com
ⓒ 2005, 황충기

값 50,000원

ISBN 978-11-308-1059-1 93810

*저자와의 합의에 의해 인지 생략함
*이 도서의 국립중앙도서관 출판예정도서목록(CIP)은 서지정보유통지원시스템 홈페이지
(http://seoji.nl.go.kr)와 국가자료공동목록시스템(http://www.nl.go.kr/kolisnet)에서 이용하실 수 있습
니다.(CIP제어번호: CIP2016026515)

개정판

增補 歌曲源流

증보 가곡원류

함화진 편
황충기 주석

푸른사상
PRUNSASANG

序 文

　'등잔 밑이 어둡다'는 말이 있다. 먼 곳은 잘 보여도 가까운 곳은 어두
워 상황 판단이 어렵다는 말이다. 마찬가지로 비교적 오래된 과거의 역사
는 잘 알아도 가까운 시대의 역사에 대해서 오히려 잘 모르는 경우가 많
다. 『증보 가곡원류(增補歌曲源流)』도 1943년 일제 말기의 어려운 상황에
서 간행된 가집임에도 이런 가집이 존재하는지의 여부도 아는 사람이 적
고 혹 아는 사람이 있다고 하더라도 함화진(咸和鎭)에 의해서 엮어진 『가
곡원류(歌曲源流)』계 가집의 이본(異本)으로만 알고 있을 뿐이다.

　『증보 가곡원류』에 대해 언급한 것은 장사훈(張師勛)의 『국악대사전(國
樂大事典)』과 심재완(沈載完)의 『시조(時調)의 문헌적(文獻的) 연구(研究)』
뿐이며 심재완은 수록가수(收錄歌數)가 자작(自作)을 포함하여 1,357수라
하였으나 이보다 1수가 적은 1,356수와 「수양산가(首陽山歌)」를 비롯한 12
종의 가사(歌詞)를 수록하고 있는 가집이다. 이 가집은 『가곡원류』계 가집
을 저본(底本)으로 삼은 것은 틀림이 없으나 곡조의 배열은 육당본 『청구
영언』을 참고로 하여 중대엽(中大葉)과 후정화(後庭花)는 육당본 『청구영
언』의 체계를 따랐고, 이후의 삭대엽(數大葉)부터는 『가곡원류』계 가집을
따랐으나 『가곡원류』계 가집과는 곡조의 구분이 일치하지는 않는다. 수록
된 작품은 『가곡원류』계 가집에다 육당본 『청구영언』과 주씨본 『해동가
요』에 수록된 것을 추가했으며 특히 『가곡원류』계 가집의 이본의 하나인
『해동악장』을 참고하였기에 많은 작품에서 지명 작가의 것을 작자 미상으

로 다룬 것을 그대로 가져왔다.

이 가집은 『가곡원류』계 가집 이후에 예전의 가집 형태를 갖춘 마지막 가집으로 가곡창(歌曲唱)의 변천을 알 수 있는 귀중한 자료이다. 그러나 가사(歌詞)의 정확성과 작자 문제에 있어서는 소홀했음이 커다란 흠이라 하겠다.

이에 다른 가집에 비겨 작자를 잘못 다루었다든가 가사가 현저하게 차이가 나는 것을 '대조'로 하여 바로잡거나 의견을 제시하고 작품 주석을 하였다. 뒤의 가사(歌詞) 12종은 다른 가집과 비교하여 원문이 크게 차이가 나는 것이 있으나 참고를 하였을 뿐 수정하지는 않았다.

지금까지 함화진이 편찬한 『증보 가곡원류』가 어떤 가집인가를 아는 사람들도 적고 단순하게 『가곡원류』계 가집의 이본으로만 알고 있는 잘못을 바로잡고 누구나 읽고 감상할 수 있도록 하기 위해 주석을 붙여 간행한다.

경제가 어려운 시기에 흔쾌하게 출판해준 푸른사상사의 한봉숙(韓鳳淑) 대표님의 호의와 편집부원들에게 고마움을 표한다.

2005년 5월 30일

주석자(註釋者) 적음

『增補 歌曲源流』의 해제

1. 함화진(咸和鎭)은 어떤 사람인가

장사훈(張師勛)의 『국악대사전(國樂大辭典)』과 인명사전 등을 비롯한 참고서적을 통하여 咸和鎭(1884~1949)의 인적 사항을 적어보면 다음과 같다.

함화진은 국악사(國樂師)로 초명(初名)은 화진(華鎭), 자(字)는 순중(舜重), 호(號)는 오당(梧堂). 본관(本官)은 양근(楊根)으로 고종(高宗)과 순종(純宗) 때의 악사(樂師)인 재운(在韻)의 아들로 서울에서 1884년에 출생하여 1949년까지 생존한 것으로 되어 있으나 출생이 1889년으로 기록되어 있어 문헌상의 차이가 있으며 몰년(沒年)도 1948년으로 되어 있는 등의 차이가 있다. 아버지 재운(1854~1916)은 고종과 순종 때의 악사로 일명(一名) 재소(在韶), 자는 치관(致寬), 호는 겸와(謙窩)로 헌종(憲宗)과 철종(哲宗) 때의 악사인 제홍(濟弘)의 제3자(子)이다. 1876년 가전악(假典樂)을 시작으로 1908년에 국악사장(國樂師長)이 되었으며, 영상회상(靈山會相)의 가락이 절묘했던 이병문(李炳文), 가곡 반주에 뛰어난 김경남(金景南)과 여민락(與民樂)에 특출했던 함재운을 한말(韓末)의 거문고 삼절(三絶)이라 불리운다. 삼촌 재영(在韺)도 대금(大笒)과 단소(短簫)를 익힌 악사이다. 조부 제홍(濟弘)은 헌종과 철종 때의 악사로 자가 경현(景賢)이며 고종 5년

(1868)에 집사악장(執事樂長)을 지냈으며, 단소(短簫)의 명인으로 젓대를 잘 불었으며 '함소(咸簫)'란 별호(別號)를 얻었다. 증조(曾祖) 윤옥(潤玉)도 헌종 때 악인(樂人)으로 자가 윤여(允汝)이며 헌종 14년(1844)에 집사악장(執事樂長)을 역임했다.

이처럼 오당(梧堂)은 4대에 걸쳐 국악인의 집안에서 1884년 8월에 서울 종현(鐘峴) 지금의 명동(明洞)에서 태어났다. 어려서 한문을 익히고 1897년 수하동심상소학교(水下洞尋常小學校)에 입학하여 고등소학 2년을 수료하고 고종 37년(1900) 12월 13일에 가전악(假典樂)을 시작으로 이듬해 18세로 장예원(掌禮院) 전악(典樂)이 되었다. 이후 1910년 장악(掌樂)이 되는 동안에 거문고는 이병문(李炳文)에게, 가야금은 명완벽(明完璧)에게 배우면서 보성일어학고(普成日語學校)와 중동학교(中東學校)의 부기과(簿記科)를 수료했다.

1912년에는 조선정악전습소(朝鮮正樂傳習所)의 가야금 교사로 있으면서 정악 보급에 힘썼다. 1913년에 아악수장(雅樂手長), 1914년에 아악사(雅樂師)를 거쳐 1932년에 제 5대 아악사장(雅樂師長)되었고, 1936년과 1937년에는 각각 일본과 중국의 음악계(音樂界)를 시찰 하였으며, 편경(編磬)과 편종(編鐘)도 제작하였다. 1939년에 아악사장을 사퇴하고 해방 후에는 대한국악원(大韓國樂院)을 조직하여 초대 원장을 지냈다. 그의 거문고 탄주(彈奏)는 이수경(李壽卿)이 호방(豪放)한데 비하여 간엄(簡嚴)하다는 평을 받는다.

저서로는 1915년의 『조선아악개요(朝鮮雅樂槪要)』를 비롯하여 1933년 『조선악기편(朝鮮樂器篇)』과 『이조악제원류(李朝樂制源流)』와 1943년『증보가곡원류(增補 歌曲源流)』, 1948년의 『조선음악통론(朝鮮音樂通論)』이 있다. 1959년 통문관(通文館)에서 간행한『양금신보(梁琴新譜)』의 부록으로 『한국음악소사(韓國音樂小史)』가 있고 「국악오십년회고록(國樂五十年回顧錄)」이 유고로 남아 있다.

2. 『증보 가곡원류』의 체재

『가곡원류(歌曲源流)』라 불리는 가집은 원래의 명칭이 아니다. 오늘날 이 가집은 이본(異本)이 현전하는 것만 국악원본(國樂院本)을 비롯한 13종(種)이 있고, 행방을 알 수 없는 가칭(假稱) 등정본(藤井本)이 있다. 이 가집들은 모두 사본으로 전하기 때문에 책의 첫머리 부분이 대부분 떨어져 나갔거나 누군가에 의해 표지(表紙)를 덧붙여 적어놓은 서명(書名)이 그대로 굳어져서 '가곡원류(歌曲源流)'라 불리게 되었다. 육당(六堂) 최남선(崔南善)이 1929년 자가(自家) 소장본의 해제(解題)를 쓰면서

> 이 《歌曲源流》으로 말하야도 본대는 書名이 定한 것이 잇지 아니하고 卷首에 다른 參考文字와 한 가지 宋吳曾의 能改齋漫錄 二條를 引用한 中 初一條에 "歌曲源流"라 題한 것이 우연히 開卷 第一에 當하매 이것을 書名으로 錯認하야 이제 破하기 어렵기에 이른 것이며 本文으로 말하면 아므 標題를 設하지 아니하고 바로 羽調 云云의 曲目 等으로써 거기 當한 歌詞를 序次하얏을 싸름이니 이는 一書로의 未成品인 까닭이지마는 쏘한 그 書로의 重視되지 못한 것을 表함이라 할지니라.

라고 하였고, 정병욱(鄭炳昱)도 그의 『시조문학사전(時調文學事典)』의 '가곡원류 해제'에서 『가곡원류』계의 가집들의 서명(書名)이 달라진 이유를 표의(表衣)의 제첨(題簽)이 떨어져 나갔기 때문에 후인(後人)이 임의로 붙였거나 이 책의 권두(卷頭)에 있는 능개재만록(能改齋漫錄)에서 인용한 가곡원류란 것이 책명(册名)인 줄 알고 그대로 붙인 것이 아닌가 추측하였다.

함화진(咸和鎭)의 『증보 가곡원류(增補 歌曲源流)』를 보면 자서(自序)는 1935년   5월 [세전몽대연헌유빈월천중지절(歲旃蒙大淵獻蕤賓月天中之節)]로 되어 있고, 자서보다 앞에 있는 매화옥주인(梅花屋主人)의 서문은

1942년 추석으로 되어 있으며, 본서의 발행일은 이듬해 5월로 되어 있다. 그러니까 이 책은 1935년에 편집이 끝나 인쇄가 이루어지는 동안 소위 대동아전쟁으로 말미암아 인쇄가 부진하여 7년이 넘어서야 어느 정도의 인쇄가 끝나고 이듬해에 발행된 것으로 보아야 할 것이다.

그렇다면 편자는 적어도 육당(六堂)의 글을 접했을 것으로 짐작됨에도 불구하고 서명을 굳이 『증보 가곡원류』라 붙인 이유를 이해하기 어렵다. 가집의 명칭에 '가곡원류'를 고집한 것을 보면 자서(自序)에서 밝힌 것처럼 『海東歌謠』를 비롯하여 『靑丘永言』, 『海東樂章』, 『時調類聚』 등의 가집에서 작품을 더 보탰으나 체재는 『歌曲源流』를 따랐음을 말하고 있다. 『가곡원류』를 지금까지 우리가 알고 있는 것처럼 고종(高宗) 13년(1876)에 박효관(朴孝寬)과 안민영(安玟英)에 의해서 편찬되었다고 하나, 본서(本書)는 오늘날 원본(原本)이라 추정(推定)하고 있는 국악원본(國樂院本)의 체재를 따랐어야 함에도 불구하고 편자에 의해 체재가 달라졌음을 발견하게 된다. 그러니까 편자는 단순히 가집의 수록 작품을 증보하는데 그친 것이 아니라 체재도 달리했다.

국악원본 『가곡원류』와 『증보 가곡원류』의 근본적인 차이는 『증보 가곡원류』는 남녀창의 구분이 없다는 점이다. 국악원본을 비롯한 대부분의 『가곡원류』계 가집들은 남녀창의 구분이 있으나 『증보 가곡원류』는 서두(書頭)에서 남녀창의 구분을 싣고 있을 뿐 본문에서 가사에 여창이 없다.

이제 국악원본 『가곡원류』와 『증보 가곡원류』의 곡조를 분류하여 보면 다음과 같다. 국악원본의 남창부분의 곡조는

    1 羽調初中大葉 3/3

    2 羽調長大葉 1/4

    3 羽調三中大葉 2/6

    4 界面調初中大葉 1/7

    5 界面調二中大葉 1/8

6 界面調三中大葉 1/9

7 後庭花 1/10

8 臺 1/11

9 羽調初數大葉 13/24

10 羽調二數大葉 37/61

11 羽調中擧 19/80

12 羽調平擧 23/103

13 羽調頭擧 21/124

14 羽調三數大葉 22/146

15 搔聳伊 14/160

16 栗糖數大葉 5/165

17 界面調初數大葉 4/169

18 界面調二數大葉 81/250

19 界面調中擧 54/304

20 界面調平擧 65/369

21 界面調頭擧 68/437

22 界面調三數大葉 21/461

23 蔓橫 25/486

24 弄歌 60/546

25 界樂 31/577

26 羽樂 19/596

27 旕樂 28/624

28 編樂 7/631

29 編數大葉 22/653

30 旕編 12/665

　　(작품수/연번)

와 같다. 『증보 가곡원류』는 국악원본 『가곡원류』보다 우선 곡목의 수가
3종(種)이 늘어난 33종(種)이니

1 羽調初中大葉 1/2

와 같다.

국악원본『가곡원류』에 있던 '만횡'이 없어지고 '장대엽'은『가곡원류』
계 가집에서는 '이중대엽'과 같은 것으로 육당본에서는 '편시이중대엽(便
是二中大葉)'이라고 하였다. 이는 아마도 육당본『청구영언』에서 '진화엽
(晉化葉)'이라고 한 것과 같은 것으로 '긴한닙'이라고 부르는 것을 이렇게
표기한 것이라 생각된다. '반엽'은 '율당수엽'과 같은 것으로 일명 '반지
기'라고 하는 것으로 율당수엽을 어떤 가집에서는 '밤엿자즌한닙'이라고
도 표기하고 있다. '엇락(旕樂)'과 '엇편(旕編)'은 '언락(言樂)'과 '언편(言
編)'과 같은 것이며, '농가(弄歌)'가 '언농(言弄)'과 '평롱(平弄)'으로 나뉘
었다. '소용'도 우조에만 있던 것이 계면조에도 추가 되었으나 계면조의
소용은 해당하는 노래가 1수만 수록되어 있는 것으로 미루어 이는 아직
대중화한 곡목은 아닌가 한다. 마지막으로 '태평가'가 새로 생겼으니 국악
원본에 있던 '만횡'이 없어지고 대신에 '장대엽'과 '계면조 소용', '평농'
'태평가'의 곡목이 늘어난 것이다.

그러나 위의 곡목들은 이제까지의 가집에서 습관적으로 전해 오는 것일
뿐 실제의 가창으로는 불리워지지 않았으니 '중대엽'과 '후정화'는 가창되
지 않았다고 생각된다. 이 책의 서두(書頭)에 실려 있는 '남창현행가창순
서(男唱現行歌唱順序)'을 보면 '중대엽'과 '후정화'가 없다. 진본『청구영
언』에서도 '중대엽'과 '북전'(=후정화)이 있기는 하지만 형식적으로 다루
고 있음을 알 수 있으니 아마도 '중대엽'과 '북전'은 숙종(肅宗) 이후부터
는 차츰 불리어지지 않고 '삭대엽'이 크게 홍행한 것이 아닌가 한다.

3. 어떤 가집의 작품을 추가했나

이 책에 있는 '매화옥주인(梅花屋主人)'이라 하고 본명을 밝히지 않은
사람이 쓴 서문을 보면

歌曲源流(또海東樂章, 靑丘樂章이라기도함)는 近世歌曲의巨匠 朴孝寬이 從來歌譜의 詠歌의 第次名目이 없음을 보고 門生安玟英을더불고 相議하여 各譜를 모아 羽調 界面調의 第次名目을 나누고 그句節과 高低長短을 標하여 지은것인바 靑丘永言 海東歌謠보다 條理가明白하고 考證이 該博하고 語句가 正確하여 보다더 完備한 歌本本이다.

　지금 이 册이 寫本, 혹은 謄寫本으로 몇部가 各處에 있는데 故河圭一氏所藏은 朴孝寬의門生인 河順一所藏으로 그原稿本을 전하는것이라 한다.

　이번 刊行하는 增補歌曲源流는 조선音律에 權威인 咸和鎭氏가 李王職雅樂部樂師長으로 있을때 故河圭一氏所藏을 抄出하고 여러햇동안 갓갓으로 該當한 歌辭를 모아 正誤增補하여 錦上添花가 된 것이다.

라고 하였다. 짐작컨대 '매화옥주인'이라 한 사람은 가람 이병기(李秉岐)로 짐작된다. 그는 『가곡원류』가 박효관과 안민영이 편찬한 것으로 정확히 이들이 편찬한 것이 어느 것인지를 밝히지 않고 함화진이 대본으로 삼은 것은 박효관의 문생인 하순일(河順一)의 소장본을 하규일(河圭一; 1867~1937)이 소장하고 있어 이는 박효관과 안민영이 편찬한 고본(藁本)이라 단정하고 있다. 그러면서 함화진이 이것을 저본(底本)으로 삼고 다시 증보한 것이 아니라 이것 가운데 얼마를 초출(抄出)하고 편자의 자서(自序)에서 밝힌 것처럼

　……今其爲書ㅣ 多有放失하고 分類ㅣ 又不詳解하야 抱志釐正者ㅣ 久矣러니 近得海東歌謠 靑丘永言 海東樂章 時調類聚等 諸書에 顧其中에 疊出歌曲源流中所任在하니 槃亦源流之未盡蒐輯者ㅣ라 於是에 刪其疊而釐其類하고 加以新飜數闋하야 合而名之日 增補歌曲源流라하야 付之剞劂하야 將公諸世하노니……

와 같이 『해동가요』를 비롯한 여러 가집들 가운데 자신이 가지고 있는 『가곡원류』와 비교해 볼 때 없는 것이 있는 것은 『가곡원류』의 수집(蒐輯)이 미진한 것이기 때문에 중복되는 것을 깎고 곡조를 정리하고 새로운 작

품 여럿을 보태 "증보 가곡원류"라 이름하여 세상에 펴고자 한다고 하였다. 만약에 하규일 소장본을 초출(抄出)하지 말고 이를 대본(臺本)으로 하여 새로운 작품을 추가하였다면 『가곡원류』의 재구(再構)할 수 있었겠지만 불행하게도 고본(藁本)의 윤곽을 짐작할 수 없게 된 것은 매우 안타까운 일이라 하겠다.

『해동가요』는 이미 알려진 것처럼 주씨본(혹은 육당본)과 일석본(一石本)이 있어 세상에 널리 알려진 것이 주씨본으로 여기에서는 주씨본을 참고로 했으며, 『청구영언』은 진본(珍本)과 육당본이 있어, 진본이 거의 고본(藁本)으로 추정되고 있는 실정이나 이는 1948년에 세상에 알려졌기 때문에 편자는 참고할 수가 없었고 육당본을 참고로 했다. 『가곡원류』이본 가운데 육당본의 표의(表衣)에 '청구악장(靑丘樂章)'이라 했고, '해동악장(海東樂章)'이라 한 것이 있어 『가곡원류』계 가집 가운데 이들을 참고했음을 쉽게 알 수 있다.

4. 왜 중복하여 수록된 작품이 많을까?

가집을 편찬하는 방법이 대체적으로 작가별(作家別), 곡조별(曲調別), 주제별(主題別)로 엮었기 때문에 작가별이나 주제별로 엮은 가집은 작품을 중복하여 수록하는 경우가 적으나 곡조별로 엮은 가집에는 중복된 작품이 비교적 많다. 진본 『청구영언』은 크게 곡조별로 엮었으면서도 이삭대엽(二數大葉)은 작가별로 되어 있고, 무명씨 작품은 주제(主題) 내지는 소재별(素材別)로 되어 있다. 육당본 『청구영언』은 곡조별로 엮어져서 우선 우조(羽調)와 계면조(界面調)로 나뉜 것이 진본 『청구영언』과 다른 점이라 하겠다.

작품을 중복하여 수록하는 것은 곡조의 발달로 인하여 후대로 오면서 다양한 곡조가 생겼으나 이에 따른 가사가 부족하기 때문에 편법으로 같은 가사를 기왕에 있던 곡조에도 새로운 곡조에도 공통으로 사용하게 됨으로 이를 정리한 가집에서는 자연 중복해서 수록할 수밖에 없다고 하겠다.『가곡원류』계 가집들에 수록되어 있는 박효관의 발문(跋文)을 보면 우조(羽調)와 계면조(界面調)가 본래부터 고정되어 있는 것이 아니고 바뀔 수가 있는 것으로 다만 노래 부르는 사람이 우조로도 계면조로도 부를 수 있고 삭대엽(數大葉)으로도 농가(弄歌)나 낙시조(樂時調), 편시조(編時調)로 부를 수 있다고 했다.

시조는 형식상 단형이기 때문에 기록에 의존하기보다는 구전(口傳)되어 오기 때문에 많은 유사가(類似歌)가 있는 것이 특징이라 하겠다. 삼장(三章) 가운데 초장과 중장보다는 종장이 같은 경우가 허다하다. 이는 많은 노래의 가사를 기억하다가 전부를 기억하지 못하고 초장과 중장은 그런대로 기억하지만 종장이 어렴풋하면 내용이 비슷하거나 또는 이미 널리 알려진 노래의 종장을 착각하고 그냥 내처 부른 것을 다른 사람은 이것을 새로운 노래의 가사로 알고 그대로 기억하거나 부른 것이라 생각된다.

한 가집에 작품이 중복하여 수록된 것이 많은 것은 육당본『청구영언』이라 하겠다. 이 가집에는 모두 18수의 작품이 중복되어 있는데 이는 같은 작품이 둘 이상의 곡조로 된 것도 있으나, 본래 일차의 편집에 어떤 사람에 의해 추가로 편집된 가집이기 때문에 이 추가된 부분에 14수의 작품이 중복하여 수록하였다.

그러나『증보 가곡원류』에는 모두 23수의 작품이 중복되어 있다. 우선 곡조가 같으면서도 중복된 작품은

간밤에비오드니 石榴꽃치다뛰거다 芙蓉堂畔에水晶簾거러두고 눌向한 깁흔시름을못내풀녀하노라 (33 羽調二數大葉)
어젯밤비온後에 石榴꽃치다뛰거다 芙蓉堂蓮塘畔에水晶簾거러두고 눌向한 깁은설음을못내풀어하노라 (147 申欽 羽調二數大葉)

과

　　南山누에머리섲헤　밤ㅁ中만치凶히우는저부엉아　長安百萬家에뉘집
을向하여부엉부엉우노　前前에　얄뮙고잣뮈운넘을다잡어가려하노라
(1046 平弄)
　　終南山누에머리섲헤　밤中맛치凶이우는부헝이　長安百萬家에뉘집을
向하야부헝부헝우노　平生에　얄믯고잣미온임을다잡어가려하노라
(1126 平弄)

의 2수다. 이를 보면 초장의 전구(前句)가 앞의 작품은 '간밤에비오드니'
와 '어젯밤비온後에'로, 뒤의 작품은 '南山누에머리섲헤'와 '終南山누에머
리섲헤'처럼 다소의 차이가 있다. 이처럼 첫머리에 약간의 차이가 있는 것
을 별개의 작품으로 다룬 것은 아닐 것으로 생각되나

　　截頂에오르다하고　나즌데를웃지마소　雷霆된바람에失足키怪異하랴
우리는 平地에안잣스니두릴것이업세라 (364 羽調頭擧)
　　臨高臺하다하고　나즌듸를웃지마라　雷霆大風에失足하기怪異하다 우
리는 平地에안젓스니分別업사하리라 (563 羽調二數大葉)

　　春風에써러진梅花　이리저리날니다가　남게도못오르고걸녓고나거믜
줄에 저거미 梅花ㄴ줄모르고나뷔감듯하여라 (286 羽調中擧)
　　狂風에썰린梨花　가며오며날니다가　가지에못오르고거믜줄에걸리것
다 저거믜　落花ㄴ줄모르고나뷔잡듯하랏다 (446 界面調二數大葉)

　　가마귀너를보니　애닯고도애닯왜라　너무삼藥을먹고머리조차검엇느
냐 사람은 白髮검을藥을못어들ㅅ가하노라 (28 羽調初數大葉)
　　가마귀저가마귀　너를보니애닯고야　너무삼약을먹고머리좃차검엇느
냐 우리는 白髮검길藥을못엇을까하노라 (627 界面調中擧)

　　白髮에섭흘지고　怨하나니燧人氏를　불업슨적도萬八千歲를살앗거든

엇지타 始鑽燧하여사람困케하느니 (896 言弄)

　老人이섭흘지고　怨하나니燧人氏를　食木實하올제도　萬八千歲를하
엿거든 엇지타 敎人火食하여後生을困케하시뇨 (1166 界樂)

는 곡조도 서로 다르고 노래의 가사도 약간의 차이가 있어 편자가 다른
노래로 착각했을 가능성도 있다고 하겠다. 중복하여 수록된 것은 노래의
가사가 같은 것도 있지만 대부분은 이처럼 약간의 차이가 있어 혹 편자가
다른 작품으로 오인했을 가능성도 있다고 하겠다.

5. 작자에 대한 인식은 어떠했나

　시조작품을 다루면서 가장 민감한 것의 하나가 작자문제가 아닌가 한
다. 하나의 작품에 대해 가집에 따라 달리 표기되어 하나의 작품에 2인 이
상 4인의 작품으로 되어 있는 경우가 있다. 어느 한 가집에 잘못 기록되어
있는 경우 이를 대본으로 삼은 후대의 가집은 아무런 고증 없이 이를 그
대로 인용했기 때문에 굳어져 어느 특정한 사람의 작품으로 고정되는 경
우가 있다.『증보 가곡원류』는 주씨본『해동가요』와, 육당본『청구영언』
및『가곡원류』가운데 육당본과『해동악장』을 주로 참고했기 때문에 작가
문제에 있어서도 위의 가집과 같은 인식을 가지고 있기에 이 가집에서 작
가를 누락시켰거나 어느 특정한 작가를 새롭게 등장시켰을 경우 이를 그
대로 답습했다.

　우선 어느 가집에나 이황(李滉)의 작품으로 수록되어 있는「도산십이곡
(陶山十二曲)」가운데

　山前에有臺하고　臺下에有水로다　쎼만흔갈매기는오며가며하거니
엇지타 皎皎白駒는멀리마음하느니 (118)

　淳風이죽다하니　眞實로거진말이　人生이어지다하니眞實로올흔말이

天下에 許多英才를속여말삼하리요 (132)

는 이 작품이 수록된 가집은 이황으로 작자가 표기되어 있음에도 작가를
누락시켰고, 기녀(妓女)인 매화(梅花)와 구지(求之)의 작품도 이 작품을 수
록한 대부분의 가집에서는 작자를 밝히고 있으나 누락시켰다. 다수의 작
품을 누락시킨 작가를 보면 지은 작품의 수와 비례하지만 안민영(安玟英)
과 김수장(金壽長), 이정보(李鼎輔), 박효관(朴孝寬)의 순으로 누락이 많다.
  작가가 잘못 기재된 경우는 상당히 많다. 새로운 작품이 아니고 기왕에
다른 가집에서 특정한 작가의 작품으로 기재되었음에도 불구하고 이 가집
에서 새롭게 등장시킨 것을 보면

      浮虛코셤거울슨 아마도西楚覇王 귀쫑天下야어드나못어드나 千里
      馬 絕代佳人을누를주고이거니 (6)

을 조식(曺植)의 작품으로 다루었는데 이 작품을 조식의 것으로 다룬 가집
은 하나도 없다. 이는 이보다 바로 앞에 수록되어 있는 '三冬에뵈옷입고
岩穴에눈비마자'가 조식의 작품으로 되어 있기 때문이 다음 것도 조식의
작품으로 착각한 것이 아닌가 한다. 그러나

      江湖에期約을두고 十年을奔走하니 그모른白鷗는더듸온다하려니와
      聖恩이 至重하시매갑고가려하노라 (37)

은 많은 가집에서 이항복(李恒福)이나 정구(鄭逑)의 작품으로 다루고 있음
에도 불구하고 권필(權韠)의 작품으로 다루고 있다.
  작자에서 특별히 혼동을 가져온 두드러진 오류는 낭원군(朗原君)의 작
품을 효종(孝宗)의 것으로, 박문욱(朴文郁)의 작품을 김두성(金斗性)의 작
품으로 다룬 것이다. 낭원군(1640~1699)은 본명이 이간(李偘)으로 그의 작

23

품은 30수가 진본『청구영언』에 수록되어 있다. 이 가운데 9수가『증보 가곡원류』에 수록되어 있는데 5수가 효종의 작품으로 기재되어 있다. 효종의 작품은 이제까지 알려진 것은 모두 7수로 6수는 각 가집에 대부분 수록되어 있고『증보 가곡원류』에서 이를 다 수록하고 있다. 다만 1수는『가곡원류』계 가집의 하나인 박씨본(朴氏本)『시가(詩歌)』에 수록되어 있어 편자가 참고하지 못한 것으로 짐작된다.

박문욱(朴文郁)의 작품은 전부 주씨본『해동가요』의 부편(附編)에 해당되는『청구가요(靑邱歌謠)』에 수록되어 있다. 그런데 후대에 이를 정리한 사람의 실수로 김두성(金斗性)의 작품과 혼동하게 되었다.『청구가요』에 김두성의 기명 다음에 어디까지가 김두성의 작품인지를 확인하지 않고 끝에 가서 박문욱의 작품에 대한 김수장의 발문이 수록되어 있다. 이는 박문욱의 기명을 누락시킨 까닭으로 약간의 혼동은 있으나 대부분의 가집에서『청구가요』에 수록되어 있는 김두성의 작품은 가번(歌番) 58과 59의 2수뿐이며, 이하 가번 60~76까지는 박문욱의 작품으로 되어 있다.『증보 가곡원류』에서 김두성의 작품으로 다룬 5수는 분명 박문욱의 작품이다.

다음의 두 작품도 새로운 작가로 등장시켰으나 신빙성이 없다.

구레버슨千里馬를 뉘라서잡아다가　조粥삶은콩을살찌게먹게둔들
本性이 오왕하거니잇슬줄이잇스랴(773 尹斗緖)
功名과富貴르란 世上사람다맛기고　가닥아무데나依山帶河處에明堂을어더서五間八作으로黃鶴樓맛치집을짓고벗님네다리고晝夜로노니다가압내에물지거든白酒黃鷄로맷노리단니다가　내나희 八十이넘거든乘彼白雲하고玉京에올나가셔帝傍投壺多玉女를내혼자벗이되여늙을뉘를모로리라 (1293 尹善道)

앞의 작품은 김성기(金聖器)의 것이고, 뒤의 작품은 작자미상의 것이다. 대본(臺本)으로 삼은 가집의 잘못을 아무런 고증 없이 그대로 인용하면서 크게 잘못한 것이 있으니

龍樓에祥雲이요 鳳閣에瑞靄로다　甲戌二月初八日에우리世子誕生
하사　億萬年 東方氣數를바다이어계신저 (93)
秋風이살아니라 北壁中房쓸지마라　鴛鴦枕참도찰손임업슨탓이로
다　蘆花에 數만흔갈메ㅣ는제벗인가하노라(607 金敎最)

의 앞 작품은 안민영(安玟英)의 작품

龍樓에祥雲이요 鳳閣에瑞靄ㅣ로다　甘雨는太液에듯고秋風은御柳
에둘닌져　美哉라 祥雲瑞靄
와甘雨和風은聖世子의時節인져 (金玉 88)
獜在郊鳳翔岐하니 이어인大吉祥고　甲戌二月初八日은聖世子의誕
降하사　億萬年 東方氣數를바다니여계신저 (金玉 10)

의 2수를 혼동하여 두 작품을 1수로 만든 것으로 이는 편자의 실수가 아
니라『해동악장』에 이렇게 되어 있기 때문이다. 뒤의 작품도

秋風이살아니라 北壁中房쓸지말아　鴛鴦衾춤도츨손님업쓴틋시라
두만지 寒夜殘燈의 輾轉反側ᄒ여라 (六靑 930)
公庭에吏退하고 홀일이아조업서　扁舟에술을싯고侍中臺ᄎᄌ가니
蘆花에 數만흔갈며기ᄂ제벗인가ᄒ노라 (甁歌 234 金聲最)

를 혼동한 것이다.

6. 새로운 작품은 몇 수(首)나 수록하고 있나

후대에 나온 가집은 기왕의 가집을 그대로 전사(轉寫)하는 경우가 아니
면 당연히 수록 작품수가 많음은 당연하다. 가장 오래된 가집으로 알려진
진본『청구영언』의 580수를 비롯하여 육당본『청구영언』998수과『악학습

령(樂學拾零)』의 1109수에 이르기까지 후대로 오면서 수록작품의 수가 증가하고 있다. 육당 최남선에 의해 1928년 종래 가집을 총망라하여 주제별로 엮은『시조유취(時調類聚)』는 모두 1405수의 작품을 수록하고 있다. 함화진도 서문에서 이를 인용하고 있으면서도 '산기첩이리기류(刪其疊而釐其類)하고'라고 하여 첩록(疊錄)된 작품을 깎아내고 곡조를 정리하였다고 하였으니 그 나름대로의 어떤 편찬기준에 의해 가집을 엮었기에 수록작품은 그에 훨씬 미치지 못하고 있다.

또 서문에서 '가이신번수결(加以新飜數関)하야'라고 하여 새로운 작품 얼마를 보탰다고 했으나 이는 자신(自身)의 작품과 금하(琴下) 하규일(河圭一; 1867~1937)의 작품을 의식하고 언급한 것이 아닌가 한다. 금하의 작품 2수와 편자의 작품 11수는 여기에만 수록되어 있다. 이 가집에만 수록되어 있는 신출 작품은 아래와 같다.

> 두눈에고인눈물 眞珠나될양이면　靑실紅실길게쐬여임께한곳보내렴만　거두지 미처못하여사라짐을어이리 (91)
> 벙어리너를보니　내시름이새로왜라　속엣말다못하니네오내오다를소냐　두어라 임윈날구뷔구뷔일으리라 (110)
> 보거든썩지말고　썩겄스면버리지마소　보고썩고썩고버림이君子의 行實일ㅅ가　두어라 路柳墻花ㅣ니누를怨憝하리요 (112)
> 兒孺야窓닷쳐라　쓸밧보기실타　저달이왜저리밝아남의心事를散亂케하노　아니다 임보신달이니나도볼ㅅ가하노라 (139)
> 두고가는離別한님　몇歲月을지내연고　流水가덧업서곱든樣子늙엇고나　저임아 白髮을恨치마라離別뉘를슬허라 (669 申喜文)
> 쏙닥이에오르다하고　나즌듸를웃지마라　네압헤잇는것은나려가는일쑨이니　平地에 올을일잇는우리아니더크랴 (771)
> 壁上에칼이울고　胸中에피가쒼다　살오른두팔쑥이밤낮에들먹인다　時節아 너도라오거든왓소말을하여라 (901)

이 가운데 신희문(申喜文)의 작품은

靑春에離別호님 몃歲月을지늬엿노 流光이덧업셔곱던樣姿늙거고
야 저님아 白髮을恨치 말아離別뉘을슬혜라 (靑六 270)

과 같은 것으로 새로운 작품이라고 보기가 어렵다.

다음의 작품은 심재완(沈載完)의『역대시조전서(歷代時調全書)』에서 언
급한『精選朝鮮歌曲』에 수록된 것으로『가곡원류』계 가집 이후의 작품이
라 생각된다.

白頭山에놉히안져 압뒷쓸을굽어보니 南北萬里에녯생각새로웨라
간님의 精靈계시면눈물질가하노라 (895)

다음으로 익종(翼宗;1809~1830)의 작품을 보면 모두 9수가 전하고 있는
데 7수는 육당본『청구영언』에 수록되었고 나머지 2수는『가곡원류』계의
가집에 수록되었다.『가곡원류』계의 가집에 새롭게 수록된 2수는 여기서
도 익종의 작품으로 수록되어 있다.

고을사月下步에 깁사매바람이라 곳압혜섯는態度임의情을마젓세
라 아마도 舞中最愛는春鶯轉인가하노라 (635 春鶯舞唱 翼宗)
碧桃花손에들고 白玉盃에술을부어 우리聖母ㅅ게비는말삼져碧桃
갓흐쇼셔三千年에곳치피고三千年에열매져곳도無盡열매도無盡無盡
無盡長春色이라 아마도 瑤池王母의千年壽를聖母ㅅ게드리고저하노
라 (1515 翼宗)

는『가곡원류』계 가집에 수록되어 있는 작품 후기(後記)로 미루어 익종의
작품이 확실하다고 하겠으며 아래의 2수는 처음에 수록되어 있는 육당본『
청구영언』에 무명씨의 작품으로 되어 있으나 가사의 내용으로 보아 익종
의 작품이라 추정(推定)되니 그의 작품이 새로 발견된 셈이다. 2수는 다음
과 같다.

瑤池에봄이드니 碧桃花ㅣ다픠거다　三千年맷친열매玉盤에담앗스
니　眞實노 이盤곳밧으시면萬壽無疆하오리라 (716 翼宗)
　不老草로비즌술을 萬年盞에가득부어　잡우신盞마다비나이다萬年
壽를　眞實노 이盞곳잡우시면萬壽無疆하오리라 (905 翼宗)

　끝으로 안민영의 절친한 친구였던 벽강(碧江) 김윤석(金允錫 ; ? ~1883)
의 작품 1수가 있는데 이 작품이 실려 있는『해동악장』에서 숙종(肅宗) 때
사람은 김태석(金兌錫)으로 잘못 기재하는 바람에 김태석의 작품으로 되
어 있으나 이 작품이 수록된 것이『가곡원류』계의 가집이고 노래 내용으
로 미루어 김윤석의 작품으로 추정되었는데 이 가집에서 작가를 김윤석이
라 하였으므로 그의 작품의 틀림없다고 하겠다. 그 작품은 다음과 같다.

　玉樓紗窓花柳中에 白馬金鞭少年들아　긴노래七絃琴과笛피리長鼓
嵆琴알고저리즑이나냐모르고저리즑이나냐調音體法을날다려뭇게되면
玄妙한文理를낫낫치이르리라 우리는 百年三萬六千日에이갓치밤낫즑
이리라 (1324 金允錫)

7. 가집 『가곡원류』는 과연 박효관과 안민영이 엮었을
까?

　가집『가곡원류』는 이제까지 고종(高宗) 13년(1876)에 박효관(?~1800?)
과 그의 제자 안민영(1816~?)이 엮었다고 하는 것이 학계의 정설로 되어있
다. 그러나 필자는 여러 가지 정황으로 미루어 가집『가곡원류』의 원본이
라 믿어지는 국악원본보다 하합본(河合本)이 먼저 이루어진 가집이고 국
악원본에 수록되어 있는 작품 후기 등을 참조하여 박효관과 안민영이 편
자일 가능성 없음을 피력한 바가 있다.
　『증보 가곡원류』의 서문을 쓴 매화옥주인(梅花屋主人)이 서문에서 함화

진이 대본으로 삼은 가집은 하규일(河圭一)의 소장본으로 이것은 박효관의 문생인 그의 종형(從兄) 하순일(河順一)의 소장본이라 하였다. 이것이 바로 박효관의 고본(藁本)이라 단정할 수는 없으나 그것과 크게 차이가 나지는 않을 것이라 추측된다. 그렇다면 적어도 박효관의 작품은 수록된 것이 전부 박효관의 작품으로 표기되어야 함에도 불구하고 작가를 누락시켜 무명씨의 작품으로 되어있는 것이 많다.

『증보 가곡원류』에 박효관의 작품은 13수가 수록되어 있으나 3수가 작자가 누락되었고, 안민영의 작품은 72수가 수록되어 있는데 19수가 마찬가지로 작자가 누락되었다. 함화진은 대본으로 삼은 가집 가운데『가곡원류』계 가집의 하나인『해동악장』을 들고 있으며, 육당본을 참고했음을 본문에 수록된 작품을 보고 이 가집도 대본으로 삼았음을 추정할 수 있다. 가집『가곡원류』가 사본(寫本)으로 유포(流布)되어 비교적 세상이 널리 알려졌고 누가 엮은 것도 분명하였을 것이다. 지금까지 알려진 것처럼 고종 13년(1876)에 엮어진 것이라면 함화진이 고종 32년(1895)년 을미사변(乙未事變) 이후 민비(閔妃)의 장례가 치러지지 않고 있다가 1900년 경운궁(慶運宮)에 새로 민비의 사당을 세우고 종묘와 같이 향사(享祀)를 시작하게 되자 전악(典樂)으로 발탁된 것이 계기가 되어 국악사가 되었다고 했다. 안민영이 적어도 고종 22년(1885)까지는 넘겨 살았으니 박효관과 안민영이 가집『가곡원류』를 엮었다면 이러한 사실을 얼마간은 알 수 있었을 것으로 짐작되나 함화진은『증보 가곡원류』에서 이에 대한 한마디의 언급도 없다. 더구나『가곡원류』계 가집 가운데 안민영의 작품을 가장 많이 수록하고 있어 다른 이본에 비해 비교적 늦게 엮어진 것이라 생각되는『해동악장』에서 안민영의 작품을 수록하고도 작자 미상으로 다루고 있는 것을 그대로 인정하고 있다.

다음의 작품은『가곡원류』이본(異本)에 안민영의 작품임에도『증보 가곡원류』에서 누락시킨 것이다.

西舶의煙塵으론 天下를어두이되　東方에日月이란萬年이나붉으리
라　萬一의 國太公아니시면뉘라能히발긔리오 (海樂 23 金玉 11)
　大道ㅣ直如髮ᄒ니 雲車를모라갈제　花灼灼柳絲絲ㅣ요風習習雲悠悠
ㅣ라　뒤혜는 綺羅裙ᄯ로거늘압혜細樂이러라 (海樂 80 金玉 64)
　萬戶에드리운버들 씻고리世界여늘　淸江에셩긘비는희오리平生이
라 우리도 聖恩갑푼後에져와갓치놀니라 (源國 101 源一 99 花源 93
金玉 58)
　夕陽高麗國에 닷는말을멈쳣시이　슯푸다五百年이물쇼릭가운더라
니엇지 술을싀고셔야滿月臺를지나리요 (源河 430 金玉 142)

　　뒤의 2수는 수록된 이본들을 참고하지 못했을 가능성이 있으나 앞의 2
수는『해동악장』에 수록되어 있음에도 누락시켰다.

8.『증보 가곡원류』를 어떻게 보아야 할까?

　『증보 가곡원류』는 시조창(時調唱)의 대본으로 엮은 것이 아니다. 이는
가곡창(歌曲唱)의 대본으로 엮은 것이다. 시조창이든 가곡창이든 그 가사
는 같기 때문에 문학적으로 정리한 것을 우리는 시조집이나 가사집(歌詞
集)으로 부르고 있다. 앞에서도 언급한 것처럼 현행시조창이나 가곡창으
로 불리워지지 않음에도 불구하고 가집에서는 습관적으로 첫머리에 중대
엽(中大葉)과 후정화(後庭花)의 가사를 싣고 있다. 진본『청구영언』에서도
중대엽과 북전(北殿=후정화)을 싣고 있으나 형식에 불과한 것으로 여겨진
다. 이후 가집에 의례 중대엽과 북전이 있으나 삭대엽(數大葉)과는 비교가
되지 않는다.『증보 가곡원류』의 서두(書頭)에 현행 남창(男唱)과 여창(女
唱)의 가창(歌唱) 순서가 수록되어 있지만 중대엽과 후정화가 없다. 이미
중대엽과 후정화는 가창되지 않고 있음을 말해주는 것이다. 그런데도 가
집의 첫머리에 우조와 계면조의 중대엽과 후정화가 수록되어 있는 것은

가집을 편찬할 때는 가창과 관계없이 관행적으로 수록한 것이 아닌가 한다.『남훈태평가』는 3장(章)으로 구분하고 종장 말구(末句)가 없는 것으로 미루어 가곡창의 대본이 아닌 시조창의 대본으로 엮어진 것이며 이후의 몇몇 가집들이 이런 형태를 따는 것으로 미루어 시조창은『남훈태평가』가 이루어질 때부터 유행한 것이 아닌가 한다.『가곡원류』계 가집 이후에 음악적 체계를 갖추고 만들어진 가집은 융희(隆熙) 2년(1908)에 김교헌(金喬軒)에 의해 활자본으로 간행된『대동풍아(大東風雅)』를 들 수 있으나 곡조의 명칭이 지금까지의 가집에 없는 생소한 것이 있고 세분된 것이 있는 점으로 미루어 현행(現行) 가창과는 거리가 있는 듯하다.

함화진은 한말에 출생하여 일제강점기 동안을 거쳐 해방 직후까지 장악원 전악으로 출발하여 아악사장에 이르기까지 국악계에 있으면서 국악의 이론가로 국악에 대한 이론과 조선시대 음악사에 이르기까지 해박한 지식을 갖췄고 실제로 편경과 편종 등의 국악기를 제조하였다. 그러면서도 이론뿐만 아니라 그에 해당하는 자료도 직접 정리한 것이『증보 가곡원류』라 하겠다. 그러나, 아쉬운 점은 그가 가집을 엮을 무렵에는 시조의 발생이 고려 중엽이나 여말(麗末)이후부터라는 사실을 인지하고 있었을 것임에도 불구하고 전래 가집에서 삼국시대 신라의 설총(薛聰)이나 고구려의 을파소(乙巴素), 백제의 성충(成忠)의 작품이 존재할 수 없음에도 불구하고 종래 가집에서 그들의 작품이라고 했던 것들을 아무런 여과 없이 그대로 가져왔다. 그가 대본으로 삼았다는 하순일(河順一)이 소장 했던 것이 그대로 박효관이 직접 엮은『가곡원류』의 고본(藁本)의 여부(與否)를 떠나 『해동가요』를 비롯하여『청구영언』등의 가집을 참고로 하였으면서도 작자가 잘못 기재되었거나 작자를 누락하는 등의 작자 문제를 소홀히 하였다. 이 책이 일제강점기말 어려운 여건에서 만들어졌고 편자의 서문의 연기(年記)와 발행된 연기와 몇 년의 차이가 나는 것으로 미루어 이 책의 발행이 쉽지 않았음을 짐작할 수 있다. 그렇지만 많은 곳에서 다른 가집에

비해 단순한 오류는 교정의 잘못이라 하더라도 편자는 국악에 대한 이론
에는 밝았지만 문학적인 측면에서 볼 때 가사의 내용을 잘못 이해하고 있
는 부분이 너무 많다고 하겠다.

참고문헌

張師勛,『國樂槪要』, 정연사, 1961.

──,『國樂大事典』세광음악출판사, 1984

沈載完『時調의 文獻的硏究』, 세종문화사, 1972.

──,『歷代時調全書』, 세종문화사, 1972.

拙　著,『歌曲源流에관한硏究』국학자료원, 1997.

일러두기

1. 『증보 가곡원류』는 1943년에 초판이 나왔고, 해방 후에 재판이 나왔으나 여기서는 초판을 대본(臺本)으로 하였다.
2. 수록 작품에 대한 가번(歌番)은 본문에 없는 것을 편의상 넣었다.
3. 본래의 모습을 살리기 위해 원문 그대로의 형태를 따라 5장으로 구분했고 띄어쓰기도 하지 않았으며 철자도 본문 그대로를 따랐다.
4. 노래 가사가 다른 가집과 현저하게 차이가 나거나 작자의 표기가 잘못된 경우에 '대조'라 하여 차이가 나는 것을 밝혔다.
5. 주석은 누구나 이해하기 쉽게 하여 되도록이면 평이하게 하도록 노력했다.

增補 歌曲源流

羽調　初中大葉　　南薰五絃　　行雲流水

1. 黃河水맑다터니 聖人이나시도다　草野群賢이다일어나단말가　어
즈버 江上風月을누를주고이거니. 鄭忠信

　　黃河水~聖人이 나시도다=황하의 물이 천년에 한 번씩 맑아지는데, 그 때
엔 성군(聖君)이 난다고 함.『拾遺記』‘丹丘千年一燒 黃河千年一淸 至聖之君
以爲大瑞’　◇草野群賢(초야군현)=벼슬을 버리고 초야에 묻힌 여러 현인들.
◇江上風月(강상풍월)=강산풍월과 같은 뜻. 자연의 아름다운 경치.　◇누를
주고 이거니=누구에게 주고 가느냐.

2. 空山이寂寞한듸　蜀히우는저杜鵑아　蜀國興亡이어제오날아니여든
至今에 피나게울어남의애를긋나니. 仝人

　　空山이 寂寞한듸=아무도 없는 산이 고요하고 쓸쓸한데.　◇杜鵑(두견)아=
두견새야. 두견새는 蜀(촉)의 望帝(망제)의 죽은 혼이 되었다고 하는 새.『蜀
王本紀』‘鼈靈死 其屍逆江而流至蜀 王杜宇以爲相 宇自以德不及靈 傳位而去
其魄化爲鳥 因名此 亦曰杜鵑 卽望帝也’　◇蜀國興亡(촉국흥망)=촉 나라의
흥하고 망함. 촉(蜀)은 중국 상고시대 帝嚳(제곡)의 왕자가 봉함을 받았던 나

라로 하·은·주를 거쳐 秦(진)에 멸망하였음. ◇애를 긋나니=애는 창자.
창자를 끊느냐. 가슴 아프게 하느냐.

二中大葉　海濶孤帆　平川挾灘

3. 이봐楚ㅅ사람들아 네임군이어듸가니　六里靑山이뉘싸히되단말가
   아마도 武關다든後ㅣ니消息몰나하노라.

　　이봐 楚ㅅ사람들아=이 보시오, 초(楚) 나라 사람들아. ◇六里靑山(육리청
산)=張儀(장의)가 楚(초)의 懷王(회왕)에게 商於(상어)의 땅 육 백리를 바치리라
고 하고, 초의 使者(사자)가 秦(진)에 이르자 다만 奉邑(봉읍) 육리의 땅만을 바쳐
이를 속인 고사.「崔道融;楚懷王詩」'六里靑山天下笑 張儀容易去還來' ◇武關(무
관)=秦(진)의 南關(남관). 지금의 섬서성 상현에 있고 진의 昭王(소왕)이 초의 회
왕을 가두었던 곳.

4. 仁心은터히되고 孝悌忠信기동되어　禮義廉恥로가즉이예엿스니
   千萬年 風雨를만난들기울줄이잇시랴. 薛聰

◇ 대조; 작자가 설총으로 된 가집은 『靑丘永言』홍씨본(洪氏本)과 『大東風雅』뿐
　 임.

　　仁心은 터히 되고=인자스러운 마음은 터가 되고. ◇孝悌忠信 기동 되어=
효제와 충신은 기둥이 되어. ◇禮義廉恥로 가즉이 예엿스니=예의와 염치로
가즈런이 얹었으니. ◇千萬年 風雨=천만년의 비와 바람. 오랜 동안의 시련.
◇기울 줄이 잇시랴=기울 까닭이 있느냐. 나라가 망할 까닭이 없다.

三中大葉　　項王躍馬　　高山放石

5.　三冬에뵈옷입고　岩穴에눈비마자　　구름낀볏뉘도쬔적이업것마는
西山에 해지다하니눈물겨워하노라. 曹植

　　三冬에=한 겨울에. 겨울 석 달 동안에. ◇구름 낀 볏뉘도 쬔 적이 업건마
는=구름이 끼어 화창하지 못한 햇볕이라도 쬔 때가 없지마는. 조그마한 혜
택도 입은 바가 없다. ◇西山에 해지다=날이 어둡다. 임금이 돌아 가시다
의 뜻.

6.　浮虛코셤거울슨 아마도西楚覇王　귀쏭天下야어드나못어드나　　千
里馬 絶代佳人을누를주고이거니. 쇼人

◆ 대조; 작자가 조식(曺植)으로 되어 있으나 그런 가집이 없음.

　　浮虛코 셤거울 손=허황되고 싱거운 것은. ◇西楚覇王=項羽(항우)를 가리
킴. 항우가 關中(관중)을 평정하고 咸陽(함양)을 불태우고 彭城(팽성)에 들어
가서 스스로 일컬은 號(호). ◇귀쏭 天下야=그까짓 천하야. 세상이야. ◇千
里馬 絶代佳人을 누를 주고 이거니=천리마와 아름다운 여자를 누구에게 주
고 갔느냐. 죽었느냐. 하루에 천리를 달릴 수 있는 말과 아름다운 미인. 여기
서는 항우가 타던 말 烏騅馬(오추마)와 항우의 애첩 虞美人(우미인)을 가리
킴.

長大葉

7.　松林에눈이오니　柯枝마다꽂이로다　　한가지걱거내여임계신듸들이
과져　님께서 보오신後에녹아진들었더리.

松林에=소나무가 우거진 숲에. ◇임 계신 듸 들이과져=임이 계신 곳에 드리고 싶다. ◇녹아진들었더리=녹는다고 한들 어떻겠느냐.

界面 初中大葉

8. 잘ㅅ새는나라들고 새달이돗아온다 외나무다리로홀노가는저禪師야 네절이 언마나하관대 遠鐘聲이들니느니. 宋純

◆ 대조; 작자가 송순(宋純)으로 되어 있으니 그런 가집이 없고, 『松江歌辭』성주본에는 정철의 작으로 되어 있음.

저 禪師야=저 스님아. ◇언마나 하관대=얼마나 되기에 얼마나 멀기에. ◇遠鐘聲이 들리느니=멀리서 치는 종소리가 들리느냐.

二中大葉

9. 碧海ㅣ竭流後에 모래모허섬이되여 無情芳草는해해마다푸르르되었지타 우리의王孫은歸不歸를ᄒ나니. 具容

◆ 대조; '해해마다'는 『靑淵』에만 있음.

碧海ㅣ渴流後에=푸른 바닷물이 다 흐르고 난 뒤에. 물이 빠지고 난 뒤에. ◇모래 모허='모허'는 '모혀'의 잘못. 모래가 모여. ◇無情芳草는=아무런 감정도 없는 푸른 풀. 세월이 되면 저절로 푸르른 풀은. ◇었지타=엇지 하여. ◇王孫은 歸不歸를 ᄒ나니=그대가 돌아올지 아니 돌아올지. 왕손은 상대방의 존칭으로 쓰였음. 왕유(王維) 시 『송별(送別)』 '산중상송파 일모엄시비 춘초년년록 왕손귀불귀'에서 중장과 종장을 가져왔음.

三中大葉

10. 清凉山六六峯을 아느니나와白鷗　白鷗야喧詞하랴못밋을손桃花ㅣ
로다　桃花야 써지지마라漁舟子알ㅅ가하노라. 李滉

清凉山 六六峯을=청량산의 열두 봉우리를. 청량산은 경상북도 奉化郡(봉화
군)에 있는 산. 李滉(이황) 학문을 연구하던 吾山堂(오산당)이 있음. ◇아느
니=아는 사람이. ◇喧詞하랴=시끄럽게 떠들어대겠느냐. ◇써지지마라 漁
舟子알ㅅ가=떠내려가지 마라, 고기잡이가 알까.

後庭花(北殿)　雁叫霜天　草裡驚蛇

11. 누은들잠이오며 기다린들님이오랴　이제는누었슨들어늬잠이하마
오리　찰하로 안진곳에서긴밤이나새오자.

어늬 잠이 하마 오리=어떤 잠이 벌써 오겠느냐. 쉽게 잠이 들겠느냐. ◇찰
하로=차라리. ◇안진 곳에서 긴 밤이나=앉은 곳에서 밤새도록.

二後庭花(二北殿)(臺)　空閨怨婦　寂寞悽悵

12. 秦淮에배를매고　酒家를차자가니　隔江商女는亡國恨을모로고서
烟籠樹 月籠沙헐ㅅ제後庭花만부르더라. 鄭逑

秦淮에=진회에. 진회는 강 이름. 중국 강소성에 근원을 두고 南京(남경)으
로 흘러드는 강. 남경의 花柳地帶(화류지대)임. ◇隔江商女는 亡國恨을 모
르고서=강을 격해 있는 상(商)나라 여자는 나라가 망한 한을 모르고. 商(상)
나라는 蕩(탕)이 夏(하)나라를 멸망시키고 세운 나라. ◇月籠樹 月籠沙헐ㅅ

제 後庭花만 부르더라.=연기는 차가운 물 위에 어리고 달빛은 모래 위에 비출 때 후정화만 부르더라. 後庭花(후정화)는 노래 곡조의 하나. 唐(당)나라 杜牧(두목)의 「秦淮(진회)」'烟籠寒水月籠沙 夜泊秦淮近酒家 商女不知亡國恨 隔江猶唱後庭花(연롱한수월롱사 야박진회근주가 상녀부지망국한 격강유창 후정화)'를 시조로 만든 것임.

羽 調

■初數大葉　　長袖善舞　　綠柳春風

13. 金烏와玉兔들아 뉘라셔너를좃닐관듸　九萬里長空에허위〃〃단이 나냐　이後란 十里에한번식쉬염〃〃단여라.

　　金烏와 玉兔들아=금오와 옥토는 해와 달의 異稱(이칭). 금오는 三足烏(삼족오)가 해 가운데 있다는 전설에서, 옥토는 토끼가 달 가운데 있다는 전설에서 유래한 말.『釋林類聚』'金烏東上人皆貴 玉兔西沈佛祖迷' ◇좃닐관듸=좇아오기에. ◇九萬里長空에=멀고 넓은 하늘에.

14. 南薰殿달밝은밤에 八元八凱다리시고　五絃琴彈一聲에解吾民之慍 兮로다　우리도 聖主뫼옵고同樂太平하리라.

　　南薰殿=舜(순) 임금이 南風歌(남풍가)를 짓고 오현금을 타던 궁전. ◇八元 八凱=凱(개)는 愷(개)의 잘못. 여덟 사람의 선량한 사람과 여덟 사람의 和合(화합)한 사람. 팔원은 高辛氏(고신씨)의 才子(재자), 팔개는 高陽氏(고양씨)의 재자임. ◇五絃琴 彈一聲에 解吾民之慍兮로다=오현금을 타는 소리에 내백성의 한을 풀도다. 오현금은 舜(순) 임금 만들어 남풍시를 타던 악기이고, 해오민지온혜는 남풍시의 한 구절임. ◇同樂太平=임금과 신하가 함께 태평 세월을 즐김.

15. 南八아男兒ㅣ死已언정 不可以不義屈矣어다   웃고對答하되公이有
言敢不死아   千古에 눈물둔英雄이몃 〃줄을지은고. 金尙憲

　南八아 男兒ㅣ 死已언정=남팔아 남자가 죽을지언정. 남팔은 唐(당)나라 南
霽雲(남제운). 팔은 형제의 排行(배항)이 여덟째임을 나타냄.　◇不可以不義
屈矣어다=불의에 굽히는 것은 옳지 않다. 남제운이 안녹산의 난에　睢陽城
(수양성)이 함락되자 張巡(장순)이 남팔에게 '南八男兒死耳 不可爲不義屈(남
팔남아사이 불가위불의굴)'이라 격려하여 끝내 적에게 굴하지 않았다는 고
사에서 유래함.　◇公이 有言敢不死아=공이 말씀하시니 감히 죽지 아니하랴.
죽겠다.　◇눈물 둔 英雄이 몃 〃 줄을 지은고=눈물을 흘린 영웅이 몇이나 되
는 줄 아는가.

16. 東窓이밝앗느냐 노고질이우지진다   소치는兒禧놈은상긔아니이럿
나냐   재넘어 사래긴밧츨언제갈녀하느니. 南九萬

　노고질이 우지진다=종달새가 우짖는다.　◇소치는 兒禧놈은 상긔 아니 이
럿냐=소 먹이는 아이놈들은 아직도 아니 일어났느냐.　◇재 넘어 사래 긴
밧츨 언제 갈녀 하느니=고개 너머 이랑이 긴 밭을 언제 갈려고 하느냐.

17. 東君이도라오니 萬物이皆自樂을   草木昆虫들은해 〃마다回生커늘
사람은 어인緣故로歸不歸를하는고. 朴孝寬

　東君이 도라 오니=봄이 되니. 동군은 봄의 神(신)을 일컫는 말.　◇萬物이
皆自樂을=만물이 다 즐거워함을.　◇어인 緣故로 歸不歸를 하는고=무슨 까
닭으로 가고는 다시 돌아오지를 않는고. 죽으면 다시 살아올 수가 없는가.

18. 冬至ㅅ달기나긴밤을 한허리를둘에내여   春風이불아래셔리 〃〃너
헛다가   어룬님 오신날밤이여드란구뷔 〃〃펴리라. 眞伊

한 허리를 둘에 내여=한 부분을 잘라 내여. ◇春風 이불 아래=봄바람처럼 따듯한 이불 속에. ◇ 어룬 님 오신 날 밤이여드란=사랑하는 임이 오시는 날 밤에는.

19. 梅影이부듸친窓에 玉人金釵 빗겻슨저   二三白頭翁은거문고와노래 로다   이윽고 盞잡아勸하랼제달이쏘한오르더라. 安玟(英)

◇ 대조; '白頭翁'은 '白髮翁'의 잘못.

梅影이 부듸친 窓에=매화의 그림자가 어른거리는 창문에. ◇玉人金釵 빗 겻슨져=어여쁜 여인의 금비녀가 빗겨 있구나. 매화의 盆栽(분재)를 말하는 듯. ◇二三白頭翁=두셋의 머리가 흰 늙은이. ◇盞잡아 勸하랼 제 달이 쏘 한 오르더라=술잔을 잡고 권하려고 할 때에 마침 달이 떠오르더라.

20. 石坡에눌린곳과 萬年壽를期約거다   花如解笑還多事요石不能言最 可人을 至今에 以石爲號하니못내즑여하노라. 仒人

◇ 대조; '石坡에눌린곳과'는 '石坡에又石하니'의 잘못.

石坡에 눌린 곳과=돌로 쌓은 둑에 눌려 있는 꽃과. 석파는 흥선대원군(興 宣大院君) 李昰應(이하응;1820~1898)의 號(호)로 이하응이 그린 난초를 말 함. ◇花如解笑還多事요 石不能言最可人을=꽃이 만일 웃음을 해득한다면 도리어 일이 많고, 돌이 말을 못하니 가장 사람에 가깝다. ◇以石爲號하니 못내 즑여 하노라=石(석)자로써 호를 삼으니 항상 즐겨 하더라. ◇石坡에 又石하니=석파에 또 우석이 있으니. 우석은 대원군의 장자(長子) 이재면(李 載冕)의 아호임.

21. 어져내일이여 글일ㅅ줄을모로든가   잇시라하드면가랴마는제구태 여   보내고 그리는情은나도몰나하노라.

◆ 대조;『청구영언』육당본과 『가곡원류』계 가집에 황진이의 작으로 되어 있음.

어져 내 일이여=아 내 일이여. 또는 내가 한 일이여. ◇글일ㅅ 줄을 모르
든가=그렇게 될 줄을 몰랐던가. ◇잇시라 하드면 가랴마는 제 구태여=가지
말고 머물러 있으라고 하였더라면 제가 구태여 갔겠느냐마는.

22. 玉露에눌린곳과 淸風에나는닙흘 老石에造化筆노깁바탕에옴겨신
져 異哉라 寫蘭이豈有香가마는暗然襲人하도다. 安玟英

玉露에 눌린 곳과=옥과 같이 영롱한 이슬이 맺혀 고개 숙인 듯한 꽃과. ◇
淸風에 나는 닙흘=맑은 바람에 날리는 잎을. ◇老石에 造化筆로 깁바탕에
옴겨신져=늙은 石坡의 조화로운 필치로 비단 바탕에 옮겨졌구나. 석파(石
坡)는 대원군의 아호로 대원군의 寫蘭(사란)을 말함. ◇異哉라=기이하구나.
◇寫蘭이 豈有香가마는 暗然襲人 하도다=그린 난초가 어찌 향기가 있을까
마는 은근하게 사람에게 접근해 오더라.

23. 堯田에갈든사람 水慮를못익엿고 湯田에갈든사람旱憂를어이한고
아마도 無憂無慮헐쓴心田인가하노라. 金學潤

◆ 대조; 작자 '金學潤'은 '金學淵'의 잘못.

堯田에 갈든 사람=요나라 땅을 갈던 사람. 즉 堯(요) 임금을 말함. ◇水慮
를 못 익엿고=홍수에 대한 근심에 익숙하지 못 하였다. 요(堯)임금 때에 있
었던 9년 동안의 장마(九年之水)를 말함. ◇湯田에 갈든 사람 旱憂를 어이
한고=탕(湯)나라 임금으로 밭을 간사람. 순(舜)임금을 말함. 가뭄에 대한 걱
정을 어찌할 것인가. 순임금 때 있었던 7년 동안의 가뭄(七年大旱)을 말함.
◇無憂無慮헐 쓴 心田인가=아무런 근심과 걱정이 없는 것은 마음인가.

24. 周雖舊邦이나 其命이維新이라 受天地詔命하사布德宣化하오시니
다시금 我東邦生靈이 熙皥世를보리로다.

◆ 대조; 『歌曲源流』계 가집에만 수록되어 朴孝寬의 작품으로 되어 있는데 박씨본과 구황실본에만 작자가 없는 것으로 보아 이 가집을 참조한 듯.

周雖舊邦이나 其命이 維新이라=주(周)나라가 비록 옛 나라이지만 그 명령이 새롭다. 시경(詩經)에 나오는 말임. ◇受天地紹命하사 布德宣化하오시니=밝은 천명을 받으시어 하늘의 덕을 받들어 널리 세상에 펴시니. ◇我東方生靈이 熙皞世를 보리로다=우리나라 백성들이 화락하고 나라가 태평한 세월을 볼 것이로다.

25. 天皇氏지으신집을 堯舜에와 灑掃러니 漢唐宋風雨에기우런지오래거다 우리도 聖主뫼옵고重修하려하노라.

天皇氏=상고(上古) 때 삼황(三皇)의 하나. ◇堯舜에 와 灑掃러니=요순시대에 와서 깨끗이 쓸어버리더니. ◇漢唐宋 風雨에 기우런지 오래거다=한(漢)나라를 거처 당(唐)나라와 송(宋)나라에 이르기까지의 오랜 세월에 나라가 기운지가 오래 되었다. ◇聖主 뫼옵고 重修하려=훌륭한 임금을 뫼시고 낡은 것을 고치려.

■二數大葉　杏壇說法　雨順風調

26. 가마귀ㅅ검다허고 白鷺야웃지마라 것치검은들속조차검울소냐
것희고 속검은짐생은네야건가하노라. 李稷

것치 검은들 속조차 검울소냐=겉이 검다고 해서 마음씨조차 검겠느냐. ◇네야 건가 하노라=네가 그런가 한다.

27. 가마귀싸호는골에 白鷺야가지마라 성낸가마귀흰빗츨새올세라
淸江에 조히씨슨몸을더려일ㅅ가하노라. (或曰鄭夢周母親爲圃隱赴太宗宴時作)

흰빛을 새울셰라=흰 빛을 시기할까 두렵다. ◇조히 씨슨 몸을 더려일ㅅ가 =깨끗하게 씻은 몸을 더럽힐까.

28. 가마귀너를보니 애닯고도애닯왜라   너무삼藥을먹고머리조차검엇 느냐 사람은 白髮검을藥을못어들ㅅ가하노라.

◆ 대조; '검을藥을' "검을藥을'의 잘못인데 『歌曲源流』박씨본과 구황실본에 이렇 게 되어 있음.

머리조차 검엇느냐=머리마저 검었느냐. ◇藥을 못 어더들ㅅ가=약(葯)은 藥(약)의 잘못. 약을 못 얻을까.

29. 가마귀저가마귀 네어듸로조차온다   昭陽殿날빗츨네혼자띄엿거늘 사람은 너만못하여홀노설워하노라. 李鼎輔

네 어듸로조차 온다=너는 어디에서 오느냐. ◇昭陽殿 날빗츨 네 혼자 띄 엿거늘=소양전의 밝은 햇빛을 너 혼자서 띠었거늘. 소양전은 한 무제(漢武 帝)의 총애를 받던 궁녀를 두었던 궁전. 햇빛은 임금의 은혜를 가리킴.

30. 閣氏네곳츨보소 퓌는듯이우나니   玉갓튼얼골인들靑春이每樣일가 늙은後 門前이冷落하면뉘웃칠ㅅ가하노라 소人

◆ 대조; '每樣일가'는 '매얏실까'의 잘못.

閣氏네 곳츨 보소=젊은 여인네들 꽃을 보시오. ◇퓌는 듯 이우나니=피는 듯하다 곧 시들어버리니. ◇玉갓튼 얼골인들 靑春이 每樣일가=아무리 고운 얼굴인들 젊음이 항상 이겠느냐. ◇門前이 冷落하면=집에 찾아오는 사람이 없어 쓸쓸하면.

31. 간밤에부든바람 江湖에도부돗치니 滿江舡子들은어이구려지내연
고 山林에 들언지오래니消息몰나하노라.

◇ 대조; '부돗치니'는 부돗던지'의 잘못.

江湖에도 부돗치니=강과 호수에도 불던지. ◇滿江舡子들은 어이구려 지내
연고=고기잡이를 하는 많은 사람들은 어떻게 지내는고. ◇들언 지 오래니=
들어온 지가 오래되었으니. 시골에 사는 지가 오래니.

32. 간밤에부든여흘 슯히울어지내여다 이제야생각하니임이우러보내
도다 저물이 거슬니흘으과저나도우러보내리라. 元觀瀾

◇ 대조; '부든여흘'은 '우던여흘'의 잘못으로 『歌曲源流』박씨본과 구황실본이 이
렇게 되이 있음.

간밤에 부든 여흘='부든'은 '우던'의 잘못인 듯. 지난밤에 울던 여울물. ◇
슯히 울어 지내여다=섧게 울며 흘러갔구나. ◇이제야 생각하니 임이 우러
보내도다=이제 와서 생각하니 임께서 울며 보내신 것이다. ◇거슬니 흘으
과저=거슬러 흐르거라. 逆流(역류)하거라.

33. 간밤에비오드니 石榴곳치다퓌거다 芙蓉堂畔에水晶簾거러두고
눌向한 깁흔시름을못내풀녀하노라.

芙蓉堂畔에 水晶簾 거러 두고=부용당 가에 수정으로 만든 발을 걸어두고.
◇눌向한 깁흔 시름을 못내 풀녀하노라=누구에게 향한 깊은 근심을 끝내 풀
고자 하느냐.

34. 간밤에부든바람 滿庭桃花다지거다 兒孩는뷔를들고쓸려하는고
야 洛花ㄴ들 곳이아니랴쓸어무삼하리요.

滿庭桃花 다 지거다=뜰에 가득 핀 복숭아꽃이 다 떨어지겠다. ◇곳이 아
니랴 쓸어 무삼하리요=떨어졌다고 해서 꽃이 아니겠느냐 쓸어 무엇 하겠느
냐.

35. 감장새적다하고 大鵬아웃지마라   九萬里長空에너도날고나도난다
    두어라 一般飛鳥니너오저오달으랴. 李澤

　　大鵬아=커다란 붕새야. 붕새는 상상의 새임. ◇九萬里長空에 너도 날고 나
　　도 난다=아득히 먼 하늘에 너도 날고 나도 난다. ◇一般飛鳥니 너오 저오
　　달으랴=날으는 새는 마찬가지니 너와 내가 다르겠느냐. 새임에는 마찬가지
　　다.

36. 江湖에秋節이드니 여윈고기살지거다   小艇에그믈싯고碧波로돌아
    들ㅅ제   白鷗야 날본체마라世上알ㅅ가하노라.

　　여윈 고기 살지거다=수척한 고기가 살지겠다. ◇小艇에 그믈 싯고 碧波로
　　도라들제=조그만 배에 그물을 싣고 푸른 파도를 타고 돌아올 때.

37. 江湖에期約을두고 十年을奔走하니   그모른白鷗는더듸온다하려니
    와   聖恩이 至重하시매갑고갈여하노라. 權鞸

◇ 대조; 작자가 권필로 된 가집이 없음.

　　江湖에 期約을 두고=자연과 약속을 하고. ◇十年을 奔走하니=오랜 세월을
　　바삐 살아가니. ◇그 모른 白鷗는 더듸 온다 하려니와=그런 사정을 모르는
　　백구는 늦게 온다고 하지마는.

38. 江湖에노는고기 질긴다불워마라   漁父도라간後엿나니白鷺로다
    終日을 쓰락잠기락閑暇할때업세라.

◆ 대조; 작가가 수록 가집에 李鼎輔나 朴仁老인데 무명씨 작품으로 처리했음.

질긴다 불워마라=혼자 한가롭게 지낸다고 부러워하지 마라. ◇엿나니 白鷺로다=엿보느니 백로다.

39. 江湖에봄이드니 밋친興이절로난다 酒醪溪邊에錦鱗魚按酒삼ㅅ고 이몸이 閑暇하옴도亦君恩이샷다. 孟思誠

◆ 대조; '按酒삼ㅅ고'는 '안주로다'로 되어 있음. 『歌曲源流』계 가집에서는 작자가 황희(黃喜)로 되어 있음.

밋친 興이 절로 난다=기분 좋은 흥취가 절로 생긴다. ◇濁醪溪邊에 錦鱗魚 按酒삼ㅅ고=막걸리를 마시며 냇가에서 노는 놀이에 쏘가리를 안주 삼고. ◇亦君恩 이샷다=이 또한 임금의 은혜이다.

40. 江湖에여름이드니 草堂에일이업다 有信한江波는보내느니바람이라 이몸이 서늘하옴도亦君恩이샷다 仝人

◆ 대조; 『歌曲源流』계 가집에는 수록되지 않았음.

有信한 江波는=믿음직스러운 시원한 강의 물결은.

41. 江湖에가을이드니 고기마다살지거다 小艇에그믈실어흘니씌워더져두고 이몸이 消日하옴도亦君恩이샷다. 仝人

◆ 대조; 『歌曲源流』계 가집에는 수록되지 않았음.

흘니 씌워 더져 두고=저절로 흘러가게 띄워 내버려 두고.

42. 江湖에겨울이드니 눈섭히자히남다   삿갓빗기쓰고누덕으로옷을삼
   아 이몸이 칩지아님도亦君恩이샷다. 仝人

◇ 대조;『歌曲源流』계 가집에는 수록되지 않았음. '눈섭히'는 '눈깁희'의, '누덕으
로'는 '누역으로'의 잘못임.

   눈섭히 자가 남다=눈이 쌓인 것이 한 자가 넘는다. ◇삿갓 빗기 쓰고 누덕
으로 옷을 삼아=삿갓을 비스듬히 쓰고 누역으로 옷을 삼아. 누역(縷繹)은 도
롱이.

43. 江水로술을빗고 明月노燭을삼아   十里明沙算을노코不醉無歸하사
   이다 靑山아 지는달멈츄어라벗님갈가하노라. 咸和鎭

   江水로 술을 빗고=강물로 술을 만들고. ◇明月노 燭을 삼아=밝은 달로 촛
불을 삼아. ◇十里明沙 算을 노코 不醉無歸 하사이다=십리나 이어지는 깨
끗한 모래로 먹은 술을 계산하고 취하지 말고 무사히 돌아가십시다.

44. 거울에빗췬얼골 내보기에꼿갓거든   하물며端粧하고님의압해뵐쩍
   이랴 이端粧 님을못뵈니그를슬워하노라.

   내 보기에 꼿 갓거든=내가 보기에는 꽃처럼 보이거늘. ◇님의 압해 뵐 쩍
이랴=임의 앞에서 뵈어 드릴 때야.

45. 乾坤이有意하여 男兒를내엿드니   歲月이無情하여이몸이늙엇세라
   功名이 在天하니설워무삼하리요. 李鼎輔

◇ 대조; '설워무삼'은 '슬허무슴'으로 되어 있음.

   乾坤이 有意하여 男兒를 내엿드니=하늘과 땅이 뜻이 있어 남자로 태어나

게 하였으니.

46. 검으면희다하고 희면검다하네　검거나희거나올타하리전혀업다
찰아리 귀먹고눈감아듯도보도말니라. 金壽長

　올타 하리 전혀 업다=옳다고 하는 사람이 아주 없다. 또는 옳다고 할 까닭
이.

47. 겨울날다사한볏츨 님의등에쏘이과저　봄미나리살진맛슬님의손대
들이과저　임이야 무엇이업스리요마는내못이저하노라.

　님의 손대 들이과저=임의 손에 드리고 싶다.

48. 功名이그무엇고 辱된일만흐니라　三杯酒一曲琴으로事業을삼아두
고　이조흔 太平烟月에이리저리늙으리라. 金天澤

　辱된 일 만흐니라=욕이 되는 일이 많더라.　◇三杯酒 一曲琴으로 事業을
삼아두고=석 잔 술과 한 곡조의 가야금으로 하는 일로 삼고.

49. 功名이긔무엇고 헌신ㅅ짝벗은이라　田園에도라오니麋鹿이벗이로
다　百年을 이리지냄도亦君恩이샷다. 申欽

　헌신ㅅ짝 벗은이라=헌신짝 벗어버린 것처럼 미련이 없다.　◇麋鹿이=고라
니와 사슴이.　◇이리 지냄도=이렇게 한가하게 생활하는 것도.

50. 功名이조타하나 閑暇함과엇더하며　富貴를불워하나安貧에엇더하
뇨　이百年 저百年지음에어느百年이다르랴. 金壽長

조타 하나=좋다고 하지만. ◇불워 하나=부러워 하지만. ◇이 百年 저 百年 지음에=이 백년과 저 백년 사이에.

51. 功名도이젓노라 富貴도이젓노라 世上煩憂한일모도다이젓노라
내몸을 내마저이즈니남이아니이즈랴. 金光煜

❖ 대조: '모도다이젓노라'는 '오로다니젓노라'.임

내 마저 이즈니=나조차도 잊어버리니.

52. 功名을모로노라 江湖에누어잇서 蘋洲에狎鷺하고柳岸에聞鶯이로
다 째째로 往來漁笛은나의興을돕는다. 金友奎

功名을 모로노라=공명을 모르는 것이라 하고. ◇蘋洲에 狎鷺하고 柳岸에
聞鶯이로다=마름이 우거진 물가에 백로와 친압하고 버드나무가 서 있는 둑
에서 꾀꼬리 우는 소리를 듣는다. ◇往來漁笛은=왔다 갔다 하며 부는 어부
들이 부는 피리 소리는.

53. 功名을질겨마라 榮辱이半이로다 富貴를貪치마라危機를밥나니라
우리는 一身이閑暇하니두릴일이업세라, 金三賢

功名을 질겨마라=공명을 좋아하지 마라. ◇榮辱이半이로다=영예와 치욕
이 반반이다. ◇危機를밥나니라=위기를 자초하는 것과 같다. ◇두릴 일이
업세라=두려워 할 일이 없다.

54. 功名은낭을씌고 富者는衆之怨을 簞食瓢飮을陋巷에安分커니 世
上에 雌黃奔競을나는몰나하노라. 金敏淳

功名은 낭을 씌고=공명은 이리(狼)처럼 탐욕스럽고 잔인함을 가졌고. ◇

富者는 衆之怨을=부자는 여러 사람들의 원망의 대상이 되는 것을. ◇簞食
瓢飮을 陋巷에 安分커니=도시락의 밥과 표주박의 물로 좁고 더러운 곳에서
분수를 지키며 살거니. 검소란 생활을 하며 살고 있으니. ◇雌黃奔競을 나
는 몰라 하노라=세상의 시비나 권력 같은 것을 나는 모른다. 자황은 유황(硫
黃)과 비소(砒素)의 혼합물로 시문(詩文)을 첨삭하는데 쓰였으므로 문구나
연설을 고침, 또는 변론의 시비를 말함. 분경은 몹시 다툼. 옛날의 엽관운동
을 뜻함.

55. 곳퓌자술이익고 달밝자벗이왓네 이갓치조흔째를어이그리보낼소
냐. 하물며 四美具하니 長夜醉를하리라.

◇ 대조 ; '어이그리'는 '어이그저'임

　　이갓치 조흔 째를 어이 그리 보낼소냐=이처럼 좋은 시절을 어찌 그냥 보낼
수 있으랴. ◇四美具하니 長夜醉를 하리라=꽃과 술과 달과 벗이 다 갖추어
져 있으니 밤새 취하도록 마시겠다.

56. 곳보면달生覺하고 달밝으면술生覺하고 곳퓌자달밝자술어드면벗
生覺하네 언제면 곳아래벗다리고玩月同醉하려뇨. 李鼎燮

◇ 대조 ; '곳보면'은 '곳퓌면' 으로, 작자 '李鼎燮'이 아닌 '李鼎輔'임.

　　玩月同醉 하려뇨=달이 뜬 경치를 완상하며 함께 술에 취하여 즐길 수가 있
으리오.

57. 쇠쏘리날렷스라 柯枝우헤울릴세라 겨우든잠을네소래에쌜작시면
아마도 遼西一夢을못일울ㅅ가하노라. 朴熙瑞

　　柯枝 우헤 울릴세라=가지 위에서 울까 두렵다. ◇遼西一夢을 못 일울ㅅ가
=요서로 향하는 꿈을 꾸지 못할까. 요서는 요하(遼河)의 서쪽. 호인(胡人)을

지키는 수자리에 간 남편을 그리워 함.

58. 君恩도다못갑고 어버이도죽으시니   忠孝事業이오로다虛事ㅣ로다
두어라 四時佳興에남운해를보내리라. 金壽長

　◇ 대조; '보내리라'는 '보내자'로 되어 있음.

　忠孝事業이 오로다 虛事ㅣ로다=나라에 충성하고 부모에 효도하는 일이 모
두다 헛일이로구나. ◇四時佳興에 남은 해를 보내리라=일년 내내 지내는
동안 기분 좋은 흥취에 여생을 보내겠다.

59. 歸去來歸去來한들 물너간이긔누군고   功名이浮雲인줄사람마다알
것마는 世上에 꿈깬이업스니그를설워하노라. 李鼎輔

　歸去來 歸去來한들=물러나자 물러나자 하면서. ◇물너간 이 긔 누군고=물
러간 사람이 그 누구인가. ◇꿈깬 이 업스니=공명이 쓸 데 없는 것임을 깨
달은 사람이 없으니.

60. 그린듯한山水間에 風月로울을삼고   煙霞로집을삼아詩酒로벗이되
니 아마도 樂是幽居를알니적어하노라. 申喜文

　그린 듯한 山水間에=그림을 그린 것처럼 아름다운 자연 속에. ◇風月로
울을 삼고=풍월로 울타리를 삼고. ◇煙霞로 집을 삼아=연기와 노을로 집을
삼아. ◇樂是幽去를 알 니 적어=그윽하고 궁벽한 곳에 사는 즐거움을 아는
사람이 적어.

61. 金樽에가득한술을 玉盞에받들고서   心中에 願하기를萬壽無疆하
오소셔   南山이 이뜻을알아四時常春하리라.

◇ 대조; '四時常春하리라'는 '四時常靑하시다'임. 작자 익종(翼宗)의 누락.

金樽에 가득한 술을=술통에 가득 찬 술을. ◇四時長春 하리라=항상 젊음을 유지하리라.

62. 기럭이저기럭이 네行列부럽고나   兄友弟恭하여제어이알냐마는
다만지 晝夜에함쎄날믈못내불워하노라.

◇ 대조; '兄友弟恭하여'는 '兄友弟恭이야'임

네 行列 부럽구나=네 형제간에 우애가 부럽구나. ◇兄友弟恭하여 제 어이 알냐마는=형제간에 우애가 있어야함을 제가 어찌 알겠느냐만. ◇晝夜에 함쎄 날믈=밤낮으로 함께 나는 것을.

63. 나무도病이드니 亭子라도쉴이업네   豪華이섯제는오리가리다쉬더니   닙지고 柯枝저즌後ㅣ면새도아니오더라. 鄭澈

亭子라도 쉴 이 업다=정자라고 쉴 사람이 없다. ◇豪華이 섯제는=나뭇잎이 무성하여 그늘이 좋을 때는. ◇柯枝 저즌 後ㅣ면=가지가 뒤로 기울어진 후에는. 가지가 꺾어진 뒤에는.

64. 나보기조타하고 남의임을每樣보랴   한여흘두닷세에여드레만보고지고   그달도 설흔날이면쏘잇흘을못보리라.

◇ 대조; '못보리라'는 '보리라'로 되어 있음.

한 여흘 두 닷세에 여드레만 보고지고=한 달만 보고지고. 하나의 열흘에 두 번의 오일에 팔일. 즉 한달. ◇설흔 날이면 쏘 잇흘을=그 달이 커서 30일이 그믐이면 또 2일을.

65. 나온자오날이야 즐거온자今日이야 즐거운오날이행혀아니저믈세
라 每日이 오날갓흐면무삼시름잇시리. 金玄成

나온자 오날이야=즐겁도다 오늘이여. ◇행여 아니 저믈세라=행여나 저물
까 두렵다.

66. 南極老人星이 息影亭에빗취여서 滄海桑田이슬카장뒤늡도록 가
지록 새빗츨내여그믈뉘를모르리라. 鄭澈

南極老人星이=남극의 노인성이. 남극노인성은 남극에 있어 사람의 수명(壽
命)을 맡았다는 별. ◇息影亭에=그림자도 머문다는 뜻을 가진 정자. 식영정
은 전라남도 담양군에 있는 정자로 김성원(金成遠)이 임억령(林億齡)을 위해
지어준 정자. ◇滄海桑田이 슬카장 뒤늡도록=푸른 바다가 뽕나무 밭이 되
어 마음껏 번복되도록. ◇가지록 새 빗츨 내여 그믈 뉘를 모르리라=갈수록
새로운 빛을 내어 어두워질 때를 모르리라.

67. 南極星도다잇고 勸酒歌로祝壽로다 오날老人들은서로노자勸하는
고나 이後란 花朝月夕에每樣놀려하노라. 金汝根

南極星 도다 잇고=남극수성(南極壽星)이 떠 있고. 남극수성은 남극노인성
과 같은 말. ◇勸酒歌로 祝壽로다=술을 권하는 노래로 오래 살기를 빈다.
◇花朝月夕에 每樣 놀려 하노라=꽃 피는 아침과 달 밝은 저녁에 항상 놀고
자 한다.

68. 南園에곳츨심어 百年春色보렷드니 一朝風霜에퓌는듯이울거다
어즈버 探花蜂蝶은갈곳몰나하노라. 金敏淳

南園에 곳츨 심어=남쪽 뜰에 꽃을 심어. ◇百年春色 보렷드니=언제나 꽃
이 피어 있는 봄의 경치를 보려고 하였더니. ◇一朝風霜에 퓌는 듯이 이울

거다=하루아침의 바람과 서리에 피는 듯하다 이내 시드는구나. ◇探花蜂蝶
은=꽃을 찾는 벌과 나비들은.

69. 내靑春누를주고 뉘白髮을가져온고 오고갈ㅅ길을아럿든들막을거
슬 알고도 못막는길이니그를설워하노라.

내 靑春 누를 주고=내 젊음을 누구에게 주고. ◇뉘 白髮을 가져 온고=누
구의 백발을 가져 왔는가. ◇오고 갈ㅅ길을 아럿든들 막을 거슬=늙음이 오
고 젊음이 가는 것을 알았다면 미리 막았을 것을.

70. 내언제信이업서 임을언제속엿관대   月沈三更에온뜻이전혀업네
秋風에 지는닙소리야낸들어이하리요. 眞伊

내 언제 信이 업서=내가 언제 믿음 없는 행동을 하여. ◇月沈三更에 온 뜻
이 전혀 업네=달마저 없는 한 밤중에 올 뜻이 전혀 없구나.

71. 내집이깁고깁허 뉘라서차즐손고   四壁이蕭然하여一張琴뿐이로다
잇다감 淸風明月만오락가락하더라, 李鼎輔

뉘라서 차즐손고=누가 찾아오겠는가. ◇四壁이 蕭然하여一張琴뿐이로다=
사방 벽이 쓸쓸하여, 즉 살림이 구차하지만 가야금 하나만 있구나.

72. 내집이白下山中 날차즐이뉘잇시리   入我室者ㅣ淸風이오對我飮者
ㅣ明月이라 庭畔에 鶴徘徊하니긔벗인가하노라. 尹淳

내 집이 白下山中=내 집이 백하산 속. 또는 아무 것도 없는 산 속. ◇入我
室者ㅣ淸風이오 對我飮者ㅣ明月이라=내 방에 드는 것은 맑은 바람이요, 나
를 상대하여 술을 마시는 것은 밝은 달이다.

73. 내집이草堂三間 世事는바이업네　茶다리는돌湯罐과고기잡는낙대
로다　뒤뫼에 절노난고사리긔分인가하노라.

　　世事는 바이 업네=세상의 번잡한 일은 전혀 없다.　◇茶다리는 돌湯罐과=
茶(차)를 다리는 돌탕관과.　◇뒤 뫼에=뒷산에.　◇긔 分인가 하노라=그것이
나의 분수에 맞는 것인가 한다.

74. 내몸이病이만아 世上에버렷스니　是非榮辱을오로다이젓것만　아
마도 豪快한一癖이매부르기만조홰라. 金裕器

　　是非榮辱을 오로다 이것 것만=옳고 그름과 영예와 치욕, 즉 세상살이를 전
부 다 잊었건만.　◇豪快한 一癖이 매부르기만 조홰라=마음속에 기분 좋고
상쾌한 버릇의 하나는 매사냥만이 좋구나.

75. 냇가에해오래비 무삼일서잇는다　無心한저고기를여어무삼하려는
다　아마도 한물에잇거니이젓슨들엇더리 申欽

　　냇가에 해오래비=냇가의 백로야.　◇ 무삼 일 서잇난다=무슨 일로 서 있느
냐.　◇無心한 저 고기를 여어 무삼하려는다=아무 생각도 없이 노는 저 고기
를 엿보아 무엇 하려느냐.　◇한 물에 잇거니 이젓슨들 엇더리=같은 물에 있
으니 잊어버린들 어떻겠느냐.

76. 네얼골그려내여 月中桂樹에거럿스면　東嶺에돗아올제두렷이보렷
마는　그려서 걸리업스니그를설워하노라.

◆ 대조: 작자 미상으로 되어 있으나 『청구영언』육당본에 金敏淳의 작품으로 되
　어 있음.

　　네 얼골 그려 내여=네 얼굴을 그리어.　◇月中桂樹에 거럿스면=달 속에 있

57

다는 계수나무에 걸었으면. ◇東嶺에 돗아올 제 두렷이 보렷마는=동쪽 산마루에 돌아오를 때 뚜렷이 보겠지마는. ◇그려서 걸리 업스니 그를=그려서 걸 사람이 없으니 그것을.

77. 綠楊도조커니와 碧梧桐이더조홰라 굵은비듯는소래丈夫의心事ㅣ로다 年深코 累往風霜後ㅣ면舜帝琴이되리라. 金壽長

◇ 대조; '累往風霜後'는 '累經風霜後'로 되어 있음.

綠楊도 조커니와=푸른 버들도 좋지마는. ◇굵은 비 듯는 소래 丈夫의 心事ㅣ로다=오동잎에 소나기 오는 소리가 대장부의 마음씨처럼 호쾌하다. ◇年深코 累往風霜後ㅣ면 舜帝琴이 되리라=세월이 오래고 여러 해 풍상을 겪은 뒤에는 순임금이 만들었다는 악기가 될 것이다.

78. 놉흐락나지락 멀기와갓갑기와 모지락둥그락하며길기와저르기와 平生에 이러하엿시니무삼근심하리요. 安玟英

놉흐락 나지락 멀기와 갓갑기와=고저(高低)와 원근(遠近). 일에 대처하는 자세를 말함. ◇모지락 둥그락 하며 길기와 저르기와=방원(方圓)과 장단(長短). 일에 대처하는 방법을 말함.

79. 눈물이眞珠라면 흐르지안케싸두엇다가 十年後오신임을구슬城에 안치련만 痕迹이 이내업스니그를설워하노라.

十年後 오신 임을 구슬城에 안치련만=십년 뒤에 오신 임을 눈물의 구슬로 만든 성에 앉게 하겠지만. ◇이내 업스니=곧 없어지니.

80. 늙게야만난님을 덧업시도여의건저 消息이긋첫슨들쑴에도아니뵈랴 임이야 날生覺하랴마는나는못이즐가하노라. 李鼎輔

덧업시도 여의건저=흔적도 없이 잃어버렸구나. ◇消息이 긋첫슨들 꿈에도
아니 뵈랴=소식이 끊어젓다고 한들 꿈속에도 아니 나타나겠느냐.

81. 늙엇다물너가자 마음과議論하니   이임바리고어듸러로가자하리
    마음아 네란잇거라몸이먼저가리라.

    이 임바리고 어듸러로 가자하리=이 임을 버리고 어디로 가자고 하겠느냐.
    ◇네란 잇거라=너는 남아 있거라.

82. 늙기설운줄을 모로고나늙엇는가   三月이덧이업서白髮이절노난다
    그러나 朞年적마음은減한일업세라. 金三賢

   ◇ 대조; '三月이'는 '三春이'로 되어 있음. '朞年적'은 '少年적'으로 되어 있음.

    三月이 덧 업서 白髮이 절노 난다=삼월은 봄날, 즉 청춘을 뜻함. 청춘이 덧
    없이 흘러 어느새 백발이 저절로 나는 나이가 되었구나. ◇朞年적 마음은
    減한 일 업세라=어릴 때 마음은 줄어든 일이 없다. 기년은 돌을 말함.

83. 님금과百姓과ㅅ사히 하날과싸히로다   우리의셜운일을알오려하시
    거든 우리ㄴ들 살진미나리를혼자어이먹으리. 鄭澈

   ◇ 대조; '우리의'는 '나의'로, '알오려'는 '다아로려'로 되어 있음.

    우리의 셜운 일을 알오려 하시거든=백성들의 억울한 일을 알려고 하시거
    든. ◇혼자 어이 먹으리=혼자서 어찌 먹을 수가 있겠느냐.

84. 닷는말서 〃늙고 드는칼보뮈것다   無情歲月은白髮을재촉하니   아
    마도 聖主鴻恩을못갑흘ㅅ가하노라. 柳赫然

닷는 말 서서 늙고=천리마처럼 잘 달리는 말이 헛되이 마구간에서 늙어가고. ◇드는 칼 보뮈 것다=훌륭한 보검에 녹이 끼었다. ◇聖主鴻恩을=훌륭한 임금의 하해(河海) 같은 은혜를.

85. 唐虞도조커니와 夏商周더욱조타 이제를헤여하니어느적만한저이고 堯天에 舜日이밝앗시니아모젠줄몰내라. 朱義植

   唐虞도 조커니와=요(堯)와 순(舜)의 시대도 좋다고 하겠지만. 당은 요의 호(號), 우는 순의 호. ◇夏商周=중국 역사의 삼대(三代)라고 하는 시대. 상은 은(殷)과 같은 말임. ◇이제를 헤여하니 어느 적만 한 저이고=지금을 헤아려 보니 어느 때만 한 것인가. ◇堯天에 舜日이 밝앗시니=요임금 시절의 하늘에 순임금 시절의 날이 밝았으니. 요순시절과 같으니.

86. 唐虞를어제본듯 漢唐宋을오날본듯 通古今達事理하는明哲士를엇더타고 져설듸 歷歷히모르는武夫를어이좃츠리. 笑春風

   漢唐宋을 오늘 본 듯=중국에서 문물이 가장 발달되었다고 하는 한(漢)나라에서 당(唐)나라를 거쳐 송(宋)나라에 이르기까지의 세월을 오늘에 본 듯. ◇通古今達事理하는 明哲士를 엇더타고=고금을 통하여 사리에 통달한 총명하고 밝은 선비를 어떠하다고. ◇져 설 듸 歷歷히 모르는 武夫를 어이 좃츠리=제가 설 곳도 자세히 모르는 무사(武士)를 어찌 따르랴.

87. 大同江달밝은밤에 碧漢槎를씌워두고 練光亭醉한술이浮碧樓에다쌔것다 아마도 關西佳麗는예쑌인가하노라. 尹游

   碧漢槎를 씌워 두고=배를 띄워두고. 벽한은 하늘과 운하를, 벽한사는 신선이 타는 배를 가리킴. ◇練光亭 醉한 술이 浮碧樓에 다 쌔것다=연광정에서 취한 술이 부벽루에 오는 동안에 다 깨겠다. 연광정과 부벽루는 평양에 있는 명승고적임. ◇關西佳麗는 예쑌인가=관서지방의 아름다운 경치는 이 곳 뿐인가.

88. 大學山남글베혀 明德船을무어내여 親民江건너져어至善所에매어
두고 어즈버 三綱八條目을낙가볼가하노라. 金壽長

◇ 대조; '親民江'은 '臣民江'으로, '三綱八條目'은 '三綱令八條目'임.

大學山 남글 베어=대학산의 나무를 베어. 대학산은 실제의 산이 아니고 사
서(四書)의 하나이 대학(大學)을 산에 비유한 것임. ◇明德船을 무어 내여=
명덕이란 배를 만들어 내어. 명덕은 대학의 첫 구절에 나오는 '대학지도 재
명명덕(大學之道 在明明德)'에서 가져온 것임. ◇親民江 건너 저어 至善所
에 매어 두고=배로 신민강을 건너 저어 지선소에 매어 두고. 신민강과 지선
소도 실제의 장소가 아니라 대학의 구절에서 나온 구절을 가지고 만든 이름
임.

89. 陶淵明죽은後에 坐淵明이나단말이 밤마을녯일홈이맛초아갓흘지
고 도라와 守拙田園이야긔오내오다르랴. 金光煜

밤마을 녯 일홈이 맛초아 갓흘시고=밤마을 옛 이름이 예전과 아주 같구나.
밤마을은 율리(栗里)로 진(晉)나라 도연명(陶淵明)의 고향 마을의 이름임.
◇守拙田園이야 긔오 내오 다르랴=옹졸함을 지켜 전원으로 돌아온 것이 그
와 내가 다르겠느냐. 자신과 도연명이 같음을 강조한 것임.

90. 東窓에도닷든달이 西窓으로도지도록 오실님못올센정잠은어이가
저간고 잠좃차 가저간임을生覺무삼하리요.

東窓에 도닷든~西窓으로 도지도록=초저녁부터 새벽에 이르기까지. ◇오
실 님 못 올센정 잠은 어이 가저간고=오시겠다고 한 님이 못 오실지언정 잠
은 왜 가져갔는가. 잠이 아니 오는가.

91. 두눈에고인눈물 眞珠나될양이면 靑실紅실길게쐬여임쎄한곳보내
렴만 거두지 미처못하여사라짐을어이리.

61

眞珠나 될 양이면=진주가 된다면. ◇거두지 미처 못하여 사라짐을 어이리
=거두지를 미처 못 하여 없어짐을 어이하겠느냐.

92. 杜鵑아우지마라 이제야내왓노라 梨花도픠여잇고새달도도다잇다
江山에 白鷗잇스니盟誓푸리하리라. 李鼎輔

◇ 대조; '江山에'는 '江上에'로 되어 있는데, 『海東歌謠』주씨본과 같음.

이제야 내 왓노라=이제야 내가 왔구나. ◇盟誓푸리 하리라=맹세를 실행에
옮기겠다.

93. 龍樓에祥雲이요 鳳閣에瑞靄로다 甲戌二月初八日에우리世子誕生
하사 億萬年 東方氣數를바다이어계신저.

◇ 대조; 『金玉叢部』가번(歌番) 10의 초장 '獜在郊鳳 翔岐하니 이 어인 吉祥고'를
가번 88의 초장 '龍樓에 祥雲이요 鳳閣에 瑞靄ㅣ로다'를 가져다 쓴 것으로 『海
東樂章』의 것을 그대로 가져온 것임. 작자가 안민영(安玟英)임을 누락하였음.

龍樓에 祥雲이요=용루에 상서로운 구름이 끼었고. ◇鳳閣에 瑞靄로다=봉
각에 상서로운 노을이 끼었다. 용루나 봉각은 다 궁궐을 가리킴. ◇甲戌 二
月 初八日에 우리 世子 誕生하사=고종(高宗) 11년(1874) 2월 8일에 세자가
탄생하시여. ◇東方 氣數를 받아 이어 계신저=우리나라의 운수를 받아 계
승하고 계시구나.

94. 雷霆이破山하여도 聾者는못듯나니 白日이到天하여도瞽者는못보
나니 우리는 耳目聰明男子로되聾瞽갓치하리라. 李滉

◇ 대조; '到天하여도'는 '中天하여도'인데 『歌曲源流』계 가집에만 이렇게 되어 있
음.

雷霆이 破山하여도=격렬한 천둥과 벼락이 산을 무너뜨린다고 해도. ◇聾
者는 못 듯나니=귀머거리는 듣지 못한다. ◇白日이 到天하여도 瞽者는 못
보나니=해가 중천(中天)에 떠있어도 장님은 못 보나니. ◇耳目聰明 男子로
되 聾瞽갓치 하리라=귀와 눈이 잘 들리고 밝은 정상적인 사람이나 귀머거리
나 장님같이 행동하겠다.

95. 마음이어린後ㅣ니 하는일이다어리다 萬重雲山에어늬임오리마는
지는닙 부는바람에幸兮긘가하노라. 徐敬德

　마음이 어린 後ㅣ니=마음이 어리석은 뒤이니. ◇하는 일이 다 어리다=하
는 일마다 다 어리석다. ◇萬重雲山에 어늬 임 오리마는=구름이 첩첩이 쌓
인 깊은 산중에 어느 임이 오겠느냐만.

96. 마음이咫尺이면 千里라도咫尺이요 마음이千里오면咫尺도千里로
다 우리는 各在千里오나咫尺인가하노라.

　마음이 千里이면 咫尺도 千里로다=서로의 마음이 천리처럼 느낀다면 아주
가까운 거리도 천리처럼 느껴진다. ◇各在千里오나=각각 처리나 떨어져 있
으나.

97. 마음아너는어이 每樣에졂엇나냐 내늙은제면녠들아니늙을소냐
아마도 너좃녀다니다가남우일ㅅ가하노라.

　마음아 너는 어이 每樣어 졂엇나냐=마음아 너는 어이 항상 졂었느냐. ◇
너 좃녀 다니다가 남 우일ㅅ가 하노라=너를 따라 다니다가 남에게 웃음거리
가 될까 한다.

98. 萬鈞을느려내여 길게길게노를쏘아 九萬里長天에가는해를잡아매
여 北堂에 鶴髮雙親을더듸늙게하리라.

◆ 대조; 작가 누락. 대부분 가집에 박인로(朴仁老)나 이덕형(李德馨)으로 되어 있음.

　萬鈞을 느려내여=무거운 쇠를 늘려서. 균(鈞)은 무게의 단위로 30근. 곧 30만근이나 아주 많은 양을 나타냄. ◇노를 꼬아=노끈을 만들어. ◇九萬里長天에 가는 해를 잡아매여=높은 하늘에 떠가는 해를 잡아매어. ◇北堂에 鶴髮雙親을=북쪽 방에 거처하시는 늙으신 양친을. 북당은 어머니를 나타내는 말로 쓰임.

99. 梅花녯둥걸에 봄철이도라오니　옛퓌든柯枝에퓌염즉도하다마는
　春雪이 萬粉粉하니퓔똥말똥하여라.

◆ 대조; '萬紛紛'은 '亂紛紛'의 잘못. 작가 누락. 대부분 가집에 매화(梅花)의 작품으로 되어 있음.

　梅花 녯 둥걸에=매화나무의 오래된 둥치에. ◇春雪이 萬粉粉하니=萬粉粉은 亂紛紛(난분분)의 잘못. 봄눈이 어지럽게 날리다. 춘설은 다른 여인을 나타내는 중의(重義)적인 표현으로 보는 견해도 있음.

100. 梅影이부듸친窓에　玉人金釵빗겻슨저　二三白髮翁은거문고와노래
　로다 盞들어　勸하랼제달이쏘한오르더라.

◆ 대조; 歌番(가번) 19와 중복. 작가 누락. 안민영(安玟英)의 작품임.

101. 明明德실은수레　어듸메나가더이고　物格峙넘어들어知止고개지
　나더라　감이야 가더라만은誠意館을못갈네라. 盧守愼

　明明德 실은 수레=명명덕을 실은 수레. 명명덕은 명덕(明德)을 밝힌다는 뜻으로 대학(大學) 삼강령(三綱領)의 하나임. ◇物格峙 넘어 들어 知止고개 지나더라=물격이란 고래를 넘어 지지라는 고개를 지나더라. 물격(物格)은

대학 팔조목(八條目)의 하나로 사물에 이치를 궁구하여 궁극에 도달한다는 뜻으로, 지지(知止)도 그칠 때를 안다는 뜻으로 각각 고개에다 비유했음. ◇ 감이야 가더라 만은 誠意舘을 못 갈네라=가기야 가지마는 성의관에는 가지 못할 것이다. 성의관은 상상의 집으로 성심성의껏 노력을 해도 뜻이 쉽게 이루어지지 않음을 말한 것임.

102. 文王子武王弟로 富貴雙全하신周公 握髮吐哺하사愛下敬勤하삿 거든 엇지타 後世不肖는驕奢自尊하는고. 朴孝寬

　文王子 武王弟로=주(周)나라 문왕의 아들이요 무왕의 아우로. ◇富貴雙全하신 周公=부와 귀를 다 온전하게 갖추신 주공. 주공은 文王(문왕)과 武王(무왕)을 도와 주(紂)를 치고, 성왕(成王)을 도와 왕실의 기초를 세우고 제도와 예악을 정하여 주나라 문화 발전에 크게 공헌하였음. ◇握髮吐哺하사 愛下敬勤하샷거든=머리를 감을 때나 밥을 먹을 때에 손님이 오면 감던 머리를 싸쥐고 또는 먹던 밥알을 뱉고 나와서 맞이하시며 백성을 사랑하고 삼가 부지런하셨거든. ◇後世 不肖는 驕奢自尊하는고=뒷세상에 태어난 못난 나는 교만하고 사치하며 스스로를 높이는지.

103. 뭇노라부나뷔야 너의쯧을내몰내라 한나뷔죽은後에또한나뷔싸 라오니 아모리 푸새엣짐생인들너죽을ㅅ줄모로는다. 李鼎輔

　뭇노라 부나뷔야=묻겠다 불나비야. ◇푸새엣 짐승인들=별 것 아닌 짐승인들. 곤충인들.

104. 바회는危殆타마는 곳얼골이天然하고 골은그윽하다마는새소래 도석글하다 飛瀑은 急한形勢어더濕我衣를하더라.

◆ 대조; 『金玉叢部』에는 '濕我衣'가 아니라 '落九天'으로 되어 있음. 작가 누락. 안민영(安玟英)의 작품임.

곳 얼골이 天然하고=꽃처럼 잘 생긴 얼굴이 아주 흡사하고. ◇새소래도
석글하다=새소리도 뜸하게 들리다. ◇飛瀑은 急한 形勢를 어더 濕我衣를
하더라=새가 나는 형상을 한 폭포는 급하게 쏟아져 나의 옷을 적시더라.

105. 白日은西山에지고 黃河는東海로든다   古來英雄은北邙으로드단
말가 두어라 物有盛衰니恨할줄이잇스랴. 崔冲

   白日은 西山에 지고 黃河는 東海로 든다=해는 서산으로 지고 황하는 동해
로 흘러든다. 자연의 섭리다. ◇古來英雄은 北邙으로 드단말가=예전부터
이제까지의 영웅들은 북망산으로 들어갔다는 말인가. 북망산에 묻혔단 말인
가. ◇物有盛衰니=물건에는 나름대로의 흥성할 때와 쇠할 때가 있으니.

106. 白髮이公道업서 녯사람의恨한배라   秦皇은採藥하고漢帝는求仙
하엿스니 人生이 自有天定하니恨할ㅅ줄이잇스랴. 申喜文

   白髮이 公道업서 녯 사람의 恨한 배라=백발이란 것이 공명하고 바른 이치
에 따른 것이 아니기에 옛날 사람들이 한탄한 바이다. ◇秦皇은 採藥하고
漢帝는 求仙하엿스니=진시황은 삼신산으로 불사약을 구하여 오게 하고 한
무제(漢 武帝)는 신선의 도리를 배워 오래 살기를 바랐으나. ◇人生이 自有
天定하니 恨할ㅅ줄이 잇스랴=인생이란 하늘이 정해준 것이니 수명이 짧음
을 한탄할 까닭이 있겠느냐.

107. 白鷗ㅣ야말무러보자 놀나지말앗스라   名區勝地를어듸어듸보앗
느냐 날다려 仔細히일너든너와함ㅅ게놀니라.

   날다려 仔細히 일너든=나에게 자세히 말하여 주거든.

108. 白髮을훗날니고 靑藜杖잇글면서   滿面紅潮로綠陰中에누엇더니
偶然이 黑甛鄕甘夢을黃鳥聲에쌔거다. 金敏淳

白髮을 훗날리고 靑藜杖 잇글면서=백발을 바람에 흩어 날리고 푸른 명아주 지팡이를 이끌면서. ◇滿面紅潮로 綠陰中에 누엇더니=술에 취해 붉어진 얼굴로 녹음 가운데 누었더니. ◇黑甛鄕丹夢을 黃鳥聲에 깨거다=곤히 든 잠 속에서 그리는 이상향에 대한 단꿈을 꾀꼬리 소리에 깨겠다.

109. 버들은실이되고 쐬꼬리는북이되야 九十三春에싸내느니나의시름 누구서 綠陰芳草를勝花時라하든고.

 버들은 실이 되고 쐬꼬리는 북이 되야=버들은 날줄이 되고 꾀꼬리는 북이 되어. 북은 베틀에 씨줄이 되는 실을 넣는 배처럼 생긴 기구. ◇九十三春에 싸 내느니 나의 시름=봄 석 달 90일 동안에 나의 실음만 만들어 낸다. ◇綠陰芳草를 勝花時라 하든고=녹음이 우거진 여름이 꽃피는 봄보다 낮다고 하던고.

110. 벙어리너를보니 내시름이새로왜라 속엣말다못하니네오내오다 를소냐 두어라 임오신날구뷔구뷔일으리라.

 속엣 말 다 못하니=마음속에 하고자 하는 말을 다 하지 못하니. ◇구뷔구뷔 일으리라=자세하게 말하리라.

111. 베잠방이호믜메고 논밧가라기음매고 農歌를부르며달을씌여도 라오니 지어미 술을거르며來日뒷밧매웁새하더라. 申喜文

 베잠방이 호믜 메고=베로 만든 잠뱅이를 입고 호미를 메고. ◇달을 씌여 도라 오니=달이 떠 있을 때가 되어서야 집으로 돌아오니.

112. 보거든썩지말고 썩겻스면버리지마소 보고썩고썩고버림이君子 의行實일ㅅ가 두어라 路柳墻花ㅣ니누를怨妄하리요.

路柳墻花 l 니 누를 怨妄하리요=기생(妓生)은 길거리의 버드나무와 담 밑에 피어 있는 꽃과 같으니 누구를 원망하겠느냐. 怨妄(원망)은 怨望(원망)의 잘못.

113. 北斗星기우러지고 更五點자자간다 十洲佳氣는 虛浪타하리로다
두어라 繁友한임이시니새와무삼하리오. 多福

更五點 자자간다=오경이 가까워 간다. 오경(五更)은 하룻밤을 다섯으로 나눈 마지막으로 새벽 3시에서 5시 사이. ◇十洲佳期는 虛浪타 하리로다=임을 기다리는 심정을 허황되다고 하겠다. 십주(十洲)는 신선이 산다고 하는 상상의 섬이고 가기(佳期)는 좋은 시절임. ◇繁友한 임이시니 새와 무삼 하리오=繁友(번우)는 繁憂(번우)의 잘못인 듯. 항상 바쁘고 근심이 많은 임이니 시기하여 무엇 하겠느냐.

114. 不如歸不如歸하니 도라감만못하거든 어엽분우리임금무삼일로
못가신고 至今에 梅竹樓달빗치어제런듯하여라. 李溪

不如歸 不如歸하니=돌아감만 못하다 돌아감만 못하다 하니. ◇어엽분 우리 임금=가엾은 우리 임금. 우리 임금은 단종(端宗)을 가리킴. ◇梅竹樓 달빗치 어제런듯=매죽루에 비추는 달빛이 어제인 듯. 매죽루는 강원도 영월(寧越)에 있는 누대.

115. 뷘배에섯는白鷺 碧波에씨서흰가 네몸이저리흰들마음조차흴소냐 萬一에 마음이몸가트면너를조차놀니라. 金煐

碧波에 씨서 흰가=깨끗한 물에 씻어서 흰가. ◇네 몸이 저리 흰들 마음조차 흴소냐=네 몸이 저렇게 희다고 해서 마음도 희겠느냐. ◇마음이 몸 같으면=마음이 몸처럼 깨끗하다면.

116. 四月稱慶하오실ㅅ제 째마츤豊年이라 兩麥이大豊하고百穀이푸르

럿다 上天이 雨順風調하사우리慶事도으시다. 翼宗

◇ 대조; '四月稱慶'은 '四旬稱慶'의 잘못. '大豊하고'는 '大登하고'로 되어 있음.

四月稱慶 하오실ㅅ 제=사월은 사순(四旬)의 잘못인 듯. 사순을 축하하실 때. 조선 순조(純祖) 28년(1828) 11월에 성수(聖壽) 사순이 됨을 축하한 일. ◇兩麥이 大豊하고=보리와 밀이 크게 풍년이 들고. ◇上天이 雨順風調하사 우리 慶事 도으시다=하늘이 좋은 기후를 주시어 우리의 경사를 도우시다.

117. 사립쓴저漁翁아 네身勢閑暇하다 白鷺로벗을삼고고기잡기일삼으니 엇지타 風塵騎馬客을부릴ㅅ줄이잇스리. 鄭壽慶

◇ 대조; '白鷺'는 '白鷗'의 잘못.

사립 쓴 저 漁翁아=삿갓을 쓴 저 어부야. ◇風塵騎馬客을 부릴ㅅ 줄이 잇스리=전장에서 말을 달리고 하는 사람을 부러워할 까닭이 있겠느냐.

118. 山前에有臺하고 臺下에有水로다 쪠만흔갈매기는오며가며하거니 엇지타 皎皎白駒는멀리마음하느니.

◇ 대조; 작가 누락. 작가가 이황(李滉)임.

山前에 有臺하고 臺下에 有水로다=산 앞에 누대가 있고 누대 아래 물이 있구나. ◇엇지타 皎皎白駒는 멀리 마음 하느니=어찌하여 현자(賢者)가 타는 흰 망아지는 멀리 가려고만 하느냐.

119. 三角山푸른빗치 中天에소사올나 鬱葱佳氣란象闕에빗쳐두고 江湖에 盞잡은늙은이란每樣醉케하소서.

◆ 대조; '빗쳐두고'는 '부쳐두고'로 되어 있음.

鬱葱佳氣란 象闕에 빗쳐 두고=성하고 상서로운 기운일랑 대궐의 문에 비치게 하고.

120. 삿갓에되롱이입고 細雨중에호믜메고 山田을홋매다가綠陰에누엇스니 牧童이 牛羊을모라다가잠든나를째우더라.

山田을 홋매다가=산에 있는 밭을 대충대충 매다가.

121. 上天于甲子之春에 우리聖主卽位신저 堯舜을法배우사光被四表하오시니 物物이 春風和氣를씌여同樂太平하더라. 安玟英

◆ 대조; '上天丁'는 '上元丁'의 잘못.

上天于甲子之春에=上天(상천)은 上元(상원)의 잘못인 듯. 갑자년 봄 정월 보름에. 갑자년은 고종(高宗) 즉위년(1864)을 말함. ◇光被四表 하오시니=천하에 성스런 빛이 퍼짐. 빛은 임금의 성덕(聖德)을 말하며, 사표는 사방의 바깥을 뜻하며 먼 곳을 가리킴. ◇春風和氣를 씌여 同樂太平하더라=봄바람에 온화한 기운을 띠여 한가지로 태평세월을 누리더라.

122. 祥雲이어린곳에 老安堂이壯麗하고 和風이이는곳에太乙亭이縹緲하다 두어라 祥雲和風이萬年長住하리라.

◆ 대조; 작자 안민영(安玟英)이 누락된 가집이 있음.

祥雲이 어린 곳에=상서로운 구름이 어리어 있는 곳에. ◇老安堂이 壯麗하고=노안당이 장엄하고 아름답고. 노안당은 운현궁(雲峴宮) 안에 있는 사랑(舍廊)의 이름. ◇和風이 이는 곳에 太乙亭이 縹緲하다=온화한 바람이 일어나는 곳에 태을정이 아득히 멀리 보인다. 태을정은 운현궁 후원에 있는 산정

(山亭)임. ◇祥雲和風에 萬年長住 하리라=상서로운 구름과 온화한 바람에
오래도록 살겠다.

123. 새벽비이갠날에 일것스라兒曺들아   뒷뫼고사리하마아니자랏스
랴 오날은 일것거오너라새술按酒하리라. 積城君

◆ 대조; '이갠날에'는 '일갠날에'의 잘못.

새벽비 이 갠 날에='이갠'은 '일갠'의 잘못인 듯. 새벽비가 일찍 개인 날에.
◇일것스라 兒曺들아=일어나거라 아이들아. ◇뒷뫼 고사리 하마 아니 자랏
스랴=뒷산의 고사리가 벌써 자라지 않았겠느냐. 이미 자랐을 것이다. ◇일
것거 오너라=일찍 꺾어 오너라.

124. 聖人이나게오사 大綱을버리시매   禮樂文物이我東方에燦然이라
君修德 臣修政하니太平인가하노라. 申喜文

◆ 대조; '버리시매'는 '발희시매'의 잘못.

聖人이 나게 오사=성인께서 태어나시어. ◇大綱을 버리시매=대 원칙을 밝
히시니. ◇禮樂文物이 我 東方에 燦然이라=예악과 문물이 우리나라에 빛나
더라. ◇君修德 臣修政하니=임금은 덕을 닦고, 신하는 다스림을 고치니.

125. 歲月이如流하니 白髮이절노난다   솝고쏘솝아서젊고저하는뜻은
北堂에 親在하시니그를두려함이라. 金振泰

北堂에 親在하시니 그를 두려함이라=부모님에 생존해 계시니 그것을 두려
워함이다. 부모보다 먼저 죽는 것을 두려워함이다.

126. 蕭湘江긴대뷔어 낙시매여두러메고   不求功名하고碧波로나려가

니   아마도 事無閑身은나쁜인가하노라,(白鷗야 날본체마世上알ㅅ
가하노라)

　　瀟湘江긴 대 뷔어=소상강의 긴 대나무를 비어. 소상강은 중국 호남성 동
정호 남쪽에 있는 강으로 순(舜)의 두 왕후가 죽은 곳. ◇不求功名하고 碧
波로 나려가니=공명을 바라지 않고 시냇가로 가니. ◇事無閑身은=하는 일
없이 한가하게 지내는 신세는.

127. 瀟湘江달밝은밤에 도라오는저기럭이   湘靈에鼓瑟聲언마나슯흐
　　관대   至今에 情恨을못익이여저대도록우는다.

◊ 대조;‘情恨을’은 ‘淸怨을’ 또는 ‘情怨을’로 되어 있음.

　　湘靈에 鼓瑟聲 언마나 슯흐관대=소상(瀟湘) 혼령에 비파를 타는 소리가
얼마나 슬프기에. 소상 혼령은 순(舜)의 왕후인 아황과 여영의 혼령을 말함.
◇情恨을 못 익이여 저대도록 우는다=정한을 억제하지 못하여 저처럼 우느
냐.

128. 瀟湘江긴대뷔여 하날밋게뷔를매여   蔽日浮雲을다쓸어바리과저
　　時節이 하殊常하니쓸쫑말쫑하여라.

◊ 대조; 작가 누락. 대부분 가집에 작가가 김류(金瑬)로 되어 있음.

　　하날 밋게 뷔를 매어=하늘에 닿도록 비를 만들어. ◇蔽日浮雲을 다 쓸어
버리과저=하늘을 가리는 뜬 구름을 다 쓸어버리고 싶다. 폐일부운은 임금의
주변에 있는 간신배 들을 뜻함.

129. 蘇仙七月이달이요 赤壁江月이달이라   이달은그달이나그사람어
　　듸간고 두어라 이달두고감은날爲한가하노라.

蘇仙七月 이 달이요 赤壁江月 이 달이라=송(宋)나라 소식(蘇軾)이 칠월에 적벽강(赤壁江)에서 뱃놀이를 할 때 비추든 달이 지금 이 달과 같다. ◇이 달 두고 감은 날 爲한가=이 달을 남겨두고 간 것은 후세의 나를 위함인가.

130. 首陽山고사리캐고 渭水濱에고기낙고 儀狄의비즌술과의太白노 든달과 舜帝의 五絃琴가지고玩月長醉하리라.

首陽山 고사리 캐고=백이(伯夷)와 숙제(叔齊)처럼 수양산에 들어가 고사 리를 캐어 먹고. 이 세상과 인연을 끊고. ◇渭水邊에 고기 낙고=강태공(姜 太公)처럼 위수의 물가에서 낚시를 하다가 무왕(武王)을 만나 벼슬자리를 얻 고. ◇儀狄의 비즌 술과 太白 노든 달과=의적이 만든 술과 태백이 노든 달 과. 의적(儀狄)은 중국 하우(夏禹)시대 술을 만든 사람이고, 태백은 당(唐)나 라의 시인으로 채석강에서 달을 건지려다 죽었음. ◇舜帝의 五絃琴 가지고 玩月長醉 하리라=순(舜)임금이 만들었다고 하는 다섯줄의 악기를 가지고 달 을 완상하며 오래도록 취하겠다.

131. 隋城에明玉出이오 東京에彩鳳來라 紅蓮花月色裏에瀛洲仙이도 라든다 兒孩야 竹葉酒부어라醉코놀ㅅ가하노라.

隋城에 明玉出이오=수성에서 明玉(명옥)이 나고. 수성은 경기도 수원(水 原)의 이름. 명옥은 기생의 이름인 듯. ◇東京에 彩鳳來라=동경에 채봉이 왔다. 동경은 경주(慶州)의 옛 이름. 채봉은 기생의 이름인 듯. ◇紅蓮花 月 色裏에 瀛洲仙이 도라 든다=붉은 연꽃이 핀 달빛 아래에 영주에 사는 신선 이 들어온다. 홍련과 영주선은 기생의 이름인 듯.

132. 淳風이죽다하니 眞實로거진말이 人生이어지다하니眞實노올흔

말이 天下에 許多英才를속여말삼하리요.

◆ 대조; 작가 누락. 작가가 이황(李滉)임.

淳風이 죽다 하니=순박한 풍속이 없어진다고 하는 것이. ◇人生이 어지다
하니=인생이 어질다고 하는 것이. ◇許多英才를 속여 말삼 하리요=하고 많
은 영재들을 속여 하신 말이겠느냐.

133. 술쌔여이러안저 거문고를戱弄하니 窓밧게섯는鶴이우즐 〃 〃하
는고야 兒孺야 남은술곳처부엇스라興이다시오노매라. 金盛最

남은 술 곳쳐 부엇스라 興이 다시 오노매라=남은 술을 다시 부어라. 취흥
(醉興)이 다시 나는구나.

134. 柴扉에개지저도 石逕에올이업다 듯나니물의소래요보히나니麋
鹿이로다 人世를 얼마나지난지나는몰나하노라.

◆ 대조; '보히나니'는 '보나니'로 되어 있음.

柴扉에 개 지저도=사립문에 개가 짖어도. ◇石逕에 올 이 업다=깊은 산
골에 올 사람이 없다. 석경은 돌길. ◇듯나니 물의 소래요 보히나니 麋鹿이
로다=들리는 것은 물소리뿐이요 보이는 것은 사슴뿐이로다. ◇人世를 얼마
나 지난지=세월이 얼마나 흘렀는지를.

135. 柴桑里五柳村에 陶處士의몸이되여 줄업슨거문고를소래업시집
헛스니 白鶴이 知音하는지우즐 〃 〃하더라.

柴桑里 五柳村에 陶處士의 몸이 되여=시상리에 있는 오류촌에 도처사의
처지가 되어. 시상리는 중국 강서성 구강현(九江縣)의 서남쪽에 있어 도연명
의 고향이라고도 함. 오류촌은 도연명이 집 앞에 버드나무 5그루를 심고 자

칭 오류선생(五柳先生)이라 하였음. 도처사는 진(晉)나라 도잠(陶潛)을 가리
킴. ◇줄 업슨 거문고를 소래 업시 집헛스니=줄이 없는 거문고를 소리가 없
이 짚었으니. 줄이 없느니 소리가 없는 것이 당연함. ◇知音하는지=악기를
타는 소리를 알아듣는지.

136. 時節도저러하니 人事도이러하다   이러하거니어이저리아닐소냐
이런자 저런자하니한슘겨워하노라. 李恒福

時節도 저러하니 人事도 이러하다=시절이 저렇게 어수선하니 인사도 이
렇게 시끌시끌하다. ◇이런자 저런자 하니 한슘 겨워하노라=이렇다 저렇다
하고 일관성이 없느니 한숨이 절로 나오는 것을 어쩔 수 없어 하노라.

137. 十年을經營하여 草廬한間지여내니   半間은淸風이오半間은明月
이라   江山은 들일데업스니둘너두고보리라.

草廬 한 間 지여내니=초가 한 칸을 지으니. ◇들일 데 업스니 둘너 두고
보리라=방안에 들여놓을 곳이 없으니 배경삼아 둘러 두고 보겠다.

138. 兒孺를재촉하여 밥먹여거느리고   논쑥에자리하고벼베이며누엇
는듸   겻자리 날갓흔벗님네는將碁두자하더라. 金友奎

벼 베이며 누엇는듸=벼를 베게 삼으면서 곁에 누었는데. ◇겻자리 날 갓
흔 벗님네는=옆에 있는 나와 같은 처지의 벗님들은.

139. 兒孺야窓닷쳐라 쓸밧기보기실타   저달이왜저리밝아남의心事를
散亂케하노   아니다 임보신달이니나도볼ㅅ가하노라.

兒孺야 窓 닷쳐라=아희야 창문을 닫거라 ◇임 보신 달이니=임께서 쳐다
보신 달이니.

140. 兒孺야그믈내여 漁船에실어노코 덜괸술막걸러酒樽에담어두고
어즈버 배놋치마라달기다려가리라.

◇ 대조; '배놋치마라'는 '배아직놋치마라'로 되어 있고『靑丘永言』육당본에만 이
렇게 되어 있음.

　덜괸 술 막걸러 酒樽에 담어 두고=아직 덜 익은 술을 급히 걸러 술통에
담아 두고. ◇배 놋치마라 달 기다려 가리라=배를 띄우지 마라 달이 뜨기
를 기다려 가겠다.

141. 安貧을厭치마라 일업스면긔조흐니 벗업다恨치마라말업스면이
조흐니 아마도 守分安拙이긔올흔가하노라, 金壽長

　安貧을 厭치마라=가난을 싫증내지 마라. ◇말 업스면 긔 조흐니=남의 시
비에 오르내리지 않으면 그것이 좋은 것이니. ◇守分安拙이 긔 올흔가 하노
라=분수를 지켜 편안함이 정말로 옳은 것인가 한다.

142. 安貧을실히역여 손해다물러가며 富貴를불워하여손치다나오랴
아마도 貧而無怨이긔올흔가하노라. 金天澤

◇ 대조; '실히'는 '슬히'로 되어 있음.

　安貧을 실히 역여=가난을 싫다고 생각하여. ◇손해다 물러가며=손을 내저
으며 물러가다. ◇손 치다 나오랴=좋아서 손뼉을 치면서 나오겠느냐. ◇貧
而無怨이=가난하지만 남을 원망하지 않는 것이.

143. 鴨綠江해진후에 어엽분우리님이 燕雲萬里를어듸라고가시는고
봄풀이 푸르고푸르거든卽時도라오소서. 張炫

어엽븐 우리 님이=불쌍한 우리 님이. 병자호란 때 볼모로 청(淸)나라로 가는 소현세자와 봉림대군을 말함. ◇燕雲萬里를 어듸라고 가시는고=머나먼 연경(燕京)을 어디라고 가시는고.

144. 어버이날나흐사 어질자길너내니 이두분아니시면내몸이나서어질소냐 아마도 至極한恩德을못내갑하하노라. 孝宗

◆ 대조; 작가가 효종이 아닌 낭원군(朗原君)으로 되어 있음.

어질자 길너 내니=어질게 되라 하고 길러내니.

145. 어릴사저鵬鳥야 웃노라저鵬鳥야 九萬里長天으로무삼일올너간다 구렁에 법새참새는못내즐겨하더라. 申欽

어릴사 저 鵬鳥야=어리석고나 저 붕새야. 붕새는 상상의 새임. ◇구렁에 법새 참새는 못내 즐겨 하더라=굴형에 있는 뱁새와 참새처럼 보잘 것 없는 작은 새들이 아주 즐거워하더라.

146. 어리고성귄柯枝 너를밋지안엿드니 눈期約能히직혀두세송이퓌엿고나 燭잡고 多情이사랑헐제暗香浮動하더라. 安玟英

어리고 성귄 柯枝=약하고 듬섬듬성 난 가지. ◇눈 期約 能히 직혀=눈 속에서도 피겠다는 약속을 분명히 지켜. 또는 꽃눈이 꽃을 피우겠다는 약속을 지켜. ◇燭잡고 多情이 사랑헐 제 暗香浮動 하더라=촛불을 잡고 가까이 갈 때 그윽한 향기조차 떠오더라.

147. 어제밤비온後에 石榴꼿치다퓌거다 芙蓉堂蓮塘畔에水晶簾거러두고 눌向한 깁흔설음을못내풀어하노라. 申欽

◇ 대조; 가번 33번과는 초장의 '어젯밤'과 '간밤에'의 차이일 뿐 같은 시조임. '芙蓉堂蓮塘畔'은 '芙蓉堂畔'으로 되어 있음.

芙蓉堂 蓮塘畔에 水晶簾 거러 두고=부용당 연못가에 수정으로 만든 발을 걸어두고. ◇눌向한 깁흔 설음을 못내 풀어 하노라=누구에게 향한 깊은 시름을 끝내 풀려고 하느냐.

148. 어버이살앗신제 섬기 〃란다하여라   지나간後면애닯다어이하리 平生에 곳쳐못할일은이쑌인가하노라. 鄭澈

지나간 後면 애닯다 어이하리=부모가 돌아가신 뒤에 애닯다고 한들 어찌 하겠느냐. ◇곳쳐 못할 일은=다시 하지 못할 일은.

149. 御前에失言하고 特命으로내치오매   이몸이갈듸업서西湖로차저 가니   밤ㅁ중만 닷듯는소래에戀君誠이새로왜라. 具仁垕

御前에 失言하고=임금의 앞에서 실없는 말을 하고. ◇닷 듯는 소래에 戀君誠이 새로왜라=닻 드는 소리에 임금을 그리는 정성이 새롭구나.

150. 言忠信行篤敬하고 酒色을삼가하면   제몸에病이업고남아니우니 려니   行하고 餘力이잇거든學文조차하리라. 成石磷

言忠信行篤敬하고=언행을 성실하게 하고. ◇남 아니 우니려니=다른 사람이 아니 웃으려니. 또는 미워하려니. ◇行하고 餘力이 잇거든=실행에 옮기고 남은 힘이 있다면.

151. 梧桐에雨滴하니 舜琴을늬애는듯   竹葉에風動하니楚漢이서두는 듯   金樽에 月光明하니李白본듯하여라.

梧桐에 雨滴하니=오동나무 잎에 빗방울이 떨어지니. ◇舜琴을 니애는 듯=순(舜)임금의 오현금을 타는 듯. ◇竹葉에 風動하니 楚漢이 서두는 듯=댓잎에 바람이 부니 마치 초나라와 한나라가 뒤섞이어 다투는 듯. ◇金樽에 月光明하니=술통에 달이 흰히 밝으니.

152. 오늘을每樣두어 졈그도새도마라   萬古할니니日日新을어이하리
百刻에 한番式잇서몸을조케하리라.

◆ 대조; 작가 누락. 작가가 주의식(朱義植)임.

졈그도 새도마라=저물지도 새지도 마라. ◇萬古 할니니 日日新을 어이 하리=아주 옛적부터 하루니 날마다 새롭게 하는 것이 어떠하겠느냐. ◇百刻에 한 番式 잇서 몸을 조케 하리라=짧은 시각에 한번씩 씻어 몸을 깨끗이 하리라.

153. 오려논물실어두고 綿花밧매오리라   울밋헤외를싸고보리능거點心하소 뒷집에 술이잇거든외잘ㅣ만졍내여라.

◆ 대조;『靑丘永言』육당본을 대본으로 하였음. '술이잇거든'은 '술이닉거든'의 잘못. 작가 누락. 이정보(李鼎輔)의 작임.

오려논 물 실어 두고=올벼 논에 물을 대어놓고. ◇보리 능거 點心하소=겉보리를 찧어 점심준비를 하시오. ◇술이 잇거든 외잘ㅣ만졍 내여라=술이 있거든 외상일망정 내여 놓거라의 뜻인 듯.

154. 王祥의鯉魚잡고 孟宗의竹筍것거   감ㅅ든머리희도록老萊子의옷슬입어 平生에 養志誠孝를曾子갓치하리라. 朴仁老

王祥의 鯉魚 잡고=왕상이 잡았다고 하는 잉어를 잡고. 왕상(王祥)은 진(晉)나라 효자로 계모가 겨울에 잉어를 구하므로 얼음을 깨고 잡으려 하니 잉어

가 나왔다고 함. ◇孟宗의 竹筍 것거=맹종이 꺾었다고 하는 죽순을 꺾어. 맹종(孟宗)은 오(吳)나라 효자로 어머니가 죽순을 좋아해서 겨울에 맹종이 대밭에 가서 애탄(哀歎)하니 죽순이 나왔다고 함. ◇老萊子의 옷을 입어=노래자의 색동옷을 입어. 노래자가 나이 70에 색동옷을 입고 춤을 추어 노부모를 즐겁게 했다고 함. ◇養志誠孝를 曾子갓치 하리라=뜻을 기르고 효성을 다하기를 공자(孔子)의 제자인 증자처럼 하겠다.

155. 堯舜갓튼임금을뫼와 聖代를곳처보니 太古乾坤에日月이光華ㅣ로다 우리도 壽域春臺에同樂太平하리라. 成運

  聖代를 곳쳐 보니=태평성대를 다시 보니. ◇太古乾坤에 日月이 光華ㅣ로다=옛 순박한 세상에 해와 달이 빛나도다. ◇壽域春臺에 同樂太平 하리라=성세(聖世)에 임금과 백성이 함께 태평세월을 즐기리라.

156. 蓼花에잠든白鷗 선잠쌔여나지마라 나도일업서江湖客이되엿노라. 이후는 차즐이업스니널노좃차놀니라. 金聖器

  蓼花에 잠든 白鷗=여뀌꽃 속에 잠든 갈매기. ◇江湖客이 되엿노라=강호에 노니는 사람이 되었다. ◇차즐 이 업스니 널노 좃차 놀니라=찾을 사람이 없으니 너를 따라 놀겠다.

157. 우리몸이갈라난들 두몸이라아여마소 分形連氣하니이이른兄弟니라 兄弟야 이뜻을아라自友自恭하사스라. 孝宗

◆ 대조; '아여마소'는 '아지마소'로 되어 있음. 작가가 효종이 아닌 낭원군(朗原君)임.

  두 몸이라 아여 마소=두 몸이라 아예 말하지 마시오. ◇分形連氣하니 이 이른 兄弟니라=몸은 비록 나뉘었으나 정신은 이어졌으니 이는 이른바 형제이다. ◇自友自恭 하사스라=스스로 우애하고 공경을 하여라.

158. 雨歇長堤草色多하니　送君南浦動悲歌를　大同江水何時盡고別淚
年 〃添綠波ㅣ라　勝地에 斷腸佳人이몃 〃친줄몰내라. 鄭知常

雨歇長堤草色多하니=비가 그친 긴 둑에 풀빛이 푸르르니. ◇送君南浦動悲
歌를=그대를 보내는 남쪽 포구에 슬픈 노래를. ◇大同江水何時盡고 別淚年
年添綠波ㅣ라=대동강물은 언제 다 할고 이별의 눈물이 해마다 푸른 물결 보
탠다. ◇勝地에 斷腸佳人이=경치가 뛰어난 곳에서 애끓는 이별하는 아름다
운 사람들이.

159. 幽蘭이在谷하니　自然이듯기조희　白雲이在山하니自然이보기조
희　이中에 被美一人을더욱잇지못하여라. 李滉

◇ 대조; '被美一人'은 '彼美一人'의 잘못.

幽蘭이 在谷하니=난초가 골짜기에 피어 있느니. ◇自然이 듯기 조희=자연
스럽게 듣기가 좋다. ◇被美一人을 더욱 잇지 못 하여라=被(피)는 彼(피)의
잘못. 저 한사람의 아름다운 사람을 더욱 잊지 못하겠다. 미인은 임금을 가
리킴.

160. 이러나소먹이니　曉星이三五로다　큰물을바라보니黃雲色도조코
조타　아마도 農家의興味는이쑌인가하노라. 金壽長

◇ 대조; '큰물을'은 '들으을'로 되어 있음. 작가가 김수장이 아닌 김진태(金振泰)
임.

曉星이 三五로다=샛별이 몇 개 떠 있다. ◇큰 물을 바라보니 黃雲色도 조
코 조타=넓은 들을 바라보니 누렇게 익은 벼가 구름처럼 흩어진 것이 좋기
도 좋다.

161. 이술이天香酒ㅣ라　모다대되실타마소　今辰에醉한後에解酊盃다

시하세   하믈며 聖代를만낫스니아니醉코어이리. 朗原君

이 술이 天香酒ㅣ라=이 술이 신선들의 술이라. ◇모다 대되 실타마소=모두들 싫다고 하지 마시오. ◇今辰에 醉한 後에 解酊盃 다시 하세=오늘 아침에 취한 뒤에 해장술을 다시 하세.

162. 이런들엇더하며   저런들엇더하리   草野愚生이이럿타엇더하뇨 하믈며 泉石膏肓을곳쳐무삼하리요. 李滉

草野愚生이 이럿타 엇더하뇨=시골에 파묻혀 사는 어리석은 사람이 이렇다고 해서 어떠하겠느냐. ◇泉石膏肓을 곳쳐 무삼 하리요=고질병 같이 자연을 좋아하는 것을 고쳐서 무엇 하겠느냐. 천석은 자연, 고황은 불치의 병.

163. 耳聾과目瞽함을 웃지마소벗님네야   靑山에눈열니고綠水에귀가 밝아 아마도 곳치기쉽기는이病인가하노라. 金振泰

耳聾과 目瞽함을=귀가 먹고 눈이 먼 것을. ◇靑山에 눈 열니고 綠水에 귀가 밝아=푸른 산을 바라보니 멀었던 눈이 저절로 열리고, 푸른 시냇물 소리에 자연히 먹었던 귀가 밝아.

164. 人間의하는말을 하날이다듯나니   暗色의하는일을鬼神이다듯나니   아마도 天老도鬼老도안엿스니마음놋치말왜라. 金壽長

◇ 대조; '暗色의하는일을鬼神이다듯나니'는 '暗室에하는일을鬼神이다본으니'로 되어 있음.

暗色의 하는 일을=암색(暗色)은 暗室(암실)의 잘못인 듯. 어두운 방안에서 하는 일을 귀신아 다 듣는 법이니. ◇天老도 鬼老도 안엿스니 마음놋치 말 왜라=하늘도 귀신도 아니니 마음 놓고 함부로 말하지 말라.

165. 人生이둘ㄱ가셋가 이몸이네다섯가 비러온人生이꿈엣몸가지고
서 平生에 살올일만하고언제놀녀하나니.

비러온 人生이 꿈엣 몸 가지고서=잠시 삶을 빌려 태어난 사람이 꿈에나 얻
을 육신을 가지고서. ◇살올 일만하고 언제 놀녀 하나니=사는 일에만 열심
이니 언제 놀려고 하느냐.

166. 仁風이부는날에 鳳凰이來儀로다   滿城桃李는지나니꽂치로다
山林에 굽져온솔이야꽂이잇사져보랴.

仁風이 부는 날에=인자한 바람이 부는 날에. 인풍(仁風)은 임금의 덕화(德
化)를 뜻함. ◇鳳凰이來儀로다=봉황이 나라와 춤을 춘다. ◇滿城桃李는 지
나니 꽂치로다=성안에 가득한 복숭아는 떨어지느니 꽃이로다. ◇굽져온 솔
이야 꽂이 잇사 져보랴=굽어있는 소나무야 꽃이 있어 떨어져 보겠느냐.

167. 임離別하던날에 피눈물난지만지   鴨綠江나린물이푸른빗슨혀업
다 배우혜 白髮沙工이쳐음본다하더라. 洪瑞鳳

◆ 대조; '임離別'은 '離別'로 되어 있음. '白髮沙工'은 '허여센沙工'으로 되어 있음.

鴨綠江 나린 물이=압록강에 흘러내리는 물이.

168. 日月도녜와갓고 山川도依舊한듸   故國文物은속절업시갈듸업다
天運이 循環하니다시볼ㄱ가하노라. 朗原君

◆ 대조; '故國文物'은 '大明文物'로 되어 있음.

日月도 녜와 갓고=해와 달도 예전과 다를 것이 없고. ◇故國文物은 속절
업이 갈 듸 업다=고국의 문물은 어쩔 수 없이 갈 곳이 없구나. 또는 예전과

83

다름이 없다. 天運이 循環하니=하늘의 운수는 돌고 도는 것이니.

169. 昨日에一花開하고 今日에一花開라 昨日에花正好여늘今日에花
已老라 花已老 人亦老하니아니놀고어이하리. 李鼎輔

◇ 대조; '昨日에花正好여늘今日에花已老라'는 '今日에花正好연을昨日에花已老ㅣ
로다'로 되어 있음.

昨日에 花正好여늘 今日에 花已老라=어제는 꽃이 정말 좋더니만 오늘은
이미 시들었구나. ◇花已老 人亦老하니=꽃도 이미 시들었고 사람도 또한
늙었으니.

170. 잘가노라닷지말며 못가노라쉬지마라 부듸긋지말고寸陰을앗겨
스라 가다가 中止곳하면아니감만못하리라. 金天澤

잘 가노라 닷지 말며=잘 간다고 뛰지 말며. ◇부듸 긋지 말고 寸陰을 앗겨
스라=부디 그치지 말고 짧은 시간이라도 아끼거라. ◇가다가 中止곳 하면=
가다가 그친다면.

171. 長生術거진말이 不死藥을긔뉘본고 秦皇塚漢武陵도暮烟秋草뿐
이로다 人生이 一場春夢이니아니놀고어이리.

不死藥을 긔 뉘 본고=불사약을 그 누가 보았는가. ◇秦皇塚 漢武陵도 暮
煙秋草뿐이로다=불사약을 구하려 했던 진시황의 무덤도 승로반(承露盤)에
이슬을 받아 오래 살려고 했던 한 무제(漢武帝)의 능도 저녁연기와 가을철
의 풀처럼 처량할 뿐이다.

172. 長白山에旗를곳고 豆滿江에말씻기니 썩은선배야우리아니사나
희랴 엇더타 凌烟閣上에뉘얼골을그릴ㄷ고. 金宗瑞

◇ 대조; '선배야'는 '저선븨야'로 되어 있음.

썩은 선배야 우리 아니 사나희랴=선배는 선비의 잘못. 썩은 선비들아 무부
(武夫)인 우리들이 사나희가 아니겠느냐. ◇凌烟閣上에 뉘 얼골을 그릴ㄷ고
=능연각에 누구의 얼굴을 그리겠느냐. 능연각(凌烟閣)은 당(唐)나라 때 훈신
(勳臣) 14명의 공을 기념하기 위하여 그들의 영상을 그려 두었던 공신각(功
臣閣). 기린각(麒麟閣)이라고도 함.

173. 長松으로배를무어 大同江에흘니씌워 柳一枝휘여다가구지 〃 〃매
엿스니 어듸서 妄伶엣것은손에들ㅅ가하노라.

◇ 대조; '손에들ㅅ가'는 '소혜들라'로 『靑丘永言』육당본만 이와 같음. 작가 누락.
작가가 구지(求之)임.

長松으로 배를 무어=커다란 소나무로 배를 만들어. ◇大同江에 흘니 씌워
=대동강에 흘러가도록 띄워. ◇柳一枝 휘여다가=버들 한 가지를 휘여다가.
유일지는 지은이의 애부(愛夫)임. ◇妄伶엣 것은 손에 들ㅅ가 하노라=손은
沼(소)의 잘못. 제 정신이 아닌 것들이 배를 잘못하여 강물이 아닌 웅덩이
에 들게 하여 배가 멈출까 걱정된다.

174. 前言은戱之耳라 내말삼허물마오 文武一體ㄴ줄나도잠간아옵거니
두어라 趫〃武夫를아니좃고어이리. 笑春風

前言은 戱之耳라=앞서 한 말은 다만 웃음의 말뿐이다. ◇文武一體ㅣ줄 나
도 잠간 아옵거니=문(文)이나 무(武)가 다른 것이 아니라 같은 줄을 나도 조
금은 알거니. ◇趫趫武夫를 아니 좃고 어이리=씩씩한 무부를 아니 따르고
어찌하겠느냐.

175. 제우는저꾀꼬리 綠陰芳草興을겨워 雨後淸風에碎玉聲조타마는
엇지타 一枕江湖夢을째울ㅅ줄이잇시랴. 金振泰

◇ 대조 ; '잇시랴'는 '엇제요'로 되어 있음.

　제 우는 저 쇠소리=저기 우는 저 꾀꼬리. ◇雨後淸風에 碎玉聲 조타마는=
비가 온 뒤에 맑은 바람에 구슬이 부서지는 듯한 울음소리가 좋기는 하지만.
◇엇짓타 一枕江湖夢을=어쩌다 깊이든 강호의 꿈을.

176. 祖宗의큰基業을　一人元良하오시니　　九重에深處하사孝養을밧으
　　시니　어즈버 周文武憂를다시본듯하여라.

◇ 대조 ; 작가 누락. 작가가 익종(翼宗)임.

　祖宗의 큰 基業을=임금의 조상들로부터 전해온 커다란 왕업을. ◇一人元
良 하오시니=오직 한 사람의 선량한 사람이시니. 곧 군주(君主)를 가리킴.
◇周文武憂를 다시 본 듯 하여라=주(周) 문왕과 주 무왕 때에 천하가 태평하
고 근심이 없었음 다시 보는 듯히여라.

177. 周公도聖人이샷다　世上사람드러스라　　文王의아들이요武王의아
　　이로되　平生에 一毫驕氣를내여본일업세라.

　世上 사람 드러스라=세상 사람들은 들어 보시오. ◇武王의 아이로되=무왕
의 아우로되. ◇一毫驕氣를 내여 본 일 업세라=조금도 교만한 기색을 나타
내 본 일이 없다.

178. 珠簾을半만것고　淸江을굽어보니　　十里波光이共長天一色이로다
　　물우혜 兩兩白鷗는오락가락하더라. 洪春卿

　十里波光이 共長天一色이로다=멀리까지 펼쳐 진 물결의 반사됨이 물과 하
늘이 한 가지 색이로다. ◇兩兩 白鷗는=쌍쌍이 나는 갈매기는.

179. 珠簾에비친달과　멀니오는玉笛소래　　千愁萬恨을네어이도도난다

千里에 임離別하고잠못일워하노라.

　멀니 오는 玉笛 소래=멀리서 들려오는 옥저의 소리가. ◇千愁萬恨을 네어이 도도난다=천만 가지의 수심과 정한을 너는 어이해서 돋우느냐.

180. 織女의烏鵲橋를 어이구러헐어다가　우리님계신곳에건너노하두고라자　咫尺이 千里갓흐니그를설워하노라. 金友奎

◇ 대조; '설워하노라'는 '슬허하노라'로 되어 있음.

　織女의 烏鵲橋를=직녀와 견우가 칠월 칠석에 만나게 하기 위하여 까치와 까마귀가 놓았다는 다리를. ◇어이구러 헐어다거=어떻게 하여 헐어다가. ◇건너 노하 두고라자=건너 놓아두고 싶다.

181. 秦檜가업돗던들 金虜를討平하올것을　孔明이사돗던들中原을回復하올것을　天地間 이두遺恨을못내슬워하노라. 李鼎輔

　秦檜가 업돗던들 金虜를 討平하올 것을=진회가 없었으면 금나라 오랑캐들을 쳐서 평정하였을 것을. 진회(秦檜)는 남송(南宋) 때 사람으로 금나라의 위세를 두려워하여 화의를 주장하고 금나라와 싸울 것을 주장하는 악비(岳飛)를 모살(謀殺)하였음. ◇孔明이 사돗던들 中原을 回復하올 것을=諸葛亮(제갈량)이 살았던들 중원을 되찾아 천하를 통일하였을 것을.

182. 蒼梧山聖帝魂이 구름좃차瀟湘에나려　夜半에흘너들어竹間雨되온쯧은　二妃의 千年淚痕을못내씨서함이라. 李後白

　蒼梧山 聖帝 魂이=창오산에서 죽은 순(舜)임금의 혼이. ◇구름좃차 瀟湘에 나려=구름을 따라 소상강에 나려. ◇夜半에 흘러들어 竹間雨 되온 뜻은=밤중에 흘러들어 대나무 사이에 내리는 비가 된 뜻은. ◇二妃의 千年淚痕을 못내 씨서 함이라=순(舜)의 두 왕비 아황(娥皇)과 여영(女英)의 천년이나

내려오는 눈물의 흔적을 마침내 씻으려 함이다.

183. 窓밧기워석버석 임이신가닐어보니 蕙蹊蘭徑에落葉은무삼일고
어즈버 有恨한肝腸이다끈칠ㄱ가하노라. 申欽

   ◇ 대조; '蕙蹊蘭徑'은 '蕙蘭蹊徑'의 잘못.

   蕙蹊蘭徑에 落葉은 무삼 일고=난초의 향기가 그윽한 지름길에 낙엽을 무
슨 일인가. ◇有恨한 肝腸이 다 끈칠ㄱ가 하노라=임에 대한 한스러운 창자
가 다 끊어질까 한다.

184. 窓안에혓는燭불 눌과離別하엿관대 것흐로눈물지고속타는줄모
르는고 저燭불 날과갓흐여속타는줄모르더라. 李塏

   窓안에 혓는 燭불=방안에 켜놓은 촛불. ◇날과 갓흐여 속타는 줄 모르더
라=나와 같아서 애절한 심정을 모르더라.

185. 처음에모르드면 모르고나잇슬것을 어인사랑이싹나며움돗는다
언제나 마음에열음열어휘들거려보려뇨. 金友奎

 ◇ 대조; '마음에'는 '이몸에'로, '휘둘거려'는 '휘둘거든'으로 되어 있음.

   어인 사랑이 싹 나며 움 돗는다=어떤 사랑이기에 싹이 나며 움이 돋는가.
◇마음에 열음 열어 휘들거려 보려뇨=휘들 거려는 휘들거든의 잘못 인 듯.
마음에 열매가 열려 휘두르거든 보겠느냐.

186. 靑藜杖드더지며 石逕으로도라드니 兩三仙庄이구름속에잠겻세
라 오날은 塵緣을다썰치고赤松子를좃츠리라.

靑藜杖 드더지며=명아주로 만든 지팡이를 집어 던지며. ◇石逕으로 도라 드니=돌길로 돌아오니. ◇兩三仙庄이=두서넛 되는 선경같은 집들이. ◇塵 緣을 다 썰치고 赤松子를 좃츠리라=속된 인연을 다 떨쳐 버리고 적송자를 따르리라. 적송자는 신농씨(神農氏) 때에 장수한 신선.

187. 靑藜杖헛더집고 合江亭에올너가니   洞天明月에물소래뿐이로다 어듸서 笙鶴仙人은날못차저하노라. 趙明履

◇ 대조; '헛더집고'는 '홋더지며'로 되어 있음.

靑藜杖 홋더 집고=명아주 지팡이를 이리저리 짚고. ◇洞天明月에=산에 에 워싸이고 내에 둘린 경치 좋은 골에 비취는 달에. ◇笙鶴仙人은 날 못 차저 하노라=학을 타고 생황을 부는 신선은 나를 못찾는구나.

188. 靑藜杖힘을삼고 南畝로나려가니   稻花는홋날니고小川魚살졋는 듸   遠近에 질기는農歌는곳곳에서들녀라. 李鼎輔

◇ 대조; '들려라'는 '들린다'로, 작가가 김천택(金天澤)의 잘못임.

靑藜杖 힘을 삼고=명아주 지팡이에 의지하고. ◇南畝로 나려가니=남쪽에 있는 밭으로 내려가니. ◇稻花는 홋날니고 小川魚 살졋는듸=벼꽃은 이리저 리 흩어 날리고 작은 시내의 고기가 살쪘는데.

189. 靑牛를빗기타고 綠水를흘니건너   天臺上깁흔골에不老草를캐라 가니   萬壑에 白雲이자잣스니갈ㅅ길몰나하노라. 安挺

◇ 대조; '天臺上'은 '天台山'의 잘못임.

靑牛를 빗기 타고=검은 소를 비스듬히 타고. 청우는 노자(老子)가 타고 다 녔다고 함. ◇天臺上 깁흔 골에=천대상은 천태산(天臺山)의 잘못인 듯. 천태산의 깊은 골짜기에. ◇白雲이 자잣스니=흰 구름이 가득 찼으니.

190. 靑山에옛길차자 白雲深處들어가니   鶴淚聲니는곳에竹荊扉두세
집을 내쏘한 山林에깃드려셔져와갓치하리라. 安玟英

◇ 대조; '竹荊扉'는 '竹扉荊扉'나 '竹戸荊扉'의 잘못.

  鶴唳聲 니는 곳에 竹荊扉 두 세집을=학의 울음소리가 나는 곳에 대나무나
가시나무로 사립문을 단 두세 집을. ◇山林에 깃드려셔 져와 갓치 하리라=
산림에 익숙하여 저와 같이 하겠다. 시골 생활에 익숙하여 조금도 어색함이
없이 살겠다.

191. 靑雲은네조화도 白雲은내조홰라   富貴는네즐겨도安貧은내조홰
라 어린둘 웃기나짜녀고칠줄이잇스랴. 金壽長

  靑雲은 네 조화도 白雲은 내 조홰라=출세하는 것을 네가 좋아해도 자연과
더불어 사는 것을 내가 좋아한다. ◇어린둘 웃기나 짜녀 고칠 줄이 잇스랴
='어린둘'은 '어린줄'의 잘못인 듯. 어리석은 줄을 남이 웃거나 말거나 간에
고칠 까닭이 있겠느냐.

192. 靑春에곱든樣子 임으로야다늙엇다   이제임이보면날인줄아오실
가 眞實노 알기곳알냥이면고대죽다설우랴.

  알기곳 알냥이면 고대 죽다 설우랴=(그런 줄을) 알기만 한다면 곧 죽어도
서럽겠느냐.

193. 淸秋節째조흔듸 楓岳에올낫드니   笛童歌客은새로운소래로다
胸中에 해묵은시름이어드러로이거다. 金壽長

淸秋節 때 조흔듸=가을철 시절이 좋은데. 청추절은 음력 8월을 가리킴. ◇
楓岳에 올낫드니=금강산에 올랐더니. 풍악을 금강산의 가을철 이름. ◇笛
童歌客은=젓대를 부는 아이와 노래하는 사람은. ◇해묵은 시름이 어드러로
이거니=오랫동안 쌓였던 근심이 어디로 갔느냐.

194. 靑山아웃지마라 白雲아戲弄마라   白髮紅塵을내조하다니느냐
聖恩이 至重하시니갑고갈ㅅ가하노라.

白髮紅塵을 내 조하 다니느냐=머리가 희어질 때까지 속세를 방황하는 것
을 내가 좋아서 다녔겠느냐.

195. 靑春에不習詩書하고 활쏘아본일업네   내人事이러하니世事를어
이알니 찰하리 江山에물너와以終千年하리라. 申喜文

靑春에 不習詩書 하고=젊어서 공부를 하지 아니하고. ◇내 人事 이러하니
世事를 어이 알니=내가 하는 일이 이러하니 세상살이를 어찌 알겠느냐. ◇
以終千年 하리라=타고난 수명을 다 하리라. 여생을 보내리라.

196. 淸溪邊白沙上에 혼자섯는저白鷺야   나의먹은뜻을넨들아니알앗
스랴 風塵을 질희여함이야네오내오달으랴. 金光煜

風塵을 질희여 함이야 네오 내오 달으랴=시끄러운 세상을 싫어함이 너와

내가 다르랴.

197. 淸流壁四月天에 綠陰芳草勝花時라 扁舟에술을싯고碧波로나려
가니 아마도 世上榮辱이쑴이런가하노라. 李勉承

◇ 대조; 작가가 이면승(李勉昇)임.

淸流壁 四月天에=청류벽 사월에. 청류벽(淸流壁)은 평양(平壤) 을밀대(乙
密臺) 근처의 석벽. ◇綠陰芳草勝花時라=녹음방초가 꽃피는 시절보다 낫다.
여름이 봄보다 낫다.

198. 草堂지어구름덥고 연못파셔달채우고 淸風으로뷔를매여헛튼落
花쓰노라니 乾坤이 불너일으기를갓치늙자하더라. 咸和鎭

草堂 지어 구름 덥고 연못 파셔달 채우고=초당을 지어 구름으로 지붕을 하
고 연못을 파서 달빛으로 채우고. ◇헛튼 落花 쓰노라니=흩어진 낙화를 쓸
어버리니.

199. 春風이건듯불어 積雪을다녹이니 四面靑山이옛얼골나노매라
귀밋헤 해묵은서리야녹을ㅅ줄이잇시랴.

四面靑山이 옛 얼골 나노매라=사방의 푸른 산들이 옛 모습이 나는구나.
◇귀밋헤 해 묵은 서리야 녹을ㅅ줄이 잇시랴=백발이야 검어질 까닭이 있겠
느냐.

200. 春窓에느지이러 緩步하여나가보니 洞口流水에落花ㅣ가득쩌잇
세라 저곳아 仙源을남알세라쩌나가지말왜라. 李鼎輔

◇ 대조; '洞口流水'는 '洞門流水'로 되어 있음. 작자는 이정보가 아닌 김천택(金天

澤)임.

春窓에 느지 이러=봄날에 늦게 일어나. ◇洞口流水에=마을 어귀의 흐르
는 물에. ◇仙源을 남 알세라=무릉도원을 남이 알까 두려워라.

201. 春服이旣成커든 冠童六七거나리고   削風乎舞雩하여 興을타도라
오니 어즈버 泗水尋訪을불월ㅅ줄이잇시랴. 仝人

◆ 대조; '削風乎舞雩'는 '風乎舞雩'의 잘못임. 작가는 김천택(金天澤)임.

春服이 旣成커든 冠童六七 거나리고=봄옷이 만들어졌거든 어른과 아이
예닐곱을 데리고. ◇削風乎 舞雩하여 興을 타 도라오니=무우의 바람을 헤
아려서 흥을 타고 돌아오니. 무우(舞雩)는 기우제를 위해 만들었다고 함. ◇
泗水尋訪을 불월ㅅ줄이=주자(朱子)가 사수를 찾아가 그 경치를 구경한 것을
부러워할 까닭이.

202. 春山에봄春字드니 포기포기꼿花字라   一壺酒한병가질持字하고
내川字邊에안질坐字   兒孺야 잔觴들擧하니조흘好字ㄴ가하노라.

잔觴 들擧 하니=술잔을 드니.

203. 春塘臺바라보니 四時에한빗치라   玉燭이照光하야壽域에올낫는
듯 萬民이 이때를만나늙을뉘를모르더라. 翼宗

春塘臺 바라보니 四時에 한 빗치라=춘당대를 바라보니 일년 내내 같은
빛이다. 변함이 없다. 춘당대(春塘臺)는 창덕궁 안에 있는 누대. ◇玉燭이
照光하야 壽域에 올낫는 듯=임금의 덕이 밝게 비추어 오래 살았다고 할 수
있는 나이에 도달한 듯.

204. 忠臣속마음을 그임이모르기로　九原千載에다설워하려니와　比
干은 마음을뵈엿스니무삼恨이잇시랴. 朱義植

　　九原千載에 다 설워하려니와=중국의 오랜 역사를 보면 다들 서러워하지
만. ◇比干은 마음을 뵈엿스니 무삼 恨이 잇시리=비간은 속마음을 나타내
보였으니 무슨 한이 남아있겠느냐. 비간(比干)은 중국 은(殷)나라 주왕(紂王)
의 신하로 왕의 무도(無道)함을 간(諫)하다가 죽임을 당함.

205. 忠臣은滿朝廷이오 孝子는家家在라　우리聖主는愛民如子하시는
듸　明天이 이뜻을아오셔雨順風調하소서.

◇ 대조; '愛民如子'는 '愛民赤子'의 잘못.

　　愛民如子 하시는듸=백성을 사랑하기를 자식같이 하시는데.

206. 治天下五十年에　不知왜라天下事를　億兆蒼生이戴己를願하나냐
康衢에 聞童謠하니太平인가하노라. 成守琛

　　治天下五十年에 不知왜라 天下事를=제요(帝堯)가 천하를 다스린 50년 동
안 천하사(天下事)를 알지 못했다. 천하에 어떤 일이 있었는지를 모를 정도
로 정치를 잘했다. ◇億兆蒼生이 戴己를 願하나냐=모든 백성들이 다 내가
임금이 되기를 원하느냐. ◇康衢에 聞童謠하니=번화한 거리에 가서 동요를
들으니. 민심을 파악하기 위해 거리에 나가 아이들의 노래를 들어 봄.

207. 天地로帳幕삼ㅅ고　日月로燈燭삼아　北海水휘여다가酒樽에대여
두고　南極에 老人星對하여늙을뉘를모르리라. 李安訥

　　日月로 燈燭삼아=해와 달로 등과 촛불을 삼아. ◇北海水 휘여다가 酒樽
에 대여 두고=북쪽 바닷물을 담아다가 술통에 대어두고. ◇南極에 老人星

對하여 늙을 뉘를 모르리라=남극에 떠 있는 노인성과 대작(對酌)하여 늙을 겨를을 모르리라. 노인성은 사람의 수명을 맡은 별이라 함.

208. 天地는父母ㅣ여라 萬物은妻子로다 江山은兄弟어늘風月은朋友ㅣ로다 이中에 君臣大義야이즌적이잇스랴. 金壽長

◇ 대조; '이즌적이'는 '비길곳이' 또는 '니글적이'로 되어 있음.

　　君臣大義를 이즌 적이 잇스랴=임금과 신하 사이의 커다란 의리야 잊은 때가 있겠느냐.

209. 天心에돗은달과 水面에부는바람 上下聲色이이中에달녓나니 사람이 이中을타낫스니어질기는한가지라.

◇ 대조; 작가 누락. 주의식(朱義植)의 작품임.

　　天心에 돗은 달과=하늘 한 가운데 돋아 있는 달과. ◇上下聲色이 이 中에 달녓나니=하늘에 떠 있는 달빛과 수면 위에 부는 바람소리가 다 중용(中庸) 덕을 지키는 것에 달려 있으니. ◇이 中을 타낫스니 어질기는 한 가지라=이처럼 중용의 덕을 타고 태어났느니 어질기는 똑같다.

210. 天雲臺도라드니 元樂齋瀟灑한듸 萬卷生涯로樂事ㅣ無窮하여라 이中에 往來風雨를일너무삼하시요. 李滉

◇ 대조; '무삼하시요'는 '무삼하리요'의 잘못.

　　天雲臺 도라드니 玩樂齋 瀟灑한듸=천운대를 돌아 완락재가 깨끗하니. 천운대(天運臺)와 완락재(玩樂齋)는 다 도선서원(陶山書院)에 있는 건물의 이름으로 도산18절(絕)의 하나. ◇萬卷生涯로 樂事ㅣ無窮 하여라=책을 많이 쌓아 놓고 독서를 즐기는 생활로 즐거움이 한이 없다. ◇往來風雨를 일너

무삼 하시요=오고가는 세월을 말하여 무엇 하겠습니까.

211. 하날이놉다하고 발적여서지말고 싸히두텁다고매이밟지말을것
이 하날싸 두텁다놉다하되나는조심하리라. 朱義植

발적여 서지 말고=발뒤꿈치를 돋우고 서지를 말고. ◇매이 밟지 말을 것
이=단단히 밟지 말 것이. 쿵쾅거리고 밟지 마라.

212. 寒碧堂조탄말듯고 芒鞋竹杖차저가니 十里楓林에들니나니물소
래쌘이로다 아마도 南中風景은예쌘인가하노라. 金斗性

寒壁堂 조탄 말 듯고=한벽당의 경치가 좋다는 말을 듣고. 한벽당(寒壁堂)
은 전라북도 전주(全州)에 있는 누각. ◇芒鞋竹杖 차저 가니=짚신을 신고
지팡이 짚고서 찾이기니. ◇ㅣ里楓林에 들니나니=십리나 되는 단풍이 물든
숲에 들리는 것이. ◇南中風景은 예 쌘인가=호남지방의 경치가 좋은 곳은
여기뿐인가.

213. 和氣는滿乾坤이요 文明은極一代라 도모지헤아리면우리聖主의
敎化로다 아마도 聖壽無疆하오시매我東方福이신가.

◇ 대조; 작가 누락. 작가가 익종(翼宗)임.

和氣는 滿乾坤이요 文明은 極一代라=온화한 기운은 천지에 가득 찼고 문
명은 한 시대에 제일 훌륭했다. ◇도모지 헤아리면=아무리 생각해 보아도.

214. 花山에有事하야 西岳寺에올나보니 十里江山이恨업슨景槪로다
兒禧야 盞자로부어라놀고갈ㅅ가하노라. 金兒錫

花山에 有事하야 西岳寺에 올나 보니=화산에 일이 있어 서악사에 오르니.

화산(花山)은 경기도 수원(水原)에 있는 산으로 정조(正祖)의 능이 있음. 서악사(西岳寺)는 화산에 있는 절인 듯. ◇十里江山이 恨 업슨 景槪로다=한(恨)은 한(限)의 잘못인 듯. 십리나 되는 강산이 끝없는 좋은 경치로다. ◇盞자로 부어라=술잔에 술을 자주 부어라.

215, 花開間北麓下에 草菴을읽엇스니 바람비눈서리는그렁저렁지내여도 어느제 다사한빗이야쐬야볼줄잇시랴. 金壽長

◇ 대조; '花開間'은 '花開洞'의, '빗이야'는 '해빗치야'의 잘못.

花開間 北麓下에 草菴을 읽엇스니=화개동 북쪽 기슭에 초가집을 지었으니. 花開洞(화개동)은 서울 종로구 화동(花洞)임.

216. 宦慾에醉한분네 압길을生覺하소 옷벗은어린兒孩陽地짝만여겻다가 西山에 해너머가거든엇지하자하는다. 소人

宦慾에 醉한 분네=벼슬을 하겠다는 욕심에 사리 분멸을 못하는 사람들. ◇옷 벗은 어린 兒孩 陽地짝만 여겻다가=아무 것도 걸치지 않은 어린 아이들 따뜻한 양지쪽만 여기고 있다가. 어떤 일에 사전 대비를 하고 있지 않다가. ◇西山에 해 너머 가거든=서산으로 해가 넘어가면. 임금이 죽으면.

217. 荊山에白玉을어더 世上사람뵈려하니 것치돌이오매속알니뉘잇시랴 두어라 알니알ㅅ지니돌인듯이잇거라. 朱義植

◇ 대조; '白玉을'은 '璞玉을', '뵈려하니'는 '뵈라가니'로 되어 있음.

荊山에 白玉을 어더 世上 사람 뵈려가니=형산에서 백옥을 얻어 세상 사람들에게 구경시키려고 가니. 형산은 초(楚)나라 변화(卞和)가 박옥(璞玉)을 얻었다는 산. ◇것치 돌이오매 속 알 니 뉘 잇시리=겉이 돌이기 때문에 속이 옥인 것을 알 사람이 누가 있겠느냐. ◇알 니 알ㅅ지니 돌인 듯이 잇거라=

아는 사람은 알 것이니 돌인 체 하고 있거라. 훌륭한 사람은 반드시 남이 알아 보는 법이다.

218. 豪華코富貴키야 信陵君만할까마는 百年이못하여서무덤우혜풀이나니 하믈며 날갓흔丈夫야일너무삼하리요. 奇大升

　信陵君만 할까마는=신릉군만 하겠느냐만. 신릉군(信陵君)은 위(魏)나라 공자(公子) 무기(無忌)가 신릉(信陵)에 봉함을 받고 신릉군이 되었음. ◇百年이 못하여 무덤 우혜 풀이 나니=죽은 지 백년이 못되어서 무덤에 풀이나니. 부귀와 영화도 죽은 뒤에는 소용이 없다는 뜻. ◇날갓흔 丈夫야 일너 무삼하리요=나 같은 하잘 것 없는 남자야 말하여 무엇 하겠는가.

219. 紅白花자자진듸 風流男女모혓세라 有情한淸風에싸혀간다淸歌聲을 해지자 月出於東嶺하니이어놀ㄱ가하노라. 扈錫均

◇ 대조; '자자진듸'는 '자자진곳에'의, "淸風에'는 '春風裏에'로, '해지자'는 '아마도'로 되어 있음.

　紅白花 자자진듸=붉은 꽃과 흰 꽃이 가득히 피어 있는 곳에. ◇有情한 淸風에 싸혀 간다 淸歌聲을=정이 있는 듯한 맑은 바람에 청아한 노랫소리가 쌓여 간다. 멀리까지 퍼져간다. ◇月出於東嶺하니 이어 놀ㄱ가=달이 동쪽 마루에 솟으니 계속하여 놀까.

220. 孝悌로배를무어 忠信으로돗츨달아 顔淵子路櫓를쥬워세워두고 우리도 孔夫子뫼옵고學海中에놀니라. 金壽長

　孝悌로 배를 무어=효제로 배를 만들어. ◇顔淵子路 櫓를 쥬워=공자(孔子)의 제자인 안연과 자로에게 노를 주어. ◇孔夫子 뫼옵고 學海中에 놀리라=공자(孔子)님을 뫼시고 바다와 같이 넓은 배움의 세계에서 놀겠다.

221. 孝悌로갓을겻고 忠信으로옷을지어 禮義廉恥로신삼아신엇시니
  아모리 千百歲지난들해어질ㅅ줄이잇스랴. 仝人

  孝悌로 갓을 겻고=효제로 갓을 짜고. ◇신 삼아 신엇시니=신을 만들어 신
었으니. ◇해어질ㅅ 줄이 잇스랴=낡아 떨어질 까닭이 있겠느냐.

222. 胸中에불이나니 五臟이다타거다 神農氏꿈에보와불끌藥물어보
  니 忠節에 慷慨로나니끌藥업다하더라. 朴泰輔

  ◇ 대조; '慷慨로나니'는 '慷慨로난불이니'의 잘못.

  胸中에 불이 나니=가슴 속에 불이 나니. ◇神農氏 꿈에 보와=신농씨를 꿈
에 뵙고. 신농씨(神農氏)는 상고시대 제왕의 하나로 사람들에게 농사(農事)
와 제약(製藥)을 가르쳤다고 함. ◇忠節에 慷慨로 나니=충성된 절개와 비분
강개로 인해 불이 나니.

■中擧

223. 가마귀漆하여검우며 해오리늙어희냐 天生黑白이예부터잇건만
  은 엇지타 날보신임은검ㅅ다희다하는고.

  天生黑白이 예부터 잇건마는=태어날 때부터 검고 흰 것은 예전부터 있지
만. ◇날 보신 임은 검ㅅ다 희다 하는고=나와 관계를 맺은 임은 검다 희다
하는고. 표리가 부동하게 행동함을 말함.

224. 江湖에봄이드니 이몸이일이하다 나는그믈깁고兒孫는밧츨가니
  뒤ㄷ뫼헤 엄긴葯草를언제캐랴하느니. 黃熹

◆ 대조; '葯草'는 '藥草'의 잘못.

이 몸이 일이 하다=이 몸이 할 일이 많다. ◇엄 긴 葯草를='葯草'는 '약초
(藥草)'의 잘못. 움이 길게 자란 약초를.

225. 곳지자봄졈을고 술이盡차興이난다   逆旅光陰은白髮을배얏는듸
어듸셔 妄怜읫것들은노지말나하느니. 金壽長

   곳 지자 봄 졈을고 술이 盡차 興이 난다=꽃잎이 떨어지자 봄이 다 가고 술
이 다 하자 흥이 생긴다. ◇逆旅光陰은 白髮을 배얏는듸=나그네처럼 빨리
가는 세월은 백발을 재촉하는데.

226. 公庭에吏退하고 印匣에잇기썻다   太守政淸하니詞訟이아조업다
두어라 聽訟이猶人한들無訟함만갓흐랴. 李德涵

   公庭에 吏退하고=관청에는 관리들이 퇴청하고. ◇印匣에 잇기썻다=인주
(印朱)갑에 이끼가 꼈다. 인장을 사용한 지가 오래 되었다. ◇太守政淸하니
詞訟이 아조 업다=태수가 정치를 청렴하게 하니 소송(訴訟)이 전혀 없다.
◇聽訟이 猶人한들 無訟함만 갓흐랴=소송을 들어 재판하는 것은 나도 남과
같으나 소송이 없는 것만 하겠느냐.

227. 羣山을削平턴들 洞庭湖널을낫다   桂樹를버히든들달이더욱밝을
것을 뜻두고 이루지못하니그를설워하노라. 李浣

   羣山을 削平턴들='羣山'은 '君山(군산)'의 잘못. 군산을 깎아 평지를 만들었
다면. 군산(君山)은 동정호(洞庭湖) 안에 있는 산. ◇洞庭湖 널을 낫다=동정
호가 넓었을 것이다. ◇桂樹 버히든들=계수나무를 베어 버렸던들.

228. 金波에배를타고 淸風으로멍에하여 中流에씌워두고笙歌를알윌ㅅ

적에 醉하고 月下에섯스니시름업서하노라. 任義直

◇ 대조; '섯스니'는 '젓스니'로 되어 있음.

金波에 배를 타고=달빛이 반사되는 물결에 배를 타고. ◇淸風으로 멍에
하여=맑은 바람으로 멍에를 하여. 멍에는 소를 부리기 위해 소의 목에 잡아
매는 기구. ◇笙歌를 알욀ㅅ적에=생황으로 노래를 불 때에. ◇月下에 섯스
니=달빛 아래 서 있으니.

229. 洛陽才子모듸신곳에 鄕村武士들어가니 白玉싸횐듸돌던짐갓다
마는 두어라 文武一體니놀고갈ㄱ가하노라. 李澤

洛陽才子 모듸신 곳에=서울의 재주 있는 젊은이들이 모인 곳에. ◇鄕村武
士 들어가니=시골출신의 무인(武人)이 들어가니. ◇白玉 싸횐 듸 돌던짐 갓
다마는=보석이 쌓인 곳에 돌을 던짐과 같다마는.

230. 내집이깁흐냥하여 杜鵑이나제운다 萬壑千峰에외사립다닷는듸
개조차 즈즐일업서곳지는데조으더라.

내 집이 깁흐 냥 하여=내 집이 산 속 깊은 것 같아. ◇杜鵑이 나제 운다=
두견새가 저녁에 운다. ◇萬壑千峰에=깊은 산 속에. ◇즈즐 일 업서 곳 지
는데 조으더라=짖을 일이 없어 꽃이 지는데 졸더라.

231. 내부어勸하는盞을 덜먹으려辭讓마소 花開鶯啼하니이아니조흔
쌘가 어즈버 明年看花畔이눌과될ㄷ줄알니오. 金天澤

◇ 대조; '明年看花畔'은 '明年看花伴'의 잘못.

花開鶯啼하니=꽃이 피고 꾀꼬리가 우니. ◇明年看花畔을 눌과 될ㄷ줄 알
리오=반은 반(伴)의 잘못. 내년에 꽃을 함께 구경할 짝이 누구와 될 줄 알겠

느냐. 앞으로 닥칠 일은 아무도 모른다.

232. 늙으니저늙으니 林泉에숨은저늙으니 詩酒歌琴與碁로늙어오는
저늙은이 平生에 不求聞達하고절노늙은저늙은이. 安玫英

　詩酒歌 琴與碁로=시와 술과 노래와 거문고와 그리고 바둑으로. ◇不求聞
達하고=이름이 널리 알려지는 것을 바라지 아니함. 또는 벼슬을 구하지 아
니함. 스승인 박효관(朴孝寬)을 두고 읊은 것임.

233. 늙도록有信키는 아마도南草로다 秋夜長月五更에이갓흔벗이업
다 아마도 내마음알니는너뿐인가하노라. 李德涵

◇ 대조; 작가가 김우규(金友奎)의 잘못임.

　아마도 南草로다=아마도 담배뿐이다. ◇秋夜長 月五更에=긴 가을날 달 밝
은 밤중에.

234. 丹楓은軟紅이오 黃菊은吐香헐제 新稻酒맛들고錦鱗魚膾別味로
다 兒禧야 검운고내여라自酌自歌하리라. 金壽長

　丹楓은 軟紅이오 黃菊은 吐香헐제=단풍은 연한 붉은색으로 물들고 국화
는 향내를 토해낼 제. ◇新稻酒 맛 들고 錦鱗魚膾 別味로다=햅쌀로 담근 술
이 맛 들고 쏘가리회가 별미로다. ◇自酌自歌하리라=혼자서 술 마시며 혼
자서 노래하리라.

235. 桃花雨헛쑤릴제 울며잡고離別한님 秋風落葉에저도나를생각는
가 千里에 외로운쑴만오락가락하더라.

◇ 대조; '桃花雨'는 '梨花雨'의 잘못으로 『靑丘永言』육당본에 만 이렇게 되어

있음.

桃花雨 헛 샏릴 제=복숭아 꽃잎이 비처럼 흩어져 떨어질 때. ◇秋風落葉
에=가을바람에 나뭇잎이 떨어질 때에도. 봄부터 가을까지.

236. 드른말卽時잇고 본일도못본듯이 내人事極盡하니남의是非모를
네라 다만지 손이성하니盞잡기만하노라. 宋寅

◇ 대조; '極盡하니'는 '이러ᄒ니'로 되어 있음.

내 人事 極盡하니 남의 是非 모를네라=내 하는 일에 극진하니 다른 사람
의 시비를 모른다. ◇다만지 손이 성하니 盞잡기만 하노라=다만 술잔을 잡
은 손에 이상이 없으니 술잔 잡기만 한다.

237. 듯는말보는일도 事理에빗겨보아 올흐면할지라도그르면마를거
시 平生에 말삼을가리면是非될ᄃ줄잇스랴.

事理에 빗겨 보아=일의 이치에 비교해 보아. ◇그르면 마를 거시=이치에
맞지 않으면 그만 둘 것이.

238. 龍갓흔저盤松아 반갑고도반가왜라 雷霆을격은後에네어이푸르
럿노 누구셔 成學士죽다던고이제본듯하여라. 金振泰

龍 갓흔 저 盤松아=용이 서린 것 같은 저 반송아. 반송(盤松)은 키가 작고
가지가 옆으로 퍼진 소나무. ◇雷霆을 격은 後에=천둥과 벼락을 겪은 뒤에.
◇누구셔 成學士 죽다던고 이제 본 듯하여라=누가 성학사가 죽었다고 하던
가 이제라도 본 듯하다. 성학사(成學士)는 성삼문(成三問)을 가리킴.

239. 먹으나못먹으나 酒樽으란뷔우지말고 쓰거나못쓰거나絕代佳人

겨테두고 어즈버 逆旅光陰을慰勞코자하노라. 金壽長

　酒樽으란 뷔우지 말고=술통은 비우지 말고. ◇쓰거니 못 쓰거나=쓸모가
있거나 없거나.

240. 无極翁은긔뉘런고 하날싸임자런가 언제어느째에어듸로서난거
이고 처음도 나종도모르니无極一時올토다. 仝人

◇ 대조; '無極一時'는 '無極일씨'의 잘못.

　无極翁은 긔 뉘런고=무극옹이 그 누구던고. 무극옹(无極翁)은 우주를 맡
았다고 하는 신(神). ◇无極一時 올토다=무극인 것이 옳다. 끝이 없는 것이
옳다.

241. 벗싸라벗싸라가니 익은벗에선벗이잇다 이벗저벗하니어늬벗이
벗아니랴 내조코 맛조흔벗은내벗인가하노라.

　익은 벗에 선 벗이 잇다=친숙한 벗이 있고 낯선 벗이 있다. ◇내 조코 맛
조흔 벗은=내가 좋아하고 멋있는 벗은.

242. 浮生이꿈이어늘 功名이아랑곳가 賢愚貴賤도죽은後면한가지라
아마도 살아한盞술이즐거운가하노라. 金天澤

◇ 대조; '한가지라'는 '다한가지'로 되어 있음.

　浮生이 꿈이어늘=인생이 덧없는 삶처럼 꿈에 지나지 않거늘. ◇功名이 아
랑곳가=공명이 관계할 것인가. ◇賢愚貴賤도=어질고 어리석음과 귀하고 천
한 것도.

243. 比扉下점은날에 어엿불손文天祥이 八年燕獄에감든머리다희거다 至今에 從容就死를못내슬워하노라. 仝人

◇ 대조; '比扉下'는 '北扉下'의 잘못임. '八年燕獄'은 '八年燕霜'으로 되어 있음.

比扉下 점은 날에='比扉'는 '북비(北扉)'의 잘못. 북쪽 사립문 아래 늦은 시각에. ◇어엿불손 文天祥이=불쌍한 문천상이. 문천상(文天祥)은 남송(南宋)의 충신으로 원(元)나라와 싸우다 포로가 되어 연경(燕京)의 원나라 옥에서 죽었음. ◇八年燕獄에=문천상이 8년 동안 원나라 옥에 갇혀 있었던 일. ◇ 從容就死를=조용히 죽음을 맞이함을.

244. 사랑뫼혀불이되여 가슴에퓌여나고 肝腸석어물이되여두눈으로 솟아난다 一身에 水火ㅣ相侵하니살똥말똥하여라.

사랑 뫼혀 불이 되여=사랑이 모여 불이 되어. ◇水火ㅣ相侵하니=간장 썩은 물과 사랑이 모인 불이 서로 침범하니.

245. 山頭에달쩌오고 溪邊에게나린다 漁網에술병걸고柴門을나서가니 해잇서 몬저간兒曹들은더듸온다하더라.

溪邊에 게 나린다=시냇가에 게가 잡힌다. ◇해 잇서=해가 지기 전에.

246. 山行六七里하니 一溪二溪三溪流ㅣ로다 有亭翼然洽似當年醉翁亭을 夕陽에 笙歌鼓瑟은昇平曲을알외더라. 安玟英

◇ 대조; '有亭翼然'은 '有亭翼然하니'로 되어 있음.

山行 六七里 하니=산으로 육칠리 쯤을 가니. ◇一溪 二溪 三溪流ㅣ로다=첫째 시내 두 번째 시내 세 번째 시내가 흐른다. 삼계는 서울 창의문(彰義門)

밖에 삼계동(三溪洞)이 있고 거기에는 興宣大院君(흥선대원군)의 정자가 있었음. ◇有亭翼然治似當年醉翁亭을=정자가 있어 마치 새가 날개를 편 것 같은 모양으로 꼭 당년의 취옹정과 닮았음을. 취옹정(醉翁亭)은 송(宋)나라 구양수(歐陽脩)의 정자임. ◇笙歌鼓瑟은 昇平曲을 알외더라=생황과 비파를 연주하며 노래하며 태평세월의 노래를 알외더라.

247. 聲音은各各이어니 節腔高節은일치말고　五音을채몰나도律呂를
차랏스라　眞實노 眞實한妙理를모르면일홈섯기쉬우리. 金壽長

◆ 대조; '節腔高節'은 '節腔高低'의, '쉬우리'는 '쉬우랴'의 잘못이고, '眞實노'는 삽입임.

　聲音은 各各 이어니=목소리는 사람마다 각각이니. ◇節腔高節은 일치 말고=고절은 고저(高低)의 잘못인 듯. 음조(音調)의 고하(高下)와 완급(緩急)은 잃지 말며. ◇五音은 채 몰나도 律呂를 차랏스라=다섯 가지의 소리는 미처 모른다고 하더라도 율려는 갖추어라. 오음은 궁,상,각,치,우(宮商角徵羽)이며 律呂(율려)는 육률(六律)과 육려(六呂)를 말함. ◇妙理를 모르면 일홈 섯기 쉬우리=음악에 대한 오묘한 이치를 모르면 훌륭한 이름을 남기기 쉬우랴.

248. 슯흐다蜀漢時節 黃泉을冤하오니　武侯孔明을十年만빌넛스면
아모리 열曹操ㅣ잇슨들제뉘라서어이리. 李鼎輔

◆ 대조; '黃泉'은 '黃天'으로 되어 있음.

　蜀漢時節=중국의 삼국시대 유비(劉備)가 세운 나라 때. ◇黃泉을 冤하오니=저승을 원망하나니. 제갈량이 일찍 죽은 것을 원망한 것임. ◇武侯孔明을=무후인 공명을. 공명은 촉한의 재상인 제갈량(諸葛亮)을 말함. ◇열 曹操ㅣ 잇슨들=열 명의 조조가 있다고 한들. 조조는 삼국시대 위(魏)나라를 세운 사람.

249. 時節이太平토다 이몸이閑暇커니　竹林深處에午鷄聲이아니런들
김히든 一場華胥夢을어늬벗이쌔오리. 成渾

竹林深處에 午鷄聲이 아니런들=대숲이 우거진 곳에 낮에 우는 닭소리가
아니었다면. ◇一場華胥夢을=한바탕의 아름다운 꿈을. 또는 낮잠을. 황제
(黃帝)가 낮잠을 자다가 꿈속에서 화서 나라에서 놀면서 태평한 광경을 보
았다는 고사에서 낮잠을 일컫는 말.

250. 神仙이잇단말이 아마도虛浪하다　秦皇漢武는쌔달을줄모로든고
아마도 心淸身閑하면眞仙인가하노라. 金振泰

神仙이 잇단 말이=신선이 있다고 하는 말이. ◇秦皇漢武는=진시황과 한
무제는. 진시황은 불사약을 구하려고 동남동녀 삼천 명을 삼신산으로 보냈
으나 끝내 돌아오지 않았고, 한 무제는 승로반에 이슬을 받아 마셨으나 소용
이 없었음. ◇心淸身閑하면 眞仙인가=마음이 맑고 몸이 한가하면 진정으로
신선(神仙)인가.

251. 神仙이긔무엇이라 못내불워하돗던고　無君에不忠이오無父에不
孝로다　어즈버 秦漢方士를虛妄하다하노라. 金壽長

못내 불워하돗던고=끝내 부러워하였던가. ◇無君에 不忠이오 無父에 不孝
로다=임금이 없으므로 충성을 다하지 못하고 아버지가 없기 때문에 효도를
하지 못하다. ◇秦漢方士를 虛妄하다=진나라와 한나라의 방사를 허랑하고
망령되다. 방사(方士)는 방술(方術)을 쓰는 사람으로 여기서는 장생술(長生
術)에 관심을 가졌던 진시황과 한 무제를 가리킴.

252. 心性이게름으로 書劍을못이루고　禀質이迂踈키로富貴를모르거
다 七十載 애울어예든것이長歌런가하노라. 仝人

◇ 대조; '애울어예든'은 '익우려어든'으로 되어 있음.

心性이 게름으로=본래부터 타고난 성품이 게을러. ◇書劍을 못 이루고=문
무(文武)로 성공하지 못하고. 문무는 문식(文識)과 무략(武略)을 말함. ◇稟
質이 迂踈키로='迂踈'는 '우소(迂疎)'의 잘못. 타고난 성품이 세상 물정에 어
둡고 민첩하지 못하기 때문에. ◇七十載 애울여 어든 것이 長歌런가=칠십
년 동안이 애써 얻은 것이 긴 노래인가.

253. 兒孫야소먹여내라 北郭에가새술먹자 大醉한얼골에달씌여도라오
니 어즈버 羲皇上人을밋쳐본가하노라. 趙存性

北郭에가=북쪽에 있는 마을에 가서. 또는 전지(田地)에 가서. ◇달 씌여
도라오나=달빛을 띄고 돌아오니. 아침에 전답에 나가 일하고 밤에나 돌아옴
을 말함. ◇羲皇上人을 밋쳐 본가=세상일을 잊고 편안하게 지내는 사람을
다시 보는가. 희황상인(羲皇上人)은 복희씨(伏羲氏) 이전 태고 때의 사람이
란 뜻.

254, 아희야窓여지마라 滿庭月色보기실타 그달곳보량이면임의生覺
새로왜라 그러나 임보는달이니나도볼ㅅ가하노라. 咸和鎭

滿庭月色 보기 실타=뜰에 가득한 달빛을 쳐다보기 싫다. ◇그 달곳 보량
이면=그 달을 보게 되면.

255. 아침비오더니 느즌後는바람이라 千萬里길에風雨는무삼일고
두어라 黃昏이멀엇스니쉬여감이엇더하리. 申欽

대조 '千萬里길'은 '千里萬里길'로, 멀엇스니쉬여감이'는 '머럿거니쉬여간들'로 되어
있음.

느즌 後는 바람이라=오후에는 바람이 불다. ◇千萬里 길에 風雨는 무삼

일고=머나먼 길에 비바람은 무슨 일인가. 앞길이 순탄치 않음을 말함.

256. 어이어러잔고 무삼일어러잔고   鴛鴦枕翡翠衾을어듸두고어러잔
고 오날은 찬비마즈니더욱덥게자리라. 寒雨

　어이 어러 잔고=어찌 춥게 자려고 하는고. ◇鴛鴦枕 翡翠衾을 어듸 두고=
좋은 잠자리를 어디 두고. 원앙을 수놓은 베개와 비취색 이불을 어디 두고.
◇찬비 마즈니=차가운 비를 맞았으니. 찬비는 지은 사람을 뜻하는 중의적
(重義的) 표현임.

257. 엇그제덜괸술을 질동이에가득붓고   설데친무우나물淸掬醬씨처
내니   世上에 肉食者들이이맛어이알니요. 金天澤

◇ 대조; '무우나물'은 '무우남을'로 되어 있음.

　설데친 무우나물 淸掬醬 씨처 내니=덜 데친 무우 나물을 청국장을 쳐서 내
놓으니. 소박한 반찬을 내놓으니.

258. 蓮심어실을쏩아 긴노부벼거럿다가   사랑이긋쳐갈제찬찬감아매
오리라 우리는 마음으로매젓스니그칠줄이잇스랴. 金㑈

◇ 대조; 작자 김영(金鍈)의 잘못.

　긴 노 부벼 거럿다가=기다란 노끈을 꼬아 준비해 두었다가.

259. 烟霞로집을삼고 風月노벗을삼아   太平聖代에病으로늙어갈제
이中에 바라는일은허믈이나업과저. 李滉

　烟霞로 집을 삼고 風月노 벗을 삼아=연기와 안개로 집을 삼고 풍월로 벗을

삼아. 자연으로 집과 친구를 삼아. ◇바라는 일은 허믈이나 업과저=바라는
것은 허물이나 없었으면.

260. 梧桐에 月上하고 楊柳에 風來할제 水面天心에 邵堯夫를마조본듯
이中에 一般淸意味를알니적어하노라.

　梧桐에 月上하고 楊柳에 風來 할제=오동나무 위로 달이 뜨고 버드나무 사
이로 바람이 불어 올 때. ◇水面天心에 邵堯夫를 마조 본 듯=바람은 수면
위로 불어오고 달은 하늘 한가운데 떠있을 때에 소요부를 마주본 듯. 소요부
(邵堯夫)는 송(宋)나라 문인인 소옹(邵雍)의 자(字). ◇一般淸意味를 알 니
적어 하노라=한가지로 맑음의 의미를 아는 사람이 적다고 하겠다. 소옹의
시 「청야음(淸夜吟)」‘월도천심처 풍래수면시 일반청의미 요득소인지’(月到
天心處 風來水面時 一般淸意味 料得少人知)를 시조화한 것임.

261. 오날이오날이소서 每樣에오날이소서　점우지도새지도말으시고
새나마 晝夜長常에오날이소서.

　오날이 오날이소서=오늘이 오늘이십시오. ◇졈우지도 새지도 말으시고=
저물지도 새지도 말고. ◇새나마. 晝夜長常에=새더라도 밤이나 낮이나 항
상.

262. 玉河館점은날에 어엿불손三學士여　忠魂義魄이어드러로간거이
고　아마도 萬古綱常을네붓든가하노라. 金天澤

　玉河館 점은 날에=옥하관의 저문 날에. 옥하관(玉河館)은 중국 북경 서북
쪽에 옥천(玉泉)에 있던 관(館)의 이름. ◇어엿블손 三學士여=불쌍한 것은
삼학사이다. 삼학사(三學士)는 병자호란 때 청나라에 항복하는 것을 반대했
다가 잡혀가 죽임을 당한 홍익한(洪翼漢), 윤집(尹集), 오달제(吳達濟)의 세
사람. ◇忠魂義魄이 어드러로 간 거이고=충성과 의리를 위해 죽은 사람의
넋이 어디로 갔는가. ◇萬古綱常을 네 붓든가=만고에 지켜야 할 윤리를 네

가 붙들었는가.

263. 옷버서兒孩주어 술집에볼모하고   靑天을우러러달더러물은말이
어즈버 千古李白이날과엇더하더냐.

◇ 대조; 작자 김천택(金天澤)이 누락되었음.

술집에 볼모하고=술집에 전당을 잡히고. ◇千古 李白이 날과 엇더 하더냐
=예전의 이백과 내가 어떻게 다르더냐.

264. 雲下太乙亭에 詠樂池말갓거다   朝日에花紋繡요春風에鳥管絃을
慶松은 울울蕃衍하야億萬年을期約더라. 安玟英

◇ 대조; '詠樂池'는 '泳樂池'의 잘못인데 『海東樂章』을 참고한 듯.

雲下 太乙亭에 詠樂池 말갓거다=영락지는 영락지(泳樂池)의 잘못. 운현궁
아래에 있는 태을정에 영락지가 맑아 있다. ◇朝日에 花紋繡요 春風에 鳥管
絃을=아침 햇살에 꽃이 수를 놓고 봄바람에 새가 노래한다. ◇慶松은 울울
蕃衍하야=커다란 소나무는 울창하고 번성하여.

265. 幽僻을차저가니 구름속에집이로다   山菜에맛드리니世味를이즐
네라 이몸이 江山風月과함쎄늙자하노라. 趙豈

◇ 대조; 작자 '趙豈'는 조립(趙꾶)의 잘못.

幽僻을 차저 가니=한적하고 궁벽한 곳을 찾아가니. ◇구름 속에 집이로
다=집이 구름에 쌓여 있다. ◇山菜에 맛드리니 世味를 니즐네라=산나물에
맛을 들이니 속세의 맛을 잊겠다.

266. 銀瓶에찬물짜라 玉頰을다스리고 金爐에香퓌우고雪月을對하여
서 비는말 傳할이잇스면임도설워하리라.

玉頰을 다스리고=고운 얼굴에 화장을 하고. ◇金爐에 香 퓌우고 雪月을
對하여서=좋은 향로에 향불 피우고 차가운 달을 대하여서.

267. 이고지고늙은니 짐버셔나를주료 우리는젊엇거니돌인들무거우
랴 늙기도 설워라커늘집을좃차지실ㅅ가. 鄭澈

◇ 대조; '집'은 '짐'의 잘못.

늙기도 설워라커늘 집을 좃차 지실ㅅ가=늙는 것도 서럽거늘 짐을 조금 지
실 것을.

268. 이제는다늙엇다 무삼거슬내아드냐 籬下에黃菊이오葉上에玄琴
이로다 이中에 一卷歌譜는틈업슨가하노라. 金壽長

◇ 대조; '葉上에'는 '案上에'의 잘못.

籬下에 黃菊이오 葉上에 玄琴이로다=엽상은 안상(案上)의 잘못. 울밑에는
국화꽃이요 책상 위에는 거문고라. ◇一卷歌譜는 틈 업슨가=한 권의 노래
책은 읽어 볼 틈이 없는가.

269. 仁心은터히되고 孝悌忠信기동되여 禮義廉恥로가즉이예엿스니
千萬年 風雨를만난들기울ㅅ줄이잇시랴. 薛聰

仁心은 터히 되고=어진 마음은 터가 되고. ◇孝悌忠信 기동 되여=효도와
우애와 충성과 신의는 기동이 되어. ◇禮義廉恥로 가즉이 예엿스니=예의와
염치로 가지런히 이었으니.

270. 잇스면잠을들고 쎄엿스면글을보세 글을보면義理잇고잠들면시
름잇네 百年을 이럿틋하면總浮雲인가하노라. 李德涵

◇ 대조; '잇스면'은 '잇브면'의 잘못임.

　잇스면 잠을 들고=힘들면 잠을 자고. ◇글을 보면 義理 잇고 잠들면 시름
잇네=글을 읽어보면 의리가 있고 잠을 들면 시름을 잊네. ◇百年을 이럿 듯
하면 總浮雲인가 하노라=평생을 이렇게 하면 모두가 뜬구름처럼 허무한 것
인가 한다.

271. 長城을구지쌋코 阿房宮을놉히지어 當年에어린쯧은萬歲計를하
렷더니 어늬듯 陳跡이되여남의일만하도다. 金壽長

◇ 대조; '남의일만'은 '남우일만'의 잘못.

　長城을 구지 쌋코 阿房宮을 놉히 지어=만리장성을 단단히 쌓고 아방궁을
크게 지어. ◇當年에 어린 뜻은 萬年計를 하렷더니=그 해에 어리석은 뜻은
만년이나 누릴 계획을 허였더니. ◇어늬덧 陳跡이 되여 남의 일 만하도다=
어느 사이 지나간 일이 되어 남의 웃음꺼리가 될 만하다.

272. 張良의六韜三略 그뉘게배왓든고 金椎一聲에四海가蜂起하니
祖龍의 놀란魂魄이半生半死하것다. 李鼎輔

　張良의 六韜三略=장량의 육도삼략. 장량은 한 고조(漢高祖)의 명신(名臣).
육도삼략은 병서(兵書)로 육도는 태공망(太公望)이, 삼략은 황석공(黃石公)
이 지었음. ◇金椎一聲에 四海가 蜂起하니=쇠방망이를 한번 치는 소리에
온 세상이 다 일어나니. 장량이 진시황을 저격한 일을 말함. ◇祖龍의 놀란
魂魄이 半生半死 하것다=조룡의 놀란 넋이 반생반사하였겠다. 祖龍(조룡)은
진시황을 가리킴.

273. 竹林에매고간乘槎 긔뉘라서글러간고   嚴平君아니면呂洞賓에자
   최로다   언제나 이乘槎만나셔周遊天下하리요.

◇ 대조; '자최로다'는 '재조로다'로 되어 있음.

   竹林에 매고 간 乘槎=대숲에 매고 간 뗏목. 승사는 신선이 타는 배나 뗏목.
   ◇嚴君平 아니면 呂洞賓에 자최로다=자최는 재조의 잘못. 엄군평이 아니면
   여동빈의 재주일 것이다. 嚴君平(엄군평)은 한(漢)나라 때 엄준(嚴遵)의 자
   (字). 呂洞賓(여동빈)은 당(唐)나라 사람으로 본명은 암(嵒).   ◇周遊天下 하
   리요=세상에 두루 돌아다니며 놀 수 있으리오.

274. 樽中에술이잇고 座上에손이가득   大兒孔文擧를곳쳐어더보고이고
   어즈버 世間餘子를일너무삼하리요. 申欽

   樽中에 술이 잇고 座上에 손이 가득=술통에는 술이 가득 있고 자리에는 손
   님이 가득 차다. 후한(後漢) 때 공융(孔融)이 한 말임.   ◇大兒孔文擧를 곳쳐
   어더 보고 이고=대아 공문거를 다시 얻어 볼 것이다. 대아 孔文擧(공문거)는
   공융(孔融)으로 양덕조(楊德祖)를 소아(小兒)로 공융을 대아(大兒)라 불렀음.

275. 中書堂白玉盃를 十年만에곳처보니   맑고흰빗츤예로온듯하다마
   는   世上에 人事ㅣ變하니그를설워하노라(或曰 엇지타 世上人心은
   朝夕變을 하는고)

◇ 대조; 작가 누락. 정철(鄭澈)의 작품임

   中書堂 白玉盃를 十年만에 곳쳐 보니=중서당에 있는 백옥으로 만든 술잔
   을 십년 만에 다시 보니. 중서당은 홍문관(弘文館)의 다른 이름.   ◇예로운
   듯하다마는=예전과 다르지 않은 듯하다마는.

276. 지저괴는저가마귀 암수를어이알며   지나가는저구름에비올쭁말

쏭어이알니　아마도 世事人情도다이런가하노라. 金振泰

지저괴는 저 가마귀=시끄럽게 지절거리는 저 까마귀. ◇암수를 어이 알며
=암놈인지 수놈인지를 어찌 알겠으며.

277. 滄浪에낙시넛코　釣臺에안젓스니　落照淸江에비ㅅ소래더욱좃타
　　柳枝에 玉鱗을쎄여들고杏花村에가리라. 宋獜壽

釣臺에 안젓스니=낚시터에 앉았으니. ◇落照淸江에=해가 지는 때 맑은 강
에. ◇柳枝에 玉鱗을 쎄여 들고 杏花村에 가리라=버드나무 가지에 비늘이
번쩍이는 물고기를 꿰어 들고 술집을 찾아 가겠다. 행화촌은 술집을 가리킴.

278. 蒼詰이作字할제　此生怨讐離別두字　秦始皇焚書時에어늬틈에들
　　엇다가　至今에 在人間하여남의애를긋나니.

蒼詰이 作字할 제 此生怨讐 離別 두 字=창힐이 글자를 만들 때 이승의 원
수인 이별 두 자. 창힐(蒼詰)은 최초로 한자를 만들었다고 하는 사람. ◇秦
始皇 焚書時에=진시황이 분서갱유(焚書坑儒)할 때에.

279.　千古에義氣男兒　漢壽亭侯關雲長　山河星辰之氣요忠肝義膽이與
　　日月爭光이로다　至今에 壽城에끼친恨을못내슬워하노라. 李鼎輔

漢壽亭侯 關雲長=한나라 수정후인 관운장. 關雲長(관운장)은 관우(關羽)를
가리킴. ◇山河星辰之氣요 忠肝義膽이 與日月爭光이로다=산하와 성신에
비길 만한 맑은 기상이요 충성되고 의리 있는 마음은 해나 달과 더불어 그
밝음을 다툴 만하다. ◇壽城에 끼친 恨을 못내 슬워 하노라=수성은 맥성(麥
城)의 잘못인 듯. 맥성에 남긴 한을 끝내 서러워한다. 맥성은 관우가 손권(孫
權)에게 패하고 도망하여 지키던 곳.

280. 千山에눈이오니 乾坤이一色이로다   白玉京琉璃界 ᄂ들이에서더
할소냐 萬樹에 梨花發하니陽春본듯하여라. 仝人

　千山에 눈이 오니 乾坤이 一色이로다=모든 산에 눈이 내리니 세상이 한 가
지 빛이다. ◇白玉京 琉璃界=옥황상제가 산다고 하는 곳인들. ◇萬樹에 梨
花發하니 陽春 본 듯하여라=모든 나무에 배꽃이 피니 봄의 경치를 본 듯하
다. 흰눈이 덮힌 나뭇가지가 마치 봄철의 배꽃과 같음을 말한 것임.

281. 靑鳥야오도고야 반갑다임의消息.   溺水三千里를네어이건너온다
우리님 萬端情懷를네다알ㄱ가하노라.

◈ 대조; '溺水三千里'는 '弱水三千里'의 잘못.

　靑鳥야 오도고야=편지가 왔구나. 청조는 편지란 뜻이 있음. ◇溺水三千里
를 네 어이 건너온다=익수는 약수(弱水)의 잘못. 약수 삼천리를 네가 어떻게
건너왔느냐. 약수는 옛날 중국에서 신선이 살던 곳에 있었다는 물로, 부력
(浮力)이 아주 약해 기러기 털처럼 가벼운 물건도 가라앉지 않는다고 함. 삼
천리는 아주 먼 곳이란 뜻. ◇萬端情懷를 네 다 알ㄱ가=온갖 정과 회포를
네가 다 알까.

282. 淸江에비듯는소래 긔무엇이우읍관대   滿山紅葉들이휘드르며웃
는고야 두어라 春風이몃날이리울ㅅ대로우어라. 孝宗

◈ 대조; '滿山紅葉들이'는 '滿山紅葉이'로 되어 있음.

　淸江에 비 듯는 소래=맑은 강에 빗방울 떨어지는 소리가. ◇긔 무엇이 우
읍관대=그 무엇이 우습기에. ◇滿山紅葉들이 휘드르며 웃는고야=온 산에
붉게 물든 잎들이 휘들 거리며 웃느냐. ◇春風이 몃 날이리 울ㅅ대로 우어
라=울ㅅ대로는 우을대로의 잘못. 봄바람이 며칠이나 계속 되겠느냐 웃을 대
로 웃거라.

283. 淸溪上草堂外에 봄은어이느젓는고   梨花白雪香에柳色黃金嫩이
로다   萬壑雲 蜀魄聲中에春思ㅣ茫然하여라. 李後白

◇ 대조; 작자가 이후백으로 된 가집이 없음.

淸溪上草堂外에=푸른 시냇가 초당 밖에. ◇梨花白雪香에 柳色黃金嫩이로
다=배꽃이 눈과 같이 희며 향기로움에 버들빛이 황금처럼 곱다. ◇萬壑雲
蜀魄聲中에 春思ㅣ 茫然 하여라=많은 골짜기에 구름이 끼고 두견새 우는 소
리 가운데 봄에 느끼는 뒤숭숭한 생각에 멀거니 서있다.

284. 草野에뭇친어른 消息이엇더한고   糲飯山菜를먹으나못먹으나
世上에 憂患뉘모르니그를불워하노라. 李鼎輔

草野에 뭇친 어른=시골에 사는 어른. ◇糲飯山菜를=품질이 낮은 쌀로 만
든 밥과 산에서 나는 나물을. ◇憂患 뉘 모르니=근심과 걱정할 때를 모르
니.

285. 草菴이寂寥한데 벗업시혼자안자   平調한닙헤白雲이절노즌다.
어느뉘 이조흔쯧을알니잇다하리요. 金壽長

◇ 대조; '절노즌다'는 '절로존다'로 되어 있음.

草菴이 寂寥한데=초가집이 적막하고 쓸쓸한데. ◇平調 한 닙헤 白雲이
절노 즌다='즌다'는 '존다'의 잘못인 듯. 평조 한 가락에 떠가는 흰 구름이
저도 모르게 조는 듯하다. ◇어느 뉘=어느 누가.

286. 春風에써러진梅花 이리저리날니다가   남게도못오르고걸녓고나
거믜줄에 저거미 梅花ㄴ줄모르고나뷔감듯하여라.

남게도 못 오르고=나무에도 오르지 못하고.

287. 七竅는한가지로되 一片丹心은다各各이   길면써르다하고쩔으면
기다하네 아마도 올고든마음은孔夫子ㄴ가하노라. 金壽長

◇ 대조; '一片丹心'은 '一片心'으로 되어 있음.

七竅는 한 가지로되 一片丹心은다各各이=사람은 다 같지만. 일곱 구멍은
한 가지이나 한 조각의 충성심은 다 각각이다. 칠규는 이목구비(耳目口鼻)의
일곱 구멍으로 사람을 나타냄. ◇올고든 마음은=옳고 곧은 마음의 소유자
는.

288. 天君이泰然하니 百體從令하고   마음을定한後ㅣ니分別이다업거
다 온몸이 病된일업스니그를조화하노라. 仝人

天君이 泰然하니 百體從令하고=마음이 평안하니 몸의 각 부분이 이에 잘
따르고. ◇마음을 定한 後ㅣ니 分別이 다 업거다=마음을 결정한 뒤이니 옳
고 그름을 가릴 일이 없다.

289. 天地大日月明하신 우리의堯舜聖主   普土生靈을壽域에거나리샤
雨露에 霈然鴻恩이及禽獸을하삿다. 成守琛

普土生靈을 壽域에 거나리샤=온 나라 안의 백성들을 더 오래 사는 곳에 거
느리시어. ◇雨露에 霈然鴻恩이 及禽獸을 하삿다=비와 이슬에 임금의 은혜
가 비처럼 내려 금수에까지 미치셨다.

290. 彭祖는壽一人이요 石崇은富一人을 群聖中集大成은孔夫子ㅣ一人
이시라 이中에 風流狂士는吾一人인가하노라. 金壽長

彭祖는 壽一人이요=팽조는 오래 산 사람의 하나요. 팽조는 중국 상고시대 장수한 사람. ◇石崇은 富一人=석숭은 부자의 한 사람이다. 石崇(석숭)은 진(晉)나라 때 부자(富者). ◇群聖中 集大成은 孔夫子ㅣ 一人이시라=성인들 가운데 집대성은 공자 한 분이시다. 집대성은 백이(伯夷)의 청(淸), 이윤(伊尹)의 임(任), 유하혜(柳下惠)의 화(和), 공자(孔子)의 시(時)를 모아 대성한 것. ◇風流狂士는 폼 一人인가=풍류를 좋아하는 미치광이는 나 한 사람인가.

291. 漢나라第一功은 汾水에一陣狂風 輪臺沼아니런들天下를亡할느니 千古에 英雄豪傑之主는 漢武帝ㄴ가하노라. 李鼎輔

汾水에 一陣狂風=분수에 분 한바탕의 회오리바람. 분수(汾水)는 중국의 분하(汾河)를 말하며, 무제가 여기에 후토사(后土祠)를 짓고 보정(寶鼎)을 얻었다 함. ◇輪臺沼 아니런들 天下를 亡할느니='輪臺沼'는 '윤대조(輪臺詔)'의 잘못. 윤대의 조서가 아니었다면 천하가 망했을 것이니. 윤대조(輪臺詔)는 한 무제(漢武帝)가 한 때 윤대를 흉노에게 빼앗기고 내린 조서(詔書).

292. 豪放할쓴저늙은이 술아니면노래로다 端雅象中文士貌요古奇畵裡老仙形을 뭇노니 雲臺에숨은지몃몃해나되인고. 李載冕

◇ 대조;『금옥총부』에 안민영의 것으로 되어 있음.

豪放헐쓴 저 늙은이=작은 일에도 거리끼지 않는 의기가 장한 저 늙은이. 고종(高宗) 때까지 살았던 박효관(朴孝寬)을 가리킴. ◇端雅象中 文士貌요 古奇畵裡 老仙形을=단아한 형상 가운데 문사(文士)의 모습이요 오래되고 기이한 그림속의 늙은 신선의 형상을. ◇雲臺에 숨언지=운대에 숨어 지내는 지가. 운대는 필운대(弼雲臺)로 지금의 종로구 필운동에 있는 바위.

293. 紅樓畔綠柳間에 多情할쓴저쇠소리 百囀好音으로나의쑴을놀내느니 千里에 글이는임을보고지고傳하렴은.

119

紅樓畔 綠柳間에=붉은 칠을 한 다락 가의 푸른 버드나무 사이에. ◇百囀
好音으로=듣기 좋은 꾀꼬리의 울음으로.

294. 紅塵을다썰치고 竹杖芒鞋집고신고 瑤琴을빗기안고西湖로도라
가니 蘆花에 쎄만흔갈매기는녯벗인가하노라. 金聖器

紅塵을 다 썰치고=세상의 속된 일을 다 떨어버리고. ◇瑤琴을 빗기 안고
서호로 도라 가니=악기를 들고서. 빗기 안고는 비스듬히 안고 서호로 돌아
가니. 서호(西湖)는 지금의 서울의 마포 앞 한강을 가리킴.

295. 皇天이不弔하니 武鄕侯ㄴ들어이하리 적은듯사돗더면漢室興復
할난거슬 至今에 出師表읽을ㅅ제면눈물겨워하노라. 李鼎輔

皇天이 不弔하니 武鄕侯ㄴ들 어이 하리=하늘이 좋아하지 아니하니 제갈량
인들 어찌하겠느냐. ◇적은 듯 사돗더면 漢室復興 할난 거슬=조금만 더 살
았다면 한(漢)나라를 부흥시켰을 것을. ◇出師表 읽을ㅅ 제면=출사표를 읽
을 때는. 출사표(出師表)는 제갈량이 중원을 회복하려고 출전하며 후주(後
主)에게 올린 표문(表文).

■平擧

296. 가노라三角山아 다시보자漢江水야 故國山川을다시보자하련만
은 時節이 하殊常하니올ㅅ똥말ㅅ똥하여라. 金尙憲

◇ 대조; '다시보자'는 '떠나고자'로 되어 있음.

가노라 三角山아=나 이제 간다. 삼각산아. 삼각산(三角山)은 북한산의 다른
이름. ◇다시 보자 하련마는=다시 보고 싶지만.

297. 景星出慶雲興하니 日月이光華로다 三皇禮樂이오五帝의文物이
라 四海로 太平酒비저내여萬姓同醉하리라. 金裕器

　景星出 慶雲興하니=경성이 나타나고 경운이 일어나니. 경성(景星)과 경운
(慶雲)은 도(道) 있는 나라에 태평세월에 나타난다고 함. ◇日月이 光華로다
=해와 달이 빛나도다. 즉 태평세월이로다. ◇三皇 禮樂이오 五帝의 文物이
라=삼황 시대의 예악이오 오제 시대의 문물이다. 삼황은 천황씨(天皇氏), 지
황씨(地皇氏)와 인황씨(人皇氏). 오제(五帝)는 중국에 있던 전설상의 5황제.
오제는 여러 설이 있으나, 황제(黃帝), 전욱(顓頊), 제곡(帝嚳)과 요순(堯舜)을
말함.

298. 古人도날못보고 나도古人못뵈오니 古人을못뵈와도녜던길앒헤
잇네 녜던길 앒헤잇거든아니녜고어이하리. 李滉

　녜던 길 앒헤 잇네=가던 길 앞에 있네. 가던 길은 실행하던 사실. ◇아니
녜고 어이 하리=아니 실행하고 어찌 하겠느냐.

299. 그리든임만난날밤은 저닭아부대우지마라 네소래업도소니날샐
ㅅ줄뉘모르리 밤中만 네우름소래가슴답답하여라.

　부대 우지마라=제발 울지 마라. ◇네 소래 업도소니 날 샐ㅅ줄 뉘 모르리
=네 소리가 없다고 해서 날이 새는 것을 누가 모르리. 네가 울지 않아도 날
은 샌다.

300. 나뷔야靑山가자 범나뷔너도가자 가다가점우러든꽂헤드러자고
가자 꽂헤서 푸待接하거든닙헤서나가고가자.

　가다가 점우러든=가다가 저물면.

301. 내本是남만못하여 해올일이바히업네 활쏘아한일업고글일너인
일업다 찰하로 江山내물너와서밧갈기나하리라.

◇ 대조; '해올일'은 '해온일'로 되어 있음.

　내 本是 남만 못하여 해올 일이 바히 업네=내가 본래 남들보다 못해서 할
일이 전혀 없다. 또는 이룬 일이 하나도 없다. ◇활 쏘아 한 일 업고 글 일
너 인 일 업다=무예를 닦아 한 일이 없고 글을 읽어 이룬 일이 없다.

302. 내게는病이업서 잠못들어病이로다 孤燈이다盡하고닭이울어새
이도록 寤寐에 임生覺노라잠든적이업세라.

◇ 대조; '孤燈'은 '殘燈'의 잘못. 작자 김민순(金敏淳)의 누락.

　孤燈이 다 盡하고 닭이 울어 새이도록=외로운 등불이 다 타고 닭이 울어
날이 새도록. ◇寤寐에=잠든 때나 깨어 있을 때나.

303. 눈마저휘어진대를 뉘라서굽다던고 굽을節이면눈속에푸를소냐
아마도 歲寒高節은대뿐인가하노라.

◇ 대조; 『歌曲源流』계 가집에서 작자가 원천석(元天錫)으로 되었음.

　눈마저 휘어진 대를 뉘라서 굽다던고=눈이 와서 눈에 휘어진 대나무를 누
가 굽었다고 하던가. ◇굽을 節이면 눈 속에 푸를소냐=절개를 굽혔다면 차
가운 눈 속에서도 푸를 수가 있겠느냐. ◇歲寒高節은 대 뿐인가=추운 때에
도 높은 절개를 지킴은 대나무뿐인가.

304. 눈으로期約터니 네果然퓌엿고나 黃昏에달이오니그림자도성긔
거다 淸香이 盞에써잇스니醉코놀녀하노라. 安玫英

눈으로 期約터니=눈 올 때에 꽃을 피우겠다고 약속하더니. 또는 꽃눈이 돋
았더니. ◇黃昏에 달이 오니 그림자도 성긔거다=저녁에 달이 떠오르니 그
림자도 엉성하구나.

305. 늙고病든몸이 가다가아모데나 절노소슨뫼에손조밧갈니라 結
實이 언마리마는延命이나하리라.

◆ 대조; 작자가 주의식(朱義植)이나 『靑丘永言』육당본은 무명씨로 되어 있음.

절노 소슨 뫼에 손조 밧갈니라=저절로 솟아오른 산에서 직접 밭을 갈겠
다. 직접 농사를 짓겠다. ◇結實이 언마리마는 延命이나 하리라=수확이 얼
마 되랴마는 목숨이나 부지하겠다.

306. 大棗볼붉은골에 밤은어이듯드르며 벼뷘그로에게는좃차나리는고
야 술익자 체장사도라가니아니먹고어이하리. 黃熹

大棗볼 붉은 골에=대추가 빨갛게 익은 골짜기에. ◇밤은 어이 듯드르며=
밤은 왜 떨어지며. ◇벼 뷘 그로에 게는 좃차 나리는고야=벼를 뷘 그루에
게는 저절로 나오는 것이냐.

307. 大海에觀魚躍이요 長空에任鳥飛라 丈夫ㅣ되여나서志槪를못일우
고 허믈며 博施濟衆이야病되옴이잇스랴.

大海에 觀魚躍이요 長空에 任鳥飛라=큰 바다에 고기가 뛰노는 것을 바라
보고 아득히 먼 하늘에 새가 마음대로 난다. ◇志槪를 못 일우고=뜻을 이루
지 못하고. ◇博施濟衆이야 病되옴이=은혜를 널리 베풀어 사람들을 구제하
는 것이 허물됨이.

308. 두고가는離別 보내는내안도잇네 알뜰이그리울ㅅ제九曲肝腸썩

을놋다 저임아 헤여보소라아니가든못할소냐. 申喜文

◆ 대조; '九曲肝腸'은 '九回肝腸'으로 되어 있음.

　보내는 내 안도 잇네=떠나보내는 나의 아픈 심정도 있다. ◇九曲肝腸 썩
을놋다=속 내장이 다 썩겠구나. ◇헤여 보아라=헤아려 보아라. 다시 생각해
보아라.

309. 말하면雜類라하고 말아니면어리다하네　貧賤을남이웃고富貴를
　　새오나니　아마도 이하날아래살올일이어려웨라. 或曰(이리도저리
　　도하기어려웨라) 金尙容

　말 아니면 어리다 하네=말을 아니 하면 어리석다고 하네. ◇貧賤을 남이
웃고 富貴를 새오나니=가난하고 천한 것을 다른 사람이 비웃고 부귀를 시새
움을 하나니.

310. 먼듸ㅅ개자로지저 몃사람을지내연고　오지못할세면오만말이나
　　말을거시　오마코 안니오는임은내내몰나하노라.

◆ 대조; '안니오는임은'은 '안니아는일은'으로 되어 있음.

　먼 듸ㅅ 개 자로 지저 몃 사람을 지내연고=먼 곳의 개가 자주 짖어 몇 사
람을 깨웠는가. ◇오지 못 할세면 오만 말이나 말을 거시=오지 못할 것이면
온다는 말이나 하지 말 것이지. ◇내내 몰나 하노라=끝내 모르겠도다.

311. 武王이伐紂여시늘 伯夷叔齊諫하오매　以臣伐君이不可ㅣ라諫톳
　　더니　太公이 扶而去之하니餓死首陽하니라.

　武王이 伐紂여시늘 伯夷叔齊 諫하오매=한(漢)나라 무왕(武王)이 폭군 주

(紂)를 정벌하시거늘 백이와 숙제의 형제가 간하니. ◇以臣伐君이 不可ㅣ라 諫톳더니=신하로서 임금을 치는 것은 불가하다고 간하였더니. ◇太公이 扶 而去之하니 餓死首陽 하니라=강태공(姜太公)이 도와서 돌아가게 하니 수양 산에서 굶어죽으니라.

312. 바람에우는머귀 버혀내어줄매오면   解慍南風에舜琴이되렷마는 世上에 알니업스니그를설워하노라.

◇ 대조; '설워하노라'는 '슬허하노라'로 되어 있음.

바람에 우는 머귀 버혀 내어 줄 매오면=바람이 불 때면 잎이 커 소리를 내 는 오동나무 베어서 거문고를 만들면. ◇解慍南風에 舜琴이 되련마는=남풍 가(南風歌)로 백성들의 근심을 풀었다고 하는 순(舜)임금의 거문고가 되겠지 만.

313. 벼슬이貴타한들 이내몸에비길소냐   蹇驢를밧비모라故山으로도 라오니   어듸서 急한비한줄기에出塵行裝을씻것고야. 申靖夏

벼슬이 貴타 한들 이내 몸에 비길소냐=벼슬이 귀하다고 한들 이 몸을 보전 하는 것에 비교 할소냐. ◇蹇驢를 밧비 모라 故山으로 도라오니=다리를 저 는 나귀를 급히 몰아 고향으로 돌아오니. ◇出塵行裝을 씻것고야=속세를 벗어나고자 하여 차린 여장을 깨끗이 씻겠구나.

314. 富春山嚴子陵이 諫議大夫마다하고   小艇에낙대싯고七里灘도라오 니   아마도 物外閑客은이샨인가하노라.

富春山 嚴子陵이 諫議大夫 마다하고=부춘산의 엄자릉이 간의대부를 싫다 하고. 부춘산(富春山)은 중국 절강성 동려현(桐廬縣) 서쪽에 있는 산. 엄자릉 (嚴子陵)은 동한(東漢) 때 엄광(嚴光)으로 벼슬을 마다하고 부춘산에 있으면 서 낚시질하며 농사를 지었음. ◇七里灘=엄자릉이 낚시를 하던 곳. ◇物外

閑客은=세상의 번잡을 피하여 한가롭게 지내는 사람은.

315. 氷姿玉質이여 눈속에네로구나   가마니香氣노아黃昏月을期約하
니   아마도 雅致高節은너뿐인가하노라. 安玟英

　氷姿玉質이여 눈 속에 네로구나=얼음같이 맑고 깨끗한 살결과 구슬같이
아름다운 자질이여. 눈 속에 너로구나. 빙자옥질은 매화(梅花)를 가리킴. ◇
가마니 香氣 노아=가만히 향기를 품어. ◇雅致高節은=아담한 풍치와 절개
는.

316. 새ㅅ별지자종달이셋다 홈의메고사립나니   긴숨풀찬이슬에뵈잠
방이다젓는다   兒禧야 時節이조흘슨옷이젓다關係하랴. 李在

◇ 대조; '숨풀'은 숩풀'의 잘못.

　새ㅅ별 지자 종달이 셋다 홈의 메고 사립 나니=샛별이 지자 종달새가 떴다
호미를 들고 사립문을 나서니. ◇긴 숨풀 찬 이슬에='숨풀'은 '숩풀'의 잘
못. 길게 자란 수풀에 나린 차가운 이슬에.

317. 善으로敗한일보며 惡으로일운일본다   이두즈음에取捨아니明白
한가   平生에 惡된일아니하면自然爲善하리라. 嚴昕

　善으로 敗한 일 보며 惡으로 일운 일 본다=착한 것으로 실패한 일 보았으
며 악한 것으로 성공한 일 보았느냐. ◇이 두 즈음에 取捨 아니 明白한가=
선과 악의 취하고 버림이 어찌 분명하지 않은가. ◇惡된 일 아니 하면 自然
爲善 하리라=악한 일을 하지 않으면 저절로 착한 것이 되리라.

318. 世事는琴三尺이요 生涯는酒一盃라   西亭江上月이두럿시밝앗는
되   東閣에 雪中梅다리고玩月長醉하리라.

世事는 琴三尺이요 生涯는 酒一盃라=세상의 일은 석자 거문고와 같고 생애는 술 한 잔과 같다. 세상의 복잡한 일은 거문고 가락으로 풀어 버릴 수가 있고, 삶의 어려움도 술 한 잔으로 잊을 수 있음. ◇西亭江上月이=서쪽에 있는 정자의 강 위에 뜬 달이. ◇東閣에 雪中梅 다리고 玩月長醉 하리라=동쪽에 있는 누각에서 설중매와 함께 달을 구경하며 오래도록 취하리라. 설중매는 기생으로 볼 수 있음.

319. 世上사람들이 人生을둘만녁여 두고쏘두고먹고놀ㅅ줄모르더라 죽은後 滿堂金玉이뉘것이라하리요.

人生을 둘만 녁여=사람의 목숨을 마치 둘인 것처럼 생각하여. ◇두고 쏘 두고=벌어서 저축만 하고. ◇滿堂金玉이 뉘 것이라 하리요=집안에 가득 찬 금은보화를 누구의 것이라 하리요. 죽은 후면 내 것이 아니다.

320. 世上을내아드냐 가리라渭水濱에 世上이나를쬔들山水좃차날쬘소냐 江湖에 一竿漁夫되어잇서待天時나하리라.

◇ 대조; '世上을'은 '世事를'로 되어 있음.

가리라 渭水濱에=위수의 강가로 가겠다. 위수(渭水)는 강태공(姜太公)이 낚시하다 주 문왕(周文王)을 만났던 곳. ◇世上이 나를 쬔들 山水좃차 날 쬘소냐=세상이야 나를 유혹할 수 있어도 자연이야 나를 유혹할 수 있겠느냐. ◇一竿漁父 되어 잇서 待天時나 하리라=낚싯대 하니 드리우는 어부가 되어 천시(天時)나 기다리겠다.

321. 歲月이流水ㅣ로다 어느듯에쏘봄일세 舊圃에新菜나고古木에名花ㅣ로다 兒禧야 새술만이두엇스라새봄노리하리라. 朴孝寬

어느 듯에 쏘 봄일세=어느 사이에 또 봄이 되었네. ◇舊圃에 新菜 나고 古木에 名花ㅣ로다=묵은 밭에 새 야채 나고 고목에 꽃이 피었다.

322. 솔아니심은솔아 네어이심엇는다 遲遲澗畔을어듸두고예와섯노
眞實로 鬱鬱含晩翠를알니업서하노라. 朗原君

◇ 대조; '니심은솔아'는 '심긴솔아'로 되어 있음. '鬱鬱含晩翠'는 '鬱鬱한 晩翠'의
잘못.

솔아 니 심은 솔아 네 어이 심엇는다=솔아 너 심은 솔아. 네가 어찌 여기
와 심겼느냐. ◇遲遲澗畔을 어듸 두고 예 와 섯노=하잘 것 없는 물가를 어
디 두고 여기와 서있느냐. ◇鬱鬱 含晩翠를 알 니 업서 하노라=울창하여 뒤
늦게 푸르름을 머금음을 아는 이가 없다고 하겠다.

323. 어제오던눈이 沙堤에도오돗든가 눈이모래갓고모래도눈이로다
아마도 世上일이다이러한가하노라. 洪迪

沙堤에도=모래 둑에도. ◇눈이 모래 갓고 모래도 눈이로다=눈이 모래처럼
희고 모래도 눈과 같이 희다. ◇世上 일이 다 이러한가 하노라=세상의 모든
일이 이처럼 구분하기가 어렵다.

324. 偶然이鬣頭에올나 長安을굽어보니 古殿은堅閉하고新屋은層起
로다 다시금 聖恩을生覺하니垂淚不覺하여라. 河圭一

偶然이 鬣頭에 올나=우연히 잠두봉에 올라. 잠두(鬣頭)는 서울 남산의 한
봉우리. 또는 서울 마포대교 북단의 언덕. ◇古殿은 堅閉하고 新屋은 層起
로다=옛 궁전은 굳게 닫히고 새로 짓는 집은 충층이 올라간다. ◇垂淚不覺
하여라=눈물이 흐르는 것을 깨닫지 못하겠더라.

325. 偶然이興을겨워 시내로나려가니 水流上魚躍도좃커니와層巖絕
壁도더욱좃타 그곳에 반길이업스니다만杜鵑花ㄴ가하노라.

◇ 대조; '層巖絶壁도'는 '層巖絶壁에長松이'로 되어 있음.

水流上 魚躍도 좃커니와 層巖絶壁도 더욱 좃타=흘러가는 시냇물에 고기가
뛰노는 것도 좋거니와 층층으로 된 절벽도 더욱 좋다.

326. 雨絲絲楊柳絲絲 風習習花爭發을   滿城桃李는聖世의和氣 l 로다
우리는 康衢逸民이니太平歌로즑이리라.

◇ 대조; 작자가 안민영(安玟英)으로 된 가집이 많음.

雨絲絲楊柳絲絲 風習習花爭發을=비가 실실 버들도 실실 바람은 솔솔 불고
꽃은 다투어 피는 것을. ◇滿城桃李는 聖世의 和氣 l 로다=성안에 가득 핀
복숭아와 오얏 꽃은 태평시대의 온화한 기운이로다. ◇康衢逸民이니=태평
한 시대의 백성들이니.

327. 이몸이싀어저서 접동새넉이되여   梨花퓐柯枝에속닙헤싸혓다가
밤口中만 살아저울어임의귀에들니리라.

이몸이 싀어저서=이 몸이 죽어서. ◇살아저 울어=없어져서 울어.

328. 一笑百媚生이 太眞의麗質이라   明皇도이럼으로萬里幸蜀하엿느
니   至今에 馬嵬芳魂을못내슬워하노라.

一笑百媚生이 太眞의 麗質이라=한 번 웃으면 백 가지 교태가 생기는 것이
태진의 타고난 아름다움이다. 태진(太眞)은 양귀비(楊貴妃)를 가리킴. ◇明
皇도 이럼으로 萬里幸蜀 하엿나니=당(唐)나라 현종(玄宗)도 이렇기 때문에
멀리 촉의 땅에까지 행행(行幸)하였나니. 안녹산의 난에 피난한 사실을 말
함. ◇馬嵬芳魂을 못내 슬워 하노라=마외역(馬嵬驛)에서 죽은 양귀비의 꽃
다운 혼을 끝내 서러워하노라.

329. 一定百年을산들 百年이긔언마오 疾病憂患더ㅣ니남는날이아조
적다 두어라 非百歳人生이니아니놀고어이리.

一定百年을 산들=백년을 산다고 한들. ◇疾病憂患 더ㅣ니=질병과 우환을
덜어내니. ◇非百歳人生이니=백년을 살지 못하는 인생이니.

330. 전나귀革을채니 돌길에날내거다 兒禧야채치지말고술병브듸조
심하라 夕陽이 山頭에거졋난대鶴의소래들니더라.

◇ 대조; 작자가 안민영(安玟英)으로 『海東樂章』에 누락되었음.

전나귀 革을 채니 돌길에 날내거다=저는 나귀의 고삐를 잡아채니 돌길을
날랜 듯이 달리는구나. ◇山頭에 거졋난대=산마루에 걸쳐 있는데.

331. 蔽日雲쓰르치고 熙皡世를보렷드니 닷는말서서늙고드는칼도보
뮈졋다 가지록 白髮이재촉하니不勝慷慨하여라.

◇ 대조; 작가 박효관(朴孝寬)의 누락.

蔽日雲 쓰르치고 熙皡世를 보렷드니=해를 가리는 구름을 쓸어버리고 백성
이 화락하고 태평한 세상을 보려고 했더니. 폐일운은 달리 천총(天聰)을 가
리는 간신배로 볼 수 있음. ◇닷는 말 서서 늙고 드는 칼도 보뮈 졋다=천리
마처럼 잘 달리는 말도 마구간에 허릴 없이 서서 늙고 보검처럼 좋은 칼도
녹이 났다. 하는 일 없이 세월만 감을 한탄하는 말.

332. 夏禹氏濟河헐ㅅ제 負舟하던저黃龍아 蒼海를어듸두고半壁에와걸
녓느냐 志槪야 쟉하랴마는蝘蜓보듯하도다. 景宗

◇ 대조; 작자가 숙종(肅宗), 영조(英祖)로 된 가집이 있음.

夏禹氏 濟河헐ㅅ 제 負舟하던 黃龍아=하우씨가 내를 건널 때 배를 업고 가
던 저 황룡아. 하우씨(夏禹氏)는 하(夏)나라의 우(禹) 임금을 가리킴. ◇蒼海
를 어듸 두고 半壁에 와 걸녓느냐=푸른 바다를 어디 두고 벽의 중간에 와서
걸렸느냐. 용을 그린 그림이 벽에 붙어 있는 것을 가리킴. ◇志槪야 쟉하랴
마는 蝘蜓보 듯 하도다=뜻이야 오죽 하랴만 도마뱀 보듯 하도다.

333. 헌삿갓자른되롱 錘집고호미메고   논쑥에물보리라밧기움이엇더
   하니   아마도 박將碁보리술이信업슨가하노라.

◇ 대조; '信업슨가'는 '틈업슨가'로 되어 있음.

   헌 삿갓 자른 되롱=헌 삿갓에 짧은 도롱이. ◇밧기움이 엇더 하니=밭에
기음은 어떠하거니. 기음은 밭에 잡초를 제거하여 곡식이 잘 자라도록 하는
것. ◇박將碁 보리술이 信업슨가 하노라=신은 틈의 잘못인 듯. 바가지 쪼가
리로 만든 장기를 두고 보리로 만든 술도 마실 여가가 없는가 한다.

■頭擧

334. 가다가올ㄷ지라도 오다가란가지마소   뮈다가괼ㄷ지라도괴다가
   란뮈지마소   뫼거나 괴거니ㄷ中에자고나갈ㄱ가하노라.

   뮈다가 괼ㄷ지라도 괴다가란 뮈지마소=미워하다가 사랑할지라도 사랑하다
는 미워하지 마시오.

335. 검은것은가마귀요 흰것은해오래비   신것은梅實이오짠것은소곰
   이라   物性이 다各各다르니物各付物하리라. 李鼎輔

   物各付物 하리라=물건을 각각 제 성질대로 맡겨 두리라.

131

336. 구름이無心탄말이 아마도虛浪하다 中天에써잇서任意로다니면
서 굿하여 光明한날빗츨덥혀무삼하리요. 李存吾

　구름이 無心탄 말이 아마도 虛浪하다=구름이 아무런 생각이 없이 떠다닌
다는 말이 아마도 허무맹랑하다. ◇中天에 써 잇서 任意로 다니면서=하늘
가운데 떠 있으면서 제멋대로 다니면서. ◇굿하여 光明한 날빛을 덥혀 무삼
하리요=구태여 밝고 빛나는 햇볕을 가려 무엇 하겠는가.

337. 菊花야너는어이 三月東風다보내고 落木寒天에네홀노퓌엿는다
아마도 傲霜高節은너샏인가하노라. 李鼎輔

　落木寒天에=나뭇잎이 떨어지고 차가운 때에. 가을에. ◇傲霜高節은=서리
를 업신여기는 높은 기개는.

338. 긔여들고긔어나는집에 피도필사三色桃花 어룬자범나뷔야너는
어이넘노느니 우리도 새임거러두고넘노라볼ㄴ가하노라.

　긔여 들고 긔여 나는 집에 피도필사 三色桃花=기여 들어가고 기여 나오는
오막살이집에 피기도 피었구나 세 가지 색을 가진 복사꽃. ◇어룬자 범나뷔
야 너는 어이 넘노느니=얼씨구나 범나비야 너는 어째서 넘나드느냐. ◇새
님 거러두고 넘노라볼ㄴ가 하노라=새 님과 약속해 두고 넘나들어 볼까 하노
라.

339. 내사랑남주지말고 남의사랑貪치마소 우리두사랑이倖兮雜사랑
에섯길세라 우리는 이사랑가지고百年同住하리라.

　우리 두 사랑이 倖兮 雜사랑에 섯길세라=우리의 두 사랑이 행여나 잡된 사
랑이 섞일까 두렵다.

340. 綠水靑山깁흔골에 차자오리뉘잇시리 花逕도쓸이업고柴扉를다
닷는듸 仙厖이 雲外吠하니俗客올ㅅ가하노라.

차자오 리 뉘 잇시리=찾아올 사람이 누가 있겠느냐. ◇花逕도 쓸 이 업고
柴扉를 다닷는듸=꽃잎이 떨어져 있는 길도 쓸 사람이 없고 사립문도 굳게
닫았는데. ◇仙厖이 雲外吠하니 俗客 올ㅅ가 하노라=삽살개가 멀리서 짖
으니 속세의 손이 올까 한다.

341. 綠水靑山깁흔골에 靑藜緩步들어가니 千峰에白雲이오萬壑에烟
霞로다 이곳이 景槪조흐니녜와놀녀하노라. 李明漢

靑藜緩步 들어가니=청려장(靑藜杖)을 짚고 느린 걸음으로 들어가니. 청려
장은 명아주대로 만든 지팡이. ◇千峰에 白雲이오 萬壑에 烟霞로다=많은
뫼 뿌리와 골짜기에 구름과 안개로다. ◇景槪 조흐니 녜와 놀녀 하노라=경
치가 좋으니 여기에 와서 놀까 한다.

342. 논밧가라기음매고 골통대기사미피여물고 코노래부르면서팔쑥
춤이제격이라 兒孫는 지어차하니이어웃고놀니라. 申喜文

◇ 대조; '골통대'는 '돌통대'의 잘못임. '이어웃고'는 '謌羽웃고'로 되어 있음.

기음매고=곡식이 잘 자라게 흙을 북돋아주고 잡초를 뽑고. ◇골통대 기
사미 피여 물고=담뱃대에 담배 피워 물고. ◇코노래 부르면서 팔쑥춤이 제
격이라=콧노래를 흥얼거리며 팔뚝춤을 추는 것이 어울린다. ◇지어차 하니
이어 웃고 놀니라=지화자하고 흥을 돋우니 계속하여 웃고 놀겠다.

343. 누구서廣廈千萬間을 一時에지어내여 天下寒士를다덥자하돗던
고 뜻두고 일우지못하니네오내오달으랴. 李鼎輔

133

누구셔 廣廈千萬間을 一時에 지어 내어=누가 넓고 크고 훌륭한 집을 한번에 지어서. ◇天下寒士를 다 덥자 하돗던고=세상의 가난한 선비들을 다 덮자고 하였던고.

344. 대막대너를보니 有信코반가워라   나는兒孩적에너를타고다녓드니   이後란 窓뒤에서잇다가날뒤세고단여라. 金光煜

나는 兒孩적에 너를 타고 다녓드니=나는 어린 아이 때 너를 타고 놀았더니. ◇窓 뒤에 서잇다가 날 뒤 세고 단여라=창문 뒤에 서 있다가 나를 뒤에 세우고 다녀라.

345. 째업슨손이오거늘 갓버슨主人이마자   여나무亭子아래박將碁버려놋코   兒孩야 덜괸술걸으고외짜안주노아라.

◇ 대조; '째업슨'은 '띄업슨'이 맞으나 '때업슨'으로 된 곳도 있음.

때 업슨 손이 오거늘=예기치 않았던 손님이 오거늘. 또는 예절을 갖추지 않은 손님이 오거늘. 허리띠를 매지 아니하는 것을 창피라고 함. ◇갓 버슨 主人이 마자=갓을 쓰지 않은 주인이 맞아. 예절을 갖추지 않음을 말함. ◇덜 괸 술 걸으고 외 짜 안주 노아라=덜 익은 술을 거르고 오이 따서 안주로 내 오너라.

346. 拔山力蓋世氣는 楚覇王의버거이오   秋霜節烈日忠은伍子胥의우희로다   千古에 凜〃한丈夫는壽亭侯ㅣ신가하노라. 林慶業

拔山力蓋世氣는 楚覇王의 버금이오=힘은 산을 뽑을 만하고 기개는 세상을 덮을 만하기는 초패왕의 버금이요. 초패왕(楚覇王)은 항우를 가리킴. ◇秋霜節烈日忠은 伍子胥의 우희로다=추상같은 절개와 뜨거운 태양과 같은 충성심은 오자서보다 위로다. 오자서(伍子胥)는 춘추전국시대 초(楚나)라 사람으로 아버지와 형을 죽인 초의 평왕을 죽임. ◇漢壽亭侯ㅣ신가=한(漢)나라의 수정후인가. 壽亭侯(수정후)는 촉한의 관우(關羽)를 가리킴.

347. 白鷗야부럽고나 네야무음일잇시리　江湖에쩌단니니어듸어듸景
　　 좃트냐　날다려 仔細히일너든너와함께놀니라.

　　 네야 무음 일 잇시리=너야 무슨 일이 있겠느냐.　◇景 좃트냐=경치가 좋더
　　 냐.　◇날다려 仔細히 일너든＝나에게 자세하게 알려 주면은.

348. 白鷗야놀나지말아 너잡으리내아니라　聖上이바리시니갈듸업셔
　　 예왓노라　이제란 功名을下直하고너를조차놀니라.

　　 너 잡으리 내 아니라=너를 잡을 내가 아니다.　聖上이 바리시니=임금께서
　　 나를 버리시니.

349. 白髮이功名이런들 사람마다닷홀거시　날갓흔愚拙은바라도못하
　　 려니　世上에 至極公道는白髮인가하노라.

◇ 대조; '닷홀거시'는 '닷홀디니'로 되어 있음.

　　 사람마다 닷홀 거시=사람마다 다툴 것이다.　◇날 갓흔 愚拙은 바라도 못
　　 하려니=나 같은 어리석고 못난 사람은 원해도 못할 것이니.　◇至極公道는
　　 白髮인가=아주 공평한 도리는. 늙는 데는 빈부귀천이 없음.

350. 白岳山下넷자리에　鳳闕을營始하사　經之營之하오시니庶民自來
　　 ㅣ로다　아모리 勿函하라사대不日成之하더라. 安玫英

◇ 대조; '勿函'은 '勿極'의 잘못.

　　 白岳山下 넷 자리에 鳳闕을營始하사=백악산 아래 옛 터전에 궁궐을 처음

경영하시니. 백악산(白岳山)은 북악산의 다른 이름. ◇經之營之 하오시니
庶民 自來ㅣ로다=계획하고 운영하시니 백성들이 저절로 모여드는구나. ◇
아모리 勿函하라사대 不日成之 하더라=물함은 물극(勿亟)의 잘못. 아무리
서두르지 말라 하셔도 오래지 않아 이루어 내시었도다. 흥선대원군(興宣大
院君)이 경복궁을 재건한 것을 말함.

351. 碧梧桐심은뜻은 鳳凰을보렷더니   내심은탓인지내기다려도아니
오고 밤中만 一片明月만뷘柯枝에걸녓세라.

◇ 대조; '내기다려도' '기다려도'의 잘못임.

 碧梧桐 심은 뜻은 鳳凰을 보렷더니=벽오동을 심은 뜻은 봉황이 와서 깃드
는 것을 보려고 하였는데. ◇내 심은 탓인지=내가 심은 탓인지.

352. 壁上에돗은柯枝 孤竹君의二子ㅣ로다   首陽山어듸두고半壁에와
걸녓느냐 至今에 周武王업시니하마난들엇더하리. 李華鎭

 壁上에 돗은 柯枝 孤竹君의 二子ㅣ로다=벽에 걸린 그림 속에 돋은 가지가
고죽군의 두 아들이다. 고죽군은 백이(伯夷)와 숙제(叔齊)의 아버지. ◇首陽
山 어듸 두고 半壁에 와 걸녓느냐=수양산을 어디에 두고 벽 가운데 와서 걸
렸느냐. ◇周武王 업시니 하마 난들 엇더하리=주 나라 무왕이 없으니 벌서
난들 어떠하겠느냐. 주 무왕은 은(殷)나라 폭군인 주(紂)를 치려고 하는 것을
간(諫)한 백이와 숙제를 죽이려고 하였음.

353. 石榴곳다盡하고 荷香이새로왜라   波瀾에노는鴛鴦네因緣도부럽
고나 玉欄에 호올노지여서시름겨워하노라. 李廷藎

◇ 대조;『歌曲源流』계 가집에 작자 미상으로 되어 있음.

 石榴꽃 다 盡하고 荷香이 새로왜라=석류꽃은 다 지고 연꽃 향기가 새롭구

나. ◇波瀾에 노는 鴛鴦=물결에 노는 원앙새. ◇玉欄에 호올노 지여서 시름겨워 하노라=옥으로 만든 난간에 홀로 기대어서 시름을 억제하기 어렵구나.

354. 쓴나물듸친것은 고기도곤맛이잇세   草屋좁은줄이긔더욱내分이라   다만지 身安心淸하니그를조화하노라. 鄭澈

쓴 나물 듸친 것은 고기도곤 맛이 잇세=쓴 나물을 데친 것이 고기보다 맛이 있네. 쓴 나물은 산나물을 가리킴. ◇草屋 좁은 줄이 긔 더욱 내 分이라=초가집이 작은 것이 더욱 내의 분수에 맞는다. ◇身安心淸하니 그를 조화하노라=몸이 편안하고 마음이 상쾌하니 그를 좋아 한다.

355. 食不甘寢不安하니 이어인모진病고   相思一念에임그리는탓이로다   저임아 널로든病이니네곳ㅅ칠가하노라.

食不甘 寢不安하니 이 어인 모진 病고=음식을 먹어도 단맛을 모르고 잠을 자도 편안하지 않으니 이 어찌된 모진 병인고. ◇相思一念에 임 그리는 탓이로다=오로지 임을 그리워하는 생각뿐이매 임을 그리워하는 탓이다.

356. 알앗노라알앗노라 나는벌서알앗노라   人情은兎角이오世事는牛毛ㅣ로다   어듸서 妾伶엣것은오라마라하느니. 李廷燮

人情은 兎角이오 世事는 牛毛ㅣ로다=인정은 토끼의 뿔과 같고 세상의 일이란 쇠털과 같도다. 토끼가 뿔이 없으므로 있을 수 없는 일을 나타낸 것이며 쇠털은 하도 많으니 하찮음을 나타낸 것임.

357. 玉宇에나린이슬 虫聲좃차저저운다   金英을손조짜서玉盃에씌윗신들   纖手로 勸할듸업스니그를설워하노라. 李廷藎

玉宇에 나린 이슬 虫聲 좃차 젓어 운다=집에 밤새 내린 이슬이 벌레소리를 따라 젖어 우는 것 같다. ◇金英을 손조 싸서 玉盃에 씌윗신들=금영은 金蘂(금예)의 잘못인 듯. 금예는 국화의 다른 이름. 국화를 손수 따서 향내를 내고자 술잔에 띄운들.

358. 이리헤고저리헤니 속절업는헴만난다 儉구즌人生이살과저살앗는가 至今에 아니죽은뜻은임을보려함이라.

◈ 대조; '儉구즌'은 '險구즌'의 잘못.

이리 헤고 저리 헤고 속절 업는 헴만 난다=이렇게 헤아리고 저렇게 헤아리니 쓸데없는 생각만 난다. ◇儉구즌 人生이 살과저 살앗는가=검은 험(險)의 잘못. 험하고 궂은 인생이 살고 싶어 살았겠는가.

359. 이리하여날속이고 저리하여날속엿다 怨讐의임을이즘즉도하다마는 前前에 言約이重하매못이즐가하노라.

怨讐의 임을 이즌 즉도 하다마는=원수처럼 여겨지는 임을 잊을 만도 하다마는.

360. 일심어느짓피니 君子의德行이요 霜風에아니지니烈士의節이로다 至今에 陶淵明업스니알니적어하노라. 成汝完

◈ 대조; '德行이오'는 '德이로다'로 되어 있음.

일 심어 느짓 피니=봄에 일찍 심어 가을에 늦게 피니. ◇霜風에 아니 지니=서리가 내리는 차가운 바람에도 꽃이 시들지 아니하니. ◇陶淵明 업스니

알 니 적어 하노라=도연명이 없으니 알 사람이 적은가 한다. 도연명은 진(晉)나라 도잠(陶潛)을 말함.

361. 一生에恨하기를 義皇時節못난줄이 草衣를무릅고木實을먹을망정 人心이 淳厚하던줄이못내불워하노라. 崔冲

義皇時節 못난 줄이=태평 시절이 태어나지 못한 것이. ◇草衣를 무릅고 木實을 먹을망정=초의를 무릅쓰고 나무열매를 먹을망정. 거친 옷을 입고 거친 음식을 먹을망정.

362. 一刻이三秋라하니 열흘이면몃三秋오 제마음즐겁거니남의시름 生覺하랴 千里에 임離別하고잠못일워하노라.

一刻이 三秋라니=한 시각이 가을 석 달처럼 길다고 하니. ◇제 마음 즐겁거니 남의 시름 生覺하랴=제 마음이 즐거운데 남의 걱정을 생각할 여유가 있겠느냐.

363. 寂無人掩重門한듸 滿庭花落月明時라 獨倚紗窓하여長歎息하는 次에 遠村에 一鷄鳴하니애긋는듯하여라. 李明漢

寂無人掩重門한듸 滿庭花落月明時라=중문을 닫고 홀로 적적한데 뜰에 가득 꽃이 떨어지고 달이 밝은 때라. ◇獨倚紗窓하여 長歎息하는 次에=홀로 사창에 기대어 오래도록 탄식을 하던 차에. ◇遠村에 一鷄鳴하니 애 긋는 듯하여라=먼 동리에서 닭이 우니 창자가 끊어지는 것처럼 애가 타는 듯하구나.

364. 截頂에오르다하고 나즌데를웃지마소 雷霆된바람에失足키怪異하랴 우리는 平地에안잣스니두릴것이업세라.

截頂에 오르다 하고 나즌 데를 웃지 마소=높은 곳에 올랐다고 하여 낮은 곳에 있는 사람들을 웃지 마시오. ◇雷霆 된 바람에 失足키 怪異하랴=천둥과 번개와 강풍에 다리를 헛짚는 것이 이상한 일이냐. 떨어지거나 넘어지는 것이 당연하다. ◇平地에 안잣시니 두릴 것이 업세라=평지에 앉았으니 두려울 것이 없다.

365. 知足이면不辱이요 知止면不殆라하니 功成名立하면마는것이긔
오르니 어즙어 宦海諸君은모다操心하시소. 金天澤

知足이면 不辱이요 知止면 不殆라 하니=만족한 것을 알면 욕될 것이 없고 그칠 줄을 알면 위험하지 않다고 하니. ◇功成名立하면 마는 것이 긔 오르니=공을 이루고 이름을 빛냈으면 그만 두는 것이 옳은 일이니. ◇宦海諸君은=벼슬길에 든 여러 사람들은.

366. 窓밧게窓치는임아 아모리窓치다드러오랴 너도곤勝한님을여긔서
러뉘엿거든 저임아 날보라하시거든모래뒷날오시소.

◇ 대조; '드러오랴'는 '들오라하랴'로, '여긔거러'는 '이기거러'로 되어 있음.

窓밧게 窓 치는 임아 아모리 窓치다 드러오랴=창 밖에서 창을 두드리는 임아. 아무리 창을 두드린다고 들어오라고 하겠느냐. ◇너도곤 勝한 님을 여긔 거러 뉘엿거든=너보다 나은 임을 여기에 약속하고 뉘였거든.

367. 春城無處不飛花요 寒食東風御柳斜ㅣ라 日暮漢宮傳蠟燭하니靑
烟이散入五侯家ㅣ로다 우리는 逸民이되야醉코놀녀하노라.

春城無處不飛花요 寒食東風御柳斜ㅣ라=봄철의 성안 곳곳에 꽃이 날리지 않는 곳이 없고 한식날 동풍에 궁중의 버드나무는 기울어졌다. ◇日暮漢宮傳蠟燭하니 靑烟이 散入五侯家ㅣ로다=해지자 한궁에 촛불을 전하자 푸른 연기가 흩어져 오후의 집에 드는구나. 한굉(韓翃)의 시임.

368. 太白이仙興을겨워 采石江에달좃차드니   이제이르기를술의탓이
라하것마는 屈原이 自投汨羅할ㄷ제무삼술을먹은고.

　太白이 仙興을 겨워 采石江에 달 좃차드니=이백(李白)이 신선다운 흥취를
이기지 못하고 채석강에 들어가 달을 따르니. ◇이제 이르기를 술의 탓이라
하것마는=지금에 와서 사람들이 말하기를 술의 탓이라 하지마는. ◇屈原이
自投汨羅할ㄷ제 무삼 술을 먹은고=굴원이 멱라수에 빠져 죽을 때 무슨 술을
먹었느냐. 굴원은 술을 먹고 죽은 것이 아니다.

369. 泰山에올나안저 大海를굽어보니 天地四方이훤출도한저이고 丈
夫의 浩然之氣를오날이사알쾌라. 金裕器

　훤출도 한저이고=넓고 탁 트이기도 하였구나. ◇浩然之氣를 오날이사 알
쾌라=마음이 넓고 뜻이 아주 큰 기상을 오늘에야 알겠다.

370. 太白이죽은後에 江山이寂寞하왜   一片明月만碧空에걸넛세라
저달아 太白이업스니날과놀미엇더리.

◆ 대조; 작자 이정보(李鼎輔)의 누락.

　江山이 寂寞하왜=세상이 고요하고 쓸슬하구나.

371. 泰山이놉다하되 하날아래뫼희로다   오르고쏘오르면못오르니업
건마는 사람이 제아니오르고뫼흘놉다하더라. 楊士彦

　못 오를 니 업건마는=오르지 못할 까닭이 없건만. 오르지 못할 사람이 없
건만.

372. 泰山이平地되고 河海陸地되도록 北堂俱慶下에忠孝로일삼다가

聖代에 稷契이되여늙을뉘를모로리라.

北堂 具慶下에 忠孝로 일삼다가=북당에 부모님 슬하에서 충효로 모시다가.
◇聖代에 稷契이 되여 늙을 뉘를 모로리라=태평성대에 직설과 같은 신하가
되어 늙을 겨를을 모르고 싶다. 직설(稷契)은 요순시대의 신하로 직(稷)은 농
업을 설(契)은 교육을 담당했음.

373. 天郞氣淸하올적에 惠風和暢조흘시고   桃李는紅白이요柳鶯은黃
綠이로다   이조흔 太平盛世에아니놀고어이리. 金壽長

◆ 대조; '天郞'은 '天朗'의 잘못.

天郞氣淸하올 적에 惠風和暢 조흘시고=천랑은 천랑(天朗)의 잘못. 천기가
화창하고 맑은 때에 봄바람이 화창하고 좋구나. ◇柳鶯은 黃綠이로다=버드
나무에 앉아 있는 꾀꼬리는 노랗고 파랗고 하구나.

374. 抱向紗窓弄未休할제 半含嬌態半含羞라   低聲黯問相思否아手整
金釵코小點頭ㅣ로다 네父母 너생겨낼제날만괴라생기도다.

◆ 대조; '小點頭'는 '少點頭'로 되어 있음.

抱向紗窓弄未休할제 半含嬌態 半含羞라=사창을 향하여 포옹하고 농담하기
를 쉬지 않으니 반은 아양을 머금고 반은 수줍음을 머금었도다. ◇低聲黯問
相思否아 手整金釵코 小點頭ㅣ라=나직한 목소리로 가만히 묻기를 사랑하지
않느냐 하니 손으로 금비녀를 만지며 조금 머리를 끄덕이더라. 우리나라 실
명인(失名人)의 「석별미인고시(惜別美人古詩)」임. ◇너 생겨낼 제 날만 괴
라 생기도다=네가 태어날 때에 나만을 사랑하라고 태어났도다.

375. 한숨은바람이되고 눈물은細雨되여   임자는窓밧게불면셔쑤리과
겨   날닛고 깁히든잠을쌔와볼ㄷ가하노라.

임자는 窓밧게 불면셔 쑤리과져=임이 자는 창밖에 불면서 뿌렸으면.

376. 해지고돗는달아 너와期約두엇던가 閣裏에자는곳이香氣노아맛
는고야 내엇지 梅月이벗되는줄몰랏든가하노라. 安玫英

　해지고 돗는 달이 너와 期約 두엇던가=해가 지고 돋는 달이 너와 약속을
하였던가. ◇閣裏에 자는 곳이 香氣 노아 맛는고야=집안에 자는 꽃이 향기
를 내보내어 맞이하는구나.

377. 해지면長歎息하고 蜀魄聲에斷腸廻라 一時나잇자터니구즌비는
무삼일고 갓득에 다석은肝腸이봄눈스듯하여라.

　蜀魄聲에 斷腸廻라=소쩍새 소리에 창자가 끊어지는 것 같다. ◇一時나 잇
자터니=한 때나마 잊자고 하였더니. ◇봄눈 스듯 하여라=봄철에 눈 녹 듯
하더라.

■三數大葉

378. 가로지나세로지나ᄃ中에 죽은後면뉘알던가 나죽은무덤우에밧
츨갈ᄃ지논을풀ᄃ지 酒不到 劉伶憤上土ㅣ니아니놀고어이리.

◇ 대조; '憤上土'는 '墳上土'의 잘못.

　가로 지나 세로 지나ᄃ 中에=가로 짊어지거나 세로 짊어지거나 간에. 제
명에 죽거나 또는 그렇지 못하거니 간에. ◇나 죽은 무덤 우에 밧츨 갈ᄃ지
논을 풀ᄃ지=내가 죽어 묻힌 무덤을 밭을 만들어 갈지 논을 만들지. ◇酒不
到 劉伶憤上土ㅣ니=분은 분(墳)의 잘못. 술이 유령의 무덤 위에는 오지 않
음. 유령은 진(晉)나라 사람으로 술을 몹시 즐겼음.

379. 가마귀눈비마자 희는듯검노매라   夜光明月이밤인들어두우랴
임向한 一片丹心이야變할ㄷ줄이잇시리. 朴彭年

　　희는 듯 검노매라=검은 까마귀가 눈을 맞아 흰빛인 듯하다 곧 검어진다.

380. 閣氏네차오신칼이 一尺劍가二尺劍가   龍泉劍太阿劍에匕首短劍
아니여든   丈夫의 九回肝腸을수흘수흘긋는고.

　　閣氏네 차오신 칼이=각씨가 차고 있는 칼이. ◇龍泉劍 太阿劍에 匕首短劍
아니여든=용천검이나 태아검과 같은 보검도 비수나 단검도 아니거든. ◇九
回肝腸을 수흘수흘 긋는고=구곡간장을 마디마디 끊느냐.

381. 屈原忠魂배에너흔고기 采石江에긴고래되여   李謫仙등에언ㄷ고
하늘우희올낫스니 이제는 새로난고기니낙가낸들엇더리.

　◆ 대조; 작가 누락. 주의식(朱義植)의 작품이나 『靑丘永言』육당본과 『歌曲源流』
　계 가집에 작자가 누락되었음.

　　屈原 忠魂 배에 너흔 고기 采石江에 긴 고래 되여=굴원의 충성스런 넋을
배에 넣은 고기가 채석강의 긴 고래가 되어. 긴 고래는 파도를 가리킴. ◇새
로 난 고기니 낙가낸들 엇더리=굴원이나 이백의 넋과는 관계가 없이 새로
태어난 고기들이니 낚아낸다고 한들 어떻겠느냐.

382. 나의임向한쯧은 죽은後ㅣ면엇더할지   桑田이變하여碧海는되려
니와 임向한 一片丹心이야가실줄이잇시랴.

　　桑田이 變하여 碧海는 되려니와=뽕나무 밭이 변하여 푸른 바다가 될 수 있
겠지만. ◇가실 줄이 잇시랴=변할 까닭이 있겠느냐.

383. 내가슴쓰러만자보소 살한졈바이업네 굼ㄷ든아니하되自然이그
리하예 저임아 널로든病이니네곳칠가하노라.

  살 한 점 바이 업네=살이라고는 한점도 전혀 없네. ◇굼ㄷ든 아니 하되 自
然이 그리하예=굶지는 아니하였으나 자연 그렇게 되었네.

384. 달밝은五里城에 여남운벗이안져 思鄕悲感을뉘아니지리마는
아마도 爲國丹忱은나쓴인가하노라. 朴明賢

◆ 대조; '五里城'은 '五禮城'이 맞으나『靑丘永言』육당본이 이렇게 되어 있음. '思
鄕悲感'은 '思鄕感淚'로 되어 있음. 작자는 박계현(朴啓賢)으로도 되어 있음.

  달 밝은 五里城에 여남운 벗이 안져='오리성'은 '오례성(五禮城)'으로 표기
된 것이 맞는 듯. 달이 밝은 오례성에 여남은 벗이 모여 앉아. ◇思鄕悲感을
뉘 아니 지리마는=고향을 그리는 슬픈 감정을 누가 아니 지으랴만. ◇爲國
丹忱은=나라를 위한 충성심은.

385. 桃花梨花杏花芳草들아 一年春光을恨치마라 너희는그리하여도
與天地無窮이라 우리는百歲쓴이그를설워하노라.

  桃花梨花杏花 芳草들아 一年春光을 恨치마라=봄철이 피는 꽃들과 풀들아
한 해의 봄볕이 짧음을 한탄하지 마라. ◇與天地無窮이라=천지와 더불어
무궁하다.

386. 바람부러쓰러진남긔 비오다고삭시나며 님그려든病이藥먹다하
릴소냐 저임아 널노든病이니네곳칠ㄷ가하노라.

  비 오다고 삭시 나며=비가 온다고 싹이 나며. ◇님 그려 든 病이 藥 먹다
하릴소냐=임을 그리워해서 생긴 병이 약을 먹는다고 낫겠느냐.

145

387. 바람부러쓰러진뫼보며 눈비마자석은돌본다 눈졍에거룬님이슬
커늘보앗는다 돌석고 뫼쓸린後야離別인줄알니라.

　바람 부러 쓰러진 뫼 보며 눈비 마자 석은 돌 본다=바람이 불어 쓰러진 산
을 보았으며 눈비를 마자 썩은 돌을 보았는가. ◇눈졍에 거룬 님이 슬커늘
보앗는다=눈 情(정)에 든 임을 싫거든 보았겠느냐. ◇돌 석고 뫼 슬린 後야
離別인줄 알니라=돌이 썩고 산이 쓸려 없어진 뒤에야 이별인줄 알 것이다.
이별이란 있을 수 없다.

388. 바람이눈을모라 山窓에부듯치니 찬氣運새여들어잠든梅花를침
노한다 아모리 얼우려하인들봄쯧이야아슬소냐. 安玟英

　찬 氣運 새여 들어 잠든 梅花를 침노한다=차가운 기운이 문틈으로 새어들
어 가만히 있는 매화를 침범한다. ◇얼우려 한들 봄 쯧이야 아슬소냐=연약
한 매화를 얼게 만들려고 한들 따뜻해지는 봄의 뜻이야 빼앗을 수 있겠느냐.

389. 붓긋헤저즌먹을 더져보니花葉이로다 莖垂露而將低하고香從風
而襲人이라 이무삼 造花를부렷관대投筆成眞허인고. 仝人

◇ 대조; '造花'는 '造化'의 잘못.

　붓 긋헤 저즌 먹을 더져 보니 花葉이로다=붓 끝에 젖은 먹을 던져보니 꽃
잎이로다. 난(蘭)을 그리는 과정을 말함. ◇莖垂露而將低하고 香從風而襲人
이라=줄기는 이슬을 머금어 수그려들려고 하고 향기는 바람을 따라 사람의
몸에 스며들려고 한다. ◇造花를 부렷관대 投筆成眞 허인고='造花'는 '조화
(造化)'의 잘못. 조화를 부렸기에 붓을 던졌을 뿐인데 난초가 되었는고. 홍선
대원군이 난초를 그리는 과정을 노래한 것임.

390. 若不坐禪消妄念인대 直須浸醉放狂歌를 不然이면秋月春風夜에
爭奈尋思往事何오 每日에 芳樽을對하야觴詠消遣하리라.

若不坐禪消妄念인대 直須浸醉放狂歌를=망은 망(忘)의 잘못인 듯. 만약 좌선하여 망념을 없애지 못할진대 곧바로 모름지기 몹시 취하여 미친 노래를 부를 것을. ◇不然이면 秋月春風夜에 爭奈尋思往事何오=그렇지 아니하면 가을 달 밝고 봄바람 부는 밤에 지난 일을 헤아려 무엇 하리오. 백낙천(白樂天)의 「강주(强酒)」란 시임. ◇芳樽을 對하야 觴詠消遣 허리라=좋은 술을 대하여 술을 마시며 시를 읊고 소일하리라.

391. 어듸자고여긔를왓노 平壤자고여긔왓네 臨津大同江을뉘뉘배로건너왓노 船價는 만트라마는女妓배타고건너왓습네

　어듸 자고 여긔를 왓노=어디서 자고 여기를 왔느냐. ◇臨津 大同江을 뉘뉘 배로 건너 왓노=임진강과 대동강을 누구의 배를 타고서 건너 왔느냐. ◇船價는 만트라마는 女妓 배타고 건너왓습네=배편은 많더라만 기생의 배를 타고 건너 왔네. 배〔船〕과 배〔腹〕의 동음이의어를 대비하여 지은 시조임.

392. 어우아날속엿고나 秋月春風이날속엿네 節節이도라오매有信이역엿드니 白髮을 날다맛기고少年좃녀이거고나.

◇ 대조; '날속엿네'는 '날속엿다'로 되어 있음.

　어우아 날 속엿고나 秋月春風이날속엿네=어와 나를 속였구나 세월이 나를 속였구나. ◇節節이 도라오매 有信이 역엿드니=철마다 돌아오매 믿음직하게 여겼더니. ◇白髮을 날 다맛지고 少年좃녀 이거고나=백발을 나에게 다 맡기고 젊음을 따라 갔구나.

393. 엇그제임離別하고 碧紗窓에지혓스니 黃昏에지는곳과綠楊에걸닌달이 아무리 無心히보아도不勝悲感하여라.

　碧紗窓에 지혓스니=푸른 사창에 기대었으니. 사창은 방에 쳐 놓은 가리개.

◇黃昏에 지는 곳과 綠楊에 걸닌 달이=저녁에 시드는 꽃과 푸른 버들에 걸
린 달이. ◇不勝悲感 하여라=슬픈 감정을 이기지 못하겠더라.

394. 玉갓흔漢宮女도 胡地에塵土되고 解語花楊貴妃도驛路에뭇첫나
니 閼氏네 一時花容을앗겨무삼하리요.

玉 갓흔 漢宮女도 胡地에 塵土 되고=옥처럼 고은 한(漢)나라 궁녀도 오랑
캐 땅에 한 줌 흙이 되고. 한(漢)나라 궁녀인 왕소군(王昭君)이 오랑캐 땅에
묻혀 진흙이 되고. ◇解語花 楊貴妃도 驛路에 뭇첫나니=말을 알아듣는 꽃
이라고 한 양귀비도 죽어 마외역(馬嵬驛)의 길가에 묻혔느니. ◇一時花容을
앗겨 무삼 하리요=한 때의 아름다운 얼굴을 아끼어 무엇 하겠는가.

395. 이리나저러나 이草屋便코좃타 淸風은오락가락明月은들락날락
이中에 病업슨이몸이자락쌔락하리라.

이리나 저러나 이 草屋 便코 좃타=이렇거나 저렇거나 이 초가집이 편하고
좋다. ◇자락쌔락 하리라=자다가 깨다 하겠다.

396. 이제야사람되야 웬몸에긋이돗처 九萬里長天에수루룩소사올나
임게신 九重宮闕에굽어뵐ㄱ가하노라. 孝宗

이제야 사람 되야 웬 몸에 긋이 돗혀=이제야 사람이 되어 온 몸에 털이 돋
아나. ◇九重宮闕에 굽어 뵐가 하노라=대궐을 굽어 살필까 하노라.

397. 赤免馬살지게먹여 豆滿江에싯겨세고 龍泉劍드는칼로선듯쌔쳐
들어메고 丈夫의 立身揚名을試驗할ㄷ가하노라. 南怡

赤免馬를 살지게 먹여 豆滿江에 싯겨 세고=적토마를 살지게 먹여 두만강
에 씻겨 세우고. ◇龍泉劍 드는 칼로 선 듯 쌔쳐 들어메고=용천검과 같은

보검을 선뜻 빼어 둘러메고. ◇丈夫의 立身揚名을 試驗할ㄷ가=사내대장부
가 태어나 처음으로 이름을 떨쳐볼까 한다.

398. 楚山秦山多白雲하니 白雲處處長隨君을   長隨君君入楚山裏한다
   雲亦隨君渡湘水ㅣ로다   湘水上 女蘿衣로白雲堪臥君早歸를하소라.

   楚山秦山多白雲하니 白雲處處長隨君을=초산과 진산에 백운이 덮혔으니 백
   운은 곳곳에 오래도록 그대를 따르도다. ◇長隨君君入楚山裏한다 雲亦隨君
   渡湘水ㅣ로다=오래도록 그대를 따르고 그대는 초산 속으로 들어가고 구름
   또한 그대를 따라 상수를 건너도다. ◇湘水上 女蘿衣로 白雲堪臥君早歸 하
   소라=상수 위의 여라의로 백운에 누워 머물음 즉하나 그대는 빨리 돌아오시
   라. 이백(李白)의 「백운가송유십륙귀산(白雲歌送劉十六歸山)」을 시조화한 것
   임.

399. 秋江에 月白커늘 一葉舟를흘니저어   낙째를돌처드니자든白鷗다
   놀나난다   저희도 사람의興을아라오락가락하더라. 金光煜

 ◇ 대조; '돌처드니'는 '떨처드니'로 되어 있음.

   秋江에 月白커늘 一葉舟를 흘니 저어=가을 철 강에 달빛이 환하게 밝거늘
   조그마한 배를 물 흐르는 대로 저어.

   ■搔聳

400. 閣氏네피오려는논이 물도만코걸다하데   併作을주랴거든撚匠조
   흔나를주소   오오우오오우우우오오   眞實노 주기곳줄양이면가래
   들고씨지어볼가하노라.

 ◇ 대조; '피오려는'은 '되오려'로 되어 있음.

피 오려는 논이=피 올벼를 심은 논이. 여성의 성기를 은유함. ◇물도 만코 걸다 하데=물도 많고 기름지다고 하더라. ◇倂作을 주랴거든 撚匠 조흔 나를 주소=병작을 주겠거든 연장이 좋은 나에게 주시오. 연장은 남자의 성기를 은유함. ◇주기곳 줄양이면 가래 들고 씨 지어볼가 하노라=주기만 한다면 가래를 들고 씨를 떨어뜨려 볼까 한다.

401. 고사리닷丹에졔醬찍어먹고 물업슨岡上에올나 아모리목말러물다고헌들어늬換陽년의쌀이날물쩌다주리 口號同上 밤中만 閣氏네품에들면冷水景이업세라.

고사리 닷 丹에 졔醬 찍어 먹고=고사리나물 다섯 단을 된장에 찍어 먹고. ◇물 업슨 岡上에 올나=물이 없는 산 위에 올라. ◇어늬 換陽년의 쌀이 날 물 쩌다주리=어느 화냥년의 딸이 나에게 물을 떠다 주겠느냐. ◇閣氏네 품에 들면 冷水景이 업세라=각씨의 품에 들게 되면 냉수를 찾을 경황이 없어라.

402. 洛陽西北三溪洞天에 水澄淸而山秀麗한듸 翼然佳亭에伊誰在矣오國太公之偃仰이시라 비나니 南極老人北斗星君으로享國萬年하오소서. 朴孝寬 一云 安玟英

◆ 대조: '洛陽西北'은 '洛城西北'이나 '洛陽城西'로 되어 있음.

洛陽西北 三溪洞天에 水澄淸而山秀麗 한듸=서울 서북 삼계동 골짜기에. 물이 맑고 깨끗하며 산세가 빼어나게 아름다운데. 三溪洞(삼계동)은 자하문 밖에 있음. ◇翼然佳亭에 伊誰在矣오 國太公之 偃仰이시라=날개를 단 것처럼 빼어난 정자에 누가 계시오, 국태공께서 편안히 쉬고 계시니라. 국태공(國太公)은 흥선대원군(興宣大院君)임. ◇南極老人 北斗星君으로 享國萬年 하오소서=남극노인성과 북두성군의 보살핌으로 나라를 목숨이 다할 때까지 누리십시오.

403. 내쇠스랑을일허버린지가 오날좃차찬三年이외러니 轉展갓헤聞
傳言하니閣氏네방안에서잇드라하데 이이이이히이히이히이 柯枝만 다
몰쏙뭇쳣쓸지라도자루드릴구멍이나남긔소.

　오날좃차 찬 三年 이외러니=오늘까지 꽉 찬 삼년이 되었더니. ◇轉展 갓
헤 聞傳言하니 각씨네 방안에 서 잇드라 하데=전전은 전전(轉傳)의 잘못인
듯. 여러 사람을 거쳐 전해진 끝에 전하는 말에 들으니 각씨네 방안에 세워
져 있다고 하더라. ◇柯枝만 다 몰쏙 뭇쳣쓸지라도 자루 드릴 구멍이나 남
긔소=가지는 전부 다 묻히더라도 자루를 끼울 구멍이나 남기시오.

404. 大棗볼붉은柯枝 에후루여훌터싸담고 올밤익어벙그러진柯枝를휘
두드려발나주어담고 오오우오오우오오오오 벗모아 草堂에들어
가니술이樽에豊充淸이세라.

◇ 대조; '에후루여'는 '후루여'로 되어 있음.

　에후루여 훌터 싸 담고=휘어잡아 훑어서 따 담고. ◇올밤 익어 벙그러진
柯枝를 휘두드려 발나 주어 담고=일찍 먹는 밤이 익어 밤송이가 벌어진 가
지를 마구 두드려 밤송이를 발라 알밤을 주워 담고. ◇술이 樽에 豊充淸 이
세라=술이 술통에 넘치도록 있구나.

405. 露花風葉香氣속에 棘艾는어이석기원고 웃고對答하되君不見香
莖臭葉이俱長天한다 (口號上同) 내즘즛 석겨그려서以明君子小人
하노라.

◇ 대조; '俱長天한다'는 '俱長大한다'의 잘못.

　露花風葉香氣 속에 棘艾는 어이 석기원고=풍엽은 풍엽(楓葉)의 잘못인 듯.
이슬에 젖은 꽃과 단풍든 잎의 향기 속에 가시나무와 쑥은 왜 섞였는고. ◇
君不見香莖臭葉이 俱長天한다=그대는 향기로운 풀에 냄새나는 잎이 함께

자라는 것을 보지 못하였는가. ◇내 즘즛 석겨 그려서 以明君子 小人 하노라=내가 일부러 섞어 그려서 군자와 소인의 차이를 밝히려 한다.

406. 불아니쌔일드지라도절노익는솟과 여무죽아니먹여도크고살저한 것는말과 길ㅅ삼잘하는女妓妾과술샘난酒煎子와胖膿로낫는감은 암소 (口號同上) 平生에 이다섯가지를두량이면부러울것이업세라.

◇ 대조; '불아니쌔일드지라도'는 '불아니땔지라도'로 되어 있음.

불 아니 쌔일드지라도 절노 익는 솟과=불을 때지 않아도 저절로 익는 솥과 ◇여무죽 아니 먹여도 살저 한 것는 말과=여물과 소죽을 먹이지 아니하여도 크고 살져서 잘 걷는 말과. ◇胖膿로 낫는 감은 암소=새끼를 잘 낳는 검은 암소. 양부는 소의 밥통 부위의 고기를 말함.

407. 아마도太平헐손 우리君親이時節이여 聖主ㅣ有德하사國有豊雲慶이오雙親이有福하사家無桂玉愁ㅣ라 아아하아아하아아 億兆蒼生들이 年豊에興을겨워白酒黃鷄로熙皥同樂하리라.

聖主ㅣ 有德하사 國有豊雲慶이오 雙親이 有福하사 家無桂玉愁ㅣ라=훌륭한 임금이 덕이 있으시어 나라에 풍년이 드는 경사가 있고, 양친이 복이 있으시어 집에 먹고 사는 걱정이 없다. ◇億兆蒼生들이 年豊에 興을 겨워 白酒黃鷄로 熙皥同樂 하리라=많은 백성들이 해마다 풍년에 흥을 겨워 탁주와 수탉으로 임금과 함께 한가지로 즐거움을 누리리라.

408. 어제밤도혼자곱송그려새우잠자고 지난밤도혼자곱송그려새오잠 잣네 어인놈의八字가晝夜長常에곱송그려셔새오잠만자노 오오우 오오우오오오오 오늘은 그리든임만나발을펴바리고찬찬휘감아잘 가하노라.

어인 놈의 八字가 晝夜長常에 곱송그려서 새오잠만 자노=어떻게 된 놈의
팔자가 밤낮을 가리지 않고 항상 몸을 꾸부리어 새우잠만 자느냐.

409. 玉에는틔나잇지 말곳하면다書房인가　내안뒤혀남못뵈고이런眷
眷한일쏘어듸잇나　아아아아아아하으아아　열놈이 百말을할지라
도임이斟酌하시소.

　말곳 하면 다 書房인가=말만 하면 다 서방인가. ◇내 안 뒤혀 남 못뵈고=
내 심정을 뒤집어 남에게 못 보이니. ◇열 놈이 百 말을 할지라도=열 사람
이 백 마디나 되는 말을 할지라도.

410. 이몸이싀여저서 三水甲山제비나되여　임의집밧窓밧첫추녀긋부
터집을　자루종종다라지여두고 (口號上同) 밤中만 제집으로드는
체하고임의품에들니라.

　이 몸이 싀여저서 三水甲山 제비나 되여=이 몸이 죽어서 삼수갑산에 제비
가 되어. 삼수와 갑산은 함경남도에 있는 오지(奧地)임. ◇자루 종종 다라 자
여 두고=계속하여 잇달아 집을 지어 두고.

411. 저건너검어웃투룸한바회 錠대혀쌔두드려내여　털돗치고쓸을박
아셔흥성드뭇것게맹글너라감은암소　오오우오오우오오오오　두엇
다가 임離別하고가오실ㄷ제것구로태와보내리라.

　저 건너 검어 웃투룸한 바회=저 건너 검고 울퉁한 바위에. ◇錠 대혀 쌔
두드려 내여=정을 대고 깨쳐 두드려 내여. ◇털 돗치고 쓸을 박아셔 흥성
드뭇 것게 맹글너라 감은 암소=털이 돋아나고 뿔을 박아서 홍청거리며 천천
히 걷게 만들겠다. 검은 암소를.

412. 저건너羅浮山눈속에 검어웃쑥울퉁불퉁匡隊등걸아　네무삼힘으

로柯枝돗처곳조차저리피엿느냐　아아아아아아하으아아　아모리
석은배半만남엇슬만정봄쯧을어이하리요 安玟英

　　羅浮山=중국 광동성 혜주부(惠州府) 부라(傅羅)에 있는 산. ◇검어 웃쑥
울퉁불퉁 匡隊 등걸아=검어 우뚝 울퉁불퉁하고 험상궂게 생긴 등걸아. 등걸
을 나무를 베어낸 그루터기. ◇석은 배 半만 남엇슬만정 봄 쯧을 어이 하리
오=썩은 배가 반만 남았을망정 봄을 맞아 싹을 틔우려는 의지를 어찌 하겠
느냐. 배는 씨앗 속에 있어 자리서 싹이 되는 부분.

■半葉

413. 남하여片紙傳치말고 當身이제오되여　남이남의일을못일과저하
　　랴마는　남하여 傳한片紙니일쏭말쏭하여라.

　　當身이 제오 되여=당신이 체부(遞夫)가 되어. ◇남이 남의 일을 못 일과저
하랴마는=다른 사람이 다른 사람의 일을 못 이루게야 하랴마는.

414. 담안에섯는곳치 牧丹인가海棠花ㄴ가　햇득밝웃피여잇셔남의눈
　　을놀니느냐　두어라 임자잇시랴나도썩거보리라.

◇ 대조; '놀니느냐'는 '놀나나냐'의 잘못.

　　담안에 섯는 곳치=담안에 서 있는 꽃이. 기생을 말하는 듯. ◇햇득 밝웃
피여 잇셔 남의 눈을 놀니느냐='놀니느냐'는 '놀내느냐'의 잘못인 듯. 해뜩
붉웃 피어 있어서 남의 눈을 놀내느냐. 해뜩 붉웃은 흰 빛과 붉은 빛이 뒤섞
여 있는 모양.

415. 東閣에숨은곳치 躑躅인가杜鵑花ㄴ가　乾坤이눈이여늘제엇지敢
　　히픠랴　알괘라 白雪陽春은梅花밧게뉘잇시리, 安玟英

乾坤이 눈이여늘 제 엇지 敢히 픠랴=온 세상이 다 눈으로 덮였거늘 제가 어찌 감히 피겠느냐. ◇白雪陽春은 梅花 밧게 뉘 잇시리=흰 눈이 쌓인 따뜻한 봄철에 피는 꽃은 매화밖에 누가 있겠느냐.

416. 三月三日李白桃紅 九月九日黃菊丹楓 靑帘에술이익고洞庭에秋月인제 白玉盃 竹葉酒가지고玩月長醉하리라.

靑帘에 술이 익고 洞庭에 秋月인제=청렴(靑帘)에 술이 있고 동정호에는 가을 달이 비추는데. 청렴은 금준(金樽)의 잘못인 듯. 청렴은 술집을 알리는 주기(酒旗)임.

417. 三月花柳孔德里오 九月楓菊三溪洞을 我笑堂봄바람과米月舫가을달을 어즈버 六花粉粉時에賣酒詠梅하시러라. 安玟英

◇ 대조; ‘粉粉’은 ‘紛紛’의, ‘하시러라’는 ‘하시더라’의 잘못.

三月花柳 孔德里오=삼월에는 꽃이 피고 버들이 푸른 공덕리가 좋고. 공덕리는 지금 서울 마포구 공덕동으로 대원군의 별장 아소당(我笑堂)이 있었음. ◇九月楓菊 三溪洞을=구월의 단풍과 국화는 삼계동이 좋음. 삼계동은 서울 종로구 자하문 밖임. ◇我笑堂=마포구 공덕동에 있던 대원군의 별장. ◇米月舫=삼계동에 있던 대원군의 정자인 듯. ◇六花粉粉時에 賣酒詠梅 하시러라=‘粉粉’은 ‘분분(紛紛)’의 잘못. ‘하시러라’는 ‘하시더라’의 잘못. 눈이 펄펄 날릴 때에 술을 사고 매화를 읊조리시더라.

418. 이럿타저럿탄말이 오로다두리숭숭 빗거나사거나깁흔盞에가득부어 平生에 但願長醉코不願醒을하리라.

이럿타 저럿탄 말이 오로다 두리숭숭=이렇다 저렇다고 하는 말이 오로지 다 뒤숭숭. ◇빗거나 사거나 깁흔 盞에=술을 담그거나 돈을 주고 사거나 큰 잔에. ◇但願長醉코 不願醒을 하리라=다만 오랜 동안 취하길 바라고 깨기를 바라지 않으리라.

419. 이숭저숭다지내고 희롱하롱인일업다 功名도어근버근世事 ㅣ라
도싱숭생숭 每日에 한盞두盞하며그렁저렁하리라.

　이 숭 저 숭 다 진내고=이런 흥 저런 흥을 다 격고. ◇희롱하롱 인 일 업
다=흐롱하롱 하며 이룬 일이 없다. ◇功名도 어근버근=공명도 마땅치 않아
할까 말까를 망설이고.

420. 흐리나맑으나中에이濁酒좃코 대테메운질甁들이더보기조희 　어
른자박국이를쓰르렝둥둥당지둥둥둥씌워두고 　兒嬉야 저리沈菜 ㄹ
만정업다말고내여라. 蔡裕後

　흐리나 맑으나 中에=흐린 술이거나 맑은 술이거나 가운데. ◇대테 메운
질甁들이 더 보기 조희=대나무로 테를 메운 질병들이 더 보기 좋구나. ◇어
른자 박구기를=얼씨구나 술구기로 쓰는 바가지를.

界面調

■初數大葉

421. 달다려무르려고 盞잡고窓을여니 두렷고맑은빗츤녜론듯하다마
는 이제는 太白이간後ㅣ니알니업셔하노라.

두렷고 맑은 빗츤 녜론 듯하다마는=뚜렷하고 맑은 빛은 예전과 마찬가지
인 듯하다마는.

422. 바람에휘엿노라 굽은솔을웃지마라 春風에핀곳치每樣에고앗스
랴 風飄飄 雪粉粉헐제네야나를불워리라.

◇ 대조; '雪粉粉'은 '雪紛紛'의 잘못. 작자가 최영(崔瑩)이나 인평대군(獜平大君)
으로 되어 있음.

春風에 핀 곳치 每樣에 고앗스랴=봄바람이 피어난 꽃이 항상 곱겠느냐.
◇風飄飄 雪粉粉 헐제 네야 나를 불워리라='雪粉粉'은 '설분분(雪紛紛)'의
잘못. 바람이 가볍게 불고 눈이 펄펄 날릴 제 네가 나를 부러워하리라.

423. 압못에든고기들아 뉘라셔너를모라다가너커늘든다 北海淸沼를

어듸두고이못에와든다 들고도 못나는情은네오내오달으랴.

뉘라셔 너를 모라다 너커늘 든다=누가 너를 몰아다 넣었거늘 들어왔느냐.
◇北海淸沼를=넓은 북해나 맑은 웅덩이를. ◇들고도 못 나는 情은 네오 내
오 달으랴=들어왔다가 못 나가는 사정은 너와 내가 다르겠느냐.

424. 牛山에지는해를 齊景公이우럿드니   三溪洞가을달을國太公이늣
기샷다 아마도 今古英傑의 慷慨心淸한가진가하노라. 安玟英

◇ 대조 ; '慷慨心淸'은 '慷慨懷' 또는 '慷慨情'으로 되어 있음.

牛山에 지는 해를 齊景公이 우럿드니=우산에 지는 해를 보고 제(齊)나라
경공(景公)이 울었더니. 우산(牛山)은 중국 산동성 치현(淄縣)에 있는 산으
로, 제나라의 경공이 이곳의 아름다운 경치를 구경하다가 자기가 조만간에
죽을 것이라 하여 슬퍼해서 울었다고 함. ◇三溪洞 가을 달을 國太公이 늣
기샷다=삼계동에서 가을 달을 보고 국태공이 감격하시었다. 삼계동(三溪洞)
은 서울 자하문 밖에 있음. 국태공(國太公)은 흥선대원군을 말함. ◇今古英
傑의 慷慨心淸은 한 가진가 하노라=예전부터 지금까지의 영웅과 호걸들의
비분강개하는 심정은 다 같은가 한다.

425. 窓밧게菊花를심어 菊花밋헤술비저두고   술익자菊花피자벗님오
자달이돗아온다 兒嬉야 거문고내여라벗님待接하리라.

술 익자 菊花 피자 벗님오자 달이 돗아온다=술이 익자 국화가 피고 벗이
오자 달이 솟아오른다. 곧 술, 꽃, 벗, 달의 네 가지 아름다움을 다 이루었음.

426. 靑石嶺지나거다 草河衢ㅣ어듸메오   胡風도참도찰사구즌비는무
음일고 뉘라서 내行色그려내여임게신데들이리. 孝宗

靑石嶺 지나거다 草河衢ㅣ 어듸메오='초하구'(草河衢)는 '초하구(草河溝)'

의 잘못. 청석령은 지났구나 초하구가 어드냐. 청석령과 초하구는 평안북도 의주(義州)에서 중국의 심양(瀋陽)을 가는 도중에 있는 지명. ◇胡風도 참도 찰사=오랑캐 땅에서 부는 바람이 차기도 차구나.

■二數大葉

427. 가을打作다한後에 洞內마다講信헐제　金風憲의메더지에朴勸農
이되롱춤추니　座上에 李尊位는拍掌大笑하더라. 李鼎輔

◆ 대조; '洞內마다'는 '洞內모아'로, '되롱춤추니'는 '되롱춤이로다'로 되어 있음.

　洞內마다 講信헐 제=동네마다 마을 일을 의논할 때. 강신은 향약(鄕約) 때 마을 사람들이 모여 술을 마시며 약법(約法)이나 계(契)를 맺는 일. ◇金風 憲의 메더지에 朴勸農이 되롱춤 추니=김풍헌의 메더지 박권농이 되롱춤을 추니, 풍헌(風憲)이나 권농(勸農)은 동리의 소임(所任)의 하나. 메더지는 노 래의 한 가지. ◇座上에 李尊位는 拍掌大笑 하더라=자리에 앉은 이존위는 손뼉을 치며 크게 웃더라. 존위(尊位)는 나이가 제일 많은 사람.

428. 간밤에부든바람 눈서리치단말가　落落長松이다기우러가노매라
허물며 못다핀꽃치야일너무삼하리요. 俞應孚

　못다 핀 꽃치야 일너 무삼 하리요=다 피지 못한 꽃이야 말하여 무엇 하겠 는가. 못다 핀 꽃은 젊은 선비를 비유한 것임.

429. 갓버서松枝에걸고 九節竹杖岩上에두고　潁水川邊에귀씻고누엇
스니　乾坤이 날더러일으기를함끠늙자하더라.

　九節竹杖 岩上에 두고=아홉 마디의 대지팡이를 바위에 두고. ◇潁水 川邊 에 귀 씻고 누엇스니=영수의 냇가에 귀를 씻고 누었으니. 영수는 소부(巢父)

와 허유(許由)가 세상을 피하여 있던 기산(箕山)의 물 이름.

430. 갓버서石壁에걸고 羽扇을홋붓치며　綠水陰中에醉하여누엇스니
松風이 진즛부러灑露頂을하놋다.

　　羽扇을 홋붓치며=새의 깃털로 만든 부채를 천천히 부치며. ◇松風이 진즛
부러 灑露頂을 하놋다=소나무 사이를 지나는 바람이 잠깐 불어 갓을 벗은
이마를 스치더라.

431. 江湖에비갠後ㅣ니　水天이한빗친제　小艇에술을싯고낙대메고나
려가니　蘆花에 다니는白鷗는나를보고반겨라. 金友奎

◇ 대조; '다니는白鷗'는 '나니는白鷗'로, '반겨라'는 '반긴다'로 되어 있음.

　　水天이 한 빗친 제=강물과 하늘이 다 맑게 개여 한 기지 빛인 때.

432. 江村에그믈맨사람 기럭이란잡지마라　塞北江南에消息인들뉘傳
하리　아모리 江村漁父ㅣ들離別이야업스랴.

◇ 대조; '江村에'는 『靑丘永言』육당본 이외의 가집엔 '江邊에'로 되어 있음.

　　塞北江南에=북쪽의 변방이나 양자강 이남에. 먼 곳에. ◇아모리 江村漁父
ㅣ들=아무리 강촌에서 고기잡이 하는 사람인들.

433. 거문고줄골라놋코 忽然이잠이드니　柴扉에개즈즈며반가운손오
노매라　兒禧야 點心도하려니와濁酒먼저걸너라. 金昌業

　　거문고 줄 골라놓고=거문고의 줄을 알맞게 조절해 놓고. ◇柴扉에 개 즈
즈며 반가운 손 오노매라=사립문에 개가 짖으며 반가운 손님이 오는구나.

434. 鷄鳴山玉簫불어 八千弟子헛튼後에 三萬戶辭讓하고赤松子를좃
찻나니 아마도 見機名哲은子房인가하노라.

鷄鳴山 玉簫 불어 八千弟子 헛튼 後에=계명산에서 옥통소를 불어 팔천이
나 되는 군사를 다 흩어버린 뒤에. 계명산은 중국 촉주(蜀州)에 있는 산으로
장량(張良)이 통소를 불어 항우의 군대를 다 도망가게 하였음. ◇三萬戶辭
讓하고 赤松子를 좃찻나니=삼만호 벼슬을 마다하고 적송자를 따랐나니. 적
송자(赤松子)는 신농씨 때의 신선임. ◇見機名哲은 子房인가 하노라='명
절'(名哲)은 '명철(明哲)'의 잘못인 듯. 기회를 잘 보며 머리가 총명함은 자방
인가 한다. 자방(子房)은 장량의 자(字)임.

435. 古今에어질기야 孔夫子만할까마는 轍環天下하여木鐸이되엿스
니 날갓흔 석은선배야일너무삼하리요. 金天澤

◇ 대조; '선배야'는 '선비야'의 잘못임.

轍環天下하여 木鐸이 되엿스니=수레를 타고 천하를 돌아다니며 목탁이 되
었으니. 목탁(木鐸)은 세인(世人)을 교도(敎導)하는 학자라는 뜻. ◇닐러 무
삼 하리요=말하여 무엇 하겠는가.

436. 高山九曲潭을 사람이모로드니 誅茅卜居하니벗님네다오신다
어즈버 武夷를想像하고學朱子를하리라. 李珥

高山九曲潭을=고산에 있는 아홉 구비의 웅덩이를. 고산은 황해도 해주(海
州)에 있어 이이(李珥)가 한 때 머물러 살던 곳. ◇誅茅卜居하니=띠풀을 베
어내고 살 곳을 정하니. ◇武夷를 想像하고 學朱子를 하리라=무이를 생각
하고 주자(朱子)를 공부하겠다. 무이(武夷)는 송(宋)나라 朱熹(주희)가 머물
러 있던 곳.

437. 故園花竹들아 우리를웃지마라 林泉舊約이야이즌적업건마는

聖恩이 至重하시니갑고가려하노라,

故園花竹들아=옛 고향 동산의 꽃과 대나무들아. ◇林泉舊約이야 이즌 적이 업건마는=자연으로 돌아가겠다는 옛 약속이야 잊은 적이 없건마는.

438. 空山에우는접동 너는어이우지는다 너도날과갓치무음離別하엿느니 아모리 피나게운들對答이나하더냐. 朴孝寬

空山에 우는 접동=아무도 없는 산에서 우는 접동새야. ◇너도 날과 갓치 무음 離別=너도 나처럼 무슨 이별.

439. 空手來空手去하니 世上事ㅣ如浮雲을 成孤墳人盡歸하면月黃昏이오山寂寞이로다 저마다 이러할人生이니아니놀고어이리.

◇ 대조; '成孤墳人盡歸'는 '成墳人盡歸'로, '山寂寞'이 '山寂寂'으로 되어 있음.

空手來 空手去하니 世上事ㅣ如浮雲을=빈손으로 태어나 빈손으로 죽는 것이니 세상의 모든 일들이 뜬구름과 같은 것을. ◇成孤墳人盡歸하면 月黃昏이오 山寂寞이로다=외로운 무덤이 만들어지고 사람들이 다 돌아간 뒷면 어느새 황혼이고 산은 적막하다.

440. 孔孟과楊墨과바이 方寸일듯하건마는 나종어든것은楚越이되엿나니 眞實노 이즈음生覺하여부대조심하시소. 金天澤

◇ 대조; '바이'는 '쓴이'의 잘못.

孔孟과 楊墨과 바이 方寸일 듯하건마는=공자(孔子)와 맹자(孟子) 양자(楊子)와 묵자(墨子)가 겨우 조그만 차이일 듯하지만. 양자와 묵자는 다 주말(周末)의 학자로 본명은 각각 양주(楊朱)와 묵적(墨翟)으로 이기설(利己說)과 겸

애설(兼愛說)을 주장하였음. ◇나종 어든 것은 楚越이 되엿나니=나중에 얻은 것은 초(楚)나라와 월(越)나라의 거리만큼이나 큰 차이가 났으니.

441. 孔夫子大聖人으로 陳蔡에辱을보고   蘇季子口辯으로남의손에죽엇스니   찰하리 是非를모로고내뜻대로하리라.

孔夫子 大聖人으로 陳蔡에 辱을 보고=공자(孔子)와 같은 훌륭한 성인도 진(陳)나라와 채(蔡)나라에서 욕을 보았고. 진(陳)나라나 채(蔡)나라는 모두 작은 나라로 공자가 초(楚)나라의 초청으로 이 두 나라를 가는 도중에 그 나라 병사들에게 포위를 당하여 욕을 본 일이 있음. ◇蘇季子 口辯으로=소진(蘇秦)의 뛰어난 말주변으로. 소진은 전국시대 모사(謀士)임.

442. 功名도富貴도말고 이몸이閑暇하여   萬水千山에슬커시노니다가   말업슨 物外乾坤과함쎄늙자하노라.

萬水千山에 슬커시 노니다가=헤아릴 수 없이 많은 경치가 좋은 곳을 찾아 싫증이 나도록 놀다가. ◇말업슨 物外乾坤과=아무런 말이 없는 속세 밖의 세상과.

443. 公庭에吏退하고 할일이아조업다   扁舟에술을싯고侍中臺차자가니   蘆花에 數만흔갈메기는제벗인가하노라. 金敎最

◇ 대조; '하노라'는 '하더라'로 되어 있고, 작자가 김성최(金聲最)임.

公庭에 吏退하고=관청에서 벼슬을 그만 두고. ◇侍重臺=강원도 통천(通川)에 있는 누대.

444. 곳지자속닙나니 綠陰이다퍼졋다   솔가지것거내여柳絮를쓰르치고   醉하여 게우든잠을喚友鶯이쌔거다.

163

柳絮를 쓰르치고=버들솜을 쓸어버리고. ◇喚友鶯이 깨거다=벗을 부르는
꾀꼬리 소리에 깨겠다.

445. 쇠소리고흔노래 나븨춤을猜忌마라   나븨춤아니런들鸚歌너쑨이
어니와 네겻혜 多情타일을거슨蝶舞ㅣ런가하노라. 安玟英

　쇠소리 고흔 노래 나븨 춤을 猜忌마라=꾀꼬리는 노래를 잘 한다하고 나비
의 춤을 시기하지 마라. ◇나븨 춤 아니런들 鸚歌 너 쑨이어니와=나비의 춤
이 없다면 꾀꼬리 너의 노래뿐이니. ◇네 겻혜 多情타 일을 거슨 蝶舞ㅣ런
가 하노라=너의 곁에 다정하다고 말할 수 있는 것은 나비춤인가 한다. 자기
자신만 잘난 체하고 남을 시기하지 마라.

446. 狂風에쎨린梨花 가며오며날리다가   가지에못오르고거믜줄에걸
리것다 저거믜 落花ㄴ줄모르고나븨잡듯하랏다. 李鼎輔

　狂風에 쎨린 梨花=사나운 바람에 떨어진 배꽃. ◇나븨 잡 듯하랏다=나비
를 잡듯이 하려느냐.

447. 九曲은어듸메오 文山에歲暮컷다   奇巖怪石이눈속에뭇첫세라
遊人이 오지아니하고볼것업다하더라. 李珥

　文山에 歲暮컷다=문산에 한 해가 저물겠다. 문산(文山)은 율곡 이이(栗谷
李珥)의 고산 구곡(高山 九曲) 가운데 아홉째 구비임. ◇奇巖怪石이 눈 속에
뭇첫세라=기이한 바위와 괴상한 돌들이 눈 속에 묻혔구나. ◇遊人이 오지
아니하고 볼 것 업다 하더라=한가히 놀러 다니는 사람들이 실제로 확인도
하지 아니하고 구경거리가 없다고 하더라. 명분만 숭상하고 실속이 없는 세
태를 풍자한 것임.

448. 口圃東人빗는신세 알니적어病되더니   似韻似間兼得味오如詩如

酒又知音을 石坡公 至公筆端이시니感激無恨하여라. 安玟英

◇ 대조; '빗는'은 '빗눈'의. '似間'은 '似閑'의, '至公筆端'은 '知己筆端'의 잘못.

　口圃東人 빗는 신세='빗는'은 '빗난'의 잘못인 듯. 구포동인의 빛나는 신세.
구포동인은 흥선대원군이 안민영(安玟英)에게 내린 사호(賜號). ◇似韻似間
兼得味오 如詩如酒又知音을='間'은 '한(閑)'의 잘못인 듯. 운치를 알고 한가
한 것 같으면서도 멋을 아울러 갖추었고 시와 술을 하면서도 아울러 음률까
지 아심을. ◇石坡公 至公筆端이시니 感激無限 하여라=至公'은 '지기(知
己)'의 잘못인 듯. 석파공께서 나를 알아주는 붓의 운용이시니 감격스러움이
끝이 없어라.

449. 群山으로按酒삼고 洞庭湖로술을삼아　春風을거느리고岳陽樓에
　　올라가니　乾坤이 날더러일으기를함께늙자하더라.

◇ 대조; '群山'은 '君山'의 잘못이나 『靑丘永言』육당본에 이렇게 되어 있음.

　群山・洞庭湖・岳陽樓='群山'은 '군산(君山)'의 잘못인 듯. 동정호 안에 있
는 산. 동정호는 중국 호남성에 있는 중국 제일의 호수. 악양루는 동정호에
면하고 있는 누각.

450. 굽어보니千尋綠水　도라보니萬疊靑山　十丈紅塵이언나마가렷는
　　고　江湖에 月白하거든더욱無心하여라. 李賢輔

　굽어보니 千尋綠水=내려다보니 천 길이나 되는 푸른 물. ◇十丈紅塵이 언
나마 가렷는고=열 길이나 되는 두터운 먼지가 얼마나 가렸는고. 속세와는
거리가 멀다. ◇江湖에 月白하거든=강호에 달이 밝으면.

451. 歸去來歸去來하되 말쑨이요가리업네　田園이將蕪하니아니가고
　　어이하리　草堂에 淸風明月은들며나며기다린다. 仝人

歸去來 歸去來하되 말뿐이요 가리 업네=도라 가야지 도라 가야지 하지만 말 뿐이고 가려는 사람이 없네. ◇田園이 將蕪하니 아니 가고 어이하리=전원이 바야흐로 황폐하여 가니 아니 가고 어찌 하겠느냐. ◇淸風明月은 들며 나며=맑은 바람과 밝은 달빛은 초당 안으로 들어오고 나오면서.

452. 金風이부는밤에 나무닙다지거다 寒天明月夜에기럭이우러넬제 千里에 집써난客이야잠못일워하노라. 宋宗元

　金風이 부는 밤에=가을바람이 부는 밤에. ◇寒天明月夜에 기럭이 우러넬 제=서리가 내린 차갑고 달이 밝은 밤에 기러기가 울며 날아갈 때.

453. 金爐에香盡하고 漏聲이殘하도록 어듸가잇서뉘사랑밧치다가 月影이 上欄干케야脈바드려왓는고. 金尙容

　金爐에 香盡하고 漏聲이 殘하도록=향로에 향이 다하고 물시계의 물이 새는 소리가 다하도록. 밤이 다 새도록. ◇어듸가 잇서 뉘 사랑 밧치다가=어듸가 있어 누구의 사랑을 받다가. ◇月影이 上欄干케야 脈바드려 왓는고=달의 그림자가 난간에 올라서야 남의 속마음을 떠보려고 왔느냐.

454. 기럭이산이로잡아 情드리고길려서 임의집가는길을歷歷히가르처두고 밤中만 임生覺날제면消息傳케하리라.

◇ 대조; '길려서'는 '길드려서'의 잘못.

　기럭이 산이로 잡아=기러기를 산 채로 잡아. ◇歷歷히 가르처 두고=자세히 가르쳐 두고.

455. 기럭이놉히쓴곳에 서리ㅅ달萬里로다 네ㅅ싹차즈려고이밤에나 랏느냐 저건너 菰花叢裡에홀노안저우더라. 安玟英

서리ㅅ달 萬里로다=상월(霜月)이 만리(萬里)로다. 서리달은 가을 달. ◇菰
花叢裡에=풀과 꽃이 우거진 속에.

456. 기럭이다나라가고 서리는몃番온고 秋夜도김도길사客愁도하도
하다 밤口中만 滿庭明月이故鄕인듯하여라. 趙明(履)

秋夜도 김도길사 客愁도 하도하다=가을밤이 길기도 길구나 나그네의 설움
이 많기도 많다.

457. 길아래두돌부처 벗고굼고마조서서 바람비눈서리一年내마즐만
정 平生에 離別累ㅣ업스니그를조화하노라.

◆ 대조; '一年내'는 '맛도록'으로, '離別累'는 '離別數'로 되어 있음. 육당본 『靑丘永
言』에는 없음. 『松江歌辭』 서주본에는 정철(鄭澈)의 작품으로 되어 있음.

離別累ㅣ 업스니='累'는 '루(淚)'의 잘못인 듯. 이별의 눈물이 없으니.

458. 麒麟은들에놀고 鳳凰은山에운다 聖人御極하사雨露를고로시니
우리는 堯天舜日인제擊壤歌로즑이리라.

聖人御極하사 雨露를 고로시니=성인이 왕위에 오르시어 임금의 은덕을 고
루 펴시니. ◇堯天舜日인제 擊壤歌로 즑이리라=요순과 같은 세상에 살고
있으니 격양가로 즐길 것이다.

459. 箕山에늙은사람 귀는어이씨돗던고 박소래펑게하고操ㅣ壯히놉
거니와 至今에 穎水淸波는더러온재잇나니.金天澤

◆ 대조; '씨돗던고'는 '싯돗던고'로, '操ㅣ壯히놉거니와'는 '操狀이놉거니와'로 되어
있음.

箕山에 늙은 사람 귀는 어이 씨돗던고=기산에 사는 늙은 사람 귀는 어이 씻었던가. 기산은 중국 하남성 행당현(行唐縣) 서북쪽에 있는 산. 소부(巢父)와 허유(許由)가 여기 숨어 살았음. 기산에 늙은 사람은 허유를 가리킴. ◇박소래 핑계하고 操ㅣ 밨히 놉거니와=바가지 소리를 핑계하니 지조가 매우 높거니와. 허유가 기산에 숨어 살 때 손으로 물을 마시자 어떤 사람이 표주박을 주어 그것으로 물을 마시고는 나무에 걸어 놓았으나 바람에 흔들려 시끄럽게 소리가 나서 깨뜨려 버렸다고 함. ◇至今에 潁水淸波는 더러온 재 잇나니=지금의 영수의 맑은 물은 더러워진 채로 남아 있느니. 영수는 허유가 구주(九州)의 장(長)이 되어 달라는 요임금의 말을 듣고, 더러운 말을 들었다며 귀를 씻은 물.

460. 나혼자오날이여 즐거온자今日이여 즑어온오날이倖兮나점을세라 每日에 오날갓흐면무삼시름잇시리. 金玄成

◆ 대조; 가번 65와 중복

461. 나라이太平이라 武臣을버리시니 날갓흔英雄은北塞에다늙엇다 아마도 爲國丹忠은나뿐인가하노라. 張鵬翼

◆ 대조; '爲國丹忠'은 '爲國精忠'으로 『靑丘永言』육당본만 이렇게 되어 있음.

北塞에 다 늙엇다=북쪽 변방 요새를 지키기에 다 늙었다. ◇爲國丹忠은=나라를 위한 충성심은.

462. 落日은西山에저서 東海로다시나고 가을이운풀은해마다푸르거늘 엇지타 오직사람은歸不歸를하느니. 李鼎輔

◆ 대조; '해마다'는 '봄이면'으로, '오직사람은'은 '最貴한人生은'이 『海東歌謠』주씨본만 이렇게 되어 있음.

가을 이운 풀은 해마다 푸르거늘=가을에 시든 풀은 해마다 다시 푸르거늘.
◇歸不歸를 하느니=한 번 가서는 돌아오지를 않느니. 죽으면 그만이니.

463. 南極壽星돗아잇고 勸酒歌로祝壽ㅣ로다   오날날老人들은서로노
자勸하는고야 이後란 花朝月夕에每樣놀려하노라. 金汶根

　南極壽星 돗아 잇고 勸酒歌로 祝壽ㅣ로다=남극수성이 돋아 있고 술을 권
하는 노래로 장수를 출하한다. 남극수성은 남극노인성이라고도 하며 사람의
수명(壽命)을 관장한다고 함.

464. 南浦月깁흔밤에 돗대치는저사공아   뭇노라너탄배야桂棹錦帆蘭
舟ㅣ로다 우리는 探蓮가는길이라무러무삼하리요. 安玫英

　南浦月 깁흔 밤에 돗대치는 저 사공아=남쪽 포구 달이 밝은 깊은 밤에 돗
을 다는 막대를 두드리는 저 사공아. ◇뭇노라 너 탄 배야 桂棹錦帆蘭舟ㅣ
로다=묻노라. 네가 탄 배가 계수나무로 만든 노(櫓)와 좋은 천으로 만든 돗
을 단 난주로구나. 난주는 진양(晉陽) 출신의 기생으로 그를 두고 지은 시임.

465. 南山에鳳凰이울고 北岳에麒麟이논다   堯天舜日이我東方에빗첫
세라 우리도 聖主뫼옵고同樂昇平하리라. 吳擎華

◆ 대조; '鳳凰이'는 '鳳이'로, '빗첫세라'는 '발가세라'로, '우리도 聖主뫼옵고 同樂
昇平하리라'는 '우리는 歷代逸民으로醉코놀녀하노라', 또는 '우리는 唐虞世界를
이어본듯하여라'로 되었으나 『歌曲源流』국악원본만 이렇게 되어 있음. 작자는
『靑丘永言』육당본에만 표시가 되었음.

　鳳凰・麒麟=봉황과 기린은 다 상상(想像)의 동물로 나라가 태평하면 나타
난다고 함. ◇堯天舜日이=요임금과 순임금 때 비췄었던 해가.

466. 南陽에躬耕함은 伊尹의經綸이오   三顧草廬함은太公의王佐才라
三代後 正大人物은武侯ㅣ런가하노라. 郭興

　南陽에 躬耕함은 伊尹의 經綸이오=남양에서 몸소 밭 갈고 농사를 지은 것
은 이윤이 잘 다스림이요. 이윤(伊尹)은 은(殷)나라 재상임. 처음 신야(莘野)
에서 밭을 갈다가 탕왕(湯王)의 초빙으로 출사하여 탕왕을 도와 걸(桀)을 침.
◇三顧草廬함은 太公의 王佐才라=태공은 제갈량의 잘못인 듯. 세 번씩이나
초려를 방문하여 도움을 청하였을 때 허락한 제갈량의 왕을 도울 만한 재량
이다. ◇三代後 正大人物은 武侯ㅣ런가=중국 의 삼대, 즉 하·은·주 이후
의 바르고 큰 인물은 제갈무후인가. 諸葛武侯(제갈무후)는 제갈량을 말함.

467. 南極老人星이   西敎齋에드리오셔   우리님壽富貴를康寧으로도우
서던   우리도 德蔭을무르와太平燕樂하노라.

◆ 대조; '西敎齋'는 '四敎齋'의 잘못, 작자 박효관(朴孝寬)이 누락되었음.

　西敎齋에 드리오셔=서교재는 사교재(四敎齋)의 잘못. 사교재에 비추시어.
사교재는 건물의 이름임. ◇德蔭을 무르와 太平燕樂 하노라=조상의 음덕
(蔭德)을 입어 태평세월을 즐기리라.

468. 南陽에누은龍이 滿腹經綸荊益圖ㅣ라   三顧恩魚水契로竭力克復
하렷더니 秋風에 五丈星隕을못내슬워하노라. 金敏淳

　南陽에 누은 龍이=남양에 누워 있는 용이. 제갈량을 가리킨 말. ◇滿腹經
綸荊益圖ㅣ라=뱃속에는 형주(荊州)와 익주(益州)를 경륜할 수 있는 계획이
가득 차 있다. ◇三顧恩 魚水契로 竭力克復 하렷더니=삼고초려(三顧草廬)
한 은혜와 고기와 물과의 사이로 힘을 다해 적을 굴복시키려 하였더니. 제
갈량이 유비를 도와 삼국을 통일하려 노력하였음을 말함. ◇五丈星隕을 못
내 슬워 하노라='星隕'은 '성운(星殞)의 잘못인 듯. 오장원에서 죽음을 끝내
슬퍼하노라. 성운(星殞)은 훌륭한 사람이 죽을 때 하늘에서 별이 떨어진다

고 함.

469. 내사리淡薄한中에 다만깃쳐잇는것은 數莖葡萄와一卷歌譜섚이
로다 이中에 有信한것은風月인가하노라. 金壽長

　내 사리 淡薄한 中에 다만 깃처 잇는 것은=‘淡薄’은 ‘담박(淡泊)’의 잘못인
듯. 나의 삶이 담백한 가운데 다만 남겨져 있는 것은. ◇數莖葡萄와 一卷歌
譜 섚이로다=몇 그루의 포도넝쿨과 노래의 악보 한 권뿐이다.

470. 내마음버혀내어 저달을맨들과저 九萬里長天에번듯이걸려잇서
고흔님 게신곳에가빗취여나보리라. 鄭澈

　내 마음 버혀 내어 저 달을 맨들과저=내 마음을 잘라 내어 저 달을 만들고
싶다. ◇九萬里長天에 번 듯이 걸려 잇서=아득히 먼 하늘에 뚜렷하게 걸려
있어.

471. 내精靈술에석겨 임의속에흘러들어 九廻肝腸을寸〃이차자가며
날닛고 임向한마음을슬우려하노라. 金三賢

　◇ 대조; ‘슬우려’는 ‘다슬우려’로 되어 있음.

　내 精靈 술에 석겨=나의 죽은 혼이 술에 섞여. ◇九廻肝腸을 寸寸이 차자
가며=기나긴 창자를 조금씩 찾아가며. 괴로운 심정을 조금씩 달래가며. ◇
임 向한 마음을 슬우려=임에게 향한 마음을 다 쓸어버리려. 또는 없애버리
려.

472. 내가슴스러난피로 임의얼골그려내여 나자는방안에簇子삼아거
러두고 살뜰이 임生覺날제면簇子나볼ㄱ가하노라.

내 가슴 스러난 피로=내 가슴을 쓰러 내려 나온 피로. 내 애통한 심정으로.

473. 네집이어듸메오 이뫼넘어긴江우희 竹林푸르르고외사립다닷는
듸 그압혜 白鷗ㅣ써잇스니게가무러보시소.

게가 무러 보시소=그 곳에 가서 물어 보시오.

474. 놉흐나놉흔남긔 날勸하여올려두고 이보오벗님네야흔들지나말
렴으나 나려저 죽기는셟지아니하되이암못볼ㅅ가하노라. 李陽元

◆ 대조; '암못볼'은 '임못볼'의 잘못.

날 勸하여 올려 두고=나를 권하여 올라가게 하고. ◇암 못 볼ㅅ가 하노라
='암'은 '임'의 잘못. 임 못 볼까 하노라.

475. 누리소서누리소서 千萬歲를누리소서 무쇠기동에여름여러싸드
리도록누리소서 그남아 億萬歲밧게ㅆ萬歲를누리소서.

◆ 대조; '千萬世'는 '萬歲'로, '무쇠기동에여름열어'는 '무쇠기동에꼿퓌여여름열어'
로 되어 있음.

무쇠기동에 여름 여러 싸 드리도록 누리소서=무쇠로 만든 기둥에 열매가
열려 따 들이도록 누리십시오.

476. 누어도다썩는肝腸 드는칼노버혀내어 珊瑚床白玉盒에점점이담
엇다가 아모나 가는이잇거든임게신듸보내리라.

◆ 대조; '누어도'는 '두어도'의 잘못.

드는 칼노 버혀 내어=잘 드는 칼로 베어 내여. ◇珊瑚床 白玉盒에 점점이 담엇다가=산호상은 산호산(珊瑚箱)의 잘못인 듯. 산호로 만든 상자와 백옥으로 만든 합자(盒子)에 한 점 한 점 담았다가.

477. 다만한間草堂에 箭筒걸고册床노코 나안고임안즈니거문고란어듸둘고 두어라 江山風月이니한데둔들엇더리.

箭筒 걸고 册床 노코=화살통을 걸고 책상을 놓고. ◇江山風月이니 한데 둔들 엇더리=강산이 다 풍월인데 밖에 둔들 어떻겠느냐.

478. 丹楓은半만붉고 시내는맑앗는데 여흘에그믈치고바회우희누엇스니 아마도 事無閑身은나섄이가하노라.

여흘에 그믈 치고=여울에다 그물을 치고. ◇事無閑身은=특별히 하는 일 없이 한가한 신세는.

479. 달밝고서리찬밤에 울고가는외기럭이 瀟湘으로가느냐洞庭으로 向하느냐 적은듯 내말잠간드럿다가임게신데드려라.

달 밝고 서리 친 밤에=달이 밝고 서리가 차가운 밤에. ◇瀟湘으로 가느냐 洞庭으로 向하느냐=소상강으로 가느냐 동정호로 향하느냐. 소상강은 순(舜)임금의 두 왕비가 죽은 곳. 동정호는 중국 제일의 호수임.

480. 唐虞는언제ㄷ時節 孔孟은뉘시런고 淳風禮樂이戰國이되엿스니 이몸이 석은선배로되擊節悲歌하노라. 金裕器

◇ 대조; '선배'는 '선븨'로 된 곳이 있음.

唐虞는 언제ㄷ 時節 孔孟은 뉘시런고=당우는 언제 시절이고 공자와 맹자

는 누구시던가. 당우는 요순의 태평시절. ◇淳風禮樂이 戰國이 되엿스니=
순박한 풍속과 예법과 음악이 전국시대처럼 되었으니. 전국시대는 중국 주
(周)나라 말기로 진시황이 천하를 통일하기 이전까지의 혼란한 시대를 말함.
◇석은 선배로 擊節悲歌 하노라=썩은 선배로 박자를 맞춰가며 슬프게 노래
한다. 또는 썩은 선비로.

481. 桃花는훗날니고 綠陰은퍼저온다 쇠꼬리새노래는烟雨에구을거
다 맛초아 盞들어勸하랄제淡粧佳人오도다. 安玟英

　桃花는 훗날리고 綠陰은 퍼져온다=복숭아꽃은 바람에 흩어져 날리고 녹음
은 점점 짙어져 온다. ◇烟雨에 구울거다=안개처럼 뿌옇게 내리는 비에 매
끄럽게 구르는 것 같다. ◇盞들어 勸하랄 제 淡粧佳人 오도다=술잔을 들어
권하려고 할 때 담박하게 화장한 미인이 오더라.

482. 桃花는엇지하여 紅塵을진짓고서 細雨東風에눈불은부삼일고
春風이 덧업슨줄을못내설워하노라.

◇ 대조; ‘紅塵을진짓고서’는 ‘紅粧을딧고서서’로, ‘春風이’는 ‘春光이’ 또는 ‘三春이’
로 되어 있음.

　紅塵을 진짓고서=‘紅塵’은 ‘홍장(紅粧)’의, ‘진짓고서’는 ‘진짓짓고서’의 잘
못인 듯. 일부러 붉게 단장을 하고서. ◇細雨東風에=이슬비가 내리는 봄바
람에. ◇덧 업슨 줄을 못내 설워하노라=항상 같지 않음을 끝내 서러워한다.

483. 東墻에갓치우룸 섯거이드럿드니 쯧아닌千金書札임의얼골씌여
왓네 아서라 肝腸스는것을보와무엇하리요. 安玟英

　東墻에 갓치 우룸 섯거이 드럿더니=동쪽 담장에 우는 까치의 울음 대수룹
지 않게 들었더니. ◇뜻 아닌 千金書札 임의 얼골 씌여 왓네=생각지도 않은

소중한 편지가 임의 얼굴을 보내 왔네. ◇아서라 肝腸 스는 것을 보와 무엇 하리요=그만 두어라. 마음이 쓰이는 것을 보아 무엇 하겠느냐.

484. 東籬에傲霜花는　禁醉鶴翎휘둘넛다　酒中仙陶淵明놉흔벗이네로구나　우리도 聖恩을갑핫든너를좃차놀니라. 金振泰

東籬에 傲霜花는 禁醉鶴翎 휘둘넛다='금취(禁醉)'는 '금취(金翠)'의 잘못. 동쪽 울타리에 국화는 공작의 꼬리털과 학의 깃을 휘감은 듯하구나. ◇酒中仙陶淵明 놉흔 벗이 네로구나=주객(酒客) 가운데 신선인 도연명의 좋은 벗이 너로구나. 도연명은 진(晋)나라의 도잠(陶潛)을 가리킴.

485. 頭流山兩端水를　네듯고이제보니　桃花쓴맑은물에山影좃차잠겻세라　兒孺야 武陵이어듸메오나는넨가하노라. 曹植

頭流山 兩端水를 네 듯고 이제 보니=두류산의 물길이 서로 갈라서는 곳을 예전에 듣고 이제 와서야 보니. 두류산은 지리산(智異山)의 다른 이름. ◇武陵이 어디메오 나는 넨가 하노라='넨가'는 '옌가'의 잘못. 무릉도원이 어디냐 나는 여기인가 한다.

486. 藤王閣놉흔집이　녯사람의노든데라　物換星移하여몃三秋ㅣ지내엿노　至今에 檻外長江이空自流를하더라.

◇ 대조; '藤王閣'은 '滕王閣'의 잘못.

藤王閣='등'은 '등(滕)'의 잘못. 중국 상서성 신건현(新建縣) 서쪽에 있는 누각. 왕발(王勃)의 서(序)와 한유(韓愈)의 기(記)로 유명함. ◇物換星移하여 몃 三秋ㅣ 지내엿노 檻外長江이 空自流를 하더라=사물이 바뀌고 별이 옮겨지기를 몇 년을 지냈나. 난간 너머로 긴 강이 공허하게 흐른다. 왕발의 「등왕각서(滕王閣序)」 가운데 '물환성이도기추(物換星移度幾秋)'와 '함외장강공자류(檻外長江空自流)'를 말함.

487. 燈盞ㅅ불그무러갈ㄷ제 窓ㅅ전집고드는님과 五更鍾나리울ㅅ제
다시안ㄷ고눕는임을 아모리 白骨이塵土ㅣ된들이즐ㅅ줄이잇시랴.

燈盞ㅅ불 그므러갈ㄷ 제 窓ㅅ 집고 드는 님과=등잔불 꺼져갈 때 창틀을 잡
고 몰래 들어오는 임과. ◇五更鍾 나리울ㅅ 제=오경을 알리는 종소리가 들
려올 때.

488. 灤河水도라드니 師尙父의釣臺로다 渭水風煙이야古今에다를소
냐 어즈버 玉璜畢事를親히본듯하여라. 孝宗

◇ 대조; '玉璜畢事'는 '玉璜異事'로 된 곳이 많음. 작자가 낭원군(朗原君)으로 되
어 있음.

灤河水 도라드니 師尙父의 釣臺로다=난하수를 돌아드니 사상부가 낚시하
던 곳이로다. 난하수(灤河水)는 중국 열하성(熱河省)의 경계로 흘러드는 강.
사상부(師尙父)는 姜太公(강태공)을 말함. ◇渭水風煙이야 古今에 다를소냐
=위수의 광경이야 어제 오늘이 다르겠느냐. 위수(渭水)는 강태공 즉 여상(呂
尙)이 낚시하던 곳. ◇玉璜畢事를=주(周)나라의 문왕과 무왕이 천명을 받들
어 혁은조주(革殷造周)의 대업을 완성한 일. 옥황(玉璜)은 여상이 낚시질하
여 얻었다는 부참(符讖)이 새겨진 구슬.

489. 龍樓에우는북은 太簇律을應하엿고 萬戶에밝힌불은上元月를맛
는고야 俄已오 百尺虹橋上에萬人同樂하더라. 安玟英

龍樓에 우는 북은 太簇律을 應하였고=커다란 누각에서 울리는 북소리는
태주율에 호응하였고. 태주율은 양률(陽律)의 두 번째로 동방을 가리키고 정
월(正月)에 해당함. ◇萬戶에 밝힌 불은 上元月을 맛는고야=많은 집들이 밝
힌 등불은 정월 대보름의 달을 맞이하는구나. ◇俄已오 百尺虹橋上에 萬人
同樂 하더라=이윽고 무지개다리 위에서 여러 사람들과 함께 즐기더라.

490. 龍갓치한것는말ㅅ게 자남운매를밧고 夕陽山路로개부르며도라
드니 아마도 丈夫의노리는이쑌인가노라.

◇ 대조; '도라드니'는 '드러가니'로 되어 있음.

龍갓치 한 것는 말ㅅ게 자 남은 매를 밧고=용처럼 잘 걷는 말과 한 자가
넘는 커다란 매를 받고 ◇夕陽山路로 개 부르며 도라드니=해가 지는 산길
로 개를 부르며 돌아드니. ◇丈夫의 노리는=사나이의 놀이는.

491. 龍山삼개銅雀之間에 늙은돌이잇다하네 이兒孀거짓말마라돌늙
는듸보앗느냐 녯사람 이르기를로돌이라하옵네.(一作 老人두고하
신말슴로돌이라하옵네).

◇ 대조; '삼개'가 '三浦'로 되어 있음.

龍山 삼개 銅雀之間에=서울 용산과 마포, 동작의 사이에. ◇돌 늙는 듸 보
앗느냐=돌이 늙는 곳을 보았느냐. ◇녯 사람 이르기를 로돌이라 하옵네=옛
날 사람들이 말하기를 노들이라 하더라.

492. 말타고꼿밧헤드니 말굽아래香내나다 酒泉堂돌아드니아니먹은
술내난다 엇지타 눈情에거룬님은말이먼저아느니.

◇ 대조; '아느니'는 '나ᄂ니'로 되어 있음.

酒泉堂 돌아드니=주천당을 돌아드니. 주천당은 술이 샘솟는다는 이름을 가
진 집. 상상의 건물임. ◇엇지타 눈情에 거룬 님은 말이 먼저 아느니=어쩌
다 눈길을 보낸 임은 말이 먼저 나는지.

493. 말하면즛타하고 남의말을말를것이 남의말내하면남도내말하는

것이 말로써 말이만흐니말말을ㅅ가하노라.

말하면 좃타 하고 남의 말을 말를 것이=말하기 좋다 하고 남의 말을 하지
말을 것이. ◇말이 만흐니 말 말을ㅅ가=말이 많으니 말을 아니 할까.

494. 매암이맵다울고 쓰르라미쓰다우니   山菜를맵다는가薄酒를쓰다
는가 우리는 草野에뭇첫시니맵고쓴즐몰내라. 李廷藎

草野에 뭇첫시니 맵고 쓴 줄 몰내라=시골에 사니 살기 어려움을 모르니라.

495. 뭇노라汨羅水야 屈原이어이죽다터니   讒許에더러인몸죽어뭇칠
짜이업서 滄波에 骨肉을씨서魚腹裡에葬하니라. 成忠

◆ 대조 ; '讒許에'는 '讒訴에'의 잘못임.

뭇노라 汨羅水야 屈原이 어이 죽다터니=묻노니 멱라수야. 굴원이 왜 죽었
다더냐. ◇讒許에 더러인 몸 죽어 뭇칠 짜이 업서=참소에 더럽힌 몸이 죽어
묻힐 땅이 없어. ◇滄波에 骨肉을 씨서 魚腹裡에 葬하니라=푸른 물에 뼈와
살을 씻어 물고기의 뱃속에 장사를 지내니라. 물고기의 밥이 되고자 한다.

496. 房안에혓는燭불 눌과離別하엿관대   것츠로눈물지고속타는줄모
로는고 뎌燭불 날과갓흐야속타는줄모로도다. 李塏

房안에 혓는 燭불 눌과 離別하엿관대=방 안에 켜 있는 촛불 누구와 이별을
하엿기에.

497. 白玉에잇는흠을 가려내면업스려니   사람의말허믈은가라서업슬
손가 南容이 이러함으로三復白圭하도다. 李鼎輔

◆ 대조; '白玉에'는 '白圭에'의, '가려내면'은 '갈라내면'의, '가라서'는 '갈라서'의 잘
못임.

　白玉에 잇는 흠을 가려내면 업스려니=백옥에 있는 흠을 갈아 내면 없으려
니와. 백규는 백옥과 같은 말임. ◇사람의 말 허믈은 가라서 업슬손가=사람
의 말로 인한 허물은 갈아서 없어질 것인가. ◇南容이 이러하므로 三復白圭
하도다=남용이 이러함으로 백규를 세 번이나 반복하여 읽었다. 남용(南容)
은 춘추전국시대 노(魯)나라 사람. 백규는 『詩經시경)』의 편명(篇名)임.

498. 벼슬을저마다하면 農夫되리뉘잇시며　醫員이病곳치면北邙山이
　　　저러하랴　우리는 天性을직히여내뜻대로하리라.

◆ 대조; 종장이 '아희야 蓋 가득부어라내쎗대로ᄒ리라'로 작자가 김창업(金昌業)
으로 되어 있으나, 『歌曲源流』계 기집에서는 위와 같고 작자가 미상임.

　農夫 되 리 뉘 잇시며=농부 될 사람이 누가 있으며. ◇北邙山이 저러 하랴
=북망산이 저러 하겠느냐. 북망산은 공동묘지임.

499. 壁上에걸린칼이 보믜가나단말가　功업시늙어가니속절업시안잣
　　　노라　어즈버 丙子國恥를씨서볼가하노라. 金振泰

◆ 대조; '안잣노라'는 '만지노라'의 잘못.

　보믜가 나단 말가=녹이 쓸었단 말인가. ◇속절 업시 안잣노라=아무리 하
여도 일이 성사될 희망이 없어 단념할 수밖에 별 도리가 없어 앉아 있노라.
◇丙子國恥를=병자호란에 당한 부끄러움을.

500. 芙蓉堂瀟灑한景에 寒碧堂과伯仲이라　滿山秋色이여긔저긔일반
　　　이로다　兒嬉야 換美酒하여라醉코놀녀하노라. 申喜文

芙蓉堂 瀟灑한 景에 寒碧堂 과伯仲이라=부용당의 맑고 깨끗한 경치가 한
벽당과 백중이다. 부용당은 황해도 해주(海州)에 있는 누각이고 한벽당은 전
라도 전주(全州)에 있는 누각임. ◇滿山秋色이=온 산의 가을빛이. ◇換美
酒 하여라=좋은 술로 바꾸어라.

501. 浮虛코섬거울손 아마도西楚覇王   긔뽕天下야어드나못어드나
千里馬 絕代佳人을누를주고이거니. 曹植

◆ 대조; 가번 6번과 중복. 작자 미상의 시조임.

502. 비즌술다먹으니 먼듸서손이왓다   술ㅅ집은제연마는헌옷에언마
나하리 兒禧야 석이지말고주는대로밧어라.

◆ 대조; '언마나하리'는 '언마나치리'로 되어 있음.

먼듸서 손이 왓다=먼 곳에서 손님이 왔다. ◇제연마는 헌옷에 언마나 하
리=저기지마는 헌옷에 얼마나 따져 주겠느냐. ◇석이지 말고=속이지 말고.

503. 琵琶를두러메고 玉欄干에지혓스니   東風細雨에듯드나니桃花ㅣ
로다 春鳥도 送春을셜워百般啼를하더라.

玉欄干에 지혓스니=옥난간에 기댔으니. ◇東風細雨에 듯나니 桃花ㅣ로다
=봄바람이 부는 가랑비에 떨어지는 것이 복숭아꽃이다. ◇春鳥도 送春을
셜워 百般啼를 하더라=봄철의 새도 봄이 가는 것이 서러워 온갖 소리로 울
더라.

504. 貧賤을팔랴하고 富貴門에들어가니   집업슨흥정이뉘몬저하자하
리 江山과 風月을달나하나그는그리못하리. 趙纘韓

◇ 대조; '집업슨'은 '침업슨'으로 되어 있음.

집 엄슨 흥정을 뉘 몬저 하자 하리='집'은 '짐'의 잘못인 듯. 덤이 없는 흥
정을 누가 먼저 하자고 하겠느냐.

505.   四曲은어듸메오   松厓에해넘는다   潭心岩影은온갓빗치잠겻서라
林泉이 깁도록조흐니興을겨워하노라. 李珥

松厓에 해 넘는다=송애는 송애(松崖)가 맞는 듯. 송애에 해가 넘어간다. 송
애(松崖)는 고산구곡(高山九曲) 가운데 넷째 구비임.   ◇潭心暗影은 온갓 빗
치 잠겻서라=웅덩이 가운데 비친 바위의 그림자는 온갓 빛들이 잠겼구나.

506.   사랑인들님마다하며   離別인들다설우랴   平生에처음이오다시못
어더볼임이로다   이後에 다시만나면緣分인가하노라.

平生에 처음이오 다시 못 어더 볼 임이로다=평생에 처음 만난 임이요, 다
시는 얻어 볼 수 없는 임이로다.

507.   山上에밧가는百姓아   네身勢閑暇하다   鑿飲耕食이帝力인줄모르
드냐   하믈며 肉食子도모르거늘무러무삼하리요.

山上에 밧 가는 百姓들아=산에서 농사를 짓는 사람들아.   ◇鑿飲耕食이 帝
力인줄 모르드냐=우물을 파서 물을 마시고 밭을 갈아 밥을 먹는 것이 다 임
금의 덕택인 줄을 모르더냐.   ◇肉食者도 모르거늘=고기 먹는 사람들도 모
르거늘. 고기 먹는 사람은 일반 백성이 아닌 높은 벼슬아치를 가리킴.

508.   山村에눈이오니 돌ㄱ길이뭇쳣세라   柴扉를여지마라날차자리뉘
잇시리   밤ㅁ중만 一片明月이긔벗인가하노라.

柴扉를 여지마라 날 차자리 뉘 잇시리=사립문을 여지 마라 나를 찾을 사람
이 누가 있겠느냐.

509. 山外에有山하니 넘도록山이로라 路中에多路하니옛사록길이로다
山不盡 路無窮하니임가는듸몰내라.

◇ 대조; '옛사록'은 '넬사록'임.

山外에 有山 하니=산 밖에 또 산이 있으니. ◇路中에 多路 하니 옛사록 길
이로다=길 가운데 또 길이 많으니 갈수록 길이로다. ◇山不盡 路無窮하니
가는 듸를 몰내라=산이 다함이 없고 길이 끝이 없으니 가는 곳을 모르겠다.

510. 山밋헤사자하니 杜鵑이도붓그럽다 내집을굽어보며솟적다하는
고야 저새야 世間事보다간그도큰가하노라.

杜鵑이도 붓그럽다=두견새 보기도 부끄럽다. ◇내 집을 굽어보며 솟 적다
하는고야=내 집을 내려다보며 솥이 적다고 하는구나. 살림이 구차하다고 하
는구나. ◇世間事보다간 그도 큰가 하노라=세간의 일을 보면 이것도 큰 것
이 아닌가 한다.

511. 山暎樓비갠後에 白雲峯이새로워라 桃花쯘말근물이골골이소사
난다 兒禧야 武陵이어듸메뇨나는엔가하노라.

山暎樓 비갠 後에 白雲峯이 새로왜라=산영루에 비가 갠 뒤에 백운봉이 새
롭게 보이는구나. 산영루는 북한산에 있던 누대. 백운봉은 지금 북한산의 백
운대를 가리킴. ◇武陵이 어듸메뇨=무릉이 어디냐. 무릉은 무릉도원(武陵桃
源)을 가리키며 이상향(理想鄕)을 뜻함.

512. 三軍을 練戎하여 北狄南蠻破한後에 더러인칼을씻고洗劍亭지은
뜻은 威嚴과 德을세오서四海安寧함이라. 金壽長

  三軍을 練戎하여 北狄南蠻 破한 後에=군대를 훈련하여 북쪽과 남쪽의 오
랑캐를 격파한 뒤에. ◇더러인 칼을 씻고 洗劍亭 지은 뜻은=더럽힌 칼을 씻
고서 세검정을 지은 뜻. 세검정은 서울에 있는 것이 아닌 평안북도 강계군
만포(滿浦)에 있는 정자를 가리키는 듯.

513. 三曲은어듸메오 翠屏에입퍼젓다 綠樹에春鳥는下上其音하는데
盤松이 바람을밧으니여름景이업세라. 李珥

  翠屏에 입 퍼젓다=취병에 나뭇잎에 자랐다. 취병(翠屏)은 고산구곡(高山九
曲) 가운데 세 번째 구비. ◇綠樹에 春鳥는 下上其音하는데=잎이 퍼진 나무
에 봄철의 새들이 오르내리며 지저귀는데. ◇盤松이 바람을 밧으니 여름 景
이 업세라=키가 작은 소나무가 바람을 받으니 여름 경치가 없구나. 더운 줄
을 모르겠다.

514. 霜風이섯거친날에 갓픠온黃菊花를 金盆에가득담어玉堂에보내
오니 桃李야 꼿인테말아임의뜻을알니라. 宋純

  金盆에 가득 담어 玉堂에 보내오니=좋은 화분에 가득 담아 옥당에 보내니.
옥당(玉堂)은 홍문관(弘文館)의 다른 이름임. ◇桃李야 꼿인테 마라 임의 뜻
을 알니라=복숭아와 .오얏 꽃들아 너희들만 꽃인 체 마라. 임의 뜻을 알겠다.

515. 相公을뵈온後에 事事를밋자오매 拙直한마음에病들ㅅ가念慮ㅣ
러니 이리마 저리차하시니百年同胞하리라. 小迫舟

 ◆ 대조: '百年同胞'는 '百年同抱'의 잘못, 작자 소박주는 소백주(小柏舟)의 잘못.

相公을 뵈온 後에 事事를 밋자오매=상공을 뵈온 뒤에 모든 일을 믿고자 하니. 상공(相公)은 정승을 말함. ◇이리마 저리차 하시니 百年同胞 하리라='同胞'는 '동포(同抱)'의 잘못인 듯. 이렇게 하마 저렇게 하라 하시니 평생을 해로할까 하노라. 지은이 소백주(小柏舟)가 평안병사였던 박엽(朴燁)의 명으로 장기를 두고 지은 것으로 상공의 상은 상(象)을, 사사의 사는 사(士)를, 졸직의 졸은 졸(卒)을, 병은 병(兵)을 이리마의 마는 마(馬)를 저리차의 차는 차(車)를, 동포의 포는 포(包)를 가리킴.

516. 새소래지저괴니 날밝은줄알고일어   一壺酒겻헤놋코三尺玄琴戲弄하니   이윽고 閑暇한벗님네는나를차자오더라. 金敏淳

   새 소래 지저괴니 날 밝은 줄 알고 일어=새소리가 시끄러워서 날이 밝은 즐 알고 일어나. ◇一壺酒 겻헤 놋코 三尺玄琴 戲弄하니=술 한 병을 곁에 놓고 석자의 거문고를 희롱하니.

517. 生前에富貴함은 一盃酒만한것업고   生後風流는陌上花쑌이로다
아마도 먹고노는것이긔올흔가하노라.

   一盃酒만한 것 업고=한 잔의 술만 한 것이 없고. ◇生後 風流는 陌上花 쑌이로다=태어나서 즐기는 풍류는 맥상화 뿐이로다. 맥상화(陌上花)는 악곡의 이름. 길가에 피는 꽃이란 뜻으로 아름다운 것이 곧 버림을 받음을 비유하여 일컫는 말.

518. 서리티고별성권제 울고가는저기럭아   네길이언마ㅣ나밧바밤스
길조차옛는것가   江南에 期約을두엇스매느저갈가저혜라. 朴孝寬

 ◇ 대조; '언마ㅣ나'는 긔언머나'로 되어 있음.

   서리 티고 별 성권 제=서리가 내리고 별이 드믄드믄 할 때에. 새벽녘에.
◇밤스길 조차 옛는 것가=밤길을 따라 가는 것인가. ◇期約을 두엇스매 느

저 갈가 저혜라=약속을 하였으므로 늦게 갈까 두렵다.

519. 西廂에期約한님이 꿈속에나보려하고 紗窓을倚支하여午夢을일
우더니 어듸서 無心한黃鶯兒는나의꿈을깨오느니. 朴英秀

◇ 대조; '西廂에期約한님이'는 '千里에그리는님을'로 되어 있음.

西廂에 期約한 님이=서쪽에 있는 방에서 만나자고 약속했던 임이. ◇紗
窓을 倚支하여 午夢을 일우더니=비단을 쳐놓은 창에 기대어 낮잠을 들었더
니. ◇無心한 黃鶯兒는=아무런 생각이 없는 꾀꼬리는.

520. 夕陽에매를밧고 저건너山넘어가서 꿩날니고매부르니黃昏이거
이로다 어듸서 반가온방울소래구름밧게들너라. 金斗性

◇ 대조; '저건너'는 '내건너'의 잘못임. 작자는 박문욱(朴文郁)임.

꿩 날니고 매 부르니 黃昏이 거의로다=꿩을 날게 하고 매를 부르고 하니
황혼이 거의 다 되었다. 매로 꿩사냥을 하다보니 황혼이 다 되었다. ◇반가
온 방울 소래 구름 밧게 들너라=기다리던 매방울 소리가 멀리서 들린다.

521. 仙人橋나린믈이 紫霞洞에흐으르니 半千年王業이믈소래쑨이로
다 兒禧야 古國興亡을무러무엇하리오. 鄭道傳

仙人橋 나린 믈이 紫霞洞에 흐으르니=선인교 아래 흐르는 물이 자하동으
로 흐르니. 선인교는 개성(開城) 자하동에 있는 다리. ◇半千年 王業이 믈소
래 쑨이로다=오백년의 고려 왕통의 역사가 물소리뿐이다. 허망함을 뜻함.

522. 섬겁고사나울손 秋天에기럭이로다 너나라올제임이分明아라마
는 消息을 못믿처맨지울어엘만하여라.

◇ 대조; '사나울손'은 '놀라올손'의 잘못임.

섬접고 사나울손=싱접고 사나운 것은. ◇못 밋처 맨지 울어엘만 하도다= 미쳐 매지 못하였는지 울며 갈만 하도다.

523. 瞻彼淇澳한듸 綠竹猗猗로다　有斐君子여낙대하나빌니럼은　우 리도 至誠明德을낙가볼가하노라.

◇ 대조;『海東歌謠』에는 작자가 박영(朴英)으로 되어 있음.

瞻彼淇澳한듸 綠竹猗猗로다=저 기수의 물굽이를 보니 푸른 대나무가 가냘 프고도 아름답구나. 기수(淇水)는 중국 하남성 임현(林縣)에서 발원하는 황 하의 지류. ◇有斐君子여=멋이 있는 군자여. ◇至誠明德을=지극한 정성과 밝은 덕을.

524. 섭시른千里馬를 알아볼이뉘잇스리 十年( )上에속절업시다늙엇다 어듸서 살진쇠양馬는외용지용하느니. 金天澤

◇ 대조; '十年( )上'은 '十年櫪上'임

섭 시른 千里馬를 알아볼 이 뉘 잇스리=땔 나무를 실은 천리마를 알아 볼 사람이 누가 있겠느냐. ◇十年 (櫪)上에 속절없이 다 늙었다=십년 동안 마 구간에서 어쩔 수 없이 다 늙었다. ◇살진 쇠양馬는 외용지용 하느니=살이 진 둔한 말이 우느냐. 외용지용은 말이 우는 소리를 나타낸 것임. 재능이 있 는 사람은 제 구실을 못하고, 오히려 부족한 사람이 큰소리치는 세태를 풍자 한 것임.

525. 世上이煩憂하니 江湖로나갓스라　無心한白鷗야오라하며가라하 리　아마도 닷토리업슴은다만넨가하노라. 仝人

◇ 대조; '나갓스라'는 '나가즈슬라'의, '다만넨가'는 '다만인가'의 잘못.

世上이 煩憂하니 江湖로 나갓스라=세상이 시끄러우니 강호로 나가자꾸나. ◇닷토리 업슴은 다만 넨가 하노라=다툴 사람이 없음은 다만 여긴가 한다.

526. 世與我而相違하니 田園에도라와서　悅親戚樂琴書와朋友有信일삼으니　두어라 樂夫天命이니復奚疑를하리요.

世與我而相違하니=세상과 내가 서로 어긋나니. ◇悅親戚樂琴書와 朋友有信 일심으니=친척들과 더불어 즐거워하고 금서(琴書)로 즐기며 친구 사이에 믿음으로 사귀는 것을 일과로 삼으니. ◇樂夫天命이니 復奚疑를 하리요=천명을 즐기니 다시 무엇을 의심하겠느냐.

527. 소경이야밤口中에 두눈먼말을타고　大川을건너다가싸지것다저소경아　아이에 건느지마든들싸질줄이잇시랴. 李鼎輔

소경이 야밤口中에 두 눈먼 말을 타고=소경이 한밤중에 두 눈이 먼 말을 타고. 있을 수 없음을 비유한 것임. ◇아이에 건느지 마든들 싸질 줄이 잇시랴=처음에 건너지 않았던들 빠질 까닭이 있겠느냐.

528. 瀟湘細雨中에　簔笠쓴저老翁아　뷘배를홀니저어어듸로向하느냐 太白이 騎鯨飛上天하니風月실너가노라.

◇ 대조; '瀟湘細雨中에'는 '瀟湘江細雨中에'임.

瀟湘細雨中에=소상강에 이슬비가 내리는 속에. ◇太白이 騎鯨飛上天하니=이백(李白)이 고래를 타고 하늘로 날아갔으니. 고래는 파도를 가리키는 듯.

529. 瀟湘斑竹길게뷔여 낙시매여두러메고　不求功名하고碧波로도라

187

드니 白鷗야 날본체마라世上알ㄱ가하노라.

潚湘斑竹 길게 뷔여=소상강에 아황과 여영의 눈물 흔적이 남아 있다고 하는 대나무를 길게 잘라. 소상의 반죽은 순(舜)임금이 붕어하자 두 비(妃)인 아황과 여영이 피눈물을 흘리고 운 흔적이라 함. ◇不求功名하고 碧波로 도라드니=공명을 구하지 아니하고 푸른 시내로 돌아오니.

530. 松林에客散하고 茶鼎에烟歇커늘 遊仙一枕에午夢을느짓깨니 어즈버 羲王上世를다시본듯하여라. 金天澤

松林에 客散하고 茶鼎에 烟歇커늘=소나무 숲에는 손님들이 다 흩어지고 차를 끓이는 솥에 연기가 끊어졌거늘. ◇遊仙一枕에 午夢을 느짓 깨니=신선들과 더불어 노는 낮잠에 꾼 꿈을 늦게야 깨니. ◇羲王上世를=태고의 세상을. 태평한 세상을.

531. 松壇에선잠깨여 醉眼을들어보니 夕陽浦口에나드너니白鷗ㅣ로다 아마도 이江山임자는나뿐인가하노라. 金昌翕

松壇에 선잠 깨여 醉眼을 열어 보니=소나무 숲 속에 만들어 놓은 단에서 겨우 든 잠을 깨어 취기가 남아 있는 눈을 겨우 떠보니. ◇夕陽浦口에 나드너니=해질 무렵의 강 어구에 날아드는 것이.

532. 愁心겨운님의얼골 뉘라전만못하다든고 훗터진雲鬢이며和氣겄은살빗치야 늦기며 실갓치하는말삼애긋는듯하여라.

◆ 대조; 작자 안민영(安玟英) 누락.

뉘라 전만 못 하다든고=누가 이전만 못하다고 하던고. ◇훗터진 雲鬢이며 和氣 겄은 살빗치야=흩어진 구름 같은 머리며 온화한 기운이 걷힌 혈색이다. ◇늦기며 실 갓치 하는 말삼 애긋는 듯하여라=흐느끼며 겨우 하는 말에 창자가 끊어지는 듯 하더라.

533. 술먹지마자터니 술이라서제짜론다　먹는내윈지짜로는술이웬지
盞잡고 달다려뭇나니뉘야윈고하노라.

　술이라서 제 짜론다=술이라고 해서 제가 따른다. ◇먹는 나 윈지 짜로는
술이 윈지=먹는 내가 잘못인지 따르는 술이 잘못인지. ◇뉘야 윈고 하노라
=누가 잘못인가 하노라.

534. 술먹고노는일은 나도外 ㄴ줄알건마는　信陵君무덤우희밧가는줄
못보신가 百年이 亦草〃하니아니놀고어이하리. 申欽

　나도 外 ㄴ줄 알건마는=외는 한자어가 아님. 잘못인 줄 알건마는. ◇信陵
君 무덤 우희 밧 가는 줄 못 보신가=신릉군 무덤이 밭이 되어 갈고 있는 것
을 못 보았는가. 신릉군(信陵君)은 위국(魏國)의 공자(公子) 무기(無忌)가 이
곳에 봉함을 받고 신릉군이라 했음. ◇百年이 亦草草하니=백년이라고 하는
긴 세월도 또한 쓸쓸하기는 마찬가지니.

535. 시름을잡아매여 얽매여붓동혀서　碧波江流에돌안고아너헛시니
兒禧야 盞가득부어라終日醉를하리라.

　碧波江流에 돌 안고아 너헛시니=푸른 물결이 출렁이는 흐르는 강에 돌을
안기어서 넣었으니.

536. 柴扉에개즛거늘 임오시나반겻더니　임은아니오고닙지는소래로
다 저개야 秋風落葉을즈겨날놀낼ㄷ줄잇랴. 金光煜

◇ 대조; 작자는 『海東樂章』에만 있음.

닙 지는 소래로다=나뭇잎이 떨어지는 소리로다. ◇秋風落葉을 즈져 날 놀낼ㄷ줄 잇시랴=가을바람에 떨어지는 나뭇잎을 짖는다고 내가 놀랄 까닭이 있겠느냐.

537. 心如長江流水淸이오 身似浮雲無是非라 이몸이閑暇하니싸로나니白鷗ㅣ로다 어즈버 世上名利說이귀에올ㅅ가하노라. 申光漢

심如長江流水淸이오 身似浮雲無是非라=마음은 긴 강을 흐르는 물과 같이 맑고, 몸은 뜬 구름처럼 시비가 없고 자유롭다. ◇世上名利說이 귀에 올ㅅ가 하노라=세상의 명예와 이득에 관한 말들이 귀에 들릴까 걱정이 된다.

538. 岩花에春晚한데 松崖에夕陽이라 平蕪에내것으니遠山이如畵ㅣ로다 瀟洒한 水邊亭子에待月吟風하리라. 申喜文

岩花에 春晚한데 松崖애 夕陽이라=바위틈에 피어 있는 꽃에 봄이 늦었는데 소나무가 선 벼랑에 저녁 햇볕이 비친다. ◇平蕪에 내 것으니 遠山이 如畵ㅣ로다=잡초가 무성한 들판에 안개가 걷히니 먼 산이 그림 같구나. ◇瀟洒한 水邊亭子에 待月吟風 하리라=깨끗하고 맑은 물가의 정자에서 달이 뜨기를 기다리며 풍월을 읊조리겠다.

539. 어제도爛醉하고 오날도술이로다 그제는엇더턴지긋그제는내몰내라 來日은 江湖에벗뫼이니쌜쏭말쏭하여라. 儒川君

어제도 爛醉하고=어제도 술에 몹시 취하고. ◇그제는 엇더턴지 긋그제는 내 몰내라=그저께는 어떠했는지 그끄제는 나도 모르겠다.

540. 言約이느저가니 庭梅花가다지거다 아침에우든가치有信타하랴마는 그러나 鏡中蛾眉를다스려나보리라.

言約이 느저가니 庭梅花가 다 지거다=말로만 한 약속이 늦어가니 뜰에 핀 매화가 다 지겠다. ◇아침에 우든 가치 有信타 하랴마는=아침에 울던 까치를 믿을 만하다고 하겠느냐만. ◇鏡中蛾眉를 다스려나 보리라=거울 속에 비취는 고운 눈썹을 가꾸어나 보리라.

541. 엇그제離別하고 말업시안젓스니 알쓸이못견될일한두가지아니로다 입으로 잇자하면서가장설워하노라. 安玫英

◆ 대조; '가장설워'는 '肝腸슬어'로 된 곳도 있음.

알뜰이 못 견될 일=알뜰하게 견디지 못할 일. ◇입으로 잇자 하면서 가장 설워 하노라='가장'은 '간장(肝腸)'의 잘못인 듯. 입으로는 잊자고 하면서도 마음이 녹아내리는 것처럼 서러워한다.

542. 엇노라질겨말고 못엇노라설워마소 어든이憂患인줄못어든이제 알손가 世上에 어들이하粉粉하니그를우어하노라. 李鼎輔

◆ 대조; '엇노라'는 '잇노라'로 되어 있음. '粉粉'은 '紛紛'의 잘못.

엇노라 질겨 말고 못 엇노라 설워 마소=얻었다고 즐거워하지 말고 못 얻었다고 서러워하지 말라. ◇어든 이 憂患인 줄 못 어든 이 제 알손가=얻은 것이 근심과 걱정인 것을 얻지 못한 사람이 제 스스로 알겠느냐. ◇어들 이하 粉粉하니 그를 우어 하노라='粉粉은' '분분(紛紛)'의 잘못. 무엇을 얻으려고 하는 사람들이 너무 뒤숭숭하고 시끄러우니 그것을 웃노라.

543. 烟籠寒水月籠沙하니 夜泊秦淮近酒家를 商女는不知亡國恨하고 隔江猶唱後庭花ㅣ라 兒禧야 換美酒하여라與君同醉하리라.

烟籠寒水月籠沙하니 夜泊秦淮近酒家를=연기는 차가운 물 위에 어리고 달빛은 모래 위에 비취니, 밤에 진회에 배를 대니 술집이 가깝구나. ◇商女는

不知亡國恨하고 隔江猶唱後庭花ㅣ라=상녀는 망국한을 잊고 강 건너에서 오
히려 후정화를 부르더라. 당(唐)나라 두목(杜牧)의 「진회(秦淮)」란 시임. ◇
換美酒 하여라 與君同醉 하리라=좋은 술로 바꾸어라. 그대와 더불어 같이
취하리라.

544. 永濟橋千條柳에 郞의말이몃번매며 大同江萬折波에妾의눈물몃말
인고 夕陽에 獨上練光亭하야長歎息하더라. 安玟英

◇ 대조; '長歎息'은 '長歎'의 잘못.

永濟橋千條柳에 郞의 말이 몃 번 매며=영제교의 많은 가지를 늘어뜨린 버
드나무에 사랑하는 이의 말을 몇 번이나 매며. 영제교(永濟橋)는 평양에 있
는 다리. ◇大同江 萬折波에 妾의 눈물 몃 말인고=대동강의 수 없는 물결에
첩의 눈물은 몇 말인고. ◇獨上練光亭하야 長歎息 하더라=홀로 연광정에
올라 길게 탄식을 하더라. 연광정(練光亭)은 평양에 있는 정자.

545. 榮辱이並行하니 富貴도不關터라 第一江山에내혼자임자되여
夕陽에 낙시째메고오락가락하리라. 金天澤

◇ 대조; '메고'는 '두러메고'로 되어 있음.

榮辱이 竝行하니 富貴도 不關터라=영화와 치욕이 나란히 함께 하는 것이
니 부귀도 나는 아무런 관심이 없더라.

546. 오다가도라간봄을 다시보니반갑도다 無情한歲月은白髮만보내
는고나 엇지타 나의少年은가고아니오나니.

◇ 대조; '오다가'는 '오거다'의 잘못.

나의 少年은 가고 아니 오나니=나의 어린 시절은 가고 아니 오느냐.

547. 오날은비개거니 삿갓에홈의메고 베잠방이거두추고큰논을다맨후
에 쉬다가 點心에濁酒먹고새논은로가리라. 金友奎

◇ 대조; '비개거니'는 '비개거냐'로 되어 있음. 작자가 김태석(金兌錫)임.

베잠방이 거두추고=베로 만든 잠방이를 걷어 부치고.

548. 五曲은어듸메오 隱屛이보기조희 水邊精舍는瀟灑함도가이업다
이中에 講學도하려니와詠月吟風하리라. 李珥

隱屛이 보기 조희=은병이 보기 좋다. 은병(隱屛)은 고산구곡(高山九曲)의
다섯 번째 구비. ◇水邊精舍는 瀟灑함도 가이 업다=물가에 있는 정사는 깨
끗함도 끝이 없다. 정사(精舍)는 제자들을 가르치는 집. ◇이中에 講學도 하
려니와 詠月吟風 하리라=이러는 가운데 학문도 가르치려니와 풍월을 읊조
리겠다.

549. 梧桐에듯는빗발 無心이듯것마는 내시름生覺하니닙닙히秋聲이
로다 이後야 닙널운나무를심울ㅅ줄이잇시리. 金尙容

◇ 대조; '시름生覺하니'는 '시름하니'로 되어 있고, 『歌曲源流』몇 이본에만 이렇게
되어 있음.

梧桐에 듯는 빗발 無心이 듯것마는=오동나무에 떨어지는 빗발이 무심히
떨어지건만. ◇내 시름 生覺하니 닙닙히 秋聲이로다=내 근심과 생각이 많
으니 나뭇잎 하나하나가 다 가을의 소리로다. ◇닙 널운 나무를 심울ㅅ줄이
잇시리=잎이 넓은 나무를 심을 일이 있겠느냐.

550. 烏騅馬우는곳에 七尺長劍빗겻는데 百二函關이뉘싸히되단말가
鴻門宴 三擧不應을못내설워하노라. 南怡

193

烏騅馬 우는 곳에 七尺長劍 빗겻는데=오추마가 우는 곳에 일곱 자나 되는
긴 칼을 비스듬히 찼는데. 오추마는 항우가 타던 말의 이름. ◇百二函關이
뉘 싸히 되단말가=백이함관이 누구의 땅이 되었단 말인가. 백이함관은 진
(秦)나라 땅이 험준하여 이 만의 병력으로도 능히 백만의 군사를 당할 수 있
다는 데서 유래한 말임. ◇鴻門宴 三擧不應을 못내 설워 하노라=홍문의 잔
치에서 옥결(玉玦)을 세 번이나 들었으나 불응한 것을 끝내 서러워하노라.
홍문연은 홍문에서 항우와 유방(劉邦)이 회음(會飮)한 곳으로 항우의 부하
범증(范增)이 옥결을 세 번이나 들어 유방을 저격할 것을 지시하였으나 성
사시키지 못했음.

551. 蝸室은不足하나 十景이버려잇고 四壁圖書는主人翁의心事ㅣ로다
　　이밧게 군마음업슨이는나쑨인가하노라. 金壽長

　蝸室은 不足하나 十景이 버려 잇고=집이 협소하나 열 가지의 뛰어난 경치
가 펼쳐져 있고. 와실(蝸室)은 달팽이의 집처럼 작은 집으로 자기 집에 대한
겸칭임. ◇四壁圖書는 主人翁의 心事ㅣ로다=사방 벽에 가득 찬 책들은 주
인의 마음을 쓰는 일이다. ◇군마음 업슨 이는=쓸데없는 데 마음을 쓰지 않
는 사람은.

552. 牛羊은도라들고 뫼헤달이돗아온다　조흔벗모혀오니밤새도록놀
　　니로다 兒禧야 비즌술걸넛스라無窮無盡醉하리라. 鄭壽慶

　牛羊은 도라 들고 뫼헤 달이 돗아온다=소와 양은 도라 오고 산에 달이 떠
오른다. ◇조흔 벗 모혀 오니=좋은 벗들이 모여드니.

553. 雲淡風輕近午天에　小車에술을싯고　訪花隨柳하여前川을지나가
　　니　어듸서 모르는벗님네는學少年을한다네.

　雲淡風輕近午天에=맑은 구름 떠 있고 가벼이 바람불어 해는 정오에 가까웠
는데. ◇訪花隨柳하여 前川을 지나가니=꽃을 찾고 버들을 따라 앞내를 지나

가니. ◇學少年을 한다네=소년은 배운다고 한다네. 송(宋)나라 정호(程顥)의
「재악시(在鄂詩)」'운담풍경근오천 방화수류과전천 시인불식여심락 장위투한
학소년'(雲淡風輕近午天 訪花隨柳過前川 時人不識予心樂 將謂偸閑學少年)을
시조로 만든 것임.

554. 六曲은어듸메오 釣峽에물이넓다　나와고기와뉘야더욱즑이는고
黃昏에 낙대를메고帶月歸를하노라. 李珥

　釣峽에 물이 넓다=조협에 물이 넘친다. 조협(釣峽)은 고산구곡(高山九曲)의
여섯 번째 구비. ◇뉘야 더욱 즑이는고=누가 더 즐기는가. ◇帶月歸를하노
라=달빛을 띠고 돌아오다.

555. 月落鳥啼霜滿天하니 江風漁火對愁眠이라　姑蘇城外寒山寺하니
夜半鐘聲到客船이라 밤ㅁ中만 欸內一聲에山水綠이로다.

◆ 대조: '鳥啼'는 '烏啼'의. '江風'은 '江楓'의, '欸內一聲'은 '欸乃一聲'의 잘못.

　月落鳥啼霜滿天하니 江風漁火對愁眠이라='鳥'는 '오(烏)'의, '風'은 '풍(楓)'
의 잘못인 듯. 달 지자 까마귀 울고 서릿발은 하늘에 가득하니, 강 숲 어화는
시름에 겨워 잠든 나에게 비춘다. ◇姑蘇城外寒山寺하니 夜半鐘聲到客船이
라=고소성 밖 한산사에서 밤중에 종소리가 객선까지 들려온다. 장계(張繼)
의 「풍교야박(楓橋夜泊)」을 초장과 중장으로 만든 것임. ◇欸內一聲에 山水
綠이로다='內'는 '내(乃)'의 잘못. 노 젓는 소리에 산수만 푸르다. 당(唐)나라
유종원(柳宗元)의 「어옹시(漁翁詩)」의 한 구절인 '애내일성산수록'(欸乃一聲
山水綠)을 가져온 것임.

556. 銀寒은높아지고 기럭이운일적에　하로밤서리ㅅ김에두귀밋치다
세거다 鏡裡에 白髮衰容을혼자설워하노라. 李鼎輔

　銀漢은 높아지고 기럭이 운일 적에=은하수는 높아지고 즉 밤은 깊어가고

기러기가 울며 지나갈 때에 ◇귀 밋치 다 세거다=귀 뒤가 다 희었구나. 백발이 되었구나. ◇鏡裡에 白髮衰容을=거울 속에 비친 백발에 쇠약한 모습을.

557. 銀紅에불이밝고 獸爐에香이盡코 芙蓉깁흔帳에혼자쌔여안젓스니 엇지타 헌사한저更點에잠못드러하노라. 申欽

◇ 대조; '銀紅'은 '銀釭'의, '盡코'는 '진지'의 잘못.

銀紅에 불이 밝고 獸爐에 香이 盡코='銀紅'은 '은강(銀釭)'의 잘못. 은으로 만든 등잔에 불이 밝고 짐승 모양의 향로에는 향내가 다하고. ◇芙蓉 깁흔 帳에=깊숙한 방에 부용을 수놓은 장막에. ◇엇지타 헌사한 저 更點에=어쩌다 저 시끄러운 시각을 알리는 소리에.

558. 이러니저러니말고 술만먹고보세그려 먹다가醉하고든먹음은채잠을들세 醉하여 잠든듯이나시름잇자하노라.

◇ 대조; '보세그려'는 '노새그려', '醉하고'는 '醉하거든', '잠을들세'는 '잠들리라'로 되어 있음.

이러니저러니 말고 술만 먹고 보세그려=이렇거니 저렇거니 말하지 말고 술이나 먹고 봅시다 그려. ◇먹음은 채 잠을 들세=술을 입이 머금은 채로 잠이나 드세그려. ◇잠든 듯이나 시름 잇자 하노라=잠든 것처럼 근심을 잊고자 하노라.

559. 二曲은어듸메오 花岩에春晚커다 碧波에곳츨쯰워野外로보내노라 사람이 勝地를모로니알게한들엇더리. 李珥

花岩에 春晚커다=화암에 봄이 늦는구나. 화암(花岩)은 고산구곡(高山九曲)의 두 번째 구비. ◇碧波에 곳을 쯰워 野外로 보내노라=푸른 물에 꽃을 띠

워서 들 밖으로 보낸다. ◇勝地를 모로니 알게 한들 엇더리=좋은 경치를 모
르니 알게 한들 어떠리.

560. 梨花雨훗날닐제 울며잡고離別한님 秋風落葉에저도나를生覺는
    가 千里에 외로운꿈만오락가락하노라. 桂娘

◆ 대조; 가번 235와 중복

561. 人生이긔언마오 白駒之過隙이라 어려서헴못나고헴이나자다늙
    엇다 어즈버 中間光景이째업슨가하노라. 宋宗元

白駒之過隙이라=흰 망아지가 문틈으로 달라는 것과 같다. 매우 빠르다.
◇어려서 헴. 못나고 헴이 나자 다 늙엇다=어려서는 철이 나지 아니하였고
철이 나자 벌써 다 늙었다. ◇中間光景이 째 업슨가 하노라=중간에 볼 수
있는 광경이 특별한 때가 있는 것이 아니다.

562. 一曲은어듸메오 冠岳에해빗친다 平蕪에내것으니遠山에그림이
    다 松間에 綠樽을놋코벗오는냥보리라. 李珥

◆ 대조; '冠岳'은 '冠巖'의 잘못.

冠岳에 해 빗친다=관악은 관암(冠巖)의 잘못임. 관암에 해가 비췬다. 관암
(冠巖)은 고산구곡(高山九曲)의 첫 번째 구비임. ◇平蕪에 내 것으니 遠山에
그림이다=잡초가 무성한 들판에 안개가 걷히니 멀리 보이는 산이 그림 같
다. ◇松間에 綠樽을 놋코=소나무 사이에다 좋은 술통을 놓고.

563. 臨高臺하다하고 나즌듸를웃지마라 雷霆大風에失足하기怪異하다
    우리는 平地에안젓스니分別업시하노라. 金壽長

臨高臺하다 하고 나즌 듸를 웃지마라=높은 누대에 올랐다고 하여 낮은 곳을 웃지 마라. ◇雷霆大風에 失足하기 怪異하다=우레와 심한 바람에 발을 헛딛는 것이 이상하랴. ◇平地에 안젓스니 分別 업시 하노라=평평한 곳에 있으니 사리(事理)를 분간하지 못하는 것 같구나.

564. 臨高臺臨高臺하여 長安을굽어보니 雲裏帝城은雙鳳闕이오雨中
春樹萬人家ㅣ로다 아마도 繁華世界는예쒼인가하노라. 禹悼

◇ 대조; 작자가 우도(禹悼)는 우탁(禹倬)의 잘못. 작가가 이정보(李鼎輔). 우탁의 작품으로 된 곳은 『海東樂章』뿐임.

臨高臺臨高臺하여=높은 곳에 올라 높은 곳에 올라서. ◇雲裏帝城은 雙鳳闕이오 雨中春樹萬人家ㅣ로다=구름 속으로 보이는 황성은 궁궐이 여럿이요, 비 오는 가운데 봄철의 나무는 만백성의 집이다. 당(唐)나라 왕유(王維)의 시의 한 구절임.

565. 잘ㄷ새는날아들고 새달이돗아온다 외나모다리로홀노가는저禪
師야 네절이 언마ㅣ나하관대遠鐘聲이들니느니.

언마ㅣ나 하관대 遠鐘聲이 들니느니=얼마나 되기에 멀리서 치는 종소리가 들리느냐.

566. 잘새는날아들고 南樓에북우도록 十洲ㅣ佳氣는虛浪타고하리로
다 두어라 눈널운님이니새와어이하리요.

南樓에 북우도록=남쪽에 있는 누각에 북이 울 때까지. ◇十洲佳氣는 虛浪타고 하리로다=십주와 좋은 시절은 허황되고 확실하지 못하다고 하겠다. 십주(十洲)는 바다 가운데 있어 신선이 산다고 하는 곳. ◇눈 널운 님이니 새와 어이하리요=견식과 학식이 많은 임이니 시기하여 어찌 하겠는가.

567. 長安을도라보니 北闕이千里로다　漁舟에두엇슨들이즐적이잇슬
소냐　두어라 내시름아니라濟世賢人이업스랴. 李鼎輔

◇ 대조; '두엇슨들'은 '누엇신들'의 잘못. 작자는 이정보가 아닌 이현보(李賢輔)
임.

北闕이 千里로다=대궐이 멀리 있다.　◇漁舟에 두엇슨들='두엇슨들'은 '누
엇신들'의 잘못. 고기잡이배에 누워 있은들.　◇내 시름 아니라 濟世賢人이
업스랴=내가 걱정할 일이 아니다 세상을 건져낼만한 어진사람이 없겠느냐.

568. 長風이건듯부러 浮雲을헷첫스니　華表千年에달ㄷ빗치어제런듯
뭇노라 丁令威어듸가니녜나알ㄷ가하노라. 孝宗大王

長風이 건듯 부러=먼 곳에서 불어오는 바람이 잠깐 불어.　◇華表千年에=
화표는 천년이 지나도 변하지 않았는데. 화표는 장소를 표시하기 위해 세운
푯말.　◇丁令威 어듸가니=정령위는 어디 갔느냐. 정령위(丁令威)는 한(漢)나
라 때 요동 사람으로 도술에 통하여 학이 되었다가 천년 만에 다시 고향에
돌아오니 성곽은 여전하나 사람이 간 곳이 없다고 한탄 했다고 함.

569. 長沙王賈太簿야 눈물도어릴시고　漢文帝昇平時에痛哭은무삼일
고　우리도 그런째만낫시니어이울ㅅ고하노라. 李恒福

◇ 대조; '어릴시고'는 '여릴시고'로 되어 있음.

長沙王 賈太傅야 눈물도 어릴시고=장사왕의 태부인 가의야 눈물도 어리었
구나. 또는 눈물도 많구나. 한(漢)나라 가의(賈誼)가 장사왕(長沙王)의 태부
가 되어, 천하의 제후들이 강대하여 제어하기 어려움을 매우 슬퍼했다고 함.
◇漢文帝 昇平時에=한나라 고조(高祖)의 아들인 문제가 통치하던 태평한 시
절에.

570. 張翰이 江東去헐ㄷ제 째마츰秋風이라 白日점은듸限업슨滄波ㅣ
로다 어듸서 외로운기럭이는함쎄녜자하더라. 金光煜

　張翰이 江東去헐ㄷ 제=장한이 강동으로 갈 때에. 장한(張翰)은 진(晋)나라
사람으로 벼슬하고 있다가 가을바람이 불자 고향의 순채(蓴菜)와 농어회(鱸
魚膾) 생각이 나서 벼슬을 그만두고 고향으로 돌아갔다고 함. ◇白日은 점
은듸=해는 저물었는데. ◇함쎄 녜자 하더라=같이 가자고 하더라.

571. 張郞婦李郞妻와 送舊迎新무삼일고 新情은未洽한들舊情좃차이
즐소냐 아마도 山鷄野鶩은너쑌인가하노라.

　◇ 대조; 작자 이정보(李鼎輔)의 누락.

　張郞婦 李郞妻와 送舊迎新 무삼 일고=장서방의 부인과 이서방의 처가 옛
것을 보내고 새 것을 맞는 것이 무슨 일인고. ◇新情은 未洽한들 舊情좃차
이즐소냐=새로운 정이 흡족하지 못하다고 한들 옛 정조차 잊을 것이냐. ◇
山鷄野鶩은=다루기 힘든 사람들은. 산계와 야목은 성질이 거칠어 제 마음대
로 행동하며 남의 말을 듣지 않는 사람들을 가리키는 말임.

572. 저總角말듯거라 少年光景자랑마소 光陰이덧업스니綠髮이卽白
髮이로다 우리도 少年을밋다가배운일이업세라. 金振泰

　少年 光景 자랑마소=소년시절을 자랑하지 마라. ◇光陰이 덧 업스니 綠髮
이 卽白髮이로다=세월이 빠르니 검은 머리가 곧 흰 머리카락으로 변하는구
나. ◇少年을 밋다가=언제나 어린시절로만 생각하고 있다가.

573. 前村에鷄聲滑하니 봄소식이갓가웨라 南窓에日暖하니閤裏梅푸
르럿다 兒禧야 盞가득부어라春興겨워하노라.

前村에 鷄聲滑하니=앞마을에서 우는 닭소리가 미끄러운 듯 부드러우니.
◇南窓에 日暖하니 閤裏梅 푸르럿다=남쪽으로 난 창에 햇볕이 따뜻하니 뜰 안에 있는 매화가 푸르렀다. ◇春興겨워 하노라=봄의 흥취를 억제하기 어렵구나.

574. 田園에남은興을 전나귀에모도싯고　溪山익은길로興치며도라와서　兒僖야 琴書를다스려라남은해를보내리라. 河緯地

전나귀에 모도 싯고=다리를 저는 나귀에 모두 싣고. ◇溪山 익은 길로 興치며 도라와서=산으로 이어지는 익숙한 길로 흥에 겨워 돌아와서. ◇琴書 다스려라 남은 해를 보내리라=거문고와 서책을 챙기거라. 여생을 보내리라.

575. 正月이도라오면 새해라고賀禮한다 年年歲歲새해라나歲歲年年옛해로다　우리도 저해와갓치萬古不變하여라 河圭一

年年歲歲 새해라나 歲歲年年 옛 해로다=해마다 새해라고 하지만 해마다 옛 해로구나.

576. 朝天路보뮈단말가 玉河舘이뮈단말가　大明崇禎이어드러로가신것고　三百年 事大誠信이꿈이런가하노라. 孝宗大王

◇ 대조; ‘玉河舘이뮈단말가’는 ‘玉河舘이뷔단말가’의 잘못.

朝天路 보뮈단 말가 玉河舘이 뮈단 말가=‘뮈단말가’는 ‘뷔단말가’의 잘못인 듯. 중국의 천자를 뵈러 가던 길에 녹이 났단 말인가 옥하관이 비었단 말인가. 옥하관은 중국 북경(北京) 근처에 있던 집의 이름. 조선시대 사신들의 숙소였음. ◇大明崇禎이 어드러로 간 거이고=대국이었던 명나라의 숭정이 어디로 갔는고. 숭정(崇禎)은 명(明)나라 말의 연호(年號). 명의 멸망을 한탄하는 말. ◇三百年 事大誠信이=삼백년 동안의 명나라를 섬기던 성의와 신의가.

477. 主人이술부으니 客으란노래하소   한盞술한曲調ㅅ식새도록즑이
다가   새거던 새술새노래로이어놀가하노라. 李象斗

새도록 즑이다가=밤이 샐 때까지 즐기다가. ◇이어 놀가 하노라=계속하여
놀까 한다.

578. 主人이好事하여 遠客을慰勞헐ㅅ제   多情歌管이배야나니客愁ㅣ
로다   어즈버 密城今日이太平인가하노라. 麟坪大君

主人이 好事하여 遠客을 慰勞헐ㅅ제=주인이 모든 일을 좋아하여 멀리서
온 손님을 위로할 제. ◇多情歌管이 배야나니 客愁ㅣ로다=다정하게 울리는
음악이 재촉하느니 나그네의 회포로다. 위로한다는 것이 오히려 더 슬프게
만든다. ◇密城 今日이=밀성의 오늘이. 밀성은 평안남도 안주군(安州郡)의
옛 이름.

579. 酒色을全廢하고 一定長生할싹시면   西施를도라보며千日酒를마
실소냐   眞實로 長生곳못하면兩失할가하노라.

酒色을 全廢하고 一定長生 할싹시면=술과 여색을 아주 멀리하고 오래 살
수 있다면. ◇西施를 도라보며 千日酒를 마실소냐=서시와 같은 미인에게
관심을 가지며 마시면 천일동안을 취한다는 술이라도 마시겠느냐. ◇長生
곳 못하면 兩失할가=술과 여색을 멀리 하고도 오래 살지 못한다면 둘을 다
잃을까.

580. 朱門에벗님네야 高車駟馬좃타마소   톡기죽은後ㅣ면개마자삼기
나니   우리는 榮辱이업스니두려운일업세라. 金天澤

◆ 대조; '업스니'는 '모르니'의 잘못.

朱門에 벗님네야 高車駟馬 좃타 마소=높은 벼슬아치의 사람들아 훌륭한 말이 끄는 좋은 마차를 좋다고 하지 마라. ◇톡기 죽은 後ㅣ면 개마자 삼기나니=영리한 토끼가 죽은 다음에는 토끼사냥을 하던 개도 소용이 없어 잡아 먹히게 되니.

581. 樽酒相逢十載前에 君爲丈夫我少年터니 樽酒相逢十載後에 我爲丈夫君白首라 我丈夫 君白首하니그를설워하노라.

　樽酒相逢十載前에 君爲丈夫我少年터니=술잔 앞에서 십년 전에 만났을 때 그대는 장부이고 나는 소년이더니. ◇樽酒相逢十載後에 我爲丈夫君白首라= 술잔 앞에서 만난 십년 뒤에는 나는 장부가 되고 그대는 머리가 허옇게 되었다.

582. 塵世를다떨치고 竹杖을훗써집고 琵琶를드러메고西湖로드러가니 水中에 써잇는白鷗는내벗인가하노라. 申喜文

　塵世를 다 떨치고 竹杖을 훗써 집고=속세의 일을 다 떨쳐 버리고 대나무 지팡이를 흩어 집고. ◇西湖로 드러가니=서호로 들어가니. 서호는 서쪽에 있는 호수. 또는 서울 마포 근처의 한강.

583. 窓밧게童子ㅣ와서 오날이새해라커늘 東窓을열고보니네돗든해 돗아온다 두어라 萬古한해니後天에와일너라. 朱義植

　네 돗든 해 돗아온다=예전에 돋던 해가 다시 돌아온다. 다를 것이 조금도 없다. ◇萬古 한 해니 後天에 와 일너라=예전이나 지금이나 똑같은 해이니 후세에 와서 알려라.

584. 窓外三更細雨時에 兩人心事兩人知라 新情이未洽하야하날이장차밝아오니 다시금 羅衫을뷔여잡고後ㄷ期約을뭇노라.

窓外三更細雨時에 兩人心事兩人知라=창밖에 이슬비가 내리는 한밤중에 두 사람 사이의 일을 두 사람이 아는지라. ◇新情이 未洽하야=새로운 정이 흡족하지 않아서. ◇羅衫을 뷔여잡고 後ㄷ期約을 뭇노라=비단 적삼을 움켜잡고 다음 약속을 묻는다.

585. 蒼梧山崩湘水絕이라 야이내시름업슬거슬   九疑峯구름이가지록 새로왜라   밤口中만 月出於東嶺하니임뵈온듯하여라.

◆ 대조; '湘水絕이라야'이 아니라 '湘水絕이라야이내시름'이 되어야 함.

蒼梧山崩湘水絕이라 야 이 내 시름 업슬 거슬='야'는 띄어쓰기가 잘못되었음. 창오산이 무너지고 상수의 물이 끊어진 뒤라야 나의 시름이 없을 것을. 창오산(蒼梧山)은 순(舜)임금이 죽은 곳이고 상수(湘水)는 소수(瀟水)와 더불어 순의 왕비인 아황과 여영이 죽은 곳. ◇九疑峯 구름이 가지록 새로왜라=구의봉에 떠있는 구름이 갈수록 새롭구나. 구의봉(九疑峯)은 순임금의 무덤에 있는 곳.

586. 蒼松은엇지하여 白雪을웃는고야   桃李는엇더하여淸靄를드리는고 아마도 四時不覺하니君子節을가젓더라. 金壽長

◆ 대조; '드리는고'는 '둘이는고'의 잘못.

蒼松은 엇지 하여 白雪을 웃는고야=푸른 소나무는 왜 백설을 비웃는가. ◇桃李는 엇더하여 淸靄를 드리는고=복숭아와 오얏은 왜 맑은 아지랑이를 두려워하는가. ◇四時不覺하니 君子節을 가젓더라=사시를 깨닫지 못하니 군자의 절개를 가졌구나.

587. 交手心胸十四年에 道通樂理하오시여   우리本樂을改革整理하섯스니 아마도 樂界의大聖人은은蘭溪先生인가하노라. 咸和鎭

交手心胸十四年에 道通樂理 하오시며=각오를 새롭게 하기 십사 년 만에 음악의 이론에 통달하시여. ◇우리 本樂을=우리 음악의 근본을. ◇樂界의 大聖人은 蘭溪先生인가 하노라=음악계의 훌륭한 성인은 박연(朴堧)선생인가 하노라. 박연은 호가 蘭溪(난계)로 조선 세종(世宗) 때 음악을 이론적으로 체계를 세웠음.

588. 千萬里머나먼길에 고흔님여희압고   내마음둘듸업서내드가에안젓스니   저물도 내맘과갓흐야울어엘만하더라. 王邦衍

◇ 대조; '내맘과갓흐야'는 '내안갓도다'로 되어 있음.

고흔 님 여희압고=고운 임을 이별하고. ◇내 맘과 갓흐야 울어 엘 만 하더라=나의 마음과 같아서 울며 흘러갈 법하더라.

589. 千里에그리는임을 쑴ㅁ속에나보려하고   紗窓을倚支하야午夢을 이루더니   어듸서 無心한黃鶯兒는나의쑴을쌔오나니. 朴英秀

千里에 그리는 임을=멀리 떨어져 있어 그리워하는 임을. ◇紗窓을 倚支하야 午夢을 이루더니=비단 장막을 쳐놓은 창문에 기대어 낮잠이 들어 꿈을 꾸었더니. ◇無心한 黃鶯兒는=아무런 생각도 없이 울어대는 꾀꼬리는.

590. 青山에눈이오니 峯마다玉이로다   저山푸르기는봄이잇거니와 엇지타 우리白髮은검겨볼ㄷ줄잇시리.

◇ 대조; '봄이잇거니와'는 '봄비에잇거니와'의 잘못이나, 『海東樂章』에는 이렇게 되어 있음.

저 山 푸르기는 봄이 잇거니와=저 산이 푸른 것은 봄이 있기 때문이거니와. ◇검겨 볼ㄷ 줄 잇시리=검게 만들 수 있겠느냐.

591. 靑山은엇지하여 萬古에푸루르며 流水는엇지하여晝夜에긋지아
니는고 우리도 긋치지말아萬古常靑하리라. 李滉

流水는 엇지하여 晝夜에 긋지 아니는고=흐르는 물은 어찌해서 밤낮으로
흘러도 그치지를 아니하는가. ◇긋지 말고 萬古常靑 하리라=사람들도 그치
지 아니하고 항상 젊음을 유지하리라.

592. 靑山아말무러보자 古今을네알니라 萬古英雄이몃몃치나지내더
냐 이後에 뭇나니잇거든나도함께일너라. 金尙容

◇ 대조; 작자는 감상옥(金尙玉)의 잘못.

古今을 네 알니라=예전부터 지금까지의 일을 네가 알 것이다. ◇萬古英雄
이 몃몃치나 지내더냐=이제까지의 영웅들이 몇몇이나 있었더냐. ◇뭇나니
잇거든 나도 함께 일너라=묻는 사람이 있거든 나도 똑 같은 영웅이었다고
말하여라.

593. 靑荷에밥을싸고 綠柳에고기쒸여 蘆荻花叢에배매여두엇시니
두어라 一般淸意味를어느분이알으실ㅅ고. 李賢輔

◇ 대조; '두어라'는 『靑丘永言』육당본에만 있음.

靑荷에 밥을 싸고 綠柳에 고기 쒸여=싱싱한 푸른 연잎에 밥을 싸고 푸른
버들가지에 고기를 꿰어. ◇蘆荻花叢에=갈대숲과 꽃이 우거진 곳에. ◇一
般淸意味를=일반의 맑은 의미를. 소강절(邵康節)의 「청야음(淸夜吟)」의 한
구(句)임.

594. 靑春은어듸두고 白髮은언제온고 오고가는것을아돗든덜막을것
슬 알고도 못막는길이니그를설워하노라.

◇ 대조; '오고가는것을'은 '오고가는길을'의 잘못.

오고 가는 것을 아돗든덜 막을 것슬=세월이 오고 가는 것을 알았다면 미리 막았을 것을. ◇알고도 못 막는 길이니=늙음은 알고도 못 막는 것이니.

595. 靑蛇劍들어메고 白鹿을지즐타고 扶桑지는해에洞天으로도라드니 仙宮에 鐘聲맑은소래구름밧게들니더라.

靑蛇劍 들어메고 白鹿을 지즐 타고=청사검을 둘러메고 흰사슴을 올라타고. 청사검은 보검(寶劍)의 하나임. ◇扶桑 지는 해에 洞天으로 도라드니=부상은 함지(咸池)와 혼동한 듯. 부상으로 해가 지는 때 동천으로 돌아오니. 부상을 해가 뜨는 곳이고 함지는 해가 지는 곳임. ◇仙宮에 鐘聲 맑은 소래 구름 밧게 들니더라=신선이 산다고 하는 궁전에서 울리는 종소리가 마치 구름 밖에서 들리는 것 같구나.

596. 靑蒻笠숙이쓰고 綠簑衣엽헤차고 細雨江口로낙째메고나려가니 어듸서 一聲漁邃은밋친興을돕나니.

◇ 대조; '엽헤차고'는 '님의차고'의 잘못.

靑簑笠 숙이 쓰고='靑簑笠'은 청약립(靑蒻笠)'의 잘못인 듯. 푸른 대나무 껍질로 엮은 삿갓을 숙여 쓰고 ◇綠蓑衣 엽헤 차고='엽헤차고'는 '님의차고'의 잘못인 듯. 푸른 도롱이를 차려 입고. ◇細雨江口로=이슬비가 내리는 때에 강의 어구로. ◇一聲漁邃는 밋친 興을 돕나니=한 가락 어부들의 피리 소리는 신나는 홍을 돕느냐.

597. 靑梅酒비져노코 英雄을議論할제 迅雷一聲에잡은箸를놋탄말가 奸雄도 使君急智에아득히도속앗다. 金敏淳

靑梅酒 비져 노코 英雄을議論할제=푸른 매실로 술을 빚어 놓고 누가 영웅

인지를 의논할 때. ◇迅雷一聲에 잡은 筹를 놋탄말가=커다란 우레와 매운 바람에 잡은 잡고 있던 젓가락을 놓았단 말인가. ◇奸雄도 使君 急智에 아득히도 속앗다=꾀가 많은 영웅도 손님의 임기응변에 감쪽같이 속았다. 조조 (曹操)가 유비(劉備)의 기지에 속은 사실을 말함.

598. 옛날에 王山岳은 엇더한사람인고 검은고타올적에鶴이와서춤을 춘다 至今에 傳치못하매그를슬워하노라. 咸和鎮

옛날에 王山岳은=예전에 왕산악이라고 하는 사람은. 왕산악(王山岳)은 고구려 때 사람으로 거문고를 만들어 연주했다고 전하는 사람임.

599. 淸風이 習習하니 松聲이冷冷하다 譜업고調업스니無絃琴이저러한가 至今에 陶淵明업스니知音할이업세라.

淸風이 習習하니 松聲이 冷冷하다=맑은 바람이 솔솔 부니 솔바람 소리가 싸늘하다. ◇譜 업고 調 업스니 無絃琴이 이러한가=악보도 없고 곡조도 없으니 줄이 없다고 하는 가야금이 이러한가. ◇陶淵明 업스니 知音할 이 업세라=도연명이 없으니 소리를 알 사람이 없다.

600. 淸冷浦달밝은밤에 어엽부신우리임금 孤身隻影이어듸로가신것고 碧山中 子規의哀怨聲이나를절노울닌다. 文守彬

◆ 대조; '어엽부신'은 '어엿분'으로 되어 있음.

淸冷浦 달 밝은 밤에 어엽부신 우리 임금='淸冷浦는 '청령포(淸泠浦)'의 잘못. 청령포의 달이 밝은 밤에 불쌍하신 우리 임금. 청령포는 강원도 영월에 있는 지명이며, 우리 임금은 단종(端宗)을 가리킴. ◇孤身隻影이 어듸로 가신것고=의지할 곳 없는 외로운 몸이 어디로 가신 것인가. ◇碧山中 子規의 哀怨聲이 절노 니를 울닌다=푸른 산속의 두견의 애절한 원망인 듯한 울음소리가 나를 울리는구나.

601. 晴牕이낮잠째여 物態를둘너보니　花枝에자는새는閑暇도한저이고　아마도 幽居趣味를알니젠가하노라. 李德源

◇ 대조; '晴牕이'는 '晴牕에'의 잘못. 작자 이덕원은 이덕함(李德涵)의 잘못.

晴窓에 낮잠 째여 物態를 둘러보니=맑게 개여 환한 창에 낮잠을 깨어 물색(物色)을 둘러보니. ◇花枝에 자는 새는=꽃나무 가지에 자는 새는. ◇幽居趣味를 알 니 젠가 하노라=깊숙한 곳에서 사는 취미를 아는 이는 저뿐인가한다.

602. 清晨에몸을일어 北向하여비는말이　제속 내肝腸을한열흘밧구서든　그제야 제날속이든恨을알쓸이갑게하리라. 安玟英

◇ 대조; '北向하여'는 '北斗에'의. '속이든恨을'은 '속이던안을'의 잘못으로『海東樂章』에 이렇게 되어 있음.

清晨에 몸을 일어=새벽에 몸을 일으키어. ◇제 속내 肝腸을 한 열흘 밧구서든=제 마음과 내 심정을 한 열흘간만 바꾸었으면. ◇제 날 속이든 恨을 알쓸이 갑게 하리라=제가 나를 속이던 한을 알뜰하게 갚게 하겠다.

603. 蜀鏤劒드는칼로 白馬를號令하야　吳江潮頭로밤마다달니는쯧은　至今에 鴟夷憤氣를못내겨워함이라. 金默壽

◇ 대조; '드는칼로'는 '드는칼들고'의 잘못.

蜀鏤劒 드는 칼로=촉은 촉(鏃)의 잘못. 촉루검처럼 예리한 칼로. 촉루검(鏃鏤劒)은 보검(寶劒)의 하나임. ◇吳江潮頭로 밤마다 달니는 쯧은=오강에 밀려오는 조수 앞으로 밤마다 달리는 뜻은. 오자서(伍子胥)기 오(吳)나라 왕 부차(夫差)에게 미움을 받아 죽자 시체를 가죽 주머니에 넣어 오강에 버리니 사나운 파도가 일었고 후에 오나라는 월(越)나라에 망했음. ◇鴟夷憤氣를

못내 겨워 함이라=가죽 주머니에 들어가는 수치를 당한 울분에서 생긴 기운을 끝내 이기지 못함이라. 치이는 가죽 주머니. 오자서의 고사를 말함.

604. 秋水天一色이오 龍舸는 泛中流ㅣ라 簫鼓一聲에 解萬古之愁兮로다 우리도 萬民다리고同樂太平하리라. 肅宗

秋水는 天一色이오 龍舸는 泛中流ㅣ라=가을의 맑은 물은 하늘과 같이 맑고 용을 새긴 배는 강의 가운데 떴다. ◇簫鼓一聲에 解萬古之愁兮로다=퉁소와 북치는 소리에 만고에 쌓인 근심을 푸는구나.

605. 秋山에夕陽을씌고 江心에잠겨신제 一竿竹두러메고小艇에안젓스니 天公이 閑暇이여기사달을좃차보내시다. 柳自新

◇ 대조; '秋山에'는 '秋山이'의 잘못.

秋山에 夕陽을 씌고 江心에 잠겨 신제='秋山에'는 '秋山이'의 잘못인 듯. 가을의 산이 석양을 받아 강 가운데 잠겨 있을 때. ◇天公이 閑暇이 녀기사 달을 좃차 보내시다=하늘이 한가롭게 여기시어 달마저 보내셨구나.

606. 秋月이滿庭한데 슯히우는저기럭아 霜風이日高한듸도라갈ㅅ줄모르고서 밤口中만 中天에써잇서잠든나를깨오느냐. 宋宗元

秋月이 滿庭한데=가을 달빛이 뜰에 가득한데. ◇霜風이 日高한듸='日高'는 '일고(一高)'의 잘못인 듯. 서릿바람이 높이 부는 데.

607. 秋風이살아니라 北壁中房쏠지마라 鴛鴦枕참도찰손임업슨탓이로다 蘆花에 數만흔갈메기는제벗인가하노라. 金敎最

◇ 대조; 종장은 '다만지寒夜長燈에轉輾反側하여라'이며 '蘆花에 數만흔갈메기는

제벗인가하노라'는 김교최가 아닌 김성최(金聲寂)의 '公庭에吏退하고 할일이아
조업서 扁舟에술을싯고侍中臺차자가니 蘆花에 數만흔갈며기는제벗인가하노
라'를 잘못 가져온 것임.

秋風이 살 아니라=가을바람이 화살이 아니니. ◇鴛鴦枕 참도찰손 임 업슨
탓이로다=원앙을 수놓은 베개가 차갑기도 찬 것은 임이 없는 탓이로다.

608. 春風이花滿山이오 秋夜에月滿臺라   四時佳興이사람과한가지로
　　　다   하물며 魚躍鳶飛雲影天光이야어늬긋이잇시리. 李滉

　　　春風이 花滿山이오 秋夜에 月滿臺라='春風이'는 '春風에'의 잘못인 듯. 봄
바람에 꽃이 온 산에 가득하고 가을밤에 달빛이 뜰에 가득하다. ◇四時佳興
이=일년 내내의 아름다운 흥취가. ◇魚躍鳶飛雲影天光이야 어늬 긋이 잇시
리=고기가 뛰고 솔개가 날며 구름의 그림자와 하늘의 빛은 어느 끝이 있겠
느냐. 자연의 이치는 한이 없다는 말임.

609. 春山에눈녹이바람 건듯불고간듸업네   저근듯비러다가샐리과저
　　　머리우희 귀밋혜 해묵은서리를블녀볼ㄱ가하노라. 禹悼

◇ 대조: 작자는 우탁(禹倬)의 잘못임.

　　　건 듯 불고 간듸 업네=잠깐 불고 간 곳이 없다. ◇저근 듯 비러다가 샐리
과저 머리 우희=잠간 빌려다가 뿌리고 싶구나. 머리 위에. ◇귀밋혜 해묵은
서리를 블녀 볼ㄱ가 하노라=귀밑에 해묵은 서리를 불리어 볼까 한다. 백발
을 녹여 볼까 한다.

610. 七曲은어듸메오 楓岩에秋色좃타   淸霜이엷게치니絶壁이錦繡로
　　　다   寒岩에 홀로안저집을잇고잇노라. 李珥

　　　楓岩에 秋色 좃타=풍암에 가을빛이 좋구나. 풍암(楓岩)은 고산구곡(高山九

曲)의 일곱 번째 구비. ◇淸霜이 엷게 치니 絕壁이 錦繡로다=맑은 서리가 엷게 내리니 절벽이 비단과 같이 아름답구나. 무서리가 내리니 절벽이 아름답구나. ◇寒岩에 홀로 안저 집을 잇고 잇노라=차가운 바위에 홀로 앉아 집 생각을 잊고 있다.

611. 泰山이 平地토록 父子有親君臣有義   北岳이 崩盡토록夫婦有別長
幼有序 四海가 變하여桑田토록朋友有信하리라.

   泰山이 平地토록=높은 산이 평지가 되도록. ◇北岳이 崩盡토록=북악산이 다 무너져 평지가 되도록. ◇四海가 變하여 桑田토록=온 세상이 변하도록. 천지개벽이 되도록.

612. 터럭은희엿서도 마음은푸르럿다   곳츤나를보고態업시반기거늘
閣氏네 무슨탓으로눈흘김은엇점이뇨. 金壽長

◇ 대조; '엇점이뇨'는 '엇쩨요'임.

   터럭은 희엿서도=머리털은 허옇게 되었어도. 몸은 늙었으나. ◇態 업시 반기거늘=잘난 체 아니 하고 반기거늘. ◇무슨 탓으로 눈흘김은 엇점이요= 무엇 때문이 눈흘김을 하시오.

613. 天地도唐虞ㅅ적天地 日月도唐虞ㅅ적日月   天地日月은古今에唐
虞ㅣ로되 엇지타 世上人事는나날달너가느니. 李濟臣

   唐虞=요순(堯舜) 시절. ◇世上 人事는 나날 달너 가느니=세상의 사람들의 인심은 날이 갈수록 달라 가느냐.

614. 誕生한지不過三日 母后를여희시고   登寶三年채못되어玉座를바
리시니 다만지 어린가슴에恨만가득품으시다. 咸和鎭

登寶 三年 채 못 되어 玉座를 바리시니=보위(寶位)에 오른 지 삼년이 채 못 되어 왕좌를 버리시니. 단종(端宗)의 이야기임.

615. 天寶山나린물은 金谷川에흘녀두고　玉流堂지은뜻을아는다모로는다　眞實노 이뜻을알면날인줄을알니라. 孝宗

◇ 대조; '金谷川에'는 '金谷村에'의 잘못. 작자가 낭원군(朗原君)임.

天寶山 나린 물이 金谷川에 흘녀 두고=천보산에서 흘러내린 물이 금곡천으로 흘러들고. 천보산과 금곡천은 경기도 南楊州(남양주)에 있는 산과 내의 이름임.

616. 八曲은어듸메오 琴灘에달이밝아　玉軫金徽로數三曲을노래하니 古調를 알니업스니혼자즑여하노라. 李珥

◇ 대조; '밝아'는 '밝다'이며, '노래하니'는 '노는말이'임.

琴灘에 달이 밝아=금탄에 달이 밝아. 금탄(琴灘)은 고산구곡(高山九曲)의 여덟 번째 구비임. ◇玉軫金徽로 數三曲을 노래하니=옥진과 금휘로 서너 곡을 노래하니 옥진과 금휘는 거문고를 가리킴. ◇古調를 알 니 업스니=예전의 가락을 아는 사람이 없으니.

617. 風波에놀난沙工　배파라말을사니　九折羊腸이물도곤어려웨라 이後란 배도말도말고밧가리나하리라. 張晩

風波에 놀난 沙工 배 파라 말을 사니=거센 비바람과 파도에 놀란 사공이 배를 팔고 말을 사니. ◇九折羊腸이 물도곤 어려왜라=양의 창자처럼 구불구불한 산길에 짐을 나르는 것이 뱃길보다도 어렵더라.

618. 風霜이석거친날에　草木이성긔엿다　흰거시누른것이禁醉鶴翎휘

둘럿다 어즈버 淵明愛菊이날과엇더하드니. 金壽長

◇ 대조; '흰거시누른거시'는 '희건이눌으건이'의 잘못.

風霜이 섯거 친 날에 草木이 성긔엿다=바람과 서리가 뒤섞여 내린 날에 초
목마저 성기었다. ◇흰 거시 누른 것이 禁醉鶴翎 휘둘럿다='금취(禁醉)'는
'금취(金翠)'의 잘못. 눈을 맞아 흰 것과 누른 나뭇잎이 마치 공작의 꼬리털
이나 학의 날개를 두른 것 같다. ◇淵明 愛菊이 날과 엇더 하드니=도연명이
국화를 사랑한 것과 내가 국화를 사랑하는 것과는 어떠하냐. 무엇이 다르냐.

619. 霞牧은섯거날고 水天이한빗친제 小艇을글너타고여흘목에나려
가니 隔岸에 삿갓쓴늙은이함씌가자하더라. 金天澤

◇ 대조; '霞牧'은 '霞鶩'의 잘못.

霞牧은 섯거 날고 水天이 한 빗친 제='하목(霞牧)'은 '하목(霞鶩)'의 잘못.
노을과 따오기는 섞여 날고 강물과 하늘이 함께 붉게 물들었을 때. ◇여흘
목에 나려가니=여울의 어귀로 내려가니.

620. 豪華도거짓이요 富貴도쑴이오데 北邙山언덕에搖鈴소래긋치면
아모리 뉘웃고애달와도밋츨길이업나니. 金壽長

北邙山 언덕에 搖鈴소래 긋치면=북망산의 언덕에 요령소리가 그치면. 북망
산(北邙山)은 공동묘지임. 요령은 상여 앞에서 상두꾼이 흔드는 방울. ◇뉘
웃고 애달와도 밋츨 길이 업나니=뉘우치고 애닲아 해도 어찌할 도리가 없나
니.

621. 華山에春日暖이요 綠柳에鶯亂啼라 多情好音을못내들어하든次
에 夕陽에 繫柳靑驄이欲去長嘶하더라.

華山에 春日暖이요 綠柳에 鶯亂啼라=꽃이 피어 있는 산에 봄볕이 따뜻하고 푸른 버드나무에는 꾀꼬리가 시끄럽게 운다. ◇多情好音을 못내 들어 하든 次에=다정하고 듣기 좋은 소리를 항상 들었으면 할 때에. ◇夕陽에 繫柳青驄이 欲去長嘶 하더라=저녁때 버드나무에 매어놓은 청총마가 달리고 싶어 길게 울더라. 청총은 좋은 말.

622. 黃山谷도라들어 李白花를것거쥐고   陶淵明차즈리라五柳村에들어가니   葛巾에 술듯는소래는細雨聲인가하노라.

黃山谷 도라 들어 李白花를 것거 쥐고=황산의 골짜기를 돌아들어 흰 오얏 꽃을 꺾어 쥐고. 황산은 송(宋)나라 황정견(黃庭堅)을 이백은 당(唐)나라의 이백을 가리킴. ◇陶淵明 차즈리라 五柳村에 들어가니=도연명을 찾겠다고 오류촌에 들어가니. 도연명은 진(晉)나라 시인 도잠(陶潛)이며 그가 살던 곳이 오류촌임. ◇葛巾에 술 듯는 소래는 細雨聲인가 하노라=칡으로 만든 두건에 술을 거를 때 떨어지는 소리가 이슬비 내리는 소리가 아닌가 싶다.

623. 黃河遠山白雲間에   一片孤城萬仞山을   春光이녜로부터못넘느니   玉門關을   엇지타   一聲羌笛은怨楊柳를하는고.

◆ 대조; '遠山'은 '遠上'으로 이렇게 된 곳이 『靑丘永言』육당본과 『海東樂章』뿐임.

黃河遠山白雲間에   一片孤城萬仞山을='원산(遠山)'은 '원상(遠上)'의 잘못. 황하의 멀리 흰 구름 사이에 한쪽 외로운 성은 높은 산이로다. ◇春光이 녜로부터 못 넘느니 玉門關을=봄볕도 예로부터 옥문관을 넘지 못한다. 옥문관(玉門關)은 중국 감숙성 돈황현에 있는 관문. ◇一聲羌笛은 怨楊柳를 하는고=오랑캐의 피리 한 가락은 양류가락을 원망하는고. 양류는 노래 이름임. 이는 왕지어(王之漁)의 「凉州詞(양주사),'황하원상백운간 일편고성백인산 강적하수원류양류 춘광부도옥문관(黃河遠上白雲間 一片孤城百仞山 羌笛何須怨楊柳 春光不渡玉門關)」을 시조화한 것임.

624. 胸中에먹은쯧을 속절업시못이루고   半世紅塵에남의우슴된저이

고 두어라 時乎時乎ㅣ니恨할줄이잇시리.

속절 업시 못 이루고=어쩔 수 없이 이루지 못하고. ◇半世紅塵에 남의 우
슴 된저이고=반평생의 벼슬살이를 하는 동안에 남의 웃음거리가 되었구나.
◇時乎時乎니 恨할 줄이 잇시리=때가 때이니 한탄할 까닭이 있겠느냐.

625. 興亡이有數하니 滿月臺도秋草ㅣ로다   五百年王業이牧邃에붓첫
스니 夕陽에 지나는客이눈물겨워하노라. 元天錫

興亡이 有數하니 滿月臺도 秋草ㅣ로다=흥하고 망하는 것에도 운수가 있으
니 만월대도 추초뿐이다. 만월대는 옛 고려의 궁궐. ◇五百年王業이 牧邃에
붓첫스니=오백년 동안 이어온 고려의 역사도 한갓 목동의 피리 소리에 날려
버리니.

626. 興亡이數ㅣ업스니 帶方城이秋草ㅣ로다   나몰는지난일은牧笛에
부처두고 이조흔 太平烟月에한盞하되엇더리. 鄭澈

◇ 대조; '太平烟月'은 『靑丘永言』가람본에 '太平烟花'로 되어 있음.

帶方城이 秋草ㅣ로다=대방성이 가을 풀만 우거졌다. 대방성(帶方城)은 지
금 전북 남원(南原)의 옛 이름. ◇나 몰는 지난 일은 牧笛에 부처두고=내가
모르는 지난 일은 목동의 피리소리에 날려 보내고.

■中擧

627. 가마귀저가마귀 너를보니애닯고야   너무삼약을먹고머리좃차검
엇느냐 우리는 白髮검길藥을못엇을까하노라.

너를 보니 애닯고야=너를 처다 보니 불쌍하구나. 부럽고나의 뜻으로 역설적인 표현임. ◇ 너 무삼 약을 먹고 머리좃차 검엇느냐=너는 무슨 약을 먹고 머리마저 검었느냐.

628. 가락지짝을일코 네홀로날싸르니   네짝차즐녜면임을보련마는
   짝일코 그리는냥이야네나내나달으랴.

◆ 대조; '네짝차즐녜면임을'은 '네네짝차즐제면나도님을'로 『海東樂章』만 이렇게
   되어 있음.

   네 짝을 차즐녜면 임을 보련마는=네 짝을 찾게 되면 임을 보겠지만. ◇짝
일코 그리는 양이야=짝을 잃어버리고 그리워하는 모습은.

629. 가을하늘비갠빗츨 드는칼로말너내여   天銀針五色실로繡를노아
   옷을지어   임계신 九重宮闕에들여볼ㄱ하노라.

◆ 대조; '들어볼ㄱ하노라'는 '들여볼ㄱ가하노라'의 잘못.

   가을하늘 비 갠 빗츨 드는 칼로 말너 내여=가을 하늘 비가 그쳐 개었을 때
의 햇볕을 잘 드는 칼로 재단하여. ◇天銀針 五色 실로 繡를 노아 옷을 지
어=좋은 은으로 만든 바늘과 오색의 실로 수를 놓아서 옷을 만들어. ◇九重
宮闕에 들여볼ㄱ 하노라=임금이 계신 대궐에 들여보냈으면 한다.

630. 간밤에쉼도좃코 새벽가치일우더니   반가운자네를보려하고그럿
   턴지 저임아 왓는곳이니자고간들엇더리.

   새벽 가치 일 우더니=새벽에 까치가 일찍부터 울더니. ◇왓는 곳이니 자
고 간들 엇더리=이왕에 왔으니 자고 간들 관계하겠느냐.

631. 간밤에오던비가 압내에돌지것다   등검고살진고기버들낙세올랏

217

나니　兒曹야 그믈내어오너라고기잡이하리라. 俞崇

◇ 대조; '돌지것다'는 '물지거다'의 잘못으로 『靑丘永言』육당본에 이렇게 되어 있음. '버들낙세'는 '버들넉세'의 잘못.

압 내에 돌 지것다='돌'은 '물'의 잘못. 앞 내에 물이 넘쳤겠다. ◇버들 낙세 올랏나니='낙세'는 '넉세'의 잘못. 버들 너겁에 올랐을 것이니. 너겁은 개울가 같은 곳에 나무나 풀이 물에 잠겨 고기가 숨을 수 있는 곳.

632. 江村에 日暮하니 곳곳이 漁火ㅣ로다　滿江船子들은북치며告祀한다　밤ㄷ中만 欸乃一聲에山更幽를하더라. 任義直

江村에 日暮하니 곳곳이 漁火ㅣ로다=강가에 있는 마을에 해가 저무니 곳곳에 고기잡이들의 횃불이로구나. ◇滿江船子들은 북치며 告祀한다=강에 그득한 고기잡이배를 탄 사람들이 북을 치며 고사를 지낸다. ◇欸乃一聲에 山更幽를 하더라=노 젓는 시끄러운 소리에 사방이 다시 어둡고 고요해지더라. 시끄러웠다 고요해짐을 말함.

633.　째면다시먹고 醉하여누엇시니　世上榮辱이엇터튼동내몰내라　平生을 醉裏乾坤에깰날업시먹으리라. 金天澤

世上榮辱이 엇더튼동 내 몰내라=세상의 돌아가는 일이 어떠하던지 내가 알바가 아니다. ◇醉裏乾坤에 깰 날 업시 먹으리라=계속하여 술에 취한 상태에서 깨는 날 없이 먹겠다. 취리건곤은 술이 취한 속에서의 세상을 말함.

634. 故人無復洛城東이요 今人還對落花風을　年年歲歲花相似여늘歲歲年年人不同이라　花相似 人不同하니그를설워하노라.

故人無復洛城東이요 今人還對落花風을=옛 사람은 다시 낙성 동쪽에 없고 금인은 다시 꽃을 떨어뜨리는 바람을 대한다. ◇年年歲歲花相似여늘 歲歲

年年人不同이라=해마다 피는 꽃은 비슷한데 해마다 사람은 죽고 다시 오지 않는구나. 유연지(劉延芝)의 「대비백두옹(大悲白頭翁)」의 일부임.

635. 고을사月下步에 깁사매바람이라   꼿압혜섯는態度임의情을마젓세라   아마도 舞中最愛는春鶯轉인가하노라. 春鶯舞唱 翼宗

고을사 月下步에 깁 사매 바람이라=곱구나. 달빛 아래를 거닐을 때 비단 소매바람이라. ◇꼿 압혜 섯는 態度 임의 情을 마젓세라=꽃 앞에 서있는 태도가 임의 정을 맡기었구나. ◇舞中最愛는 春鶯轉인가 하노라='春鶯轉'은 '춘앵전(春鶯囀)'의 잘못. 춤 가운데 가장 사랑스러운 것은 춘앵전인가 한다. 춘앵전은 진연(進宴) 때 추는 춤. 익종(翼宗)이 대리청정 때 어머니인 순원왕후(純元王后)의 進饌宴(진찬연) 때 지어 올렸다고 함.

636. 꼿아色을밋고 오는나뷔禁치마라   春光이덧업슨줄넨들아니斟酌하랴   綠葉이 成陰子만지면어늬나븨오리요.

꼿아 色을 밋고 오는 나뷔 禁치마라=꽃아 아름다운 꽃의 색깔만 믿고서 날아오는 나비를 막지마라. ◇春光이 덧업슨 줄 넨들 아니 斟酌하랴=봄빛이 덧없는 것을 너인들 아니 짐작하였으랴. ◇綠葉이 成陰子만 지면=푸른 잎이 그늘을 드리울 정도로 가지가 번성하면. 꽃이 지고 없으면. 본래의 뜻은 여자가 출가하여 자식을 많이 두는 것을 뜻함.

637. 꼿보고춤추는나뷔 나비보고웃는꼿과   저둘의사랑은節節이오건마는   엇지타 우리의사랑은가고아니오는고.

저 둘의 사랑은=저들 꽃과 나비의 사랑은.

638. 꼿도퓌려하고 버들도푸르려한다   비즌술다익엇네벗님네가세그려   六角에 두렷이안저봄마지하리라. 金壽長

六角에 두렷이 안저=육각현(六角峴)에 둥글게 모여 앉아. 육각현(六角峴)은 서울 인왕산 밑 필운대 옆에 있었으며, 서울 사람들이 봄철에 꽃놀이를 하던 곳.

639. 곳은밤ㅂ비에퓌고 비즌술다익거다   거문고가진벗이달함씌오마드니   兒孺야 茅簷에달올낫다벗오시나보아라.

달 함씌 오마드니=달과 함께 온다고 하더니. ◇茅簷에 달 올낫다=초가집 추녀에 달떴다.

640. 곳이진다하고 새들아슬허마라   바람에홋날이니곳의탓이안이로다   가노라 희짓는봄을새와무삼하리요.

곳이 진다하고=꽃잎 떨어진다고. ◇바람에 홋날이니 곳의 탓이 아니로다= 바람에 흩어져 날리니 꽃의 잘못이 아니다. ◇가노라 희짓는 봄을 새와 무삼 하리요=간다고 손짓하는 봄을 시기하여 무엇 하겠느냐.

641. 곳치퓌나마나 접동새우나마나   그리든님을다시만나보량이면 굿태나 울고퓌는것을설워무삼하리요.

◆ 대조; '퓌나마나'와 '설워무삼'은 '지나마나'와 '슬흘주리'로 『靑丘永言』육당본에 이렇게 되어 있음.

그리든 님을 다시 만나 보량이면=그리워하던 임을 다시 만나 볼 수 있다면. ◇굿태나=구태여.

642. 君平이旣棄世하니 世亦棄君平을   醉狂은上之上이요詩思는更之更이라   다만지 淸風明月이내벗인가하노라. 鄭斗卿

君平이 旣棄世하니 世亦君平을=군평이 이미 세상을 버리니 세상 또한 군평을 버렸음을. 군평(君平)은 지은이 정두경(鄭斗卿)의 자(字). ◇醉狂은 上之上이요 詩思는 更之更이라=술에 취해 미친 듯 세상을 잊고 사는 것은 잘한 것 가운데 으뜸이요 시에 대한 생각은 고치고 또 고치는 것이다.

643. 群鳳모듸신곳에 외가마귀드러오니 白玉싸흔데돌하나갓다마는 鳳凰도 飛鳥에類ㅣ라놀고갈가하노라. 朴仁老

◇ 대조; '모듸신곳에'는 '모든곳에'로 되었음.

群鳳 모듸신 곳에 외가마귀 드러오니=봉황들이 모인 곳에 까마귀 한 마리가 들어오니. ◇白玉 싸흔 데 돌 하나 갓다마는=백옥이 쌓인 곳에 돌 하나 같다마는. ◇鳳凰도 飛鳥에 類ㅣ라=봉황도 까마귀도 나는 새임에는 같은 부류라.

644. 꿈에임을보려 벼개우헤지헛스니 半壁殘燈에鴛衾도참도찰사 밤ㅁ中만 외기럭이소래에잠못일워하노라. 李鼎輔

벼개 우헤 지헛스니=베개 위에 의지하였으니. ◇半壁殘燈에 鴛衾도 참도 찰사=벽 가운데 켜놓은 가물거리는 등잔불에 원앙을 수놓은 이불이 차기도 차구나.

645. 꿈에뵈는임이 信義업다하건마는 耽耽이그리울제꿈아니면어이보리 저임아 꿈이라말고자로자로뵈시쇼. 明玉

◇ 대조; '信義'는 '因緣'으로, '어이보리'는 '어이하리'로, '저임아 꿈이라말고'는 '꿈이야 꿈이언마는'으로 『靑丘永言』육당본에 이렇게 되어 있음.

耽耽이 그리울 제=때대로 보고 싶어 그리울 때. ◇자로자로 뵈시쇼=자주 자주 꿈에 나타나십시오.

646. 그러하거니 어이아니그러하리 이래도그러그러저래도그러그러
아마도 그러하니한숨겨워하노라.

그리 하거니 어이 아니 그러 하리=그렇다고 하니 어찌 아니 그러 하겠느
냐.

647. 글도病된일만코 칼도險한일잇세 이두일마다하여이몸이便차하
면 聖主에 至極한恩德을어이갑자하리요. 金壽長

◇ 대조; '마다하여'는 '마ᄌ하여'임.

글도 病된 일 만코 칼도 險한 일 잇세=글로 인하여 잘못 되는 일이 많고
칼도 잘못 하면 위험한 일이 있네. ◇이 두 일 마다하여 이 몸이 便차 하면
=이 두 일을 싫다하여 이 몸이 편하고자 한다면.

648. 金樽에가득한술을 슬카장기우루고 醉한後긴노래에즐거오미새
로웨라 兒孩야 夕陽이盡타마라달이좃차오노매라. 鄭斗卿

夕陽이 盡타 마라 달이 좃차 오노매라=석양이 다 되어 날이 저물었다고 하
지마라 달이 계속해서 떠오르는구나.

649. 金樽에酒滴聲과 玉女의解裙聲이 兩聲之中에어늬소리더조흔고
아마도 月沈三更에解裙聲인가하노라.

金樽에 酒滴聲과 玉女의 解裙聲이=술통에서 술이 떨어지는 소리와 아름다
운 여인의 옷 벗는 소리가. ◇月沈三更에 解裙聲인가=달이 없는 캄캄한 한
밤중에 옷 벗는 소리인가.

650. 기럭이외기럭이 洞庭瀟湘을어듸두고 半夜長城에잠든나를깨우

느냐 이後란 碧波寒月인제影徘徊만하여라.

◇ 대조; '半夜長城'은 '半夜殘燈'의 잘못인데 『靑丘永言』육당본에 이렇게 되어 있음.

洞庭瀟湘을 어듸 두고=동정호(洞庭湖)와 소상강(瀟湘江)을 어디 두고. 동정호와 소상강은 다 중국에 있는 강과 호수임. ◇半夜長城에=장성은 잔등(殘燈)의 잘못인 듯. 한밤중 까물거리는 등불에. ◇碧波寒月에 影徘徊만 하여라=푸른 물결 위에 차가운 달빛만 어릴 때 할 일 없이 그림자만 왔다 갔다 하는구나.

651. 나니언제런지 어제런지그제런지 月波亭밝은달아래뉘집술에醉하엿든지 眞實노 먹음도먹음엇슬사먹은집을몰래라. 金斗性

◇ 대조; '먹음엇실사'는 '먹엇실새'로 되어 있음. 작자가 박문욱(朴文郁)임.

나니 언제런지 어제런지 그제런지=아아 언제였던가. 어제였던가. 그제였던가. ◇月波亭 밝은 달 아래=월파정의 밝은 달빛 아래. 월파정은 고유명사일 수 있으나 달빛이 파도에 부딪히는 정자로 볼 수도 있음. ◇먹음도 먹음엇슬사=먹기도 먹었거니와.

652. 나는가거니와 사랑이란두고감세 두고가거든날본듯사랑하소 사랑이 푸待接하거든괴는대로잇거라.

◇ 대조; '잇거라'는 '이거라'로 되어 있음.

푸對接하거든 괴는대로 잇거라=제대로 대접을 하지 않거든 사랑해 주는 대로 있거라. 또는 오너라.

653. 南山나린골에 五穀을갓초심어 먹고못나머도긋지나아니하면

아마도 내집에내밥이야긔맛인가하노라. 金天澤

먹고 못 나머도 긋지나 아니하면=먹고 남지는 아니해도 부족하지나 아니
하면.

654. 南樓에북이울고 銀漢이三更인제   白馬金鞭에少年心도하다마는
紗窓에 기다릴님업시니그를설워하노라.

南樓에 북이 울고 銀漢이 三更인제=남쪽 누각에 시각을 알리는 북소리가
울리고 은하수는 기울어 한밤중인데. ◇白馬金鞭에 少年心도 하다마는=흰
말에 황금 채찍을 갖고 호사를 하고 싶은 어릴 쩍 마음이 많기도 하지마는.

655. 南山깁흔골에 두어이랑이러두고   三神山不死藥을다캐여심은말
이 어즈버 滄海桑田을혼자볼ㅅ가하노라. 申欽

두어 이랑 이러두고=많지 않은 밭을 일구어 두고. ◇三神山 不死藥을=삼
신산에 있다고 하는 불사약을. ◇滄海桑田을=천지개벽을. 세상이 몰라보게
달라지는 것을.

656. 내해좃타하고 남실흔일하지말고   남이한다고義아녀든좃지마라
우리는 天性을직히여삼긴대로하리라. 卞季良

내해 좃타 하고 남 실흔 일 하지 말고=내가 하기 좋다고 남이 싫어하는 일
을 하지 말고. ◇남이 한다고 義 아녀든 좃지마라=다른 사람이 한다고 하더
라도 옳은 일 아니면 따르지 마라.

657. 내게칼이잇서 壁上에걸녓스니   째째로우는소래무삼일이不平헌
가 斗牛에 龍光이쌧쳣스니사람알ㅅ가하노라. 李鼎輔

째째로 우는 소래 무삼 일이 不平헌가=때대로 우는 소리는 무슨 일이 만족
스럽지 않은가. ◇斗牛에 龍光이 쌧쳣스니 사람 알ㅅ가 하노라=두우에 용
광이 뻗쳤으니 사람들이 알가 두렵다. 두우(斗牛)는 별의 이름. 용광(龍光)은
보검이 번쩍이는 빛.

658. 내가슴들충腹板되고 임의가슴樺榴등되여   因緣진부레풀노時運
지게붓쳣시니 아무리 석달長마ㄴ들쩌러질줄잇시랴.

   내 가슴 들충 腹板 되고 임의 가슴 樺榴등 되여='들충'은 '두충(杜冲)'의 잘
못. 내 가슴을 두충의 배가 되고 임의 가슴은 화류의 등이 되어. 두충이나 화
류는 좋은 목재임. ◇因緣진 부레풀로 時運지게 붓쳣시니=인연이 된 부레
풀로 때의 운수에 맞게 붙였느니. 부레풀은 민어의 부레를 끓여 만든 접착
제. ◇석달 長마ㄴ들=석 달간 계속되는 장마인들.

659. 너도兄弟로고 우리도兄弟로다   兄友弟恭은불얼거시업거니와
너희는 與天地無窮하니그를불워하노라. 孝宗

   兄友弟恭은 불얼 거시 업거니와=형제간에 우애 있고 공손함은 부러울 것
이 없거니와. ◇與天地無窮하니=천지와 더불어 무궁하니.

660. 老人이듀령을집고 玉欄干에지혀서서   白雲을가르치며故鄕이제
엿마는 언제나 乘彼白雲하고至于帝鄕하리요.

   老人이 듀령을 집고 玉欄干에 지혀 서서=노인이 지팡이를 짚고 옥으로 만
든 난간에 기대서서. ◇白雲을 가르치며 故鄕이 제엿마는=흰 구름을 가리
키며 고향이 저기지만. ◇乘彼白雲하고 至于帝鄕 하리요=저기 떠 있는 흰
구름을 타고 제향에 이르리요. 제향(帝鄕)은 신선이 사는 곳.

661. 느저날써이고   太古쎡을못보안저   結繩을罷한後에世故도하도할
사   찰하리 酒鄕에들어이世界를이즈리라. 申欽

　　느저 날써이고 太古 쎡을 못 보안저=늦게 태어났구나. 태고의 시절을 못
보았구나.　◇結繩을 罷한 後에 世故도 하도할사=결승을 파한 뒤에 세상의
변고도 많기도 많구나. 결승(結繩)은 끈에 매듭을 지어 그것으로 의사소통을
하던 때로 상고시대를 가리킴.　◇酒鄕에 들어 이 世界를 이즈리라=술통 속
에 들어 이 세상을 잊으리라. 술에 취해 세상을 잊으리라.

662. 늙고病든中에 家貧허니벗이업다   豪華로단일제는올이갈이하도
헐사 이제는 三尺靑黎杖이知己런가하노라. 金友奎

　　豪華로 단일 제는 올 이 갈 이 하도헐사=호사스럽게 생활할 때는 오는 사
람 가는 사람들이 많기도 많았구나.　◇三尺 靑藜杖이 知己런가 하노라=석
자밖에 인되는 명아주지팡이가 나를 알아주는 친구인가 하노라.

663. 늙고病든情은 菊花에붓쳐두고   실가치혓흔愁心墨葡萄에붓처놋
고   귀밋헤 홋나는白髮은一長歌에붓첫노라. 金壽長

◆ 대조; '붓처놋코'는 '붓쳐노라'로 되었음.

　　菊花에 붓쳐 두고=국화에 맡겨두고.　◇실가치 혓흔 愁心 墨葡萄에 붓처
놋코=실처럼 흐트러진 수심을 잊고 먹으로만 그린 포도 그림에 관심을 가지
고.　◇홋나는 白髮은 一長歌에 붓첫노라=흩날리는 백발은 긴 노래에 의지
했노라. 노래에 관심을 가졌다.

664. 달은언제나며   술은뉘삼긴고   劉伶이업슨後에太白도간대업다
아마도 물을곳업스니홀로醉코놀니라. 朗原君

달은 언제 나며 술은 뉘 삼긴고=달은 언제 생겼으며 술은 누가 만들어 낸 것인고. ◇劉伶이 업슨 後에 李白도 간대 업다=유령이 죽은 뒤에 이백도 간 곳이 없다. 유령과 이백은 진(晉)나라와 당(唐)나라 때에 술을 좋아했던 사람들.

665. 닭에소래기러지고 봄이장차점엇세라   바람은품에들고버들빗치 새로왜라   임向한 相思一念을못내설워하노라.

닭에 소래 기러지고 봄이 장차 점엇세라=닭의 울음소리가 길어지고 봄은 장차 저물어 가는구나. ◇바람은 품에 들고 버들빗치 새로왜라=바람은 품을 파고들고 버들 빛은 새롭구나. ◇님向한 相思一念은=임에게 향하는 오로지 그리운 생각은.

666. 東窓이旣明커늘 님을깨여보내오니   非東方則明이오月出之光이 로다   脫鴛衾 退鴛枕하고展轉反則하쇼라.

◇ 대조; '展轉反則'은 '輾轉反側'의 잘못.

東窓이 旣明커늘 님을 깨여 보내오니=동창이 이미 밝았거늘 서둘러 임을 깨워 보내니. ◇非東方卽明이오 月出之光이로다=동방이 이미 밝은 것이 아니라. 날이 샌 것이 아니라. 달이 떠오르는 빛이로다. ◇脫鴛衾 退鴛枕하고 展轉反則 하쇼라='展轉反則'은 '전전반측(輾轉反側)'의 잘못. 원앙을 수놓은 베개와 이불을 물리고 이리 둥글 저리 둥글면서 잠을 이루지 못하더라.

667. 東嶺에달오르니 柴扉에개짓는다   僻巷窮村에뉘나를차자오리 兒禧야 柴扉를기우려라너와둘이잇시리라.

東嶺에 달 오르니 柴扉에 개 짓는다=동쪽 마루에 달이 뜨니 사립에 개가 짖는다. ◇僻巷窮村에 뉘 나를 차자오리=외지고 궁벽한 마을에 누가 나를 찾아오겠느냐. ◇柴扉를 기우려라=사립문을 닫아라.

668. 東風어제ㅅ비에　杏花옷다퓌거다　滿園紅綠이錦繡가일윗세라
두어라 山家富貴를사람알ㅅ가하노라. 李鼎輔

　杏花옷 다 퓌거다=살구꽃이 다 피었겠다.　◇滿園紅綠이 錦繡가 일윗세라=
동산 가득한 붉고 푸른빛이 아름다운 비단을 이루었구나.　◇山家富貴를 사
람 알가=시골에서 사는 사람이 자연을 벗 삼고 사는 것을 속세의 사람들이
알가.

669. 두고가는離別한님　몃歲月을지내언고　流水가덧업서곱든樣子늙
엇고나　저임아 白髮을恨치마라離別뉘를슬혀라. 申喜文

　流水가 덧 업서 곱든 樣子 늙엇고나=흐르는 물과 같은 세월이 덧없어 곱던
모습이 다 늙었구나.　◇離別뉘를 슬혀라=이별함을 슬퍼해라.

670. 萬頃蒼波欲暮天에　穿魚換酒柳橋邊을　客來問我興亡事어늘笑指
蘆花月一船이로다　술醉코 江湖에저잇시니節가는줄몰내라.

　萬頃蒼波欲暮天에 穿魚換酒柳橋邊을=만경창파에 해는 저물어가려 하는데
잡은 고기를 꿰어 버드나무가 있는 다리의 가에서 술과 바꾼다.　◇客來問我
興亡事어늘 笑指蘆花月一船이로다=손이 내게 와서 흥망사를 묻거늘, 흥망
사(興亡事)는 속세의 일을 말함. 웃으며 갈대꽃에 달이 비친 배 한 척을 가
리키더라.

671. 말은가려울고　임은잡고아니놋네　夕陽은재를넘고갈길은千里로
다　저임아 가는날잡지말고지는해를잡어라.

　夕陽은 재를 넘고 갈 길은 千里로다=지는 해는 고개를 넘고 갈 길은 까마
득하구나.

672. 明燭達夜하니 千秋에高節이오 獨行千里하니萬古의大義로다 世
上에 節義兼全은漢壽亭侯ㄴ가하노라.

明燭達夜하니 千秋에 高節이오=촛불을 밝히고 밤을 새우니 이제까지 보기
드믄 높은 절개요. ◇獨行千里하니 萬古의 大義로다=홀로 천리를 가니 만
고에 없는 커다란 의리로다. 관우(關羽)가 의리를 중히 여겨 적진 천리를 달
려 유비(劉備)에게 달려갔던 고사를 말함. ◇節義兼全은 漢壽亭侯ㄴ가 하노
라=절개와 의리를 온전하게 겸비한 사람은 한(漢)나라의 수정후인가 한다.
수정후는 관우에게 준 칭호임.

673. 茅簷기나긴해에 하올일이아조업서   蒲園에낮잠들어夕陽이지나
쌔니 門밧게 뉘아함하고낚시가자하느니. 金光煜

❖ 대조; '蒲園'은 '蒲團'의 잘못, '지나깨니'는 '지자깨니'로 되어 있음.

茅簷 기나긴 해에 하올 일이 아조 업서=추녀를 지나는 기나긴 해에 할 일
이 아주 없어. ◇蒲園에 낮잠 들어='포원(蒲園)'은 '포단(蒲團)'의 잘못. 포
단 위에 낮잠의 들어. ◇뉘 아함하고 낚시 가자 하느니=누가 아함 하면서
낚시가자 하더라. 누가 인기척을 하면서.

674. 無道하기로 陰陵에길을일코   드듸어갈쬑업서하날보기북그러워
烏江을 건느지아녀어이설워하리. 朱義植

無道하기로 陰陵에 길을 일코=도의가 없기 때문에 음릉에서 길을 잃고. 항
우(項羽)가 해하(垓下)에서 패하여 음릉에 이르러 길을 잃은 것을 말함. ◇
드듸어 갈 쬑 업서 하늘 보기 북그러워=드듸어 갈 곳이 없어 하늘 보기가
부끄러워. ◇烏江을 건느지 아녀 어이 설워하리=오강을 건너지 아니하고
어이 서러워하느냐. 오강(烏江)은 항우가 자결해 죽은 강.

675. 門닷고글닐넌지 몃歲月이되엿관대   庭畔에심은솔이老龍麟을일

우윗다 名園에 퓌여진한桃花야몃번인줄알니요. 李廷蓋

庭畔에 심은 솔이 老龍鱗을 이루윗다=뜰에 심은 솔이 늙은 용의 비늘을 이
루었구나. ◇名園에 퓌여진 한 桃李야 몃 번인줄 알니요=이름난 동산에 피
고 지고한 도리야 몇 번인 줄을 알겠느냐.

676. 父兮날나흐시니 恩惠밧게恩惠로다 母兮날길으시니德밧게德이
로다 아마도 하날갓흔이恩德을어듸다혀갑사올고. 金壽長

어듸 다혀 갑사올고=어디에다 견주어 갚을 수가 있을까.

677. 뭇노라저禪師야 關東風景엇더터니 明沙十里에海棠花붉거시니
遠浦에 兩兩白鷗는飛疏雨를하더라.

◆ 대조; '붉거시니'는 붉것는듸'나 '붉거잇고'로 되어 있음.

뭇노라 저 禪師야 關東風景 엇더터니=묻겠다. 저 스님아, 강원도의 경치가
어떻더냐. ◇遠浦에 兩兩白鷗는 飛疏雨를 하더라=먼 포구에 쌍쌍이 나는
백구들이 어쩌다 내리는 빗속을 나르고 있더라.

678. 博古通今하니 크기도가장크다 以盛萬物하니斤量이가이업다
두어라 宦海에쒸워以濟不通하리라. 金振泰

博古通今하니=고금의 일에 널리 통달하니. ◇以盛萬物하니 斤量이 가이
업다=모든 물건들을 다 담을 수 있으니 무게가 끝이 없다. ◇宦海에 쒸워
以濟不通 하리라=험난한 바다에 띄워 통하지 않는 것들을 다 건너게 하겠
다. 환해(宦海)는 벼슬길을 바다의 험난함에 비유한 것임.

679. 盤中早紅감을 고아도본일업다 柚子ㅣ아니라도품음즉하다마는

품어가 반기리업스니그를설워하노라. 朴仁老

◇ 대조; '본일업다'는 '보니업다' 또는 '보이ᄂ다'로 되어 있음.

盤中 부紅감을 고아도 본 일 업다=소반 가운데 일찍 익은 감을 곱게 본 적
이 없다. ◇柚子ㅣ 아니라도 품음즉 하다마는=유자나무의 열매가 아니라
하더라도 품을 만하지마는. 옛날 중국의 육적(陸績)이 어렸을 때 원술(袁術)
이 준 유자를 어머니 생각을 하고 먹지 않고 품속에 넣었던 고사. ◇반기리
업스니=반가워할 사람이 없느니. 어머니가 이미 돌아가셨으니.

680. 父母生之하시니 續莫大焉하옵나니 撻之流血한들疾怨을참아할ㅅ
    가 生我코 鞠我하신德을못갑흘ㅅ가하노라. 許橿

◇ 대조; '鞠我하신德을'은 '鞠我하신恩德을'로 『靑丘永言』육당본은 이렇게 되어
있음.

父母生之하시니 續莫大焉하옵나니=부모님이 나아주시니 이것을 이을 더
큰 것이 없나니. ◇撻之流血한들 疾怨을 참아 할ㅅ가=종아리를 맞아 피를
흘린들 부모님을 미워하고 원망인들 차마 하겠느냐. ◇生我코 鞠我하신 德
을=나를 낳아주시고 키워주신 은덕을.

681. 北窓凉風下에 훨적벗고누엇스니 紅塵에念絕하고一卷茶經쑌이
    로다 아마도 羲皇上人은나쑌인가하노라.

北窓 凉風下에=시원한 바람이 부는 북쪽 창 앞에. ◇紅塵에 念絕하고 一
卷 茶經 쑌이로다=속세에 대한 생각을 끊어버리고 한 권의 차에 관한 책에
전념할 뿐이로다. ◇羲皇上人은=예전 복희씨 때의 신선처럼 산 사람은.

682. 四皓ㅣ진즛것가 留候에奇計로다 진실로四皓면은一定아니나오
    려니 그려도 아니냥하여呂氏客이되도다. 申欽

◆ 대조; '留候에'는 '留侯의'의 잘못.

　　四皓ㅣ 진즛 것가=사호가 진정한 것인가. 사호(四皓)는 진(秦)나라 때 난을 피해 상산(商山)에 숨어살던 네 사람인 동원공(東園公), 기리계(綺里季), 하황공(夏黃公), 녹리선생(甪里先生)으로 모두가 눈썹이 희었으므로 상산사호(商山四皓)라 불리었음. ◇留候에 奇計로다='留候'는 '留侯'의 잘못. 유후의 기묘한 계책이로다. 유후는 장량(張良)을 가리킴. ◇그려도 아니냐하여 呂氏客이 되도다=그래도 아닌 체하여 여씨(呂氏)의 손님이 되었다. 여씨(呂氏)는 한(漢)나라 고조(高祖)의 왕후로 여후가 장량의 계교를 써서 사호를 상산에서 나오게 했음.

683.　山村에밤이드니 먼듸개즈저온다　柴扉를열고보니하날이차고달이로다　저개야 空山잠든달을즈저무삼하리요. 千錦

　　山村에 밤이 드니 먼듸 개 즈저 온다=산골 마을에 밤이 되니 먼 곳의 개들이 짖어 운다. ◇空山 잠든 달을 즈저 무삼 하리요=텅 빈 산에 인적이 끊겨 조용한 가운데 떠 있는 달을 짖어 무엇 하겠느냐.

684.　山頭閑雲起하고　水中白鷗飛라　無心코多情하기이두것이로다　一生에 시름을일코너를좃차놀니라. 李賢輔

◆ 대조; '시름을일코'는 '시름을 닛고'의 잘못.

　　山頭閑雲起하고 水中白鷗飛라=산마루에 한가한 구름이 떠오르고 물에는 갈매기가 나는구나. ◇無心코 多情하기=아무런 생각이 없고 정이 많이 가기는. ◇시름을 일코=근심을 잊고.

685.　三萬六千日을　每樣만여기지마소　夢裏靑春이어슨듯지내느니이조흔 太平烟月인제아니놀고어이리.

三萬六千日을 每樣만 여기지 마소=백년을 매번 같은 것으로만 생각하지 마십시오. ◇夢裏靑春이 어슨 듯 지내느니=꿈속과 같은 젊음이 어느 덧에 지나가느니.

686. 西山에 日暮하니 天地에가이업다   梨花에 月白하니님生覺이새로 웨라   杜鵑아 너는누구를그려밤새도록우나니. 李明漢

西山에 日暮하니 天地에 가이 업다=서산으로 해가 지니 세상이 끝이 없다. 캄캄하다. ◇누구를 그려=누구를 그리워하여.

687. 西塞山前白鷺飛하고 桃花流水厥魚肥라   靑篛笠綠簑衣로斜風細 雨不須歸라   이곳에 張志華업스니놀니적어하노라.

西塞山前白鷺飛하고 桃花流水鱖魚肥라=서새산 앞에 백로가 날고 복숭아꽃 이 떠 흘러가는 물에 쏘가리가 살졌다. ◇靑篛笠綠簑衣로 斜風細雨不須歸 라=푸른 삿갓과 도롱이로 비낀 바람에 가랑비 내리는데 돌아가 무엇하겠느 냐. ◇張志華 업스니 놀니 적어 하노라=장지화 없으니 놀 사람이 적다고 하 겠다. 장지화는 당(唐)나라 때 사람.

688. 西湖눈진밤에 달빗치낫갓흔저   鶴氅을여의이고江皐로나려가니 蓬海에 羽衣仙人을마조본듯하여라.

◇ 대조;‘여의이고’는‘님의혀고’로 되어 있음. 작자가 허강(許橿) 또는 허정(許 珽)으로 되어 있음.

西湖 눈진 밤에 달빗치 낫 갓흔저=서호에 눈이 내린 밤에 달빛이 낮과 같 구나. ◇鶴氅을 여의이고 江皐로 나려가니=학창의를 여미여 입고 강 언덕 으로 나려가니. 학창의(鶴氅衣)는 옷 가의 선을 검은 천으로 둘러 학의 모습 을 연상케 하는 은자(隱者)들의 옷. ◇蓬海에 羽衣仙人을 마조 본 듯하여라 =봉래산에 있다는 깃옷을 입은 신선을 마주 본 듯하구나.

689. 細雨쑤리는날에 紫芝장옷뵈오잡고 梨花핀골노진동한동가는閤氏
어듸가 뉘거짓말듯고옷젓는줄모르느니.

◇ 대조; '뵈오잡고'는 '뷔혀잡고'로 되어 있음.

　紫芝장옷 뵈오 잡고=붉은 빛 장옷을 부여잡고. 장옷은 여인네가 외출할 때
에 머리에 쓰는 옷의 한 가지. ◇梨花 핀 골노 진동한동 가는 閤氏=복숭아
꽃이 핀 동리로 허둥지둥 가는 아가씨.

690. 細雨버들가지걱거 낙근고기꿰여들고 술집을차즈랴하고斷橋로
건너가니 그곳에 杏花ㅣ저날리니아무덴줄몰내라. 金光煜

◇ 대조; '細雨버들가지'는 '細버들가지'로 되어 있음.

　細雨 버들가지 걱거='細雨'는 '細'의 잘못. 수양버드 가지를 꺾어. ◇杏花
ㅣ 저 날리니 아무덴 줄 몰내라=살구꽃이 떨어져 바람에 날리니 어디인 줄
을 모르겠구나.

691. 世上에藥도만코 드는칼도만컨마는 情버힐칼이업고임이즐藥이
업네 두어라 잇고버히기는後天에나하리라.

◇ 대조; '만컨마는'은 '잇것마는'으로 『海東樂章』만 이렇게 되어 있음. '後天에나
하리라'는 '後天에나헐넌지'로 되어 있음.

　드는 칼도 만컨마는=예리한 칼도 많지마는. ◇情 버힐 칼이 업고 임 이즐
藥이 업네=인정을 자를 칼이 없고 임을 잊을 약이 없네. ◇잇고 버히기는
後天에나 하리라=임을 잊고 정을 자르는 것은 먼 후세에나 하겠다.

692. 世上富貴人들아 貧賤을웃지마라 寄食於漂母헐제設壇拜將을뉘

아드냐 두어라 돌속에든玉은博物君子ㅣ알니라. 金友奎

　寄食於漂母헐제 設壇拜將을 뉘 아드냐=표모에게 밥을 얻어먹을 때 단을 만들고 대장으로 대접할 줄을 누가 알았더냐. 표모(漂母)는 빨래품을 팔아 생계를 유지하는 여자. 한(漢)나라 한신(韓信)이 어릴 때 가난하여 표모에게서 밥을 얻어먹었고 후에 한 고조(漢高祖)에게 갔으나 처음에는 제대로 대접을 하지 않자 도망한 것을 소하(蕭何)가 건의하여 단을 만들고 대장으로 대접한 고사를 말함. ◇돌 속에 든 玉은 博物君子ㅣ 알니라=돌 속에 들어 있는 옥을 모든 것이 능통한 사람을 알 것이다.

693. 小園百花叢에　나니는나뷔들아　香내를조희여겨柯枝마다안ㅅ지마라　夕陽에 숨쑤즌거뮈는그물걸고엿는다.

　小園百花叢에 나니는 나뷔들아=작은 동산에 핀 온갖 꽃 속을 날아다니는 나비들아. ◇香내를 조희 여겨=향내만 좋게 생각하여. ◇숨쑤즌 거뮈는 그물 걸고 엿는다=음흉한 거미는 그물을 쳐놓고 엿본다.

694.　松間石室에가셔　曉月을보려하니　空山落葉에길찻기어려웨라　어듸셔　白雲이조차오니女蘿衣가무거왜라. 尹善道

◇ 대조; '길찻기어려웨라'는 '길을어이ㅊ자가리'로 되어 있음.

　松間石室에 가셔 曉月을 보려하니=소나무 숲에 돌로 지은 집에 가서 새벽 달을 보려고 하니. ◇白雲이 조차 오니 女蘿衣가 무거왜라=흰 구름이 따라 오니 여라의가 무겁구나. 여라의(女蘿衣)는 덩굴의 한 가지.

695. 睢陽城月暈中에　누구누구男子ㅣ런고　秋霜은萬春이요烈日은霽雲이라　아무나　英雄을뭇거든두사람을이르리라.

　睢陽城月暈中에=수양성에 달무리를 하는 가운데. 수양성은 중국 하남성에

235

있던 당(唐)나라의 성으로 안녹산의 난리 가운데 장순(張巡)과 남제운(南霽雲)이 죽음으로 지킨 성. ◇秋霜은 萬春이요 烈日은 霽雲이라=추상같이 엄한 장수는 뇌만춘(雷萬春)이요 뜨거운 해와 같은 충신을 남제운(南霽雲)이다. ◇아무나 英雄을 뭇거든 두 사람을 이르리라=누구든 영웅이 누구냐고 묻는다면 만춘과 제운 두 사람을 일컬으리라.

696. 술이몃가지요 濁酒와 淸酒ㅣ로다 먹고醉할센정淸濁이關係하랴
月明코 風淸한밤이면아니쌘들엇더리. 申欽

　먹고 醉할센정 淸濁이 關係하랴=먹고 취할 것이라면 맑은 술과 막걸리를 관계하랴.

697. 時節도저러하니 人事도이러하다 이러하거니어이저리아니할소냐
이런자 저런자하니한숨겨워하노라. 李恒福

◇ 대조; 가번 136과 중복

698. 是非업슨後ㅣ니 榮辱이不關하다 琴書헛튼後에이몸이閑暇하니
白鷗야 機事를이즘은너와낸가하노라. 申欽

◇ 대조; '不關하다'는 '다不關하다'로 『靑丘永言』육당본에 이렇게 되어 있음.

　是非 업슨 後ㅣ니 榮辱이 不關하다=시비가 없는 뒤니 영욕이 관계없다. ◇琴書를 헛튼 後에=음악에 관한 책들을 다 흩뜨린 뒤에. ◇機事를 이즘은=번잡한 일을 잊음은. 기사(機事)는 기밀의 일이나. 세속의 일로 보는 것이 좋음.

699. 十年을가온칼이 匣裏에우노매라 關山을바라보며쌔쌔로만겨보니
丈夫에 爲國功勳을어느쌔에드리울고.

十年을 가온 칼이 匣裏에 우노매라=십년 동안을 갈은 칼이 칼집 속에서 우는구나. ◇關山을 바라보며=변방 국경의 산을 바라보며. ◇爲國功勳을 어느 째에 드리울고=나라를 위한 공훈을 어느 때에나 드릴 수 있을까.

700. 峨嵋山月半輪秋와 赤壁江山無限景을 李謫仙蘇子瞻이놀고남겨두온뜻은 後世에 英雄豪傑로이어놀게함이라.

娥眉山月半輪秋와 赤壁江山無限景을=아미산에 반달이 뜬 가을과 적벽강과 산의 무한한 경치를. '아미산월반륜추'는 이백의 「아미산월가(娥眉山月歌)」의 기구(起句)임. ◇李謫仙과 蘇子瞻이=이백(李白)과 소식(蘇軾)이. 소식은 송(宋)나라 문인임. ◇이어 놀게 함이라=계속하여 놀게 함이다.

701. 御極三十年에 堯天인가舜日인가 巍巍蕩蕩하오심을뉘能히일흠ㅅ할고 아마도 四時로비기시면봄이신가하노라. 翼宗

御極 三十年에 堯天인가 舜日인가=즉위하신 지 삼십 년 동안이 요나라 하늘인지 순나라 해인지. ◇巍巍蕩蕩하오심을 뉘 能히 일흠ㅅ할고=왕도(王道)가 높고 큼을 누가 능히 이만큼 이름 할 수 있을꼬. ◇四時로 비기시면 봄이신가=일년에 비긴다면 항상 봄철인가. 봄은 희망의 계절이기 때문임.

702. 漁歌牧笛소래 谷風이섯겨불제 午睡를갓쎄여醉眼을열어보니 재넘어 여남은벗이와서携壺欵扉하노매라. 金天澤

漁歌牧笛 소래 谷風이 섯겨 불 제=어부들의 노래 소리와 목동들의 피리소리에 골짜기에서 부는 바람이 섞여 불 때. ◇午睡를 갓쎄여 醉眼을 열어보니=낮잠을 막 깨어 취기가 어린 눈을 떠보니. ◇재 넘어 여남은 벗이 와서 携壺欵扉 하노매라=애비는 관비(款扉)의 잘못. 고개 넘어 여남은 벗이 술병을 들고 와서 사립문을 두드리더라.

703. 於臥보완제고 그리던임을보완제고 七年之루에열구름의비ㅅ발

본듯 이後에 쏘다시만나면九年之水에볏뉘본듯하여라.

於臥 보완제고=어와 보았도다. ◇七年之旱에 열구름의 비ㅅ발 본 듯=칠년 동안의 가뭄에 지나가는 구름의 빗발을 본 듯. 칠년대한(七年大旱)은 은(殷)나라 탕왕(湯王) 때에 있었다고 함. ◇九年之水에 볏뉘 본 듯하여라=구년 동안의 홍수에 햇볕을 본 듯하여라. 구년지수는 요(堯)임금 때에 있었다고 함.

704. 於臥내일이여 나도내일을모를너라 우리임가오실ㅅ제가지못하게하올런가 보내고 길고긴歲月에살쓴生覺어이료. 朴孝寬

◆ 대조; '하올런가'는 '못헐년가'로 되어 있음.

於臥 내 일이여 나도 내 일 모를너라=아 내가 한 일이여. 또는 나의 일이여. 나도 내가 한 일을 모르겠구나. ◇가지 못하게 하올런가=가지 못하게 할까. ◇살쓴 生覺 어이료=애타는 생각을 어찌 하리요.

705. 於臥보완제고 저禪師님보완제고 저럿튼고흔樣子헌누븨에싸이엇는고 臘雪中 冬栢花한柯枝가老松속에들미라.

저 禪師님 보완제고=저 스님을 보았도다. ◇저럿튼 고흔 樣子 헌 누븨에 싸이엇는고=저렇게 고운 얼굴이 헌 누비에 쌓였는고. 누비는 스님의 옷의 한 가지. ◇臘雪中 冬栢花 한 柯枝가 老松 속에 들미라=납월(臘月)에 내리는 눈 가운데 동백꽃 한 가지가 늙은 소나무 속에 들어 있는 것 같구나. 납월은 음력 12월임.

706. 於臥저白鷗야 무삼役事하여신다 갈숩으로바자이며고기엿기하엿고야 날갓치 군마음업시잠만들면엇더리. 金光煜

◆ 대조; '하여신다'는 '하ᄂ슨다'로 되어 있음.

무삼 役事하여신다=무슨 일을 하는 것이냐. ◇갈숩으로 바자이며 고기 엿기 하엿고야=갈대숲으로 배회하며 고기 엿보기를 하는구나. ◇날 갓치 군 마음 업시=나처럼 쓸 데 없는 마음 가지지 말고.

707. 於臥어릴시고 이내일어릴시고 내靑春누를주고뉘白髮맛헛는고
이제야 아모리차즐연들물을곳이업세라. 金壽長

於臥 어릴시고 이 내 일 어릴시고=어와 어리석구나. 내가 한 일이 어리석 구나. ◇내 靑春 누를 주고 뉘 白髮 맛헛는고=나의 젊음을 누구에게 주고 누구의 늙음을 맡았는고. ◇아모리 차즐연들=아무리 찾고자 한들.

708. 於臥벗님네야 착하도다자랑마소   是非長短이오로다文章習氣
世上에 不敏聾瞽는나쑨인가하노라.

◇ 대조; 작자 김진태(金振泰) 누락.

착하도다 자랑마소=착하다고 자랑마라. ◇是非長短이 오로다 文章習氣= 옳고 그름과 잘 잘못이 오직 문장의 기품과 기운이다. ◇不敏聾瞽는=민첩 하지 못한 귀머거리와 장님은. 세상 물정에 어두운 사람은.

709. 於臥棟梁村을 저리하여어이할고   헐쓰더긔운집에議論도하도하
다 뭇지위 庫子자맨들고쓰다가말녀한다. 鄭澈

◇ 대조; '棟梁村'은 '棟梁材'의 잘못. '쓰다가말녀한다'는 '헵쓰다가말녀는다'로 되 어 있음.

於臥 棟梁村을 저리하여 어이할고='동량촌(棟梁村)'은 '동량재(棟梁材)'의 잘못. 어와 기둥이나 들보가 될 재목을. 훌륭한 인재를. 저렇게 소홀히 다루 어 어찌할 것인가. ◇헐쓰더 기운 집에 議論도 하도하다=헐고 뜯어 기울은 집에 말들도 많기도 많다. ◇뭇 지위 庫子자맨 들고 쓰다가 말녀 한다=여러

목수들이 먹고자만 들고 헐뜯다가 말려고 한다. 일을 실행에 옮기지 않고 말만 하다가.

710. 어엽쑨네임금을　生覺하고절노우니　하날이식혓거든네어이울녓느니　날업슨　霜天雪月에는눌노하여우니던다. 李

◇ 대조; 작자 李(溪) 탈락.

어엽쑨 네 임금을 生覺하고 절노 우니=불쌍한 네 임금을 생각하고 스스로 우니. ◇하날이 식혓거든 네 어이 울녓느냐=하늘이 시켰다면 네가 어찌 울겠느냐. ◇날 업슨 霜天雪月에는 눌노 하여 우니던다=내가 없는 추운 달밤에 누구로 하여금 울게 할 것이냐.

711. 어인벌네완대　落落長松을다먹는고　부리긴저고리는어느골에가잇는고　空山에　伐木聲들닐제면애긋는듯하여라.

◇ 대조; '伐木聲'은 '落木聲'으로, '애긋는듯하여라'는 '내안둘뒤업세라'로『靑丘永言』육당본만 이렇게 되어 있음.

어인 벌네 완대=어떤 벌레이기에. ◇부리 긴 저고리는 어느 골에 가잇는고=부리가 긴 딱따구리는 어느 골짜기에 가 있느냐. ◇空山에 伐木聲 들닐제면 애긋는 듯하여라=텅 빈 산에 나무 쪼는 소리가 들릴 때면 창자가 끊어지는 것 같구나.

712. 易水점운날에　찬바람은무음일고　擊筑悲歌에壯士ㅣ一去不復還이라.　至今에　俠屈遺恨이가실ㅅ줄이잇스랴. 李鼎輔

易水 점운 날에 찬바람은 무음 일고=역수의 저문 날에 찬바람은 무슨 일인가. 역수(易水)는 중국 하북성에 있는 강 이름. ◇擊筑悲歌에 壯士ㅣ 一去不復還이라=축을 치고 슬픈 노래를 부름에 장사는 한 번가고 다시 돌아오지

않는구나. 형가(荊軻)가 진왕(秦王)을 죽이러 가는 도중에 역수에서 연단(燕丹)과 이별할 때 고점리(高漸離)가 축을 치고 형가가 그에 화답했다는 고사. ◇俠窟遺恨이 가실ㅅ줄 이 잇스랴=협객에게 생전의 남은 한이 변한 줄이 있겠느냐.

713. 烏江에月黑하고 騅馬는안이간다 虞兮虞兮여내너를어이하리 平生에 萬人敵배와내여이리될ㅅ줄어이알니.

烏江에 月黑하고 騅馬는 안이 간다=오강에 달이 캄캄하고 오추마는 가지 아니한다. 오강은 항우(項羽)가 해하성에서 패해 자결한 곳이고 오추마는 항우가 타던 말의 이름임. ◇虞兮虞兮여 내 너를 어이 하리=우여 우여 내가 너를 어찌하면 좋겠느냐. 우(虞)는 항우가 사랑하던 여인. ◇平生에 萬人敵 배와 내여 이리 될ㅅ줄 어이 알니=생전에 혼자서 만인의 적을 상대할 수 있는 재주를 배워서 이렇게 될 줄을 어찌 알았겠느냐. 항우를 두고 한 말임.

714. 梧桐성긘비에 秋風이乍起하니 갓득에실음헌데蟋蟀聲은무삼일고 江湖에 消息이엇덜지이럭이알ㅅ가하노라. 李鼎輔

◇ 대조; '이럭이'는 '기럭이'의 잘못.

梧桐 성긘 비에 秋風이 乍起하니=오동나무의 넓은 잎에 어쩌다 떨어지는 비에 가을바람이 잠깐 일어나니. ◇갓득 시름 헌데 蟋蟀聲은 무삼 일고=가뜩이나 걱정이 많은데 귀뚜라미의 우는 소리는 무슨 일인가. ◇이럭이 알ㅅ가='이럭이'는 '기럭이'의 잘못. 기러기가 알까.

715. 玉에흙이뭇어 길가에버렷스니 오는이가는이다흙만녁엿도다 두어라 흙이라한들흙일줄기잇시랴. 尹斗緖

오는 이 가는 이 다 흙만 녁엿도다=오는 사람 가는 사람들이 다 흙으로만 생각했다. ◇흙이라 한들 흙일 줄 잇시랴=옥을 흙이라고 한들 흙일 수가 없다.

716. 瑤池에봄이드니 碧桃花ㅣ다퓌거다   三千年맷친열매玉盤에담앗
스니   眞實노 이盤곳밧으시면萬壽無疆하오리라. 翼宗

 ◇ 대조; 다른 가집에 작자 표시가 없음.

　瑤池에 봄이 드니=요지에 봄이 되니. 요지는 서왕모(西王母)가 사는 곳에
있다고 하는 연못. ◇三千年 맷친 열매=삼천년 만에 달린 열매. 요지의 복
숭아는 삼천년에 한 번 달린다고 함. ◇이 盤곳 밧으시면=이 소반을 받으시
면.

717. 요내가삼썩은대로 님의畫像그려내여   나자는머리맛헤簇子삼아
거러두고   밤口中만 임生覺날ㅅ제면처다뵐ㅅ가하노라.

 ◇ 대조; ‘요내가삼’이 ‘내가삼’으로, ‘처다뵐ㅅ가하노라’는 ‘족자출침’으로 되어 있
음.

　요 내 가삼 썩은대로 님의 畫像 그려내여=이 내가 임이 그리워 썩을 대로
썩은 심정으로 임의 모습을 그려

718. 우는새는벅국샌가 푸른것은버들숨가   漁村두세집이暮煙에잠겻
세라   夕陽에 싹일은갈몃이는오락가락하더라.

 ◇ 대조; ‘우는새는’은 ‘우는거시’로되어 있음.

　暮煙에 잠겻세라=저녁 때에 퍼지는 연기에 잠겼구나.

719. 雲臺上鶴髮老仙 風流宗師그뉠너냐   琴一張歌一曲에永樂千年하
단말가.   謝安의 携妓東山이야일너무삼하리요. 扈錫均

雲臺上鶴髮老仙 風流宗師 그 뉠너냐=인왕산 필운대에 학처럼 흰머리를 휘날리는 늙은 신선이며 풍류에 제일가는 스승이 그 누구겠느냐. 고종(高宗) 때 가인(歌人) 박효관(朴孝寬)을 가리킴. ◇琴一張 歌一曲에 永樂千年 하단 말가=거문고 하나에 노래 한 곡조로 평생을 즐겁게 지낸단 말인가. ◇謝安의 携妓東山이야 일너 무삼 하리요=사안이 기생을 데리고 동산에서 놀았다는 것을 말하여 무엇 하겠느냐. 사안(謝安)은 진(晉)나라 때의 은사(隱士)로 지금의 중국 절강성에 있는 동산에서 기생을 데리고 놀았다는 고사가 있음.

720. 울며잡은소매 썰치고가지마소 迢遠長堤에해다점우럿네 客窓에
殘燈도도고새와보면알니라. 李明漢

迢遠長堤에 해 다 점우럿네=아득하게 먼 긴 둑에 해가 거의 저물었다. ◇客窓에 殘燈 도도고 새와보면 알니라=객지에서 까물거리는 등잔불의 심지를 돋우고 밤을 새워 보면 알 것이다.

721. 遠上寒山石逕斜하니 白雲深處有人家ㅣ라   停車坐愛楓林晚하니
霜葉이紅於二月花ㅣ로다   아마도 無限風景은이쑨인가하노라.

◇ 대조; '無限風景'은 '無限淸景'으로 되어 있음.

遠上寒山石逕斜하니 白雲深處有人家ㅣ라=멀리 한산의 돌길이 비꼈는데 흰 구름 깊은 곳에 인가가 있구나. ◇停車坐愛楓林晚하니 霜葉이 紅於二月花ㅣ로다=수레를 멈추고 늦가을의 경치를 보니 서리 맞은 나뭇잎이 봄철의 꽃보다 붉더라. 당(唐)나라 두목(杜牧)의 「산행(山行)」시를 시조로 만든 것임.

722. 銀河에물이지니 烏鵲橋ㅣ쓰단말가   소익끈仙郎이못건너오리로
다 織女의 寸만한肝腸이봄눈스듯하여라.

銀河에 물이 지니 烏鵲橋ㅣ 쓰단 말가=은하수에 장마가 지니 오작교가 뜨겠구나. ◇소 익끈 仙郎이=소를 이끄는 사랑하는 사람. 견우성(牽牛星)를

가리키는 것임. ◇織女의 寸만한 肝腸이 봄 눈 스 듯하여라=직녀성의 조그
마한 간장이 봄철의 눈 녹듯 하는구나.

723. 이盞잡우시고 이내말곳처들어   一樽酒슷처갈제이을일만分別하
세   이밧게 是非憂樂을나는몰나하노라. 金天澤

　　이 내말 곳처 들어=나의 말을 다시 들어. ◇一樽酒 스쳐갈 제 이을 일만
分別하세=한 통의 술이 다 되어 갈 때 이것을 계속할 일만을 가려서 하세.
◇이 밧게 是非憂樂을=이 것 이외의 옳고 그름 이나 근심이나 즐거움을.

724. 이생저생하니 이런일이무삼일고   희롱하롱하니歲月이거의로다
두어라 已矣已矣하니아니놀고어이라.

　◆ 대조; '이런일'은 '일운일'의 잘못, 작자 송인(宋寅) 누락.

　　이생저생 하니 이런 일이 무삼 일고='이런일'은 '이룬일'의 잘못인 듯. 이
럭저럭 하다보니 이룬 일이 무엇이 있는가. ◇희롱하롱 하니 歲月이 거의로
다=희롱하롱 하다 보니 세월만 거의 다 갔구나. ◇已矣已矣하니=이미 지나
고 또 지난 일이니.

725.   梨花에 月白하고   銀漢이三更인제   一枝春心을子規야알냐마는
多情도 病이냥하여잠못드러하노라. 李兆年

　　梨花에 月白하고 銀漢이 三更인제=배꽃에 달빛이 하얗게 비취고 은하수는
기울어 한밤중인데. ◇一枝春心을 子規야 알냐마는=한 가지에 어린 봄뜻을
소쩍새가 알겠느냐만. ◇多情도 病인냥 하여=다정다감한 것도 병인 것 같
아.

726. 離別이불이되니 肝腸이타노매라   눈물이비되니쓸듯도하건마는
한숨이 바람이되니쓸똥말똥하여라.

離別이 불이 되니 肝腸이 타는구나=이별이 너무나 큰 충격이 되어 맹렬하
게 타는 불과 같으니 간장이 다 타는구나. ◇눈물이 비되니 끌듯도 하건마
는=눈물이 비가 되어 끌 것도 같지마는.

727. 人生이꿈이런줄을 저마다아노매라   아노라하오시나아나니를못
볼너고 우리는 眞實노아오매醉코놀녀하노라.

◇ 대조; '꿈이런줄을'은 '꿈인줄을'임, 작자 송종원(宋宗元)누락.

 아노라 하오시나 아나 니를 못 볼너고=알겠다고 들 하시나 아는 이를 못
보았구나.

728. 人間어느일이 命밧게삼겻스리   吉凶禍福은하날에붓처두고   그
밧게 여남은일으란되는대로하리라. 金天澤

 命밧게 삼겻스리=운명과는 무관하게 생겼겠느냐. ◇吉凶禍福은 하날에 붓
처 두고=좋은 것과 흉한 것 그리고 재앙과 복록을 하늘에 맡겨 두고. ◇여
남은 일으란=나머지 일은.

729. 一瞬千里한다 白松鶻아자랑마라   두텁도江南가고말가는듸소도
가느니 두어라 止於至處니네오내오달으랴. 金

◇ 대조; 작자 김영(金煐) 탈락.

 一瞬千里한다=한 순간에 천리를 난다고. ◇두텁도 江南 가고 말 가는 듸
소도 간다=걸음이 느린 두꺼비도 먼 강남을 가고 말이 갈 수 있는 곳이면
소도 간다. ◇止於至處니 네오 내오 달으랴=다다른 곳에 그칠 줄을 아니.
사리에 맞추어 그쳐야 옳은 자리에서 그치니 너와 내가 다르랴.

730. 日中三足烏 가지말고내말드러   너희는反哺鳥ㅣ라鳥中之曾子ㅣ

245

니 우리의 鶴髮雙親을더듸늙게하리라. 許珽

　日中三足烏 가지 말고 내말 드러=해 가운데 있다고 하는 까마귀야 가지 말
고 내 말을 들어라. ◇너희는 反哺鳥ㅣ라 鳥中之曾子ㅣ니=너희는 부모가
먹이를 물어다 준 것에 보답하는 새니, 새 가운데 증자로구나. 증자(曾子)는
공자(孔子)의 제자로 효(孝)를 실행한 사람. ◇鶴髮雙親을=학의 깃털처럼
머리가 하얀 부모님을.

731. 임이가오실적에 날은어이두고간고　陽緣이有數하여두고갈법은
하거니와 玉皇끠 所志原情하여다시오게하시오.

　날은 어이 두고 간고=나는 왜 두고 갔는고. ◇陽緣이 有數하여 두고 갈 법
은 하거니와='양연'은 '양연(良緣)'의 잘못인 듯. 서로간의 좋은 인연이 관련
이 있어 두고 갔을 법은 있거니와. ◇玉皇끠 所志原情하여='原情'은 '원정
(願情)'의 잘못. 옥황상제에게 마음에 원하는 바를 하소연하는 진정서를 올
려.

732. 임이혜오시매 나는슫혀미덧더니　날사랑하든情을뉘손에옴기신
고 처음에 뫼시던거시면이대도록설우랴. 宋時烈

◇ 대조; '뫼시던'은 '뮈시던'의 잘못.

　임이 혜오시매 나는 슫혀 미덧더니=임이 헤아려주심에 나는 전적으로 믿
었더니. ◇뫼시던 거시면 이대도록 설우랴='뫼시던'은 '뮈시던'의 잘못인
듯. 미워하시던 것이면 이처럼 서러우랴.

733. 임을미들것가 못미들손임이시라　미더온時節도못미들줄아랏스
라 밋기야 어려우랴만은아니밋고어이리. 李廷龜

　임을 미들 것가 못 미들손 임이시라=임을 믿을 것인가 믿지 못할 것은 임

이로다. ◇미더온 時節도 못 미들 줄 아랏스라=믿을 만한 시절도 못 믿을 줄 알았도다.

734. 잇시렴부듸갈다 아니가든못할소냐 無端이슬터냐남의毁言드럿
느냐 저임아 하애닯고야가는뜻을일너라. 成宗大王

  잇시렴 부듸 갈다=있으려므나 부듸 가겠느냐. ◇無端이 슬터냐 남의 毁言
드럿느냐=아무 까닭도 없이 싫더냐. 다른 사람의 헐뜯는 말을 들었느냐. ◇
하 애닯고야=너무 슬프구나.

735. 雌黃奔兢하매 썰치고故園에도라오니 濁酒半壺에濟琴橫床샨이
로다 다만지 生計는잇고업고시름업서하노라. 申喜文

◇ 대조; '濟琴'은 '淸琴'의 잘못.

  雌黃奔兢하매=말을 고치고 몹시 다투고 하여. 자황은 문구나 언설(言說)을
고치는 것임. 분긍은 예전의 엽관운동(獵官運動)을 가리킴. ◇썰치고 故園
에 도라오니=다 버리고 고향으로 돌아오니. ◇濁酒半壺에 濟琴 橫床 샨이
로다='제금(濟琴)'은 '청금(淸琴)'의 잘못. 막걸리 반병에 맑을 소리를 내는
거문고가 평상에 가로 놓였을 뿐이다. ◇다만지 生計는 잇고 업고 시름 업
서=다만 살림의 방도야 있고 없고 간에 근심걱정이 없어.

736. 長空九萬里에 구름을쓰러열고 두렷이굴너올나中央에밝앗스니
알괘라 聖世上元은이샨인가하노라. 安玟英

◇ 대조; '이뿐인가'는 '이밤인가'의 잘못.

  長空九萬里에 구름을 쓰러 열고=아득히 먼 하늘에 구름을 쓸어버리고 하
늘을 열고. ◇두렷이 굴너 올나 中央에 밝앗스니=둥글게 굴러 떠올라 하늘
중앙에 밝았으니. ◇聖世上元은=태평한 세월에 맞은 정월 보름은.

737. 저건너一片石이 姜太公의釣臺로다 文王은어듸가고뷘臺만남앗
는고 夕陽에 물차는제비만오락가락하더라.

姜太公의 釣臺로다=강태공이 낚시하던 곳이다. ◇文王은 어듸 가고=강태
공을 만나 그를 등용했던 주(周)나라 문왕은 어디 가고. ◇물차는 제비만=
무심한 제비만.

738. 前山昨夜雨에 봄빗치새로웨라 豆花田관술ㅅ불에밤호뮈ㅅ빗치
로다 兒禧야 뒷내ㅅ桶바리애고기건저오너라.

◇ 대조; 작자 누락. 신정하(申靖夏)의 작품으로 되어 있음.

前山昨夜雨에=앞산은 지난 밤 내린 비에. ◇豆花田 관술ㅅ불에 호뮈ㅅ빗
치로다=콩밭의 관솔불에 호미가 반짝인다. ◇뒷내ㅅ 桶바리애=뒷 개울의
통발에. 통발은 고기를 잡는 기구.

739. 田園에봄이오니 이몸이일이하다 꼿남근뉘옴기며藥밧츤뉘갈소
냐 兒禧야 대뷔어오너라삿갓먼저결으리라. 成運

◇ 대조;『歌曲源流』계 가집에만 성운(成運)의 작품으로 되어 있음.

이 몸이 일이 하다=이 몸이 해야 할 일이 많다. ◇꼿 남근 뉘 옴기며 藥밧
츤 뉘 갈소냐=꽃나무는 누가 옮기며 약밭은 누가 갈 것이냐. ◇삿갓 먼저
결으리라=삿갓을 먼저 엮으리라.

740. 第二太陽館에 봄바람이어리엇다 欄干압헤웃는꼿과수풀아래우
는새라 잇다감 纖歌細樂은鶴의춤을일희현다. 安玫英

第二太陽館에=제이 태양관에. 제이 태양관은 운현궁(雲峴宮) 안에 있는 사

랑(舍廊)임. ◇잇다감 纖歌細樂은 鶴의 춤을 일희현다=어쩌다 섬세한 가악
(歌樂)은 학에게 춤을 추게 한다.

741. 주려죽으려고 首陽山에드럿거니 혈마고사리를먹으려캐엇스랴
物性에 굽으믈애달나펴보려해캐미라. 朱義植

　주려 죽으려고 首陽山에 드럿거니=굶어 죽겠다고 수양산에 들어갔겠느냐.
◇혈마 고사리를 먹으려 캐엇스랴=설마 고사리를 먹으려고 캐었겠느냐. ◇
物性이 굽으믈 애달나 펴보려 해 캐미라=고사리의 성질이 굽은 것을 애닯게
여겨 펴보려고 하여 캔 것이다.

742. 池塘에비샤리고 楊柳에내씨인제 沙工은어듸가고뷘배만매엿는
고 夕陽에 짝일흔갈멱이는오락가락하더라. 趙憲

　池塘에 비 뿌리고 楊柳에 내 씨인제=연못에는 비가 내리고 버드나무에는
안개가 자욱하게 끼었는데.

743. 至今에오를만한 子規樓야잇고업고 春三月깁흔밤에杜鵑이슯히
울고 清泠浦 여흘도울어예니愁心더욱하노라. 咸和鎮

　至今에 오를 만한 子規樓야 잇고 업고=지금에도 오를 수 있는 子規樓(자규
루)가 있고 없고 간에. 자규루(子規樓)는 강원도 영월(寧越)에 있는 누각. ◇
清泠浦 여흘도 울어 예니 愁心 더욱 하노라=청령포의 여울도 울며 흘러가니
근심이 더욱 많구나. 청령포(清泠浦)는 端宗(단종)이 귀양 가 있던 영월에 있
는 강 포구.

744. 秦王이擊缶하니 六國諸侯다굴거다 이제야헤어보니數千年사이
여늘 다시금 玉樓上봄ㅅ바람에擊缶聲이이는고.

◆ 대조; '이제야'는 '이제와'의 잘못. 『金玉叢部』와 『海東樂章』에 안민영 작품으로 되어 있음.

秦王이 擊缶하니 六國諸侯 다 꿀거다=진왕이 부를 치니 육국의 제후들이 다 항복을 하는 구나. 진(秦)의 소왕(昭王)과 조(趙)의 혜문왕(惠文王)이 민지 (黽池)에서 만나 진왕은 조왕에게 슬(瑟)타기를 권하고 조왕은 진왕에게 부 (缶)를 치기를 청하여 진이 야만해서 음악이 없음을 치욕을 느끼도록 했다 는 고사. ◇이제야 헤어 보니=이제 와서 헤아려 보니. ◇玉樓上 봄ㅅ바람 에 擊缶聲이 이는고=옥루 위에 부는 봄바람에 부(缶)를 치는 소리가 일어나 는고. 대원군이 부를 잘 치기 때문에 하는 말임.

745. 蒼梧山해진後에 二妃는어듸가고 함ᅴ못죽은들설음이야이즐소 냐 千古에 이뜻알기는대숩인가하노라. 申欽

蒼梧山 해진 後에 二妃는 어듸 가고=창오산에 해가 진 뒤에 이비는 어디로 갔는고. 창오산(蒼梧山)은 중국 호남성에 있는 산으로 순임금이 죽은 곳. 이 비는 순임금의 왕후인 아황과 여영임. ◇함ᅴ 못 죽은들 설음이야 이즐소냐 =두 왕비가 순임금과 같이 죽지는 못했을망정 설음이야 잊겠느냐. ◇이 뜻 알기는 대숩인가=이러한 뜻을 아는 것은 창오산의 대나무 숲인가.

746. 靑山이寂寥헌듸 麋鹿이벗이로다 藥草에맛드리니世味를니즐노 라 夕陽에 낙대를메고나니漁興겨워하노라.

麋鹿이 벗이로다=사슴이 벗이로구나. ◇世味를 니즐노라=속세를 잊겠구 나. ◇낙대를 메고 나니 漁興 겨워하노라=낚싯대를 메고 나서니 고기 잡는 흥취를 억제하기 어렵구나.

747. 靑山이不老하니 麋鹿이長生하고 江漢이無窮하니白鷗의富貴로 다 우리는 이江山風景에分別업시늙으리라. 任義直

青山이 不老하니 麋鹿이 長生하고=푸른 산이 항상 푸른 것처럼 사슴이 오래 살고. ◇江漢이 無窮하니 白鷗의 富貴로다=크고 작은 강들이 다 끝이 없으니 이는 갈매기들의 먹이가 풍부하니 부귀나 다름이 없다.

748. 青山에썻는매야 우리임의매도것다 단장고쌔진체방울소래더욱것다 우리님 酒色에잠겨서매썻는줄모로도다.

◇ 대조; '靑山에'는 '靑天에'의 잘못.

단장고 쌔진체 방울소래 더욱 것다='쌔진체'는 '빼깃에'의 잘못. 단장고와 빼깃에 방울소리도 더욱 똑 같다. 단장고는 매에게 하는 치장. 빼깃은 매의 소유자를 표시하기 위하여 덧꽂는 깃털.

749. 青天구름밧게 놉히썻는鶴이러니 人間이죳트냐무음일내려온다 長기치 다써러지도록나라갈ㅅ줄모로도다. 鄭澈

人間이 죳트냐 무음 일 내려온다=사람이 좋더냐 무슨 일로 내려 왔느냐.

750. 青春에보든거울 白髮에곳쳐보니 青春은간듸업고白髮만뵈는고나 白髮아 青春이제갓시랴네죳츤가하노라. 李廷藎

青春이 제 갓시랴 네 죳츤가 하노라=젊음이 제가 스스로 갔겠느냐 네가 쫓았는가 한다.

751. 淸江에낙시넛코 扁舟에실녓스니 남이일으기를고기낙다하노매라 두어라 取適非取魚를제뉘라서알니요. 宋宗元

扁舟에 실녓스니=조그만 배에 실렸으니. ◇남이 일으기를 고기 낚다 하노매라=다른 사람들이 말하기를 고기를 낚는다고 하는구나. ◇取適非取魚를

251

제 뉘라서 알니요=고기를 낚는 것에 아니라 세상의 일을 잊고자 하는 뜻을 그 누가 알겠느냐.

752. 淸風北窓下에 잠깨여누엇스니 羲皇氏ㅅ적사람인가葛天氏ㅅ적 百姓인가 아마도 太古人物은나뿐인가하노라. 李鼎輔

　淸風北窓下에=맑은 바람이 부는 북쪽 창문 아래에. ◇羲皇氏·葛天氏=희황씨와 갈천씨. 다 중국 상고시대 제왕들임.

753. 淸風北窓下에 葛巾을기우쓰고 羲王벼개우희일업시누엇스니 夕陽에 短髮樵童이弄邃還을하더라.

　葛巾을 기우 쓰고=칡으로 만든 건을 비스듬히 쓰고. ◇羲王 벼개 우희 일 업시 누엇스니=‘희왕(羲王)’은 ‘희황(羲皇)’의 잘못. 희황상인(羲皇上人)이라 수놓은 베개를 베고 한가하게 누었으니. ◇夕陽에 短髮樵童이 弄邃還을 하더라=저녁때 더벅머리 나무꾼 아이들이 피리를 불며 돌아오더라.

754. 初旬念晦間에 못노는날어느날고 바람비눈올ㅅ제면군소래消日 이라 달밝고 風淸한날이면걸늘줄이잇시리. 金壽長

　初旬念晦間에=초순부터 이십일과 그믐 사이에. 한 달 동안에. 염은 이십일, 회는 그믐을 말함. ◇바람 비 눈 올ㅅ제면 군소래 消日이라=바람이 세게 불고 비나 눈이 오는 날에는 쓸 데 없는 소리로 하루를 보낸다. ◇걸늘 줄이 잇시리=거를 줄이 있겠느냐. 차례를 건너 뛸 줄이.

755. 蜀帝의죽은魂이 접동새되여잇서 밤마다슯히울어피눈물로그치 나니 우리의 임그린눈물은어늬새에긋칠고. 金黙壽

　蜀帝의 죽은 魂이 접동새 되여 잇서=촉(蜀)의 임금의 죽은 혼이. 접동새가 되어. 접동새는 촉의 망제(望帝)가 죽어서 되었다는 고사가 있음.

756. 秋江에밤이드니 물ㄱ결이차노매라   낙시드리오니고기아니무노
매라 無心한 달ㅅ빗만싯고뷘배저어오노매라. 月山大君

　秋江에 밤이 드니 물ㄱ이차노매라=가을철 강에 밤이 되니 물결이 차갑구
나.

757. 天覆地載하니 萬物의父母ㅣ로다   父生母育하니이몸의天地로다
이天地 저天地지음에늙을뉘를모로리라. 李彦迪

　◇ 대조; '이몸의'는 '이나의'로 되어 있음.

　天覆地載하니 萬物의 父母ㅣ로다=하늘은 덮어주고 땅은 실어주니 만물의
부모와 같다. ◇父生母育하니 이 몸의 天地로다=아버지가 나으시고 어머니
가 길러 주시니 나의 천지와 같다. ◇이 天地 저 天地 지음에 늙을 뉘를 모
로리라=자연의 천지와 이 몸의 천지 사이에 늙는 줄을 모르겠다.

758. 天下匕首釼을 한듸모아뷔를매어   南蠻北狄을다쓰러버린後에
그쇠로 호뮈를맨그러江上田을매리라.

　◇ 대조; '天下匕首釼은 '天下匕首劒'의 잘못.

　天下 匕首釼을 한듸 모아 뷔를 매어='일(釼)'은 '검(劒)'의 잘못. 세상에 잘
드는 칼을 한 곳에 모아 뷔를 만들어. ◇南蠻北狄을=남북의 오랑캐를. 만은
남쪽의 오랑캐, 적은 북쪽의 오랑캐를 지칭함. ◇江上田을 매리라=강가에
있는 밭을 매겠다.

759. 天地몃番재며 英雄은누구누구   萬古興亡이垂胡子숨이여늘   어

253

되서 妄伶엣것들은노지말나하느니. 趙纘韓

萬古興亡이 垂胡子 꿈이어늘='垂胡子'는 '수유(須臾)'의 잘못인 듯. 이제까지의 흥하고 망하는 것이 잠깐의 꿈과 같거늘. 수호자(垂胡子)는 늙은이를 뜻함. ◇妄伶엣 것들은=사리 판단도 못하는 것들은.

760. 天中端午日에 玉壺에술을넛코 綠蔭芳草에白馬로도라드니 柳枝에 女郎鞦韆이蕩子情을도도더라.

 ◇ 대조; '女郎'은 '女娘'의 잘못.

天中端午日에 玉壺에 술을 넛코=천중절(天中節)이라 부르는 단오 날에 좋은 병에다 술을 넣고. ◇柳枝에 女郎 鞦韆이 蕩子情을 도도더라='여랑(女郎)'은 '여랑(女娘)'의 잘못. 버드나무 가지에 그네를 뛰는 아가씨가 방탕한 사내의 감정을 자극하더라.

761. 平沙에落雁하고 荒村에日暮ㅣ로다 漁船도도라들고白鷗ㅣ다잠든적에 뷘배에 다실어가지고江亭으로오더라. 趙憲

 ◇ 대조; '다실어'는 '달실어'의 잘못.

平沙에 落雁하고 荒村에 日暮ㅣ로다=평평한 모래 벌에 기러기가 내려앉고 쓸쓸한 마을에 해가 저물도다.

762. 寒食비온밤에 봄빗치다퍼젓다 無情한花柳도째를아라픠엿거든 엇더타 우리의님은가고아니오시는고. 申欽

寒食 비온 밤에=한식날 비가 오고 난 밤에. 한식은 동지(冬至)를 지나고 105일이 되는 날이라 봄의 기운을 감지할 수 있다고 함. ◇無情한 花柳도=아무런 감정도 없어 보이는 꽃과 버들도.

763. 寒松亭달밝은밤에 鏡浦臺에물이잔제   有信한白鷗는오락가락하건마는   엇지타 우리의王孫은歸不歸를하는고. 紅粧

　寒松亭 달 밝은 밤에 鏡浦臺에 물이 잔제=한송정에 달이 밝은 밤에 경포대의 물결이 잔잔한 때에. 한송정과 경포대는 강원도 강릉에 있는 정자와 누대. ◇우리의 王孫은 歸不歸를 하는고=우리의 사랑하는 임은 가고는 돌아올 줄을 모르는고.

764. 寒食비갠後에 菊花움이반가왜라   꽃도보려니와日日新이더조왜라   風霜에 섯거칠적에君子節을퓌려니 金壽長

　꽃도 보려니와 日日新이 더 조왜라=꽃도 보겠지만 날마다 새롭게 자라는 모습이 더욱 좋구나. ◇風霜에 섯거 칠적에 君子節을 퓌려니=바람과 서리가 뒤섞여 내릴 때에 군자의 절개와 같은 꽃을 피우려니.

765. 閑山섬달밝은밤에 戍樓에혼자안자   큰칼엽헤차고깁흔시름하는次에   어듸서 一聲胡笳는斷我腸을하느니. 李舜臣

　戍樓에 혼자 안자=수자리를 보는 누각에 홀로 앉아. ◇어듸서 一聲胡笳는 斷我腸을 하나니=어듸서 들려오는 오랑캐 피리소리는 나의 애를 끊느냐.

766. 한달설흔날에 盞을아니노앗노라   팔病도아니나고입덧도아니난다   두어라 病업슨德으로長醉不醒하리라. 宋純

◆ 대조; 작자는 송인(宋寅)의 잘못임.

　病 업슨 德으로 長醉不醒 하리라=병이 없는 덕에 오랫동안 취하여 깨지 아니하겠다.

767. 項羽無道하나 范增이有識던들　鴻門에칼춤추고義帝를아니죽일
놋다　不成功 疽發背死한들뉘탓이라하리요.

◇ 대조; '칼춤추고'는 '칼춤업고'의 잘못.

項羽無道하나 范增이 有識던들=항우가 도의가 없다고 하나 범증이라도 유
식하였다면. 범증은 항우의 모사(謀士)였음. ◇鴻門에 칼춤 추고 義帝를 아
니 죽일놋다=홍문에서 유방(劉邦)을 죽이려고 칼춤을 추고 함양궁(咸陽宮)
에 들어가 의제를 죽이지 않았을 것이다. ◇不成功 疽發背死한들 뉘 탓이라
하리요=성공하지 못하고 등에 종기가 나서 죽은들 누구의 잘못이라 하겠느
냐.

768. 해저어둡거늘 밤口中만역엿더니　덧업시밝앗스니새날이되엿느
냐　歲月이 流水갓흐니늙기설워하노라. 孝宗

◇ 대조; '밝앗스니'는 '밝아지니'로 되어 있고, 작자가 낭원군임.

덧 업시 밝앗스니 새날이 되엿느냐=어느 사이에 밝았으니 새 날이 되었느
냐.

769. 해도낫이계면　山下로도라지고　달도보름後면가부터이즈나니
世上에 富貴功名이이러한가하노라.

해도 낫이 계면 山下로 도라지고=해도 한낮이 지나면 산 아래로 도라 들고
◇가부터 이즈나니=가장자리부터 이지러지느니.

■平擧

770. 空山風雪夜에　도라오는저사람아　柴門에개소래드럿나냐못드럿

나냐   石逕에 눈이덥혓스니나귀革을노으라. 安玟英

◇ 대조; '드럿나냐못드럿나냐'는 '듯느냐못듯느냐'로 되어 있음.

空山風雪夜에=아무도 없는 산에 눈보라가 치는 밤에. ◇柴門에 개소래=사
립문에 개 짖는 소리. ◇石逕에 눈이 덥혓스니 나귀 革을 노으라=좁은 돌길
에 눈이 덮였으니 나귀의 고삐를 놓아라.

771. 꼭닥이오르다하고 나즌듸를웃지마라   네압헤잇는것은나려가는
일쑨이니   平地에 올을일잇는우리아니더크랴.

꼭닥이 오르다 하고=꼭대기에 올랐다 하고. ◇올을 일 잇는 우리 아니 더
크랴=올라가야 할 일이 있는 우리가 아니 더 크다.

772. 九月九日望鄕臺를 하여보니엇더턴고   他席에送客盃를내라오날
하거고나   鴻雁아 南中苦슬타마든너는어이오나니. 宋宗元

九月九日 望鄕臺를 하여보니 엇더턴고=구월 구일에 망향대를 하여 보니
어떠하던고. 망향대(望鄕臺)는 고향을 보기 위해 만들어 놓은 대. ◇他席에
送客盃를 내라 오날 하고거나=타향에서 손님을 보내며 술을 마시는 일은 내
가 오늘 하겠구나. ◇鴻雁아 南中苦 슬타마는 너는 어이 오나니=기러기야.
남쪽 땅에서의 괴로움이 싫지마는 너는 어찌하여 날라 오느냐. 당(唐)나라
왕발(王勃)의 「蜀中九日(촉중구일)」 '구월구일망향대 타석타향송객배 인정이
염남중고 홍안나종북지래'(九月九日望鄕臺 他席他鄕送客杯 人情已厭南中苦
鴻雁那從北地來)를 시조화한 것임.

773. 구레버슨千里馬를 뉘라서잡아다가   조粥삶은콩을살씨게먹게둔들
本性이 오왕하거니잇슬줄이잇스랴. 尹斗緖

◇ 대조; 작자는 김성기(金聖器)의 잘못.

257

구레버슨 千里馬를=굴레를 벗은 천리마를. ◇本性이 오왕하거니 잇슬 줄
이 잇스랴=타고난 성질이 억세고 사나우니 그대로 있을 까닭이 있느냐.

774. 꿈에 項羽를만나 勝敗를義論하니   重瞳에눈물지고칼쌔혀일은말
이   至今에 不渡烏江을못내슬워하노라.

　　勝敗를 議論하니=싸움에 이기고 지는 것에 대해 의논하니. ◇重瞳에 눈물
지고 칼 쌔혀 일은 말이=겹눈에 눈물을 흘리며 칼을 빼여 일컫는 말이. 중동
(重瞳)은 눈에 눈동자가 두 개인 것. ◇不渡烏江을 못내 슬워 하더라=오강
을 건너지 못한 것을 끝내 슬퍼하더라. 항우가 해하(垓下)에서 패하고 오강
을 건너야 했는데 오강에서 자살한 것을 말함.

775. 꿈아어린꿈아 왓는임도보낼것가   왓는임보내나니잠든날을쌔오
렴은   이後란 임이오시거든잡고나를쌔와라.

　　꿈아 어린 꿈아 왓는 임도 보낼것가=꿈아 어리석은 꿈아. 꿈에 왔던 임도
그냥 보낼 것이냐.

776. 꿈이날爲하야 먼듸님다려와늘   耽耽이반겨너겨잠을끼와이러보니
그임이 性내여간지긔도망도업더라.

◇ 대조; '깨와'는 '깨여'로 되어 있음.

　　먼듸 님 다려와늘=먼 곳의 임을 데려 왔거늘. ◇耽耽이 반겨너겨 잠을 쌔
와 이러보니=매우 반갑게 생각되어 잠을 깨어 일어나 보니. ◇性내여 간지
긔도 망도 업더라=성이 나서 갔는지 간 곳도 없더라.

777. 꿈에단이는길이 자최곳나량이면   임의집窓밧게石路ㅣ라도달으
련마는   쑴길이 자최업스니그를설워하노라.

◇ 대조;『靑丘永言』육당본에는 작자가 이명한(李明漢)으로 되어 있음.

쑴에 단이는 길이 자최곳 나량이면=꿈에 다니는 길이 자취가 남는다면.
◇임의 집 窓밧게 石路ㅣ라도 달으련마는=임의 집 창 밖에 돌길이라도 닳겠
지만.

778. 쑴에왓든님이 쌔여보니간듸업네 耽耽이괴든사랑날바리고어듸간
고 쑴속이 虛事ㅣ라망정자로뵈게하여라. 朴孝寬

耽耽이 괴든 사랑=때대로 사랑 하던 사랑. ◇꿈속이 虛事ㅣ라망정 자로
뵈게 하여라=꿈속이 헛일이라 하더라도 자주 나타나게 하여라.

779. 그려사지말고 찰하리죽어가서 月明空山에접동새넉시되여 새
도록 피나게울어임의귀에들니리라.

그려 사지 말고=그리워하며 살지 말고. ◇月明空山에 접동새 넉시 되여=
달이 밝게 비치는 적막한 산에 접동새의 넋이 되어.

780. 그려사지말고 찰하리싀여져서 閻王쎄발괄하야임을마저다려다
가 死後는 魂魄을雙을지여그리는恨을풀니라. 安玫英

그려 사지 말고 찰하리 싀여져서=그리워하며 살지 말고 차라리 죽어서.
◇閻王께 발괄하야=염라대왕에게 발괄을 하여. 발괄은 억울한 일을 글이나
말로 관청에 하소연 하는 일. 한자로는 '백활(白活)'로 표기하는데 이는 이두
식(吏讀式) 표기임. ◇그리는 恨을 풀니라=그리워했던 한을 풀겠다.

781. 그려걸고보니 정녕한긔다마는 불너對答업고손쳐오지아니하니
야속타 魂을아니붓친줄이못내설워하노라. 소人

◇ 대조; '魂을아니붓친줄이못내설워하노라'는 '造物의 猜忌허미여魂을 아니붓친 줄이'로 되어 있음.

　그려 걸고 보니 정녕한 긔다마는=그려서 걸어놓고 보니 틀림없는 그 사람이다 만은. ◇불너 對答 업고 손쳐 오지 아니하니=불러도 대답이 없고 손짓을 해도 오지 아니하니. ◇야속타 魂을 아니 붓친 줄이 못내 설워하노라=야속하구나. 혼을 아니 불어넣은 것을 끝내 서러워한다.

782. 金生麗水ㅣ라하니 물마다金이나며　玉出崑崗인들뫼마다玉이나랴　아무리 女必從夫ㄴ들임님마다좃츠리.

　金生麗水ㅣ라 하니=금은 여수에서 난다고 하니. 여수는 지명임. ◇玉出崑崗인들=옥은 곤강에서 나온다고 한들. 곤강은 곤륜산의 다른 이름. ◇女必從夫ㄴ들=지어미는 반드시 지아비를 따라야 한들.

783. 羅幃寂寞한듸 심업시이러나서　珊瑚筆쌔여들고두어자그리다가아서라 이를써무엇하리. 安玫英

◇ 대조; '아서라 이를써무엇하리'는 '아서라 이를써무엇하리도로누어조는듯'임.

　羅幃寂寞한듸 심업시 이러나서=비단으로 만든 장막이 쓸쓸한데 힘없이 일어나서. ◇산호필 쌔어 들고=산호로 만든 붓을 빼어들고. ◇이를 써 무엇하리=이를 써서 무엇 하겠느냐. 다음에 '도로누어조는듯'이 빠졌음.

784. 洛陽三月時에　곳곳이花柳ㅣ로다　滿城繁華는太平을그렷는듸어즈버 羲皇世界를이어본듯하여라.

　洛陽 三月時에=낙양의 삼월에. 낙양은 막연히 서울을 가리킴. ◇滿城繁華는 太平을 그렷는듸=성안 가득히 번잡하고 화려함은 태평시대를 연상시키는데. ◇羲皇世界를 이어 본 듯하여라=희황(羲皇) 시대를 계속하여 본 듯하

구나.

785. 洛陽얏흔물에 蓮캐는兒孩들아　잔蓮캐다가굵은蓮닙닷칠세라
蓮닙헤 길드린鴛鴦이선잠쎄와놀나리라. 成世昌

洛陽 얏흔 물에=낙양의 얕은 물에. ◇잔 蓮 캐다가 굵은 蓮닙 닷칠셰라=
작은 연을 캐다가 굵은 연잎을 다칠까 두렵다. 작은 일을 하다 큰일을 그르
칠까 두렵다.

786. 남은다자는밤에 나어이홀노쌔어　玉帳깁흔곳에자는님生覺는고
千里에 외로운숨만오락가락하더라.

◇ 대조; '나어이'는 '내어이'로 되어 있음.

남은 다 자는 밤에 나 어이 홀노 쌔어=다른 사람들은 다 잠자는 밤에 내
어찌 홀로 잠을 깨어. ◇玉帳 깁흔 곳에 자는 님=좋은 포장을 친 규방에서
잠자는 임을. 유부녀를.

787. 남이害할지라도 나는아니결울거시　참우면德이요결우면갓흐려
니　굽으미 제게잇거니결을줄이잇스랴. 李廷藎

남이 害할지라도 나는 아니 결울 거시=다른 사람이 나에게 해를 끼친다 해
도 나는 아니 싸울 것이. ◇결우면 갓흐려니=싸우면 같은 사람이 되는 것이
니. ◇굽으미 제게 잇거니 결을 줄이 잇스랴=잘못이 저에게 있으니 싸울 까
닭이 있겠느냐.

788. 남도준배업고 밧은배도업것마는　怨讐白髮은어디로좃차온고
白髮이 公道ㅣ업도다날을먼저뵈이네.

◇ 대조; '좃차온고'는 '온거이고'로 되어 있음.

　남도 준 배 업고 밧은 배도 업것마는=남에게 준 일도 없고 받은 일도 없건
마는. ◇어디로 좃차 온고=어디서부터 따라 온 것인고. ◇公道ㅣ 업도다
나를 먼저 뵈이네=공평한 도리를 어기는 일이 없구나. 나에게 먼저 보이네.
또는 재촉하네.

789. 네라이러하면 이얼골길엿스랴　愁心이실이되여구뷔구뷔매쳐잇
　　　서　아모리 푸르려하여도끗간듸를몰내라.

　네라 이러 하면 이 얼골 길엿스랴=예전에 이러했으면 이 얼굴을 지녔으랴.
◇愁心이 실이 되어=수심이 실처럼 뒤엉겨서. ◇푸르려 하여도 끗 간듸를
몰내라=풀려고 해도 끝이 간 곳을 모르겠다. 풀기 어렵다.

790. 綠楊芳草岸에　쇠등에兒孩로다　비마즌行客이뭇나니술파는듸
　　　저건너 杏花ㅣ저날니니게가무러보시소.

　綠楊芳草岸에 쇠등에 兒孩로다=버들과 풀이 싱그러운 둔덕에 소의 등에는
아이들 탔구나. ◇비 마즌 行客이 뭇나니 술파는 듸=비를 맞은 나그네가 묻
는구나 술파는 곳을. ◇杏花ㅣ 저 날니니 게가 무러보시소=살구꽃이 떨어
져 날리니 그곳에 가서 물어 보시오.

791. 綠草淸江上에　구레버슨말이되어　쌔쌔로머리들어北向하여우는
　　　뜻은　夕陽이 재넘어가니임자그려우노라. 徐益

　綠草淸江上에 구레 버슨 말이 되여=푸른 풀이 우거진 맑은 강가에 굴레를
벗은 말이 되여. 벼슬을 그만 두고. ◇쌔쌔로 머리 들어 北向하여 우는 뜻은
=아무 때나 머리를 들어 북쪽을 향하여 우는 뜻은. ◇夕陽이 재 넘어가니
임자 그려 우노라=석양이 고개를 넘어가니 임자를 그리워하여 운다. 임금의
죽음을 슬퍼함.

792. 누구나자는窓밧게 碧梧桐을심우다던고   月明庭畔에影婆娑도좃
커니와 밤ㅁ中만 굵은비ㅅ소래에애긋는듯하여라.

　누구 나 자는 窓 밧게 碧梧桐을 심우다 던고=누가 내 자는 창밖에 벽오동
을 심었는가. ◇月明庭畔에 影婆娑도 좃커니와=달빛이 밝은 뜰에 그림자가
너울대는 것도 좋거니와. ◇굵은 비ㅅ소래에 애 긋는 듯하여라=소나기 내
리는 소리에 창자가 끊어지는 듯하구나.

793. 뉘뉘이르기를 淸江沼히깁다던고   비오리가슴도半도아니잠겻세
라   아마도 깁고깁기는임이신가하노라.

　뉘뉘 이르기를 淸江沼히 깁다던고=누구누구가 말하기를 맑은 강에 패인
웅덩이가 깊다고 하던고. ◇비오리 가슴도 半도 아니 잠겻세라=비오리의
가슴도 반도 잠기지 아니 하였구나.

794. 늙어조흔일이 百에서한일도업네   쏘든활못쏘고먹든술도못먹괘
라   閣氏네 有味한것도쓴외보듯하괘라. 李廷藎

　百에서 한 일도 업네=백 가지 일 가운데 하나도 없네. ◇閣氏네 有味한 것
도 쓴외 보듯 하괘라=여자들과의 재미있는 일도 쓴 오이를 본 듯 하구나.

795. 늙어말련이고 다시졈어보렷더니   靑春이날속이고白髮이거의로
다   잇다감 쏫밧츨지날제면죄지은듯하여라.

　늙어 말련이고=늙지 말려 하고. ◇白髮이 거의로다=백발이 거의 다 되었
구나. ◇잇다감 쏫밧츨 지날제면 죄지은 듯하여라=어쩌다 꽃밭을 지날 때
면 죄짓는 것 같구나.

796. 늙은니不死藥과 졂은이不老草를   蓬萊山第一峯에가면어들法잇

것마는 아마도 離別업슬藥은못어들가하노라.

늙은이 不死藥과 젊은이 不老草를=늙은이의 불사약과 젊은이의 불로초를.
◇蓬萊山 第一峯에 가면 어들 法 잇것마는=봉래산 제일봉에 가면 얻어 올
법이 있을 것 같다마는.

797. 달이두렷하야 碧空에걸녓세라   萬古風霜에쩌러즘즉하다마는
至今에 醉客을爲하야長照金樽하도다. 李德馨

달이 두렷하야 碧空에 걸녓세라=달이 둥그렇게 떠서 푸른 하늘에 걸렸구
나. ◇萬古風霜에 떠러즘 즉하다마는=오랜 세월 동안의 바람과 서리에 떨
어질 법도 하다마는. ◇長照金樽 하도다=오랜 동안 술통에 비추어 주는구
나.

798. 닭아우지마라 일우노라자랑마라   夜半秦關에孟嘗君이아니로다
오날은 임오시는날이니아니운들엇더리.

일 우노라 자랑마라=일찍 운다고 자랑하지 마라. ◇夜半秦關에 孟嘗君이
아니로다=한밤중에 진나라 관문에 맹상군이 아니다. 맹상군이 진(秦)나라에
잡히어 있다 도망하여 나올 때 함곡관(函谷關)에 이르러 성문이 닫혔으므로,
식객 가운데 닭 우는 소리를 잘 내는 사람이 있어 닭의 우는 소리를 내자 성
안의 닭들이 일제히 울어 수문장이 날이 샌 줄로 착각하고 성문을 열었기에
도망하였다는 고사임.

799. 닭아우지마라 옷버서中錢주료   날아새지마라닭에손대비럿노라
無心한 東녁싸히는漸漸밝아오더라.

옷 버서 中錢 주료=옷 벗어서 중전을 주랴. 중전(中錢)은 전당잡히고 빌린
돈. ◇닭에 손대 비럿노라=닭에게 빌었도다. ◇東녁 싸히는=동쪽은.

800. 大川바다한가운듸 섈리업슨남기나셔   柯枝는열둘이오닙은三百녜
순히로다   그남게 여름이열니되다만둘섄이러라.

  섈리 업슨 남기 나셔=뿌리가 없는 나무가 나서.   ◇柯枝는 열둘이오 닙은
三百 녜순히로다=가지는 열둘이요 잎은 삼백 예순이로다. 가지는 달을, 잎
은 날을 가리킴.   ◇그 남게 여름이 열니되=그 나무에 열매가 열리기를.

801. 大旱七年인제 湯임군이犧牲되여   剪爪斷髮하고桑林野에비르시니
湯王의 聖德이格天하사大雨ㅣ方數千里를하니라.

  大旱七年인제 湯임군이 犧牲되여=칠년 동안의 커다란 가뭄에 은(殷)나라
湯(탕) 임금이 희생되어.   ◇剪爪斷髮하고 桑林野에 비르시니=탕 임금이 손
톱을 깎고 머리를 자르고 상림야에서 비르시니.   ◇格天하사 大雨ㅣ方數千
里를 하니라=정성이 하늘에 사무쳐 큰 비가 사방 수 천리에 내리시다.

802. 大鵬을손으로잡아 번개불에구어먹고   崑崙山엽헤씨고北海로건너
쒸니   泰山이 발ㅅ길에차이어왜각대각하더라.

  大鵬을 손으로 잡아~왜각대각 하더라=내용 전부가 불가능한 것임. 호기를
부려 보는 것임.

803. 洞庭湖밝은달이 楚懷王의넉시되여   七百平湖에두렷이빗친뜻은
屈三閭 魚腹忠魂을못내밝혀하노라.

 ◆ 대조; '洞庭湖'는 '洞庭'으로 되어 있음.

  洞庭湖=중국 호남성에 있는 중국 제일의 호수.   ◇楚懷王=초(楚)나라의 의
제(義帝).   ◇七百平湖에 두렷이 빗친 뜻은=주위가 칠 백리나 되는 동정호에
둥그렇게 떠 비추는 뜻은.   ◇屈三閭 魚腹忠魂을 못내 밝혀 하노라=굴삼려

의 고기뱃속에 든 충성스런 넋을 끝내 밝히려 한다. 굴삼려는 굴원(屈原)의 자(字)임.

804. 蘆花깁흔골에 落霞를빗기쮜고 三三五五히석거나는저白鷗야
우리도 江湖舊盟을차자보랴하노라. 金麟厚

◇ 대조; 『海東歌謠』에는 김천택의 작품으로 되어 있고 『歌曲源流』계 가집에 김
인후로 되었음.

蘆花 깁흔 골에 落霞를 빗기 쮜고=갈대꽃이 우거진 곳에 저녁노을을 비스
듬히 띠고. ◇三三五五히 석거 나는=셋 또는 다섯씩 섞여 나르는. ◇江湖
舊盟을=강호에서 살겠다고 한 오래된 약속을.

805. 萬頃蒼波水로도 다못씨슬千古愁를 一壺酒가지고오날이야씻컷
고야 太白이 이러함으로長醉不醒하도다.

萬頃蒼波水로도 다 못 씨슬 千古愁를=넓은 바다의 물로도 다 씻지 못할 오
래 된 걱정을. ◇一壺酒 가지고 오날이야 씻컷고야=한 병의 술을 가지고 오
늘에야 씻겠구나.

806. 말업슨靑山이오 態업슨流水로다 갑업슨淸風이오임자업슨明月
이라 이中에 病업슨이몸이分別업시늙으리라. 成渾

態 업슨 流水로다=일정한 모양이 없는 흐르는 물이로다.

807. 말이놀나거늘 革잡고굽어보니 錦繡靑山이물속에잠겻세라 저
말아 놀나지마라이를보려함이라.

革 잡고 굽어보니=고삐를 잡고 내려다보니.

808. 먼듸ㅅ개急히지저 몃사람이나지내엿노   오지못할세면오만말이
나말을거시   갓득에 다썩은肝腸이봄눈스듯하여라.

   몃 사람이나 지내엿노=몇 사람이나 지나가게 하였는가.   ◇오지 못 할세면
오만 말이나 말을 거시=오지 못할 것이면 온다는 말이나 하지 말 것이지.
◇봄눈 스듯 하여라=봄눈 녹듯 하여라.

809. 半남아늙엇스니 다시접든못하여도   이後란늙지말고每樣이만하
엿과져   白髮이 제斟酌하여더듸늙게하여라. 李明漢

  ◆ 대조; '접든'은 '점든'의 잘못.

   다시 접든 못하여도='접든'은 '점든'의 잘못. 다시 젊어질 수는 없다고 하
여도.   ◇每樣 이만 하엿과저=항상 이만 하였으면.

810. 芳草욱어진골에 시내는우러옌다   歌臺舞殿이어듸어듸어듸메오
夕陽에 물찬제비야네나알가하노라.

   시내는 우러옌다=시냇물을 소리를 내며 흘러간다.   ◇歌臺舞殿이=노래하
며 춤추는 무대가.

811. 사람이드러가서 나올지못나올지   드러가본이업고나오다한이업
네   들어가 못나올人生이아니놀고어이리. 金光煜

  ◆ 대조; '드러가서'는 '죽어거셔'로, '한이업네'는 '말이업네'로 되어 있음.

   드러가 본 이 업고 나오다 한 이 업네=들어가 본 사람이 없고 나왔다고 한
사람이 없네. 죽어서 다시 살아 난 사람이 없다는 뜻.

812. 사람이죽어갈제 갑슬주고살냥이면 顔淵이무死할제孔子ㅣ아니
사계시랴 갑주고 못살人生이아니놀고어이리.

갑슬 주고 살 냥이면=돈을 주고 살 수가 있다면. ◇顔淵이 무死할 제 孔子
ㅣ 아니 사계시랴=안연이 일찍 죽을 때 공자께서 아니 사셨겠느냐. 안연은
공자의 수제자임.

813. 사랑거즛말이 임날사랑거즛말이 쑴에와뵈닷말이긔더욱거즛말
이 날갓치 잠아니오면어늬쑴에뵈리요. 金尙容

쑴에 와 뵈단 말이=꿈에 나타나서 보인다고 한 말이.

814. 사랑을알알이모아 말노되여섬에너허놋코 세찬말씌다허리추어
실어두고 兒孩야 채저겨노하라임계신듸보내리라.

◇ 대조; 종장이 '채한번적여라님의집의보내자'로 되어 있음.

말노 되여 섬에 너허 놋코=말로 되어서 섬에다 넣어 놓고. ◇세찬 말씌 다
허리추어 실어 두고=힘이 센 말에다 허리 추커 실어 두고. ◇채 저겨 노하
라=채찍으로 때려 두어라.

815. 山은넷山이로되 물은넷물아니로다 晝夜에흐르니넷물이잇슬소
냐 人傑도 물과갓하야가고아니오도다. 眞伊

물은 넷 물이 아니로다=물은 예전의 물이 아니다. ◇晝夜에 흐르니 넷 물
이 잇슬소냐=밤낮으로 흐르니 옛날의 물이 있겠느냐. ◇人傑도 물과 갓하
야 가고 아니 오도다=사람들도 물과 같아서 가고나면 아니 온다. 죽으면 그
뿐이다.

816. 霜天明月夜에 우러예는저기럭아   北地로向南할제漢陽을지나마
는 엇지타 故鄕消息을傳치안코예나니. 宋宗元

　霜天明月夜에 우러 예는 저 기럭아=서리가 내린 달 밝은 밤에 울며 날아가
는 저 기러기야. ◇北地로 向南할 제 漢陽을 지나마는=북쪽으로부터 남쪽
으로 향할 때 한양을 지나가지마는 ◇傳치 안코 예나니=전하지 아니하고
가느냐.

817. 世上ㄱ사람들이 닙들만성하여서   제허물全혀잇고남의凶만보는
구나 나의凶 보거라말고제허물을곳치과져. 麟平大君

◇ 대조; 작자가 표시된 곳은 『靑丘永言』육당본 뿐임.

　닙들만 성하여서=입만 살아서. 말들만 많아서. ◇보거라 말고 제 허물 곳
치과져=보려고 하지 말고 제 허물이나 고쳐라.

818. 世上이말하거늘 썰치고도라드니   一頃荒田에八百桑林쑨이로다
生涯는 澹泊타마는시름업서하노라.

◇ 대조; '도라드니'는 '도라가니'나 '드러가니'로, '澹泊타마는'은 '不足다마는'으로
되어 있음.

　世上이 말 하거늘 썰치고 도라드니=세상이 말들이 많거늘 모든 것을 다 버
리고 자연으로 돌아오니. ◇一頃荒田에 八百桑株 뿐이로다=한 이랑의 거친
밭에 팔백 그루의 뽕나무뿐이다. ◇生涯는 澹泊타마는 시름 업서 하노라=
살림은 욕심이 없고 편하다마는 걱정은 없어 좋구나.

819. 細柳淸風비갠후에 우지마라저매암아   쑴에나임을보랴계우든잠
을쌔우나냐 쑴쌔여 겻혜업스면病되실ㄱ가하노라.

◇ 대조; '하노라'는 '우노라'로도 되어 있음.

細柳清風 비갠 후에=실버들이 맑은 바람 불고 비가 갠 뒤에.

820. 舜이南巡狩하샤 蒼梧夜에崩하시니   五絃琴南風詩를뉘게傳코崩
하신고   至今에 鼎湖龍飛를못내슬워하노라.

◇ 대조; '蒼梧夜'는 '蒼梧野'의 잘못.

舜이 南巡狩하샤 蒼梧夜에 崩하시니='蒼梧夜'는 '창오야(蒼梧野)'의 잘못.
순임금이 남쪽으로 사냥을 위해 순행(巡幸)하시다 창오산에서 돌아가시니.
◇五絃琴 南風詩를 뉘게 傳코 崩하신고=오현금과 남풍시를 누구에게 전하
고 돌아가셨는고. ◇鼎湖龍飛를 못내 슬워하노라=임금의 죽음을 끝내 슬퍼
하노라. 정호용비(鼎湖龍飛)는 예전 황제(黃帝)가 형산(荊山) 아래에서 솥을
만들고 용을 타고 하늘로 올라가 신선이 되었는데 후인이 이곳을 정호라 하
였다 함.

821. 술을大醉하고 오다가空山에자니   뉘날을깨오리天地卽衾枕이로다
東風이 細雨를모라다가잠든나를깨오거다. 趙浚

뉘 날을 깨오리 天地卽衾枕이로다=누가 나를 깨우겠느냐 천지가 곧 잠자
리로구나.

822. 술을醉케먹고 두렷이안젓시니   億萬근심이가노라下直한다   兒
孩야 盞갓득부어라시름餞送하리라 鄭太和

두렷이 안젓시니=둥그렇게 앉았으니. ◇億萬 근심이 가노라 下直한다=많
은 걱정거리들이 간다고 하직한다.

823. 술을내즑이더냐 狂藥인줄알건마는   一寸肝腸에萬端愁를시러두

고　眞實노 술곳아니면시름풀것업세라.

　술을 내 즑이더냐 狂藥인 줄 알건마는=술을 내가 즐기더냐. 사람을 미치게
하는 약인 줄만 알지마는.　◇一寸肝腸에 萬端愁를 시러두고=마음속에 여러
가지 시름을 간직하고. 일촌간장은 한 치 길이의 간장, 즉 마음을 뜻함.　◇술
곳 아니면 시름 풀 것 업세라=술이 아니면 근심거리를 풀어버릴 것이 없어
라.

824. 시내흐르는곳에　바희짜려草堂짓고　돌아래밧츨갈고구름속에누
　　엇스니　乾坤이 날불너일으기를함씌늙자하더라.

　◇ 대조; '돌아래'는 '달아래'로 『海東樂章』만 이렇게 되어 있음.

　바희 짜려 草堂 짓고=바위를 깨고 집을 짓고.　◇구름 속에 누엇스니=자연
속에서 묻혀 생활하니.　◇날 불너 일으기를=나를 불러서 말하기를.

825. 아자네少年이여　어듸러로간거이고　酒色에잠겻신제白髮과밧귀
　　도다　이後야 아무만차즌들다시보기쉬오랴.

　아자 네 少年이여 어듸러로 간 거이고=아! 너의 어린 시절이여 어디로 간
것이냐.　◇酒色에 잠겻신제 백발과 밧귀도다=술과 여색에 빠져 있을 동안
백발과 바뀌었구나.　◇아무만 차즌들 다시 보기 쉬오랴=아무리 찾은들 다
시 보기 쉽겠느냐.

826. 어제닷토더니　오늘은賀禮한다　喜懼는白髮이오愛慶은黃口ㅣ로
　　다　날다려 華封三祝을사람마다닐컷더라. 任義直

　어제 닷토더니 오늘은 賀禮한다=어제는 다투더니 오늘은 축하하고 사례한
다.　◇喜懼는 白髮이오 愛慶은 黃口ㅣ로다=즐거움과 두려움은 늙은이와 같
고 사랑하는 일과 경사스런 일은 어린애 같다.　◇날다려 華封三祝을 사람마

271

다 닐컷더라=나에게 화봉삼축을 사람들마다 칭찬하더라. 화봉삼축(華封三祝)은 화봉인(華封人)이 요(堯)임금에게 수(壽), 부(富), 다남(多男)의 세 가지를 축수하였는데, 화봉인은 화(華)의 봉경(封境)을 관리하던 사람임.

827. 於臥王昭君이여 生覺컨대불상할사 漢宮粧胡地妾에薄命도긋이업다 至今에 死留靑塚을못내설워하노라.

　　於臥 王昭君이여 生覺컨대 불상할사=아 왕소군이여 생각하니 불쌍하구나. 왕소군(王昭君)은 한(漢)나라 궁녀로 호지(胡地)에 바치는 몸이 되어 후에 거기에서 죽었음. ◇漢宮粧胡地妾에 薄命도 긋이 업다=한(漢)나라 궁녀에 오랑캐 땅의 첩이 되니 박명하기도 끝이 없다. ◇死留靑塚을 못내 설워 하노라=죽어 청총만 남음을 끝내 서러워하노라. 청총(靑塚)은 왕소군의 무덤으로 중국 유원성(綏遠省) 귀유현(歸綏縣)에 남아 있음.

828. 五丈原秋夜月에 어엿불손諸葛武侯 竭忠報國타가將星이써러지니 至今에 兩表忠言을못내설워하노라. 郭興

　　五丈原秋夜月에 어엿불손 諸葛武侯=오장원의 가을 달밤에 불쌍하기는 제갈무후. 오장원은 중국 섬서성에 있는 지명으로 제갈량이 죽은 곳이고, 諸葛武侯(제갈무후)는 제갈량을 가리킴. ◇竭忠報國타가 將星이 써러지니=충성을 다하여 나라의 은혜에 보답하다가 장성이 떨어지니. 장성은 장군을 가리킴. ◇兩表忠言을=두 표문의 충성된 말을. 양표는 출진(出陣)에 앞서 왕에게 올린 전후출사표(前後出師表)를 말함.

829. 五百年都邑地를 匹馬로도라드니 山川은依舊커늘人傑은어듸간고 어즙어 太平烟月이쑴이런가하노라. 吉再

　　五百年 都邑地를 匹馬로 도라드니=개성(開城)을 한 필의 말을 타고 찾아가니. 오백년도읍지는 고려의 수도였던 개성(開城)을 가리킴. ◇山川은 依舊커늘 人傑은 어듸 간고=산천은 예전과 같거늘 사람들은 어디로 갔는고.

830. 오려고개숙고 년무우살젓는듸   낙시에고기물고게는조차나리는
고야   아마도 農家興味는이쑨인가하노라.

　오려 고개 숙고 년무우 살젓는듸=올벼는고개를 숙이고 열무는 실하게 자
랐는데.   ◇게는 조차 나리는고야=게는 물을 따라 내려오는구나.

831. 우러서나는눈물 우흐로솟지말고 九回肝腸에속으로흘너들어   임
그려 다타는肝腸을녹여볼ㅅ가하노라. 朴英秀

　우흐로 솟지 말고=위로 솟아나지 말고. 눈물이 되지 말고.

832. 渭城아침ㅅ비에 柳色이새로왜라   그대를勸하나니一盃酒나오시
쇼   西으로 陽關을나가면故人업서하노라.

　渭城 아침ㅅ비에 柳色이 새로왜라=위성에 아침에 내리는 비에 버들 빛이
새롭구나. 위성은 중국의 지명.   ◇西으로 陽關을 나서면 故人 업서 하노라=
서쪽으로 양관을 나서면 연고가 있는 사람이 없다. 양관은 관문의 이름. 당
(唐)나라 왕유(王維)의 「송원이사서안(送元二使西安)」인 '위성조우읍경진 객
사청청유색신 권군경진일배주 서출양관무고인(渭城朝雨浥輕塵 客舍靑靑柳
色新 勸君更進一杯酒 西出陽關無故人)」을 시조화한 것임.

833. 人間五福中에 一日壽도좃커니와   하물며富貴하고康寧조차하오
시니   그남아 攸好德考終命이야일너무삼하리요. 李廷藎

◆ 대조; '攸好德'은 '修好德'으로 되었음.

　一日 壽도 좃커니와=첫째 장수(長壽)도 좋지만.   ◇그 남아 攸好德 考終命
이야 일너 무삼 하리요=그밖에 덕을 닦는 것과 제 명에 죽는 것이야 말하여
무엇 하겠느냐.

834. 人生을헤아리니 한바탕쑴이로다 조흔일구즌일이쑴속에쑴이로
다 아마도 쑴속에人生이니아니놀고어이리.

◇ 대조; '아마도 꿈속에'는 '두어라 꿈갓튼'으로 되어 있음.

　인생을 헤아리니 한바탕 쑴이로다=인생이란 것을 생각해 보니 한 번에 꾸
는 꿈이다.

835. 임그린相思夢이 蟋蟀에넉시되여 秋夜長깁흔밤에임의방에들엇다
가 날닛고 깁히든잠을째와볼가하노라. 朴孝寬

　임 그린 相思夢이 蟋蟀의 넉시 되여=임을 그려 꾸는 꿈이 귀뚜라미의 넋이
되어.

836. 임이오마드니 달이지고새ㅅ별쓴다 속이는제그르냐기다리는내
그르냐 이後야 아모리오마한들기다릴줄이잇시랴.

　속이는 제 그르냐 기다리는 내 그르냐=거짓말을 하여 속이는 제가 잘못이
냐 기다리는 내가 잘못이냐. ◇아모리 오마한들 기다릴 줄이 잇시랴=아무
리 온다고 한들 기다릴 까닭이 있느냐.

837. 임離別하올적에 저는나귀恨치마소 가노라돌쳐설제저는거름안이
런들 곳아래 눈물적신얼골을엇지仔細보리요.

◇ 대조; 작자 안민영(安玟英) 누락.

　저는 나귀 恨치 마소=다리를 저는 나귀를 원망하지 마시오. ◇가노라 돌
쳐설제 저는 거름 안이런들=간다고 돌아 섰을 때 저는 걸음이 아니었다면.

838. 丈夫로되어나셔 立身揚名을못할진대 찰하리다바리고酒色으로늙
으리라 이밧게 碌碌한營爲야걸닐줄이잇시랴. 金裕器

丈夫로 되어나셔 立身揚名을 못할진대=남자로 태어나서 출세하여 이름을
떨치지 못한다면. ◇이밧게 碌碌한 營爲야 걸닐 줄이 잇시랴=이밖에 보잘
것 없이 하는 일에 거리낄 까닭이 있느냐.

839. 才秀名盛하니 達人의快事이여늘 晝耕夜讀하니隱者의志趣ㅣ로
다 이밧게 詩酒風流는逸民인가하노라.

◆ 대조; '才秀名盛'은 '才秀名成'의 잘못.

才秀名盛하니 達人의 快事이여늘='名盛'은 '명성(名成)'의 잘못. 재주가 뛰
어나고 성공을 하니 학문이니 기예에 통달한 사람의 기분 좋은 일이거늘.
◇晝耕夜讀하니 隱者의 志趣ㅣ로다=낮에는 농사를 짓고 밤에는 독서를 하
니 세상에 숨어 지내는 사람의 의지와 취향이로다. ◇詩酒風流는 逸民인가
하노라=시와 술을 즐기고 풍류를 아는 보통 사람인가 한다.

840. 전나귀모노라니 西山에日暮이로다 山路險하거든澗水ㅣ나潺潺커
나 風便에 聞犬吠하니다왓는가하노라.

전나귀 모노라니 西山에 日暮이로다=다리를 저는 나귀를 몰고 가니 서산
에 해가 저물었다. ◇山路 險하거든 澗水ㅣ나 潺潺커나=산길이 험하거든
골짜기의 물이나 잔잔하던지. ◇風便에 聞犬吠하니=바람결에 개 짖는 소리
가 들리니.

841. 酒色이敗人之本인줄을 나도暫間알건마는 먹든술이즈며예던길
아니예랴 아마도 丈夫의하올일이酒色인가하노라.

酒色이 敗人之本인 줄을=술과 여색이 사람을 패망하게 하는 근본인 줄을. ◇먹던 술 이즈며 예던 길 아니 예랴=먹던 술을 잊으며 가던 길을 아니 가 랴.

842. 죽기설워란들 늙이도더설우랴　무거운팔춤이요숨절은노래로다 갓득에 酒色채못하니그를설워하노라. 李廷薑

◇ 대조; '늙이도'는 '늙기도곤'으로 되어 있음.

죽기 설워란들 늙이도 더 설우랴='늙이도'는 '늙기도곤'의 잘못인 듯. 죽기 가 서럽다고 한들 늙는 것보다 더 서러우랴. ◇무거운 팔춤이요 숨 절은 노 래로다=무거운 팔뚝춤이요 숨이 가쁜 노래로다. 춤을 추고 노래하기에 너무 늙었다. ◇갓득에 酒色채 못하니=가뜩이나 술과 계집마저 못하니.

843. 쥐찬소록이들아 배불웨라자랑마라　淸江여윈고기주린들부를소냐 一身에 閑暇할센정살저무삼하리요. 具志禎

◇ 대조; '여원고기'는 '여윈鶴이'의 잘못.

쥐 찬 소록이들아 배불웨라 자랑마라=쥐를 잡은 솔개들아 배부르다고 자 랑하지 마라. ◇淸江 여윈 고기 주린들 부를소냐=맑은 강의 고기가 주린들 부러워하겠느냐. ◇閑暇할센정=한가할망정.

844. 지난해오날ㅅ밤에 저달을보앗더니　이해오날밤도그달빗치쏘밝 앗다　이제야 世換月長在를아럿신져하노라. 安玟英

世換月長在를 아럿신져 하노라='세환(世換)'은 '세환(歲換)'의 잘못인 듯. 세월은 바뀌어도 달은 항상 떠 있음을 알았는가 한다.

845. 靑草욱어진골에 자는가누엇는가　紅顏은어듸가고白骨만뭇쳣는고

盞잡아 勸헐쎄업스니그를슬워하노라. 林悌

　青草 욱어진 골에=푸른 풀이 우거진 골에. ◇紅顔은 어듸 가고=예쁜 얼굴
은 어디 가고.

846. 青春少年들아 白髮老人웃지마라　公변된하날아래녠들얼마젊엇
스리　우리도 少年行樂이어제런듯하여라.

　公변된 하날 아래 녠들 얼마 젊엇스리=공평한 하늘 아래 너흰들 얼마나 젊
어 있겠느냐. 늙지 않고 항상 젊겠느냐.

847. 青春豪華日에　離別곳아니런들　어늬듯내머리에서리를뉘라치리
이後란 秉燭夜遊하여남은해를보내리라.

◇ 대조; 종장 '이後란 秉燭夜遊하여남은해를보내리라'는 '오날에 毕나마검운털이
마자세여허노라'로 되어 있고, 작자 안민영(安玟英)이 누락되었음.

　青春 豪華日에 離別곳 아니런들=젊어서 호사스럽게 지낸 날에 이별이 없
었다면 ◇서리를 뉘라치리=백발이 되었으랴. ◇秉燭夜遊하여 남은 해를
보내리라=촛불을 켜고 밤새 놀며 여생을 보내리라.

848. 草堂秋夜月에　蟋蟀聲도못禁커든　무삼하리라夜畔에鴻雁聲고
千里에 임離別하고잠못일워하노라.

◇ 대조; '夜畔에'는 '夜半에'의 잘못.

　草堂 秋夜月에 蟋蟀聲도 못 禁커든=초당에 가을 달이 밝은 밤에 귀뚜라미
우는 소리도 막지 못하거든. ◇夜畔에 鴻雁聲고='夜畔'은 '야반(夜半)'의 잘
못. 밤중에 기러기 우는 소리인가.

849. 楚江漁夫들아 고기낙가삼ㅅ지마라 屈ㄷ三閭忠魂이魚腹裏에들
엇나니 아모리 鼎鑊에살문들익을줄이잇시랴. 李明漢

◇ 대조; 작자가『靑丘永言』육당본에 표시되어 있음.

楚江 漁夫들아=초강의 어부들아. 초강(楚江)은 굴원이 빠져 죽은 멱라수를
말함. ◇屈ㄷ三閭 忠魂이 魚腹裏에 들엇나니=굴삼려의 충성된 넋이 고기의
뱃속이 들었으니. 굴삼려는 굴원(屈原)을 가리킴. ◇鼎鑊에 살문들 익을 줄
이 잇시랴=솥에다 넣고 삶은들 익을 까닭이 있겠느냐.

850. 秋霜에놀난기럭이 섬거운소래마라 갓득에임여의고하물며客裡
로다 밤ㅁ中만 네우름소래에잠못들어하노라.

섬거운 소래 마라=미덥잖은 말을 하지마라. ◇갓득에 임 여의고 하물며
客裡로다=가뜩이나 임을 여의고 더구나 나그네의 신세로다.

851. 春風和煦好時節에 범나뷔몸이되여 百花叢裡에香氣저져논일거
니 世上에 이러한豪興을그무엇으로比할소냐. 朴孝寬

春風和煦好時節에=봄바람이 화창하고 따뜻한 좋은 시절에. ◇百花叢裡에
香氣 저져 논일거니=온갖 꽃이 핀 가운데 향기에 젖어 노닐거니. ◇이러한
豪興을 그 무엇으로 比할소냐=이렇게 호사스런 흥취를 그 무엇에 비할 수가
있겠느냐.

852. 春風桃李花들아 고흔樣子자랑마라 蒼松綠竹을歲寒에보렴우나
貞貞코 落落한節을곳칠줄이잇시랴. 金裕器

春風 桃李花들아 고흔 樣子 자랑마라=봄바람에 핀 복숭아와 오얏들아. 고
은 모양을 자랑하지 마라. ◇蒼松綠竹을 歲寒에 보렴우나=푸른 소나무와

대나무를 차가운 겨울에 보려무나. ◇貞貞코 落落한 節 곳칠 줄이 잇시랴=곧고 높은 절개를 바꿀 까닭이 있으랴.

853. 春水滿四澤하니 물이만하못오든가 夏雲이多奇峰하니山이놉하못오든가 秋月이 揚明輝어든무삼탓을하리요.

春水滿四澤하니=봄철의 물이 사방의 웅덩이에 가득하니. ◇夏雲이 多奇峰하니=여름철의 구름은 기이한 봉우리처럼 되는 때가 많으니. ◇秋月이 揚明輝어든=가을 달이 드높이 밝게 비추거든. 도연명(陶淵明)의 「사시(四時)」인 '춘수만사택 하운다기봉 추월양명휘 동령수고송(春水滿四澤 夏雲多奇峰 秋月揚明輝 東嶺秀孤松)'을 시조로 만든 것임.

854. 太平天地間에 簞瓢를두러메고 두사매두루치고우쥭우쥭하는쯧은 人世에 걸닐것업스니그를즑여하노라.

◆ 대조 ; '두루치고'는 '느리치고'로 되어 있음. 작가가 양응정(梁應鼎) 또는 김응정(金應鼎)으로 되어 있음.

太平 天地間에 簞瓢를 두러메고=태평한 세상에 도시락과 바가지를 둘러메고. ◇두 사매 두루치고 우쥭우쥭 하는 쯧은=두 소매를 휘두르며 우쭐우쭐 하는 뜻은. ◇人世에 걸닐 것 업스니 그를 즑여 하너라=세상에 거리낄 것 없으니 그를 즐겨 하노라.

855. 恨唱하니歌聲咽이오 愁飜하니舞袖遲라 歌聲咽舞袖遲는님글이는탓이로다 西陵에 日欲暮하니애긋는듯하여라.

恨唱하니 歌聲咽이오 愁飜하니 舞袖遲라=한스럽게 노래하니 노랫소리가 목이 메이고 근심하여 번득이니 춤추는 옷소매가 더디도다. ◇西陵에 日欲暮하니 애 긋는 듯하여라=서쪽 구릉으로 해가 넘어가려 하니 창자가 끊어지는 듯 하구나. 마음이 아프구나.

856. 해다점은날에 즈져괴는참새들아   조고마한몸이半柯枝도足하거
든 굿하여 크나한덤불을새와무삼하리요.

　굿하여 크나한 덤불을 새와 무삼 하리요=일부러 크나 큰 덤불을 시샘하여
무엇 하느냐.

857. 해저黃昏이되면 내못가도제오더니   제몸에病이든지뉘손대잡혓
는지 落月이 西樓에나릴제면애슷는듯하여라.

　落月이 西樓에 나릴 제면 애 슷는 듯하여라=지는 달이 서쪽에 있는 누각으
로 떨어질 때면 창자를 끊는 듯 하여라.

858. 寧越谷杜鵑이울고 露梁에말이간다   肅宗大王의軫念도거룩할자
黃泉에 매친恨인들아니풀ㅅ줄잇시리. 咸和鎭

　寧越谷 杜鵑이 울고 露梁에 말이 간다=강원도 영월(寧越)의 골짜기에 두견
이 울고 노량(露梁)으로는 말이 간다. 영월은 단종(端宗)이 유배를 갔던 곳.
노량에는 사육신이 묻혀 있는 곳. ◇肅宗大王의 軫念도=숙종대왕(肅宗大王)
의 생각도. 단종은 숙종 때에 복위되었음. ◇黃泉에 매친 恨인들=저승에 맺
힌 한인들.

859. 花落春光盡이요 樽空하니客不來라   鬢髮이희엿스니佳人도畵餠
如ㅣ로다 少壯에 隨意歡樂이엇그젠듯하여라. 朴英秀

　花落春光盡이요 樽空하니 客不來라=꽃이 떨어지니 봄이 다 갔고 술통이
비었으니 손님도 오지 않는다. ◇鬢髮이 희엿스니 佳人도 畵瓶如ㅣ로다=수
염과 머리카락이 허여 졌으니 아름다운 여인도 그림의 떡이로다. ◇少壯에
隨意歡樂이 엇그젠 듯하여라=젊었을 때 마음대로 즐긴 것이 엊그제 인 듯하
여라.

860. 宦海에놀난물ㄱ결 林泉에밋츨소냐 갑업슨江山에일업시누엇시
니 白鷗도 내뜻을아련지오락가락하더라.

◇ 대조; '아련지'는 '아던지'의 잘못. 『海東歌謠』주씨본에 이정보(李鼎輔)작품으
로 되었음.

宦海에 놀난 물ㄱ결 林泉에 밋츨소냐=환해에 놀란 물결이 숲 속에 미치겠
느냐. 벼슬살이의 어려움이 한가롭게 사는 시골과는 무관하다. ◇갑 업슨
江山에=돈을 주고 사고파는 것이 아니기에 값으로 따질 수 없는 강산에.

861. 희여검을지라도 희는것이설우려든 희여못검는줄긔아니설울소
냐 희여서 못검을人生이아니놀고어이라.

희여 검을지라도 희는 것이 설우려든=희였다가 검을지라도 희는 것이 서
럽거든. ◇희여 못검는 줄 긔 아니 설울소냐=희어져 못 검는 줄을 그 아니
서러우랴.

862. 희기눈갓흐니 西施의後身인가 곱기곳갓흐니太眞의넉시런가
至今에 雪膚花容은너를본가하노라.

◇ 대조; 『金玉叢部』에 안민영의 작품으로 되어 있음.

희기 눈 갓흐니 西施의 後身인가=희기가 눈과 같으니 서시가 다시 태어난
것인가. ◇곱기 곳 갓흐니 太眞의 넉시런가=곱기가 꽃과 같으니 양귀비의
넋이런가. ◇雪膚花容은 너를 본가 하노라=희기가 눈 같고 꽃 같이 아름다
운 얼굴의 미인은 너를 보았는가 한다.

863. 가드니니즈냥하여 꿈에도아니뵈네 내아니저를어젓거든젠들혈
마이즐소냐 언마나 진쟝할임이완대살쓴애를끛나니.

　가더니 니즈냥 하여=가더니 잊은 양하여. ◇젠들 혈마 이즐소냐=저인들
설마 나를 잊었겠느냐. ◇언마나 진쟝할 임이완대 살쓴 애를 끛나니=얼마
나 진중하게 생각할 임이기에 살뜰한 심사를 끊느냐.

864. 閣氏내손목을쥐니 방싯방싯웃는고야 엇개넘어등글그니점점나
사나를안네 저임아 나사드지마소가슴畓畓하여라.

　점점 나사 나를 안네=차츰차츰 다가와 나를 안는구나. ◇나사 드지마소=
나와 가까이 하지 마시오.

865. 客散門扃하고 風微코月落한제 酒甕을다시열고詩句를흣부르니
아마도 山人得意는이쑨인가하노라. 河緯地

　客散門扃하고 風微코 月落한제=손님이 가니 문을 닫고 바람은 잔잔하고
달이 졌을 때. ◇酒甕을 다시 열고 詩句를 흣부르니=술항아리를 다시 열고
시구를 마음 내키는 대로 읊조리니. ◇山人得意는 이 뿐인가 하노라=산골
에 사는 사람의 기분 좋은 일은 이 것뿐인가 한다.

866. 구름아너는어이 해ㅅ빗흘감초는다 油然作雲하면大旱에조커니와
北風이 살아져불제만벗뉘를몰나하노라.

◇ 대조 ; '살아져불제만벗뉘를'은 '살아져불제면볏뉘'로 되어 있음.

　油然作雲하면 大旱에 조커니와=구름이 뭉게뭉게 일어나면 큰 가뭄에도 좋
거니와. ◇北風이 살아져 불 제만 벗뉘를 몰나 하노라='벗뉘'는 '볏뉘'의 잘
못. 북풍이 없어져 불 때만 볕을 볼 수가 없구나.

867. 菊花야너는어이 三月東風슬혀한다　성긘울찬븨뒤에찰하리얼지
언정　반드시 群花로더부러한봄말녀하노라. 安玟英

　성긘 울 찬 븨 뒤에 찰하리 얼지언정=엉성한 울타리에 차가운 비가 내린
뒤에 차라리 얼지언정. ◇群花로 더불어 한봄 말녀 하노라=여러 가지 꽃과
더불어 다 함께 즐기는 봄을 혼자 그만두려 하는구나. 혼자서 싫어하느냐.

868. 꿈으로差使를삼아 먼듸ㅅ님오게하면　비록千里라도瞬息에오련
마는　그임도 임둔임이니올쏭말쏭하여라.

　꿈으로 差使를 삼아=꿈으로 심부름꾼을 삼아. ◇그 임도 임둔 임이니=그
임도 임을 둔 임이니. 사랑하는 사람이 있는 사람이니.

869. 騎司馬呂馬童아 項籍인줄모르더냐　八年干戈와날對敵하리뉘잇
더냐　오날날 이리되기는하날인가하노라.

　騎司馬 呂馬童아 項籍인줄 모르더냐=기사마인 여마동아 항적인줄 몰랐더
냐. 기사마는 벼슬이름이고 여마동은 항우의 친구였는데 나중에 한나라에
투항하여 낭기장(郎騎將)이 되어 용차(龍且)를 치고 항적을 죽임. 항적(項籍)
은 항우를 가리킴. ◇八年干戈와 날 對敵하리 뉘 잇더냐=‘八年干戈와’는
‘八年干戈에’의 잘못. 팔년 동안의 초와 한의 전쟁 가운데 나를 대적할 사람
이 누가 있느냐. ◇이리 되기는 하늘인가 하노라=이렇게 되기는 하늘인가
하노라. 항우가 여마동에게 죽을 때 ‘하늘이 나를 망쳤다’고 하였음

870. 나의未平한꼴을 日月께뭇잡나니　九萬里長天에무삼일배앓하셔
酒色에 몹쓸매인몸을수히늙게하느니.

　◇ 대조; ‘꼴을’은 ‘일을’의 잘못.

나의 未平한 꼴을 日月께 뭇잡나니=나의 편안하지 못한 모습을 해와 달에게 문자오니 ◇무삼 일 배 앏하서=무슨 일이 배 아파서. 또는 바빠서. ◇酒色에 몹쓸 매인 몸을 수히 늙게 하느니=술과 여색에 빠져 싫지 아니한 몸을 빨리 늙게 하느냐.

871. 樂遊原빗긴날에 昭陵을바라보니   白雲깁흔곳에金粟堆보기섧다
어느제 이몸이돌아가서다시뫼셔보리요. 曹漢英

樂遊原 빗긴 날에 昭陵을 바라보니=낙유원 저녁나절에 소릉을 바라보니. 낙유원(樂遊原)은 중국 섬서성 장안현 남쪽에 있는데, 한(漢)의 선제(宣帝)의 묘우(廟宇)가 있음. 소릉(昭陵)은 당(唐)나라 태종(太宗)의 능임. 이는 당(唐)나라 두목(杜牧)의 「將赴吳興登樂遊原(장부오흥등낙유원)」의 결구(結句)인 '낙유원상망소릉(樂遊原上望昭陵)'임. ◇金粟堆 보기 섧다=금속퇴를 보기가 서럽다. 금속퇴(金粟堆)는 당 명황(唐明皇)의 무덤이 있는 곳. ◇어느 제=어느 때.

872. 落花芳草路에 깁치마를쓸엇스니   風前에나는곳치玉頰에부듸친다   앗갑다 쓸어올ㅅ지연정밟든마라하노라. 安玟英

落花 芳草路에 깁치마를 쓸엇스니=꽃이 떨어지고 향기로운 풀이 우거진 길에 비단 치마를 끌리 듯 입었으니. ◇風前에 나는 곳치 玉頰에 부듸친다=바람 앞에 날리는 꽃이 예쁜 뺨에 부딪힌다.

873. 洛陽城十里밧게 울퉁불퉁저무덤아   萬古英雄이몃몃치무쳣느니
우리도 저리될人生이 아니 놀고 어이리.

洛陽城 十里 밧게=낙양성 십리 밖에. 북망산(北邙山)을 가리킴.

874. 落葉聲찬바람에 기럭이슳히울고   夕陽江頭에고흔님보내올제

釋迦와 老聃이當헌들아니울ㅅ줄이잇시랴. 金時慶

夕陽 江頭에 고혼 님 보내올 제=해질 무렵 강 어구에서 고은님을 보낼 때.
◇釋迦와 老聃이 當헌들=석가나 노자(老子) 같은 사람들도 사랑하는 사람과
이별을 하게 된다면.

875. 南海龍과北海龍들이　單如意를닷토는듸　無心한猛虎야너는어이
넘노는다　우리도 남의 임거러두고넘노라볼ㄱ가하노라.

�‍◇ 대조; '單如意'는 '半如意'로 되어 있음.

單如意를 닷토는듸=하나의 여의주(如意珠)를 다투는데. ◇너는 어이 넘노
는다=너는 왜 넘노느냐.

876. 綠柳間黃鶯兒들아　나의꿈을깨오지마라　아오라한遼西ㅅ길을꿈
아니면못가려니　兒孩야 잠드럿스란부듸打起하여라. 朴英秀

◇ 대조; '兒孩야'는 '兒禧야'로 되어 있음.

綠柳間 黃鶯兒들아=푸른 버드나무 사이의 꾀꼬리들아. ◇아오라한 遼西ㅅ
길을=아득히 먼 요서의 길을. 요서(遼西)는 요하(遼河)의 서쪽을 가리키나
여기서는 멀리 변방의 수자리에 간 남편이 있는 곳을 가리킴. ◇잠드럿스란
부듸 打起하여라=잠들었거든 부디 나무를 때려 날아가게 하여라.

877. 綠楊春三月을　잡아매야두량이면　센머리쏩아내여찬찬동혀두련
마는　해마다 매든못하고늙기설워하노라. 金三賢

綠楊 春三月을 잡아매야 두량이면=버들이 푸른 봄 석 달을 잡아 매여 둘
수가 있다면. ◇센머리 쏩아내여=흰 머리카락을 뽑아내서.

285

878. 綠楊이千萬絲 L들 가는春風매여두며   探花蜂蝶인들지는곳을어
이하리 아모리 根源이重한들가는임을어이하리. 李元翼

綠楊이 千萬絲 L들=푸른 버들이 수많은 가지를 드리운들 ◇探花蜂蝶인들
지는 곳을 어이 하리=꽃을 찾는 벌과 나비인들 시들어 떨어지는 꽃을 어찌
하겠느냐.

879. 뉘라서가마귀를 검고凶타하돗던고   反哺報恩이긔아니아름다운
가 사람이 저새만못함을못내슬워하노라. 朴孝寬

검고 凶타 하돗든고=빛이 검고 흉측하다고 하였던고. ◇反哺報恩이 긔 아
니 아름다운가=자라면 부모에게 보답하는 것이 그 어찌 훌륭하지 않은가.

880. 뉘라서나를늙다턴고 늙은이도이러한가   곷보면반갑고盞잡으면
우음난다 귀밋헤 훗날니는白髮이야낸들어이하리요. 李仲集

盞잡으면 우음 난다=술잔을 잡으면 좋아서 웃음이 나온다.

881. 달쓰자배써나니 이제가면언제오리   萬頃蒼波에가는듯도라오소
밤ㅁ中만 至菊叢소래에애끗는듯하여라.

萬頃蒼波에 가는 듯 도라오소=넓고 푸른 뱃길에 가는 즉시 곧 돌아오시오.
◇至菊叢 소래에=배 젓는 소리에.

882, 담안에곷치여늘 못가에버들이라   쇠꼬리노래하고나뷔는춤이로
다 至今에 花紅柳綠鶯歌蝶舞하니醉코놀녀하노라. 安玟英

담 안에 곷치여늘=담 안에 꽃이 피었거늘. ◇花紅柳綠鶯歌蝶舞하니=꽃은

붉고 버들은 푸르며 꾀꼬리 노래하고 나비는 춤을 추니.

883. 담안에섯는곳츤 버들ㅅ빗을새워마라   버들곳아니런들花紅너쑌
이어니와 네겻헤 多情타이를것은柳綠인가하노라 凡人

　버들ㅅ빗을 새워마라=버들의 푸른빛을 시새워 하지마라. ◇버들곳 아니런
들 花紅 너뿐이어니와=버들만 아니라면 꽃이 붉은 것은 너뿐이거니와 ◇多
情타 이를 것은 柳綠인가 하노라=다정하다고 할 수 있는 것은 푸른 버들인
가 한다.

884. 대심어울을삼고 솔갓고아亭子ㅣ로다   白雲덥힌곳에날잇는줄제
뉘알니 庭畔에 鶴徘徊하니긔벗인가하노라. 金長生

　대 심어 울을 삼고 솔 갓고아 亭子ㅣ로다=대나무를 심어 울타리를 삼고 소
나무를 가꾸어 정자를 삼았구나. ◇白雲 덥힌 곳에 날 잇는 줄 제 뉘 알니=
흰 구름이 덮여 있는 곳에 내가 있는 줄을 그 누가 알겠느냐.

885. 杜鵑에목을빌고 쇠소리사설ㅅ어   空山月萬樹陰에지져귀여울엇
시면 가삼에 돌갓치매친피를푸러볼가하노라. 安玟英

　杜鵑의 목을 빌고 쇠소리의 사설 ㅅ어=두견새의 목소리를 빌리고 꾀꼬리
의 사연을 빌려. ◇空山月萬樹陰에 지져귀여 울엇시면=겨울철에 텅 빈 산
을 비추는 달과 여름철의 온갖 나무들이 우거진 그늘에 시끄럽게 지저귀며
울 수 있다면. ◇돌갓치 매친 피를=단단하게 사무친 한을.

886. 뒷뫼헤쎄구름지고 압내에안개로다   비올ㅅ지눈이올ㅅ지바람부
러즌서리칠ㅅ지 먼듸님 오실ㅅ지못오실ㅅ지개만홀노짓더라.

　뒷 뫼헤 쎄 구름 지고 압 내에 안개로다=뒷산에 떼구름 끼고 앞개울에 안

287

개가 자욱하다.

887. 무서리술이되여 滿山을다勸하니 어제푸른닙히오날아침다붉엇
다 白髮도 검길줄알냥이면우리임도勸하리라.

　무서리 술이 되여 滿山을 다 勸하니=맑은 서리가 술이 되어서 모든 산을
다 권하니. 서리를 맞은 잎들이 단풍이 들었다. ◇白髮도 검길 줄 알 냥이면
=백발도 검게 할 수 있다면.

888. 白雲깁흔골에 綠水靑山둘넛는듸 神龜로卜築하니松竹間집이로
다 每日에 靈蘥를맛드리며鶴鹿함쎄놀니라. 金時慶

◇ 대조;‘靈蘥’는 ‘靈筠’의 잘못.

　神龜로 卜築하니 松竹間 집이로다=신령스런 거북점을 쳐서 살만한 곳에
집을 지으니 소나무와 대나무 사이의 집이로다. ◇靈蘥를 맛드리며 鸞鹿함
께 놀니라=‘靈蘥’는 ‘영균(靈菌)’의 잘못. 대나무 순에 맛들이며 사슴과 함께
놀리라.

889. 白雲이이러나니 나무긋치움직인다 밀물에東湖가고혈물에란西
湖가자 兒孩야 넌그물거더셔리담아닷글들고돗을놉히다러라.

　그물 거더 셔리 담아 닷글 들고 돗을 놉히 다러라=그물을 걷어 서려 담고
닻을 들고 돛을 높이 달아라.

890. 白雪이滿乾坤하니 千山이玉이로다 梅花는滿開하고竹葉이푸르
럿다 兒孩야 盞가득부어라興을겨워하노라.

◇ 대조;‘滿開하고’는 ‘半開하고’의 잘못, ‘兒孩야’는 ‘兒禧야’로 되어 있음.

白雪이 滿乾坤하니 千山이 玉이로다=흰 눈이 온 세상을 덮으니 모든 산이 옥처럼 빛나는구나.

891. 白雪이자자진골에 구름이머흐레라　반가온梅花는어늬곳에픠엿는고　夕陽에 홀로선客이갈곳몰나하노라. 李穡

　白雪이 자자진 골에 구름이 머흐레라=흰 눈이 자욱한 골짜기에 구름이 험하구나. 나라의 장래가 어찌 될까를 짐작하기 어렵다는 뜻. ◇夕陽에 홀로 선 客이 갈 곳 몰나 하노라=저녁에 홀로 서 있는 나그네가 갈 곳을 몰라 하는구나. 나라가 어려운 때에 어찌 처신해야 할지를 망설임.

892. 白雪이粉粉한날에　天地가다희거다　羽衣를썰쳐입고玉堂에올나가니　어즈버 天上白玉京을밋쳐본가하노라. 任義直

◇ 대조; '粉粉'은 '紛紛'의 잘못.

　白雪이 粉粉한 날에='粉粉'은 '분분(紛紛)'의 잘못. 흰 눈이 펄펄 날리는 날에. ◇羽衣를 썰쳐 입고=새의 깃처럼 부드러운 옷을 맵시 있게 차려 입고. ◇天上 白玉京을 밋쳐 본가 하노라=하늘 위에 있다고 하는 옥황상제가 사는 곳에 가보았는가 한다.

893. 白髮을훗날니고　靑黎杖잇글면서　滿面紅潮로綠陰間에누엇더니　偶然이 黑甛鄕丹夢을黃鶯聲에쌔오거다. 金敏淳

◇ 대조; 가번 108과 중복.

894. 白沙汀紅蓼邊에 굽어긔는白鷺들아　口腹을못메워저닥지굽느냐　一身이 閑暇할센정살져무삼하리요.

白沙汀 紅蓼邊에 굽어긔는 白鷺들아=흰 모래톱 붉은 여뀌가 핀 물가에 꾸벅이는 백로들아. ◇口腹을 못 메워 저닥지 굽니느냐=주린 배를 못 채워 저렇게 꾸벅거리느냐. ◇一身이 閑暇할센정 살져 무엇 하리요=일신이 한가하면 되었지 살은 져서 무엇 하겠느냐.

895. 白頭山에놉히안져 압뒷쓸굽어보니   南北萬里에녯생각새로웨라
간님의 精靈계시면눈물질가하노라.

압뒷 쓸 굽어보니=우리나라의 전후좌우를 살펴보니. ◇간 님의 精靈 계시면=가신님이 정말로 계시다면.

896. 白髮에섭흘지고 怨하나니燧人氏를   불업슨적도萬八十歲를살앗
거든   엇지타 始鑽燧하여사람困케하느니.

◇ 대조; '萬八十歲'는 '萬八千歲'의 잘못.

白髮에 섭흘 지고 怨하나니 遂人氏를=늙어서 섶을 지고 원망하기를 수인씨를. 섶은 땔감으로 쓰는 나무나 풀. 수인씨(遂人氏)는 중국 옛 황제의 이름으로, 처음으로 불을 일으켜 사람들에게 화식(火食)을 가르쳤다고 함. ◇불업슨 적도 萬八十歲를='八十歲'는 '팔천세(八千歲)'의 잘못. 불이 없을 때도만 팔천년을. ◇엇지타 始鑽燧하여 사람 困케 하느니=어쩌다 처음 불을 사용하여 사람들을 피곤하게 하느냐. 찬수는 나무를 송곳으로 뚫어 그 마찰로 불을 얻는다는 뜻임.

897. 百川이東到海하니 何時에復西歸오   古往今來에逆流水ㅣ업것마
는   엇지타 肝腸석은물은눈으로서솟는고.

百川이 東到海하니 何時에 復西歸오=모든 하천이 동쪽으로 흘러 바다에 이르니 언제 다시 서쪽으로 흘러가리오. ◇古往今來에 逆流水ㅣ 업건마는=예전부터 지금까지 거꾸로 흐르는 물이 없건마는.

898. 百草를다심어도 대는아니심으리라 저ㅅ대는울고살ㅅ쌔는가고
그리나니붓ㅅ대로다 굿타여 울고가고그리는대를심어무삼하리요.

저ㅅ대는 울고 살ㅅ쌔는 가고 그리나니 붓ㅅ대로다=저(笛)를 만드는 대나
무는 울고 살(箭)을 대나무는 가고 그리워하는 것은 붓(筆)을 만드는 대나무
로다.

899. 벼뷔어쇠게싯고 고기건져아해주며 이소네모라다가술을몬저걸
너스라 우리는 夕陽이아즉멀엇스니興치다가가리라.

벼 뷔어 쇠게 싯고=벼를 베어 소에게 싣고. ◇이 소 네 모라다가=이 소를
네가 몰고 가서.

900. 보거든슬뮙거나 못보거든잇치거나 제나지말거나내저를모르거
나 찰하로 내몬저싀여져서제그리게하리라.

보거든 슬뮙거나 못 보거든 잇치거나=보거든 싫고 밉거나 못 보거든 잊혀
지거나 ◇제 나지 말거나 내 저를 모르거나=제가 태어나지 말거나 내가 저
를 모르거나. ◇내 몬저 싀여져서 제 그리게 하리라=내가 먼저 죽어서 제가
나를 그리워하게 하리라.

901. 壁上에칼이울고 胸中에피가쮓다 살오른두팔쑥이밤낫에들먹인
다 時節아 너도라오거든왓소말을하여라.

時節아 너 도라오거든 왓소 말을 하여라=시절아 네가 돌아오거든 왔다고
말을 하여라.

902. 北斗星도라지고 달은밋쳐안이젓다 녜는배언마ㅣ나오냐밤은임
이깁헛도다 風便에 數聲砧들니니다왓는가하노라. 李廷藎

北斗星 도라지고 달은 밋쳐 안이 졋다=북두성은 이미 자리가 바뀌고 달은
아직 지지 않았다. ◇녜난 배 언마ㅣ나 오냐=가는 배가 얼마나 왔느냐. ◇
風便에 數聲砧 들니니 다 왓는가 하노라=바람결에 두어 차례의 다듬이 소리
가 들리니 다 왔는가 하노라.

903. 北天이맑다커늘 雨裝업시길을나니 山에는눈이요들에는찬비로
다 오날은 찬비마잣시니어러잘ㄱ가하노라. 林悌

北天이 맑다커늘=북쪽 하늘이 맑다고 하거늘. ◇찬비 마잣시니 어러 잘ㄱ
가 하노라=차가운 비를 맞았으니 얼어 잘까 하노라. 찬비는 기생 한우(寒雨)
를 가리키는 중의적인 표현임.

904. 북소래들니는절이 머다한들언마멀니 靑山之上이요白雲之下엿
만은 그곳에 白雲이자옥하니아모뎬줄몰내라.

靑山之上이요 白雲之下엿만은=푸른 산 위요 흰 구름 아래지마는.

905. 不老草로비즌술을 萬年盞에가득부어 잡우신盞마다비나이다萬
年壽를 眞實로 이盞곳잡우시면萬壽無疆하오리다. 翼宗

✧ 대조; 작자 표시가 없음. '萬年壽'는 '南山壽'로 되어 있음.

萬年盞에 가득 부어=마시면 만년을 산다고 하는 술잔에 가득 부어. ◇이
盞곳 잡우시면=이 잔을 잡으시면.

906. 비오는날들에가랴 簑笠걸고소먹여라 마히每樣이랴裝技撚匠을
다스려라 쉬다가 개는날을보아서긴밧갈녀하노라.

✧ 대조; 작가 누락. 윤선도(尹善道)의 작품임.

簑笠 걸고 소 먹여라=사립은 한자말이 아님. 사립문을 닫고 소 먹여라. ◇
마히 每樣이랴 裝技撚匠을 다스려라=장기연장도 한자말이 아님. 장마가 오
래 계속되겠느냐 쟁기와 연장을 손보아라.

907. 새벽서리지샌날에 외기럭이울어옌다   반가운임의消息倖兮온가
녁엿더니   다만지 滄茫한구름밧게뷘소래만들니더라.

◆ 대조; '지샌날에'는 '지샌달에'의 잘못.

  새벽 서리 지샌 날에 외 기러기 울어 옌다=서리가 새벽까지 내린 날에 기
러기가 울며 날아간다. ◇倖兮 온가 녁엿더니=행여나 왔는가 여겼더니. ◇
다만지 蒼茫한 구름 밧게 뷘 소래만 들니더라=다만 넓고 아득한 구름 밖에
서 공허한 소리만 들리더라.

908. 夕鳥는나라들고 暮煙은일어난다   東嶺에달이올나襟懷에빗최도
다 兒孩야 瓦樽에술걸너라彈琴하고놀니라. 宋宗元

  夕鳥는 나라 들고 暮煙은 일어난다=저녁에 둥우리로 돌아오는 새는 날아
들고 저녁연기는 일어난다. ◇襟懷에 빗최도다=마음속까지 비추는구나. 금
회는 가슴 속 깊이 품고 있는 생각. ◇瓦樽에 술 걸너라 彈琴하고=술통의
술을 걸러라 거문고를 타며.

909. 雪月이滿庭한듸 바람아부지마라   曳履聲아닌줄은判然이알것마
는   그립고 아쉬운마음에행혀귄가하노라.

  雪月이 滿庭한듸=눈 위에 비치는 달빛이 뜰에 가득한데. ◇曳履聲 아닌
줄은 判然이 알것마는=신발을 끄는 소리가 아님을 분명히 알지마는.

910. 雪月은前朝色이요 寒鍾은故國聲을   南樓에홀로서셔녯님군생각

할제 殘郭에 暮煙生하니不勝悲感하여라.

   雪月은 前朝色이요 寒鍾은 故國聲을=눈 위에 비친 달은 전왕조의 빛이요
차갑게 들리는 종소리는 옛 나라의 종소리 같이 들리거늘. ◇南樓에 홀로
서셔=남쪽에 있는 다락에 홀로 서서. ◇殘郭에 暮煙生하니 不勝悲感 하여
라=무너진 성곽에 저녁연기가 일어나니 슬픈 감정을 억제하가 어렵구나. 황
진이의 시로 알려졌으나 권겹(權韐)의 시 '설월전조색 한종고국성 남루수독
립 잔곽모연생(雪月前朝色 寒鍾故國聲 南樓愁獨立 殘郭暮煙生)'을 시조화한
것임.

911. 雪嶽山가는길에 皆骨山중을만나   중다려뭇는말이楓葉이엇더터
   니   이사이 連하여서리치니째마즌가하노라. 趙明履

 ◇ 대조; '楓葉이'는 '楓岳이'의 잘못.

   皆骨山=금강산을 부르는 이름의 하나로 겨울에 해당함. ◇楓葉이 엇더터
니=단풍 든 잎이 어떻더냐. '楓葉'은 '풍악(楓嶽)'의 잘못인 듯. 풍악은 금강
산의 가을철 이름임. ◇이사이 連하여 서리 치니 때 마즌가 하노라=요즈음
계속하여 서리가 내리니 알맞은 때를 만났는가 한다,

912. 少年十五二十時를 每樣만넉엿더니 三四五六十이於焉間에지나
   거다 남은해 七八九十을이어놀가하노라. 金煐

 ◇ 대조; '이어놀가하노라'는 '秉燭夜遊ᄒ오리다'의 잘못.

   少年 十五二十時를 每樣만 넉엿더니=어릴 때 열다섯 스물의 나이를 항상
젊은 줄만 여겼더니 ◇於焉間에 지나거다=어느 사이에 지났구나.

913. 솔이라솔이라하니 무삼솔만넉이는가   千仞絶壁에落落長松내긔
   로다 길아래 樵童의접낫치야거러볼ᄃ줄잇시랴. 松伊

솔이라 솔이라 하니 무삼 솔만 넉이는가=소나무다 소나무다 하니 무슨 소
나무로만 여기는가. ◇千仞絕壁에 落落長松 내 긔로다=천 길이나 되는 절
벽에 가지가 늘어지고 키가 큰 소나무가 바로 나 그것이다. ◇樵童의 졉낫
치야 거러볼ㄷ줄 잇시랴=나무하는 아이들의 조그마한 낫이야 걸어볼 수가
있겠느냐.

914. 首陽山바라보며 夷齊를恨하노라 주려죽은신들採薇조차하오리
가 아모리 푸새엣것인들긔뉘싸헤난것고. 成三問

◇ 대조; '하오리가'는 '하올것가'로 되어 있음.

首陽山 바라보며 夷齊를 恨하노라=수양산을 바라다보며 백이와 숙제를 한
탄한다. ◇주려 죽은신들 採薇조차 하오리가=굶어 죽은들 고사리조차 캐어
먹어야 하겠습니까. ◇푸새엣 것인들 긔 뉘 싸헤 난 것고=날 것인들 그것이
누구의 땅에 난 것인고.

915. 首陽山나린물이 夷齊의冤淚되여 晝夜不息하고여흘여흘우는쯧
은 至今에 憂國忠誠을못내설워하노라. 洪翼漢

◇ 대조; '憂國忠誠'은 '爲國忠誠'의 잘못.

夷齊의 冤淚되여=백이(伯夷)와 숙제(叔齊)의 원통한 눈물이 되어. ◇晝夜
不息하고=밤낮을 쉬지 않고. ◇憂國忠誠을 못내=나라를 걱정하는 충성된
마음을 끝내.

916. 岳陽樓에올나안저 洞庭湖七百里를둘너보니 牧霞與孤鶩齊飛요
秋水ㅣ共長天一色이로다 어즈버 滿江秋興이數聲漁瀮뿐일너라.

◇ 대조; '牧霞'는 '落霞'의 잘못.

岳陽樓·洞庭湖七百里=악양루는 중국 악양에 있는 누각. 동정호에 면하고 있음. 동정호는 중국 제일의 호수로 주위가 칠백리라고 함. ◇牧霞與孤鶩齊飛요 秋水ㅣ共長天一色이로다=‘牧霞’는 ‘낙하(落霞)’의 잘못. 낮게 드리운 저녁노을은 외로운 들오리와 더불어 가즈런하게 날고 가을의 맑은 물은 하늘과 같이 맑다. ◇滿江秋興이 數聲漁邃 쑨일너라=강에 가득한 가을 흥취가 몇 가락의 어부들의 피리소리뿐이더라.

917. 알쓸이그리다가 만나보니우습거다 그림갓치마조안저맥맥히볼쑨이라 至今에 相看無語를情이런가하노라. 安玟英

알쓸이 그리다가=알뜰하게 그리워하다가. ◇맥맥히 볼 쑨이라=계속해서 바라 볼 뿐이로다. ◇至今에 相看無語를 情이런가 하노라=지금에 와서 서로 바라만 보고 말이 없음을 정이라 하겠다.

918. 어리거든채어리거나 밋치거든채밋치거나 어리듯밋친듯아는듯모로는듯 이런가 저런가하니아모런줄내몰내라.

어리거든 채 어리거나 밋치거든 채 밋치거나=어리거든 아주 어리거나 미치거든 아주 미치거나. ◇어리 듯 밋친 듯 아는 듯 모르는 듯=어린 듯하고 미친 듯하고 아는 듯하고 모르는 듯하니.

919. 易水寒波점운날에 荊卿의거동보소 一劍行裝이긔아니齟齬한가 至今에 未講劍術을못내설워하노라.

易水寒波 점운 날에 荊卿의 거동 보소=역수에 차가운 물결이 일고 해가 저문 날에 형경의 거동을 보시오. 역수(易水)는 중국 하북성 역현(易縣)에 근원을 둔 강. 형경은 제(齊)나라 형가(荊軻)로 연(燕)나라 태자 단(丹)의 명령으로 진왕(秦王) 정(政)을 죽이려다 실패하고 피살됨. ◇一劍行裝이 긔 아니 齟齬한가=칼 하나를 꾸린 행장이 그 아니 어색하지 않은가. 형가가 진왕의 살해에 실패한 것을 풍자한 말임. ◇未講劍術을 못내 설워 하노라=검술을

제대로 배우지 못한 것을 끝내 서러워하노라.

920. 玉을돌이라하니 그래도애닯고야   博物君子는아는法잇것마는
알고도 모르는체하니그를설워하노라. 洪暹

  玉을 돌이라 하니 그래도 애닯고야=옥을 돌이라고 하니 그렇더라도 안타
깝구나. ◇博物君子는 아는 法 잇것마는=온갖 것에 능통한 사람은 아는 법
이 있겠지마는.

921. 玉欄에꼿치퓌니 十年이어느덧고   中夜悲歌에눈물겨워안저잇서
살쓸이 설운마음은나혼자 ㄴ가하노라. 曺漢英

  玉欄에 꼿치 퓌니 十年이 어느 덧고=아름다운 난간에 꽃이 피니 십년이 어
느 덧인가. ◇中夜悲歌에 눈물겨워 안저 잇서=한 밤중에 들리는 슬픈 노래
에 눈물을 억제치 못하고 앉아 있어.

922. 玉으로白馬를삭여 洞庭湖에흘니싯겨   草原長堤에바느려매엿다
가   그말이 플쓰더먹거든임과리별하리라.

  玉으로 白馬를 삭여 洞庭湖에 흘니 싯겨=옥으로 백마를 만들어 동정호의
물에 씻어. ◇草原長堤에 바 느려 매엿다가=풀이 우거진 들판의 긴 둑에 바
를 길게 늘여 매었다가.

923. 玉燈에불이밝고 金燈에香내나며   芙蓉깁흔帳에혼자쌔여生覺터
니   窓밧게 曳履聲나니가슴금즉하여라.

◇ 대조; '香내나며'는 '香내나내'로 되어 있음.

  芙蓉 깁흔 帳에=부용을 수놓은 장막을 친 깊숙한 방에. 규방에. ◇曳履聲

나니=신발을 끄는 소리가 들리니.

924. 우리둘이後生하여 네나되고나너되여 내너그려긋든애를너도날
그려긋쳐보렴 平生에 내설워하는줄을돌녀보면알니라.

◇ 대조; '설워하는'은 '설워하든'으로 되어 있음.

　우리 둘이 後生하여 네 나 되고 나 너 되여=우리 둘이 뒷세상에 다시 태어
나서 네가 내가 되고 나는 네가 되어. ◇내 너 그려 긋든 애를 너도 날 그려
긋쳐보면=내가 너를 그리워하여 가슴 아파 하던 심정을 너도 나를 그리워하
여 끊어지듯 하여 보렴. ◇내 설워하는 줄을 돌녀 보면 알니라=내가 서러워
하는 심정을 바꾸어 생각해 보면 알 것이다.

925. 울밋테퓌여진菊花 黃金色을펼치온듯 山넘어돗은달은詩興을모
라도라온다 兒禧야 盞가득부어라醉코놀녀하노라.

◇ 대조; '도라온다'는 '도다온다'의 잘못.

　詩興을 모라 도라 온다=도라온다는 도다온다의 잘못인 듯. 시에 대한 흥취
를 모두 몰아서 돋다온다.

926. 越相國范少伯이 名遂功成못한前에 五胡烟月이조흔줄알렷마는
西施를 싯노라하느저도라오도다. 乙巴素

　越相國范少伯이 名遂功成 못한 前에=소백은 소백(小伯)의 잘못. 월나라 재
상인 범소백이 명예를 이루지 못한 이전에. 범소백은 월의 재상이었던 범려
(范蠡)를 가리킴. ◇五胡烟月이 조흔 줄 알렷마는=오호의 은은한 달빛이 좋
은 줄을 알았겠지만. ◇西施를=춘추시대 월(越)나라의 미녀.

927. 月姥의발은실을 한바람만어더내여 鸞膠의굿센풀노시운지개붓

첫시면 아모리 億萬年風雨ㄴ들쩌러질줄잇시랴.

◇ 대조; '발은실은'은 '붉은실은'의 잘못. 작자 안민영(安玟英)의 누락.

月姥의 발은 실을 한 바람만 어더 내여=월로의 발은실은 월로(月老)의 불
근실의 잘못. 월로의 붉은 실을 한 발쯤 얻어 내여. 월로의 붉은 실은 남녀의
애정을 묶어준다고 함. ◇鸞膠의 굿센 풀노 시운지게 붓쳣시면=아교의 굳
센 풀로 단단하게 붙였으면.

928. 이몸이죽어가서 무엇이될고하니 蓬萊山第一峯에落落長松되여
잇서 白雪이 滿乾坤헐제獨也靑靑하리라. 成三問

蓬萊山 第一峯에 落落長松 되여 이셔=금강산 제일 높은 봉우리에 커다란
소나무가 되어 있어.◇白雪이 滿乾坤헐제 獨也靑靑 하리라=흰 눈이 온 세상
을 뒤덮었을 때 홀로 푸르고 푸르리라.

929. 이몸이죽고죽어 一百番곳쳐죽어 白骨이塵土ㅣ되고넉시라도잇
고업고 임向한 一片丹心이야가실줄이잇시랴. 鄭夢周

白骨이 塵土ㅣ 되고 넉시라도 잇고 업고=백골이 먼지와 흙이 되고 넋이야
있고 없고. ◇가실 줄이 잇시랴=변할 까닭이 있느냐.

930. 이뫼를허러내여 저바다를메오면은 蓬萊山고혼님을거러가도보
련만은 이몸이 精衛鳥갓하야바자일만하노라. 徐益

거러가도 보련마는=걸어 가서라도 만나 볼 수 있으련만. ◇精衛鳥 갓하야
바자일만 하노라=정위조와 같아 서성거리기만 한다. 정위조(精衛鳥)는 해변
에 사는 작은 새로 옛날 염제(炎帝)의 딸이 죽어서 되었다고 함.

931. 日暮蒼山遠하니 날점우러못오든가　天寒白屋貧하니하날이차못오든가　柴門에 聞犬吠하니風雪夜歸人인가하노라.

　　日暮蒼山遠하니=해가 저물어 푸른 산이 멀리 보이니. ◇天寒白屋貧하니=날이 차가우니 가난한 집이 더욱 가난해 보이니. ◇柴門에 聞犬吠하니 風雪夜歸人인가 하노라=사립문에 개 짖는 소리가 들리니 바람 불고 눈 날리는 밤에 돌아온 사람인가 하노라.

932. 一生에얄뮈올쓴 거믜밧게쏘잇는가　제배를푸러내여망녕그믈매여두고　곳보고 춤추려하는나뷔를다잡우려하노니.

◇ 대조 ; '매여두고'는 '매자두고'로, '춤추려하는'은 '춤추는'으로 되어 있음.

　　一生에 얄뮈올쓴 거뮈 밧게 쏘 잇난가=생전에 얄뮈운 것은 거미 외에 또 있는가. ◇망녕 그믈 매여 두고=망녕되게 그물을 쳐 두고.

933. 壬戌之秋七月旣望에 배를타고金陵에나려　손조고기낙가고기주고술을사니　至今에 蘇東坡업스니놀니적어하노라.

　　壬戌之秋七月旣望에=임술년 칠월 16일에. 송(宋)나라 소식(蘇軾)의 「적벽부(赤壁賦)」첫 머리임. ◇金陵에 나려=금릉에 내려가서. 금릉은 중국 남당(南唐)의 도읍이었음. ◇蘇東坡=소식(蘇軾)을 가리킴.

934. 자네집에술익거든 부듸나를부르시쇼　草堂에꽃치퓌여드란나도자네를請해옴세　百年쩟 시름업슬쐬를議論과저하노라. 金墳

　　草堂에 꽃치 퓌여드란=초당에 꽃이 피게 되면. ◇百年쩟 시름 업슬 쐬를=평생을 두고 근심 없을 대책을.

935. 자남운보라내를 엊그제갓손쎄여 쎄짓테방올다라夕陽에밧고나
니 丈夫에 平生得意는이쑨인가하노라. 金昌業

　자 남운 보라매를 엊그제 갓 손 쎄어=한 자가 넘는 보라매를 엊그제 막 손
을 떼어. ◇쎄짓테 방울 다라 夕陽에 밧고 나니=빼깃에 방울을 달아 석양에
팔에 받고 나서니. 빼깃은 매의 소유를 밝히기 위해 꽁지 털 외에 덧붙이는
털. 시치미. ◇丈夫의 平生得意=사나이의 생전에 마음먹은 뜻을 성취하
기는.

936. 자다가쌔여보니 이어인소래런고 入我床下蟋蟀인가秋思도迢迢
하다 童子도 對答지아니코고개숙여조으더라. 李廷藎

　이 어인 소래런고=이 무슨 소리인가. ◇入我床下蟋蟀인가 秋思도 迢迢하
다=내 책상 아래로 드는 것은 귀뚜라미인가 가을에 일어나는 쓸쓸한 생각도
아득한 듯하구나.

937. 자다가쌔여보니 임에게서片紙왓네 百番남아펴보고가슴우희언
젓더니 굿태나 무겁든아니하되가슴답답하더라.

　百番 남아 펴보고 가슴 우희 언젓더니=백 번도 넘게 펴 보고 가슴 위에 얹
었더니. ◇굿태나 무겁든 아니하되=구태여 무겁지는 않지만.

938. 子規야우지마라 네우러도속절업다 울거든너만우지날을어이울
니는다 아마도 네소래들을제면가슴압하하노라.

◆ 대조; '작자는 이유(濡)'임.

　네 울어도 속절업다=네게 울어도 쓸 데 없다. ◇울거든 너만 우지 날을 어
이 울니는다=울려거든 너만 울 것이지 나는 왜 울리느냐.

939. 져긔섯는저소나무 길가의셜ㅅ줄어이 적은듯드리여서저길가에
섯고라자 잣씌고 도채멘분네는다찍으려하닷다. 鄭澈

◇ 대조; '잣띄고'는 '삿띄고'의 잘못임.

　길가의 셜ㅅ줄 어이=길가에 서 있을 줄을 어찌. ◇젹은 듯 드리여서 저 길
가에 섯고라자=조금만 들어가서 저 길 가에 서 있었으면. ◇잣 씌고 도채
멘 분네는 다 찍으려 하닷다='잣'은 '삿'의 잘못인 듯. 새끼를 가지고 도끼를
둘러 멘 사람들은 다 찍으려고 하는구나.

940. 積雪이다녹도록 봄ㅁ消息을몰을너니 歸鴻得意天空濶이요臥柳
生心水動搖ㅣ로다 兒禧야 새술걸너라새봄마지하리라.

　歸鴻得意天空濶이요 臥柳生心水動搖ㅣ로다=돌아가는 기러기는 하늘이 공
활하므로 뜻을 얻고 기우뚱한 버들은 물이 움직임에 따라 마음이 생긴다.

941. 簑소래반기듯고 竹窓을열고보니 細雨長堤에쇠등에兒禧로다
兒禧야 江湖에봄이드니낙대推尋하리라.

◇ 대조; '봄이드니'는 '봄이드냐'로 되어 있음.

　簑 소래 반기 듯고=피리소리 반겨 듣고. ◇細雨長堤에 쇠등에 兒禧로다=
이슬비 내리는 긴 둑에 쇠등에 아이들이 타고 있구나. ◇낙대 推尋하리라=
낚싯대를 찾아 두겠다.

942. 집方席내지마라 落葉엔들못안즈랴 솔ㅅ불혀지마라어제진달이
도다온다 兒禧야 山菜와濁酒ㄹ만정업다말고내여라. 韓濩

◇ 대조; '濁酒'는 '濁醪'로 되어 있음.

솔ㅅ불 혀지 마라=관솔불을 켜지 마라. ◇山菜와 濁酒 ㄹ만정=산나물과 막걸리일망정.

943. 册덥고憁을녀니 江湖에배써잇다   往來白鷗는무슨뜻먹언는고
앗구려 功名을下直하고너를좃차놀니라. 鄭蘊

앗구려 功名을 下直하고=아서라 공명을 그만두고.

944. 鐵嶺놉흔고개 자고넘는저구름아   孤臣寃淚를비삼아씌엿는가
임게신 九重宮闕에쑤려줌이엇더리. 李恒福

◇ 대조; '씌엿는가'는 '씌엇다가'의 잘못인 듯

鐵嶺 놉흔 고개=철령의 높은 고개. 철령(鐵嶺)은 강원도와 함경도 사이에 있는 고개. ◇孤臣寃淚를 비삼아 씌엿는가=외로운 신하의 원통한 눈물을 비삼아 떠 있는가. ◇임 게신 九重宮闕에=임금님이 계신 대궐에.

945. 楚覇王의壯한뜻도 죽기도곤離別설워   玉帳悲歌에눈물은지엿스나 해진後 烏江風浪에우단말이업세라.

楚覇王의 壯한 뜻도 죽기도곤 離別 설워=초패왕의 호기(豪氣)가 넘치는 뜻도 죽기보다 이별이 더 서러워. 초패왕(楚覇王)은 항우를 가리킴. ◇玉帳悲歌에 눈물은 지엇스나=장중(帳中)에서 부른 슬픈 노래에 눈물은 흘렸으나. 옥장비가는 항우가 해하(垓下)에서 유방에게 패하고 우미인(虞美人)과 함께 장중(帳中)에서 불렀다고 하는 노래. ◇해진 後 烏江風浪에 우단 말이 업세라=해가 진 뒤에 오강(烏江)의 풍랑에 울었다는 말이 없어라.

946. 楚覇王은무삼일노 人間樂事다바리고   巫山十二峯에雲雨夢만生覺는고 두어라 神仙의生涯는싑쌘인가하노라.

◆ 대조; '楚覇王'은 '楚襄王'의 잘못. '神仙'은 '神女'로 『靑丘永言』육당본만 이렇게 되어 있음.

楚覇王은 무삼 일노='楚覇王'은 '초양왕(楚襄王)'의 잘못. 초양왕은 무슨 일로. ◇巫山十二峯에 雲雨夢만 生覺는고=무산의 열 두 봉우리에 운우의 꿈만 생각하는고. 운우몽은 초(楚)의 양왕(襄王)이 고당(高唐)에서 노는데 꿈에 선녀가 나타나 동침을 하고 떠나면서 '아침에는 구름, 저녁에는 비가 되어 무산의 기슭에 나타나겠다'하고 떠났다는 고사에서 남녀간의 행락을 뜻함.

947. 楚江에우는범과 沛澤에잠긴龍이 吐雲生風하여氣勢도壯할지고
　　　秦나라 외로운사슴이갈곳몰나하노라. 李芝蘭

◆ 대조; '楚江에'는 '楚山에'의 잘못.

楚江에 우는 범과 沛澤에 잠긴 龍이='楚江'은 '초산(楚山)'의 잘못인 듯. 초산에서 우는 범과 패택에 잠긴 용이. 초산에 우는 범은 항우(項羽)를, 패택에 잠긴 용은 유방(劉邦)을 가리킴. ◇吐雲生風하여 氣勢도 壯할지고=구름을 토하고 바람을 일으키니 기세도 대단하구나. 항우와 유방의 싸움을 비유한 말임. ◇秦나라 외로운 사슴이=항우가 죽인 진(秦)나라의 자영(子嬰)을 가리킴.

948. 草堂에깁히든잠을 새소래에놀나쌔니 梅花雨갠柯枝에夕陽이거
　　　의로다 兒嬉야 낙대내여라고기잡이느젓다. 李華鎭

梅花雨 갠 柯枝에 夕陽이 거의로다=매화우가 개인 가지에 석양이 다 되었다. 매화우(梅花雨)는 매우(梅雨)로 음력 4월에서 5월 사이에 오는 비.

949. 草堂에일이업서 거문고를베고누어 太平聖代를쑴에나보렷더니
　　　門前에 數聲漁笛이잠든나를쌔와라. 柳誠源

門前에 數聲漁篴이=문 앞에 두어 가락 어부들의 피리소리가,

950. 蜀에서우는새는 漢나라를그려울고   봄ㅁ비에웃는꼿츤時節만난
   탓이로다   月下에 외로운離別은이샌인가하노라.

   蜀에서 우는 새는=촉국(蜀國)의 흥망을 생각하여 우는 새는. 촉은 중국 상
   고시대 제곡(帝嚳)의 왕자가 봉함을 받았던 작은 나라로, 후에 진(秦)에게 망
   했음.

951. 出自東門하니 綠楊이千萬絲ㅣ로다   絲絲結心曲은쇠쏘리말속이
   라   잇다감 법국새슯흔소래에애긋는듯하여라.

   ◇ 대조;'잇다감 법국새슯흔소래에'는『金玉叢部(금옥총부)』에 '벅국새깁푼우름
   예'로 되어 있음. 작자 안민영(安玟英) 누락.

   出自東門하니 綠楊이 千萬絲ㅣ로다=동문으로 나오니 푸른 버들이 가지마
   다 늘어졌구나. ◇絲絲結心曲은 쇠쏘리 말 속이라=가지마다 맺힌 노래 소
   리는 꾀꼬리의 말소리뿐이로다. ◇법국새 슯흔 소래에 애 긋는 듯 하여라=
   뻐꾹새 슬픈 울음소리에 창자가 끊어지는 듯 하구나.

952. 큰盞에가득부어 醉토록먹으면서   萬古英雄을손곱아혜여보니
   아마도 劉伶李白이내벗인가하노라. 李德馨

   손곱아 혜여 보니=손곱아 헤아려 보니. ◇劉伶 李白이=유령과 이백이. 술
   을 좋아 했다는 유령과 이백이.

953. 太公의고기낙든낙대 긴줄매어압내에나려   銀鱗玉尺을버들움에
   쎄여들고오니   杏花村 酒家에모든벗님네는더듸노다하더라. 朴後
   雄

305

◇ 대조: '더듸노다'는 '더듸온다'로 되어 있음.

銀鱗玉尺을=비늘이 번쩍이는 커다란 고기를. ◇杏花村 酒家에 모든 벗님
네는 더듸 노다 하더라='더듸노다'는 '더듸오다'의 잘못. 술집에 모인 벗님
들은 늦게 온다고 하더라.

954. 太白이언젯사람 唐時節에翰林學士 風月之先生이요玩月之豪士
ㅣ로다 平生에 但願長醉코不願醒을하더라.

風月之先生이요 玩月之豪士ㅣ로다=풍월의 선생이요 달을 완상하는 호방한
선비로다. ◇平生에 但願長醉코 不願醒을 하더라=생전이 다만 오랜 동안 취
하기를 바라고 술 깨기를 원치 않더라.

955. 天地는萬物之逆旅요 光陰은百代之過客이라 人生을헤아리니渺
滄海之一粟이로다 두어라 若夢浮生이니아니놀고어이리.

天地는 萬物之逆旅요 光陰은 百代之過客이라=천지는 만물의 여인숙과 같
고 세월은 백대를 지나는 나그네와 같다. ◇渺滄海之一粟이라=넓은 바다에
좁쌀 한 알과 같다. ◇若夢浮生이니=꿈에서 보는 덧없는 삶과 같으니.

956. 鶴타고笛부는童子야 너다려무러보자 瑤池宴坐客이누구누구와
잇더냐 내뒤에 南極仙翁이오시니거긔무러보시쇼.

瑤池宴坐客이=요지연에 참석하여 앉아 있는 손님이. 요지연은 주(周)의 목
왕(穆王)이 요지에서 서왕모와 주연을 베풀었다고 하는 고사. ◇南極仙翁
이오시니=남극노인성이 오시니. 남극노인성을 사람의 수명을 맡았다고 함.

957. 활지어팔에걸고 칼가라엽헤차고 鐵甕城邊에筒箇베고누엇스니
보완다 보괘랏ㄷ소래에잠못들어하노라. 林晉

활 지어 팔에 걸고=활을 만들어 팔에 걸치고. ◇鐵甕城邊에 筒箇 베고 누엇스니=철옹성 가에 통개를 베고 무었으니. 통개는 화살을 넣어 운반할 수 있는 주머니. ◇보완다 보괘랏 ᄃ소래에='보았느냐' '보았다' 하고 외치는 소리에.

■三數大葉

958. 擊鼉鼓吹龍笛하니 皓齒歌細腰舞ㅣ라   즐겁다모다酩酊醉하자酒不到劉伶墳上土ㅣ니   兒譆야 換美酒하여라與君同醉하리라.

　擊鼉鼓吹龍笛하니 皓齒歌細腰舞ㅣ라=타고를 치고 용적을 부니 호치가에 세요무라. 타고(鼉鼓)는 천산갑의 껍질로 만든 북이고 용적(龍笛)은 머리 부분에 용을 새긴 피리임. 호치가(皓齒歌)는 흰 이를 드러내며 노래를 부르는 것이고 세요무(細腰舞)는 날랜 동작으로 춤을 추는 것을 말함. ◇酒不到劉伶墳上土ㅣ니=술이 유령의 무덤 위에 오지 아니하니. ◇換美酒하여라 與君同醉하리라=좋은 술로 바꾸어라. 그대와 더불어 같이 취하리라.

959. 그러니저러니말고 술만먹고노세그려   먹다가醉하거든먹음운채잠들니라   醉하여 잠든듯이나시름잇자하노라.

　먹다가 醉하거든 먹음운 채 잠 들니라=술을 먹다가 취하게 되면 술을 먹음은 채 잠들겠노라. ◇잠든 듯이나=잠든 동안이나.

960. 기럭이衡陽天에나지말고 네나래를날빌녀든   心速未歸處에暫間다녀도라오마   가다가 故人相逢하엿드란卽還來를하리라.

　기러기 衡陽天에 나지를 말고=기러기 너 형양천에 날지를 말고. 형양천(衡陽天)은 중국에 있는 지명으로 이곳에 회안봉(回雁峰)이 있는데 기러기도 날아 넘어갈 수 없을 정도로 높다고 하여 소식이 끊김을 비유함. ◇心速未歸

處에=마음은 바쁜데 미처 가지 못하는 곳에. ◇故人相逢 하엿드란 卽還來를 하리라=친구를 만나게 되면 즉시 돌아오리라.

961. 洛東江上에仙舟泛하니 吹笛歌聲이落遠風이로다 客子ㅣ停驂聞不樂은蒼梧山色이暮雪中이로다 至今에 鼎湖龍을못내슬워하노라.

◇ 대조; '暮雪中'은 '暮雲中'으로 『海東樂章』에만 이렇게 되어 있음.

洛東江上에 仙舟泛하니 吹笛歌聲이 落遠風이로다=낙동강에 배를 띄우니 피리와 노래 소리가 먼 바람에 떨어지도다. ◇客子ㅣ停驂聞不樂은 蒼梧山色이 暮雪中이로다=나그네가 말을 멈추고 들어도 즐겁지 아니하니 창오산의 빛깔이 저녁의 눈 속과 같구다. ◇鼎湖龍을 못내 슬허 하노라=임금의 죽음을 못내 슬퍼하노라. 정호용은 정호용비(鼎湖龍飛)로 임금의 죽음을 뜻함.

962. 落葉에두字만적어 西北風에놉히씌여 月明長安에임게신듸보내고저 眞實노 보오신後면임도설워하리라.

月明長安에=달이 환하게 비취는 서울에.

963. 落葉이말발에채이니 입닙히秋聲이라 風伯이뷔데어다쓸어바리도다 두어라 崎嶇山路를덥허둔들엇더리.

落葉이 말발에 채이니 입닙히秋聲이라=낙엽이 말발에 채이니 잎마다 가을의 소리로구나. ◇風伯이 뷔 데어 다 쓸어 바리도다=바람이 비가 되어 다 쓸어버리는구나. ◇崎嶇山路를=험악한 산길을.

964. 綠耳霜蹄는櫪上에서늙고 龍泉釖鍔은匣裏에운다 丈夫되어나서志槪를못이루고 귀밋혜 白髮이재촉하니그를설워하라.

綠耳霜蹄는 櫪上에서 늙고 龍泉釰鍔은 匣裏에 운다=용천일악은 용천검악
(龍泉劍鍔)의 잘못. 녹이상제는 마구간의 마판 위에서 늙고 용철설악은 칼집
속에서 운다. 녹이상제는 명마(名馬)이고 용천설악은 보검(寶劍)임. ◇丈夫
되어 나서 志槪를 못 이루고=사나이로 태어나서 뜻과 기개를 이루지 못하
고.

965. 綠耳霜蹄살지게먹여 시내ᄃ물에싯겨타고   龍泉劍鍔을들게갈아
두러메고 丈夫에 爲國忠節을세워볼ㅅ가하浪라. 崔瑩

◇ 대조; ‘龍泉釰鍔’은 ‘龍泉雪鍔’의 잘못으로 『海東樂章』에만 이렇게 되어 있음.
‘하浪라’는 ‘하노라’의 잘못.

爲國忠節을 세워 볼ㅅ가 하浪라=‘하浪라’는 ‘하노라’의 잘못. 나라를 위한
충성된 절개를 세워볼까 한다.

966. 博浪沙中쓰고남운鐵槌 天下壯士項羽를주어   힘ᄭ지두러메여ᄊ
치리라離別두字 그제야 情든임다리고百年同住하리라.

博浪沙中 쓰고 남은 鐵槌 天下壯士 項羽를 주어=박랑사에서 쓰고 남을 철
퇴를 천하장사인 항우에게 주어. 박랑사(博浪沙)는 중국 하남성 박랑현(博浪
縣)에 있는 지명으로 장량(張良)이 철퇴로 진시황을 저격하였던 곳. ◇힘ᄭ
지 두러메여=힘껏 둘러메어.

967. 百年을可使人人壽ㅣ라도 憂樂中分未百年을   況是百年을難可必
이니不如長醉百年前이로다 두어라 百年前ᄭ지란醉코놀녀하노라.

百年을 可使人人壽ㅣ라도 憂樂中分未百年을=백년을 혹시 사람마다 살더라
도 근심과 즐거움을 나누면 백년이 않되거늘. ◇況是百年을 難可必이니 不

如長醉百年前이로다=하물며 백년을 채우기가 어려운 것이니 백 년 동안 오
래도록 취하는 것만 못하니라.

968. 朔風은나무끗혜불고 明月은눈속에찬듸 萬里邊城에一長劒집고
서셔 긴파람 큰한소래에것칠것이업세라. 金宗瑞

朔風은 나무 끗에 불고 明月은 눈 속에 찬듸=차가운 북풍은 나무 끝에 불
고 밝은 달을 눈 속에서 더욱 차게 느껴지는데. ◇萬里邊城에 一長劒 집고
서서=멀리 떨어진 국경의 요새에서 큰 칼을 집고 서서. ◇긴파람 큰 한 소
래에 것칠 것이 업세라=길게 울리는 휘파람과 크게 질러대는 소리에 두려운
것이 없어라.

969. 夕陽에醉興을겨워 나귀등에실넛스니 十里溪邊이夢裏에지나거
다 어듸서 數聲漁篴이잠든나를깨오느니.

◆ 대조; '十里溪邊이'는 '十里溪山이'의 잘못.

夕陽에 醉興을 겨워 나귀등에 실넛스니=해질녘에 술에 취한 흥취를 억제
하지 못하여 나귀의 등에 실렸으니. ◇十里溪邊이 夢裏에 지나거다=십리나
되는 시냇가를 마치 꿈속에서 지나친 것 같구나. ◇數聲漁篴이=두어 가락
의 어부들의 피리소리가.

970. 簫聲咽秦娥夢斷秦樓月 秦樓月年年柳色覇陵傷別 樂遊原上清秋節
咸陽故道音塵絶이로다 音塵絶 西風殘照漢家陵闕이로다.

◆ 대조; '故道'는 '古道'의 잘못임.

簫聲咽秦娥夢斷秦樓月 秦樓月年年柳色覇陵傷別=퉁소소리에 목이 메인다.
진아의 꿈은 진루의 달에 끊어졌구나. 진루의 달이여 해마다 버들빛 같기만
한데 패릉의 이별에 가슴 태우다. ◇樂遊原上清秋節咸陽故道音塵絶이로다=

낙유원 맑은 가을철 함양 옛길에 소식이 없구나. ◇音塵絕 西風殘照漢家陵 闕이로다=소식이 없다. 서녘바람 쇠잔한 빛 한나라 왕조의 궁궐이로다. 이 백(李白)의 「억진아(憶秦娥)」를 시조화한 것임.

971. 藥山東臺여즈러진바회틈에 倭躑躅갓흔저내임이 내눈에덜뮙거 든남인들지내보랴 새만코 쉬쇠인東山에오조간듯하여라.

◆ 대조; '쉬쬐인'은 '쥐쬐인'의 잘못.

　藥山 東臺 여즈러진 바회 틈에=약산의 동대 이즈러진 바위틈에. 약산 동대 는 평안북도 영변(寧邊)에 있는 산의 봉우리. ◇내 눈에 덜 뮙거든 남인들 지내보랴=나의 눈에도 덜 밉거든 남이라 해서 지나쳐 보겠느냐. ◇새 만코 쉬 쇠인 東山에 오조 간 듯하여라='쉬쬐인'은 '쥐쬐인'의 잘못. 새가 많고 쥐 가 모여든 동산에 오조를 간 것 같구나. 오조는 일찍 추수하는 조나 또는 까 마귀를 가리키는 듯.

972. 엇그제쥐비즌술을 酒桶이쌔두러메고나니 집안兒孺들은허허처 웃는고야 江湖에 봄간다하니餞送하려하노라.

　엇그제 쥐비즌 술을 酒桶이 쌔 두러메고 나니=엇그제 담근 술을 술동이 채 로 둘러메고 나서니. ◇허허 처 웃는고야=허허 하고 소래 내어 웃는구나.

973. 엇그제쥐비즌술이 익엇느냐설엇느냐 압내에후린고기굽는냐膾 치나냐 兒孺야 어서찰여내어라벗님대접하리라.

◆ 대조; '膾치ᄂ냐'는 '膾치ᄂ냐속고앗ᄂ냐'로 되어 있음.

　엇그제 쥐비즌 술이=엇그제 담근 술이. ◇압 내에 후린 고기 굽는냐 膾치 느냐=앞 내에서 잡은 고기를 굽느냐 회를 치느냐.

311

974. 우레갓치소래난임을 번개갓치번ㅅ적만나 비갓치오락가락구름
갓치헤여지니 胸中에 바람갓흔한숨이나서안개뛰듯하여라.

우레 갓치 소래 난 임을=우레처럼 소리가 난 임을.

975. 轅門樊將이氣豪雄하니 七尺長身에佩寶刀ㅣ라 大獵陰山三丈雪하
고帳中에歸飮碧葡萄ㅣ로다 大醉코 南蠻을헤아리니草芥런듯하여
라.

轅門樊將이 氣豪雄하니 七尺長身에 佩寶刀ㅣ라=군대 영문(營門)의 번쾌(樊
噲) 장군이 기상이 뛰어난 영웅과 같으니 칠 척이나 되는 장신에 보검을 찼
구나. 번쾌(樊噲)는 한 고조(漢高祖)의 장수. ◇大獵陰山三丈雪하고 帳中에
歸飮碧葡萄ㅣ로다=음산의 세 길이나 쌓인 눈 속에서 크게 사냥하고 장막 안
에 돌아와 푸른 포도주를 마신다. 음산(陰山)은 중국 요동 밖에 있는 산임.
◇南蠻을 헤아리니 草芥런 듯하여라=남쪽 오랑캐를 생각해 보니 하찮은 것
인가 하여라.

976. 越之金石被之管絃 渢渢洋洋一唱三歎 聖朝의較律審聲이이에서
더할손가 至今에 繼承할이업스매그를슬워하노라. 咸和鎭

越之金石被之管絃 渢渢洋洋一唱三歎=종경(鐘磬)으로 연주하는 음악이 광
대하게 떠 있는 듯하니 한 번 노래함에 세 번이나 탄복한다. ◇聖朝의 較律
審聲이 이에서 더 할손가=지금 시대의 음률을 비교하고 소리를 깨달음이 여
기에서 더 하겠느냐.

977. 律呂에걸맛추어 曲譜를뇌여내니 管絃의가즌소래嚠亮도嚠亮하
다 저윽이 聖代風流를이어볼ㅅ가하노라. 咸和鎭

律呂에 걸맛추어 曲譜를 뇌여 내니=음악에 거의 비슷하게 하여 곡보를 만

들어 내니. ◇管絃의 가즌 소래 瀏亮도 瀏亮하다=관현악의 갖가지 소리가 맑고 밝기도 맑고 밝다. ◇저윽이 聖代風流를 이어 볼ㅅ가 하노라=저으기 태평한 세대의 음악을 계승해볼까 하노라.

978. 이런들엇더하며 저러헌들엇더하리 萬壽山드렁츩이얽어지다긔 엇더하리 우리도 이갓치얽어져서百年까지누리과저. 太宗大王

萬壽山 드렁츩이=만수산에 있는 드렁츩이. 만수산은 개성에 있는 산임. ◇百年까지 누리과저=먼 후일까지 누리고 싶다.

979. 이러니저러니하고 世俗奇別傳치마소 남의是非는나의알ㅅ배아니로다 瓦樽에 술이익엇시면긔조흔가하노라.

이러니 저러니 하고 世俗奇別 傳치 마소=이러니 저러니 하고 속세의 소식을 전하지 마시오. ◇瓦樽에=술통에.

980. 이러니저러니하고 날다려란雜말마소 내當付임의盟誓ㅣ오로다 虛事ㅣ로다 情밧게 못일울盟誓ㅣ야하여무삼하리요.

내 當付 임의 盟誓ㅣ 오로다 虛事ㅣ로다=나의 부탁과 임의 맹세가 모두가 헛일이구나.

981. 저盞에부은술이골앗스니 劉伶이와마시도다 두렷던달이여즈러젓시니李白이와께치도다 남은술 남운달가지고玩月長醉하리라.

저 盞에 부은 술이 골앗스니 劉伶이 와 마시도다=이 잔이 부은 술이 차지 않았으니 유령이 와서 마시었나보다. 유령(劉伶)은 진(晉) 나라 때 사람으로 술을 좋아 했음. ◇두렷던 달이 여즈러젓시니 李白이 와 깨치도다=둥글던 달이 한 쪽이 이즈러졌으니 이백이 와서 깨쳐버렸나보다.

982. 曺仁의八門金鎖陣을 永川徐庶ㅣ알엇던가 百萬陣中에휩쓰나니
子龍이로다 一身이 都是膽이니이제뉘라서對敵하리.

◇ 대조; '永川'은 '穎川'의 '휩쓰나니'는 '헵뜨나니'의 잘못.

　曺仁의 八門金鎖陣을 永川徐庶ㅣ 알엇던가='永川'은 '영천(穎川)'의 잘못.
조인의 팔문금쇄진을 영천의 서서가 알았던가. 조인은 조조(曹操)의 아우로
위(魏)의 장수. 영천 서서는 영천사람 서서가 처음에는 유비를 섬겼으나 후
에 조조에게로 감. ◇百萬陣中을 휩쓰나니 子龍이로다=백만의 군사들이 싸
우는 전진의 속을 휩쓰는 이는 자룡이로다. 자룡은 조자룡을 말함. ◇一身
이 都是膽이니 제 뉘라서 對敵하리=몸뚱이 전부가 담덩어리 같으니 그 누가
대적하겠느냐.

983. 酒客이淸濁을갈희랴 다나쓰나막우걸너 잡거니勸하거니量대로
먹은後에 大醉코 草堂밝은달에누엇신들엇더리.

　酒客이 淸濁을 갈희랴 다나 쓰나 막우 걸러=술꾼이 좋은 술과 나쁜 술을
가리겠느냐 달거나 쓰거나 마구 걸러서.

　　■搔聳

984. 어흠아긔뉘오신고 건는佛堂에童伶중이외러니 홀居士의홀노자
시는방안에무시것하려와게신고 오오우오오우우오오 홀居士님의
노감탁이버서거는말겻헤내곳깔버서걸너왓슴네.

◇ 대조; '건는'은 '건너'의 잘못

　어흠아 긔 뉘신고=어흠 아 그 누구십니까. ◇홀 居士님의 노감탁이 버서
거는 말겻헤 내 곳깔 버서 걸너 왓슴네=홀아비 거사님의 노감탁이 벗어 걸

은 말꽂이 곁에 내 고깔을 벗어 걸러 왔습네. 노감탁이는 노를 꼬아서 만든
감투.

■言弄

985. 閣氏네내妾이되옵거나 내閣氏네後ㄷ男便이되옵거나   곳본나뷔
요물본기럭이줄에좃츤거믜요고기본가마오니茄子에젓이요수박에쪽
술이로다   閣氏네 하나水鐵匠의쌸년이요저하나짐匠이라솟지고남
운쇠로츤츤감아나질가하노라.

◇ 대조; '가마오니'는 '가마오지'의 잘못.

   줄에 좃츤 거믜요 茄子에 젓이오 수박에 쪽 술이로다=줄을 쫓는 거미요 가
재에 젓이요 수박에는 조그만 숟가락이다. ◇閣氏네 하나 水鐵匠의 쌀년이
요 저 하나 짐匠이라 솟 지고 남운 쇠로 츤츤 감아나 질가 하노라=각씨네
하나는 무쇠장이의 딸이요 저 하나는 땜장이라 솥 때우고 남은 쇠를 가지고
단단히 가마솥이나 때울까 하노라.

986. 개고리저개고리痢疾三年腹疾三年   邊頭痛內丹毒다아른조고만색
기개고리   一百쉰대자장남게오를제쉬이너겨수루룩수루룩허위허위
소솝쒸여올나안고나릴제는어이할고내몰내라   우리도 남의님거러
두고나종몰나하노라.

◇ 대조; '개고리저개고리'는 '한눈멀고한다리절고'로 『靑丘永言』육당본에 이렇게
되어 있음.

   장남게 오를 제 쉬이너겨=기다란 나무에 기어오를 때 쉽게 여겨. ◇소솝
뛰여 올나 안고=솟구쳐 뛰어 올라앉고. ◇남의 님 거러 두고 나종 몰라 하
노라=임자 있는 사람의 임과 약속을 맺어 두고 나중은 몰라 하노라.

315

987. 귓도리저귓도리 어엽부다저귓도리　어인귓도리지는달새는밤에
긴소래저른소래節節이슬흔소래제혼자우러녜여紗窓여윈잠을살쓰리
도쌔오는제고　두어라 제비록微物이나無人洞房에내뜻알기는저뿐
인가하노라.

　어엽부다 저 귓도리=불쌍하다 저 귀뚜라미. ◇어인 귓도리=어찌 된 귀뚜
라미가. ◇우러녜여 紗窓 여윈 잠을 살쓰리도 쌔오는 제고=계속 울어서 깊
숙한 방에 겨우 든 잠을 알뜰히도 깨우냐. ◇제 비록 微物이나 無人洞房
에=제가 비록 하잘 것 없는 벌레에나 임이 없는 외로운 방에.

988.　極目天涯에恨孤雁之失侶하고　回眸樑上에羨雙燕之同巢ㅣ로다
遠山은無情하야能遮千里之望眼이요明月은有意하야相照兩向之思心
이로다　花不得二三之月에　預發於衾中하고月不當三五之夜에圓明
於枕上이로다.

◇ 대조; '相照兩向之思心'은 '相照兩鄕之思心'의 잘못. '花不得二三之月'은 '花不待
　二三之月'임.

　極目天涯에 恨孤雁之失侶하고 回眸樑上에 羨雙燕之同巢ㅣ로다=눈을 하늘
끝에 두니 외로운 기러기 짝 잃은 것을 한탄하고 눈동자를 대들보 위에 돌
리니 두 마리 제비가 한 집에 즐김을 부러워한다. ◇遠山은 無情하야 能遮
千里之望眼이요 明月은 有意하야 相照兩向之思心 이로다=먼 산은 무정하여
능히 천리를 바라보는 눈을 가리고 밝은 달은 뜻이 있어 서로 두 고향을 그
리는 마음을 비추도다. ◇花不得二三之月에 預發於衾中하고 月不當三五之
夜에 圓明於枕上 이로다=꽃은 봄을 기다리지 않는데 미리 이불 속에서 피고
달은 보름의 밤이 되지 않았는데 베갯머리에 둥글다.

989. 기럭이풀풀다나라드니 消息인들뉘전하리　愁心은疊疊한듸잠이
와야사꿈인들아니쑤랴　찰하로 저달이되여서빗취여나볼ㄱ가하

노라.

　愁心은 疊疊한듸 잠이 와야사 꿈인들 아니 꾸랴=수심은 겹겹이 쌓였는데
잠이 와야 꿈이라도 아니 꾸랴.

990. 내집이본대山中이라　벗이온들무엇으로對接하리　압내에후린고
기를캐여온삽주에속고와라　엇그제 쥐비진술을만히걸너내여라.

　압 내에 후린 고기를 캐여 온 삽주에 속고와라=앞개울에서 잡은 고기를 산
에서 캐어 온 삽주를 넣고 끓여라. 삽주는 산나물의 한 가지. ◇엇그제 쥐비
진 술을 만희 걸러=엇그제 담근 술을 많이 걸러.

991. 綠蘿로剪作三春柳하고　紅錦을裁成二月花ㅣ라　若使公侯로爭此
色인대春光이不到夜人家ㅣ로다　아마도　至極公道는하날인가하노
라.

◆ 대조; '不到夜人家'는 '不到野人家'의 잘못.

　綠蘿로 剪作三春柳하고 紅錦을 裁成二月花ㅣ라=푸른 너출을 베어 한봄의
버들을 만들고 붉은 비단을 재단하여 이월의 꽃을 만든다. ◇若使公侯로 爭
此色인대 春光이 不到野人家ㅣ로다=만약에 공후로 하여금 이 빛을 다투게
한다면 봄볕은 야인의 집에 이르지 아니할 것이로다. ◇至極公道는=지극히
공정하고 바른 도리는.

992. 大章大韶는唐虞之樂이요 大護大武는殷周之樂이라　與民樂龍天歌
는世宗大王御製시라 다시금 太平聖代를이어본들엇더리. 咸和鎭

　大章大韶는 唐虞之樂이요 大護大武는 殷周之樂이라=대장과 대소는 요(堯)
와 순(舜)의 음악이요 대호와 대무는 은나라와 주나라의 음악이다. ◇與民

樂 龍天歌는 世宗大王 御製시라=여민락과 용비어천가(龍飛御天歌)는 세종 대왕께서 지으신 것이다.

993.　달바자는쌩쌩울고잔듸속에속닙난다　三年묵은말가죽은외용죄용 우지는듸　老處女의擧動보소함박쪽박드더지며逆情내여이른말이바 다에섬이잇고콩밧헤도눈이잇네보곰자리사오나와同牢宴첫사랑을쑴 마다하여뵈네　그를사 月姥繩의因緣인지일락敗락하여라.

◇ 대조; '보곰자리'는 '봄꿈자리'의 잘못임.

　달바자는 쌩쌩 울고=달풀로 만든 울타리는 바람에 쨍쨍 울고. ◇三年 묵 은 말가족은 외용지용 우지는듸=삼년 묵은 말가죽이 윙윙 우짖는데. 말가죽 은 북이나 장고를, 또는 오자서가 죽어서 말가죽에 넣어 강물에 던져졌던 사 실을 말하는 듯. ◇드더지며 逆情내여 이른 말이=집어 던지며 화를 내며 하 는 말이. ◇보곰자리 사오나와 同牢宴 첫사랑을 쑴마다 하여 뵈네='보곰자 리'는 '봄꿈자리'의 잘못인 듯. 봄의 꿈자리가 사나워 동뇌연과 첫사랑을 꿈 마다 하여 보이네. ◇그를사 月老繩의 因緣인지 일낙敗락 하여라=잘못되었 구나 월로의 끈의 인연인지 될락말락 하여라. 월로승은 월하노인이 사람의 인연을 맺어준다고 하는 붉은 끈.

994.　洞房華燭三更인제　窈窕傾城玉人을만나　이리보고저리보고처다 보고다시보니時年은二八이오顔色은桃花ㅣ로다黃金釵白苧衫에明眸 를흘니쯔고半開笑하는양이오로다내사랑이로다　그밧게　吟詠歌聲 과衾裏嬌態야일너무삼하시오.

◇ 대조; '처다보고'는 '곳쳐보고'의, '무삼하시오'는 '무삼하리오'의 잘못.

　洞房華燭三更인제 窈窕傾城玉人을 만나=신혼의 첫날밤이 깊었는데 정숙하 고 아름다운 여인를 만나. 경성옥인(傾城玉人)은 아주 뛰어난 미인을 말함. ◇時年은 二八이오 顔色은 桃花ㅣ로다=나이는 열 여섯이요 얼굴빛은 복숭

아꽃과 같더라. ◇黃金釵 白苧衫에 明眸를 흘니 쓰고 半開笑하는 양이=황금
비녀를 꽂고 흰 모시적삼을 입고 밝은 눈동자를 흘겨 뜨고 입을 반쯤 열고
웃는 모습이. ◇그밧게 吟詠歌聲과 衾裏嬌態야 일너 무삼 하시오=그 밖에
읊조리듯 부르는 노래 소리와 잠자리에서의 교태야 말하여 무엇 하랴.

995. 두고가는의안과 보내고잇는이와   두고가는이는雪雍南關에馬不
前이어니와 보내고 잇는의안은芳草年年에恨無窮을하여라.

◆ 대조; '보내고잇는이와'는 '보내고잇는이의안과'로, '두고가는이는'은 '두고가는
의안은'으로, '설옹남관에'는 '雪擁藍關에'로 되어 있음.

　두고 가는의 안과 보내고 잇는 이와=두고 가는 사람의 심정과 보내고 있는
사람과. ◇두고 가는 이는 雪雍南關에 馬不前이어니와='雪雍南關'은 '설옹
남관(雪擁藍關)'의 잘못. 두고 가는 사람의 심정은 눈이 남관을 막고 있어 말
이 앞으로 나가지 못하는 심정과 같거니와. 남관은 중국의 지명. 한유(韓愈)
의 시의 한 구절임. ◇芳草年年에 恨無窮을 하여라=꽃다운 풀이 해마다 자
라건만 이별의 한은 끝이 없는 것과 같다.

996. 뒷뫼에고사리쯧고 압내에고기낙가   牽諸子抱弱孫하고一日晉味
를한듸안저난화먹고談笑自若하여滿室歡喜하고憂樂업시늙엇스니
아마도 宦海榮辱을나는아니求하노라.

◆ 대조; '一日晉味'는 '一甘旨味'의 잘못.

　牽諸子抱弱孫하고 一日晉味을='一日晉味'는 '일감지미(一甘旨味)'의 잘못.
여러 아들을 거느리고 어린 손자를 앉고 한 가지로 단맛 나는 음식을. ◇談
笑自若하여 滿室歡喜하고 憂樂업시 늙엇시니=웃고 이야기하며 태연자약하
고 기쁨이 집안에 넘치고 근심이나 즐거움 없이 늙었으니. ◇宦海榮辱을=
벼슬길에 나아가서 생기는 영예와 치욕을.

997.　바둑이검둥이靑삽살이中에　조노랑암캐가치얄밉고도잣뮈우랴
미운님오게되면꼬리를홰홰치며반겨내닷고고흔님오게되면두발을벗
쉬고코쌀을찡그리며무르락나오락캉캉짓는조노랑암캐　잇튼날 門
밧게개사옵세외치는장사가거든찬찬동혀내여주리라.

　얄밉고도 잣 뮈우랴=얄밉구나. 아주 얄미우랴. ◇두 발을 벗쉬고 코쌀을
찡그리며=두 발을 버티고 콧살을 찡그리며. ◇개 사옵세 외치는 장사 가거
든='개 파시오' 하고 소리치는 장사꾼이 가거든.

998.　白馬는 欲去長嘶하고　靑娥는 惜別牽衣로다　夕陽은 已傾西嶺이요
去路는 長程短程이로다　아마도 설운 離別은 百年三萬六千日에 오날
인가하노라.

　白馬는 欲去長嘶하고 靑娥는 惜別牽衣로다=백마는 가려고 길게 울고 미인
은 이별을 아쉬워 하여 옷을 잡아끈다. ◇夕陽은 已傾西嶺이요 去路는 長
程短程이로다=석양은 이미 서쪽 마루로 기울었고 갈 길은 멀고 또 가깝도
다.

999.　削髮爲僧저 閣氏네　이내말삼드러보소　어득한佛堂안에念佛만외
오다가자네人生죽어지면홍뒤께로턱을괴와채롱안에入棺하야燒火한
後찬재되면空山구즌비에우지는귓것네아니될가　眞實로 내말드
러마음을도로혀면子孫滿堂하여富貴榮華로百年同樂할줄모르는가.

　削髮爲僧 저 閣氏네=머리 깎고 중이 된 저 아가씨야. ◇어득한 佛堂 안에
念佛만 외오다가=어두컴컴한 불당 안에서 염불만 외우다가. ◇홍뒤깨로 턱
을 괴와 채롱 안에 入棺하야 燒火한 後 찬 재 되면 空山 구즌 비에 우지는
귓것 네 아니 될가=홍두깨로 턱의 괴어 채롱 안에 입관하여 불에 태운 뒤에
차가운 재가 되면 아무도 없는 적막한 산에 구즌비 내릴 때 우짖는 잡귀가
네가 아니 될까. ◇마음을 도로혀면=마음을 바꾸면.

1000. 世上富貴人들이 人生을둘만역여 두고또두고먹고놀줄모르는고
먹고놀줄모르거든죽을줄을어이알니石崇이죽어갈ㅅ제무슨寶貨가져
가며劉伶의무덤우에어느술이이르던고 하물며 青春日將暮헌듸桃
花ㅣ亂落하니이갓치조흔째에아니놀고어이리.

　人生을 둘만 역여=인생이 둘인 것처럼 생각하여. ◇먹고 놀 줄 모르거든
죽을 줄을 어이 알니=먹고 노는 것을 모르니 죽는 것을 어찌 알겠느냐. ◇
石崇이 죽어갈ㅅ제 무슨 寶貨 가져 가며 劉伶의 무덤 우에 어느 술이 이르
던고=석숭이 죽어서 무슨 보물과 재화를 가져갔으며 유령의 무덤 위에는 무
슨 술이 왔던고. 石崇(석숭)은 부자(富者)였고, 유령은 술을 좋아했음. ◇青
春日將暮헌듸 桃花ㅣ亂落하니=봄날이 다 저물어 가고 복숭아꽃이 어지럽게
떨어지는데.

1001. 昭烈之大度喜怒를不形於色과 諸葛武侯王佐大才三代上人物 五
虎大將들에雄豪之勇略으로攻城掠地하여忘身之高節과愛君之忠義는
古今에짝업스되 蒼天이 不助順하사中懷를못일우고英雄의恨을깃
쳐曠百代之傷感이로다.

　◇ 대조; '中懷'는 '中興'의 잘못.

　昭烈之大度喜怒를 不形於色과=소열의 큰 도량은 희로를 얼굴에 나타내지
아니함과. 소열(昭烈)은 촉한의 유비(劉備)를 가리킴. ◇諸葛武侯 王佐大才
三代上人物=제갈량의 왕을 보좌할 수 있는 훌륭한 재능은 삼대의 으뜸이 되
는 인물. ◇五虎大將들에 雄豪之勇略으로 攻城掠地하여=오호대장들의 뛰어
난 용기와 지략으로 성을 공격하고 땅을 점령하여. 오호대장은 유비를 돕던
관우(關羽), 장비(張飛), 조운(趙雲), 마초(馬超)와 황충(黃忠)임. ◇忘身之高
節과 愛君之忠義는 古今에 짝 업스되=육신을 돌보지 않는 높은 절개와 임금
을 사랑하는 충성과 의리는 예전이나 지금에 비할 데가 없으되. ◇蒼天이
不助順하사 中懷를 못 일우고 英雄의 恨을 깃쳐 曠百代之傷感이로다='중회
(中懷)'는 '중흥(中興)'의 잘못임. 하늘이 도와주지 않으시어 중원(中原)의 회

복을 이루지 못하고, 영웅의 한을 남겨 멀리 백대의 후에도 아픔을 느끼게 하도다.

1002. 柴扉에개즞거늘 임이신가반기너겨　倒着衣裳하고傾側朔見하니
狂風이陣陣하야捲簾하는소래로다　含笑코　出門看하니慚鬼慚天하
여라.

◇ 대조; '傾側朔見'은 '傾側望見'의 잘못.

　倒着衣裳하고 傾側朔見하니 狂風이 陣陣하야 捲簾하는 소래로다＝'경측삭
견(傾側朔見)'은 '경측망견(傾側望見)'의 잘못. 옷을 거꾸로 입고 곁눈질하여
바라보니 사나운 바람이 휘몰아 발을 걷어내는 소리로다. ◇含笑코 出門看
하니 慚鬼慚天 하여라＝웃음을 머금고 문밖을 나서보니 혼자 부끄러워 어쩔
줄 모를 뻔하였다.

1003. 十載를經營數間椽하니　錦江之上이요月峯前이로다　桃花浥露紅
浮水요柳絮飄風白滿舡을石逕歸僧은山影外어늘烟沙眼鷺雨聲邊이로
다　若令摩詰로遊於此ㅣ런들 不必當年에畵輞川을헐낫다.

◇ 대조; '數間椽하니'는 '屋數椽하니'의, '烟沙眼鷺雨聲邊'은 '烟沙眠鷺雨聲邊'의 잘
못.

　十載를 經營數間椽하니 錦江之上이요 月峯前이로다＝십년을 경영하여 조그
만 초가집을 지으니 월봉의 앞이로다. 월봉은 지명임. ◇桃花浥露紅浮水요
柳絮飄風白滿舡을＝복숭아꽃은 이슬에 젖어 붉은 꽃잎이 물에 뜨고 버들솜
은 바람에 나부껴 흰 빛이 배에 가득하고. ◇石逕歸僧은 山影外어늘 烟沙眠
鷺雨聲邊이로다＝돌길에 돌아오는 스님은 산 그림자 밖이거늘 안개 낀 백사
장에 잠든 백로는 빗소리 가이로다. ◇若令摩詰로 遊於此ㅣ런들 不必當年
에 畵輞川을 헐낫다＝만약에 마힐로 하여금 이곳에서 놀게 했던들 반드시 당
년에는 망천을 그리지 않았을 것이다. 마힐(摩詰)은 당(唐)나라 왕유(王維)의
자(字)로 망천도(輞川圖)를 그렸음. 우리나라 사람의 고시(古詩)를 시조화한

것임.

1004. 압논에올혀를뷔혀 百花酒를비저두고　뒤ㄷ東山松枝에箭筒우희
　　　활지여걸고홋터진바둑쓰러치고손주구굴무지낙가움버들에께여돌지
　　　즐너물에채와두고　兒孺야 날볼손오젓드란뒷여흘노살와라.

　◇ 대조; '오젓드란'은 '오섯드란'의 잘못.

　　압 논에 올혀를 뷔혀 百花酒를 비저 두고=앞 논의 올벼를 타작하여 백화주
　를 담가 두고. ◇ 뒤ㄷ東山 松枝에 箭筒 우희 활지여 걸고 홋터진 바둑 쓰
　러치고=뒷동산 소나무 가지에 전통 위에는 활을 만들어 걸고 흩어진 바둑돌
　을 쓸어 치우고. ◇손주 구굴무지 낙가 움버들에 께여 돌 지즐러 물에 채와
　두고=손수 구구리를 낚아 연한 버들에 꿰어 돌을 눌러 물에 채워두고. ◇날
　볼 손 오젓드란 뒷 여흘노 살와라='오젓드란'은 '오섯드란'의 잘못. 나를 만
　나겠다는 손님이 오셨거든 뒤 여울로 와서 알려라.

1005. 陽德孟山鐵山嘉山나린물은 浮碧樓로감도라들고　莫喜樂里空遺
　　　愁斗尾月溪로나린물은濟川亭으로감도라들고　임그려 우는눈물은
　　　벼개속으로흘으도다.

　　陽德 孟山 鐵山 嘉山 나린 물은 浮碧樓로 감도라 들고=양덕과 맹산, 철산,
　가산을 흘러내린 강물은 평양의 부벽루를 감돌아 흐르고. 양덕, 맹산, 철산,
　가산은 다 평안도의 지명임. ◇莫喜樂里 空遺愁 斗尾 月溪로 나린 물은 濟
　川亭으로 감도라 들고=莫喜樂里 空遺愁 斗尾 月溪로 흘러내리는 강물은 제
　천정을 감돌아들고. 막희락리와 공유수는 충청도 충주지방의 지명인 마흐라
　기 공이소이며, 두미는 지금의 경기도 팔당(八堂) 아래인 도미진(渡米津)인
　듯 하고 월계는 그 하류의 나루인 듯. 제천정은 지금의 서울 금호동 근처에
　있던 정자임.

1006. 揚淸歌發皓齒하니 北方佳人東隣才ㅣ로다　且吟白苧停綠水요長

袖로拂面爲君起라寒雲은夜捲桑海空이요胡風이吹天飄寒鴻이로다
玉顔이滿堂樂未終하여　館娃에日落하니歌吹濛을하여라.

◇ 대조; ‘夜捲桑海空’은 ‘夜捲霜海空’의 잘못.

揚淸歌發皓齒하니 北方佳人東鄰才ㅣ로다=맑은 노래를 부르며 흰 이를 들
어 내 보이니 북녘의 미인과 이웃의 남자로다. ◇且吟白苧停綠水요 長袖로
拂面爲君起라 寒雲은 夜捲桑海空이요 胡風이 吹天飄寒鴻이로다=‘야권상해
공(夜捲桑海空)’은 ‘야권상해공(夜捲霜海空)’의 잘못. 또 백저곡을 읊고 녹수
를 쉬며 긴 소매로 얼굴을 떨치며 그대를 위해 일어나다. 찬 구름이 밤에 거
두니 비다와 하늘에 서리치고 북풍이 하늘에 부니 변방 기러기가 나부끼도
다. ◇玉顔이 滿堂樂未終하여 館娃에 日落하니 歌吹濛을 하여라=미인이 집
안에 가득하니 즐거움이 그치지 아니하고 관왜에 해지니 노랫소리 그윽하여
라. 관왜(館娃)는 미녀가 거처하는 집. 이백(李白)의 「白苧詞(백저사)」의 첫
째 수(首)임.

1007. 漁村에落照하니 水天에한빗친제　小艇에그믈싯고十里沙汀나려
가니滿江蘆狄에霞鶩은석겨날고桃花流水에鱖魚는살젓는듸柳橋邊에
배를매고고기주고술을사서酩酊케醉한後에欸乃聲부르며달을씌여도
라오니　아마도 江湖之樂은이쑨인가하노라.

漁村에 落照하니 水天이 한 빗친 제=어촌에 저녁 해가 비추니 수면과 하늘
이 같이 붉게 물들었을 때. ◇小艇에 그믈 싯고 十里沙汀 나려가니=작은 배
에 그물을 싣고 십리나 되는 모래톱을 내려가니 ◇滿江蘆荻에 霞鶩은 섯겨
날고=강에 가득한 갈대밭에 노을과 따오기는 섞여 날고. ◇桃花流水에 鱖
魚는 살 젓는듸=복숭아꽃이 떨어져 흐르는 물에 쏘가리는 살졌는데. ◇柳
橋邊에 배를 매고=버드나무가 있는 다리 곁에 배를 매고. ◇酩酊케 醉한 後
에 欸乃聲 부르며 달을 씌여 도라오니=거나하게 취한 뒤에 뱃노래를 부르며
달빛을 띠고 돌아오니. ◇江湖之樂은 이 뿐인가=강호에서 사는 즐거움은
이 것 뿐인가.

1008. 李太白의酒量은긔엇더하여 一日須傾三百盃하고 杜牧之風采는
긔엇더하여醉過楊州ㅣ橘滿車런고 아마도 이둘의風采는못밋츨가
하노라.

  一日須傾三百盃하고=하루에 모름지기 삼백 잔의 술을 기울이고. ◇杜牧之
風采는 긔 엇더하여 醉過楊州ㅣ橘滿車런고=두목의 풍채는 어떠하기에 취하
여 양주를 지날 때 귤이 수레에 가득 차던고. 두목지는 당나라 시인 두목(杜
牧)의 자(字). 두목이 술을 취해 양주를 지나가니 기생들이 그 풍채에 넋이
나가 귤을 수레에 던져 가득했다고 함.

1009. 二十四橋月明夜에 佳節은月正上元이라 億兆는欄街歡同하고貴
類는携筇步蹀이로다   四時에 觀燈賞花歲時伏臘도트러萬姓同樂이
오날인가하노라.

  二十四橋月明夜에 佳節은 月正上元이라=이십사교에 달이 밝은 밤에 좋은
계절은 마침 정월 보름이라. 이십사교(二十四橋)는 중국 강소성 강도현(江都
縣)의 서문 밖에 있는 다리로 명소임. ◇億兆는 欄街歡同하고 貴類는 携筇步
蹀이로다=‘난가환동(欄街歡同)’은 ‘난가환동(攔街歡同)’의 잘못. 많은 백성들
은 길을 메우고 함께 즐거워하고, 귀족의 자제들은 지팡이를 짚고 자박자박
걷는구나. ◇四時에 觀燈賞花歲時伏臘 도틀어 萬姓同樂이=일년 내내 관등
하고 꽃을 감상하며 한 해의 삼복과 납향(臘享)에 통틀어 온 백성이 함께 즐
기는 것이.

1010. 재우희웃둑섯난소나무 바람불제마다흔들흔들 개울에섯는버들
은무음일좃차서흔들흔들흔들흔들 님그려 우는눈물은올커니와입하
고코는어이무음일좃차서후루룩빗죽이는고.

  재 우희 웃둑 섯난 소나무=고개 위에 우뚝 서 있는 소나무. ◇우는 눈물
은 올커니와 입하고 코는 어이 무음 일 좃차서 후루룩 빗죽이는고=우는 눈
물은 당연하거니와 입하고 코는 무슨 일 따라서 후루룩 소리를 내고 비쭉

하는고.

1011. 재넘어싁앗년두고 손벽치며울고넘어가니　말만한草屋에집덕석
난화덥고년놈이한대누어두손목마조덥석쥐고얽어져트러젓네이제는
어림장이발농군에들것고나　두어라 메밀떡두杖鼓를새와무삼하리
요.

◇ 대조; '발농군'은 '발룩군'의 잘못. 작자 누락. 김태석(金兌錫)의 작품임.

　재 넘어 싁앗년 두고=고개 너머에 첩을 두고. ◇말만한 草屋에 집덕석 난
화 덥고=조그만 초가집에 짚으로 만든 덕석을 나누어 덮고. ◇이제는 어림
장이 발농군에 들것고나=이 지경에 되면 어리숙한 발룩군의 축에 들겠구나.
발룩군은 하는 일 없이 떠돌아다니는 난봉꾼을 가리키는 말. ◇메밀떡 두 杖
鼓를 새와 무삼 하리요=메밀떡에 두 장구를 시기하여 무엇 하랴. 메밀떡 두
장고는 '메밀떡 굿에 쌍장구를 친다'는 말로 가난한 사람이 처첩을 거느리
고 사는 경우처럼 어울리지 않음을 빗대서 하는 말임.

1012. 赤壁水火死地를 僅免한曹孟德이　華容道를當하니壽亭侯를만나
鳳眸龍劒으로秋霜갓흔號令에草露奸雄이어이臥席終身을바라리요마
는 關公은 千古에義將이라녯일을生覺하사快히노아보내시다.

　赤壁水火死地를 僅免한 曹孟德이=적벽대전(赤壁大戰)에서 수공(水攻)과 화
공(火攻)의 죽을 처지를 겨우 모면한 조맹덕이. 조맹덕은 조조(曹操)를 가리
킴. ◇華容道를 當하니 壽亭侯를 만나 鳳眸龍劒으로 秋霜갓흔 號令에 草露
奸雄이 어이 臥席終身을 바라리요 마는=화용도에 이르러 수정후를 만나 봉
의 눈에 용검으로 서릿발 같은 호령에 하찮고 간사한 영웅 조조가 어찌 자
기 명에 죽기를 바라겠느냐 마는. 화용도(華容道)는 조조가 도망하다 關羽
(관우)를 만난 장소. 수정후는 관우를 가리킴. ◇녯 일을 生覺하사 快히 노
아 보내시다=관우가 예전에 조조에 잠시 의탁했던 일을 생각하고 조조를 흔
쾌히 살려 보내다.

1013. 酒力醒茶烟歇커늘 送夕陽迎素月할제　鶴氅衣녀며차고華陽山적
겨쓰고手執周易一卷하고焚香默坐하여消遣世慮할제江上之外에風帆
沙鳥烟雲竹樹ㅣ一望에다드노매라　잇다감　벗님네다리고圍碁投壺
하며敲琴詠詩하여送餘齡을하리라.

◇ 대조; '華陽山'은 '華陽巾'의 잘못.

　酒力醒茶烟歇커늘 送夕陽迎素月할제=술을 억지로 깨고 차 달이는 연기가
끊어지거늘 석양을 보내고 밝은 달을 맞이할 때. ◇鶴氅衣 녀며 차고 華陽
山을 적겨 쓰고='화양산(華陽山)'은 '화양건(華陽巾)'의 잘못. 학창의를 녀며
입고 화양건을 뒤로 넘겨쓰고. 학창의는 옷의 가를 검은 천으로 두른 것. 화
양건은 모자의 일종. ◇手執 周易 一卷하고 焚香默坐하여 消遣世慮할 제 江
上之外에 風泛沙鳥烟雲竹樹ㅣ一望에 다 드노매라=손에 주역 한 권을 들고
향을 피우고 조용히 앉아 세상 근심을 잊으며 소일할 때 강 너머에는 바람
을 받는 돛과 백사장의 새들과 연기와 구름이 둘린 대나무가 한 눈에 다 들
어오는구나. ◇圍碁投壺하며 敲琴詠詩하여 送餘齡을 하리라=바둑과 투호
를 하며 거문고를 뜯고 시를 읊조리며 남은 생애를 보내리라.

1014. 즁놈은僧년에머리털손의츤츤휘감아쥐고　僧년은즁놈의상토풀쳐
잡고　이외고저외다작자공이쳣는듸뭇소경놈들은굿보는고야　그겻
혜　귀먹은벙어리는외다올타하더라.

　이 외고 저 외다 작자공이 쳣는듸 뭇 소경놈들은 굿 보는고야=이것이 그르
고 저것이 그르다고 다투었는데 여러 소경 놈들은 구경을 하는구나. ◇귀먹
은 벙어리는 외다 올타 하더라=귀머거리인 벙어리는 그르다 옳다 하고 참견
을 히는구니.

1015. 曾鳥鶒은雙雙綠潭中이요 皓月은團團映窓櫳이로다　凄凉한羅帷
안에蟋蟀은슯히울고人寂夜深한듸玉漏는潺潺金爐에香燼參橫月落토
록有美故人은뉘게잡혀못오는고　임이야　날生覺하랴마는나는임싼

327

이매九回肝腸을寸寸히살우다가살아저죽을만정못이즐ㄱ가하노라.

 鶴鶊은 雙雙綠潭中이요 皓月은 團團映窓櫳이로다=원앙은 쌍쌍이
푸른 웅덩이 가운데 있고 환하게 밝은 둥근 달은 미닫이를 비춘다.
◇凄凉한 羅帷 안에 蟋蟀은 喞히 울고 人寂夜深한듸 玉漏는 潺潺
金爐에 香燼 參橫月落토록 有美故人은=쓸쓸한 비단 휘장 안에 귀뚜
라미는 슬피 울고 사람의 인적도 끊어져 밤은 깊은데 물시계 소리
는 잔잔하게 들리고 향로에 향은 다 타고 별이 비끼고 달이 지도록
아름다운 옛 임은. ◇九回肝腸을 寸寸히 살우다가 살아저 죽을만
정=구곡간장을 마디마디 태우다가 다 없어져 죽을망정.

1016. 妾이좃타하되 妾의說弊드러보소 눈에본종계집은紀綱이紊亂하
고노리개女妓妾은凡百이如意하나中門안外方官妓긔아니어려우며良
家女卜妾하면그中에낫것마는마루압발막짝과방안에장옷귀가士夫家
貌樣이저절노글너간다 아마도 늙고病들어도規模지키기는正室인
가하노라.

 妾의 說弊를 드러 보소=첩의 폐단을 말할 터이니 들어보소. ◇눈에 본 계
집종은 紀綱이 紊亂하고 노리개 女妓妾은 凡百이 如意하나 中門안 外方官妓
긔 아니 어려우며=눈에 든 계집종은 기강이 서지 않고, 노리개 같은 기생첩
은 여러 가지가 뜻과 같지만 중문 안에 지방 관기를 얻기가 어려우며. ◇良
家女 卜妾하면 그 中에 낫것마는 마루압 발막짝과 방안에 장옷귀가 士夫家
貌樣이 저절노 글너간다=양갓집 여자를 골라 첩으로 삼으면 그 가운데 낫지
마는 마루 앞에 발막짝과 방안에 장옷 따위가 사대부 집안의 규모가 저절로
잘못되어 간다. 발막짝은 신발의 한 가지.

1017. 청개고리痢疾腹疾알아죽든밤에 金둑거비花郎이指路歸새남갈제
鼓덩더렁치는듸黑뫼쑥이典樂은笛휠늬리분다 어듸서 山진거북돌
진가재巫鼓를둥둥치나니.
 ◇ 대조; '痢疾腹疾알아죽든밤에'는 '腹疾하여주근밤의'의, '指路歸'는 '즌호고'의,

'鼓덩더렁치는듸'는 '靑뮙독겨대는杖鼓던더러쿵ᅙᄂᆞᆫ듸'로 되어 있음.

金둑거비 花郎이 指路歸 새남갈 제=금빛 두꺼비 화랑이 지로굿 새남굿 할
제. 화랑이는 굿을 하는데 보조를 하는 사람. ◇鼓 덩더렁 치는듸 黑뫼쭉이
典樂은 笛 휠늬리 분다='고(鼓)'는 '장고(長鼓)'의 잘못. 장고를 덩더쿵 치는
데 혹 메뚜기 전악은 젓대를 소리 내어 분다. 전악(典樂)은 굿판에서 음악을
맡은 사람. ◇山 진 거북 돌 진 가재는=산을 진 거북과 돌을 진 가재는. 거
북과 가재는 가장(仮裝)의 꾸밈인 듯.

1018. 靑的了한歡陽의쌀년 紫的粧옷을뉘처발일년아   엇그제날속이고
쏘누를마저속이려하고   夕陽에 가느단허리를한들한들하느니.

◆ 대조; '뉘쳐'는 '뮈쳐'의 잘못.

靑的了한 歡陽의 쌀년 紫的粧옷을 뉘처발일 년아=젊은 화냥의 딸년 자지
장옷을 찢어버릴 년아. 환양은 화냥을 한자로 표기한 것.

1019. 靑天구름밧게 놉히쩟는白松鶻이   四方天地를只尺만역이는듸
엇지타   싀궁치뒤저엇먹는오리는제집門支防넘기를百千里만치넉이
는고.

◆ 대조; '넘기를'은 '넘나들기를'로 『海東樂章』만 이렇게 되어 있음. '只尺'은 '咫
尺'의 잘못.

靑天 구름 밧게 놉히 떳는 白松鶻이=푸른 하늘 구름 위에 높이 떠 있는 송
골매가. ◇四方天地를 只尺만 역이는데='지척(只尺)'은 '지척(咫尺)'의 잘못.
넓은 세상을 아주 가깝게만 여기는데. ◇엇지타 싀궁치 뒤져 엇먹는 오리는
제집 門支防 넘기를 百千里만치 넉이는고=어쩌다 싀궁창을 뒤져 얻어먹는
오리는 제 집 문지방 넘기를 백리나 천리보다 어렵게 여기는고.

1020. 靑天에써서울고가는외기럭이 나지말고내말드러 漢陽城內에暫
間들너내말부듸닛지말고웨웨처불너이르기를月黃昏겨워갈제寂寞空
閨에더진듯홀노안저임그려참아못살네라하고부듸한말을傳하여주렴
우리도 님보러가옵는길이오매傳할쏭말쏭하여라.

◇ 대조; '가옵는길'은 '밧비가옵는길'로 되어 있음.

　漢陽城內에 暫間 들너 내 말 부듸 닛지 말고 웨웨처 불너 이르기를 月黃昏
겨워 갈 제 寂寞空閨에 더진 듯 홀노 안저 임그려 참아 못 살네라 하고 부듸
한 말을 傳하여 주렴=한양의 성내에 잠간 들려 내 말을 부디 잊지 말고 소
리쳐서 불러 말하기를 달이 황혼이 되어갈 때 쓸쓸한 빈 방에 던져버린 듯
홀로 앉아 남을 그리워하여 참으로 못살겠다고 부디 한 마디만 전하여 주려
무나.

1021. 七年之旱과九年之水에 人心이淳厚터니　時和歲豊하고國泰民安
하되人情은險陟千層浪이요世事는危登百尺竿이로다　古今에　人心
이不同함을못내슬워하노라.

　七年之旱과 九年之水에=칠년 동안의 가뭄과 구년 동안의 홍수에. 칠년대한
은 은(殷)의 탕왕(湯王) 때에 있었고 구년지수는 요(堯) 임금 때 있었음. ◇
時和歲豊하고 國泰民安하되 人情은 險陟千層浪이요 世事는 危登百尺竿이로
다=일기가 온화하여 풍년이 들고 나라가 태평하고 백성이 편안하되 인정은
천 층의 물결을 헤치고 오르는 것만큼 험하고 세상일은 백 척의 장대에 오
르는 것처럼 위태롭다.

1022. 泰山이不讓土壤故로大하고 河海不擇細流故로深하나니　萬古天
下英雄俊傑建安八子와竹林七賢蘇東坡李謫仙갓흔詩酒風流와絶大豪
士를어듸가이로다사괼손고　鷰雀도 鴻鵠의무리라旅遊狂客이洛陽
才子모도신곳에末地에參預하야놀고갈ㄱ하노라.

◆ 대조: '絕大豪士'는 '絕代豪士'의 잘못.

泰山이 不讓土壤故로 大하고 河海不擇細流故로 深하나니=태산이 토양을 사양하지 아니한 까닭으로 높고, 하해는 조그만 물도 가리지 않은 까닭에 깊나니. ◇萬古天下英雄俊傑建安八子와=만고 천하에 영웅 준걸들과 건안의 여덟 아들이. 건안팔자는 한(漢) 헌제(獻帝) 때 연호(年號)로 후한 의 영음(潁陰)사람 순숙(荀淑)의 여덟 아들을 가리킴. ◇竹林七賢蘇東坡李謫仙갓흔 詩酒風流와 絕大豪士를 어듸가 이로 다 사괼손가=죽림칠현과 소동파 이적선 같은 시를 잘하고 술을 즐기는 풍류객과 위대하고 호탕한 선비를 어디 가서 전부 다 사귈 수가 있을꼬. ◇鷰雀도 鴻鵠의 무리라 旅遊狂客이 洛陽才子 모도신 곳에 末地에 參預하야=제비와 참새와 같은 새도 기러기나 고니와 같이 새의 무리이니 떠돌아다니며 노니는 미친 사람이 서울의 재주 있는 남자들이 모인 곳에 말석에 참석하여.

1023. 天君衙門에所志알외나니 依所願題給하옵소서   白髮이此生게염으로참아못볼老人광대靑春少年들을미러가며다씨오대그中에英雄豪傑으란부듸먼저늙게하니이辭緣參商하사白髮禁止爲白只爲   上帝題辭內에   世間公道를白髮노마저잇서貴人頭上段置饒貸치못하려든너耳亦分諫못하리니相考施行爲良如敎.

◆ 대조: '分諫'은 '分揀'의 잘못.

天君衙門에 所志 알외나니 依所願題給 하옵소서=옥황상제의 관아에 소지을 올리오니 소원하는 바에 따라 제사(題辭)를 하여 주옵소서. 천군은 상제(上帝)의 뜻. ◇白髮이 게염으로 참아 못 볼 老人광대 靑春少年들을 미러가며 다 씨오대=백발이 미움으로 차마 보지 못할 노인의 광대뼈가 튀어 나온 얼굴을 청춘소년들을 밀어 가며 다 띠우되. ◇그 中에 英雄豪傑으란 부듸 먼저 늙게 하니 辭緣參商하사 白髮禁止爲白只爲=그 가운데 영웅과 호걸들을 일부러 먼저 늙게 하니 이 사연을 참작하시여 백발을 금지하도록 하오시게 하여. ◇上帝 題辭內에 世間公道를 白髮노 마자잇서 貴人頭上 段置 饒貸 못 하려든=상제께서 판결하신 내용에 세상의 공평한 도리를 백발로 맡

겼기에 귀인의 머리 위에도 충분히 대여치 못하거든 ◇너耳亦 分諫 못하리
니 相考施行爲良如敎='분간(分諫)'은 '분간(分揀)'의 잘못. 너희 또한 분간하
지 못할 것이니 비교 고찰하여 시행(施行)을 가르친 대로 할 일.

1024. 天地間萬物之中에 무엇이긔무서운고 白額虎豺狼이며 大蟒毒蛇
蜈蚣蜘蛛夜叉ㅣ두억神과魍魅魑魅妖怪邪氣며狐精靈蒙達鬼神閻羅使
者와十王差使를다몰속겻거보앗으나 아마도 임을못보면肝腸에불이
나서살아저죽게되고볼지라도놀납고씀찍하여四肢가절노녹아어린듯
醉한듯이말도아니나가는임이신가하노라.

◇ 대조: '말도아니나가는'은 '말도아니나기는'의 잘못.

白額虎 豺狼이며 大蟒 毒蛇 蜈蚣 蜘蛛 夜叉ㅣ 두억神과=이마와 눈썹이 흰
호랑이 승냥이며 이무기, 독사, 지네, 거미, 야차와 두억시니와. ◇魍魅魑魅
妖怪 邪氣며 狐精靈 蒙達鬼神 閻羅使者와 十王差使를 다 몰속 겻거 보앗스
나=여러 도깨비와 요망스럽고 간악한 기운이며 여우가 둔갑한 귀신과 몽달
귀신과 염라대왕의 사자와 시왕이 보낸 심부름꾼을 모두 다 겪어 보았으나.
◇놀납고 끔찍하여 四肢가 절노 녹아 어린 듯 醉한 듯이 말도 아니 나가는=
놀랍고 깜짝 놀라 사지가 저절로 녹아 얼이 빠진 듯 취한 듯 말도 나오지 아
니하기는.

1025. 八萬大藏佛體님게비나이다 나와임을다시보게하오소서 如來菩
薩地藏菩薩文殊菩薩普賢菩薩五百羅漢八萬伽藍西方淨土極樂世界觀
世音菩薩南無阿彌陀佛 後世에 還土相逢하여芳緣을잇게되면菩薩
님恩惠를捨身報施하오리라.

八萬大藏佛體님게=모든 부처님께. ◇如來菩薩 地藏菩薩 文殊菩薩 普賢菩
薩 五百羅漢 八萬伽藍 西方淨土 極樂世界 觀世音菩薩 南無阿彌陀佛=여래보
살 지장보살 문수보살 보현보살 오백나한 팔만 가람 서방정토 극락세계 관
세음보살 나무아미타불. 여래보살은 석가모니불, 지장보살은 석가가 입멸한

뒤에 미륵불이 나오기 전까지 세계에 머물러 중생을 제도한다는 부처, 문수보살은 석가불 왼편에 있어 지혜를 맡은 보살, 보현보살은 부처의 이(理)·정(定)·행(行)의 덕을 맡아 보는 보살, 오백나한은 부처의 제자인 오백 사람의 나한, 가람은 절을 말함, 서방정토는 서쪽에 있다는 아미타불의 세계, ◇後世에 還土相逢하여 芳緣을 잇게 되면 菩薩님 恩惠를 捨身報施 하오리라=후세에 다시 태어나 만나서 꽃다운 인연을 계속하게 되면 보살님의 은혜에 몸을 바쳐 은혜에 보답하리라.

1026. 漢武帝의北折西擊 諸葛武侯七縱七擒 晉나라謝都督의八公山威嚴으로百萬强胡를다쓰러버린後에 漢南에 王庭을업시이고凱歌歸來하여告厥成功하더라.

漢武帝의 北折西擊 諸葛武侯 七縱七擒=한 무제(漢 武帝)가 북쪽과 서쪽의 오랑캐를 치고 제갈량의 칠종칠금. 칠종칠금은 제갈량이 남만(南蠻)의 맹획(孟獲)을 일곱 번 잡았다 일곱 번 놓아 주어 항복 받은 일. ◇晉 나라 謝都督의 八公山威嚴으로 百萬强胡를 다 쓰러 버린 後에=진나라의 도독인 사현(謝玄)이 팔공산에서 북호(北胡)의 부견(符堅)을 방어하고 있을 때 부견이 팔공산을 바라보니 그곳의 초목들이 모두 진나라의 병사로 보여 비수(肥水)에서 패하여 백만의 강력한 오랑캐를 모두 쓸어버린 뒤에. ◇漢南에 王庭을 업시이고 凱歌歸來하여 告厥成功하더라=한남에 있는 오랑캐의 조정을 없애고 승리를 구가하며 돌아와 그 성공을 아뢰더라. 한남(漢南)은 지금의 내몽고에 있었음.

■平弄

1027. 가마귀검으나다나 해오리희나다나 황새다리기나다나오리다리저르나다나 아마도 黑白長短을나는몰나하노라.

◆ 대조; '아마도'는 '世上에' 또는 '平生의'로 되어 있으나 『靑丘永言』육당본에만 이렇게 되어 있음.

黑白長短을 나는 몰라 하노라=검거나 희거나 길거나 짧거나를 나는 모르
는가 한다. 세상의 모든 일에 관심이 없다.

1028. 가마귀가마귀를좃차 들것고나뒷東山에 느러진고양남긔휘드느
가마귀로다새는날뭇가마귀한듸나려뒤덤벙두루덥저겨싸호니 아모
가 그가마귄줄몰내라.

◇ 대조; '뒤덤벙'은 '뒤덤벙덤벙'으로, '아모가'는 '아모'로 되어 있음.

  들것고나 뒷東山에=들어왔구나 뒷동산에. ◇느러진 고양남긔 휘드느니 가
마귀로다=가지가 늘어진 회양나무에 마구 날아드느니 까마귀로다. ◇새는
날 뭇가마귀 한듸 나려 뒤덤벙 두루 덥저겨 싸호니=밝는 날 여러 까마귀가
한 곳에 내려와 뒤섞여서 두루 덥적거려 싸우니.

1029. 却說이라玄德이檀溪건너갈제 的驢馬야날살녀라 압헤는긴江이
오뒤헤쌰로느니蔡瑁ㅣ로다 어듸서 常山趙子龍은날못차저하느니.

  却說이라 玄德이 檀溪건너 갈 제 的驢馬야 날 살녀라=각설하고 현덕이 단
계를 건너갈 때 적로마야 나를 살리거라. 각설(却說)을 화제(話題)를 바꿀 때
쓰는 말. 현덕은 유비(劉備)의 자(字). 단계는 중국 호북성 양양현에 있는 계
류로 유비가 도망할 때 적로마를 타고 한 번에 건넜다고 함. 적로마는 유비
의 애마(愛馬). ◇蔡瑁로다=채모로구나 채모는 위(魏)나라 사람. ◇常山 趙
子龍은 날 못 차저 하느니=상산 사람 조자룡은 나를 찾지 못하느냐. 조자룡
은 유비의 부하인 조운(趙雲)의 자(字)임.

1030. 各道各船이올나올제 商賈沙工이다올나왓네 祖江석골幕唱들이
배마다차즐제사네놈에먼정이와龍山삼개당돌이며平安道獨大船에康
津海南竹船들과靈山三嘉地上船과메욱실은濟州배와소곰실은瓮津배
들이스르르올나들갈제 어듸서 各津놈의나로ㅅ배야쬐어나볼줄잇
스랴.

◇ 대조; '올나올제'는 '다올나올제'로, '地上船'은 '地土船'으로 되어 있음.

商賈沙工이 다 올나왓네=장사하는 사공들이 다들 올라왔네. ◇祖江 석골
幕唱들이 배마다 차즐제 사네놈에 먼정이와 龍山삼개 당돌이며='막창(幕
唱)'은 '막창(幕娼)'의 잘못인 듯. 조강과 석골의 막창들이 배마다 찾아올 제
사내놈의 먼정이와 용산과 마포의 당도리며. 조강(祖江)은 한강 하류에 있는
포구로 한강과 임진강이 합치는 곳. 석골은 그 보다 상류에 있는 포구인 듯
하나 미상임. 막창(幕娼)들은 장사하는 배로 찾아드는 창녀들. 사네놈은 사
네에 사는 사공인데 사네가 어딘지 미상임. 먼정이는 이물이 뾰족한 배임.
당도리는 바다에 나갈 수 있는 커다란 배임. ◇平安道 獨大船에 康津 海南
竹船들과 靈山 三嘉 地上船 메욱 실은 濟州 배와='지상선(地上船)'은 '지토
선(地土船)'의 잘못. 평안도의 고기잡이배와 강진과 해남의 대나무를 나르는
배와 영산과 삼가 사람들이 소유한 배와 미역 실은 제주의 배와. 강진과 해
남은 전라도의 지명. 영산과 삼가는 경상도 지방의 예전 지명. ◇各津 놈의
나로ㅅ배야 쬐어나 볼 줄 잇스랴=각 곳의 나루에서 올라온 사공 놈들의 나
룻배야 끼어들 수가 있겠느냐.

1031. 간밤에 大醉하고 北平樓애 올나 큰 꿈쑤니   七尺劒 千里馬로 遼海를
　　건너가서 天驕를 降伏밧고 北闕에 도라드러 告闕成功하여뵌다   男兒의
　　慷慨한 마음이 胸中鬱鬱하여 꿈에 試驗하도다.

北平樓애 올나=북평루에 올라. 북평루는 소재 미상의 누각. 혹 중국 북경
에 있는 것인지(?). ◇遼海를 건너가서 天驕를 降伏 밧고 北闕에 도라드러
告厥成功 하여 뵌다=요해를 건너가서 흉노를 항복받고 북궐을 도라 들어 적
을 정복하여 성공한 것을 임금께 아뢰어 뵙는다. ◇男兒의 慷慨한 마음이
胸中 鬱鬱하여 꿈에 試驗하도다=남자의 비분강개한 마음이 가슴 속에 답답
하여 꿈에 한 번 시험하여 보았다.

1032. 간나희들도 여러 層이올네 松骨매도 갓고 줄에 안즌 제비도 갓고   百
　　花園裡에 두루미도 갓고 綠水波紋에 비오리도 갓고 쌔에 퍼안진 소리개도
　　갓고 썩은 등걸에 부엉이도 갓데 그려   제各各 임의 사랑이니 皆一色인

가하노라. 金壽長

◆ 대조; '綠水波紋'은 '綠水波瀾'의, '그려'는 '그려도'의 잘못.

百花園裡에=모든 꽃이 핀 뜰 가운데에. ◇綠水波紋에='파문(波紋)'은 '파란(波瀾)'의 잘못. 푸른 물이 넘심대는. ◇싸에 퍼 안진 소리개도 갓고 썩은 등걸에 부엉이도 갓데 그려=땅에 틸썩 앉은 솔개도 같고 썩은 등걸에 앉은 부엉이도 같군그래. ◇皆一色인가=다 제 나름대로의 뛰어난 미인인가.

1033. 景星出慶雲興할제 陶唐氏ㅅ적百姓이되야 康衢煙月에含哺鼓腹하고葛天氏ㅅ적노래에軒轅氏ㅅ적춤을추니 아마도 三代以後에이런太古淳風을못어더볼가하노라.

◆ 대조; 작자 이정보(李鼎輔)의 누락.

景星出 慶雲興할제 陶唐氏ㅅ적 百姓이 되야=경성이 나타나고 경운이 일어날 때 요순시대의 백성이 되어. 경성과 경운은 도(道)있는 나라의 태평한 시대에 나타난다고 하는 별과 구름임. ◇康衢煙月에 含哺鼓腹하고 葛天氏ㅅ적 노래에 軒轅氏ㅅ적 춤을 추니=태평한 시대에 배불리 먹고 즐겁게 사니 갈천씨 때의 노래에 헌원씨 때의 춤을 추니. 갈천씨와 헌원씨는 다 고대 중궁의 제왕(帝王)임. ◇三代以後에 이런 太古淳風을 못 어더 볼가 하노라=중국 하, 은, 주의 삼대 이후에 이러한 옛날부터의 순박한 풍속은 다시 얻어 볼 수 없을까 한다.

1034. 高臺廣室나는바이 錦衣玉食더욱매매 銀金寶貝奴婢田宅蜜花珠 겻칼紫的香織赤古里싼머리石雄黃오로다꿈자리로다 平生에 나의 願하기는말잘하고글잘하고人物개자하고품자리가장알ㅅ들이하는젊은書房인가하노라.

◆ 대조; '바이'는 '마이'의 잘못.

高臺廣室 나는 바이 錦衣玉食 더욱 매매=크고 좋은 집을 나는 싫다. 호화로운 옷과 기름진 음식은 더욱 싫다. ◇金銀寶貝 奴婢田宅 蜜花珠 겻칼 紫的香職赤古里 짠머리 石雄黃 오로다 쑴자리로다='자적향직(紫的香織)'은 '자적향직(紫赤鄕織)'의 잘못. 금은과 같은 보물 노비와 전답과 집 밀화로 만든 구슬 은장도 자줏빛 명주 저고리 덧넣은 머리 석웅황이 오로지 꿈자리라. ◇人物 개자하고 품자리 가장 알ㅅ들이 하는=인물이 준수하고 잠자리를 가장 알뜰히 하는.

1035. 古今人物헤여보니 明哲保身그뉘런고 張良은謝病辟穀하야赤松子를조차놀고范蠡는五湖烟月에楚王의亡國愁를扁舟에싯고오니 아마도 이둘의高下를나는몰나하노라.

  ◇ 대조; '楚王'은 '吳王'로 '싯고오니'는 '싯고가니'의 잘못으로 『靑丘永言』육당본만 이렇게 되어 있음. 작자 이정보 누락.

  明哲保身 그 뉘런고=총명하고 사리에 밝아 자신을 온전하게 지킨 사람이 그 누구던고. ◇張良은 謝病辟穀하야 赤松子를 조차 놀고=장량은 병이라 핑계대고 은퇴하여 곡식을 먹지 않아 적송자를 좇아 놀고. 적송자는 고대 신선의 하나임. ◇范蠡는 五湖烟月에 楚王의 亡國愁를 扁舟에 싯고 오니='초왕(楚王)'은 '오왕(吳王)'의 잘못. 범려는 오호의 희미한 달빛에 오왕의 나라를 망친 수심을 조그만 배에 싣고 오니. 범려는 월왕 구천(句踐)의 신하. 오왕(吳王)은 춘추전국시대 오나라 왕 부차(夫差). 처음에는 월왕 구천을 회계의 싸움에서 항복시켰으나 뒤에 월나라에 패해 자살했음. ◇이 둘의 高下를=두 사람 가운데 누가 더 낫고 덜한지를.

1036. 谷口哢우는소래에 낫잠쌔여일어보니 적은아들글읽으고며날아긔벼짜는듸어린孫子는꼿노리한다 맛초아 지어미술거르며맛보라고하더라. 吳景化

  谷口哢 우는 소래에=꾀꼬리의 울음소리에. ◇꼿노리 한다=꽃놀이를 한다.

1037. 功名을헤아리니 榮辱이半이로다 東門에掛冠하고田廬에도라와
서聖經賢傳헷쳐놋코읽기를罷한後에압내에살진고기도낙고뒷뮈에엄
킨藥도캐다가登高遠望하야任意逍遙할제淸風은時至하고明月은自來
허니아지못게라天地之間에이갓치즑어옴을무엇으로對할소냐 平生
에 이렁셩즑이다가乘化歸盡함이긔願인가하노라.

◇ 대조; '뒷뮈에'는 '뒷뫼에'의 잘못.

　東門에 掛冠하고=동쪽 관문(關門)에다 관을 걸어놓고. 벼슬을 그만두고.
◇뒷 뫼에 엄킨 藥도 캐다가=뒷산에 싹이 길게 자란 약초도 캐다가. ◇登高
遠望하야 任意逍遙할 제 淸風은 時至하고 明月은 自來허니=높은 곳이 올라
먼 곳을 바라보고 마음 내키는 대로 걸을 때에 맑은 바람의 때에 맞게 불고 밝
은 달은 점점 떠오니. ◇乘化歸盡함이 그 願인가=자연으로 돌아가 목숨이
다하기를 기다리는 것이 소원인가.

1038. 孔夫子ㅣ尼丘山에 나리시니庚戌年을 東方에우리聖主坐庚戌年
誕降이라 아마도 天地間大聖人은이두분이신가하노이다. 翼宗

　孔夫子ㅣ 尼丘山에 나리시니 庚戌年을=공자(孔子)가 이구산에 태어나시니
경술년이다. ◇東方에 우리 聖主 또 庚戌年 誕降이라=동방에 우리 훌륭한
임금이 또 경술년에 태어나셨다. 우리 임금은 순조(純祖)를 가리킴.

1039. 關雲長의靑龍刀와 趙子龍의날낸鎗이 宇宙를흔들면서四海에橫
行헐제所向無敵이언마는더러운피를뭇첫스되엇지한文士의筆端이며
辯士의舌端으로刀鎗劍戟아니쓰고피업시죽엿스니 무섭고 무서울손
筆舌인가하노라. 金暎

◇ 대조; '죽엿스니'는 '죽이오니'로 되어 있음.

338　增補 歌曲源流

關雲長의 靑龍刀와 趙子龍의 날낸 鎗이=관우의 청룡언월도와 조운의 나는 듯한 창이. ◇宇宙를 흔들면서 四海에 橫行헐 제 所向無敵 이언마는=우주를 흔들면서 온 세상에 거침없이 돌아다닐 때 향하는 곳에 적이 없건마는. ◇엇지 한 文士의 筆端이며 辯士의 舌端으로 刀鎗劍戟 아니 쓰고 피 업시 죽엿스니=어찌 한 사람의 글하는 선비의 붓끝이며 말 잘하는 사람의 혀끝으로 칼과 창을 아니 쓰고 피 한방을 흘리지 않고 죽였으니.

1040. 九仙王道糕라도아니먹는나를 冷水에붓친비지煎餅을먹으랴지근
　　絕代佳人도아니결현하는나를코업슨년을결연하려지근거리는다　定
　　허신 配匹밧게야거들써볼ㅅ줄잇시랴. 金壽長

◇ 대조; '결현하는'은 '결연하는'의, '定허신'은 '하늘히定하신'으로 되어 있음.

　　九仙王道糕라도 아니 먹는 나를=구선왕도떡이라도 아니 먹는 나에게. 구선왕도떡은 여러 가지 한약재와 설탕을 넣어 만든 떡. ◇冷水에 붓친 비지 煎餅을 먹으랴 지근=냉수에 부친 비지떡을 먹으라고 지근덕. ◇絕代佳人도 아니 결현하는 나를='결현'은 '결연(結緣)'의 잘못. 아주 뛰어나게 예쁜 여자와도 인연을 맺지 않는 나를.

1041. 君莫惜典衣沽酒하고 囊乾하면我典衣로다　塵世難逢開口笑니知
　　己를相對盡情談하고劉伶墳上에酒不到ㅣ니且樂生前一盃酒로다　人
　　生이 草露갓흐니醉코놀녀하노라.

◇ 대조; 작자 박문욱(朴文郁)의 누락.

　　君莫惜典衣沽酒하고 囊乾하면 我典衣로다=그대 옷을 전당하고 술사는 것을 아끼지 말고 주머니가 비었으면 내 옷을 전당하리라. ◇塵世難逢開口笑하니 知己를相對盡情談하고=티끌 세상에 입을 열고 웃는 것을 보기 어려우니 나를 알아주는 친구를 상대해 정담을 나누고. ◇劉伶墳上에 酒不到ㅣ니 且樂生前一盃酒로다=유령의 무덤 위에 술이 오는 것 아니니 다시 생전에 한

잔의 술을 즐기도다.

1042. 金化金城수수째半만어더 조고만말마치주푸리여움을뭇고   조粥
니粥白楊箸로찍어자네자오나는마의서로勸하올만정   平生에 離別
累ㅣ업스니긔조흔가하노라.

◇ 대조; '半만'은 '半단만'의, '찍어'는 '집어', '離別累'는 '離別淚'의 잘못. '움을뭇
고'는 '주푸루여움을뭇고', '나는매'가 '나는마이'처럼 된 곳은 『靑丘永言』육당본
뿐임.

　金化金城=김화와 김성. 강원도에 있는 지명.　◇조고만 말마치 주푸리여
움을 뭇고=조그만 말만하게 잡아매여 움을 묻고.　◇조粥 니粥 白楊箸로 찍
어 자네 자소 나는 마의=조로 쑨 죽과 쌀로 쑨 죽을 백양나무 젓가락으로
찍어 자네 자시오 나는 싫소.　◇離別累ㅣ 업스니=이별할 까닭이 없느니.

1043. 洛陽三月時에 宮柳는黃金枝로다   春服이旣成커늘小車에술을싯
고桃李園차저드러東風으로洒掃하고芳草로자리삼아鸚鷥酌鸚鵡盃로
一盃一盃醉케먹고吹笙鼓簧하여詠歌舞蹈할제日已西하고月復東이로
다   兒曺야 春風이몃날이랴林間에宿不歸를하리라. 任義直

　洛陽三月時에 宮柳는 黃金枝로다=낙양의 삼월에 궁중의 버들이 꾀꼬리로
인해 황금빛이로구나. 이백의 시 '낙양이삼월 궁류황금지(洛陽二三月 宮柳
黃金枝)'를 가져 온 것임.　◇春服이 旣成커든 小車에 술을 싯고=봄철에 입
을 옷이 다 만들어졌거든 수레에 술을 싣고.　◇桃李園 차저드러 東風으로
洒掃하고 芳草로 자리 삼아=복숭아와 오얏이 피어 있는 정원을 찾아 들어
동풍으로 깨끗이 씻어 버리고 향기로운 풀로 자리를 삼아.　◇鸚鷥酌 鸚鵡盃
로 一盃一盃 醉케 먹고 吹笙鼓簧하여 詠歌舞蹈할 제 日已西하고 月復東이로
다=새 모양으로 생긴 술잔으로 한 잔 한 잔 취하게 먹고 생황을 불고 북을
두드려 노래를 부르며 춤을 출 때 해는 이미 서쪽으로 지고 달이 다시 동쪽
에 떠오르도다.　◇春日이 몃날이랴 林間에 宿不歸를 하리라=봄날이 며칠이

나 계속되랴 숲 속에 자고 돌아가지 않으리라.

1044. 南薰殿舜帝琴을 夏殷周에傳하오사 秦漢唐自覇干戈와宋齊梁風
雨乾坤에王風이委地하여正聲이끗처젓더니 東方에 聖人이나오사
彈五絃歌南風을이러본가하노라.

◆ 대조; '이러본가'는 '이어본가'의 잘못.

南薰殿舜帝琴을 夏殷周에 傳하오사=남훈전에서 타던 순 임금의 악기를 하
은주 삼대(三代)에 전하시여. ◇漢唐宋自覇干戈와 宋齊梁風雨乾坤에 王風
이 委地하여 正聲이 끗처 젓더니='자패(自覇)'는 '잡패(雜覇)'의 잘못. 한당
송과 여러 패왕들의 전쟁과 송제양의 싸움 때문에 어지러운 세상에 왕의 은
덕이 땅에 떨어져 바른 음악이 끊어졌더니. ◇彈五絃 歌南風을 이러 본가
하노라=순임금이 타던 오현금을 타고 남풍가를 계속하여 볼까 하노라.

1045. 南無阿彌陀佛南無阿彌陀佛한들 중마다成佛하며 孔子ㅣ曰孟子
ㅣ曰한들사람마다得道하랴 아마도 得道成佛은都兩難인가하노라.

◆ 대조; '중마다'는 '즁놈마다'로

중마다 成佛하며=중들마다 전부 부처가 되며. ◇得道成佛은 都兩難인가=
도를 얻고 부처가 되는 것은 모두가 어려운 것인가.

1046. 南山누에머리숫헤 밤ㅁ中만치凶히우는저부엉아 長安百萬家戸
에뉘집을向하여부엉부엉우노 前前에 얄뮙고잣뮈운님을다잡어가
려하노라.

◆ 대조; '南山'은 '終南山'으로, '長安百萬家'가 '長安百萬家戸'로, '平生에'가 '前前
에'로 『歌曲源流』계 가집이 이렇게 되어 있음.

南山 누에머리 씃혜=남산의 잠두봉(蠶頭峰) 끝에. ◇얄밉고 잣뮈운 님을=얄밉고 잣달게 미운 임을.

1047. 男兒의快한일이 긔무엇이第一인고   挾泰山以超北海와乘馬風萬里波浪과酒一斗詩百篇이라   世上에 草芥功名은不足道ㄴ가하노라

◊ 대조; ‘乘馬風’은 ‘乘長風’의 잘못임.

　挾泰山以超北海와 乘馬風萬里波浪과 酒一斗詩百篇이라=‘마풍(馬風)은’ ‘장풍(長風)’의 잘못. 태산을 옆에 끼고 북해를 건너뛰는 것과 장풍으로 만리에 넘실대는 물결은 헤치는 것과 술 한 말에 시 백편을 짓는 것이라. ◇草芥功名은 不足道ㄴ가 하노라=하찮은 공명은 말할 것이 못된다고 하겠다.

1048. 남이라임을안이두랴 豪蕩도씃이업다   霽月光風점운날에牧丹黃菊이다盡토록우리의故人은白馬金鞭으로어듸를단이다가笑人胡姬酒肆中인고   兒孀야 秋風落葉掩重門에기다린들엇더리.

　霽月光風 점운 날에 牧丹黃菊이 다 盡토록 우리의 故人은 白馬金鞭으로 어듸를 단이다가 笑人胡姬酒肆中인고=비 온 뒤의 달과 시원한 바람처럼 준수하여 모란이 피는 봄철에서 국화가 피는 가을이 다 가기까지 어디를 다니다가 웃으며 계집이 있는 술집으로 들어간 것인고. ◇秋風落葉掩重門에=가을 바람에 중문을 닫고.

1049. 내집은桃花源裏여늘 자네몸은杏樹壇邊이라   鱖魚ㅣ살젓거니그믈으란자네밋네   兒孀야 덜괴인薄薄酒ㄹ만정瓶을채와너허라. 安玟英

　내 집은 桃花源裏여늘 자네 몸은 杏樹壇邊이라=내 집은 복숭아와 오얏이 피어 있는 골짜기 안에 있거늘 자네 몸은 살구나무로 단을 만든 근처라. ◇鱖魚ㅣ 살젓거니=쏘가리가 살쪘을 것이니.

1050. 綠陰芳草욱어진골에 谷口哩哶우는저쇠소리새야　네소래어엽부
다임의소래겻흘시고　眞實노 네안고임계시면비겨나볼ㄱ가하노라.

◇ 대조; '임의소래'는 '맛치님의솔릐'로 되어 있음.

谷口哩哶 우는=꾀꼬리롱 하며 우는. ◇네 안고 임 계시면 비겨나 볼ㄱ가
하노라='네안고'는 '너잇고'의 잘못인 듯. 너 있고 임 계시면 서로 견주어나
볼까 하노라.

1051. 논밧가라기음메고 베잠방이다님처신들메고　낫가러허리에차고
독기벼러두러메고茂林山中들어가서삭싸리마른섭흘뵈이거니지게에
질머집행이밧침놋코새음을차저가서點心도슭부으시고곰방대를톡톡
썰어닙담배피혀물고코노래조으다가　夕陽이 재넘어갈제억개를추
이면서긴소래저른소래하며어이갈고하더라.

◇ 대조; '뵈이거니'는 '뷔거니버히거니'로 되어 있음.

논밧 가라 기음메고 베잠방이다님처신들메고=논밭을 갈아 김을 매고 베잠
방이에 대님을 치고 들메끈으로 잡아매고. ◇낫 가러 허리에 차고 독기 벼
러 두러메고 茂林山中 들어가서=낫을 갈아 허리에 차고 도끼를 벼러 둘러메
고 나무가 우거진 산속으로 들어가서. ◇삭따리 마른 섭을 뵈이거니 질머
집행이 밧침 놋코=삭정이 마른 섶을 베거니 하여 지게에 짊어 지팡이로 바
쳐놓고 ◇새음 차저 가서 點心도슭 부으시고=샘물을 찾아가서 점심 도시락
을 부시고. 점심을 먹고. ◇夕陽이 재 넘어갈 제 억개를 추이면서 긴소래 저
른소래 하며 어이 갈고 하더라=해가 고개 너머로 넘어갈 갈 때 어깨를 추스
르며 긴 소리와 짧은 소리로 어찌 갈까 하더라.

1052. 뉘라서范亞夫를 지혜잇다이르던고　沛上에天子氣를判然이알것
만은鴻門宴칼춤에擧玉玦은무삼일고　不成功 疽發背死한들뉘탓이
라하리요.

뉘라서 范亞夫를 지혜 잇다 이르던고=누가 범아부를 지혜가 있다고 일컫
던고. 범아부는 범증(范增)의 호칭. 항우의 모신(謀臣)이었음. ◇沛上에 天
子氣를 判然이 알것마는 鴻門宴 칼춤에 擧玉玦은 무삼 일고=패상에 천자의
기운이 있음을 분명히 알았것만 홍문연에서 옥결을 들은 것은 무슨 일인고.
유방(劉邦)이 천자가 될 것을 아지 못한 범증의 어리석음을 말함. ◇不成功
疽發背死한들 뉘 탓이라 하리요=성공하지 못하고 등창 병이 생겨 죽은들 누
구의 탓이라 하겠는가.

1053. 달밝고째조흔밤에 南大川너른쓸에 임업슨보리수남게안저雪梨
花ㅣ랴우는저짐수리새야 아모리 雪梨花ㅣ야운들낸들어이하리.

◆ 대조; '임업슨'은 '닙업슨'의, '짐수리새야'는 '김수리새야'의 잘못.

임 업슨 보리수 남게 안저 雪梨花ㅣ랴 우는 저 짐수리새야='임업슨'은 '입
업슨'의 잘못. 잎이 없는 보리수나무에 앉아 설리화야 하고 우는 저 금빛 수
리새야. 설리화는 서럽다 하고.

1054. 달아달아밝은달아 李太白이와노든달아 李白이騎鯨飛上天後에
눌과놀녀밝앗는다 나亦是 風月之豪士ㅣ라날과놀미엇더리.

◆ 대조; '李太白이와'는 '李太白이' 또는 '李太白과'로 되어 있음.

李白이 騎鯨飛上天 後에=이백이 고래를 타고 하늘로 올라간 뒤에. ◇나
亦是 風月之豪士ㅣ라=나 또한 풍월을 좋아하는 호탕한 선비라.

1055. 大丈夫ㅣ되여나서 孔孟顔曾못될양이면 찰하로다썰치고太公兵
法외와내여말만한大將印을허리아래빗기차고金壇에놉히안저萬馬千
兵을指揮間에너허두고坐作進退함이긔아니快할소냐 아마도 尋章
摘句하는썩은선배는나는아니하리라.

孔孟 顔曾 못 될 양이면=공자와 맹자, 안회와 증삼이 못될 것 같으면. ◇
太公 兵法 외와 내여 말 만한 大將印을 허리 아래 빗기 차고=태공이 지은
병법을 외워서 말만큼이니 큰 대장의 인장을 허리 아래에 비스듬히 차고.
◇金壇에 놉히 안저 萬馬千兵을 指揮間에 너허두고 坐作進退함이 긔 아니
快할소냐=대장이 지휘하는 단에 높이 앉아 많은 병마를 지휘할 수 있게 되
고 앉아서 진퇴를 결정하는 일이 그 아니 유쾌하지 않겠느냐. ◇尋章摘句하
는 썩은 선배는='선배'는 '선비'의 잘못. 남의 글이나 인용해서 글을 짓는 썩
은 선비는.

1056. 大丈夫ㅣ功成身退하여 林泉에집을짓고 萬卷書를싸하두고종허
여밧갈니고보라매길드리고千金駿馬압헤두고絶代佳人겻헤두고碧梧
桐거문고에南風詩노래하며太平烟月에醉하여누엇시니 아마도 太
平하온일은이샨인가하노라.

功成身退하여 林泉에 집을 짓고=공을 세우고 벼슬에서 물러나 숲 속 우물
가에 집을 짓고. ◇千金駿馬 압헤 두고 絶代佳人 겻헤 두고 碧梧桐 거문고
에 南風詩 노래하며 太平烟月에 醉하여 누엇시니=천금의 값을 하는 좋은 말
을 앞에 두고 뛰어난 미인을 곁에 두고 푸른 오동나무로 만든 거문고에 순
임금이 부른 남풍시를 노래하며 태평한 시절에 취하여 누었으니.

1057. 大丈夫ㅣ天地間에나서 해올일이전혀업다 글을하자하니人間識
字憂患是요劍術을하자하니乃知兵者는是凶器ㅣ로다 찰하로 靑樓
酒肆로오고가며늙으리라.

글을 하자 하니 人間識字憂患是요 劍術을 하자 하니 乃知兵者는 是凶器ㅣ
로다='우환시(憂患是)'는 '우환시(憂患始)'의 잘못. 글을 배우자 하니 사람이

문자를 아는 것은 우환이 시작이요 검술을 배우자고 하니 곧 병사(兵事)를 아는 것은 이것이 흉기처럼 위험하다. ◇靑樓酒肆로 오고 가며=기생이 있는 술집을 출입하며.

1058. 大雪이滿空山할제 黑貂裘를썰처입고 千斤角弓풀어걸고白羽長
箭허리에차고鐵聰馬빗기달녀 礀壑으로돌아들제크나큰톡기놀나쒸여
내닷거늘的發矢引滿射矣하야칼을쌔혀다허놋코長串세쒸여구어내니
膏血이點滴커늘倨虎牀切而啖之하고醉之에欣然仰看하니壑雲이片片
如金하야醉한낫에飄泊헐제美哉라此中之味를제뉘알니 아마도 男
兒意氣壯事는이쑨인가하노라.

◆ 대조; '풀어걸고'는 '팔에걸고'의, '滿射矣'는 '滿射殪'의, '倨虎牀'은 '踞虎床'의,
'醉之에'는 '大銀椀에가득부어飮之'로 되어 있음.

　大雪이 滿空山할 제 黑貂裘를 썰처 입고=큰 눈이 내려 텅 빈산에 가득할
때 검은 돈피로 만든 갖옷을 맵시 있게 입고. ◇千斤角弓 풀어 걸고 白羽長
箭 허리에 차고 鐵聰馬 빗기 달녀 礀壑으로 돌아들 제='풀어'는 '팔에'의 잘
못인 듯. 천근이나 하는 각궁을 팔에 걸고 흰 새의 깃을 단 화살을 허리에
차고 철총마를 비스듬히 타고 달려 산골짜기로 돌아들 때. ◇크나큰 톡기
쒸어 내닷거늘 的發矢引滿射矣하야 칼을 쌔혀 다허 놋코=크나 큰 토끼가 뛰
어 달아나거늘 마침 화살을 당겨 쏘아 칼을 빼어 잘라 놓고. ◇長串세 쒸여
구어내니 膏血이 點滴커늘 倨虎牀而啖之하고=긴 꼬챙이에 꿰어 구어 내니
기름과 피가 점점이 방울지거늘 호상에 걸터앉아 그것을 씹어 먹고. ◇醉之
에 欣然仰看하니 壑雲이 片片如金하야 醉한 낫에 飄泊헐 제=술에 취해 흔연
히 올려다보니 골짜기의 구름이 조각조각이 마치 금과 같아 취한 얼굴에 떠
돌아 비출 때. ◇美哉라 此中之味를 제 뉘 알리=아름답도다. 이런 재미 속
에 사는 맛을 그 누가 알겠느냐.

1059. 宅들에동난지들사오 저장사야황우긔무엇이라외나니사자 外骨
內肉에兩目은向天하고大아리二足으로能操能放하며小아리八足으로

前行後行하다가靑醬黑醬아스삭하는동난지들사오 장사야 하거북
히외지말고게젓사소하여라.

◆ 대조; '동난지'는 '동난지이'의, '向天'은 '上天'의, '能操能放하며'는 '能捉能放하
며'로 되어 있음.

宅들에 동난지들 사오 저 장사야 황우 긔 무엇이라 외나니 사자=댁들에 게
젓들 사시오 저 장사야 황아 그 무엇이라 외치느냐 사자. 황아는 잡살뱅이
상품을 말함. ◇外骨內肉에 兩目은 向天하고 大아리 二足으로 能操能放하
며 小아리 八足으로 前行後行하다가=겉은 뼈나 속은 살에 두 눈은 하늘로
향하고 큰 다리 두개로 능히 잡았다 놓았다할 수 있으며 작은 다리 여덟 개
로 앞으로 뒤로 갈 수 있으며.

1060. 宅쓸의자리登梅를사오 저장사야네登梅갑업매니사싸라보자 두
      疋싼登梅에한疋밧잡네한疋못싸외半疋밧소半疋아니밧네하우운말마
      소 한번곳 사싸라보시면아모만은줄지라도每樣사싸자하더라.

◆ 대조; '싸지하더라'는 '싸자하오리'로 되어 있음. '싸자하더라'는 '싸자하리라'의
   잘못.

宅쓸의 자리登梅 사오='宅쓸'은 '宅들'의 잘못. 댁들에 등매자리들 사시오.
등매자리는 가를 헝겊으로 두르고 뒤에 부들자리를 대서 만든 돗자리. ◇두
疋 싼 登梅에 한 疋밧잡네 한 疋 못 싸외 半疋 밧소 半疋 아니 밧네 하 우운
말 마소="두 필의 싼 등매를 한 필 값만 받네" "한 필 싸지 않으니 반 필 값
만 받으시오" "반 필 값 아니 받소 너무 우스운 말 하지 마시오" ◇한번곳
사 까라 보시면 아모만은 줄지라도 每樣 사 까자 하더라=한 번만 사서 깔아
보시면 얼마를 줄지라도 매양 사서 깔자고 하리라.

1061. 杜拾遺의忠君愛國이 日月노爭光헐놋다 間關劍閣에뜻둘듸全혀
      업서 어즈버 無限丹衷을一部詩에붓치도다. 金天澤

杜拾遺의 忠君愛國이 日月노 爭光헐놋다=두습유의 해와 달에 비길 만큼 임금에 충성하고 나라를 사랑하는 정성이 빛나도다. 두습유(杜拾遺)는 당(唐)나라 두보(杜甫)로 습유의 벼슬을 하였음. ◇間關劒閣에 뜻 둘듸 숸혀 업서=험악한 행로(行路)에 뜻을 둘 곳이 아주 없어. 간관은 험한 것을, 검각은 촉(蜀)의 험한 요해(要害)를 말함. ◇無限丹衷을 一部詩에 붓치도다=끝없이 우러나는 정성을 한 벌의 시에 보내었구나.

1062. 杜鵑紅桃暎山紅은 枝枝春心滿點紅을 洛陽淸歌眞城玉과 浿江名琴掬心으로 新秋에 月向芙蓉明헐제큰노리를하리라.(八娘歌) 金敏淳

◇ 대조; '眞城玉'은 '蟲城玉'의, '掬心'은 '菊心'의 잘못임.

杜鵑紅桃暎山紅은 枝枝春心滿點紅을=진달래 붉은 복사꽃 영산홍은 가지마다 봄뜻이 어리어 점점에 붉은 것을. ◇洛陽淸歌眞城玉과 浿江名琴掬心으로=낙양의 청가로 이름난 진성옥과 패강의 가야금의 명인 국심으로. 청가(淸歌)는 반주 없이 부르는 노래. 浿江(패강)은 평양의 다른 이름. ◇新秋에 月向芙蓉明헐제=이번 가을에 달이 연꽃을 밝게 비출 때.

1063. 두텁이전파리물고 두엄우에치다라서서 건넌山바라보니白松骨이쩌잇거늘가슴이아조금즉하여펄쩍쮜어내닷다가因하여그아래로업드러지니 맛츰에 날낼센망정倖兮鈍者ㅣ런들瘀血질번하괘라.

두텁이 전 파리 물고 두엄우에치다라서서=두꺼비가 다리를 저는 파리를 물고 두엄 위에 올라가 서서. ◇맛츰에 날낼센망정 倖兮 鈍者ㅣ런들 瘀血질번하괘라=알맞게 날랜 나이니까 망정이지 행여나 행동이 둔한 자였다면 어혈질 뻔 하였다.

1064. 둑거비더둑거비 한눈멀고한다리저는저둑겁이 한나래업슨파리를물고날낸체하여두엄싸흔後에솟거다가발싹나뒤처곳고나 못처럼

몸이날센만정衆人環視에남우일변하것다.

◇ 대조; '한다리저는'은 '다리저는'으로, '두엄싸흔後에'는 '두험싸흔우를'로 되어
있음.

날낸 체하여 두엄 싸흔 後에 솟거가 발싹 나뒤처곳고나=몸이 날낸 체하
여 두엄 쌓은 뒤에 솟구치다가 발딱 나뒤쳐겠구나. ◇衆人環視에 남 우일번
하것다=여러 사람들이 둘러서서 보는 데에 남을 웃길 뻔하였다. 남의 웃음
거리가 될 뻔하였다.

1065. 騰王高閣臨江渚하니 佩玉鳴鑾罷歌舞ㅣ라 畵棟朝飛南浦雲이오
珠簾暮捲西山雨ㅣ라閒雲淡影日悠悠하니物換星移度幾秋ㅣ오 閣中
帝子今安在런고 檻外長江이空自流ㅣ런가하노라.

騰王高閣臨江渚하니 佩玉鳴鑾罷歌舞ㅣ라='등왕(騰王)'은 '등왕(滕王)'의 잘
못, 등왕의 높은 다락이 강가에 임하니 패옥의 울리는 소리에 가무를 파하도
다. ◇畵棟朝飛南浦雲이오 珠簾暮捲西山雨ㅣ라 閒雲淡影日悠悠하니 物換
星移幾度秋오='담영(淡影)'은 '담영(潭影)'의 잘못. 그림 같은 누각의 아침에
남포의 구름이 날고 주렴에는 저녁에 서산의 비가 걷힌다. 한가로이 떠 있는
구름과 연못의 그림자가 날로 유유하니 사물이 바뀌고 별이 자리를 옮긴지
몇 해오. ◇閣中帝子今安在런고 檻外長江이 空自流ㅣ런가 하노라=각중의
제자는 지금 어디에 있는가. 난간 너머로 긴 강이 공허하게 흐르는가 하노
라. 왕발(王勃)의 「등왕각시(滕王閣詩)」를 시조화한 것임.

1066. 萬里長城엔담안에 阿房宮을놉히짓고 沃野千里고래논에數千宮
女압헤두고金鼓를울니면서玉璽를드더딜제劉亭長項都尉等이우러러
나보앗시랴 아마도 耳目之所好와心志之所樂은이쑨인가하노라.

◇ 대조; '項都尉等이'는 '項都尉層이'의 잘못.

萬里長城 엔담 안에 阿房宮을 놉히 짓고=만리장성 두른 담 안에 아방궁을 높이 짓고. 만리장성과 아방궁은 진시황이 만든 것임. ◇沃野千里 고래논에 數千宮女 압헤 두고 金鼓를 울니면서 玉璽를 드더질 제 劉亭長項都尉 等이 우러러나 보앗시랴=끝없이 넓고 기름진 좋은 논에 수많은 궁녀를 앞에 두고 북과 징을 울리면서 옥새를 들어 던질 때 유방이나 항우 등이 우러러나 보았겠느냐. 유정장과 항도위는 유방(劉邦)과 항우(項羽)를 가리킴. ◇耳目之所好와 心志之所樂은=듣고 보는 기쁨과 마음과 뜻의 즐기는 것은.

1067. 萬古離別하든中에 누구누구더설운고 項王의虞美人은劍光에香魂이나라나고漢公主王昭君은胡地에遠嫁하야琵琶絃黃鵠歌에遺恨이綿綿하고石崇은金谷繁華에綠珠를못진혓느니 우리는 連理枝並蔕花를임과나와것거쥐고鴛鴦衾翡翠衾에百年同樂하리라. 金時慶

◇ 대조; '項王'은 '項羽'

項王의 虞美人은 劍光에 香魂이 나라나고=항우의 애첩인 우미인은 칼날의 번쩍이는 빛에 꽃다운 넋이 날아가고. ◇漢公主 王昭君은 胡地에 遠嫁하야 琵琶絃鴻鵠歌에 遺恨이 綿綿하고=한(漢)나라 궁녀인 왕소군은 멀리 오랑캐 땅으로 시집을 가서 비파 줄에 홍곡가을 불러 생전의 남은 한이 계속하여 이어졌고. ◇石崇은 金谷繁華에 綠珠를 못 진혓느니=석숭의 금곡의 호화로운 재산으로도 녹주를 지니지 못하였느니. 석숭은 진(晉)나라의 부자(富者)였고, 녹주는 그의 애첩으로 당시 권력자 손수(孫秀)가 권력으로 녹주를 빼앗으려고 하자 녹주가 다락에서 떨어져 자살했음. ◇連理枝 並蔕花를 임과 나와 것거 쥐고 鴛鴦衾 翡翠衾에 百年同樂 하리라=연리지와 병체화를 임과 나가 꺾어 쥐고 원앙을 수놓은 이불과 비취색 이불을 덮고 평생을 같이 즐기리라. 연리지는 두 나무가 서로 맞다서 결이 통한 것. 병체화는 한 뿌리에 두 개의 꽃이 핀 것으로 부부간의 사랑과 화목함을 뜻함.

1068. 萬古歷代之中에 明哲保身이누구누구 范蠡의五湖洲와張良의辭病辟穀疏廣의散千金과季膺의秋風江東去陶處士의歸去來辭ㅣ라 이 밧게 貪官汚吏之輩야일너무삼하리요.

◆ 대조; '萬古歷代之中에'는 '萬古歷代人臣之中에'의 '五湖洲'는 '五湖舟'의 잘못.

萬古歷代之中에 明哲保身이=‘역대지중(歷代之中)’은 ‘역대인신지중(歷代人臣之中)’의 잘못인 듯. 예전부터 역대의 신하 가운데 총명하고 사리에 밝아 일을 잘 처리하고 몸을 보전한 사람이. ◇范蠡의 五湖洲와 張良의 謝病癖穀 疏廣의 散千金과 季膺의 秋風江東去 陶處士의 歸去來辭ㅣ라=‘오호주(五湖洲)’는 ‘오호주(五湖舟)’의 잘못. 범려가 오호에 띄운 배와 장량이 병을 핑계로 곡식을 먹지 않은 것과 소광이 많은 돈을 뿌린 것과 계응의 가을바람이 불자 강동으로 간 것과 도연명의 귀거래사라. ◇貪官汚吏之輩야 일너 무삼하리요=탐관오리의 무리들이야 말하여 무엇하리요.

1069. 梅之月은寒而明하고 松之風은暑而淸이라 淸明在躬心和平하니 調絲韻桐寄閑情이로다 南郭隱凡聞地籟하니 解取無聲勝有聲인가 하노라. 金祖淳

◆ 대조; '隱凡'은 '隱几'의 잘못.

梅之月은 寒而明하고 松之風은 暑而淸이라=매화에 비추는 달은 차갑게 느껴지나 밝고 소나무에 부는 바람은 더운 것 같으나 맑다. ◇淸明在躬心和平하니 調絲韻桐寄閑情이로다=맑고 밝은 것이 몸에 있으니 마음이 화평하고 가락과 운을 악기에 맞춰 한가로운 정을 붙이도다. ◇南郭隱凡聞地籟하니 解取無聲勝有聲인가 하노라=‘은범(隱凡)’은 ‘은궤(隱几)’의 잘못. 남곽지기(南郭子綦)라고 하는 사람이 책상에 기대어 지뢰를 들으니 소리 없는 것을 취하여 해독하는 것이 소리가 있는 것보다 나은 것인가 한다.

1070. 孟浩然타든전나귀등에 李太白먹든千日酒싯고 陶淵明자즈려고 五柳村도라드니 葛巾에 술덧는소래는細雨聲인가하노라.

◆ 대조; '술덧는'은 '술듯는'의 잘못.

孟浩然이 타던 전나귀 등에=맹호연이 타던 다리를 저는 나귀의 등에. 맹호

연은 당(唐)나라의 시인. ◇五柳村 도라드니=오류촌을 찾아 가니. 오류촌은
도연명이 살던 마을로 문 앞에 버드나무 다섯 그루를 심고 스스로 오류선생
이라 불렀음. ◇葛巾에 술 덧는 소래는 細雨聲인가=‘덧는’은 ‘듯는’의 잘못.
칡으로 만든 두건에 술 거르는 소리는 이슬비 내리는 소리인가.

1071. 묵은해보내올제 시름한듸餞送하세   흰곤무콩인절미자채술국按
　　酒에庚申을새오랼제   이윽고 紫微星도라가니새해런가하노라. 李
　　廷藎

◆ 대조; ‘紫微星’은 ‘粢米僧’의 잘못으로 『海東樂章』에만 이렇게 되어 있음.

　　흰곤무 콩인절미 자채 술국 按酒에 庚申을 새오랼 제=흰 골무떡 콩인절미
자채쌀로 만든 술을 마시기 위해 끓인 국을 안주삼고 경신을 새우려고 할
때. 경신은 섣달 중 경신일(庚申日)밤을 새우는 일. ◇紫微星 도라가니 새해
런가 하노라=‘자미성(紫微星)’은 ‘자미승(粢米僧)’의 잘못. 자미승이 돌아가
니 새해인가 한다. 자미승(粢米僧)은 음력 섣달 대목이나 정월 보름날에 아
이들의 복을 빈다고 하면서 쌀을 얻으러 다니는 중.

1072. 물우희沙工과물아래沙工놈들이   三四月田稅大同실너갈ㅅ제   一
　　千石싯는大中船을자귀대여쑴여낼ㅅ제三色實果와머리가진것갓초아
　　필이巫鼓를둥둥치며五江城隍之神과南海龍王祗神께손곳초아告祀할
　　제全羅道ㅣ라慶尙道ㅣ라蔚山바다羅州ㅣ바다漆山바다휘도라安興목
　　이라孫돌목江華목감도라들제平盤에물담드시萬里滄波에가는듯도라
　　오게고스레고스레所望일게하오소서   於於라저어라 배씌여라至菊
　　叢南無阿彌佗佛.

◆ 대조; 『海東歌謠』주씨본에 이정보의 작품으로 되어 있음.

　　一千石을 싯는 大中船을 자귀 대여 쑴여낼ㅅ 제 三色實果와 머리 가진 것
갓초아=일천 석을 싣는 큰 배를 자귀를 가지고 만들 때 세 가지 색을 가진

과일과 희생의 머리와 모든 제물을 갖추어. ◇五江 城隍之神과 南海 龍王祇神께 두 손 곳초아 告祀할 제='용왕지신(龍王祇神)'은 '용왕지신(龍王之神)'의 잘못. 오강의 성황신과 남해 용왕의 신에게 두 손을 갖추어 고사를 지날 때. 오강(五江)은 서울 한강 연안의 5곳으로 한강, 용산, 마포 서호, 지호(支湖)임. ◇平盤에 물 담드시 萬里滄波에 가는 듯 도라오게 고스레 고스레 所望일게 하오소서=평평한 그릇에 물 담듯이 머나먼 험난한 물길에 가는 즉시 돌아올 수 있게 고스레 고스레 바라는 대로 되게 하오소서.

1073. 물네는줄노돌고 수레는박휘로돈다 山陳이水陳이海東靑보라매 두쏙지엽헤끼고太白山허리를안ㅅ고도는구나 우리도 그리든임만 나안ㅅ고돌ㅅ가하노라.

  물네는 줄로 돌고 수레는 박휘로 돈다=물레는 줄을 따라서 돌고 수레는 바퀴를 따라 돈다. ◇山陳이 水陳이 海東靑 보라매=산에서 자란 매, 손에서 길 드린 매, 송골매 보라매. 보라매는 나은지 일년이 못된 새기를 길 드린 매.

1074. 밋男眞廣州ㅣ싸리뷔장사 踈對男眞그놈朔寧닛뷔장사 눈情에거룬님은쑥싹쑤르려방망치장사댁대글마라홍도쌔장사빙빙도는물네장사우물ㅅ젼에치다라서간댕간댕하다가서월헝퉁창퐁덩싸자와물담쑥쩌내는두레쏙지장사 어듸서 이어울취여들고쏘한조리박장사못어드리.

◇ 대조 '어울'은 '얼굴'의 잘못.

  밋男眞 廣州ㅣ 싸리뷔 장사 踈對男眞 그놈 朔寧 닛뷔 장사=본 남편은 광주 싸리비 장수 샛 남편 그 놈은 삭녕 잇비 장수. 삭녕(朔寧)은 경기도 연천과 장단 사이에 있던 지명. ◇눈情에 거룬 님은=눈짓으로 약속한 임은. ◇이 어울 취여 들고='어울'은 '얼굴'의 잘못. 이 얼굴을 쳐들고. 이 얼굴을 하고서.

1075. 博浪沙中쓰고남은鐵槌를엇고 江東弟子八千人과 曹操의十萬大
兵으로當年에閻羅國을破하던들丈夫의속절업슨길을아니行할것을
오날이 날조차가자하니그를설위하노라.

博浪沙中 쓰고 남은 鐵槌를 얻고 江東弟子 八千人과=박랑사에서 쓰고 남
은 철퇴와 강동의 팔천 군사들과. 박랑사(博浪沙)는 장량이 진시황을 저격하
던 곳이고 강동제자는 항우가 거느렸던 병졸임. ◇曹操의 十萬 大兵으로 當
年에 閻羅國을 破하던들 丈夫의 속절 업슨 길을 아니 行할 것을=조조의 십
만이나 되는 대병을 이끌고 그 해에 염라국을 쳐부수었던들 장부의 어쩔 수
없는 길을 아니 갔을 것을. ◇오날이 날 조차가자 하니=오늘에 나를 따라가
자 하니.

1076. 白雲은千里萬里 明月은前溪後溪 罷釣歸來헐제낙근고기쒸어들
고斷橋를건너杏花村酒家로興치며가는저늙으니 뭇노라 네興味긔
언마오금못칠ㅅ가하노라.

白雲은 千里萬里 明月은 前溪 後溪=흰 구름은 멀리멀리 밝은 달은 앞뒤의
시내에 골고루 비침. ◇罷釣歸來헐 제=낚시를 끝내고 돌아올 제. ◇斷橋를
건너 杏花村 酒家로 興치며=끊어진 다리를 건너 술집을 찾아 흥겨워하며.
◇네 興味긔 언마오 금 못 칠ㅅ가하노라=네 흥미가 얼마냐 돈으로 따지지
못할까 하노라.

1077. 別眼이春深한제 幽懷를둘듸업서 臨風怊悵하야四隅를둘너보니
百花爛漫한듸柳上黃鶯은雙雙이빗기나라下上其音할제엇전지내귀에
는有情하야들니는고 엇지타 最貴人生은저새만도못한고.

◆ 대조; '四隅'는 '四面'의 잘못인 듯, '人生'은 '사람'으로 되어 있음.

別眼에 春深한 제 幽懷를 둘 듸 업서='별안(別眼)'은 '별원(別院)'의 잘못인
듯. 별채의 건물에 봄빛이 한창인 때 그윽한 회포를 둘 곳이 없어. ◇臨風怊

悵하야 四隅를 둘너보니 百花爛漫한듸 柳上黃鶯은 雙雙이 빗기 나라 下上其
音할제=바람을 맞어 쓸쓸하고 서글퍼서 사방을 둘러보니 모든 꽃이 활짝 피
었는데 버드나무의 꾀꼬리는 쌍쌍이 빗기 날아 오르내리며 울음 울 때. ◇
엇전지 내 귀에는 有情하야 들니는고=어떤 일인지 내 귀에는 다정하게 들리
는고. ◇엇지타 最貴人生은 저 새만도 못한고=어쩌다 가장 고귀하다고 자
처하는 사람들은 저 새만도 못한가.

1078. 北斗七星하나둘셋넷다섯여섯일곱쭌쩨 憫惘한발괄所志한張알외
나이다 그리던임을만나情엣말삼채못하여날이쉬새니글로憫惘 밤
ㅁ中만 三台星差使노아샐ㅅ별업시하소서.

憫惘한 발괄 所志 한 張 알외나이다=답답하고 억울한 심정을 진정하는 글
한 장을 알외옵니다. ◇그리던 임을 만나 情엣 말삼 채 못하여 날이 쉬 새
니 글로 憫惘=그리워하던 임을 만나 정겨운 말씀을 미처 못 하였는데 날이
빨리 새니 그것으로 답답하고 억울합니다. ◇三台星 差使 노아 샐ㅅ별 업시
하소서=삼태성에게 사자를 보내어 샛별을 없애도록 하시옵소서.

1079. 北邙山川이긔엇더하여 古今英雄이다가는고 秦始皇漢武帝도探
藥求仙하여부듸아니가랴터니 어즙어 廬山風雨와武陵松柏을못내
설워하노라.

◇ 대조; '어즙어'는 '엇더타'로 된 곳이 많음.

北邙山川이 긔 엇더 하여 古今英雄이 다 가는고=북망의 산천이 그 어떠하
여 고금의 영웅들이 다 가느냐. 북망산은 중국 낙양(洛陽) 밖에 있는 공동묘
지임. ◇秦始皇 漢武帝도 採藥求仙하여 부듸 아니 가랴터니=진시황과 한
무제(漢 武帝)도 불사약을 캐려고 하였고 신선술을 구하여 죽지 않기를 바
라더니. ◇廬山 風雨와 武陵 松柏을=여산의 풍우와 무릉의 소나무와 잣나
무를. 여산(廬山)은 진시황의, 무릉(武陵)은 한 무제의 무덤이 있는 곳.

1080. 琵琶야너는어이 간곳마다앙조아리뇨   싱금한목을에후루여진득
안고엄파갓흔손으로배를잡아뜻거든아니앙조아리랴   잇다감 大珠
小珠落玉盤할제면써날뉘를모를리라.

　간 곳마다 앙조아리뇨=가는 곳마다 앙알거리느냐. ◇싱금한 목을 에후루
여 진득 안고 엄파 갓흔 손으로 배를 잡아뜻거든 아니 앙조아리랴=가느다란
목을 휘둘러 단단히 안고 움파 같이 희고 갸날픈 손으로 배를 잡아 뜯거늘
어찌 아니 앙알거리겠느냐. ◇大珠 小珠 落玉盤 할제면 써날 뉘를 모를리라
=크고 작은 구슬이 옥소반에 떨어지는 듯한 소리가 날 때면 떠날 겨를을 모
르겠더라.

1081. 非龍非彲非熊非虎非虎非羆는 渭水之場姜呂尙이요   非人非鬼亦
非仙은水簾洞中孫悟空이로다   이中에 非眞似眞似狂非狂은花谷老
歌齋ㄴ가하노라. 金壽長

◇ 대조; 非虎'는 '非羆'의, '渭水之場'은 '渭水之陽'의 잘못.

　非龍 非彲 非熊 非虎 非虎 非羆는 渭水之場 姜呂尙이요='비호(非虎)'의 하
나는 '비비(非羆)'의 잘못. '위수지장(渭水之場)'은 '위수자양(渭水之陽)'의
잘못. 용도 아니고 이도 아니고 곰도 큰 곰도 호랑이도 비도 아닌 것은 위수
의 양지 짝에 있는 강여상이요. 강여상이 가난하여 동해에서 낚시질을 하다
가 주 문왕(周 文王)이 사냥을 하다가 만났을 때 여상이 문왕에게 하였다는
말. ◇非人 非鬼 亦非仙은 水簾洞中 孫悟空이로다=사람도 아니고 귀신도
아니면서 또한 신선도 아닌 것은 수렴동 가운데 손오공이로다. ◇非眞 似眞
似狂 非狂은 花谷 老歌齋ㄴ가=참이 아닌 것 같으면서도 참된 것 같고 미친
것 같으면서도 미치지 않은 것은 화곡의 노가재인가. 화곡(花谷)은 지금의
종로구 화동(花洞), 노가재는 김수장(金壽長)의 호임.

1082.　사랑사랑고고이맷친사랑   웬바다흘두루덥는그물것치맷친사랑
往十里라踏十里라참외넛츨水박넛츨얼거지고트러저서골골이벗어가

는사랑   아마도 이임의사랑은솟간듸를몰내라.

　고고이 맷친 사랑=굽이굽이 맷힌 사랑.　◇往十里라 踏十里라 참외 넛출
水박 넛츨 얼거지고 트러져서 골골이 벗어가는 사랑=왕십이나 답십리의 참
외 넝쿨 수박 넝쿨처럼 엉켜지고 흐트러져 고랑고랑으로 뻗어가는 사랑.

1083. 司馬遷의鳴萬古文章　王逸少의掃千人筆法　劉伶의嗜酒와杜牧之
　의風采는百年從事허며一身兼備하려니와　아마도　雙全키어려울쓴
　大舜曾子孝와龍逢比干忠인가하노라.

◆ 대조; '風采'는 '好色'으로 되어 있고, '百年從事허며'는 '百年從事하면'의 잘못
　임.

　司馬遷의 鳴萬古文章 王逸少의 掃千人筆法=사마천의 만고에 떨친 이름 난
문장과 왕일소의 천 사람을 쓸어버릴 만한 필법. 왕일소는 진(晉)나라의 명
필인 왕후지(王羲之)를 가리킴.　◇劉伶의 嗜酒와 杜牧之의 風采는 百年從事
허며 一身兼備 하려니와=유령의 술을 즐기는 것과 두목지의 풍채는 평생 한
일에만 좇으면 한 몸에 갖출 수 있으려니와. 두목지는 두목(杜牧)을 가리킴.
◇雙全키 어려울쓴 大舜 曾子孝와 龍逢 比干忠인가=두 가지를 다 온전하기
어려운 것은 순임금과 증자의 효와 용봉과 비간의 충성심인가 하노라. 용봉
은 하(夏)의 걸왕(桀王)의 신하 관용봉(關龍逢)이고, 비간은 은(殷)나라 주왕
(紂王)의 신하로 모두 왕의 무도(無道)함을 간하다가 죽임을 당했음.

1084. 山靜하니似太古요 日長하니如少年이라　蒼蘚은盈階하고落花ㅣ
　滿庭한듸午睡ㅣ初足커늘讀周易國風左ㄷ氏傳離騒太史公書及陶杜詩
　와韓蘇文數扁하고興致到則出步溪邊하야邂逅園翁溪友하야問桑麻說
　粳稻相與劇談半晌타가歸而倚杖柴門하니　이윽고 夕陽이在山하고
　紫綠萬狀하야變幻頃刻에悅加人目이라牛背篴聲이兩兩歸來헐쩨月印
　前溪矣러라

357

◇ 대조; '興致到則'은 '興致則'으로, '柴門하니'는 '柴門下하니'로 되어 있음.

山靜하니 似太古요 日長하니 如少年이라=산이 고요하니 태고와 같고 해가
길어지니 소년과 같다. ◇蒼蘚은 盈階하고 落花ㅣ 滿庭한듸 午睡ㅣ 初足커
늘 讀 周易 國風 左ㄷ氏傳 離騷 太史公書 及 陶杜詩와 韓蘇文 數扁하고=푸
른 이끼는 층계에 가득하고 낙화가 뜰에 가득한데 낮잠이 만족커늘 주역과
국풍, 좌씨전, 이소, 태사공의 글과 도잠과 두보의 시와 한유와 소식의 문장
여러 편을 읽고. 국풍은 시경(詩經)의 편명(篇名), 좌씨전은 춘추를 좌구명
(左丘明)이 주석한 것이고, 이소는 굴원(屈原)이 지은 운문의 편명이고, 태사
공서는 사마천의 사기를 말하며, 도두시는 진(晉)나라 도연명과 당(唐)나라
두보의 시를 말하며, 한소문은 당(唐)나라 한유(韓愈)와 송(宋)나라 소식(蘇
軾)의 글을 말함. ◇興致卽出步溪邊하야 邂逅園翁溪友하야 問桑麻 說粳稻
相與劇談 半晌타가 歸而倚杖 柴門하니=흥이 이르면 시냇가에 나가 거닐며
원옹과 계우를 만나 상마를 묻고 농사를 이야기하며 서로 극담하기를 반나
절까지 하다가 지팡이에 의지하여 시문에 돌아오니. 상마(桑麻)는 누에치고
길쌈하는 일. ◇夕陽이 在山하고 紫綠 萬狀하야 變幻 頃刻에 悅加人目이라
=저녁 해가 기울고 붉고 푸르게 온 세상이 물들어 사람의 눈을 황홀케 하더
라. ◇牛背簁聲이 兩兩歸來헐쩨 月印前溪矣러라=쇠등에 타고 저를 불며 쌍
쌍이 돌아올 때 달은 앞 시내에 비추도다. 당(唐)나라 당경시(唐庚詩)를 시조
화한 것임.

1085. 山不在高ㅣ라有仙則名하고 水不在深이라有龍則靈하나니   斯是
陋室이나惟吾德馨이라苔痕은上階綠이요草色은入簾靑이라談笑有鴻
儒요往來無白丁이라可以調素琴閱金經하니無綠竹之亂耳하고無案牘
之勞形이로다   南陽諸葛廬와西蜀子雲亭을 孔子云何陋之有오.

山不在高ㅣ라 有仙則名하고 水不在深이라 有龍則靈하나니=산은 높은 데
있는 것이 아니라 신선이 있으므로 해서 유명하고, 물은 깊은 데 있는 것이
아니라 용이 있으므로 신령한 것이니. ◇斯是陋室이나 惟吾德馨이라 苔痕
은 上階綠이요 草色은 入簾靑이라=이 방이 비록 누추하나 오직 나의 덕으
로 인하여 향기롭고 이끼의 흔적이 섬돌에 올라 푸르고 풀빛은 발 안에 들
어 푸르더라. ◇談笑有鴻儒요 往來無白丁이라=이야기하고 웃는 가운데 홀

룽한 선비가 있고 왕래하는 가운데 백정이 없다. ◇可以調素琴閱金經하니
無綠竹之亂耳하고 無案牘之勞形이로다=가히 거문고를 고르고 금경을 읽음
직하니 사죽이 귀를 시끄럽게 하는 일이 없고 책상 위의 편지가 얼굴을 찌
프리게 하는 일이 없도다. ◇南陽 諸葛廬와 西蜀 子雲亭을 孔子云 何陋之有
오=남양의 제갈량의 초려와 서촉의 자운정을 공자가 이르기를 '무엇이 더러
운 것이 있으리오.' 자운정(子雲亭)은 한(漢)나라 양웅(揚雄)의 정자. 당(唐)
나라 유우석(劉禹錫)의 「누실명(陋室銘)」을 시조화한 것임.

1086. 三春色자랑마소 花殘하면蝶不來라　昭君玉骨도胡城土ㅣ되고貴
　　　妃花容은驛路塵을蒼松綠竹은千古節이요碧桃紅杏은一年春이로다
　　　閣氏네 一時花容을앗겨무삼하리요.

　　三春色을 자랑마소 花殘하면 蝶不來라=봄빛을 자랑하지 마시오. 꽃도 시들
면 나비도 오지 않느니라. ◇昭君玉骨도 胡城土ㅣ되고 貴妃花容은 驛路塵
을 蒼松綠竹은 千古節이요 碧桃紅杏은 一年春이로다=왕소군의 고운 육신도
오랑캐의 흙이 되고 양귀비의 아름다운 얼굴도 마외역(馬嵬驛)의 먼지가 된
것을 푸른 소나무와 대나무는 천고에 변함없는 절개요 푸르고 붉은 복숭아
와 살구꽃은 일 년의 봄이로다. ◇一時花容을 앗겨 무삼 하리요=한 때의 아
리따운 얼굴을 아껴서 무엇 할 것이오.

1087. 三月東風好時節에 一僕三友거나리고　六角에登臨하여四隅를도
　　　라보니天郎氣淸하고惠風和暢한듸花間蝶舞는弄春色이요柳上鶯歌는
　　　蕩人情이라鶴徘徊於長空하고老龍潛於碧潭이라　다만지 老年花似
　　　霞中看을못내설워하노라. 金斗性

◆ 대조; '四隅'는 '四宇'로, '長空'은 '長松'으로, '다만지 老年'은 '암아도 暮年'으로
　되어 있음. 작자는 박문욱(朴文郁)임.

　　三月東風好時節에 一僕三友 거나리고=삼월의 봄바람 부는 좋은 시절에 종
하나와 벗 서넛을 데리고. ◇六角에 登臨하여 四隅를 도라보니 天郎氣淸하

359

고 惠風和暢한듸 花間蝶舞는 弄春色이요 柳上鶯歌는 蕩人情이라='천랑(天郎)'은 '천랑(天朗)'의 잘못. 육각현(六角峴)에 올라서 사방을 돌아보니 하늘이 개이고 기운이 맑고 봄바람이 화창한데 꽃 사이를 춤추는 나비는 봄빛을 희롱하고 버드나무에서 노래하는 꾀꼬리는 사람의 마음을 들뜨게 한다. 육각현은 종로구 필운대(弼雲臺) 옆에 있었음. ◇鶴徘徊於長空하고 老龍潛於碧潭이라=학은 높은 하늘에서 맴돌고 늙은 용은 푸른 못에 잠겨 있다. ◇老年花似霞中看을=늙어서 안개 속에서 꽃을 보는 것 같음을.

1088. 三代後漢唐宋에 忠臣義士헤여보니 夷齊의孤竹淸風과龍逢比干忠은이르도말녀니와魯連의蹈海高風과朱雲의折檻直氣와晉處士의柴桑日月에不放飛花過石頭와南齊雲의不爲不義屈과岳武穆의擔背精忠은千秋竹帛上에뉘아니敬仰할ㅅ가마는 아마도 我東方三百年에顯忠崇節하야堂堂한三學士의萬古大義는싹업슬ㅅ가하노라.

◇ 대조; '擔背精忠'은 '涅背精忠'의 잘못.

三代後 漢唐宋에 忠臣義士 헤여 보니=삼대 이후 한나라와 당나라 송나라의 충신과 의사를 헤아려 보니. ◇夷齊의 孤竹淸風과 龍逢比干忠은 이르도 말녀니와=백이 숙제의 대와 같은 맑은 기풍과 용봉과 비간과 같은 충성심은 일컫지도 말려니와. ◇魯連의 蹈海高風과 朱雲의 折檻直氣와=노련의 바다에 숨어 벼슬을 버린 높은 풍도와 주운이 난간을 잡고 놓지 않아 난간이 불어져도 굽히지 않고 곧바로 간하는 기상과. ◇晉處士의 柴桑日月에 不放飛花過石頭와 南齊雲의 不爲不義屈과 岳武穆의 擔背精忠은 千秋竹帛上에 뉘아니 敬仰할ㅅ가마는='담배정충(擔背精忠)'은 '열배정충(涅背精忠)'의 잘못. 진나라의 도연명이 시상에서 살 때에 날아가는 꽃잎을 돌 머리에 지나가게 놓아두지 말라고 한 것과 남제운이 안녹산의 난리 때에 불의에 굽힐 수 없다고 하고 죽은 것과 송(宋)의 악비(岳飛)의 충성을 진회(秦檜)가 억지로 배반한 것으로 꾸며 죽게 한 것은 천추의 역사에서 누가 존경하고 숭앙하지 않을까 마는. ◇我東方 三百年에 顯忠崇節하야 堂堂한 三學士의 萬古大義는=우리나라 삼백년에 충성과 절개를 숭상하고 추모하여 당당함 삼학사의 만고의 대의는. 삼학사는 병자호란 때 청나라에 잡혀가 절개를 굽히지 않은

홍익한(洪翼漢), 윤집(尹集), 오달제(吳達濟)를 가리킴.

1089. 色것치조코조흔것을 제뉘라서말니돗던고　穆王은天子ㅣ로되瑤
臺에宴樂하고項羽는天下壯士ㅣ로되滿營秋月에悲歌慷慨하고明皇은
英主ㅣ로되解語花離別헐제馬嵬驛에우럿나니　至今에　餘남운少丈
夫야몟百年살니라해올일아니하고속절업시늙으리요.

　제 뉘라서 말니돗던고=그 누가 감히 하지 못하도록 말리었던가. ◇穆王은
天子ㅣ로되 瑤臺에 宴樂하고 項羽는 天下壯士ㅣ로되 滿營秋月에 悲歌慷慨
하고 明皇은 英主ㅣ로되 解語花離別헐 제 馬嵬驛에 우럿나니=주(周)나라 목
왕은 천자이지만 요대에서 서왕모와 연락(宴樂)하고 항우는 천하장사지만
가을 달빛이 가득한 군영(軍營)에서 슬픈 노래를 불러 분을 삭이지 못했고
당명황은 영특한 임금이로되 양귀와 이별할 때 마외역에서 울었나니. ◇餘
남운 少丈夫야 몟 百年 살니라 해올 일 아니 하고 속절 업시 늙으리요=‘소장
부(少丈夫)’는 ‘소장부(小丈夫)’의 잘못. 나머지 못난 사람이야 몇 백 년을 살
겠다고 할 일을 아니하고 쓸 데 없이 늙으리요.

1090. 生매잡아길드려　豆麻쎵산양보내고　白馬싯겨바ㅣ느려뒷東山松
枝에매고손조구글무지낙가움버들에쐬여물에채와두고　兒孺야 날볼
손오섯드란긴여흘노살와라.

　豆麻 쎵산냥 보내고=두메로 꿩 사냥을 보내고. ◇白馬 싯겨 바ㅣ 느려 뒷
東山 松枝에 매고=백마를 씻겨서 밧줄을 길게 늘여 뒷동산 소나무 가지에
매고. ◇손조 구굴무지 낙가 움버들에 꾀여 물에 채와 두고=직접 구구리를
잡아 새로 난 버들가지에 꿰여 물에 채워두고. ◇날 볼 손 오섯드란 긴 여
흘노 살와라=나를 만나겠다는 손님이 오시거든 긴 여울에 와서 알려라.

1091. 少年十五二十時에 하던일이어제런듯　솟곱질쮜옴질과씨름탁견
遊山하기小骨將碁鬪箋하기저기차고鳶날니기酒肆靑樓出入타가사람
치기하리로다　萬一에　八字가조하망정身數가험허든들큰일날번하

괘라. 金敏淳

◇ 대조; '하리로다'는 '하기로다'로 되어 있음.

솟곱질 쒸옴질과 씨름 탁견 遊山하기 小骨 將碁 鬪牋하기 저기차고 鳶날리기 酒肆靑樓 出入타가 사람치기 하리로다=소꼽질 뜀박질과 씨름 태껸 산으로 놀러 다니기 골패 장기 투전하기 제기차고 연날리기 술파는 기생집에 출입하다가 사람 때리기 많기도 하다. ◇八字가 조하망정 身數가 험하든들=타고난 팔자가 좋았기에 망정이지 신수가 나빴다면.

1092. 술이라하는것이 어이삼권거시완대 一盃一盃復一盃하면恨者ㅣ悅憂者ㅣ樂에掖腕者ㅣ舞蹈하고呻吟者ㅣ謳歌하며伯倫은頌德하고嗣宗은澆胸하며淵明은葛巾素琴으로眄庭柯而怡顔하고太白은接罹錦袍로飛羽觴而醉月하니 아마도 시름풀기는술만한거시업세라.

어이 삼권 거시 완대=어떻게 생긴 것이기에. ◇一盃一盃 復一盃하면 恨者ㅣ悅 憂者ㅣ樂에 掖腕者ㅣ 舞蹈하고 呻吟者ㅣ 謳歌하며=한 잔 한 잔 또 한 잔하면 한(恨)이 있는 사람은 기뻐하고 근심이 있는 사람은 즐거워하며 팔을 낀 사람은 춤을 추고 신음하는 사람은 노래를 부르며. ◇伯倫은 頌德하고 嗣宗은 澆胸하며 淵明은 葛巾素琴으로 眄庭柯而怡顔하고 太白은 接罹錦袍로 飛羽觴而醉月하니=백륜은 덕을 칭송하고 완적은 경박하며 연명은 뜰의 나뭇가지를 보고 얼굴에 기쁨을 띠고 태백은 비단 도포를 입고 술잔을 날리며 달에 취하니. 백륜(伯倫)은 유령(劉伶)을 말함.

1093. 술이라하면소물헤듯하고 飮食이라하면헌말등에藥다오듯 兩手종다리잡조지팔과흘기눈에안팟곱장이고자男便을망석중이라안처두고보랴 門밧게 桶메옵소하고외는장사네나자고잇거라.

◇ 대조; '잇거라'는 '이거라'의 잘못.

술이라 하면 소 물 혜듯 하고 飮食이라하면 헌 말등에 藥 다오듯=술이라 하면 소가 물을 들이켜 듯하고 음식이라 하면 헌 말등에 약발이 받는 듯. ◇兩 手종다리 잡조지팔과 흘기눈에 안팟곱장이 고자男便을 망석중이라 안쳐 두고 보랴=두 개의 퉁퉁 부은 다리 잡좆이팔에 흑뵈기 안팎곱사둥이에 고자 남편을 망석중처럼 앉혀 두고 보아야 하겠느냐. 잡좆이팔은 쟁기의 잡좆이 같이 생긴 팔. 흑뵈기는 흑보기로 눈동자가 한쪽으로 몰려서 늘 흘겨보는 눈. ◇桶 메웁소 하고 외는 장사 네나 자고 잇거라=통 메우시오 하고 외치는 장수야 너나 자고 가거라.

1094. 술먹고病업슬藥과 色하여도長生할術을 갑주고살양이면참盟誓ㅣ하지아모만인들색일소냐 갑주고 못살藥이니소로소로하여百年까지하리라.

◇ 대조; '색일소냐'는 '석일소냐'의 잘못.

갑주고 살 양이면 참 盟誓ㅣ 하지 아모만인들 색일소냐=값을 주고 살 수 있다면 참으로 맹세하자. 얼마인들 관계할쏘냐. ◇갑주고 못살 藥이니 소로소로 하여=값을 주고도 사지 못할 약이니 살금살금 하여.

1095. 丞相祠堂을何處尋고 錦官城外栢森森을 暎階碧草는自春色이요 隔葉黃空好音을三顧頻煩天下計요兩朝開濟老臣心이로다 出師未捷身先死하니長使英雄으로淚滿襟을하여라.

◇ 대조; '黃'는 '黃鸝'임.

丞相祠堂을 何處尋고 錦官城外栢森森을=승상의 사당을 어디가 찾을고, 금관성 밖의 잣나무만 우거진 곳을. ◇暎階碧草는 自春色이요 隔葉黃鸝 空好音을 三顧頻煩天下計요 兩朝開濟老臣心이로다=뜰에 비친 푸른 풀은 스스로 봄빛이요 잎을 사이에 둔 꾀꼬리는 외로이 운다. 삼고에 빈번하던 천하의 계획이요 양조를 개제한 늙은 신하의 마음이로다. ◇出師未捷身先死하니 長使英雄으로 淚滿襟을 하여라=군사를 내어 이기지 못하고 몸이 먼저 죽으니 길이 영웅으로 하여금 소매 가득 눈물을 짓게 하도다. 두보(杜甫)의 「촉상(蜀相)」의 시조화한 것임.

1096. 柴扉에개즛거늘 임오시나반겻더니　임은아니오고一陣金風에입써러지는소래로다　저개야 秋風落葉聲을헛도이즈저날놀낼줄잇시랴.

　一陣金風에=한 번 휙 하고 부는 가을바람에. ◇秋風落葉聲을 헛도이 즈저 날 놀낼 줄 잇시랴=가을바람이 낙엽 지는 소리를 헛되이 짖어 나를 놀랠 일이 있느냐.

1097. 深意山세네박휘 감도라휘도라올ㅅ제　五六月낫지음에살어름잡흰우에진서리석거치고자최눈쑤린것을보왓는가　잇다감 왼놈이왼말을할지라도임이斟酌하시소.

◇ 대조; '잇다감'이 없고 '님아님아'로 되어 있음. 『松江歌辭』에 정철(鄭澈) 작품으로 되어 있음.

　深意山 세네 박휘 감도라 휘도라 올ㅅ제=심의산을 서너 바퀴 감돌고 휘돌고 할 때. ◇五六月 낫지음에 살어름 잡흰 우에 진서리 석거 치고 자최눈 뿌린 것을 보왓는가=오뉴월 낮 즈음에 살얼음 잡힌 위에 된서리가 섞어 치고 자욱눈 뿌린 것을 보았는가. ◇잇다감 왼 놈이 왼 말을 할지라도 임이 斟酌하시소=어쩌다 백 사람이 백 마디의 말을 하더라도 임이 짐작하여 들으십시요.

1098. 아마도豪傲할손 靑蓮居士李謫仙이로다　玉皇香案前에黃庭經一字誤讀한罪로謫下人間하여藏名酒肆하고采石에弄月하다가긴고래타고飛上天하니　지금에 江南風月이閑多年인가하노라.

◇ 대조; '采石에弄月하다가'는 '弄月采石하다가'로 되어 있음.

青蓮居士 李謫仙이로다=청련거사인 이적선이로다 청련거사(青蓮居士)는 이백(李白)의 호(號)이며 달리 적선이라 부름. ◇玉皇 香案前에 黄庭經一字 誤讀한 罪로 謫下人間하여 藏名酒肆하고 采石에 弄月하다가 긴 고래 타고 飛上天하니=옥황상제의 책상 앞에서 황정경 한 자를 잘못 읽은 죄로 인간에 귀양 와서 이름을 술집에 감추고 채석강에서 달을 희롱하다가 긴 고래를 타고 하늘로 올라가니. ◇江南風月이 閑多年인가='한다년(閑多年)'은 '문다년 (聞多年)'의 잘못인 듯. 강남의 풍월이 들은 지 오래런가.

1099. 아자아자나쓰든되黄毛試筆 首陽梅月을검ㅅ게갈어흠쎅직어　窓 전에언젓더니댁대굴구으러쪽나려지것고이제도라가면엇어올法잇시 련마는　아무나 어더가저서글여보면알니라.

　되 黄毛試筆 首陽梅月을=중국에서 만든 족제비 털로 만든 좋은 붓 수양이 나 매월과 같은 좋은 먹을. ◇어더 가저서 글여 보면 알니라=얻어 가져서 그려 보면 알 것이다.

1100. 兒禧야되롱삿갓차랏스라 東澗에비지나것다　기나긴낙대에바날 업슨낙시매여　저고기 놀나지마라내興겨워하노라. 鄭蘊

◇ 대조; '바날업슨'은 '미늘업슨'으로 되어 있음. 작자는 조존성(趙存性)임.

　東澗에 비 지나것다=동쪽 골짜기에 비 지나가겠다.

1101, 압내나뒷내나ㅅ中에 소먹이는兒놈들아　압내에고기와뒷내에고 기를다몰쏙잡아내다락기에너허주어드란네소등에걸처다가주렴　우 리도　西疇에밀이만아소먹여밧비몰아가는길이오매傳할쏭말쏭하여 라.

365

◇ 대조; '兒놈들아'는 '兒殤놈들아'로 되어 있고, '밀이만아'는 '일이만아'의 잘못.

다 몰쏙 잡아 내 다락기에 너허주어드란 네 소등에 걸처다가 주렴=다 몽땅 잡아내어 다락기에 넣어 주거든 네 소등에 얹었다가 주렴. ◇西疇에 밀이 만아='밀'은 '일'의 잘못. 서쪽에 있는 밭두둑에 일이 많아.

1102. 어룬자너출이야 에어룬자박너출이야 어인너출이담을손쥐는고 야 어룬님 이리로서저리로갈쩨손을쥐려하노라.

◇ 대조; '담을'은 '담을넘어'임.

어룬자 너출이야 에어룬자 너출이야=얼씨구나 넝쿨이야 에루화 얼씨구나 박넝쿨이야. ◇어인 너출이 담을 손 쥐는고야='담을' 다음에 '넘어가'가 빠 졌음. 어떤 넝쿨이기에 담을 넘어 손을 주는구나. ◇어룬님 이리로서 저리 로 갈 쩨는 손을 쥐려 하노라=사랑하는 임이 이런 까닭으로 왔다가 저런 사 정으로 갈 때는 손을 주려 한다.

1103. 어이하야아니오던가 무삼일노못오던가 너오는길에무쇠로城을 싸코城안에담을싸코담안에집을짓고집안에櫃짜노코櫃안에너를찬찬 동혀넛코쌍배목외걸쇠에金거북잡을쇠로쑥싹박아잠갓관대네어이그 리못오든가 한해라 열두달이오한달설흔날에나보러오리혈마업스 랴하노라.

◇ 대조; '업스랴하노라'는 '업스랴하더라'로, '오리'는 '올할리'로 되어 있음.

쌍배목 외걸쇠에=두개의 배목과 한 개의 걸쇠. 배목은 문고리를 꿰는 못. ◇나 보러 오리 혈마 업스랴 하노라='오리'는 '올할리'의 잘못인 듯. 나 보러 올 하루가 설마 없으랴 하노라.

1104. 於于阿우는지고 우는일도보안제고 소경이붓을들고그리나니細

山水ㅣ로다　그리고 못보는情이야네오내오달으랴.

◇ 대조; '우는지고'는 '우은지고'의 잘못.

　於于阿 우는지고 우는 일도 보안제고='우는'은 '우은'의 잘못. 어허 우습구
나. 우스운 일도 보았구나. ◇細山水ㅣ로다=자세하게 그리는 산수화로다.

1105. 於于阿벗님네야　임의집에勝戰하라가세　前營將後營將軍務衛千
摠朱鑼喇叭太平簫錚북을難又難투둥쾡쾡치며임의집으로勝戰하라가
세　그겻헤 楚覇王이잇슨들두릴줄이잇시랴.

　前營將 後營將 軍務衛 千摠 朱鑼 喇叭 太平簫 錚 북을 難又難 투둥 쾡쾡
치며 임의 집으로 勝戰하러 가세=전영의 장수 후영의 장수 군영을 지키는
병졸 천총과 주라 나팔 태평소 징 북을 나누나 투퉁 쾡쾡 치면서 임의 집으
로 전승을 축하하러 가세. ◇楚覇王이 잇슨들 두릴 줄이 잇시랴=초패왕인
항우가 있다고 한들 두려워할 줄이 있겠느냐.

1106. 얼골곱고쯧다라온년아　行實조차不淨한년아　날으란속이고何物
輕薄子를月黃昏에爲期하고거즛脉밧아자고가란말이입으로참아도나
오나냐　두어라 娼條冶葉이本無定主하고蕩子之耽春好花情이彼我
一般이라허물헐ㅅ줄잇시랴.

◇ 대조; '月黃昏'은 '日黃昏'으로 『海東樂章』에 이렇게 되어 있음.

　얼골 곱고 쯧 다라온 년아=얼골이 예쁘고 마음이 더러운 년아. ◇날으란
속이고 何物輕薄子를 月黃昏에 爲期하고 거즛 脉밧아 자고가란 말이 참아도
나오나냐=나를 속이고 어떤 경박한 사람을 저녁에 기약하고 거짓 꾸며 자고
가라는 말이 입으로 참으로 나오더냐. ◇娼條冶葉이 本無定主하고 蕩子之
耽春好花情이 彼此一般이라 허물헐 ㅅ줄 잇시랴=기생이 본래 주인이 정해
진 것이 없고 방탕한 사내가 봄을 탐내고 꽃을 좋아하는 감정이야 피차일반

367

이라 허물할 까닭이 있겠느냐.

1107. 烏程酒八珍味를 먹은들살노가며 玉漏金屛깁흔밤에鴛鴦枕翡翠
衾도임업스면거적이로다   저임아 덕석집벼개에草草을할지라도離
別곳업스면긔願인가하노라. 金斗性

◇ 대조 ; '거적이로다'는 '거즉꺼시로다'의 잘못. '덕석집벼개에草草을'은 '헌덕썩집
벼개에草食을'의 잘못. 작자는 박문욱(朴文郁)임.

　　烏程酒 八珍味를=오정주와 여덟 가지의 맛있는 음식. ◇玉漏 金屛 깁흔
밤에 鴛鴦枕 翡翠衾도 임 업스면 거적이로다=옥으로 만든 물시계와 금으로
만든 병풍일지라도 임이 없으면 거적이나 다름이 없다. ◇덕석 집 벼개에
草草할지라도 離別곳 업스면 긔 願인가 하노라=덕석에 짚 베개를 베고 자는
보잘 것 없는 잠자리라 하더라도 이별만 없으면 그것이 소원인가 하노라.

1108. 玉돗치돌돗치니무듸던지 月中桂樹남기니시위도다   廣寒殿뒤ㅅ
뭐에쟌다북솔서리여든아니어득겸웃하랴   져달이 김뮈곳업스면임
이신가하노라.

◇ 대조 ; '뒤ㅅ뭐에'는 '뒤뫼에'의 잘못.

　　玉돗치 돌돗치니 무듸던지 月中 桂樹남기니 시위도다=옥도끼 돌도끼의 이
가 무디던지 달 가운데 계수나무가 남아 있구나. ◇廣寒殿 뒤ㅅ 뭐에 쟌다
북솔 서리여든 아니 어득 겸웃하랴='뭐'는 '뫼'의 잘못. 광한전의 뒷산에 잘
디잔 다북솔이 서리여 있거든 어찌 어두컴컴하지 않겠느냐. ◇져달이 김뮈
곳 업스면 임이신가=저 달에 기미만 없다면 임이 될 수가 있다.

1109. 玉髮紅顔第一色아 너는누를보와이고 明月黃昏風流郎아나는너
를아랏노라 陽臺에 雲雨會하니路柳墻花를적서나볼가하노라.

◇ 대조; '玉髮紅顔'은 '玉鬢紅顔'의, '적서나'는 '것거나'의 잘못.

　　玉髮 紅顔 第一色아 너는 누를 보와이고=윤기 나는 나룻과 불그레한 얼굴
을 가진 제일 아름다운 사람아 너는 누구를 보았느냐. ◇明月黃昏 風流郎아
=달이 밝은 황혼에 풍류를 아는 사람아. ◇陽臺에 雲雨會하니 路柳墻花를
적서나 볼가 하노라='적서나'는 '것거나'의 잘못인 듯. 양대에서 운우의 즐
거움을 누리니 길가의 버들과 담장의 꽃을 꺾어나 볼가 하노라.

1110.　玉皇께울며白活하여 별악上宰나리소서　霹靂이震動하며깨치소
서離別두字　그제야 情든님다리고百年同住하리라.

　　玉皇께 울며 白活하여 별악上宰 나리소서=옥황상제에게 울며 호소하여 벼
락상좌를 내리십시오. ◇霹靂이 震動하며 깨치소서 離別 두字=벼락이 진동
하면서 깨치십시오. 이별이란 두 글자를.

1111.　玉露凋傷風樹林하니 巫山巫峽氣蕭森을　江間波浪은兼天湧이요
寒上風雲接地雲을叢菊再開他日淚여늘孤舟一繫故園心이로다　寒衣
處處催刀尺하니 白帝城高急暮砧을하더라.

◇ 대조; '風樹林하니'는 '楓樹林하니'의, '寒上風雲接地雲'은 '塞上風雲接地陰'의,
'叢菊再開'는 '叢菊兩開'의 잘못. '하더라'는 '듯괘라'로 되어 있음.

　　玉露凋傷風樹林하니 巫山巫峽氣蕭森을='風'은 '풍(楓)'의 잘못. 단풍나무
숲이 옥로에 시드니 무산과 무협의 기운이 쓸쓸함을. ◇江間波浪은 兼天勇
이요 寒上風雲接地雲을='한상(寒上)'은 '새상(塞上)'의 잘못, '접지운(接地
雲)'은 '접지음(接地陰)'의 잘못. 강 사이의 물결은 하늘에 치솟고 변방의 풍
운을 땅을 접해 어두음을. ◇叢菊再開他日淚여늘 孤舟一繫故園心이로다=
'총국재개(叢菊再開)'는 '총국양개(叢菊兩開)'의 잘못. 국화 떨기는 다시 피
어 훗날의 눈물이어늘 외로운 배를 하나로 매는 귀향의 마음이로다. ◇寒
衣處處催刀尺하니 白帝城高急暮砧을 하더라=한의 곳곳에 재단을 독촉하니
백제성은 드높고 다듬이 소리 급함을 듣겠더라. 두보의 「추흥(秋興)」을 시

조화한 것임.

1112. 臥龍崗前草廬中에　諸葛孔明낫잠드니　大夢을誰先覺인가平生을
我自知라草堂春睡足이요窓外에日遲遲라　門밧긔　性急한張翼德은
失禮할가하노라.

◇ 대조; 작자가 김수장(金壽長)인데 『靑丘永言』육당본에서 누락시켰음.

臥龍崗前草廬中에=와룡강 앞 초려 속에. 와룡강은 제갈량이 은거하던 지금
의 하남성 신야현(新野縣) 서쪽에 있음. ◇大夢을 誰先覺인가 平生을 我自
知라 草堂春睡足이요 窓外에 日遲遲라=큰 꿈을 누가 먼저 깨달을 것인가 평
생을 나 스스로 알리라. 초당에 봄잠이 만족하니 창밖에 해가 느리고 느리더
라. ◇門밧긔 張翼德은 失禮할가=문 밖에 장익덕은 실례할까. 장익덕은 장
비(張飛)의 자(字).

1113. 完山裡도라들어　萬頃臺에올나보니　三韓古都와一春光景이라錦
袍羅裙과酒肴爛漫한듸白雲歌한曲調를管管에석거부니　丈夫의　逆
旅豪遊에名區壯觀이쳐음인가하노라.

◇ 대조; '管管에'는 '管絃에'의 잘못. '白雲歌'는 '白雪歌'의 잘못인 듯.

完山裡 도라 들어 萬頃臺에 올나 보니=완산 안으로 돌아들어 만경대에 올
라보니. 완산(完山)은 전라도 전주(全州)의 옛 이름, 만경대는 전주에 있는
누대의 이름. ◇三韓古都와 一春光景이라=삼한의 옛 도읍과 봄의 풍경뿐이
라. ◇錦袍羅裙과 酒肴爛漫한듸 白雲歌 한 曲調를 管管에 석거 부니='관관
(管管)'은 '관현(管絃)'의 잘못. 비단 도포를 입은 풍류객과 기생과 술과 안주
가 가득한데 백설가 한 곡조를 관악기와 현악기에 섞여 부니. ◇逆旅豪遊와
名區壯觀이=여기저기를 돌아다니며 호사스럽게 노는 것과 이름난 곳의 볼
만한 경치가.

1114. 왕거믜덕거믜들아 진지東山진거믜낫거믜들아 줄을나리느니摩
天嶺摩雲嶺孔德山나린뫼로멍덕海龍山鎭川고개넘어들어三水ㅣ라甲
山楚界東山으로내내긴줄느려주면 前前에 그리든님의消息을네줄
노連信하리라.

◇ 대조; '나리느니'는 '느르나니'로, '楚界'는 '草溪'로, '멍덕'은 '盈德'으로 되어 있
음.

　진지 東山 진거믜 낫거믜들아=징지 동산의 징거미 납거미들아. 진지는 징
지로 표기된 것이 더 많은데 의미를 알 수 없음. ◇摩天嶺 摩雲嶺 孔德山
나린 뫼로 멍덕 海龍山 鎭川 고개 넘어 들어 三水ㅣ라 甲山 楚界 東山으로
내내 긴 줄 느려주면=마천령 마운령 공덕산 내려 뻗은 산으로 영덕 해룡산
진천 고개 넘어 들어가 삼수 감산 초계의 동산으로 계속하여 긴 줄을 늘여
주면. ◇그리든 님의 消息을 네 줄노 連信 하리라=그리던 임의 소식을 너의
줄로 이어서 전하리라.

1115. 月黃昏겨워갈제 定處업시나간임이　白馬金鞭으로어듸를단이다
가酒色에잠겨잇셔도라올ㅅ줄이젓는고　獨宿空房하여 長相思글이
워展轉不寢하노라.

◇ 대조; '展轉不寢'은 '輾轉不寢'의 잘못.

　月黃昏 겨워갈 제 定處 업시 나간 임이=저녁 늦게서야 정한 곳 없이 집을
나간 임이. ◇白馬金鞭으로 어듸를 단이다가 酒色에 잠겨 잇셔=백마와 좋
은 말채찍으로 어디를 다니다가 술과 여색에 빠져 있어. ◇獨宿空房하여 長
相思 글이워 展轉不寢 하노라='전전불침(展轉不寢)'은 '전전불침(輾轉不寢)
의 잘못. 빈 방에 홀로 자면서 오랜 동안 그리워하여 잠 못 이루어 하노라.

1116. 月正明月正明커늘 배를타고秋江에드니　물아래하날이오하날우
헤달이로다 兒孩야 저달을건저스라玩月長醉하리라.

저 달을 건저스라 玩月長醉 하리라=저 달을 건겨라. 달을 완상하며 오래도
록 취하리라.

1117. 이시름저시름여러가지시름 防牌鳶에細書成文하온後에 春正月
上元日에西風에고이불제올白絲한어레를끚까지풀어쒸울적에마즈막
餞送하자둥게둥게놉히써셔白龍의구뷔가치굼틀굼틀뒤트러저구름속
에들겟고나東海바다넘어가셔외로선남게걸니엿다가 風蕭蕭 雨落
落헐ㅅ제自然消滅하여라.

◇ 대조; '넘어가셔'는 '건너가셔'의 '외로선남게'는 '외로이선남게'의

防牌鳶에 細細成文하온 後에=방패연에 자세하게 글을 적은 뒤에. ◇春正
月 上元日에 西風이 고이 불 제 올白絲 한 어레를=정월 대보름에 서풍이 알
맞게 불 때 흰 실 한 얼레를. ◇외로선 남게 걸니엿다가=외롭게 서 있는 나
무에 걸렸다가. ◇風蕭蕭 雨落落헐ㅅ제 自然消滅 하여라=바람이 솔솔 불고
비가 내릴 때 저절로 없어지게 하여라.

1118. 이몸에가진病이 한두가지아니로다 보아도못보는눈드러도못듯
는귀맛하도못맛는코말못하는입이로다 잇다감 腰痛과腹痛이며眩
氣嘔氣痰滯症은別症인가하노라. 金敏淳

◇ 대조; '眩氣嘔氣痰滯症'은 '眩氣嘔痰滯症'으로 되어 있음.

眩氣 嘔氣 痰滯症은 別症인가 하노라=어지러운 기운 토하고자 하는 기운
담이 걸리고 아픈 증세는 특별한 증세인가 하노라.

1119. 梨花에露濕토록 뉘게잡히여못오든가 옷자락뷔여잡고가지마소
하는듸無端히떨치고오자함도어렵더라 저임아 헤여보소라네오내
오다르랴.

梨花에 露濕토록=배꽃에 이슬이 내려 꽃잎이 다 젖도록. ◇헤여 보소라 네오 내오 다르랴=헤아려 보십시오. 너와 내가 다르랴.

1120. 李白이豪氣잇는者ㅣ레 天子呼來不上船하고 高力士楊國忠으로 脫靴捧硯하고采石에弄月하다가긴고래타고飛上天하니 風塵에 爲 高金多를草芥갓치여기더라.

◇ 대조; '李白이'는 '太白이'으로, '楊國忠'은 '楊國'으로, '捧硯'은 '奉硯'으로 되어 있음.

李白이 豪氣 잇는 者ㅣ레 天子呼來不上船하고=이백이 호기가 있는 사람 일러라. 천자에게 불려 와서도 배에 오르지 아니하고. ◇高力士 楊國忠으로 脫靴捧硯하고 采石에 弄月하다가 긴 고래 타고 飛上天하니=고역사와 양국 충으로 술에 취한 이백의 신발을 벗기고 벼루를 들게 하였고 채석강에서 달 을 희롱하다가 긴 고래를 타고 하늘로 날아오르니. 고역사(高力士)와 양국충 (楊國忠)은 당 현종 때 환관이었음. ◇風塵에 爲高金多를 草芥갓치 여기더 라='위고(爲高)'는 '위고(位高)'의 잘못. 세상에 지위가 높고 돈이 많은 것을 보잘 것 없는 것처럼 여기더라.

1121. 人生天地百年間에 富貴功名如浮雲을 世事를후리치고山堂으로 도라드니 靑山이 날다려일으기를더듸온다하더라. 申喜文

◇ 대조; '도라드니'는 '도라오니'의, '더듸온다'는 '더듸왓다'임.

人生 天地 百年間에 富貴功名 如浮雲을=사람이 살아가는 평생 동안에 부 귀나 공명이 다 뜬구름과 같은 것을. ◇世事를 후리치고 山堂으로 도라드니 =세상의 모든 일을 뿌리치고 산에 있는 집으로 돌아오니.

1122. 임그려깁히든病을 무음藥으로곳쳐내리 太上老君招魂丹과西王 母의千年蟠桃樂伽山觀世音甘露水와眞元子의人蔘果며三千十洲不死

藥을아모만먹은들할일소냐   아마도 그리든임을맛날양이면긔良藥
인가하노라.

◇ 대조: '三千十洲'는 '三山十洲'의 잘못.

　　太上老君 招魂丹과 西王母의 千年蟠桃 樂伽山 觀世音 甘露水와 眞元子의
人蔘菓며 三千十洲 不死藥을 아모만 먹은들 할일소냐='삼천십주(三千十洲)'
는 '삼산십주(三山十洲)'의 잘못. 태상노군의 초혼단과 서왕모의 천년 복숭
아 낙가산(落迦山) 관세음보살의 감로수와 진원자의 인삼으로 만든 과자며
삼신산의 신선이 산다는 십주의 불사약을 아무만큼을 먹은들 낫겠느냐.

1123. 님다리고山에가도못살거시 蜀魄聲에애긋는듯   물ㄱ가에가도못
살거시물우횟沙工과물아래沙工이밤口中만배써날제至菊叢於而臥而
於닷채는소리에한숨지고도라눕네   이後란 山도물도말고들에나가
살니라.

　　蜀魄聲에 애긋는 듯=두견새의 우는 소리에 창자가 끊어지는 듯. ◇至菊
叢於而臥而於 닷채는 소리에=지국총 이어와 이어 하고 닻을 잡아끄는 소리
에.

1124, 自古男兒의豪心樂事를 歷歷히헤여하니   漢代金張甲第車馬와晉
室王謝風流文物白香山의八節吟詠郭과邠陽花園行으로다좃타이르려
니와   아마도 春風十二窩에小車를잇글고太和湯五六甌에擊壤歌불
으면셔任意去來하야老事太平이累ㅣ업신가하노라.

◇ 대조: '郭과'는 '과郭'의, '花園行'은 '花園行樂'의 잘못.

　　自古男兒의 豪心樂事를=예로부터 남자의 호쾌한 마음씨와 즐거운 일을.
◇漢代 金張 甲第車馬와 晉室 王謝 風流文物 白香山의 八節吟詠 郭과邠陽

花園行으로 다 좃타 이르려니와='郭과분陽'은 '곽분양(郭汾陽)과'의 잘못. 한 (漢)나라 때 김일제(金日磾)와 장안세(張安世)의 훌륭한 집과 말과 수레와 진 (晉)나라 때의 왕탄지(王坦之)와 사안(謝安)의 풍류와 문물 백거이의 팔절을 읊은 시와 곽분양의 화원에서 즐거움을 누린 것을 다 좋다고 말하겠거니와. ◇春風 十二窩에 小車를 잇글고 太和湯 五六甌에 擊壤歌 불으면서 任意去來 하야 老事 太平이 累ㅣ 업신가=봄바람이 부는 십이와에 조그만 수레를 이 끌고 술 대여섯 항아리에 격양가를 부르면서 마음 내키는 대로 거닐어 늙어 태평을 누리는 것이 비길 데가 없는 것인가 하노라.

1125. 저건너廣窓압놉흔집에 머리조흔저閣氏네 初生半달갓치빗치지 나마로려나 우리도 남의임거러두고빗취여나불ㅅ가하노라.

◇ 대조; '압놉흔집'은 '놉흔집'

　廣窓 압 놉흔 집에 머리 조흔 저 閣氏네=넓은 창문 앞 높은 집에 머리가 좋은 저 아가씨. ◇初生 半달 갓치 빗치비나 마로려나=초승의 반달처럼 비 추지나 말려무나. ◇남의 임 거러 두고=임자가 있는 임을 마음에 두고.

1126. 점엇과저점엇과저 열다섯만하엿과저 어엽쑨얼골이냇가에섯는 垂楊버드나무광대등걸이다된저이고 우리도 少年ㅅ적마음이어제 런듯하여라.

　어엽쑨 얼골이 냇가에 섯는 垂楊버드나무 광대등걸이 다 된저이고=어여 쁘던 얼굴이 냇가에 서있는 수양버드나무처럼 몹시 여윈 등걸이 다 되었구 나.

1127. 終南山누에머리섯혜 밤中맛치凶이우는부헝이 長安百萬家에뉘 집을向하야부헝부헝우노 平生에 얄밋고갓미온임을다잡어가려하 노라.

終南山 누에머리 곳혜 밤中 맛치 凶이 우는=남산 잠두봉(蠶頭峰) 끝에 밤
중쯤에 흉하게 우는. ◇얄밉고 잣미온 임을 다 잡어가려 하노라=얄밉고 잣
달게 미운님을 다 잡아가려고 하노라.

1128. 즁놈이점운사랑을어더 媤父母에孝道를무어슬하여갈ㄱ고　松起
ㅅ썩콩佐飯뫼흐로치다라싱검초삽주고사리며들밧츨나리다라금달내
물쇽게우목곳다딘쟌다귀고들박이두루캐여바랑ㄱ국게너허가세　上
佐야　암쇠등에언치노아새삿갓모시長衫곳갈에念籌밧처더울타고가
리라.

◇ 대조; '즁놈이'는 '중놈이'의, '사랑을'은 '사당년을'의, '물쇽'은 '물쑥'의, '곳다딘'
은 '꽃다지'의, '쟌다귀'는 '쟌다귀쯤바귀'의, '더울'은 '어울'의 잘못. 작자 이정보
누락.

즁놈이 점운 사랑을 어더='중놈이점운사당을어더'의 잘못. 중이 젊은 사
당을 얻어. ◇松起ㅅ썩 콩佐飯 뫼흐로 치다라 싱검초 삽주 고사리며 들밧츠
로 나리다라 금달내 물쇽 게우목 곳다딘 쟌다귀 고들박이 두루 캐여 바랑ㄱ
국게 너허 가세=송기떡 콩자반 산으로 치뛰어 승검초 삽주 고사리며 들의
밭으로 내리뛰어 곤달비 물쑥 거여목 꽃다지 잔대 고들빼기를 두루 캐어 바
랑에 잔뜩 넣어 가세. ◇암쇠 등에 언치 노아 새삿갓 모시 長衫 곳갈에 念
籌 밧처 더울 타고 가리라='더울'은 '어울'의 잘못. 암소의 등에 언치 놓아
가늘게 엮은 삿갓에 모시 장삼 고깔에 염주 바쳐 같이 타고 가겠다.

1129. 智謀는漢相諸葛武侯요 膽略은吳侯孫伯符ㅣ라　萬邦維新은周文
王之功業이요斥邪衛正은孟夫子之聖學이로다　아마도 五百年幹氣
英傑은國太公이신가하노라. 安玟英

◇ 대조; '萬邦維新'은 '舊邦維新'의 잘못.

智謀는 漢相 諸葛武侯요 膽略은 吳侯 孫伯符ㅣ라=술기로운 계책은 촉한

의 승상 제갈량이요 담력과 모략은 오나라 손권(孫權)의 형과 같더라. ◇萬邦維新은 周文王之功業이요 斥邪衛正은 孟夫子之聖學이로다='만방(萬邦)'은 '구방(舊邦)'의 잘못. 나라가 비록 오래 되었으나 그 명령이 새롭다고 한 것은 주나라 문왕의 큰 공로요 사악한 것을 물리치고 정의를 지킨 것은 맹자의 훌륭한 학문이로다. ◇五百年 幹氣 英傑은 國太公이신가 하노라=조선 오백년 동안의 세상에 드물게 뛰어난 기품을 지니고 태어난 영웅은 국태공이신가 하노라. 국태공(國太公)은 흥선대원군 이하응(李昰應)을 가리킴.

1130. 池塘에月白하고 荷香이襲衣할제　金樽에술이익고絕代佳人弄琴
커늘逸興을못이기여淸歌一曲을펴내니松竹은휘드르며庭鶴이우즑이
니閑中에興味하여늙을뉘를모르리라　이中에 悅親戚樂朋友로以終
千年하리라.

◇ 대조; '술이익고'는 '술이잇고'의 '펴내니'는 '읊어내니'의, '모르리라'는 '모로노
라'의 잘못. 작자는 김수장(金壽長)이나 『靑丘永言』육당본에 누락되었음.

　池塘에 月白하고 荷香이 襲衣할 제=연못에 달이 밝고 연꽃 향기가 옷에
스며들 때. ◇金樽에 술이 익고 絕代佳人 弄琴커늘 逸興을 못 이기여 淸歌
一曲 펴내니='익고'는 '잇고'의 잘못. 술통에는 술이 있고 뛰어난 미인이 거
문고를 희롱하거늘 아주 흥겨움을 이기지 못하여 맑은 소리로 노래 한곡을
부르니. ◇松竹은 휘드르며 庭鶴이 우즑이니 閑中에 興味하여 늙은 뉘를 모
르리라=소나무와 대나무는 휘들 거리며 뜰에 있는 학이 우쭐거리니 한가한
가운데 흥이 나서 늙는 줄을 모르더라.

1131. 秦始皇漢武帝를 뉘라서壯타던고　童男童女함쎄싯고承露盤에이
슬밧고萬頃蒼波에배를씌어採藥求仙하여千萬歲살냐터니모도다虛事
로다　우리는 酒色을삼가하고節食服藥하여百年까지하리라.

◇ 대조;'童男童女함쎄싯고承露盤에이슬밧고萬頃蒼波에배를씌어採藥求仙하여千
萬歲살냐터니모도다虛事로다'는 '童男童女함깃고萬頃滄波에배를띄여採藥求

仙하고栢梁臺놉흔집에承露盤에이슬바다萬千歲살냐터니'로 되어 있음.

童男童女 함쎄 싯고 承露盤에 이슬 밧고 萬頃蒼波에 배를 씌어 採藥求仙
하여 千萬歲 살냐터니 모도다 虛事로다=동남동녀를 함께 싣고 승로반에다
이슬을 받고 넓고 아득한 바다에 배를 띠워 약을 캐오게 하고 신선술을 구
하여 평생을 살려고 하였더니 모두다 허사로구나. 진시황이 불사약을 구하
기 위해 삼신산으로 동남동녀 삼천 명을 보낸 일과, 한 무제가 장생을 바라
고 승로반에 이슬을 받은 사실을 말함.

1132. 窓밧게긔뉘오신고 小僧이올소이다 어제ㅅ저녁에老媼보라왓던
중이외러니閣氏네자는방簇道里버서거는말겻헤이내松絡을걸고자왓
네 저중아 걸기는걸고갈지라도後ㅅ말업시하시쇼.

 ◇ 대조; '걸고자왓네'는 '걸고가자왓네'로 되어 있음.

老媼 보라 왓던 중이외러니 閣氏네 자는 방 簇道里 버서 거는 말겻헤 내
松絡을 걸고자 왓네=할멈을 보려고 왔던 중이온데 각씨가 혼자 자는 방 족
두리 거는 말코지 곁에 내 송낙을 걸고자 왔네. 송락(松絡)은 중이 쓰는 모
자의 하나. ◇後ㅅ말 업시 하시쇼=뒷말이 없도록 하시오.

1133. 窓밧게가마솟막히란장사 離別나는구멍도막히옵는가 장사對答
하는말이秦始皇漢武帝는令行天下하되威嚴으로못막엇고諸葛武侯經
天緯地之才로막단말못들엇고西楚覇王힘으로도能히못막앗느니이구
멍막이란말이아마하우수웨라 眞實로 장사의말과갓흘진댄長離別
인가하노라.

窓 밧게 가마솟 막히란 장사 離別 나는 구멍도 막히옵는가=창밖에 가마
솥 때우라고 하는 장수 이별이 생기는 구멍도 막을 수 있는가. ◇秦始皇 漢
武帝는 令行天下하되 威嚴으로 못 막엇고 諸葛武侯 經天緯地之才로 막엇단
말 못 들엇고 西楚覇王 힘으로도 能히 못 막앗느니=진시황과 한 무제는 명

령이 천하에 행하였어도 위엄으로 못 막았고 제갈량의 경천위지의 재주로도
막았다는 말을 못 들었고 항우의 힘으로도 능히 못 막았으니. ◇이 구멍 막
이란 말이 아마 하 우수웨라=이 구멍을 막으란 말이 아마도 너무 우습구나.

1134. 窓밧기어룬어룬커늘 님만넉어펄썩쒸여쑥나가보니 님은아니오
고으스름달ㅅ빗혜열구름이날속엿고나 맛초아 밤일센만정倖兮낫이
런들남우일ㅅ번하여라.

　열구름이 날 속엿고나=지나가는 구름이 나를 속엿구나. ◇맛초아 밤일센
만정 倖兮 낫이런들 남 우일ㅅ번 하여라=마침 밤이었기 망정이지 행여나 낮
이었다면 다른 사람을 웃길 뻔 하였다. 웃음거리가 될 뻔하였다.

1135. 千古羲皇之天과 一寸無懷之地에 名區勝地를갈희고갈희여數間
茅屋지여내니雲山烟樹松風蘿月과野獸山禽이절노내器物이다된저이
고 兒孩야 山翁의이富貴를남다려倖兮니를세라.

　千古羲皇之天과 一寸無懷之地에=천고에 변함없는 복희씨 때의 태평한 하
늘과 한 치의 무회씨 때의 안락한 땅에. ◇雲山烟樹松風蘿月과 野獸山禽이
절노 내 器物이 다 된저이고='기물(器物)'은 '기물(己物)'의 잘못. 구름 낀 산
과 안개 낀 나무와 소나무 사이를 부는 시원한 바람과 넌출에 걸린 달과 들
짐승과 산새가 저절로 나의 소유물이 다 되었구나. ◇山翁의 이 富貴럴 남
다려 倖兮 니를세라=산골에 사는 늙은이의 이 같은 부귀를 남에게 행여나
말할까 두렵다.

1136. 淸江一曲이抱村流하니 長夏江村事事幽를 自去自來堂上燕이오
相親相近水中鷗ㅣ라老妻는畵紙爲碁局이오稚子는敲針作釣鉤ㅣ로다
多病所須ㅣ惟藥物이니 微軀此外에更何求를하리요

　淸江一曲이 抱村流하니 長夏江村事事幽를=맑은 강 한 구비가 마을은 안

아 흐르니 긴 여름 강촌에 일마다 그윽함을. ◇自去自來堂上燕이오 相親相
近水中鷗ㅣ라=절로 오며 절로 가는 것은 대들보 위의 제비요 서로 친하며
서로 가깝기는 물 위에 갈매기로다. ◇老妻는 畫紙爲碁局이오 稚子는 敲針
作釣鉤ㅣ로다=늙은 마누라는 종이에 바둑판을 그리고 어린 자식은 바늘을
두드려 낚시를 만드는구나. ◇多病所須ㅣ惟藥物이니 微軀此外에 更何求를
하리오=많은 병에는 오직 약물이 필요하니 조그만 몸이 이 밖에 다시 무엇
을 구하리오. 두보(杜甫)의 「강촌(江村)」을 시조화한 것임.

1137. 草堂뒤에와안저우는솟적다새야 암솟적다샌다수솟적다샌다 空
山이어듸업서客窓에와안저우는다솟적다새야 空山이 하구만하되
울ㅅ듸달나우노라.

　　암 솟적다샌다 수 솟적다샌다=암놈 소쩍새냐 숫놈 소쩍새냐. ◇空山이
하구 만하되 울ㅅ듸 달라 우노라=아무도 없는 쓸쓸한 산이 많고 많지만 울
곳이 달라 우노라.

1138. 楚山에나무뵈는兒孩 나무뷜제倖兮대뷜세라 그대자라거든뷔여
하요리라낙시ㅅ째를 우리도 그런줄아오매나무뷔려하노라.

◇ 대조; '나무뷔려'는 '나무만뷔려'의 잘못.

　　나무 뷜 제 倖兮 대 뷜세라=나루를 벨 때 행여나 대나무를 버힐가 두렵다.

1139. 春風杖策上鼈頭하여 漢陽城地를둘러보니 仁王三角은虎踞龍蟠
勢로北極을괴야잇고漢水終南은天府金湯으로享國長久함이萬千歲之
無窮이로다 君修德臣修政하사 禮義東方이堯之日月이요舜之乾坤
인가하노라.

◇ 대조; '萬千歲之無窮'은 '萬千歲之無疆'의 잘못.

春風杖策上蠶頭하여 漢陽城地를 둘러보니=봄바람에 지팡이를 짚고 잠두
봉에 올라서 한양성을 둘러보니. ◇仁王三角은 虎踞龍蟠勢로 北極을 괴와
잇고=인왕산과 삼각산은 호랑이가 걸터앉고 용이 서린 형세로 북극을 괴었
고. ◇漢水 終南은 天府金湯으로 享國長久함이 萬千歲之無窮이로다=한강
과 남산은 천연적인 요새로 나라를 오래도록 계승함이 만 천 년의 무궁이로
다. ◇君修德臣修政하사 禮義東方이 堯之日月舜之乾坤인가=임금이 덕을
닦고 신하가 정사를 닦아 예의 바른 우리나라가 요 임금의 세상이요 순 임
금의 천지인가.

1140. 太極이肇判하여 萬物이始分인데　人物之生이林林總總하여聖人
　　　이首出하사伏羲神農과黃帝堯舜이繼天立極하여人事에가즘이大綱에
　　　밝엇더니그後에禹湯文武와周公召公과孔子ㅣ니어나샤典章法度와禮
　　　樂文物이郁郁彬彬함이이만적이업도더라　이몸이　일즉못난줄을못
　　　내설워하노라.

　　　太極이 肇判하여 萬物이 始分인데=태극이 처음으로 하늘과 땅으로 나뉘
　　어 만물이 비로소 갈라지기 시작하였는데. ◇人物之生이 林林總總하여 聖
　　人이 首出하사 伏羲神農과 黃帝堯舜이 繼天立極하여 人事에 가즘이 大綱에
　　밝엇더니=사람들이 많이 모이어 성인이 처음으로 나오시니 복희씨 신농씨
　　와 황제 요순이 뒤를 이어 등극하여 인사의 갖춤이 인륜의 도리에 밝았더니.
　　◇禹湯文武와 周公召公과 孔子ㅣ 니어 나샤 典章法度와 禮樂文物이 郁郁彬
　　彬함이 이만 적이 업도더라=우 임금 탕 임금 주나라 문왕과 무왕 문왕의 아
　　들인 주공과 소공과 공자가 계속해서 나시어 법률과 제도 예악과 문물이 찬
　　란하게 빛남이 이만한 때도 없었더라.

1141. 터럭은검우나희나 世事는갓고달고　거문고한닙우에내노래긋지
　　　말고우리의벗님네와잡거니勸하거니晝夜長常노사이다　百年이 쑴
　　　갓다한들혈마어이하리요.

◆ 대조: 작자 김수장(金壽長) 누락.

381

터럭은 검우나 희나 世事는 갓고 달고=젊었거나 늙었거나 세상의 일은
같거나 다르고. ◇거문고 한 닙 우에 내 노래 긋지 말고=거문고 하나 위에
내 노래나 그치지 말고. ◇百年이 쑴갓다 한들 혈마 어이 하리요=백년이
일장춘몽처럼 짧다고 한들 설마 어찌 하겠느냐.

1142. 天地開闢後에 萬物이삼겨나니 山川草木夷狄禽獸昆蟲魚鼈之屬
이오로다절노삼겻세라 사람도 富貴功名悲歡哀樂榮辱得失을付之절
로하리라.

◇ 대조; 작자 이정보(李鼎輔) 누락.

山川草木 夷狄 禽獸 昆蟲 魚鼈之屬이 오로다 절노 삼겻세라=산천과 초목
오랑캐와 날짐승 길짐승 곤충과 물고기와 자라 등의 종류가 저절로 생겼도
다. ◇富貴功名 悲歡哀樂 榮辱得失을 부지 절로 하리라=부귀와 공명 슬픔
과 기쁨 애처러움과 즐거움 영달과 치욕 성공과 실패를 그대로 절로 하겠다.

1143. 天君衙門에仰呈所志알외나니 參商教是後에依所願題給하소서
西施之玉貌와玉眞之花容과貴妃之月態를並以矣身處에許給事乙立旨
成給爲白只爲 天宮題辭內汝矣所欲之女는皆以淫物이라女中君子珮
貞淑之眞으로如是許給하니左右妻妾하여壽富貴多男하고百年偕老가
宜當向事.

◇ 대조; '壽富貴多男'은 '壽富貴多男子'의 잘못

天君衙門에 仰呈所志 알외 나니='천군'은 '천궁(天宮)'의 잘못. 상제(上帝)
님의 관청에 진정서를 올려 억울함을 알리오니. ◇參商教是 後에 依所願題
給하소서=헤아려 보신 뒤에 호소한 바에 의하여 제사(題辭)를 내려 주옵소
서. ◇西施之玉貌와=서시와 같은 아름다운 얼굴과, ◇玉眞之花容과=옥진
과 같은 아름다운 얼굴과. 옥진은 선녀를 가리킴. ◇貴妃之月態를=양귀비와
같은 아름다운 자태를. ◇並以矣身處에 許給事乙=이 몸이 있는 곳에 함께

있도록 허락하여 주시옵기를. '矣身'은 '이몸', '事乙'은 '기를'을 뜻하는 이
두식 표기임. ◇立旨成給爲白只爲=뜻을 세워 이루어지게 하옵기를. ◇天
宮題辭乃汝矣所欲之女는 皆以淫物이라=천궁의 제사 가운데 네가 원하는 여
자는 다 음탕한 여자라. ◇女中君子珮貞淑之眞으로 如是許給하니=여자들
가운데 군자이며 아름답고 정숙한 여자를 이와 같이 허락하니. ◇左右妻妾
하여 壽富貴多男하고 百年偕老가 宜當向事=처첩을 삼아 오래 살고 부귀를
누리며 아들 많이 낳고 평생을 같이 늙는 것이 마땅한 일임.

1144. 天君이 爀怒하사 愁城을치오실ㅅ제   大元帥歡伯將軍佐幕은靑州
從事阮步兵前驅하고李太白草檄하야琉璃鍾琥珀瓏은先鋒掩襲하고舒
州酌力士鐺은挾擊大破하여糟邱臺에올나안저伯倫으로頌德하고月捷
을星馳하여告闕成功하온後에   그제야 耳熱舞蹈하니鼓角을석겨불
어伯業守成難難又難歌凱歸를하더라.

◇ 대조; '伯業守成'은 '霸業難守成'의, '歌凱歸'는 '凱歌歸'로 되어 있음.

天君이 爀怒하사 愁城을 치오실ㅅ 제=마음이 버럭 화를 내어 근심걱정을
치실 때. ◇大元帥 歡伯將軍 佐幕은 靑州從事 阮步兵 前驅하고 李太白 草檄
하야 琉璃鍾 琥珀瓏은 先鋒 掩襲하고 舒州酌 力士鐺은 挾擊 大破하야 糟邱
臺에 올나 안저=대장군에 환백장군 비장은 청주종사 완적(阮籍)을 선두로
삼고 이태백에게 격문을 기초케 하여 유리종과 호박롱은 적의 선봉을 갑자
기 공격하게 하고 서주작과 역사당은 측면을 공격하여 대파하여 조구대에
올라 앉아. 환백장군은 술을 의인화한 이름이고 청주종사는 청주(淸酒)의 의
인화, 유리종 호박롱과 서주작 역사당은 술잔과 술그릇을 가리킴, 조구대는
술지게미를 쌓아 만든 대란 뜻임. ◇伯倫으로 頌德하고 月捷을 星馳하여 告
闕成功하온 後에=유령(劉伶)으로 덕을 칭송하고 승리한 것을 빨리 달려서
그 성공을 아뢴 다음에. ◇耳熱舞蹈하니 鼓角을 석겨 불어 伯業守成難 難又
難 歌凱歸를 하더라=‘백업(伯業)’은 ‘백업난(伯業難)’의 잘못. 기뻐서 춤추고
날뛰니 북과 피리를 섞어 불어 패자의 사업이 어렵고 성을 지키기도 어렵구
나. 어렵고 또 어렵지만 개선가를 노래하고 돌아오더라.

1145. 天皇氏一萬八千歲를 功德도놉흐실사   日月星辰風雲雷雨와四時
變態하오시고地皇氏一萬八千歲도山川草木禽獸魚鼈로萬物을내오시
니   人皇氏 主人이되사人傑을삼겨내여五行精氣를알아밝게하시도
다.

　日月星辰 風雲雷雨와 四時變態하오시고=해와 달 별 바람과 구름 우레와
비를 사시에 따라 모습을 바뀌게 하시고. ◇山川草木 禽獸魚鼈로 萬物을 내
오시니=산천과 초목 날짐승과 길짐승 물고기와 자라로 만물을 만드시니.
◇人傑을 삼겨내여 五行精氣를 알아 밝게=사람을 만드시어 오행의 정기를
밝게 알도록 하시었다.

1146. 平生에景慕헐손 白香山에四美風流   老境生計移般할제身兼妻子
都三口요鶴與琴書로共一舡하니긔더욱節槪廉退   唐時에 三大作文
章이李杜와並家하여百代芳名이석을줄이잇시랴.

❖ 대조 ; '老境生計' 앞에 '駿馬佳人은丈夫의壯年豪氣로다'가 『歌曲源流』계통의 가
　집에는 생략되었음. '並家'는 '並駕'의 잘못이나 마찬가지로 『歌曲源流』계통의
　가집에는 이렇게 되어 있음.

　平生에 景慕헐손 白香山에 四美風流=평생에 우러러 사모할 것은 백향산
의 네 가지 아름다움을 갖춘 풍류. 백향산은 唐(당)나라 시인 백거이(白居
易), 사미풍류는 꽃, 술, 달, 벗의 네 가지를 갖춘 풍류를 말함. ◇老境生計
移般할제 身兼妻子都三口요 鶴與琴書로 共一舡하니 긔 더욱 節槪廉退=늙어
생계를 옮길 때 나와 처자 모두 세 식구요 학과 금서로 모두 배 한 척뿐이니
그 더욱 절개를 지켜 벼슬에서 물러남이라. ◇唐時에 三大文章이 李杜와 並
家하여 百代芳名이 석을 줄이 잇시라=당 나라 때에 삼대문장이 이백(李白)
과 두보와 아울러 일가를 이루어 오래도록 꽃다운 이름이 썩을 까닭이 있겠
느냐.

1147. 寒碧堂瀟洒한景을 비갠後에올나보니   百尺元龍과一川花月이라

佳人은 滿堂하고 衆樂은 喧空한듸 浩蕩한 風烟이요 狼藉한 盃盤이로다
兒孩야 殘가득부어라遠客愁懷를씨서볼ㄱ가하노라.

寒碧堂 瀟洒한 景을=한벽당의 깨끗한 경치를. 한벽당은 전라도 전주에 있
는 누각. ◇百尺元龍과 一川花月이라=백척이나 되는 높은 다락과 한 줄기
시내에 꽃과 달이 어울어졌다. 원룡은 동한(東漢) 진등(陳登)의 자(字)인데,
허범(許范)이란 사람이 찾아가니 그가 높은 침상에서 자고 있었다고 하여
높은 다락을 말함. ◇佳人은 滿堂하고 衆樂은 喧空한듸 浩蕩한 風烟이요 狼
藉한 盃盤이로다=예쁜 여자들은 집에 가득하고 여러 가락은 하늘에 울려 요
란한데 호탕한 풍경이요 어즈러이 흩어진 술잔과 술상이로다. ◇遠客愁懷
를 씨서 볼ㄱ가=멀리 떠나 온 나그네의 근심스런 회포를 씻어볼까.

1148. 漢高祖의文武之功을 이제와議論하니 蕭何의不絕糧道와張良의
運籌帷幄韓信의戰必勝은三傑이라하려니와陳平의六出奇計아니러면
白登山에운것을뉘라서푸러내며項羽에范亞夫를긔무엇으로離間하리
아마도 金刀創業은四傑인가하노라.

◇ 대조; '白登山'은 '白登에'로 되어 있음.

漢高祖의 文武之功을=한(漢)나라 고조에게 바친 문무의 공을. ◇蕭何의
不絕糧道와 張良의 運籌帷幄 韓信의 戰必勝은 三傑이라 하려니와=소하가
군량을 끊기지 않고 보급한 것과 장량의 본영(本營)에서 작전 계획을 세운
것 한신의 싸우면 반드시 이기는 것을 세 호걸이라 할 수 있겠으나. ◇陳平
의 六出奇計 아니러면 白登山 에운 것을 뉘라서 푸러내며 項羽에 范亞夫를
긔 무엇으로 離間하리=진평의 여섯 가지 기묘한 계책이 아니었다면 백등산
에서 포위가 된 것을 누가 풀어내며 항우에게서 범아부를 그 무엇으로 이간
하랴. ◇金刀創業은 四傑인가=한고조가 나리를 세운 공로는 네 호걸인가.
금도는 유(劉)의 파자(破字)임.

1149. 한손에막대들고 쏘한손에가싀를쥐고 늙는길가싀로막고오는白

385

髮을매로치렷더니 白髮이 제몬저알고즈럼길노오도다. 禹悼

◇ 대조; 작나는 禹偉의 잘못.

白髮이 제 몬저 알고 즈럼길로 오도다=백발이 제가 먼저 알고 지름길로 오더라.

1150. 紅白花자쟈진곳에 才子佳人모혓세라 有情한春風에싸혀간다淸歌聲을 아마도 月出於東山토록놀고갈ㅅ가하노라.

◇ 대조; '春風에'는 '春風裏에'로 되어 있음. 작자 호석균(扈錫均)의 누락.

紅白花 자쟈진 골에 才子佳人 모혓세라=붉고 흰 꽃이 만발한 곳에 재주 있는 남자와 아름다운 여인 모였구나. ◇有情한 春風에 싸혀 간다 淸歌聲을=다정한 봄바람에 맑은 노랫소리가 퍼져간다. ◇月出於東山토록=달이 동산에 떠오를 때까지.

1151. 華山道師袖中寶로 獻壽東方國太公을 靑牛十回白蛇節에開封人是玉泉翁을 이盞에 千日酒가득부어萬壽無疆비나이다. 安玟英

華山道師袖中寶로 獻壽東方國太公을=화산도사의 소매 속의 보물로 동방의 국태공(國太公)에게 헌수를. 국태공은 흥선대원군 이하응(李昰應)을 말함. ◇靑牛十廻白蛇節에 開封人是玉泉翁을=오래 된 소나무의 정령이 열 번을 돌아 흰 뱀의 징험이 되니 이것을 여는 사람은 옥천옹이다. 옥천옹(玉泉翁)이 누구인지 미상임.

■界 樂

1152. 가을ㅅ비긋쏭언마나오리 雨裝으란내지마라 十里ㅅ길긋쏭언마

나가리등닷고배알코다리저는나귀를캉캉쳐서하다모지마라   가다가
酒肆에들너면갈쏭말쏭하여라.

　가을ㅅ비 귓쏭 언마나 오리=가을비가 그까짓 얼마나 오겠느냐.　◇등 닷
고 배 알코 다리 저는 나귀를 캉캉 쳐서 하 다 모지마라=등이 낫고(?) 배 앓
고 다리를 저는 나귀를 마구 때려서 너무 다 몰지마라.　◇酒肆에 들너면=술
집에 들리게 되면.

1153. 閣氏네玉貌花容어슨체마소 東園桃李片時春이로다   秋風이건듯
불면霜落頭邊恨奈何쏸이로다   아무리 마음이驕昻하고나이어렷슨
들이르는말아니듯느니.

◇ 대조; '片時春이로다'는 '片時春이라도'로 되어 있음.

　閣氏네 玉貌花容 어슨 체 마소=각씨님 옥 같은 모습과 꽃 같은 얼굴을 잘
난 체 마시오.　◇東園桃李片時春이로다=동원의 복사꽃도 잠시 봄빛을 띨
뿐이로다.　◇霜落頭邊恨奈何쏸이로다=머리 주변에 서리가 내리면 그 한을
어찌할 것인가. 늙으면.　◇마음이 驕昻하고 나이 어렷슨들 이르는 말 아니
듯느니=마음이 교만하고 나이가 어리다고 한들 타이르는 말을 아니 듣느냐.

1154. 江原道皆骨山감도라들어 榆岾寺절뒤에웃둑섯는저나무끗테   숭
숭그려안진白松鶻이를아무려나잡아길드려두메쎙산양보내는듸   우
리도 남의임거러두고길드려볼ㅅ가하노라.

◇ 대조; '榆岾寺'는 '榆岾'으로 되어 있음.

　江原道 皆骨山 감도라 들어=강원도 개골산을 감아 돌아. 개골산은 금강산
의 겨울철에 부르는 이름.

1155. 江原道雪花紙를 제長廣에鳶을지어   大絲黃絲白絲줄을通얼네에

387

살이업시바람이한창인제三間투김四間筋斗半空에소사올나구름에걸
첫스니風力도잇거니와줄脈업시그러하랴 먼데님 줄脈을길게다혀
낙고와올ㄱ가하노라.

　　江原道 雪花紙를 제 長廣에 鳶을 지어=강원도에서 나는 설화지를 제 길
이와 넓이대로 연을 만들어. 설화지는 평강(平康)에서 만드는 한지의 한 가
지임. ◇通얼레에 살이 업시=살이 없이 통으로 된 얼레에. ◇三間 투김 四
間 筋斗 半空에 소사올나 구름에 걸첫스니 風力도 잇거니와 줄脈 업시 그러
하랴=세 칸 퇴김과 네 칸 근두질 하여 공중에 솟아올라 구름에 걸쳤으니 바
람의 힘도 있거니와 연줄의 힘 없이 그러하겠느냐. 퇴김과 근두는 연날리는
기술의 하나로 퇴김은 연을 날릴 때에 얼레 자루를 잦히며 통줄을 주어서
연의 머리를 그루박는 것, 근두는 몸을 번드쳐서 재주를 넘는 일. ◇먼데님
줄脈을 다혀 낙고아 올ㄱ가 하노라=먼 곳에 있는 임을 연줄을 길게 대어 낚
아 올까 하노라.

1156. 개아미불개아미 잔등쏙부러지불개아미　江陵새음재넘어들어갈
　　혐의허리를가로물어추켜들고北海를쒸여건넛단말이잇서이다　님님
　　아 열놈이百말을할ㅅ지라도임이斟酌하시쇼.

◆ 대조 ; '江陵' 앞에 '압발에疔腫나고뒷발에죵긔난불개암이'가 『靑丘永言』육당본
　　에만 빠졌음.

　　江陵 새음재 넘어들어 갈혐의 허리를 가로 물어 추켜들고 北海를 뛰여 건
넛단 말이 잇서이다=강릉 새음재를 넘어 들어가 갈범의 허리를 가로 물어
추켜들고 북해를 뛰어 건넜단 말이 있습니다. ◇열 놈이 百 말을 할ㅅ지라
도 임이 斟酌하시쇼=열 사람이 백 마디의 말을 할지라도 임이 짐작하십시
오. 믿지 마십시오.

1157. 開城府ㅅ장사北京갈제걸고간銅爐口ㅅ자리　올ㅅ제보니盟誓ㅣ치
　　痛憤이도반가왜라　저銅爐口ㅅ자리저리반갑거든돌ㅅ쇠어미말이야

일너무삼하리.   들어가 돌ㅅ쇠어미보옵거든銅爐口자리보고반기운
말삼하시쇼.

　開城府 ㅅ장사 北京 갈 제 걸고 간 銅爐口ㅅ 자리=개성에 사는 장사꾼 북
경 갈 때에 걸고 간 통노구 자리. ◇盟誓ㅣ하지 痛憤이도 반가왜라=정말이
지 몹시도 반갑구나. ◇돌ㅅ쇠어미 말이야 일너 무삼하리=돌쇠어미의 말이
야 말하여 무엇 하겠느냐. ◇들어가 돌ㅅ쇠어미 보옵거든 銅爐口 자리 보고
반기운 말삼 하시쇼='들어가'는 '돌아가'의 잘못. 돌아가 돌쇠 어미 보거든
통노구 자리 보고 반긴 말을 하시요.

1158. 걱거진활부러진鎗째인銅爐口메고 怨하느니黃帝軒轅氏를   相奪
也아닌제는萬八千歲를누렷거든   엇지타 習用干戈하여後生을困케
하는고.

◇ 대조; '걱거진'은 '부러진'으로 『歌曲源流』계통의 가집에 이렇게 되어 있음.

　걱거진 활 부러진 鎗째인 銅爐口 메고 怨하느니 黃帝軒轅氏=꺾어진 활
부러진 창 때운 통노구를 메고 원망하느니 황제 헌원씨를. ◇相奪也 아닌
제는 萬八千歲를 누렷거든=서로 치고 빼앗는 것이 아니어도 만 팔천 년을
살았거든. ◇엇지타 習用干戈하여 後生을 困케 하는고=어쩌다 싸움하는 것
을 가르쳐 후생들을 피곤하게 하는고.

1159. 건너서는손을치고 집에서는들나하네   門닷고드자하랴손치는데
로가자하랴   이내몸 둘에내여서예半제半하리라.

　건너서는 손을 치고 집에서는 들나 하네=건너편에서는 손짓을 하고 집에
서는 들어오라 하네. ◇門 닷고 드자하랴 손치는 데로 가자하랴=문을 닫고
들어가야 하랴 손짓하는 데로 가야 하랴 ◇둘에 내여서 예 半 제 半 하리라
=둘로 나누어서 여기에 반 저기에 반을 하겠다.

1160, 그대故鄕으로부터오니 故鄕일을應當알니로다　오던날綺窓압혜
寒梅花퓌엿드냐아니퓌엿드냐　퓌기는 퓌엿드라마는임자를그려하
더라.

◇ 대조; '寒梅花'는 '寒梅'로 되어 있음.

　오던 날 綺窓 압혜 寒梅花가 퓌엿드냐 아니 퓌엿드냐=오던 날 비단을 쳐
놓은 창 앞에 겨울 매화가 피었더냐 아니 피었더냐.

1161. 金約正자네는點心을차르고 盧風憲으란酒肴만이장만하쇼　稽琴
琵琶笛피리長鼓란禹堂掌이다다려오소　글짓고 노래부르기女妓和
姦으란내아모조록다擔當하옴세.

　約正·風憲·堂掌=약정과 풍헌은 조선시대 향직(鄕職)의 하나. 당장은 서
원(書院)에 속한 하례(下隸)의 하나. ◇女妓和姦으란 내 아모조록 다 擔當하
옴새=기생과 서로 즐기는 것이란 내가 아무려나 다 담당 하겠네.

1162. 기름에지진솔藥果도아니먹는나를　冷水에살문돌慢頭를먹으라지
근　平壤女妓년들도아니하는나를閣氏님이하라고지근지근　아무리
지근지근한들품어잘ㅅ줄이잇시랴.

◇ 대조; '돌慢頭'는 '돌饅頭'의 잘못.

　冷水에 살문 돌慢頭를 먹으라 지근=찬 물에 삶은 소를 넣지 않은 만두를
먹으라고 지근덕.지근덕. ◇平壤 女妓년들도 아니하는=평양의 아름다운 기
생들도 가까이 하지 않는.

1163. 洛陽東村梨花亭에 麻姑仙女집에술닉단말반겨듯고　靑驢에按
裝지여金돈싯고드러가셔　兒孩야 淑娘子계시냐門밧게李郞왓다살

와라.

洛陽東村 梨花亭에 麻姑仙女 집에 술 닉단말 반겨 듯고=낙양 동쪽 마을
이화정에 마고선녀의 집에 술이 익었다는 말을 반갑게 여겨 듣고. ◇靑驢에
按裝 지여=청노새에 안장을 얹어. ◇淑娘子 계시냐 門 밧게 李郞 왓다 살와
라=숙낭자가 계시냐 문 밖에 이서방이 왔다고 말하여라. 고소설 숙향전(淑
香傳)을 소재로 한 시조임.

1164. 南山에눈날리는양은 白松鶻이당도는듯 漢江에배쁜양은江城두
루미고기물고넘놋는듯 우리도 남의임거러두고넘노라볼ㅅ가하노
라.

南山에 눈 날리는 양은 白松鶻이 당도는 듯=남산에 눈이 날리는 모습은 백
송골이 빙빙 도는 듯. ◇漢江에 배 쁜 양은 江城 두루미 고기 물고 넘놋는
듯=한강이 배가 뜬 모습은 강성의 두루미가 고기를 물고 넘나들며 노는 듯.
◇남의 임 거러 두고 넘노라 볼ㅅ가 하노라=임자 있는 임을 마음속에 두고
넘나들며 놀아볼까 하노라.

1165. 藍色도아닌내오 草綠色도아니온내오 唐多紅眞紛紅에軟半物아
니온내외 閣氏네 物色도모로난지나는眞藍인가하노라.

◇ 대조; '眞紛紅'은 '眞粉紅'의 잘못.

藍色도 아닌 내오 草綠色도 아닌 내오=남색도 아니네요. 초록색도 나니네
요. 또는 남색도 아닌 나이요 초록색도 아닌 나이요. ◇唐多紅 眞紛紅에 軟
半物 아니온 내외=중국에서 들여 온 짙은 붉은색이나 짙은 분홍에 연한 검
은 빛을 띤 남빛도 아니네요. ◇閣氏네 物色도 모로난지 나는 眞藍인가=각
씨네 사정도 모르는지 나는 진한 남빛인가. 여기서는 순진한 남자의 뜻으로
쓰인 듯.

1166. 老人이섭흘지고 怨하나니燧人氏를 食木實하올제도萬八千歲를

하엿거든 엇지타 敎人火食하여後生을困케하시뇨.

老人이 섭흘 지고 怨하나니 燧人氏를=노인이 섶을 지고 원망하느니 수인씨를. 수인씨(燧人氏)는 인간에게 불을 처음 사용하여 화식(火食)을 가르쳤다고 함. ◇食木實 하올 제도=나무의 열매를 따 먹을 때도. ◇敎人火食하여 後生을 困케 하시뇨=사람에게 화식을 가르쳐 후에 난 사람을 피곤하게 하시는고.

1167. 노세노세每樣長息노세 밤도놀고낫도노세 壁上에그린黃鷄슷닭이홰홰처우도록노세노세 人生이 아참이슬이니아니놀고어이리.

壁上에 그린 黃鷄 수탉이 홰홰처 우도록=벽에 그린 누런 수탉이 활개 쳐 울도록. ◇아참이슬이니=아침에 풀잎에 달려 있는 이슬과 같이 잠간 동안에만 존재하는 것이니.

1168. 눈아눈아뒤머러질눈아 두손長가락으로쑥씰너머러질눈아 미운님보나조흔님보나본동만동하라고내언제부터情다슬나하고너더러일럿느냐 아마도 이눈의連坐로是非될ㅅ가하노라.

눈아 눈아 뒤머러질 눈아=눈아. 눈아. 뒤로 넘어져 멀어질 눈아. ◇내 언제부터 情 다 슬나하고 너더러 일넛느냐=내가 언제부터 정을 다 쓸어버리라고 너에게 말하였더냐. ◇이 눈의 連坐로 是非될ㅅ가 하노라=이 눈 때문에 시비 거리가 될까 하노라.

1169. 닷는말도誤往하면서고 섯는소도이러打하면가고 深意山모진범도經說곳하면도서거든 閣氏네 뉘엄의쌀년이완대經說을不聽하는고.

닷는 말도 誤往하면 서고 섯는 소도 이러打 하면 가고=달리는 말도 '워' 하면 서고 서있는 소도 '이러'하면 가고. ◇深意山 모진 범도 經說곳 하면 도서거든=깊은 산의 사나운 범도 깨우치고 타이르면 돌아서거든. ◇뉘 엄

의 쌀년이완대 經說를 不聽하는고=누구 어미의 딸이기에 타이르고 깨우쳐
도 듣지를 아니하는고.

1170. 바람도쉬어넘ㅅ고 구름이라도쉬어넘는고개   山陳이水陳이라도
쉬어넘는高峯掌星嶺고개   그넘어 임이왓다고하면나는아니한번도
쉬여넘으리라.

山陳이 水陳이라도 쉬어 넘는 高峯 掌星嶺 고개=‘고봉장성령(高峯掌星
嶺)’은 ‘고봉장성(高峯長城)’의 잘못. 산에서 자란 매도 사람의 수중에서 자
란 매도 쉬어 넘는다는 높은 봉우리 장성의 고개.

1171. 屏風에압니작근동부러진괴그리고   그괴압헤조고만麝香쥐를그려
두니   어허조괴삿부루냥하야그림에쥐를잡우려고좃닛는고야   우리
도 남의임거러두고좃니러볼ㅅ가하노라.

屏風에 압니 작근동 부러진 괴 그리고=병풍에 앞니 똑 부러진 고양이를
그리고. ◇어허 조 괴 삿부루 냥하야 그림에 쥐를 잡우려고 좃닛는 고야=
어허 저 고양이 약삭빠른 체하여 그림 속의 쥐를 잡으려고 쫓아다니는구나.
◇남의 임 거러두고 좃니러 볼ㅅ가=임자 있는 임을 약속해 두고 쫓아 다녀
볼까.

1172. 屏風에그린梅花 달업스면무엇하리   屏間梅月兩相宜는梅不飄零
月不虧ㅣ라   至今에 梅不飄月不虧하니그를조화하노라. 安玟英

◆ 대조; ‘죠하하노라’는 ‘조히너기노라’로 되어 있음.

屏間梅月兩相宜는 梅不飄零月不虧ㅣ라=병풍의 화폭 사이에 있는 매화와
달이 서로 사이좋게 어울림은 매화는 바람이 불어도 떨어지지 아니하고 달
은 시간이 흘러도 이즈러지지 않음이라.

1173. 봄이가려하니 내랴혼자말닐소냐   다못퓐桃李花를엇지하고가려

는다   兒孩야 덜괸술걸너라가는봄餞送하리라.

내라 혼자 말닐소냐=나라고 혼자서 말릴 수가 있겠느냐.   ◇다 못 퓐 桃李花를 엇지하고 가려는다=미처 다 피지 않은 복숭아와 오얏꽃을 어떻게 하고 가려고 하느냐.

1174. 四月綠陰鶯世界는 又石公의風流節을   石想樓놉흔곳에琴韻이玲瓏할ㅅ제   玉階에 蘭花低하고鳳鳴梧桐하더라.

 ◆ 대조; 작자 안민영(安玟英) 누락.

    四月綠陰 鶯世界는 又石公의 風流節을=녹음이 우거지고 꾀꼬리가 노래하는 세상인 사월은 우석공이 풍류를 즐기기에 좋은 계절. 우석(又石)은 대원군의 큰 아들 이재면(李載冕)의 아호임.   ◇石想樓 놉흔 곳에 琴韻이 玲瓏할ㅅ 제=석상루의 높은 곳에 거문고의 가락이 영롱할 때.   ◇玉階에 蘭花低하고 鳳鳴梧桐 하더라=대궐의 섬돌에는 난초꽃이 이슬을 머금어 수그러지고 봉황은 오동나무에서 울더라. 기생 난주(蘭舟)와 봉심(鳳心)을 두고 지은 것임.

1175. 사랑이긔엇더터냐 둥그더냐모지더냐   길더냐저르더냐밟고남아재일너냐   굿하여 긴줄은모로되긋간듸를모를네라.

    둥그더냐 모지더냐=둥글더냐. 모가 졌더냐.   ◇밟고 남아 재일너냐=밟고 남아서 재겠더냐.   ◇굿하여 긴 줄은 모로되 긋 간듸를 모를네라=구태여 긴 줄은 모르겠으나 끝 간 곳을 모르겠더라.

1176. 산밋헤집을지어두고 일것업서草새로이엇스니   밤ㅁ中만하야서비오는소래는우루룩주루룩몸에옷이업서草衣를입엇스니살이다드러나셔울긋불긋불긋울긋   다만지 칩든아니하되임이볼ㅅ가하노라.

    일 것 업서 草새로 이엇스니=(지붕을) 덮을 것이 없어서 풀을 엮은 것으로 이었으니. ◇草衣를 입엇스니 살이 다 드러나셔=허름한 옷을 입었으니 살이 다 드러나셔. ◇다만지 칩든 아니하되 임이 볼가=다만 춥지는 아니하되 이러한 모습을 임이 볼까 두렵다.

1177. 山村에客不來라도 寂寞든아니하이 花笑에鳥能言이오竹喧에人相語ㅣ라松風은거문고요杜鵑聲은노래로다 두어라 남의富貴를눈흘기리뉘잇시리.

　山村에 客不來라도 寂寞든 아니 하이=산골에 손이 오지 않더라도 쓸쓸하지는 아니 하네. ◇花笑에 鳥能言이오 竹喧에 人相語ㅣ라=꽃이 웃는데 새는 능히 말을 하고 댓잎 스치는 시끄러움에 사람들이 서로 말을 주고받는 것 같더라. ◇松風은 거문고요 杜鵑聲은 노래로다=소나무 사이를 스치는 바람은 거문고 소리와 같고 두견의 우는 소리는 노래 소리와 같다.

1178. 소경이盲觀이를두루처업고 굽써러진편격지맨발에신ㅅ고 외나모석은다리로막대업시앙감장감건너가니 그아래 돌부처서잇다가 仰天大笑하더라.

　소경이 盲觀이를 두루처 업고=소경이 맹과니를 둘쳐 업고. 맹과니도 장님을 말함. ◇굽 써러진 편격지 맨발에 신ㅅ고=굽이 떨어진 납작한 나막신을 맨발에 신고. ◇외나모 석은 다리로 막대 업시 앙감장감 건너가니=외나무 썩은 다리로 지팡이 없이 엉금엉금 건너가니. ◇仰天大笑 하더라=하늘을 쳐다보고 큰 소리로 웃더라.

1179. 솔아래童子다려무르니 이르기를先生이藥을캐라갓너이다 다만이山中에잇것만은구름이깁허간곳을아지못게라 童子야 네先生오서드란날왔다드라살와라.

　구름이 깁허 간 곳을 아지 못게라=구름이 잔뜩 끼어 간 곳을 알지 못 하겠더라. ◇네 先生 오서드란 날 왔다드라 살와라=네 선생님이 오시거든 내가 왔더라고 알려라. 당(唐)나라 시인 가도(賈島) 「심은자불우(尋隱者不遇)」

인 '송하문동자 언사채약거 지재차산중 운심부지처(松下問童子 言師採藥去 只在此山中 雲深不知處)'를 시조화한 것임.

1180. 壽夭長短뉘아든고 죽은後ㅣ면거짓거시   天皇氏一萬八千歲라도
죽어진後면거짓거시   世上에 이러한人生이아니놀고어이리.

　　　壽夭長短을 뉘 아든고 죽은 後ㅣ면 거짓 거시=오래 살고 일찍 죽는 것처
럼 길고 짧은 것을 누가 아던고 죽은 뒤에는 거짓 것이로다.

1181. 兒孩야硯水내여라 임게신데片紙하자   검운목흰조희는임을應當
보렴마는   저붓대 날과갓타여그리기만하도다.

◇ 대조; '검운목'은 '검은먹'의 잘못.

　　　硯水 내여라=벼루에 물을 부어라. ◇검운 목 흰 조희는 임을 應當 보렴
마는=검은 먹과 흰 종이는 마땅히 임을 보겠지만. ◇저 붓대 날과 갓타여
그리기만 하도다=저 붓대는 나와 같아서 그리기만 하도다. 그리다는 그리워
하다는 뜻으로도 해석이 가능한 중의(重義)의 표현임.

1182.　兒孩야말鞍裝하여라타고川獵가자   술병걸ㅅ제倖弓盞이즐세라
白鬚를훗날니며여흘건너가니   내뒤에 쁜소탄벗님네는함씌나가옵
세하더라.

◇ 대조; '倖弓'은 '倖兮'의 잘못. '여흘건너가니'는 '여흘여흘건너가니'로 되어 있
음.

　　　白鬚를 훗날니며 여흘 건너가니=흰 나룻을 바람에 흩날리며 여울을 건너
가니. ◇쁜 소 탄 벗님네는=(사람이나 물건을) 받기를 잘하는 소를 탄 벗님
네는.

1183. 兒孩는藥을캐라가고 竹亭은횡덩그려뷔엿는듸   흣터진바둑을뉘

라셔쓸어담을소냐 술醉코 松下에누엇시니節가는줄몰내라.

竹亭은 횡덩그려 뷔엿는듸=대나무 숲에 있는 정자는 텅 비어 있는데. ◇
松下에 누엇시니 節가는 줄 몰내라=소나무 아래 누었으니 세월 가는 줄 모
르겠더라.

1184. 巖畔雪中孤竹이야 반갑기도반가왜라 뭇노라孤竹君이네엇더하
던인다 首陽山 萬古淸風에夷齊본듯하여라. 徐甄

巖畔雪中孤竹이야=바위 둔덕에 눈 속에 외롭게 서 있는 대나무야. ◇뭇
노라 孤竹君이 네 엇더 하던 인다=묻겠다. 고죽군이 네 어떤 사람이라 생각
하느냐. 고죽군(孤竹君)은 백이(伯夷)와 숙제(叔齊)의 아버지임. ◇首陽山
萬古淸風에夷齊본듯하여라=수양산에서 고사리를 캐먹다 죽은 만고의 곧은
절개인 백이와 숙제를 본 듯하구나.

1185. 遠別離古有皇英之二女하니 乃在洞庭之南瀟洲之浦ㅣ라 海水ㅣ
直下萬里心하니誰人不道此離苦오 日慘慘兮雲溟溟하니 猩猩啼咽
兮여鬼嘯雨를하여라.

◆ 대조; '萬里心'은 '萬里深'의 잘못.

遠別離古有皇英之二女하니 乃在洞庭之南瀟州之浦ㅣ라=원별리 옛날 아황
여영의 두 여자가 있었으니 곧 동정호의 남쪽 소주의 포구라. ◇海水ㅣ直下
萬里心하니 誰人不道此離苦오='만리심(萬里心)'은 '만리심(萬里深)'의 잘못인
듯. 해수는 곧바로 나려 만 리쯤이나 깊으니 어느 누가 이별의 괴로움을 말하
지 않으리오. ◇日慘慘兮雲溟溟하니 猩猩啼咽兮鬼嘯雨를 하여라=해는 어둡
고 구름 또한 컴컴하니 원숭이는 목메어 울고 귀신은 비 내리는데 휘파람을
불더라. 이백(李白)의 「원별리(遠別離)」의 일부를 시조화한 것임.

1186. 有馬有金兼有酒헐ㅅ제 素非親戚이强爲親터니 一朝에馬死黃金
盡하니親戚도還爲路上人이로다 世上에 人事ㅣ이러하니그를슬워

397

하노라.

有馬有金兼有酒헐ㅅ 제 素非親戚이 強爲親터니=말이 있고 돈이 있고 게
다가 술이 있을 때 본래 친척이 아닌 사람이 억지로 친척인 체하더니. ◇一
朝에 馬死黃金盡하니 親戚도 還爲路上人이로다=하루아침에 말이 죽고 돈이
다 없어지니 친척도 다시 길에서 만난 사람처럼 되는구나.

1187. 이몸이죽거드란 뭇지말고줍후르혀메여다가 酒泉웅덩우희풍덩
드릇처씌워두렴 平生에 즑이든술을長醉不醒하리라.

뭇지 말고 줍후르 메여다가=파묻지 말고 짚풀로 여며 메어다가. ◇酒泉
웅덩 우희 풍덩 드릇처 씌워두렴=술이 샘솟는다고 하는 웅덩이 위에 풍덩
들이 차서 띄워 두려무나.

1188. 이몸이싁여져서 三水甲山제비나되여 임의집窓밧춘여긋마다집
을자로종종지여두고 밤ㅅ中만 제집으로드는체하고임의품에들니
라.

이몸이 싁여져서 三水甲山 제비나 되어=이 몸이 죽어 져서 삼수나 갑산
의 제비가 되어. 삼수(三水)와 갑산(甲山)은 함경북도의 오지(奧地)에 있는
고을임. ◇임의 집 窓 밧 춘여 긋마다 집을 자로 종종 지여 두고=임의 집
창 밖 추녀 끝마다 집을 아주 총총하게 지어 두고.

1189. 人間悲莫悲는 萬古消魂離別이라 芳草는萋萋하고柳色은풀을적
에河橋送別하야뉘아니黯然하리 하믈며 기럭이숣히울고落葉이蕭
蕭헐ㅅ제離歌一曲에아니울니업소라. 金祖淳

◆ 대조:『海東歌謠』에 작자가 김조순이 아닌 이정보(李鼎輔)로 되어 있음.

人間悲莫悲는 萬古消魂離別이라=인간의 슬픔 가운데 이보다 더 슬픈 것
은 만고에 근심으로 넋이 나간 이별이라. ◇芳草는 萋萋하고 柳色은 풀을

적에 河橋送別하야 뉘 아니 黯然하리=향기로운 풀은 무성하고 버들 빛이 푸를 적에 하교에서 송별하니 누가 아니 암담하지 않겠느냐. ◇落葉이 蕭蕭헐ㅅ 제 離歌一曲에 아니 울 니 업소라=낙엽 지는 소리가 쓸쓸할 때 이별가 한 가락에 아니 울 사람이 없어라.

1190. 長衫쓰더치마적삼짓고 念籌글너당나귀멜치할새 釋王世界極樂世界觀世音菩薩南無阿彌陀佛十年工夫도너갈듸로이게 바ㅅ中만알거사의품에들면念佛景이업세라.

◊ 대조; '바ㅅ中만알거사의'는 '밤중만암거사의'의 잘못임.

念珠 글너 당나귀 멜치 할새=염주를 끌러 당나귀의 밀치하니. 밀치는 말 안장이나 길마의 꼬리 부분에 대는 막대기. ◇너 갈듸로 이게=너 가고 싶은 곳으로 가게. ◇바ㅅ中만 알거사의 품에 들면 念佛景이 업세라='바'는 '밤'의, '알거사'는 '암거사'의 잘못. 밤중쯤에 여자 중의 품에 들면 염불할 경황이 없어라.

1191. 齊도大國이오 楚도쏘한大國이라 조고마헌滕나라이間於齊楚하엿스니 至今에 何事非君이랴事齊事楚하리라. 笑春風

◊ 대조; '至今에'는 '두어라'로 되어 있음.

齊·楚·滕=춘추전국시대에 있던 나라. ◇間於齊楚 하였으니=제나라와 초나라의 사이에 위치하였으니. ◇何事非君이라 事齊事楚 하리라=어느 것이 임금을 섬기는 것이 아니랴 제나라도 섬기고 초나라도 섬기리라.

1192. 즌서리술이되여 滿山을勸하더니 먹어붉은빗치碧溪에잠겻세라 우리도 醉토록먹은後에붉어볼ㄱ가하노라.

즌서리 술이 되여 滿山을 勸하더니=된서리가 술이 되어 모든 산을 권하더니. ◇먹어 붉은 빗치 碧溪에 잠겻세라=술을 먹어 붉은 빛이 푸른 시냇물에 잠겼구나.

1193. 窓내고저窓내고저 이내가삼에窓내고저 들障子열障子고모障子
세살障子암돌쪽이수돌쪽이雙排目에걸쇠를크나큰장도리로쑥싹박아
이내가삼에窓내고저 임그려 하畓畓할제면여다쳐나볼ㅅ가하노라.

◇ 대조; '에걸쇠'는 '외걸쇠'의 잘못.

　들障子 열障子 고모障子 세살障子 암돌쪽이 수돌쪽에 雙排目 에걸쇠를=
들창문 열창문 거북무늬 창살의 장지문 가느다란 창살의 장지문 암쩌귀
숫돌쩌귀 쌍배목 외걸쇠를. 배목은 문고리나 방배목을 꿰는 쇠. ◇하 畓畓
할 제면 여다쳐나 볼ㅅ가=너무 답답할 때는 열었다 닫았다나 하여 볼까.

1194. 鐵驄馬타고보라매밧고 白羽長箭千勖角弓허리에씌고 山넘어구
름지나쒱산양하는저閑暇한사람 우리도 聖恩갑흔後에너를좃차놀
녀하노라.

◇ 대조; '놀녀하노라'는 '놀리라'로 되어 있음.

　白羽長箭 千勖角弓 허리에 씌고=흰 깃이 달린 기다란 화살과 천근이나
되는 각궁을 허리에 차고. 각궁(角弓)은 활의 손잡이에 동물의 뼈를 덧대어
단단하게 만든 활.

1195. 靑山도절로절로 綠水ㅣ라도절로절로 山절로절로水절로절로山
水間에나도절로절로 우리도 절로절로자란몸이니늙기도절로절로
늙으리라. 金麟厚

◇ 대조; 작자가 김인후로 된 가집이 없음.

　절로절로 자란 몸이니 늙기도 절로절로 늙으리라=저 혼자의 힘으로 자란
몸이니 늙는 것도 저 혼자의 힘으로 늙겠다.

1196. 靑山裏碧溪水야 수이감을자랑마라   一到滄海하면다시오기어려
웨라   明月이 滿空山하니쉬어간들엇더리. 眞伊

　靑山裏碧溪水야 수이 감을 자랑마라=푸른 산 속을 흐르는 시냇물아 빨리
흘러가는 것을 자랑하지 마라.　◇一到滄海하면 다시 오기 어려웨라=한 번
푸른 바다에 이르면 다시 오기는 어려우니.　◇明月이 滿空山하니=밝은 달
이 텅 빈 산에 가득하니. 벽계수와 명월은 중의(重義)적인 표현으로 벽계수
는 황진이를 가볍게 여긴 종실(宗室) 벽계수(碧溪守)를, 명월은 자신을 가리
키는 말임.

1197. 淸明時節雨紛紛할제 路上行人이欲斷魂이로다   뭇노라牧童아술
파는집이어듸메나하뇨   저건너   靑帘酒旗風이니게나가서무러보시
쇼.

　淸明時節雨紛紛할 제 路上行人欲斷魂이로다=청명 때 비가 어지럽게 흩뿌
리니 길 가는 나그네의 마음이 아프구나.　◇靑帘酒旗風이니 게나 가서=술
집에 꽂은 기가 바람에 펄럭이니 거기나 가서. 당(唐)나라 두목(杜牧)의 「청
명시(淸明詩)」'청명시절우분분 노상행인욕단혼 차문주가하처재 목동요지행
화촌(淸明時節雨紛紛 路上行人欲斷魂 借問酒家何處在 牧童遙指杏花村)'에
서 결구(結句)만 바꾼 것임.

1198. 蜀道之難이難於上靑天이로되 집고긔면너무련이와   어렵고어려
올쏜임의離別이어려웨라   아마도 이임의離別은難於蜀道難인가하
노라.

　蜀道之難이 難於上靑天이로되 집고 긔면 너무련이와=촉으로 가는 길이
힘든 것이 청천에 오르는 것보다 어렵지만 짚고 기면 넘으려니와.

1199. 蜀魄啼山月低하니 相思孤倚樓頭ㅣ라   爾啼苦我心愁하니無爾聲
이면無我愁 글낫다   寄語人間離別客하니 愼莫登春三月子規啼明月
樓를하여라. 端宗大王

◇ 대조; '相思孤倚樓頭'는 '相思苦倚樓頭'의 잘못.

　　蜀魄啼山月低하니 相思孤倚樓頭ㅣ라=두견이 슬피 울고 밤이 깊으니 멀리 있는 사람들을 그리며 다락 머리에 외로이 기대었다. ◇爾啼苦我心愁하니 無爾聲이면 無我愁ㄹ낫다=네가 슬피 울면 내 마음이 괴롭고 네 울음이 없으면 내 근심도 없을 것이다. ◇寄語人間離別客하니 愼莫登春三月子規啼明月樓를=이별한 사람들에게 말하노니 춘삼월 두견이 울고 달 밝은 다락에는 삼가 오르지 말기를.

1200. 하나둘셋기럭이 西南北난호여서　晝夜로우러예니무리일흔소래로다　언제나 上林春風에一行歸를하리요.

◇ 대조; '上林春風'은 '上林秋風'의 잘못.

　　西南北으로 난호여서=서쪽 남쪽 북쪽으로 나뉘어서. ◇晝夜로 우러 예니 무리 일흔 소래로다=밤낮으로 울며 날아가니 무리를 잃은 소리로다. ◇上林春風에 一行歸를 하리요=상림의 가을바람에 한 줄로 돌아오기를 바라리오. 상림원(上林苑)은 천자의 어원(御苑)으로 한(漢)나라 소무(蘇武)가 흉노에게 잡혀 갔다가 기러기에게 편지를 보냈는데 천자가 상림원에서 그 기러기를 쏘아 소식을 알게 되었다고 함.

1201. 한해도열두달이오 閏朔들면열석달이한해로다　한달도설흔날이요그달적으면스무아흐레그믐나니　밤다섯 낮일곱째에날볼할이업스랴. 趙慶濂

◇ 대조; '그믐나니'는 '그무나니'로 되어 있음.

　　밤 다섯 낮 일곱 째에 날 볼 할이 업스랴=밤 다섯 낮 일곱 때에 나를 볼 수 있는 하루가 없으랴.

1202. 한字쓰고눈물지고 두字쓰고한숨지니　字字行行이水墨山水뛰것

고나　저임아 울며쓴片紙니斟酌하여보시쇼.

◇ 대조; '퓌것고나'는 '되거고나'의 잘못.

　字字 行行이 水墨 山水 퓌것고나=퓌것고나는 되것고나의 잘못인 듯. 글자
마다 줄마다 수묵으로만 그린 산수화가 되겠구나.

1203. 還子도타와잇고 小川魚도건저왓네　비즌술새로익고뫼헤달이돗
아온다　兒禧야 거문고내여라벗請하여놀니라.

　還子도 타와 잇고=환자도 타다 놓았고. 환자(還子)는 가을에 갚기로 하고
나라에서 꾸어온 쌀.

1204. 還上에불기설흔맛고 자리갑세동솟을쑥쪠여간다　사랑하든女妓
妾은月利差使가등미러간다　兒禧야 粥湯罐에새보아라豪興겨워하
노라.

◇ 대조; '자리갑세'는 '장리갑세'의 잘못.

　還上에 볼기 설흔 맛고=환자를 갚지 못해 볼기를 30대를 맞고. ◇자리
갑세 동솟을 쑥 쪠여간다=‘자리’는 ‘장리’의 잘못. 장리(長利) 값에 머리 동
곳을 뚝 떼어 간다. 달리 작은 솥의 뜻인 듯(?). ◇粥湯罐에 새 보아라=‘새’
는 ‘개’의 잘못인 듯. 죽탕관에 개가 대드나 보아라.

■羽　樂

1205. 가을해희듯언마나가리 나귀안장이란차리지말아　雲山은검어어
득침침石逕은岐嶇潺潺한듸저뫼흘넘어내어이가리　草堂에 갑업슨
明月과함끽놀녀하노라.

가을해 희듯 언마나 가리=가을 햇볕이 반짝 든들 얼마나 가겠느냐. ◇雲
山은 검어 어득 침침 石逕은 崎嶇潺潺한듸 저 뫼흘 넘어 내 어이 가리=구름
이 낀 산은 검어 어둠침침하고 돌길은 험하고 질퍽한데 저 산을 넘어 내 어
찌 가겠느냐.

1206. 君不見黃河之水ㅣ天上來한다　奔流到海不復廻ㅣ라　又不見高堂
明鏡非白髮한다朝如靑絲暮成雪이로다　人生得意須盡歡이니　莫使
金樽으로空對月을하소라.

◆ 대조; '非白髮'은 '悲白髮'의 잘못.

　君不見黃河之水ㅣ天上來한다　奔流到海不復廻ㅣ라=그대는 황하의 물이 하
늘에서 내려오는 것을 보지 못했는가. 바다에 흘러 들어가 다시 돌아오지 않
더라. ◇又不見高堂明鏡非白髮한다　朝如靑絲暮成雪이로다=또 고당의 명경
속에 백발이 슬픈 것을 보지 못 했는가 아침에 청사였으나 저녁에는 눈이로
다. ◇人生得意須盡歡이니　莫使金樽으로　空對月을 하소라=인생이 득의하
여 즐거움은 덧없으니 달을 바라보며 술을 들음이 어떠리. 이백(李白)의「장
진주(將進酒)」앞의 일부를 시조화한 것임.

1207. 길우희두돌부체ㅣ　벗고굼고마조서서　바람비눈서리를맛도록맛
즐망정　平生에　離別數ㅣ업스니그를불워하노라.

　바람비 눈서리를 맛도록 맛즐망정=바람과 비 눈과 서리를 맞을 대로 맞
을망정. 즉 일년 내내 고통을 겪으면서.

1208. 남이임을아니두랴　사랑도밧첫노라　梨花에나간임을走馬鬪鷄노
니다가霽月光風졈운날에黃菊丹楓다盡토록金鞍白馬猶未還이라　두
어라　임이비록이졋스나紗窓긴긴밤에幸혀올ㅅ가기다린다.

◆ 대조; '남이'는 '남이라'의 잘못, 작자 박문욱(朴文郁)의 누락.

梨花에 나간 임을 走馬鬪鷄 노니다가 霽月光風 저문 날에 黃菊丹楓 다 盡
토록 金鞍白馬猶未還이라=봄철에 집을 나간 임이 말을 달리거나 닭싸움 등
으로 노닐다가 시원한 바람과 비온 뒤에 밝은 달이 다 저문 날에 국화와 단
풍 다 지는 가을이 되도록 좋은 안장과 흰 말을 타고 다니다 아직도 돌아오
지 않는구나.

1209. 누구서술을大醉하면 온갖시름을다잇는다던고 望美人於天一方
헐제명百盞을남아먹어도才功이바히업네   허믈며 白髮倚門을못내
슬워하노라.

◇ 대조; '才功이'는 '寸功이'의 잘못.

  望美人於天一方헐제명 百盞을 남아 먹어도 才功이 바히 업네='재공(才
功)'은 '촌공(寸功)'의 잘못. 하늘 한 편에 미인을 바라볼 때면 백 잔을 넘게
먹어도 아주 적은 공로도 전혀 없네. 미인은 왕을 뜻함. ◇白髮倚門을 못내
슬워하노라=백발의 부모가 이문(里門)에 기대어 자식이 돌아오기를 기다리
는 것을 끝내 슬퍼하노라.

1210. 萬頃蒼波之水에 둥둥썻는불약금이게오리들과 비슬금성중경이
동당江城너시두루미들아너썻는물깁히를알고둥썻난모르고둥썻는
우리는 남의임거러두고깁히를몰나하노라.

  둥둥 썻는 불약금이 게오리들과 비슬금성 증경이 동당江城 너시 두루미
들아=둥둥 떠 있는 불약금이 거위와 오리들과 비실대는 짐승 증경이 동당거
리는 강 위의 너시 두루미들아.

1211. 물아래그림자지니 다리우희중이간다 저중아거긔섯거라너어듸
가노말무러보자 손으로 白雲을가르치며말아니코가더라.

  물아래 그림자 지니=물 아래로 그림자가 드리워지니.

405

1212. 물아래細가락모래 아무만밟다발자최나며   임이나를아모만괴인
들내아든가임의情을 狂風에   지붓친沙工갓치깁희를몰나하노라.

　　물 아래 細가락 모래=물 아래에 있는 잘디 잔 모래.　◇아무만 밟다고 자
최나며=아무리 밟는다고 자취가 나며.　◇임이 나를 아모만 괴인들=임이 나
를 아무리 사랑한다고 한들.　◇狂風에 지붓친 沙工 갓치 깁희를 몰나 하노
라=회오리바람에 되게 시달린 사공처럼 깊이를 몰라 하노라.

1213.　미운님쑥찍어물니치는갈고라장자리   고흔님쏙찍어나오치는갈고
라장자리큰갈고라장자리갑만흐며쏘어느갈고라장자리갑적은줄알니
아마도 고흔님쏙찍어나오치는갈고라장자리갑업슨가하노라.

　◇ 대조; '나오치는갈고라장자리큰갈고라장자리'는 '나오치는갈고라장자리져근갈
고라장잘이한듸들어나가니어느'로 되어 있음.

　　미운 님 쑥 찍어 물니치는 갈고라 장자리=미운임을 꼭 찍어 물리치는 갈
고랑이 잠자리야.

1214.　바람은地動치듯불고 구즌비는붓드시온다   눈情에거룬님을오늘
밤서로만나자하고쒸척쳐서盟誓밧앗더니風雨中에제어이오리   眞實
노 오기곳올양이면緣分인가하노라.

　◇ 대조; '風雨中에'는 '이風雨中에'으로 되어 있음.

　　바람은 地動치듯 불고 구즌비는 붓드시 온다=바람은 지진이나 난 것처럼
불고 구즌 비는 쏟아 붓듯이 온다.　◇눈情에 거룬 님을 오늘밤 서로 만나자
하고 쒸척쳐서 盟誓밧앗더니=눈짓으로 약속한 임을 오늘밤 서로 만나자고
큰 소리쳐 맹세를 받았더니.　◇오기곳올양이면=오기만 온다고 하면.

1215.　보리쑤리麥根麥根 梧桐열매桐實桐實   묵근풋나무쓰든숫섬이오
적은大棗젊운老松이라   九月山中春草綠이요   五更樓下夕陽紅인가

하노라.

◇ 대조; 『海東歌謠』에 김수장(金壽長)의 작품으로 되어 있음.

묵근 풋나무 쓰든 숫섬이오 적은 大棗 젊은 老松이라=묶은 풋나무 쓰던
숯섬이요 적은 대추 젊은 노송이라. 풋나무를 묶어 놓으면 불이 안 붙어 땔
수가 없고 쓰던 숯섬은 숯은 처음이란 뜻으로 쓰던 숯섬을 새것이 아니라는
말이고, 대추라고 하면서 작다고 한 것과 노송이라고 하면서 젊다는 것을 모
순 됨을 말함. ◇九月山中春草綠이오 五更樓下夕陽紅인가=구월에 산중의
봄풀이 푸르고 오경루에 석양이 붉은가. 구월은 가을인데도 봄풀이 푸르고
오경은 새벽인데 저녁노을이 붉다고 한 것은 구월산과 오경루가 이름에 맞
지 않아 모순 됨을 말한 것임.

1216. 琵琶琴瑟은八大王이오 魑魅魍魎은四小鬼라 東方朔西門豹南宮
适北宮黝는東西南北사람이오魏無忌長孫無忌는古無忌今無忌며司馬
相如藺相如는姓不相如名相如ㅣ로라 그남아 黃絹幼婦外孫薤韮는
絶妙好辭ㄴ가하노라.

◇ 대조;'사람이오'다음에'前朱雀後玄武左靑龍右白虎는前後左右之山이요'가 빠
졌음. 작자 김수장(金壽長) 누락

琵琶琴瑟은 八大王이오 魑魅魍魎은 四小鬼라=비파금슬에는 왕자(王字)가
여덟이나 있고 이매망량에는 귀자(鬼字)가 넷이나 있다. ◇東方朔 西門豹
南宮适 北宮黝는 동서남북 사람이오=동방삭 서문표 남궁괄 북궁유는 성(姓)
에 동서남북이 다 들어 있다. 동방삭은 한(漢) 무제 때 사람, 서문표는 위(魏)
문제(文帝) 때 사람, 남궁괄은 춘추시대 노(魯)나라 사람, 북궁유는 전국시대
사람. ◇魏無忌 長孫無忌는 古無忌 今無忌며=위무기와 장손무기는 옛날의
무기이며 이제의 무기이다. 위무기는 전국시대 위나라의 공자(公子)인 신릉
군(信陵君), 장손무기는 당(唐)나라 때 사람. ◇司馬相如 藺相如는 姓不相如
名相如ㅣ로라=사마상여와 린상여는 성이 다른 상여요 이름이 같은 상여로
다=사마상여는 전한(前漢) 때 문인, 린상여는 전국시대 조(趙)나라 사람. ◇
黃絹幼婦外孫薤韮는 絶妙好辭ㄴ가=황견유부와 외손저구는 절묘호사가 된

다. 조아(曹娥)의 비문(碑文)에서 유래한 말. 황견은 색사(色絲), 이를 합치면
절(絕)이 되고 유부는 소녀(少女)로 이를 합치면 묘(妙)가 되고 외손은 딸의
자식 여(女)와 자(子)를 합치면 호(好)가 되고 제구는 매운(辛)을 받으면(受)
되어 이를 합치면 사(辭)가 됨. 절묘호사란 문시(文詩)의 뛰어나고 좋은 것을
칭찬하는 말임.

1217. 사랑을사자하니 사랑팔니뉘잇시며 離別을파자하니離別살이가
뉘잇시랴 사랑離別을 팔고사리업스니長사랑長離別인가하노가.

　사랑을 사자 하니 사랑 팔 니 뉘 잇시며=사랑을 사자고 하니 사랑을 팔
사람이 누가 있으며. ◇離別 파자 하니 離別 살 이가 뉘 잇시랴=이별을 팔
자 하니 이별 살 사람이 누가 있으랴

1218. 사랑을찬찬얽동혀뒤설머지고 泰山峻嶺을허위허위넘어가니 모
르는벗님네는그만하여바리고가라하것마는 가다가 자즐너죽을센
정나는아니바리고갈ㅅ가하노라.

　사랑을 찬찬 얽동혀 뒤설머지고=사랑을 칭칭 얽고 동여 짊어지고. ◇그
만하여 바리고 가라 하것마는=그만하면 버리고 가라고 하지마는. ◇자즐너
죽을센정=(무게에)눌려 죽을지언정.

1219. 사랑사랑긴긴사랑 개천갓치내내사랑 九萬里長空에넌즈러지고
남는사랑 아마도 이임의사랑은가업슨가하노라.

　개천가치 내내 사랑=개천처럼 길고 긴 사랑. ◇九萬里長空에 넌즈러지고
남는 사랑=멀고 높은 하늘까지 넘쳐나고 남는 사랑.

1220. 世上富貴人들아 貧寒士를웃지마라 石崇은累巨萬財로되匹夫로
죽고顔子는一瓢陋巷으로도聖賢으로이르럿나니 平生에 道를닥가
두엇스면남의富貴불월소냐.

◇ 대조; '一瓢陋巷'은 '簞瓢陋巷'의, '道를'은 '내道를'로 되어 있음.

石崇은 累巨萬財로되 匹夫로 죽고 顔子는 一瓢陋巷으로도 聖賢으로 이르 렷나니=석숭은 굉장히 많은 재산이 있었으되 보통 사람처럼 죽었고 안자는 가난하게 누항에 살았어도 성현으로 이르렀으니. 안자(顔子)는 공자(孔子)의 제자 안연(顔淵)을 가리킴.

1221. 술먹기비록조흘지라도 한두盞밧게더먹지말며 色하기조흘지라 도敗亡에란마를지니 平生에 이두일삼가하면百年千金軀를病들일줄 잇스랴.

◇ 대조; '平生에'는 '사람이', '百年千金軀'는 '百年之軀'로 된 곳이 있음.

敗亡에란 마를 지니=패망에는 이르지 말 것이니. ◇百年千金軀를 病들일 줄 잇스랴=평생 동안을 매우 귀중하게 지녀야 할 몸을 병들게 할 까닭이 있 겠느냐.

1222. 玉에는틔나잇지 말곳하면다書房인가 내안뒤여남못뵈고天地間 에이런畓畓한일이쏘잇나 열놈이 百말을할지라도斟酌하여드르시 쇼.

◇ 대조; 가번 399과 중복

1223. 우슬부슬雨滿空이오 울긋불긋楓葉紅이로다 다리것은簑笠翁이 긴호미두러메고紅蓼岸白蘋洲渚에與白鷗로鞠躬鞠躬 夕陽中 騎牛 簑童이頌農功을하더라.

우슬부슬 雨滿空이오 울긋불긋 楓葉紅이로다=우슬부슬 비는 하늘에 가득 찼고 울긋불긋 단풍잎은 붉어 있다. ◇다리 것은 簑笠翁이 긴 호미 두러메 고 紅蓼岸白蘋洲渚에 與白鷗로 鞠躬鞠躬=바지 가랑이를 걷은 사립 쓴 늙은 이가 자루가 긴 호미를 둘러메고 붉은 여뀌가 우거진 둑과 흰 마름이 피어 있는 물가에 갈매기와 같이 꾸벅꾸벅. ◇夕陽中 騎牛篴童이 頌農功을 하더라=해가 질 때 소를 탄 목동들이 농사일을 찬양하더라.

1224. 琉璃鍾琥珀濃이오 小槽酒滴眞珠紅이로다 烹龍炰鳳玉指泣이오 羅幃繡幕圍香風을吹龍笛擊鼉鼓皓齒歌細腰舞라況是靑春日將暮하니 桃花亂落如紅雨ㅣ로다 五花馬千金裘로 呼兒將出換美酒를하리라.

琉璃鍾琥珀濃이오 小槽酒滴眞珠紅이로다=유리종 호박잔이 짙고 작은 통 속에 떨어지는 술은 진주보다 붉다. ◇烹龍炰鳳玉脂泣이오 羅幃繡幕圍香風을=용을 삼고 봉을 구우니 구슬 같은 기름이 끓고 비단 휘장과 수놓은 막은 향기로운 바람을 에웠구나 ◇吹龍笛擊鼉鼓皓齒歌細腰舞라=용적을 불고 타 고를 치며 고운 노래 아름다운 춤이라. ◇況是靑春日將暮하니 桃花亂落如 紅雨ㅣ로다=하물며 이 푸른 봄이 늦어 복숭아꽃이 어즈러이 떨어져 붉은 비 와 같구나. ◇五花馬千金裘로呼兒將出換美酒하리라=오화마와 천금구로 아 이를 불러 좋은 술로 바꾸어 드리리라.

1225. 柚子는根源이重하여 한쪽지에둘식셋식 狂風大雨ㅣ라도써러질 줄모로는고야 우리도 저柚子갓치썰어질ㅅ줄모르리라.

柚子는 根源이 重하여=유자의 열매는 근원을 중히 여겨. ◇狂風大雨ㅣ라 도=사나운 바람과 많은 비에도.

1226. 李禪이집을叛하여 나귀등에金돈을걸고 天臺山層巖絕壁을넘어 방울새새기치고鸞鳳孔雀이넘노는골에樵夫를만나麻姑할믜집이어듸 메나하뇨 저건너 彩雲어린곳에數間茅屋대사립밧게靑삽살이다려 무르시쇼.

◆ 대조; '나귀등에'는 '나귀목에'로 된 곳이 있음.

李禪이 집을 叛하여 나귀 등에 金돈을 걸고=이선이 집을 거역하여 나귀 등에다 금처럼 귀한 돈을 싣고. ◇鸞鳳孔雀이 넘노는 골에 樵夫를 만나 麻

姑할믜집이 어듸메나 하뇨=난새와 봉황과 공작이 넘노는 골에 나무꾼을 만나 마고할미의 집이 어디만큼이나 하느냐. ◇彩雲 어린 곳에 數間茅屋 대사립 밧게 靑삽살이 다려 무르시쇼=붉게 물든 구름이 어려 있는 곳에 두어 칸 초가집 대사립 밖에 청삽살개에게 물어 보십시오. 고소설『숙향전(淑香傳)』의 내용을 시조화한 것임.

1227. 李座首는감은암소를타고 金約正은질長鼓두루처메고 孫勸農趙堂掌은醉하여뷔거르며長鼓덩더럭巫鼓등둥치는데춤추는고야 峽裏愚氓에 質朴天眞太古淳風은이쌴인가하노라

　　座首·約正·勸農·堂掌=향직(鄕職)이사 서원(書院)의 소임(所任)의 하나. ◇질長鼓·巫鼓=악기의 한 가지. ◇醉하여 뷔거르며=술에 취해 비틀거리며 걸으면서. ◇峽裏愚氓에 質朴天眞太古淳風은=산골에 사는 우둔한 백성의 순진하고 거짓이 없는 예로부터 내려오는 순박한 풍속은.

1228. 임으란淮陽金城오리남기되고 나는三四月츕년출이되여 그남게 감기되이리로찬찬저리로츤츤외오풀쳐올이감겨밋부터끗가지찬찬구뷔나게휘휘감겨晝夜長常에뒤트러저감겨얽혓과저 冬섯달 바람비눈서리를아무만마진들풀닐줄이잇시랴.

　　淮陽金城=지명. 강원도에 있음. ◇외오 풀쳐 올이 감겨 밋부터 끗가지 찬찬 구뷔나게 휘휘감겨 晝夜長常에 뒤트러저 감겨 얽혓과저=잘못 풀어 옳게 감겨. 또는 외로 감겨 오른쪽으로 감겨 밑부터 가지 끝까지 찬찬 굽이지게 휘휘 감겨 밤낮을 가리지 않고 항상 뒤틀어져 감겨 얽혀 있고자.

1229. 임과나와부듸둘이 離別업시사자하엿더니 平生怨讐惡緣이잇서 굿태나여희연제고 明天이 내쯧을아오사離別업시하소서.

◆ 대조; '惡緣'은 '惡因緣'으로, '굿태나'는 '離別로굿터나'로 되어 있음.

　　平生 怨讐 惡緣이 잇서 굿태나 여희연제고=평생의 원수가 되는 고약한

인연이 있어서 구태여 이별하게 되었구나.

1230. 임이가오실ㅅ제 노고네를두고가니   오노고가노고보내고그리노
고 그中에 가노고보내고그리노고란다몰쏙깨쳐버리고오노고만두리
라.

　가노고 보내고 그리고란 다 몰쏙 깨쳐 버리고 오노고만 두리라=가고 보
내고 그리워하고는 전부 다 깨버리고 오노고만 두겠다.

1231. 전업슨두리놋錚盤에 물뭇은水銀을갓득이담아이고   黃鶴樓姑蘇
臺와岳陽樓滕王閣으로발벗고상금오르기는나남즉남대도그는아못조
로나하려니와 활이나 님외오살나하면그는그리못하리라.

◆ 대조; '水銀을'은 '筍을'의, '활이나'는 '할니나'의 잘못.

　전 업슨 두리 놋 錚盤에 물 뭇은 水銀을 갓득이 담아 이고='수은(水銀)'은
'순(筍)'의 잘못. 전이 없는 둥근 놋 쟁반에 물이 묻은 순을 가득이 담아 이
고. 전은 그릇의 주변은 나부죽하게 만든 부분. 순은 야채의 윗부분. ◇黃鶴
樓·姑蘇臺·岳陽樓·滕王閣=중국에 있는 누각. ◇발벗고 상금 오르기는
나남즉 남대도 그는 아못조로나 하려니와=발을 벗고 상큼 오르는 것은 다른
사람이 하는 대로 그것은 아무렇게나 할 수 있으려니와. ◇활이나 님 외오
살나하면='할니나'의 잘못인 듯. 하루라도 임 없이 홀로 살라고 하면.

1232.　　正二三月은杜莘杏桃李花조코   四五六月은綠陰芳草가더욱조코
七八九月은黃菊丹楓에놀기조희   十一二月은閨裏春光이雪中梅ㄴ가
하노라.

◆ 대조;『海東歌謠』에 김수장의 작품으로 되어 있음.

　杜莘 杏桃 李花 조코=진달래와 살구꽃, 복숭아와 오얏의 꽃이 좋고. ◇閨
裏春光이 雪中梅ㄴ가=규방 안에 따뜻한 봄빛은 매화인가.

1233. 諸葛亮은七縱七擒하고 張翼德은義釋嚴顔하엿나니 선겁다華容
道좁은길노曹孟德이살아가단말가 千古에 凜凜한丈夫는漢壽亭侯
ㅣ신가하노라.

　　諸葛亮은 七縱七擒하고 張翼德은 義釋嚴顔 하엿나니=제갈량은 맹획(孟
獲)을 일곱 번 놓아주었다가 일곱 번 잡고 장비(張飛)는 의리로 엄안을 잡았
다 풀어 주었나니. 엄안은 파주태수(巴州太守)로 장비에게 잡혔으나 그의 태
연자약함을 보고 장비가 풀어 주었음. ◇선겁다 華容道 좁은 길노 曹孟德이
살아 가단말가=싱겁구나. 화용도의 좁은 길에서 조맹덕이 살아 갔단 말인가.
조맹덕은 조조(曹操). 조조가 적벽대전에서 패해 화용도의 좁은 길에서 관우
(關羽)를 만나 죽게 되었으나 관우가 예전 의리를 생각하여 목숨을 살려준
일을 말함. ◇漢壽亭侯ㅣ신가=한(漢)나라 수정후이신가. 수정후는 관우를
가리킴.

1234. 조다가낙시쌔를일코 춤추다가되롱이를일희 늙은이妄佾으란白
鷗야웃지마라 十里에 桃花發하니春興겨워하노라.

　　조다가 낙시쌔를 일코 춤추다가 되롱이를 일희=졸다가 낚싯대를 잃어버
리고 춤을 추다가 되롱이를 잃어버렸네. ◇桃花發하니 春興 겨워=복숭아꽃
이 피니 봄의 흥취를 이기지 못하여.

1235. 죽어이저야하랴 사라서그려야하랴 죽어잇기도어렵고사라그리
기도어려왜라 저임아 한말슴만하소라보자死生決斷하리라.

　　죽어 이저야 하랴 사라서 그려야 하랴=죽어서 잊어야 하겠느냐 살아서
그리워하여야 하랴. ◇한 말슴만 하소라 보자 死生決斷=한 말씀만 하여라.
보자 죽고 사는 것을 결단.

1236. 此生怨讐이離別두字 어이하면永永아조업시일ㅅ고 가슴에무원
불이러날냥이면얽동혀더저살암즉도하고눈으로솟는물바다히되면풍
덩드릇쳐씌우련마는 아무리 살으고씌운들한숨을어이하리요.

가슴에 무원 불 이러날 냥이면 얽동혀 더저 살암즉도 하고 눈으로 솟는
물 바다히 되면 풍덩 드릇쳐 씌우련마는=가슴에 쌓인 불이 일어날 것 같으
면 얽고 동여 던져 불태울 만하고 눈으로 솟아나는 물이 바다가 되면 풍덩
던져 띄우련마는.

1237. 況是靑春日將暮하니　桃花ㅣ亂落如紅雨ㅣ로다　勸君終日酩酊醉
하자酒不到劉伶墳上土ㅣ니　兒嬉야　換美酒하여라與君同醉하리라.

　　況是靑春日將暮하니　桃花ㅣ亂落如紅雨ㅣ로다=하물며 이 푸른 봄날이 장
차 저물어 가도다.　◇勸君終日酩酊醉하자　酒不到劉伶墳上土ㅣ니=그대에게
권하노니 종일토록 취하자 술이 유령의 무덤에는 이르지 않으리니.　◇換美
酒하여라 與君同醉하리라=좋은 술로 바꾸어 들여라. 그대와 함께 취하리라.

■言 樂

1238. 가슴에궁글에둥실케쑬코　왼색기를눈길게느슷느슷쏘아　그궁게
그색기너허두놈이마조잡고훌근훌근훌나들릴제그는아못조로나견듸
려니와　활이나　님외오살나하면그는그리못하리라.

◆ 대조; '활이나'는 '할니나'의 잘못이고, 띄어 써야 함.

　　가슴에 궁글 에둥실케 쑬코 왼색기를 눈 길게 느슷느슷 쏘아=가슴에 구
멍을 둥그렇게 뚫고 왼새끼를 눈으로 바라볼 수 있는 길이로 느슨하게 꼬아.
◇훌나들릴제 그는 아못조로나 견듸려니와=드나들 제는 그것은 어떻게 해
서든지 견딜 수 있으나.　◇활이나=하루도.

1239. 간밤에지게여든바람 살쓸이도날속엿다　風紙소래에임이신가나
가보니모도다외다마는　眞實노 들나곳하더면밤이좃차우을낫다.

◇ 대조; '나가보니모도외다마난'은 '반기온나도亦是외건마는'으로, '眞實노'는 '행 혀나'로 되어 있음.

간밤에 지게 여든 바람 살뜰이도 날 속엿다=간밤에 지게문을 열던 바람 살뜰히도 나를 속였다. ◇모도다 외다마는=모두가 다 잘못이다마는. ◇들 나곳 하더면 밤이 좃차 우을낫다=들어오라고 하였다면 밤이 따라 웃을 뻔하 였다.

1240. 간밤에자고간行次 어노고개넘어어듸로멈우는고 主人님暫間더 새와지냥식콩내음새그려東海통爐口뒷박斫刀를내옵세하고뉘집나그 네되여가노 情이사 무엇이重하랴마는못내이저하노라.

◇ 대조; '어듸로'는 '어드메만'으로, '콩내음새그려'는 '말콩내옵새'로, '東海'는 '동 희'의, '되여가노'는 '되엿난고'로 되어 있음.

간밤에 자고간 行次 어노 고개 넘어 어듸로 멈우는고='행차(行次)'는 '풍 초'로 된 곳이 있음. 간밤에 자고 간 풍초 어느 고개 넘어 어디쯤 머무는고. 풍초는 선비를 존대하여 일컫는 말. ◇主人님 暫間 더새와지 냥식 콩 내음 세 그려 東海 통爐口 뒷박 斫刀를 내옵세 하고 뉘 집 나그네 되여가노=주인 님 잠간 더 새워야지 양식할 콩 내시오 그려 동이 통노구 뒷박 작두 내시오 하고 어느 집 나그네 되어가나. 더새다는 행인 정한 곳 없이 들어가 밤을 지 새우는 것.

1241. 간밤에 大醉하여 醉한잠에쑴을쑤니 七尺劒千里馬로遼海를나라 건너降伏밧고北闕에도라와서告厥成功하여뵈니 丈夫의 慷慨之心 이胸中에鬱鬱하야쑴에試驗하야뵈더라.

◇ 대조; '나라건너降伏밧고'는 '나라건너天驕를降伏밧고'로, '試驗하야뵈더라'는 '試驗하여라'라 또는 '試驗하도다'로 되어 있음.

七尺劒千里馬로 遼海를 나라 건너 降伏밧고 北闕에 도라와서 告厥成功 하여뵈니='항복(降伏)' 앞에 '천교(天驕)'가 빠졌음. 일곱 자나 되는 큰 칼과 하루에 천리를 달릴 수 있는 말로 먼 곳의 바다를 날으 듯 건너 천교를 항복받고 대궐 북쪽으로 돌아와 이를 보고하여 성공을 알리니.

1242. 江山도조흘시고 鳳凰이쩌왓는가 三山半落靑天外여늘二水中分白露洲ㅣ로다 李白이 이제와잇서도이밧게못쓰리라.

◇ 대조; '鳳凰이'는 '鳳凰臺가'의, '이밧게'는 '이景밧긔'의 잘못임.

　　鳳凰이 쩌 왓는가='봉황(鳳凰)'은 '봉황대(鳳凰臺)'의 잘못. 봉황대가 떠 왔는가. ◇三山半落靑天外여늘 二水中分白露洲ㅣ로다=삼산은 청천 밖에 반이나 떨어졌고 이수는 백로주에서 나뉘었다. 이백이 금릉(金陵)의 봉황대에 올라 옛날을 생각하고 참소 당한 자신을 가슴 아프게 여긴 시의 일절임.

1243. 개고리저개고리 得得爭躍하는것혜 해오리저해오리垂垂不飛하는고야 秋風에 해오리펄적나니개고리간곳업서하노라. 安玟英

　　得得爭躍 하는 것혜=펄쩍펄쩍 다투어 뛰어오르는 곁에. ◇垂垂不飛 하는고야=차츰차츰 날지를 못하는구나. 정약용(丁若鏞)의 시 '득득와쟁약 수수노불비(得得蛙爭躍 垂垂鷺不飛)'를 초·중장으로 시조화한 것임.

1244. 擊汰梨湖山四低한듸 黃鸝遠勢草萋萋ㅣ로다 婆娑城影은淸樓北이요新勒鐘聲白塔西ㅣ로다磧石이波浸神馬跡이요二陵에春入子規啼로다 翠翁放老ㅣ空文藻호니 如此風光에不共携를하도다.

◇ 대조; '新勒鐘聲'은 '神勒鐘聲'의, '磧石이'는 '赤鳥이'의, '翠翁放老'는 '翠翁牧老'의 잘못.

　　擊汰梨湖山四低한듸 黃鸝遠勢草萋萋ㅣ로다='黃鸝'는 '황려(黃驪)'의 잘못인 듯. 심한 사태로 이호의 사방 산이 나즈막해졌고 황려의 멀리서 본 모양은 풀이 우거진 듯하더라. 이호(梨湖)는 여주 남한강의 북쪽 강안(江岸)의 지명. 황려는 여주의 옛 이름. ◇婆娑城影은 淸樓北이요 神勒鐘聲白塔西ㅣ로다=파사성의 그림자는 청루 북쪽이요 신륵사의 종소리는 백탑의 서쪽이다. 파사성은 여주군 내에 있는 고구려의 성, 청루는 여주에 있는 청심루(淸心樓), 신륵사는 여주 동북에 있는 사찰, 백탑은 벽탑(甓塔)의 잘못인 듯. ◇磧石이 波浸神馬跡이요 二陵에 春入子規啼로다=‘적석(磧石)’은 ‘적석(赤鳥)’의 잘못. 물가의 돌은 물결에 용마의 흔적을 침범하고 이릉에 봄이 되니 자규가 운다. ◇翠翁放老ㅣ空文藻호니如此風光에不共携를하더라=‘목노(放老)’는 ‘목노(牧老)’의 잘못. 취한 늙은이 이색(李穡)의 글재주가 부질없으니 이같이 좋은 경치에 같이 할 수 없도다.

1245. 고래물혀채민바다 宋太祖의金陵치도라들ㅅ제 曹彬의드는칼로무지개휘운드시에후루혀다리녹코 그넘어 임이왓다하면나는발벗고상금거러가리라.

　고래 물 혀 채민 바다 宋太祖의 金陵 치도라들ㅅ제=고래가 물을 들이켜 세게 치밀은 바다 송(宋)나라 태조가 금릉으로 치돌아 들 때. ◇曹彬의 드는 칼로 무지개 휘운드시 에후루혀 다리 녹코=조빈의 잘 드는 칼로 무지개를 구부린 듯 당기어 다리를 놓고. 조빈(曹彬)은 송나라 태조의 장수. ◇상금 거러가리라=살금살금 걸어가리라.

1246. 나는님헤기를 嚴冬雪寒에孟嘗君의狐白裘밋듯 임은날넉이기를三角山重興寺에니싸진늙은중놈의살셩긘어레빗이로다 明天이 이뜻을아오사돌녀사랑하게하소서.

　나는 님 헤기를 嚴冬雪寒에 孟嘗君의 狐白裘 밋듯=나는 임 생각하기를 추운 겨울에 맹상군의 여우의 털로 만든 갖옷을 믿듯. ◇임은 날 넉이기를 三角山 重興寺에 니 싸진 늙은 중놈의 살셩긘 어레빗이로다=임은 나를 생각하기를 삼각산 중흥사의 이가 빠진 늙은 중의 빗살이 엉성한 얼레빗이로다.

1247. 눈섭은슈나븨안즌듯 니ㅅ바듸는박씨까세운듯 날보고당싯웃는냥은三色桃花未開封이하로밤비ㅅ氣運에半만절로픤形狀이로다 春風에 蝴蝶이되야서간곳마다좃츠리라.

눈섭은 슈나븨 안즌 듯 니ㅅ바듸는 박씨 까세운 듯=눈썹은 수나비가 앉은 듯 잇바디는 박씨를 까서 세운 듯. ◇날 보고 당싯 웃는 양은 三色桃花未開封이=나를 보고 방긋 웃는 모습은 피지 않은 삼색의 복숭아꽃이.

1248. 늙기설웨란말이 늙은이의妄伶이로다 天地江山無限量이오人之定命百年間이니설워하는말이아마도妄伶이로다 두어라 늙은이의妄伶윗말을우서무삼하리요.

�‹대조; '無限量'은 '無限景'의, 설워하는말이'는 '셜웨라하는말이'의 잘못.

天地江山無限量이오 人之定命百年間이니=천지의 강산은 한량이 없고 사람의 정해진 수명은 백년간이다.

1249. 宅들에단저단술사오 저장사야네황호몃가지나외나니사자 아랫燈檠웃燈檠걸燈즈으리東海통爐口가업네사오大模官女妓小各官酒湯이本是쑤러저물조르르흐르는구멍막키옵세 장사야 막힘은막겨도 홋말업시막히소.

◇ 대조; '막겨도'는 '막혀도'의 잘못.

宅들에 단저 단술 사오=댁들에 젓가락과 숟가락 묶음들 사시오. ◇저 장사야 네 황호 몇 가지나 외나니 사자=저 장사꾼이 네 황아(黃貨) 몇 가지나 외치느냐 사자. ◇아랫 燈檠 웃 燈檠 걸 燈 즈으리 東海 통爐口 가 업네 사오=아래 등걸이 위에 등걸이 걸등 조리 동이 통노고솥 값 없네 사시오. 값 없다는 싸다는 뜻. ◇大模官 女妓 小各官 酒湯이 本是 뚜러저 물 조르르흐르는 구멍 막키옵세='대목관(大模官)'은 '대목관(大牧官)'의 잘못. 대목관 같은 여기(女妓)나 소각관 같은 주탕이가 본래 뚫어져 물이 주르르 흐르는 구멍을 막으십시오. 구멍은 여자의 성기(性器)를 가리키는 말. ◇막힘은 막겨도 홋말 업시 막히소=막는 것은 막더라도 뒷말 없이 막으시오.

1250. 宅들에나무들사오 저장사야네나무갑얼마니사자 싸리나무한동

에한말이오검부나무한동에닷되여合하여마닷되오니사째여보오불잘
붓슴네　眞實로 한번곳사째오면매양사서째오자하오리.

　　싸리나무는 한 동에 한 말이오 검부나무는 한 동에 닷되여 合하여 마 닷
되오니 사 째여　보오 불 잘 붓슴네=싸리나무는 한 둥치에 한 말이오 검불
나무는 한 둥치에 닷 되니 합하여 한 말 닷 되니 사서 때어보시오. 불 잘 붙
습니다.

1251. 도련님날보려할제　百番남아들네기를　高臺廣室奴婢田畓世間什
　　物을주마판처盟誓키로丈夫ㅣ혈마헛말하랴이리저리좃찹터니至今에
　　三年이다盡토록百無一實하고밤마다불너내여단잠만째우오니　自今
　　爲始하여 가기는커니와문거러다리고입을빗죽하리라.

◇ 대조; '들네기를'은 '달네기를'의, '丈夫'는 '大丈夫'의, '문거러'는 '눈거러'의 잘
　　못.

　　도련님 날 보려 할 제 百番남아 들네기를=도련님이 나와 정을 통하려 할
때 백 번이나 넘게 달래기를. ◇高臺廣室 奴婢田畓 世間什物을 주마 판처
盟誓키로 丈夫ㅣ 혈마 헛말 하랴 이리저리 좃찹터니=높고 넓은 좋은 집과
노비와 전답 살림살이를 주겠다고 큰소리치며 맹세하기에 대장부가 설마 거
짓말 하겠느냐. 이렇게 저렇게 하자는 대로 따랐더니. ◇至今에 三年이 다
盡토록 百無一實하고=지금까지 삼년이 다 되도록 백에 하나도 실속이 없고.
◇自今爲始하여 가기는 커니와 문 거러다리고 입을 빗죽하리라='문거러'는
'눈거러'의 잘못. 이제부터 시작해서는 가기는커녕 눈을 흘기고 입을 삐죽하
리라.

1252. 東山昨日雨에 老謝와바둑두고　草堂今夜月에謫仙을만나酒一斗
　　하고詩百篇이로다　來日은 陌上春風에邯鄲娼杜陵豪로큰못곳이하
　　리라.

◇ 대조; '陌上春風'은 '陌上靑樓'의 잘못이나 『歌曲源流』계의 가집에는 이렇게 되

419

어 있음.

　東山昨日雨에 老謝와 바둑 두고=동산에 어제 비에 노사와 바둑을 두고.
노사는 동진(東晉) 때의 사안(謝安)을 말함. ◇草堂今夜月에 謫仙을 만나 酒
一斗하고 詩百篇이로다=초당의 오늘 달밤에 적선을 만나 술 한 말을 마시고
시 백 편을 짓겠다. 적선은 이백(李白)을 말함. ◇陌上春風에 邯鄲娼 杜陵豪
로 큰 못곳이 하리라=‘춘풍(春風)’은 ‘청루(靑樓)’의 잘못인 듯. 길거리 술집
에서 한단의 창녀들과 두릉의 호걸들과 큰 모꼬지를 하리라. 두릉의 호걸은
두보(杜甫)를 가리키고 모꼬지는 잔치를 말함.

1253. 드립써바드득안흐니 細허리가자륵자륵　紅裳을거드치니雪膚之
豊肥하고擧脚蹲坐하니半開한紅牧丹이發郁於春風이로다 進進코 又
退退허니茂林山中에水春聲인가하노라.

　드립써 바드득 안흐니 細허리가 자륵자륵=들입다 바드득 안으니 가는 허
리가 자늑자늑. ◇紅裳을 거두치니 雪膚之豊肥하고 擧脚蹲坐하니 半開한 紅
牧丹이 發郁於春風이로다=붉은 치마를 걷어치니 눈같이 흰 살결이 풍만하
고 다리를 들고 걸터앉으니 반만 핀 붉은 모란이 봄바람이 향기를 품어내더
라. 반개한 홍모란은 여성의 성기를 말함. ◇進進코 又退退하니 茂林山中에
水春聲인가=나아갔다 또 물러서고 하니 숲이 우거진 산속에 물방아 찧는 소
리인가. 성교(性交)의 장면을 묘사한 것임.

1254. 목붉은山生雉와 홰에안진白松鶻이　집압논漁살밋헤고기엿는白
鷺들아　眞實노 너희아니면節가는줄몰내라.

◆ 대조; ‘山生雉’는 ‘山上雉’와 ‘眞實로’는 ‘草堂에’로 『歌曲源流』계 가집에 이렇게
　되어 있음.

　목 붉은 山生雉와 홰에 안진 白松鶻이=목이 붉은 산의 꿩과 홰에 앉아 있
는 송골매. ◇집 압 논 漁살 밋헤 고기 엿는 白鷺들아=집 앞의 논에 쳐놓은
어살 밑에 고기를 엿보는 백로들아.

1255. 밋남진그놈紫驄 벙거지쓴놈소대書房   그놈은삿벙거지쓴놈그놈
밋남진그놈紫驄벙거지쓴놈은다뷘논에情이로되   밤口中만 삿벙거
지쓴놈보면샐별본듯하여라.

◇ 대조; '情이로되'는 '졍어이로되'의 잘못.

   밋 남진 그놈 紫驄 벙거지 쓴 놈 소대 書房 그놈은 삿벙거지 쓴 놈 그놈=
본 남편 그 놈은 자총 벙거지 쓴 놈 샛서방 그놈은 삿갓 벙거지 쓴 놈. 자총
은 자줏빛 말총. ◇紫驄 벙거지 쓴 놈은 다 뷘 논에 情이로되='정(情)'은 '정
어이'의 잘못. 자총 벙거지 쓴 놈은 추수를 다한 논에 서 있는 허수아비 같
되. ◇삿벙거지 쓴 놈 보면 샐별 본 듯=삿갓 벙거지 쓴 놈을 보면 샛별을
본 듯 반갑다.

1256. 바독바독뒤얽어진놈아 제발뷔자네냇가에란서지말아   눈큰준치
허리긴갈치츤츤가물치두루처메여기넙적한가자미등곱은새오겨레만
은곤장이네얼골보고서그믈만넉여풀풀쮜여다다라나는듸열업시삼긴
烏賊魚둥게는고야   眞實노 너곳와서잇시면고기못잡아大事ㅣ로다.

   바독바독 뒤얽어진 놈아 제발 뷔자 네 냇가에란 서지 말아=바둑판처럼 몹
시 얽은 놈아. 제발 빌자. 네게, 냇가에는 서있지 마라. ◇겨레 만은 곤장이
=같은 무리가 많은 곤쟁이. ◇열 업시 삼긴 烏賊魚 둥개는고야=겁쟁이처럼
생긴 오징어 쩔쩔매는구나. ◇너곳 와 서잇시면=네가 와 서있으면.

1257. 拔雲甲이라하늘로날며 透地쥐라싸흘파고들냐   金종달이鐵網에
걸녀플썩푸드덕인들날싸길싸제어듸로갈싸   오늘은 내손대잡혓시
니풀썩여볼ㅅ가하노라.

   拔雲甲이라 하늘로 날며 透地쥐라 싸흘 파고 들냐=바람개비라 하늘로 날
며 두더쥐라 땅을 파고 들겠느냐. 바람개비는 쏙독새를 말함. ◇金종달이
鐵網에 걸녀 플썩 푸드득인들 날싸길싸 제 어듸로 갈싸=금종달이 철망에 걸
려 풀떡 푸드덕거린들 날고 긴다고 제가 어디로 갈 수 있겠느냐.

1258. 百花芳草봄바람을 사람마다즑여할제   登東皐而叙嘯하고臨淸流
而賦詩로다   우리도 綺羅群거나리고踏靑登高하리라.

◇ 대조; 작자 안민영(安玟英) 누락.

　　登東皐而叙嘯하고 臨淸流而賦詩로다='서소(叙嘯)'는 '서소(舒嘯)'의 잘못.
동산에 올라 길게 휘파람을 불고 맑은 시냇가에 가서 시를 짓도다. ◇綺羅
裙 거나리고 踏靑登高 하리라=기생들을 데리고 봄철에는 푸른 풀을 밟고 가
을에는 높은 산에 오르고 하리라.

1259. 白髮漁樵江渚上에 慣看秋月春風이로다   一壺濁酒로喜相逢하여
古今多少事都付笑談中이로다山空夜靜한듸   잇다감 蜀魄이울ㅅ제
면不勝慷慨하여라.

　　白髮漁樵江渚上에 慣看秋月春風 이로다=고기잡고 나무하는 머리가 흰 사
람이 강가에서 항상 가을 달과 봄바람을 벗하였다. ◇一壺濁酒로 喜相逢하
여 古今多少事 都付談笑中이로다=한 병의 탁주로 서로 만나는 것을 기뻐하
여 고금의 많고 적은 일들을 모두 담소하는 중에 부치도다. ◇山空夜靜한듸
잇다감 蜀魄이 울ㅅ제면 不勝慷慨 하여라=산이 텅 비고 밤이 고요한데 가끔
두견새 울 때면 강개한 심사를 억제하기 어렵더라.

1260. 白鷗는翩翩大同江上飛하고 長松은落落淸流壁上翠로라   大野東
頭點點山에夕陽은빗겻는듸長城一面溶溶水에一葉漁艇을흘니저어
大醉코 載妓隨波하여綾羅島白雲灘으로任去來를하리라.

　　白鷗는 翩翩大同江上飛하고 長松은 落落淸流壁上翠로라=갈매기는 펄펄
대동강 위를 날고 장송은 늘어져 청류벽 위에 푸르더라. 청류벽은 대동강 연
안의 절벽. ◇大野東頭點點山에 夕陽은 빗겻는듸 長城一面溶溶水에 一葉漁
艇을 흘니저어=넓은 들 동쪽의 점점이 보이는 산에 저녁 해는 비끼었는데
긴 성 한 쪽에 넘실대는 물에 조그만 고깃배를 흐르는 대로 저어. ◇大醉코
載妓隨波하여 綾羅島 白雲灘으로 任去來를=크게 취해 기생을 싣고 물결을

따라 능라도와 백운탄으로 마음대로 오르내리기를 하리라.

1261. 白鷗야풀풀나지마라 나는아니잡우리라 聖上이바리시니갈듸업
서예왓노라名區勝地를어듸어듸보앗느냐 날다려 仔細이일너든너
와함씌놀니라.

聖上이 바리시니 갈 듸 업서 예 왓노라=임금이 버리시니 갈 곳 없어 여기
에 왔노라. ◇날다려 仔細히 일너든=나에게 자세히 알려준다면.

1262. 碧紗窓이어룬어룬커늘 임만넉여펄쩍쒸여쑥나서보니 임은안이
오고明月이滿庭한듸碧梧桐저즌닙헤鳳凰이와서긴목을휘여다가깃다
듬는그림자ㅣ로다 맛초아 밤일센만정倖兮낮이런들남우일번하여
라.

碧梧桐 저즌 닙헤 鳳凰이 와서 긴 목을 휘여다가 깃 다듬는 그림자ㅣ로다
=벽오동의 젖은 잎에 봉황새가 날아와서 긴 목을 꾸부리어 깃을 다듬는 그
림자로구나. ◇맛초아 밤일센만정 倖兮 낮이런들 남 우일 번하여라=때마침
밤이니 망정이지 행여나 낮이었다면 남을 웃길 뻔 하였다. 남의 웃음거리가
될 뻔하였다.

1263. 飛禽走獸삼긴然後에 닭과개는쌔두드려업실거시 粉壁紗窓깁흔
밤에품에들어자는임을홰홰처우러일어나게하며寂寂重門왓는님을무
르락나오락캉캉즈저도로가게하니 門밧게 닭개장사외지거든찬찬
동혀주리라.

飛禽走獸 삼긴 然後에=날짐승과 길짐승이 생긴 뒤에. ◇粉壁紗窓 깁흔
밤에=깨끗하게 바른 벽과 비단으로 꾸민 창으로 된 방 깊은 밤에. ◇寂寂重
門 왓는 님을=인적이 드문 중문에 온 님을. ◇외지거든 찬찬 동혀=외치거
든 꼭꼭 묶어.

1264. 生매갓흔저閣氏남의肝腸그만슨소 몃가지나하여나주료 緋緞粧
옷大緞치마구름것흔北道다릐玉빈혀竹節빈혀銀粧刀金粧刀江南서나
는珊瑚ㅣ柯枝子介天桃金가락지石雄黃眞珠唐只繡草鞋를하여나주료
더閣氏 一萬兩이쑴口자리라곳것치웃는드시千金싼言約을暫間許諾
하시쇼.

　　生매 갓흔=야생매 같은. ◇緋緞粧옷 大緞치마 구름것흔 北道다릐 옥빈혀
竹節빈혀 銀粧刀 金粧刀 江南서 나는 珊瑚ㅣ 柯枝 子介 天桃 金가락지 石雄
黃 眞珠 唐只 繡草鞋 하여나 주료=비단 장옷 대단치마 구름 같은 함경도에
서 나는 다리 옥비녀 마디가 있는 대나무로 만든 비녀 은장도 금장도 강남
에서 나는 산호가지 자개 천도복숭아 모양의 반지 석웅황 진주 댕기 수놓은
신발을 하여 주랴. 다리는 여자의 머리카락에 덧 넣는 다른 머리. ◇一萬兩
이 쑴口자리라 곳것치 웃는드시 千金 싼 言約을=일만 냥이나 하는 비싼 잠
자리니 꽃처럼 웃는 듯이 천금처럼 비싼 언약을.

1265. 술붓다가盞골케붓는妾과 色한다고서새음甚히하는안해 한배에
모도실어다쎡오리라한바다에 狂風에 놀나쌔닷거든卽時다려오리
라.

◇ 대조; ‘妄’은 ‘妾’의 잘못.

　　色한다고서 새음 甚히 하는 안해=호색(好色)한다고 해서 질투를 지나치게
하는 아내.

1266. 술먹고빗둑빗척거러가며 먹찌마자크게盟誓하엿더니 春夏秋冬
好時節에南隣北村다請하야熙皥同樂하올머듸어허盟誓可笑로다 人
生이 一場春夢이니먹고놀녀하노라.

◇ 대조; ‘거러가며’는 ‘뷔거러가며’의 잘못.

春夏秋冬 好時節에 南隣北村 다 請하야 熙皥同樂 하올머듸 어허 盟誓可
笑로다=일년 내내 좋은 때에 남북의 이웃들을 청하여 다함께 화목하게 즐길
즈음에 맹세가 가소롭다.

1267. 아흔아홉곱먹은老丈이 濁酒를걸너가득담복醉케먹고　납죽조라
한길노이리로빗쑥더리로빗쑥빗쑥빗척뷔거러러갈ㅅ제웃지마라저靑
春少年兒孺놈들아　우리도 少年쩍마음이어제런듯하여라.

　아흔아홉 곱먹은 老丈이=아흔 아홉 고비를 넘긴 노인이. ◇납죽 조라한
길노=넓고 좋은 길로.

1268. 엇던남근大明殿대들보되고　엇던남근뭇소경의都막대된고　난番
소경다섯든番소경다섯掌務公司員合하여열두소경의都막대로다　우
리도 남의임거러두고都막대될ㅅ가하노라.

◇ 대조; '엇던남근뭇소경'은 '또엇던남근뭇소경'의로 되어 있음.

　엇던 남근 大明殿 대들보 되고 엇던 남근 뭇 소경의 都막대 된고=어떤 나
무는 대명전 대들보가 되고 어떤 나무는 여러 소경의 짧은 막대가 되었는고.
◇掌務公司員=사무를 관장하는 사무원.

1269. 웃는냥은잇바대도좃코 힕의는양은눈씨도곱다　안거라서거라건
너라닷거라어허내사랑삼고라지고　네父母　너삼겨내오실ㅅ제날만
괴라내시도다.

　웃는 냥은 잇바대도 좃코 힕의는 양은 눈씨도 곱다=웃는 모습은 잇바디
도 좋고 흘기는 모습은 눈매도 곱다. ◇안거라 서거라 건너라 닷거라 어허
내 사랑 삼고라지고=앉거라 섯거라 걷거라 뛰거라 어허 내 사랑을 삼고 싶
다. ◇너 삼겨 내오실ㅅ제 날만 괴라 내시도다=너 낳을 때 나만을 사랑하라
나시었다.

1270. 月下에임生覺하되 임의消息바이업데   四更닭울음듯고瀟湘洞庭
외기럭이는달을보고한번길게우는고나   언제나 그리든임만나왼밤
잘ㅅ고하노라.

◇ 대조; '듯고'는 '울고'의 잘못.

　임의 消息 바이 업데=임의 소식이 아주 없더라. ◇四更 닭 울음 듯고=새
벽닭의 우는 소리를 듣고. ◇그리던 임 만나 왼밤 잘ㅅ고=그리워하던 임을
만나 온 밤을 잘가.

1271. 一壺酒로送君蓬萊山하니 蓬萊仙子ㅣ笑相迎을   笑相迎彈琴歌一
曲하니萬二千峯이五層層이로다   아마도 關東風景은이쑌인가하노
라.

◇ 대조; '五層層'은 '玉層層'의 잘못.

　一壺酒로 送君蓬萊山하니 蓬萊仙子ㅣ 笑相迎을=한 병의 술로 그대를 봉
래산에 전송을 하니 봉래산의 신선들이 웃으며 맞이함을 ◇笑相迎彈一曲하
니 萬二千峯이 五層層이로다='오층층(五層層)'은 '옥층층(玉層層)'의 잘못.
서로 웃으며 맞으면서 가야금으로 노래 한 곡조를 연주하니 만 이천 봉이
옥이 층층한 것 같구나.

1272. 日月星辰도天皇氏ㅅ적日月星辰   山河土地도地皇氏ㅅ적山河土地
日月星辰山河土地다天皇氏ㅅ적地皇氏ㅅ적과한가지로되 사람은 어
인緣故로人皇氏ㅅ적사람이안인고.

　天皇氏·地皇氏·人皇氏=중국 고대의 삼황. 각각 일만 팔천세를 살았다
고 함.

1273. 저건너色옷입은사람 얄뮙고도잣뮈웨라   작은돌다리넘어큰돌다
리건너가로쒸여온다뱝쒸여온다어허어허내사랑삼고라지고   眞實노

내사랑이못될시면벗의사랑인가하노라.

◆ 대조; '色옷'은 '흰옷'으로 『歌曲源流』계 가집에 이렇게 되어 있음.

얄뷥고도 잣 뮈웨라=얄밉고도 잣달게 미워라. ◇가로 뛰여 온다 밥 뛰여 온다=가로 뛰어 온다 바삐 뛰어온다.

1274. 저건너槐陰彩閣中에 繡놋는저處女야 뉘라서너를弄하여넘노는지細眉玉顔에雲鬢은아조헛트러저서鳳簪좃차기우러젓느냐 丈夫에探花之情을任不禁이니一時花容을앗겨무삼하리요.

저 건너 槐陰 彩閣中에=저 건너 홰나무 그늘에 있는 채색한 누각 안에 있는. ◇뉘라서 너를 弄하여 넘노는지 細眉玉顔에 雲鬢은 아조 헛트러저서 鳳簪좃차 기우러젓느냐=누가 너를 희롱하여 넘나들며 노는지 가는 눈썹과 아름다운 얼굴에 구름 같은 머리카락은 아주 흐트러져 봉황을 새긴 비녀마저 기울어졌느냐. ◇丈夫에 探花之情을 任不禁이니 一時花容을 앗겨 무삼 하리요=장부의 꽃을 찾는 심정을 마음대로 막을 수 없으니 한 때의 젊고 고운 얼굴을 아껴 무엇 하겠느냐.

1275. 折衝將軍行龍驤衛副護軍 나를아는다모로는다 南北漢그리길제 쩌러진적업고長安花柳風流處에아니간곳업는나를 閣氏네 아모리 숫보아도하로밤격거보면젊은愛夫의將軍될ㅅ가하노라.

◆ 대조; '내비록늙엇시나노래춤을추고南北漢그리길제'는 '내비록늙엇시나노래춤을추고南北漢노리갈제'의 잘못. 작자 김수장(金壽長) 누락.

折衝將軍行龍驤衛副護軍=절충장군으로 용양위의 부호군 직위. 절충장군은 정3품 벼슬. 용양위는 조선시대 오위도총부의 하나. 부호군은 종4품 벼슬. 행은 관계(官階)가 직책보다 높을 때 덧붙이는 칭호임. 반대는 수(守)임. ◇南北漢 그리 길 제='그리길제'는 '노리갈제'의 잘못. 한강 남북으로 놀이 갈 때. ◇長安花柳 風流處에=장안의 기생들과 더불어 노는 장소에. ◇아모리 슷 보아도 하로 밤 겨거 보면 젊은 愛夫의 將軍될ㅅ가=아무리 얕잡아 보아도 하루 밤 겪어보면 젊은 서방들의 장군이 될까. 으뜸이 될까.

1276. 窓밧게草綠色風磬걸고 風磬아래孔雀尾로발을다니　바람불적마다훗날려서이애는소래도조커니와　밤口中만　잠口결에들어보니遠鐘聲인듯하여라.

風磬 아래 孔雀尾로 발을 다니=풍경 아래에 공작의 꼬리털로 발을 만들어 다니. ◇훗날려서 이애는 소리도 조커니와=흩어져 멀리 퍼져 흔들리는 소리도 좋거니와. ◇遠鐘聲인 듯=멀리서 울려오는 종소리인 듯.

1277. 콩밧헤드러콩닙쓰더먹는감운암소를　아무만쏫츤들그콩닙바리고저어듸가며　이불아래자는님을발노툭차서미적미적하며어서나가소한들이아닌밤에날바리고저어듸로가리　아마도　싸호고못미틀쓴임이신가하노라.

◇ 대조; '못미틀쓴'은 '못마를쓴'의 잘못.

이불 아래 자는 님을 발로 툭 차서 미적미적하며 어서 나가소 한들 이 아닌 밤에 날 버리고 저 어듸로 가리=이불 속에 자는 임을 발로 툭 차면서 미적미적 밀어내며 어서 나가시오 한들 이 밤중에 나를 버리고 제가 어디로 가겠느냐. ◇싸호고 못 미틀쓴 임이신가='못미틀쓴'은 '못마를쓴'의 잘못인 듯. 싸우고 못 말릴 것은 임이신가.

1278. 平壤妓년의茶紅大緞치마 義州女妓년들의月花紗紬치마　南緣寧海盈德酒帑閣氏生葛무명감찰中衣에行子치마멜쓴이제格이로다　우리도 이렁성질기다가同色될ㅅ가하노라.

◇ 대조; '平壤妓년의'는 '平壤女妓년들의' '茶紅'은 '多紅'이나 '唐紅'의, '南緣'은 '藍緞'의, '제格'은 '제色'의 잘못임.

茶紅大緞·月花紗紬·藍緣='남연(南緣)'은 '남단(藍緞)'의 잘못. 비단의 이름. ◇生葛 무명 감찰 中衣에 行子치마 멜 끈이 제 格=생칡 무명 다갈색 중의에 행주치마 멜 끈이 제 격.

1279. 폭른山中白髮翁이 고요獨坐向南峯이로다　바람불어松生瑟이요 안개퓌여壑成虹을奏穀啼禽은千古恨인듸積多鼎鳥는一年豊이로다 누구서 山을寂寞다턴고나는樂無窮인가하노라.

◇ 대조; '폭른'은 '푸른'의 잘못.

폭른 山中 白髮翁이 고요 獨坐向南峯이로다='폭른'은 '푸른'의 잘못. 푸른 산속의 머리가 흰 늙은이가 조용히 남쪽 봉우리를 향하여 홀로 앉았다. ◇ 바람 불어 松生琴이요 안개 퓌여 壑成虹을 奏穀啼禽은 千古恨인듸 積多鼎鳥는 一年豊이로다=바람이 불어 소나무에서 가야금 소리가 나고 안개가 피어 올라 골짜기에 무지개가 생기고 주걱새의 울음은 천고의 한이요 솥 적다고 우는 소쩍새 소리는 한해가 풍년이겠다. ◇山을 寂寞다턴고 나는 樂無窮인 가=산을 쓸쓸하다 하였던고 나는 즐거움이 한이 없는가.

1280.　項羽ㅣ작한天下壯士ㅣ랴마는　虞姬離別에한숨만석거눈물지고 唐明皇이작한濟世英主ㅣ랴마는楊貴妃離別에울엇나니　허믈며 여 남운小丈夫야일너무삼하리요.

◇ 대조; '한숨만석거'는 '한숨석거'로 되어 있음.

項羽ㅣ 작한 天下壯士ㅣ랴마는 虞姬離別에 한숨만 석거 눈물지고=항우가 훌륭한 천하의 장사라고 하지만 우희와의 이별에 한숨만 섞어 눈물을 흘렸고. 우희(虞姬)는 항우가 사랑한 여자. ◇唐明皇이 작한 濟世英主ㅣ라마는 楊貴妃 離別에 울엇나니=당(唐)나라 현종(玄宗)이 세상을 구제할 훌륭한 군주이지만 양귀비와의 이별에 울었나니. ◇여남운 小丈夫야 일너 무삼 하리 요=그 나머지 졸장부야 말하여 무엇 하랴.

1281. 華燭洞房紗窓밧게梧桐남우 성긘비ㅅ소래잠놀나깨다르니   萬籟
俱寂한듸四壁蟲聲은喞喞하고돗은달이지샐ㅅ적에關山淸秋설워하여
두나래쌍상치며울고가는저기럭이 밤ㅁ中만 네소래를들을제면不覺
垂淚하여라.

◇ 대조; '關山淸秋설워하여'는 '關山靑秋스러하야'로, '不覺垂淚'는 '不覺墮淚'로 되
어 있음.

華燭洞房 紗窓 밧게 梧桐남우 성긘 비ㅅ소래 잠 놀나 깨다르니=신혼의 방
깁으로 두른 창 밖에 오동나무에 성긴 비 내리는 소리에 잠을 놀라 깨달으
니. ◇萬籟俱寂한듸 四壁蟲聲은 喞喞하고 돗은 달이 지샐ㅅ적에 關山淸秋
설워하여=모든 소리가 그쳐 고요한데 사방 벽에서 울리는 벌레소리는 즉즉
하고 돋은 달이 지샐 때에 고향의 맑음 가을을 서러워하여.

1282. 揮毫紙面何時禿고 磨墨硏田畢竟無ㅣ라   뭇노라저사람아이글쯧
을能히알짜   其人이 莞爾而笑하고唯唯而退하더라(右石坡) 安玫英

揮毫紙面何時禿고 磨墨硏田畢竟無ㅣ라=붓을 종이 위에 휘두르니 언제 모
지라 질고 먹을 벼루에 가니 마침내 없어지리라. ◇其人이 莞爾而笑하고 唯
唯而退 하더라=그 사람이 빙그레 웃고 예, 예하며 물러가더라.

■編樂

1283. 나무도바히돌도업슨뫼헤 매게휘좃친가톨의안과   大川바다한가
운듸一千石실흔배에櫓도일코닷도슨코龍椌도것고鷻도쌔지고바람부
러물ㅅ결치고안개뒤섯겨자자진날에갈ㅅ길은千里萬里남ㅁ고四面이
검어어득저뭇天地寂寞가치놀썻는듸水賊만난沙工의안과   엇그제
임여윈나의안이사엇다가를하리요.

◇ 대조; '沙工의'는 '都沙工의'로 『歌曲源流』계 가집에 이렇게 되어 있음., '엇다가
를'은 '엇다가가흘'로 되어 있음.

　나무도 바히 돌도 업슨 뫼헤 매게 휘좃친 가톨의 안과=나무도 바윗돌도 없
는 산에 매에게 쫓긴 까투리의 심정과. ◇櫓도 일코 닷도 쓴코 龍㲻도 것고
㲻도 쌔지고=노도 잃어버리고 닻도 끊어지고 용총도 꺾어지고 키도 빠지고.
◇안개 뒤섯겨 자자진 날에=안개가 뒤섞여 자욱한 날에. ◇天地寂寞 가치
놀 셧는듸 水賊 만난 沙工의 안과=온 세상이 고요하고 쓸쓸하며 사나운 파
도가 치는데 수적을 만난 사공의 심정과. ◇임 여윈 나의 안이사 엇다 가를
하리요='가를'은 '가흘'의 잘못. 임을 잃은 나의 심정이야 어디에다 비교하
리요.

1284. 내얼골검ㅁ고얽기 本是아니얽고검의　江南大宛國으로열두바다
　　　건너오신작은손님큰손님에紅疫드리쏘이後ㅅ덧침에自然이검고얽의
　　　그러나 閣氏네房구석에怪石삼아두시쇼.

◇ 대조; '江南大宛國'은 '江南國大宛國'으로, '쏘이'는 '쏘약이'로 되어 있음.

　江南 大宛國으로 열두바다 건너오신 작은 손님 큰 손님에 紅疫 드리 쏘이
後ㅅ덧침에 自然이 검고 얽의=강남국과 대완국에서 먼 바다를 건너 온 작고
큰 손님에 홍역 종기 두드러기 후탈에 자연스레 검고 얽었네. 대완국(大宛
國)은 중국 서쪽에 있는 나라. ◇怪石 삼아 두시쇼=이상하게 생긴 돌로 알
고 두십시오.

1285. 鳳凰臺上鳳凰遊러니 鳳去臺空江自流ㅣ로다　吳宮芳草埋幽境이
　　　오晉代衣冠成古丘ㅣ라三山半落靑天外여늘二水中分白鷺洲ㅣ로다
　　　總爲浮雲能蔽日하니 長安을不見使人愁를하여라.

◇ 대조; '吳宮芳草埋幽境'은 '吳宮花草埋幽逕'의 잘못,

鳳凰臺上鳳凰遊러니 鳳去臺空江自流ㅣ로다=봉황대 위에 봉황이 놀더니 봉
황이 날아가고 대는 비어 강물만 스스로 흘러가도다. ◇吳宮花草埋幽境이
오 晉代衣冠成古丘ㅣ라='유경(幽境)'은 '유경(幽逕)'의 잘못. 오(吳)나라 궁궐
의 화초는 깊숙한 길에 묻혔고 진대의 의관은 고구를 이루었다. ◇三山半落
靑天外여늘 二水中分白鷺洲ㅣ로다=삼산은 반쯤 청천 밖에 떨어졌거늘 이수
는 백로주에서 가운데가 나뉘었도다. ◇總爲浮雲能蔽日하니 長安을 不見使
人愁를 하여라=모두 뜬구름이 되어 능히 해를 가리니 장안을 보지 못하고
사람으로 하여금 근심하게 하여라. 이백(李白)의 「登金陵鳳凰臺(든금릉봉황
대)」를 시조화한 것임.

1286. 昔人이已乘白雲去하니 此地에空餘黃鶴樓ㅣ로다 黃鶴이一去不
復返하니白雲十載空悠悠라晴川은歷歷漢陽樹여늘芳草萋萋鸚鵡洲ㅣ
로다 日暮鄕關이何處是런고 煙波江山에使人愁를하여라.

◊ 대조; '已乘白雲去'는 '已乘黃鶴去'의, '白雲十載'는 '白雲千載'의, '煙波江山'은
'煙波江上'의 잘못.

    昔人이 已乘白雲去하니 此地에 空餘黃鶴樓ㅣ로다=옛 사람이 이미 황학을
타고 가니 이곳에 우뚝 황학루만 남았구나. ◇黃鶴이 一去不復返하니 白雲
十載空悠悠라='십재(十載)'는 '천재(千載)'의 잘못. 황학은 한 번 가서 다시
돌아오지 않으니 흰 구름만 천년토록 유유히 떠가는구나. ◇晴川은 歷歷漢
陽樹여늘 芳草萋萋鸚鵡洲ㅣ로다=맑은 시내에는 한양수가 역력하고 방초는
앵무주에 쓸쓸하고 차갑다. ◇日暮鄕關이 何處是런고 烟波江山에 使人愁를
하여라=해가 저무는데 향관이 어느 곳 이런고 연파강산에 나그네로 하여금
슬프게 한다. 당(唐)나라 최호(崔顥)의 「황학루(黃鶴樓)」를 시조화한 것임.

1287. 솔아래굽은길로 셋가는듸맨말ㅅ재즁아 人間離別獨宿空房삼긔
신부톄어늬졀法堂卓子우희坎中連하고안짓더냐뭇노라末제즁아 小
僧은 모르삽거니上座老偢아너이다.

人間離別 獨宿空房 삼긔신 부톄 어늬 절 法堂 卓子 우희 坎中連하고 안짓
더냐 뭇노라 末제 중아=사람에게 이별과 독수공방을 만드신 부처 어느 절
법당 탁자 위에 감중련하고 앉았더냐. 묻는다. 꼴지 중아. 감중련(坎中連)은
팔괘의 하나로 부처의 손이란 뜻이 있음. ◇上座 老偲 아너이다=상좌 늙은
이가 아나이다.

1288. 靑올치六날麻土履신ㅅ고 揮帒長衫을두루처메고 瀟湘斑竹열ㅅ
두마듸를쌱리채쌔혀집고靑山石逕의굽은늙은솔아래로누은휙근휙근
누운휙끈동넘어가올제면보신가못보신가긔우리男便즁禪師외러니
남이사 즁이라하여도玉갓흔가슴우희수박갓흔듸구리를둥글썰썰썰
썰둥글둥글둥글둥글어저긔여올나올ㅅ제면내사조와즁書房이.

   靑올치 六날 麻土履 신ㅅ고 揮帒長衫을 두루처 메고=청올치 여섯 날 미
투리를 신고 휘감은 장삼을 둘러메고. ◇靑山 石逕의 굽은 늙은 솔 아래로
누은 휙근 휙근 누운 휙끈동 넘어 가올제면=푸른 산 속 돌길 굽은 늙은 소
나무 아래로 누릇 희끗 희끗 누릇 빠르게 넘어갈 때면. ◇玉 갓흔 가슴 우
희 수박 갓흔 듸구리를=옥처럼 하얀 가슴 위에 수박 같은 대가리를.

1289. 한숨아細한숨아 네어늬틈으로잘드러온다 곰오障子細살障子들
障子열ㄷ障子에排木걸쇠걸엇는대屛風이라덜걱접고簇子히랴댁대굴
만다네어늬틈으로잘드러온다 아마도 너온날밤이면은잠못일워하
노라.

   네 어늬 틈으로 잘 드러온다=네가 어느 틈새로 그렇게 잘도 들어오느냐.
◇곰오障子 細살障子 들障子 열ㄷ障子에 排木 걸쇠 걸엇는대 屛風이라 덜걱
접고 簇子히랴 댁대굴 만다=거북무늬 장지 가는 살 장지 들장지 열장지에
배목 걸쇠로 걸었는데 병풍이었으면 덜컥 접고 족자였으면 댁대굴 말겠지
만.

■編數大葉

1290. 가을밤밝은달에 반만퓌온蓮꽃인듯　東風細雨에조흐는海棠花ㄴ
듯　아마도 絕代花容은너쑨인가하노라. 李鼎輔

　　東風細雨에 조흐는 海棠花ㄴ듯=봄바람 이슬비에 조는 해당화인 듯.　◇絕
代花容은 너쑨인가=뛰어나게 예쁜 얼굴은 너 밖에.

1291. 갓스믈선머슴쩍에 하든일이다우습다　아렛녁酒湯들과알간나희
며開城府통직이와덩덕쿵치는무당년들이날몰내라할이뉘잇스리　우
리도 少年ㅅ적마음이어제런듯하여라.

　　아랫녁 酒湯들과 알 간나희며 開城府 통직이와 덩덕쿵 치는 무당년들이
날 몰내라 할 이 뉘 잇시리=아래 녁의 술파는 계집들과 알 계집이며 개성부
의 통지기와 덩더쿵 무고(巫鼓)를 두드리는 무당 년 들이 나를 모르겠다고
할 사람이 누가 있으랴. 통지기는 서방질을 잘 하는 계집종.

1292. 개를열아문기르되 요개갓치얄뮈우랴　뮈운님오량이면소리를회
회치며반기여내닷고고혼님올작시면무르락나오락캉캉지져도로가게
하니요죄오리암캐 門밧게 개장사외지거든찬찬동혀주리라.

　　요 죄 오리 암캐=요놈의 저 오리 암캐. 오리는 개를 부르는 소리를 말함.
◇개장사 외지거든=개장사가 외치거든.

1293. 功名과富貴르란 世上사람다맛기고　가다가아무데나依山帶河處
에明堂을어더서五間八作으로黃鶴樓맛치집을짓고벗님네다리고晝夜
로노니다가압내에물지거든白酒黃鷄로냇노리단니다가　내나희 八
十이넘거든乘彼白雲하고玉京에올나가셔帝傍投壺多玉女를내혼자벗

이되여늙을뉘를모로리라. 尹善道

依山帶河處에 明堂을 어더서 五間八作으로 黃鶴樓 맛치 집을 짓고=산을
의지하여 물이 감돌아 흐르는 곳에 명당을 얻어 황학루만큼의 크고 훌륭한
집을 짓고. ◇압 내에 물 지거든 白酒 黃鷄로 냇노리 단니다가=앞개울에 홍
수로 물이 넘쳐나거든 술과 닭으로 천렵(川獵)이나 다니다가. ◇乘彼白雲하
고 玉京에 올나가서 帝傍投壺多玉女를 내 혼자 벗이 되여 늙을 뉘를=저 흰
구름을 타고 곧 신선이 되어 옥경에 올라가서 옥황상제 옆에서 투호놀이를
하는 많은 미녀들을 내 혼자서 벗이 되어 늙을 줄을.

1294. 國太公之萬古英傑을 이제뫼와議論컨대 精神은秋水여늘氣象은
山岳이라萬機를躬攝하니四方에風動이라禮樂法度와衣冠文物이며園
囿宮室과府庫倉廩이며旌旄節旗와劍戟刀鎗을粲然更張하시단말가
그버거 金石鼎彛와書畵音律에란엇지그리밝으신고. 安玟英

國太公之萬古英傑을 이제 뫼와 議論컨대=국태공의 만고에 걸쳐 뛰어나고
걸출함을 이제 뫼시고 의논하건대. ◇精神은 秋水여늘 氣象은 山岳이라 萬
機를 躬攝하니 四方에 風動이라=정신은 가을철의 물처럼 맑고 기상은 산과
같이 높고 위엄이 있어 여러 가지 정사(政事)를 직접 관장하시니 사방에 감
화가 되더라. ◇禮樂法度와 衣冠文物이며 園囿宮室과 府庫倉廩이며 旌旄節
旗와 劍戟刀槍을 粲然更張 하시단 말가=예법과 음악과 법을 지켜야 할 도리
와 사람들의 옷차림과 문물이며 원과 유며 궁실과 각가지 창고며 각종의 깃
발과 각종의 무기를 눈에 띄게 고치시단 말인가. ◇그 버거 金石鼎彛와 書
畵音律에란 엇지 그리 밝으신고=그 밖에 금석문과 정이와 글씨와 그림 음악
에는 어찌 그렇게도 밝으신고.

1295. 記前朝舊事하니　曾此地에會神仙이라　向月池雲階하야重携翠袖
하고來拾花鈿이라繁華는總隨流水하니歎一場春夢之杳難圓을廢巷笑
()에滴露하고斷堤楊柳에繞烟이로다　兩峯南北이只依然한듸　輦路
에草芊芊悵別館離宮烟消鳳鳳오波沒龍舡이라平生銀瓶金屋이러니對
漆燈無焰夜如年을落日牛羊壟上이오西風燕雀林邊이로다.

◇ 대조; '廢巷笑'는 '廢巷芙蕖'이고, '烟消鳳鳳'은 '烟消鳳蓋'이고, '平生銀瓶'은 '平
生銀屛의 잘못임.

　記前朝舊事하니 曾此地會神仙이라=전조(前朝)의 옛 일을 생각하니 일찍이
이 곳은 신선이 모였던 곳이라. ◇向月池雲階하야 重携翠袖하고 來拾花鈿
이라=월지의 운계를 향하여 거듭 푸른 옷소매를 이끌고 꽃 비녀를 주웠더
라. ◇繁華는 總隨流水하니 歎一場春夢之杳難圓을=번화는 모두 흐르는 물
을 따라가니 한스럽다 일장춘몽을 이루기가 어려움을. ◇廢巷笑0에 滴露하
고 斷堤楊柳에 繞烟이로다='폐항소(廢巷笑)'는 '폐항부거(廢巷芙蕖)'의 잘못
임. 황폐한 구렁의 연꽃에 이슬이 떨어지고 끊어진 언덕 버드나무엔 연기가
둘리었도다. ◇兩峯南北이 只依然한듸=두 봉우리 남북이 다만 옛날과 같은
데. ◇輦路에 草芊芊悵離宮烟消鳳鳳이오 波沒龍舡이라='봉황(鳳凰)'은
'봉개(鳳蓋)'의 잘못. 연로엔 풀만 우거졌고 슬프다 별관 이궁에 연기는 봉개
를 지우고 물결에 용선이 묻히더라. ◇平生銀瓶金屋이러니 對漆燈無焰夜如
年을 落日牛羊隴上이오 西風燕雀林邊이로다='은병(銀瓶)'은 '은병(銀屛)'의
잘못. 평생을 은병풍과 좋은 집을 바라더니 칠등을 대하니 어둡고 지루하기
일년과 같음을, 해는 졌으나 우양은 언덕 위에 있고 서녘 바람에 연작은 숲
가에 바쁘다.

1296. 나는指南石이런가 閣氏네들은날바늘인지　안저도붓고서도싸르
고누어도붓고솝써도싸라와아니써러진다　琴瑟이 不調한분네들은
指南石날바늘을다려日再服을하시오.

◇ 대조; 작자 김수장(金壽長) 누락.

閣氏네들은 날바늘인지=아가씨들은 실도 꿰지 않은 바늘인지. ◇솟떠도
따라와 아니 떠러진다=솟구쳐 올라도 따라와 아니 떨어진다. ◇指南石 날
바늘을 다려 日再服을=지남석과 날바늘을 끓여 하루 두 번씩 복용을.

1297. 洛陽城裏芳春花時節에 草木群生이皆有以自樂이라   冠者五六과
童子六七거나리고文殊重興으로白雲峯登臨하니天門은咫尺이라拱北
三角은鎭國無彊이요丈夫의胸襟에雲夢은삼켯는듯九天銀瀑에塵纓을
씨슨後에杏花芳草夕陽路로踏歌行休하여太學으로도라드니   沂水에
曾點의詠以歸를밋쳐본가하노라.

　洛陽城裏芳春花時節에 草木群生이 皆有以自樂이라=낙양성 안에 봄이 바야
흐로 한창일 때 초목과 모든 생물들이 다 스스로 즐기더라. 낙양성은 서울을
가리킴. ◇冠者五六과 童子六七 거나리고 文殊重興으로 白雲峯登臨하니 天
門은 咫尺이라 拱北三角은 鎭國無彊이요=어른 대여섯과 아이 예닐곱을 거
느리고 문수암과 중흥사를 거처 백운대에 오르니 하늘이 아주 가깝더라. 북
극을 떠 받들은 삼각산은 나라를 다스림이 끝이 없도다. ◇丈夫의 胸襟에
雲夢을 삼켯는 듯 九泉銀瀑에 塵纓을 씨슨 後에 杏花芳草夕陽路로 踏歌行休
하여 太學으로 도라드니=장부의 가슴 속에 운몽을 삼켰는 듯 아득히 먼 하
늘에 걸려 있는 듯한 폭포에 속세의 때에 절은 갓끈을 씻은 뒤에 살구꽃이
피고 싱그러운 풀이 저녁햇빛이 비추는 길로 노래를 부르며 가다가 쉬다가
하며 성균관 쪽으로 돌아오니. ◇沂水에 曾點의 詠以歸를 밋쳐 본가=기수
의 증점이 노래를 부르며 돌아온 것을 다시 보는가.

1298. 南山松柏鬱鬱蒼蒼 漢江流水浩浩洋洋   主上天皇은此山水갓치山
崩水渴토록聖壽ㅣ無彊하사千千萬萬歲를太平으로누리셔든   우리는
逸民이되야康衢煙月에擊壤歌를부르리라.

♦ 대조; ‘主上天皇’은 ‘主上殿下’의 잘못.

　南山松柏鬱鬱蒼蒼 漢江流水浩浩洋洋=남산의 소나무와 잣나무는 울창하고

437

푸르며 한강의 흐르는 물은 넓게 넘실대니. ◇主上天皇은 此山水갓치 山崩水渴토록 聖壽ㅣ 無彊하사 千千萬萬歲를 太平으로 누리셔든=지금의 우리 임금은 이 남산과 한강처럼 산이 무너지고 물이 마르도록 임금의 향수(享壽)가 무궁하시어 천만세를 누리시면. ◇逸民이 되야 康衢煙月에 擊壤歌를 부르리라=백성이 되어 태평세월에 격양가를 부르겠다.

1299. 男兒의少年身勢 하올일이하도하다 글읽기劍術하기활쏘기말달니기벼슬하기벗사괴기술먹고妾하기와對月看花歌舞하기오로다豪氣로다 늙게야 江山에물너나와셔밧갈기논매기고기낙기나무뷔기거문고타기바둑두기智水仁山邀遊하기百年安樂하여四時風景이어늬긋이잇시리.

◇ 대조; '물너나와셔'는 '물너와셔'

　하올 일이 하도하다=할 일이 많기도 많다. ◇對月看花歌舞하기 오로다 豪氣로다=달을 상대하여 꽃을 보며 노래하며 춤추기 오로지 호사스런 기운이로다. ◇智水仁山邀遊하기 百年安樂하여 四時風景이 어늬 긋이 잇시리=지자(智者)가 물을 인자(仁者)가 산을 맞아 놀기 평생은 안락하여 사시의 풍경이 어느 끝이 있겠느냐.

1300. 내일즉文武公을어더 文武公을뵈온後에 前身이항혀吉人이런가 心獨自喜自負ㅣ러니 果然的 我笑堂上봄바람에當世英傑을뵈와거다.

◇ 대조; '文武公을어더'는 '꿈을어더'의, '文武公을'은 '文武周公을'의, '心獨自喜自負'는 '心獨喜而自負'의 잘못임. 작자 안민영(安玟英) 누락.

　내 일즉 文武公을 어더='문무공(文武公)'은 '문무주공(文武周公)'의 잘못. 내가 일찍 주(周)나라의 문왕과 무왕과 주공을 꿈에 얻어. ◇前身이 항혀 吉人이런가 心獨自喜自負ㅣ러니=전생에 행여나 팔자가 좋은 사람이런가.

마음속으로 혼자 기뻐하며 자랑하였더니. ◇果然的 我笑堂上 봄바람에 當世英傑을 뫼와거다=과연은 아소당에서 봄철에 당대의 영걸을 뫼었구나. 아소당(我笑堂)은 지금 서울 마포구 염리동 부근에 있던 대원군의 별장임.

1301. 내게는怨讐가업서 개와닭이큰怨讐ㅣ로다   碧紗窓깁흔밤에드러자는님을자른목느리어홰홰처울어일어가게하고寂寞重門왓는님을드르락나오락캉캉지져도로가게하니   아마도 六月流頭百種前에스러져업시하리라. 金斗性

◆ 대조; '드러자는'은 '품에드러자는'의, '드르락'은 '물으락'의 잘못. 작자는 박문욱(朴文郁)임.

　碧紗窓 깁흔 밤에 드러 자는 님을 자른 목 느리어 홰홰 처 울어 일어 가게 하고=푸른 깁을 쳐 놓은 방 깊은 밤에 품에 들어와 자는 임을 짧은 목을 길게 늘려 날개를 홰홰 쳐 울어서 일어나 가게 하고. ◇六月流頭 百種前에 스러져 업시 하리라=유월 보름 백중이 되기 전에 쓸어서 없애 버리리라.

1302. 노래갓치조코조흔것을 風塵客이아돗던지   春花柳夏淸風과秋明月冬雪景에彌雲昭格蕩春臺며西漢江亭絕勝處에酒肴ㅣ爛漫한듸第一名唱벗님네와가즌樋笛美色들이左右에버려안져엇겨러불너낼제中大葉後庭花는堯舜禹湯文武갓고騷聳이編樂은戰國이되여잇셔刀槍劍戟이各自騰揚하여管絃樂이어리엇다   아마도 聖世逸民은이쑨인가하노라.

◆ 대조; '西漢는'은 '兩漢'의, '美色들이'는 '美色第一名唱들이'의, '後庭花樂戱調는漢唐宋이되여잇고騷聳이'눈 '騷聳이'로, '어리엇다 功名과富貴도내몰내라'는 '어리엇다'로 되어 있으며, '管絃樂'은 '管絃聲'의 잘못. 『海東歌謠』에 김수장의 작품으로 되어 있음.

노래 갓치 조코 조흔 것을 風塵客이 아돗던지=노래처럼 좋고 좋은 것을 풍류객이 알았던지. ◇春花柳夏淸風과 秋明月桐雪景에 弼雲昭格蕩春臺며 西漢江亭絕勝處에=봄철의 화류놀이 여름철의 맑은 바람과 가을철의 밝은 달 겨울철의 설경에 필운대 소격동 탕춘대며 한강 양쪽의 강정의 경치가 뛰어난 곳에. ◇酒肴ㅣ 爛漫한듸 第一名唱 벗님네와 가즌 稽笛 美色들이 左右에 버려 안져 엇겨러 불너낼 제=술과 안주가 가득 넘쳤는데 제일가는 명창 벗님들과 갖은 악기 예쁜 기생들이 좌우에 벌려 앉아 어긋 매겨 가며 노래를 불러낼 때. ◇中大葉 後庭花는 堯舜禹湯文武 갓고 騷聳이 編樂은 戰國이 되여 잇서 刀槍劍戟이 各自騰揚하여 管絃樂이 어리엇다=중대엽과 후정화는 마치 요순 임금과 하(夏)의 우왕(禹王)과 은(殷)의 탕왕(湯王)과 주(周)의 문왕과 무왕과 같고 소용과 편악은 마치 전국시대(戰國時代)와 같아 칼과 창 방패 등이 각자가 기개가 등등하여 관현악이 어울렸다.

1303. 눈풀풀蝶尋紅이오 술沖沖蟻浮白을　거문고당당노래하니두루미등둥춤을춘다　兒孺야 柴門에개지즈니벗오신가보아라.

눈 풀풀 蝶尋紅이오 술 沖沖 蟻浮白을=눈이 풀풀 날리는 것은 나비가 꽃을 찾아 나는 것이고 술이 흐리고 흐린 것은 밥알 뜬 것이 마치 개미가 허옇게 뜬 것 같은 것을.

1304. 눈ㅅ섭은그린듯하고 입은丹砂로쯱은듯하다　날보고웃는냥은太陽이照臨한듸이슬맷친碧蓮花로다　네父母 너삼겨나올ㅅ제날만괴게하도다. 金壽長

太陽이 照臨한듸 이슬 맷친 碧蓮花로다=햇볕이 쬐는데 이슬 맺힌 푸른 연꽃이로다. ◇너 삼겨 나올ㅅ제 날만 괴게 하도다=너 생겨날 때 나만을 사랑하게 하였다.

1305. 大川바다한가운듸 中針細針풍덩싸져　여라문沙工놈이길넘는槎枒ㅅ때로귀쎄어내단말이잇셔이다님아아아　열놈이 百말을헐ㅅ지

라斟酌하여드르시쇼.

中針細針=중치 바늘 가는 바늘. ◇여라문 沙工놈이 길 넘는 槎㭘ㅅ때로 귀 쎄어 내단 말이 잇셔이다=여남은 사공들이 길이 넘는 사앗대로 바늘귀를 꿰어냈다는 말이 있습니다.

1306. 待人難待人難하니 鷄三呼하고夜五更이라   出門望出門望하니靑
山은萬重이요綠水는千廻로다   이윽고 개즛는소래에白馬遊冶郞이
넌줏이도라드니반가운마음이無窮耽耽하여오늘밤셔로즐어움이야어
늬긋이잇시리.

待人難待人難하니 鷄三呼하고 夜五更이라=사람 기다리기가 어렵다 어렵다
하니 닭이 세 홰 울고 밤이 오경이다. ◇出門望出門望하니 靑山은 萬重이요
綠水는 千廻로다=문을 나서 바라보고 바라보니 푸른 산은 첩첩이요 푸른 물
은 천 굽이로다. ◇개즛는 소래에 白馬遊冶郞이 넌줏이 도라드니 반가운 마
음이 無窮耽耽하여=개 짖는 소리에 백마를 탄 난봉꾼 남편이 슬그머니 도라
오니 반가운 마음이 한이 없어.

1307. 쩟쩟常평할平 통할通보배寶字   구멍은네모지고四面이둥그러셔
댁대굴구으러간곳마다반기는고나   엇지타 조고만金조각을못창이
닷토거니나는아니조홰라.

◇ 대조; '못창이'는 '두창이'의 잘못임.

구멍은 네모지고 四面이 둥그러셔 댁대굴 구으러 간 곳마다 반기는고나=
구멍은 네모가 지고 사면이 둥그러서 땍대굴 굴러 간 곳마다 사람들이 반기
는구나. ◇엇지타 조고만 金조각을 못창이 닷토거니 나는 아니 조홰라=어
째서 조그만 쇳조각을 박이 터지도록 싸우는지 나는 아니 좋더라.

1308. 道詵이碑峯에올라 國都를定하올제   子坐午向으로城闕을일윗는

되左靑龍右白虎와南朱雀北玄武는貴格으로벌녀잇고前帶河漢江水는
與天地根源이리라太廟는可左하고社壇은可右로다三峰이秀麗하니人
傑이豪俊하고牛山有德하니民食이豊足이라聖繼神承하사億萬年之無
疆이샷다　하날이 주신니뜻을밧드러萬萬歲를누리소셔.

◇ 대조; 작자 김수장(金壽長) 누락.

　道詵이 碑峯에 올라 國都를 定하올 제=도선이 비봉에 올라가 국도를 정할
때. 도선은 나말여초(羅末麗初)의 스님. 비봉은 서울 북한산의 봉우리. ◇子
坐午向으로 城闕을 일윗는듸 左靑龍右白虎와 南朱雀北玄武는 貴格으로 벌
녀 잇고=자방(子方)에 앉아 오방(午方)을 향하여 성곽과 대궐을 이루었는데
좌청룡 우백호와 남주작 북현무는 귀하게 될 상격(相格)으로 벌려 있고. ◇
前帶河漢江水는 與天地根源이리라=앞에 띠처럼 둘러 있는 한강 물은 천지
와 더불어 근원을 같이 하리라. ◇太廟는 可左하고 社壇은 可右로다=종묘
는 오른쪽에 있고 사직단은 왼쪽에 있다. ◇三峯이 秀麗하니 人傑이 豪俊하
고 牛山有德하니 民食이豊足이라=삼각산이 빼어나게 아름다우니 사람들의
재지(才智)가 뛰어나고 와우산(臥牛山)이 덕이 있으니 백성들의 식량이 풍족
하다. ◇聖繼神承하사 億萬年之無疆이샷다=성자(聖子)와 신손(神孫)이 계승
하여 억만년을 이어가리라.

1309. 모시를이리저리삼아 두루삼아감삽다가　가다가한가온듸쪽끈쳐
　　　지옵거든皓齒丹脣으로홈쌜며감쌔라纖纖玉手로두긋마조잡아배븻쳐
　　　이으리라저모시를　우리도 사랑긋쳐갈ㅅ제저모시것치이으리라.

　모시를 이리저리 삼아 두루 삼아 감삽다가=‘감삽다가’는 ‘감삼다가’의 잘
못=모시를 이렇게 저렇게 삼아 두루 삼아 감아 삼다가. ◇皓齒丹脣으로 홈
쌜며 감 쌔라 纖纖玉手로 두 긋 마조 잡아 배븻쳐 이으리라 저 모시를=하
얀 이빨과 붉은 입술로 홈뻑 빨며 감칠 맛나게 빨아 가늘고 고운 손으로 두
끝을 마주잡아 뱌비작거려 이으리라 저 모시를.

1310. 牧丹은花中王이오 向日花는忠臣이로다 蓮花는君子요杏花小人
이라菊花는隱逸士요梅花寒士ㅣ로다박꽂츤老人이요石竹花는少年이
라葵花巫纖이오海佝花는娼女ㅣ로다 이中에 梨花詩客이요紅桃碧
桃三色桃는風流郞인가하노라.

◇ 대조; '巫纖'은 '무당'의 잘못. 『海東歌謠』에 김수장의 작품으로 되어 있음.

　牧丹은 花中王이오 向日花는 忠臣이로다=모란은 꽃 가운데 왕이요 해바라
기는 충신이다. ◇葵花 巫纖이오 海佝花는 娼女ㅣ로다='무섬(巫纖)'은 '무
당(巫堂)'의 잘못. 해바라기는 무당이요 해당화는 창녀로다.

1311. 몰나病되더니 알아쏘한病이로다 몰나病아라病되면病이어리여
못살니로다 아모리 華扁을만난들이病이야곳칠손가. 安玟英

　病이 어리여 못 살니로다=병에 엉기어 못 살 것이로다. ◇華扁을 만난들
이 病이야 곳칠손가=화타(華陀)와 편작(扁鵲)과 같은 명의(名醫)를 만난들
이 병이야 고칠 수가 있겠느냐.

1312. 文讀春秋左氏傳하고 武使靑龍偃月刀ㅣ라 獨行千里하사五關을
지나실ㅅ제짜루는저將帥야固城북소래를드럿느냐못드럿느냐 千古
에 關公을未信者는翼德인가하노라.

　文讀春秋左氏傳하고 武使靑龍偃月刀ㅣ라=글은 춘추좌씨전을 읽고 무기는
청룡원월도를 썼다. 춘추좌씨전은 춘추를 좌구명(左丘明)이 주석을 한 것임.
◇獨行千里하사 五關을 지나실ㅅ제 따루는 저 將帥야 固城 북소래를=혼자
천리를 가시어 다섯 관문을 지나실 때 뒤따르는 저 장수야 고성의 북소리를.
독행천리는 관우가 조조의 밑에 있다가 의리를 생각하고 유비를 찾아 간 일.
오관은 관우가 유비를 찾아 가는 도중에 이를 막는 조조의 장수를 목 벤 일.
저 장수는 관우를 잡으려는 조조의 장수. 고성의 북소리는 장비가 관우를 불
신하고 그 충의를 시험하기 위해 뒤쫓는 조조의 장수를 죽이기 위해 북을

친 신호. ◇關公을 未信者는 翼德인가=관우를 믿지 못하는 사람은 장비(張飛)인가.

1313. 薄薄酒도勝茶湯이요　粗粗布도勝無裳이라　醜妻惡妾이勝空房이요五更對漏靴滿霜이不如三伏日高睡足北窓凉이요珠襦玉匣萬人祖送歸北印이不如懸鶉百結獨坐負朝陽을生前富貴와死後文章이百年이瞬息이요萬世忙이로다　夷齊盜坵이俱亡羊이니　不如眼前一醉코是非憂樂을都兩忘인가하노라.

◆ 대조; '祖送歸北印'은 '弔送歸北邙'의, '盜坵'은 '盜跖'의의 잘못.

　薄薄酒도 勝茶湯이요 粗粗布도 勝無裳이라=진하지 않은 술이라도 다탕보다 낫고 거친 베옷도 옷이 없는 것보다 낫다. ◇醜妻惡妾이 勝空房이요 五更待漏靴滿霜이 不如三伏一高睡足北窓凉이요=못생긴 처나 악한 첩이 홀로 지내는 것보다 낫고 새벽에 파루를 기다려 서리가 가득한 신발을 신는 것이 무덥고 긴 여름날 북창의 시원한 바람에 흡족히 잠자는 것만 못하고. ◇珠襦玉匣 萬人祖送 歸北印이 不如懸鶉百結 獨坐負朝陽을='조송귀북인(祖送歸北印)'은 '조송귀북망(弔送歸北邙)'의 잘못. 주유옥갑에 만인이 뒤따라 죽음을 전송하는 것이 다 해어진 옷을 입고 홀로 아침볕을 쬐는 것만 같지 못하며. 주유옥갑은 잘 꾸민 관(棺)을 말함. ◇生前富貴와 死後文章이 百年이 瞬息이요 萬世忙이로다=생전의 부귀와 사후의 문장이 모두 백년이 잠간이며 만세가 바쁠 따름이로다. ◇夷齊盜跖이 俱亡羊이니 不如眼前一醉코 是非憂樂을 都兩忘인가=이제와 도척이 모두 함께 양을 잃었으니 안전에 한 번 취하여 시비우락을 모두 잃어버린 것만 할 것인가. 소식(蘇軾)의 「박박주(薄薄酒)」를 시조화한 것임.

1314. 半여든에첫계집을만나 어릿두릿우벅주벅　죽을번살번타가와당탕드러다라이리저리하니老道슈의마음이흥글항글　일즉이 이런맛 아럿더면걸ㅅ적부터할낫다.

이런 맛 아럿다면 긜ㅅ적부터 할낫다=이러한 맛을 알았다면 길 때부터
하였을 것이다.

1315. 碧桃花를손에들고 白玉盃에술을부어　우리聖母ㅅ게비는말삼져
碧桃와갓흐쇼셔三千年에곳치피고三千年에열매매저곳도無盡열매
도無盡無盡無盡長春色이라　아마도　瑤池王母의千年壽를聖母ㅅ게
드리고저하노라. 翼宗

◇ 대조;‘千年壽’는 ‘千千壽’로 되어 있음.

瑤池王母의 千年壽 聖母ㅅ게 드리고저=요지연의 서왕모의 삼천년에 열매
를 맺는다는 복숭아를 성모님께 드리고자.

1316. 粉壁紗窓月三更에 傾國色엣佳人을만나　翡翠衾나소덥고鴛鴦枕
도도베고이것치셔로즑이는냥은一雙鴛鴦이綠水에노니는듯　어즈버
楚襄王巫山神女會를불월ㅅ줄이잇시랴.

粉壁紗窓月三更에 傾國色엣 佳人을 만나=깨끗하게 바른 벽과 깁으로 꾸민
창에 달은 삼경인데 나라가 기울만큼의 미인을 만나. ◇翡翠衾 나소 덥고
鴛鴦枕 도도 베고 이것치 셔로 즑이는 냥은 一雙鴛鴦이 綠水에 노니는 듯=
비취색 이불을 내어 덮고 원앙을 수놓은 베개도 돋우어 베고 이처럼 서로
즐기는 모습은 한 쌍의 원앙이 푸른 물에 노니는 듯. ◇楚襄王 巫山 神女會
를 불월ㅅ줄이=초나라 양왕이 무산에서 선녀와 놀았다고 하는 것을 부러워
할 까닭이.

1317. 石坡公의造化蘭과 秋史筆紫霞詩는詩書畵三絕이오　蘇山竹石蓮
梅는梅與竹兩絕이라　그中에　본밧기어려울쏜石波蘭인가하노라.
安玟英

◇ 대조: '石波蘭'은 '石坡蘭'의 잘못.

石坡公의 造化蘭과 秋史筆 紫霞詩는 詩書畫 三絶이오=석파공이 그린 난초의 그림과 추사의 글씨와 자하의 시는 시서화가 아주 뛰어남이요. 석파는 흥선대원군의 아호임. ◇蘇山竹 石蓮梅는 梅與竹 兩絶이라=소산의 대나무와 석연의 매화는 매화와 대나무의 그림에 둘이 뛰어남이다. 소산은 송상래(宋祥來)를 석연은 이공우(李公愚)를 말함.

1318. 世上衣服手品制度 針線高下하도하다 凉樓緋두올쓰기上針하기싹씀질과새발소침감칠질과半唐針大올쓰기다좃타이르려니와 우리의 고혼님一等才操삿쓰고박음질이긔第一인가하노라.

世上 衣服 手品制度 針線 高下 하도하다=세상에 의복의 솜씨와 규범이 바느질 솜씨의 높고 낮음이 많기도 하다. ◇凉樓緋 두올쓰기 上針하기 싹씀질과 새발소침 감침질과 半唐針 大올쓰기 다 좃타 이르려니와=두 줄로 된 누비 두올뜨기 상침하기 깎음질과 새발시침 감칠질과 반당침으로 큰 올뜨기를 다 좋다고 말하겠거니와. ◇고혼 님 一等才操 삿 쓰고 박음질이=고은님 첫째가는 재주 샅을 뜨고 박음질이. 박음질은 성교(性交)를 말함.

1319. 水박겻치두렷한님아 참외갓치단말삼마쇼 茄芷茄芷하시는말슴윈말인줄내몰내라 九十月 씨冬瓜겻치속성긘말마르시쇼.

水박 겻치 두렷한 님아 참외 갓치 단 말삼 마쇼=수박처럼 둥그런 임 참외처럼 달콤한 말을 하지 마시오. ◇茄芷茄芷 하시는 말슴 윈 말인줄 내 몰내라=가지가지 하시는 말씀이 잘못 된 말인 줄 내 모르겠다. ◇씨 冬瓜 겻치 속 성긘 말 마르시쇼=씨를 받을 동아처럼 속이 엉성한 말을 마십시오.

1320. 媤어미며날아기낫버 壁바닥을치지마소 빗에쳐온며나리인가갑세바든며나리인가밤나무썩은등걸에휘추리나니갓치앙살피신媤아버니볏뵈신쇠똥갓치되종고신媤어머니三年결은노網橐에새송곳부리갓

치솟족하신媤누이님唐피가온겻테　돌피나니갓치새노라한외곳갓치
피쏭누는아들하나두고건밧헤메곳갓튼메나리를어듸를낫바하시오.

　밤나무 썩은 등걸에 휘추리 나니 갓치 앙살피신 媤아버니 볏 뵈신 쇠똥 갓
치 되종고신 媤어머니 三年 결은 노網橐에 새송곳 부리 갓치 쏙족하신 媤누
이님=밤나무 썩은 등걸에 회초리 나온 것같이 매서운 시아버지 볕 쬐인 쇠
똥같이 말라빠진 시어머니 삼년 동안 엮어 삼으로 만든 망태기에 새 송곳
부리같이 뾰족하신 시누이님. ◇唐피 가온 겻테 돌피나 갓치 새노라한 외곳
갓치 피쏭 누는 아들 하나 두고 건 밧헤 메곳 갓튼 메나리를 어듸를 낫바 하
시오=당피를 간 곁에 돌피 나는 것처럼 샛노란 외꽃처럼 피똥 누는 아들 하
나를 두고 걸쭉한 밭에 메꽃 같은 며느리를 어디를 나쁘다고 하시오.

1321. 於于阿벗님네야 錦衣玉食을자랑마소　죽어棺에들ㅅ제錦衣를입
　　　우려니子孫의祭바들ㅅ제玉食을먹으려니죽은後못할일은粉壁紗窓月
　　　三更에고혼님다리고同處歡樂함이로다　죽은後 못할일이여니살아
　　　아니하고속절업시늙으리오.

　죽어 棺에 들ㅅ제 錦衣를 입우려니 子孫의 祭바들ㅅ제 玉食을 먹으려니=
죽어서 관에 들어갈 때 비단옷을 입으려니 자손의 제사를 받을 때 기름진
음식을 먹으려니. ◇죽은 後 못할 일은 粉壁紗窓月三更에 고혼 님 다리고
同處歡樂 함이로다=죽은 다음에 할 수 없는 일은 깨끗하게 바른 벽에 깁으
로 휘장을 둘러친 방에 한밤중 고은 님 데리고 같이 즐겁게 지내는 것이로
다.

1322. 오날도점무러지게 저물면은세리로다　새면임이가리로다가면못
　　　오려니못오면글이려니글이면應當病들녀니病곳들면못살니로다　病
　　　들어 못살줄알냥이면자고나갈ㅅ가하노라.

◇ 대조; '임이'는 '이님'이나 '이님이'이고, '가면못오려니못오면'은 '가면못보려니
　못보면'임.

오날도 점무러지게 저물면은 세리로다=오늘도 저물었구나 저물면은 샐 것
이로다. ◇그리면 應當 病들녀니 病곳들면 못 살니로다=그리워하면 응당
병이 들 것이니 병들면 못 살리로다.

1323. 오날밤風雨를 그丁寧아럿든들 대사립작을곡거러단단히매앗슬
거시비바람에블니여왜각지걱하는소래행혀나오는냥하여창열고나셔
보니 月沈沈雨絲絲한듸 風習習人寂寂하더라.

◆ 대조; 작자 안민영(安玟英) 누락.

대사립작을 곡거러 단단히 매앗슬 거시=대나무로 엮은 사립문을 거듭 걸
어 단단히 매었을 것을. ◇月沈沈雨絲絲한듸 風習習人寂寂 하더라=달빛은
침침하고 비는 부슬부슬 내리는데 바람은 산들산들 불고 인적은 고요하더
라.

1324. 玉樓紗窓花柳中에 白馬金鞭少年들아 긴노래七絃琴과笛피리長
鼓稊琴알고저리즑이나냐모르고즑이나냐調音體法을날다려뭇게되면
玄妙한文理를낫낫치이르리라 우리는 百年三萬六千日에이갓치밤
낫즑이리라. 金允錫

玉樓紗窓花柳中에 白馬金鞭少年들아=술집의 화류계 계집들 가운데 노는
부잣집 한량들아. ◇調音體法을 날다려 뭇게 되면 玄妙한 文理를 낫낫치 이
르리라=소리를 고르는 것과 소리를 내는 법을 나에게 묻게 되면 깊고 오묘
한 이치를 낱낱이 말하리라.

1325. 玉갓흔임을일코 임과갓흔자네를보니 자네건지긔자네런지아무
긴줄내몰내라 자네나긔나 긔나자네나ㄷ中에쟈구나갈ㄱ가하노라.

자네 건지 긔 자네런지 아무 긴줄 내 몰내라=자네가 그인지 그가 자네인지

아무인 줄을 내 모르겠구나.

1326. 月一片燈三更인제 나간임을헤여하니 靑樓酒肆에새임거러두고
不勝蕩情하야花間陌上春將晚이오走馬鬪鷄猶未返이라 三時出望無
消息하니 盡日欄頭에空斷腸을하쇼라.

　月一片燈三更인제 나간 임을 헤여하니=달은 초승달이고 등불은 한밤인데
나간 임을 생각하니. ◇靑樓酒肆에 새 임 거러 두고不勝蕩情하야=기생이
있는 술집에 새 님을 약속해 두고 방탕한 마음을 억제하지 못하여. ◇花間
陌上春將晚이오 走馬鬪鷄猶未還이라=‘화간(花間)’은 ‘화간(花看)’의 잘못인
듯. 길 위의 꽃을 보니 봄은 장차 늦어 가는 듯하고 말달리고 닭싸움에 미친
임은 아직 돌아오지 않았다. ◇三時出望無消息하니 盡日欄頭에 空斷腸을
하쇼라=하루 세 번이나 이문(里門) 밖에 나가 마중을 하여도 소식이 없으니
종일 난간머리에서 외로이 슬퍼하더라.

1327. 雲車를머무르고 芳草岸에긔여올라 긴파람한마듸로胸海를넓힌
後에다시금淸流邊에詩를읊고盞날닐제붉은곳푸른닙흔山形을그림하
고우는새닷는麋鹿春興을자랑한다 嘹喨한가는소래香風의무더날고
狼藉한風樂소래行雲에섯겨간다 俄已오 石逕隱隱좁은길로緇衣白
衲이차례로늘어오며合掌拜禮하더라.

　雲車를 머무르고=수레를 머무르고. 운거(雲車)는 신선이 타는 수레라는 뜻.
◇긴파람 한 마듸로 胸海를 넓힌 後에=길게 부는 휘파람 한 마듸로 마음을
넓힌 뒤에. ◇淸流邊에 詩를 읊고 盞 날닐 제=맑은 물이 흐르는 시냇가에
시를 읊조리고 술잔을 돌릴 때. ◇山形을 그림하고 우는 새 닷는 麋鹿 春興
을 자랑한다=산의 형상을 그린 듯하고 우는 새와 뛰는 미록들은 봄의 흥취
를 자랑한다. ◇嘹喨한 가는 소래 香風의 무더 날고 狼藉한 風樂소래 行雲
에 섯겨 간다=멀리까지 들리는 맑고 가느다란 소리가 향기로운 바람에 묻어
날리고 질펀한 풍악 소리가 떠가는 구름에 섞여 간다. ◇俄已오 石逕 隱隱
좁은 길로 緇衣 白衲이 차례로 늘어오며 合掌拜禮 하더라=아이고! 은은히 보

이는 돌길 좁은 길로 검고 흰 승복을 입은 중들이 차례로 늘어서오며 손을
모아 예를 올리더라.

1328. 仁旺山弼雲臺는 雲崖先生隱居地라　先生이平生에豪放自適하여
不拘小節하고嗜酒善歌하니酒量은太白이요歌聲은龜年이라山水갓치
놉흔일홈當世에들레이니風流才子와冶遊士女들이구름갓치뫼야들어
날마다風樂이요째마다술이로다先生의넓은酒量斗酒를能飮커늘엇지
타첫잔부터사양하며眞情인듯春風花柳好時節에가진妓樂안치고셔羽
界面불을적에半空에썻는소래嘹亮淸越하여들보티글나라나고나는구
름멈추우니이아니거룩하냐노래를맛치거든洗盞更酌한然後에帶月同
歸올컨마는編불너마친後못지안코이러나셔걸닌큰옷벗겨들고쪽긴드
시다라나니이어인뜻이런고이째에太陽館又石公이歌音에皎如하여遺
逸風騷人과名姬賢伶을다모하거나리고날마다즐기실제先生은愛敬하
사못밋츨듯하오니　聖代에　豪華樂事이밧게쏘어듸잇실소냐.

◇ 대조; '仁旺山'은 '仁旺山下'의, '사양하며'는 '사양하미'의 '못지안코'는 '뭇지인
코'의, '先生은'은 '先生을'의 잘못. 작자 안민영(安玫英) 누락.

　仁旺山 弼雲臺는 雲崖先生 隱居地라=인왕산의 필운대는 운애선생이 사는
곳이라. 인왕산은 서울 서북에 있는 산. 필운대는 지금 종로구 弼雲洞(필운
동)에 있는 바위. 운애선생(雲崖先生)은 고종 (高宗) 때 가객 박효관(朴孝寬)
을 가리킴.　◇豪放自逸하여 不拘小節하고 嗜酒善歌하니 酒量은 李白이요
歌聲은 龜年이라=의기가 장하여 스스로 만족하여 작은 것에도 구애받지 아
니하고 술을 좋아하고 노래를 잘하니 주량은 이백이요 노래 소리는 구년을
닮았다. 구년은 이구년(李龜年)으로 당(唐)나라 현종(玄宗) 때 궁중 가객이었
음.　◇風流才子와 冶遊士女들이=풍치와 재주가 있는 젊은 남자와 방탕하게
노는 남녀들이.　◇春風花柳好時節에 가진 妓樂 안치고셔 羽界面 불을 적에
=봄철 경치 좋은 때에 갖가지 기생과 악공(樂工)을 앉히고서 우조(羽調)와
계면조(界面調)의 노래를 부를 때에.　◇半空에 썻는 소래 嘹亮淸越하여 들
보 티글 나라나고 나는 구름 멈추우니 이 아니 거룩하냐=공중에 떠 있는 소

리가 낭랑하고 맑아 마치 대들보의 티끌이 날리고 지나가는 구름이 머무는 듯하니 이 아니 거룩하냐. ◇노래를 맛치거든 洗盞更酌한 然後에 帶月同歸 올컨마는 編불너 맛친 後에 못지 안코 이러나셔='못지안고'는 '못지안코'의 잘못. 노래를 마치거든 술잔을 씻어 다시 잔질한 뒤에 달을 띠고 함께 돌아옴이 옳건마는 편노래를 마친 뒤에 묻지 않고 일어나서. ◇太陽館 又石公이 歌音에 皎如하여 遺逸 風騷人과 名姬賢伶들을=태양관의 우석공이 노래에 밝으시어 세상일을 잊고 시문을 짓는 사람들과 이름난 기생들과 광대들을. 태양관은 운현궁에 있는 부속 건물이고 우석공(又石公)은 대원군의 장자(長子)인 이재면(李載冕)을 가리킴.

1329. 一定百年살ㅅ줄알면 酒色참다關係하랴 幸혀참운後에百年못살면긔아니애달을소냐 人命이 自有天定이니酒色을참운들百年살긔 쉬우랴.

幸혀 참운 後에 百年 못 살면 긔 아니 애달을소냐=행여나 참은 뒤에 백년을 못 살면 그 아니 애닯지 않겠느냐. ◇人命이 自有天定이니 酒色을 참운들 百年 살긔 쉬우랴=사람의 목숨이 하늘이 정해 주는 것이니 주색을 참은들 백년을 살기가 쉽겠느냐.

1330. 長安大道三月春風 九陌樓臺에百花芳草 酒伴詩豪五陵遊俠桃李 笄綺羅裙을다모하거느려細樂은前導하고歌舞行休하여大東乾坤風月 江山沙門法界幽僻雲林을遍踏하여도라드니 聖代에 朝野同樂하여 太平和色이依依然三五王風인가하노라.

長安大道三月春風 九陌樓臺에 百花芳草=서울의 넓은 길 삼월 봄바람에 번화한 거리에 있는 누대에 온갖 꽃과 싱그러운 풀. ◇酒伴詩豪五陵遊俠桃李笄綺羅裙을 다 모하 거느려=술을 같이 마신 훌륭한 시인과 오릉에 같이 놀던 협객들과 복숭아와 오얏으로 비녀를 꽂은 기생들을 다 모아 거느려. ◇細樂은 前導하고 歌舞行休하여 大東乾坤 風月江山 沙門法界 幽僻雲林을 遍踏하여=세악은 앞서 인도하고 가무를 계속하다 쉬다 하니 우리나라의 아

름다운 자연과 모든 사찰 그윽하고 궁벽한 산골을 두루 돌아다녀. ◇聖代에
朝野同樂하여 太平和色이依依然三五王風인가=태평성대에 조야가 함께 즐겨
태평하고 온화한 기색이 삼황과 오제 때의 모습 그대로인가.

1331. 재넘어莫德의어미 네莫德이자랑마라   밤中만품에들어돌게잠자
고이갈고잠자고코골고放氣뀌고오줌싼다참아모진내맛기도진즐하고
나어서다려니거라莫德의어마   莫德의 어미對答하되이나의아기쌀
이배앓히고름중과연의雜病은處女적부터업세라.

◆ 대조; '밤中만품에'는 '내품에'로, '참아'는 '盟誓개지'로, '어미對答하되'는 '어미
년내다라發名明여이르되'로, '아기쌀이배앓히고름중과연의雜病은'은 '고름증과
잇다감제증外에연의雜病은'으로 되어 있음.

품에 들어 돌게잠 자고 이 갈고 잠자고 코골고 放氣뀌고 오줌 싼다 참아
모진 내 맛기도 진즐하고나=품안에 들어서 굴러다니며 잠자고 이를 갈면서
잠자고 코를 골고 방귀를 뀌고 오줌을 싼다. 참으로 모진 냄새 맡기도 지겹
구나. ◇이 나의 아기 딸이 배 앓히 고름중과 연의 雜病은 處女적부터=이
나의 애기 딸이 배앓이 고름증과 다른 잡병은 어려서부터.

1332. 져건너明堂을엇어 明堂안에집을짓고   밧갈고논맹그러五穀을갓
초심운後에뫼밋헤우물파고집웅에박올니고醬ㅅ독에더덕넛코九月秋
收다한後에술빗고썩맹그러어우리송치잡고압내에물지거든南隣北村
다請하여熙皞同樂하오리라   眞實노 이리곳하오면불월거시잇시랴.

어우리 송치 잡고 압 내에 물지거든=배속의 송아지 잡고 앞개울에 물이
넘치거든.

1333. 제얼골제보아도 더럽고도슬뮈워라   검버섯구름씬듯코춤은장마
진듯已前에업든쎄새바희엉덩이욹은붉은   우리도 少年行樂이어제

런듯하여라.

제 얼골 제 보아도 더럽고도 슬 뮈워라=제 얼굴을 제가 보아도 더럽고도
싫고 미워라. ◇검버섯 구름 씐 듯 코춤은 장마 진 듯 已前에 업든 쎠새바
희 엉덩이 옭은붉은=검버섯은 구름이 낀 듯하고 콧물은 장마가 진 듯하고
이전에 없던 뼈마디가 엉덩이에 울퉁불퉁.

1334. 酒色을삼가하란말이 녯사람의警戒ㅣ로되　踏靑登高節에벗님네
　　　다리고詩句ㅣ를읊흘ㅅ적에滿樽香醪를아니醉키어려오며　　旅館에
　　　殘燈을對하여獨不眠헐제絶代佳人만나잇셔아니자고어이리.

　　　踏靑登高節에 벗님네 다리고 詩句ㅣ를 읊흘ㅅ적에 滿樽香醪를 아니 醉키
어려우며=푸른 풀을 밟고 높은 곳에 오르는 계절에 벗님들과 더불어 시구를
읊을 때에 술통에 가득한 향기로운 술을 아니 취하기 어려우며. ◇旅館에
殘燈을 對하여 獨不眠헐제 絶代佳人 만나잇셔 아니 자고 어이리=여관에 끄
물거리는 등은 대하고 홀로 잠 못 이룰 때 뛰어난 미인을 만나서 아니 자고
어쩌겠느냐.

1335. 竹杖집고芒鞋신고　山水間漸漸드러가니　그곳이골이깁허杜鵑접
　　　동이亂雜히우름운다구름은뭉게뭉게峯뒤로나려落落長松에어리엿고
　　　바람은쌀쌀부러시내嚴上에쏫(柯)枝만썰써리는고나　　그곳이　別有
　　　天地非人間이니아니놀고어이리.

　　　竹杖집고 芒鞋신고=대나무 지팡이를 짚고 짚신을 신고. ◇別有天地非人
間이니=특별한 세상이 있어 마치 사람 사는 곳이 아닌 듯하니.

1336. 鎭國名山萬丈峰이　靑天削金芙蓉이라　巨壁은屹立하여北主三角
　　　이오奇巖은迸起하여南案蠶頭ㅣ로다左靑龍駱山右白虎仁旺瑞色은蟠
　　　空凝象闕이요淑氣는鍾英出人傑하니美哉라我東山河之固여聖代衣冠

太平文物이萬萬歲之金湯이로다　年豊코　國泰民安하여九秋黃菊丹
楓節에麟遊而鳳舞커늘緬嶽登臨하여醉飽盤桓하오면서感激君恩이샷
다.

◆ 대조; '左靑龍駱山右白虎仁旺'은 '左龍駱山右虎仁旺'으로 되어 있음.

　　鎭國名山　萬丈峰이　靑天削金芙蓉이라=나라를 진정(鎭定)시키는 명산의
만장봉이 하늘에 높이 솟아 금빛의 연꽃을 새긴 듯하다. 명산 만장봉은 북한
산의 하나인 도봉산(道峰山)의 만장봉을 가리키는 듯. ◇巨壁은 屹立하여
北主三角이오 奇巖은 迸起하여 南案蠶頭ㅣ로다=커다란 절벽 같은 바위는
우뚝 솟아 북으로 삼각산이 주산(主山)이오 기이한 바위는 우뚝 솟아 남쪽
으로 잠두가 안산이 되었다. ◇左靑龍 駱山 右白虎 仁旺 瑞色은 蟠空凝象闕
이요 淑氣는 鍾英出人傑하니=좌청룡은 낙산이요 우백호는 인왕이라 상서로
운 빛은 공중에 서리어 대궐에 엉기었고 맑은 기운은 빼어나 인걸을 배출하
니. ◇美哉라 我東山河之固여 聖代衣冠太平文物이 萬萬歲之金湯이로다=아
름답도다. 우리나라의 산하가 견고하여 태평한 시대의 의관과 문물이 만만
세의 금성탕지가 되었도다. ◇年豊코 國泰民安하여 九秋黃菊丹楓節에 麟遊
而鳳舞커늘 緬嶽登臨하여 醉飽盤桓하오면서 感激君恩이샷다='면악(緬嶽)'은
'면악(面嶽)'의 잘못인 듯. 풍년이 들고 나라가 태평하고 백성이 평안하여 가
을 국화와 단풍의 계절에 기린이 놀고 학이 춤추거늘 앞에 있는 산에 올라
배불리 먹고 주변을 거닐면서 임금의 은혜에 감격하겠다.

1337. 採於山하니 薇可茹요 釣於水하니 鮮可食을　坐水邊林下하니 塵世
　　를可忘이오步芳逕閑庭하니情懷自逸이라　아마도 悅心樂志는나쑌
　　인가하노라.

◆ 대조; '薇可茄'는 '薇可茹'의 잘못, 작자 안민영(安玟英) 누락.

　　採於山하니 薇可茹요 釣於水하니 鮮可食을='미가가(薇可茄)'는 '미가여
(美可茹)'의 잘못. 산에서 나물을 뜯으니 먹을 만하고 물에서 고기를 잡으니
싱싱한 것이 먹을 만하다. ◇坐水邊林下하니 塵世를 可忘이오 步芳逕閑庭

하니 情懷自逸이라=물가의 나무 아래 앉으니 속세를 잊을 만하고 꽃길과 한
가한 뜰을 거닐으니 정과 회포가 스스로 기뻐할 만하다. ◇悅心樂志는=마
음과 의지를 기쁘고 즐겁게 함은.

1338. 天下名山五嶽之中에 衡山이가장좃턴지 六觀大師의說法濟衆할
새上佐中靈通者로龍宮에 奉命헐제石橋上에八仙女만나戱弄한罪로
幻生人間하야龍門에놉히올나出將入相타가太師堂돌아들어蘭陽公主
李蕭和英陽公主鄭瓊貝며賈春雲陳彩鳳과桂蟾月狄驚鴻沈裊烟白凌波
로슬카장노니다가山鍾一聲에자던꿈을다쌔엿고나 世上에 富貴功
名이이러한가하노라.

　　天下名山 五嶽之中에 衡山이 가장 좃턴지=천하에서 가장 유명한 산 다섯
가운데 형산이 가장 좋던지. 형산은 오악의 하나. ◇六觀大師의 說法濟衆할
새 上佐中靈通者로 龍宮에奉命헐제=육관대사가 불법을 설교하여 중생을 구
제할 때 상좌 가운데 신령과 통하는 사람으로 용궁에 명을 받들고 갈 때. ◇
石橋上에 八仙女 만나 戱弄한 罪로 幻生人間하야 龍門에 놉히 올나 出將入
相타가 太師堂으로 도라드러='태사당(太師堂)'은 '태사당(太史堂)'의 잘못인
듯. 석교 위에서 여덟 선녀를 만나 희롱한 죄로 사람으로 다시 태어나 과거
에 합격하여 높은 벼슬에 올라 전장에 나아가면 장수요 조정에 들어오면 정
승이 되어 태사당으로 들어와. ◇蘭陽公主~白凌波로=김만중(金萬重)의 『
구운몽(九雲夢)』에 나오는 여자 주인공. ◇山鐘一聲에 자던 꿈을 다 쌔엿고
나=산에서 치는 종소리에 자던 꿈을 다 깨었구나. 인생의 부귀영화가 다 일
장춘몽에 지나지 않는다는 말. 김만중(金萬重)의 『구운몽(九雲夢)』을 제재로
한 시조임.

1339. 千金駿馬로換小妾하여 笑坐鵰鞍歌落梅로다 車傍에側掛一壺酒
하고鳳笙龍管行相催ㅣ로다 徐州酌力士鐺아 李白이與爾同死生을
하여라.

　◇ 대조; '徐州酌'은 '舒州酌'의 잘못.

千金駿馬로 換小妾하여 笑坐鵰鞍歌落梅로다=‘조안(鵰鞍)’은 ‘조안(雕鞍)’의 잘못인 듯. 천금의 값을 하는 좋은 말로 작은 첩을 바꾸어 웃으며 잘 꾸민 안장에 앉아 낙매곡을 노래하도다. ◇車傍에 側掛一壺酒하고 鳳笙龍管行相催ㅣ로다=수레 옆에 한 병의 술을 걸고 봉생과 용관으로 가기를 서로 재촉하도다. ◇徐州酌 力士鐺아 李白이 與爾同生死을 하여라=‘서주작(徐州酌)’은 ‘서주작(舒州酌)’의 잘못. 서주작과 역사당아 이백이 그대와 더불어 생사를 같이 하여라. 서주작과 역사당은 술잔의 이름.

1340. 淸風明月智水仁山 鶴髮烏巾大賢君子 莘野野瑯琊翁이大東에다 시나셔松桂幽棲로紫芝를노래하니志趣도놉흐실사   비나니 經綸大志로聖主를도으사治國安民하오소서.

◆ 대조; ‘莘野野’는 ‘莘野叟’의 잘못.

淸風明月智水仁山 鶴髮烏巾大賢君子=맑음 바람과 밝은 달과 같고 지혜로운 사람은 물을 좋아 하고 어진 사람은 산을 좋아 하며 학의 깃털처럼 머리기 하얗고 검은 건을 쓴 크게 어진 군자. ◇莘野野瑯琊翁이 大東에 다시 나셔 松桂幽棲로 紫芝를 노래하니 志趣도 놉흐실사=‘신야야(莘野野)’는 ‘신야수(莘野叟)’의 잘못. 신야의 늙은이와 낭야의 늙은이가 우리나라에 다시 태어나 소나무와 계수나무가 우거진 산속에 숨어 사시면서 자지가를 노래하니 세속에 물들지 않는 뜻과 취미도 높으시구나. 신야수는 은(殷)의 이윤(伊尹)을, 낭야옹은 제갈량을 가리킴. 자지는 자지가(紫芝歌)로 상산사호(商山四皓)가 불렀다고 하는 노래임. ◇經綸大志로 聖主를 도으사 治國安民=천하를 다스릴 큰 뜻으로 훌륭한 임금을 도우시어 나라를 다스리고 백성을 편안하게.

1341. 피좁쌀못먹인해에 무리ㅅ구리도하도할사 陽德孟山酒帑이永柔 肅川換陽년들이저다라먹은還上을이늙은내게다물니랴하네   邊利만 너희다물ㅅ지라도밋츠란내다擔當하옴세.

피좁쌀도 못 먹인 해에 무리ㅅ구리도 하도할사=피좁쌀조차도 못 먹는 해에 무리꾸리도 많기도 많다. ◇陽德孟山 酒帑이 永柔肅川 換陽년들이 저 다라 먹은 還上을 이 늙은 내게 다 물니랴 하네=양덕과 맹산의 술파는 계집들과 영유 숙천의 뚜장이년 들이 제가 외상으로 먹은 환자를 이 늙은 나에게 다 물리려 하네. 양덕·맹산·영유·숙천은 평안도에 있는 고을의 이름. ◇邊利만 너희 다 물ㅅ지라도 밋츠란 내 다 擔堂하옴세=이자는 너희들이 다 물더라도 본전이란 내가 다 담당하리라. 밑은 달리 여성의 성기(性器)를 의미하기도 함.

1342. 夏四月첫여드렛날에 觀燈하려臨高臺하니 遠近高低에夕陽은빗졋는듸魚龍燈鳳鶴燈과두루미남성이며蓮꼿속에仙童이요鸞鳳우희天女ㅣ로다鐘磬燈선燈북燈이며水박燈마늘燈과배燈집燈山臺燈과影燈알燈瓶燈壁欌燈駕馬燈欄杆燈과獅子탄體适이며虎狼이탄오랑캐며발노툭차구을燈에七星燈버러잇고日月燈밝앗는듸東嶺에月上하고곳곳이불을혀니於焉忽焉間에燦爛도한저이고 이윽고 月明燈明天地明하니大明본듯하여라.

夏四月 첫 여드렛 날에 觀燈하려 臨高臺하니=사월 초파일에 등불 구경을 하려고 높은 곳에 오르니. ◇遠近高低에 夕陽은 빗겻는듸 魚龍燈 鳳鶴燈과 두루미 남성이며 蓮꼿 속에 仙童이요 鸞鳳 우희 天女ㅣ로다=멀고 가까운 곳과 높고 낮은 곳에 저녁 해는 비추는데 어룡등 봉학등과 두루미등 남생이등과 연꽃 속에 선동이 나오는 모습의 등과 난새와 봉황 위에 천녀가 앉은 모습의 등이로다. ◇獅子 탄 體适이며 虎狼 탄 오랑캐며=사자를 탄 오랑캐며 호랑이를 탄 오랑캐의 모습과. ◇東嶺에 月上하고 곳곳이 불을 혀니 於焉忽焉間에=동쪽 산마루에 달이 솟고 곳곳에 불을 켜니 잠깐 사이에. ◇月明燈明天地明하니 大明본 듯하여라=달이 밝고 등이 밝고 천지가 밝으니 해를 본 듯하여라.

1343. 花果山水簾洞中에 千年묵은잔나뷔나셔 神通이거륵하야龍宮에
出入다가神眞鐵어든後에大鬧天宮하고玉帝께得罪하여五行山에지즐
엿다가佛體님警戒로發願濟衆하는金仙子의弟子되여八戒沙僧거나리
고西域에들어갈ㅅ제萬水千山이十萬八千里라妖孽을掃淸하고大雷音
寺로들어가셔八萬大藏經을다내여오단말가 아마도 非人非鬼亦非
仙은孫悟空인가하노라.

◆ 대조; 『海東歌謠』에 김수장의 작품으로 되어 있음.

花果山 水簾洞中에 千年 묵은 잔나뷔 나셔=화과산 수렴동 안에 천년을
묵은 원숭이가 태어나서. 중국의 소설 「서유기(西遊記)」의 주인공인 손오공
(孫悟空)을 말함. ◇神通이 거륵하야 龍宮에 出入다가 神眞鐵 어든 後에 大
鬧 天宮하고 玉帝께 得罪하여 五行山에 지즐엿다가=신통수(神通數)가 훌륭
하여 용궁에 출입하다가 신진철을 얻은 뒤에 천궁을 크게 어지럽히고 옥황
상제에게 죄를 지어 오행산에 갇혀 있다가 ◇佛體님 警戒로 發願濟衆하는
金仙子의 弟子되여 八戒沙僧 거나리고 西域에 들어갈ㅅ제=부처님의 경고와
계율로 중생을 제도하겠다는 김선자의 제자가 되어 저팔계(猪八戒)와 사오
정(沙悟淨)을 거느리고 서역에 들어갈 때. 김선자는 삼장법사(三藏法師)를
말하는 듯. ◇萬水千山이 十萬八千里라 妖孽을 掃淸하고 大雷音寺로 들어
가셔 八萬大藏經을 다 내여 오단말가=수많은 산과 물이 십만 팔천리라 요괴
와 귀신의 재앙을 깨끗이 쓸어버리고 대뇌음사에 들어가서 팔만대장경을 다
내여 왔단 말인가. ◇非人 非鬼 亦非仙은 孫悟空인가=사람도 아니고 귀신
도 아니고 또한 신선도 아닌 것은 손오공인가. 「서유기(西遊記)」를 제제로
하여 시조화한 것임.

1344. 花灼灼범나뷔雙雙 楊柳靑靑꾀꼬리雙雙 날짐생길버러지다雙雙
이노니는듸 우리도 情든님다리고雙지어놀녀하노라.

花灼灼 범나뷔 雙雙 楊柳靑靑 꾀꼬리 雙雙=꽃이 활짝 피었는데 범나비들
이 쌍쌍 버드나무가 푸른데 꾀꼬리가 쌍쌍. ◇날짐생 길버러지 다 雙雙이

노니는데=새나 곤충들이 다 쌍쌍이 노니는데.

■言 編

1345. 閣氏네하어슨체마소 고애로라자랑마소 자네집뒤東山에山菊花
를못보신가 九十月 된서리마즈면검주남긔되옵나니.

　閣氏네 하 어슨 체 마소 고애로라 자랑마소=각씨들 너무 잘난 체 마시오.
곱다고 자랑마소. ◇된서리 마즈면 검주남긔 되옵나니=된서리를 맞게 되면
검불나무가 되나니.

1346. 白髮에換陽노든년이 절문書房을맛초아두고 센머리에먹칠하고
泰山峻嶺으로허위허위넘어가다가卦그른疎落이에흰東丁검어지고감
든머리희엿고나 그를사 늙으늬所望이라일낙배락하더라.

　白髮에 換陽 노든 년이=늙어서 서방질하던 년이. ◇卦그른 疎落이에 흰
東丁 검어지고 감든 머리 희엿고나=점괘가 잘못된, 예기치 못한 소나기에
흰 저고리동정이 검어지고 검던 머리가 희여겻구나. ◇늙으늬 所望이라 일
낙배락 하더라=늙은이의 바라는 바라 일이 될 듯 말 듯하더라.

1347.　엇지하여못오든가 무음일노아니오더냐 너오는길에弱水三千
里와萬里長城둘넌는듸蠶叢及魚鳧에蜀道之難이갈희엿더냐네어이그
리아니오더냐 長相思 淚如雨터니오날이사보괘라.

　너 오는 길에 弱水三千里와 萬里長城 둘넌는듸 蠶叢及魚鳧에 蜀道之難이
갈희엿더냐=약수 삼천리와 만리장성이 둘러 있는시 잠총과 어부에 촉으로
가는 길의 어려움이 가리었더냐. 잠총과 어부는 촉(蜀)나라의 초기의 왕들의
이름임. ◇長相思 淚如雨터니 오늘이사 보괘라=오랜 동안 그리워하고 눈물

이 비 오 듯하더니 오늘에야 보겠구나.

1348. 이제사못보게하예 못볼시도的實도하다   萬里가는길에海姑絕息
하고銀河水건너쮜여北海가로진듸摩尼山갈가마귀太白山드기슭으로
골각골각우지지면서차돌도바회못어더먹고주려죽는싸헤내어듸가임
차저보리 兒孩야 임이오셧드란주려죽단말生心도말고쌀싸리그리다
가骨髓에病이들어갓과쎄만남아달把子밋흐로아장밧싹거니다가氣運
이澌盡하야작은소마보온後에한다리취여들고되耳掩버서던진듯이벌
썩나쟛쌔저長歎一聲에奄然命盡하여죽어간魂的呼되여임의몸에찬찬
감겨슬카장알이다가那終에부듸잡어가겟노라하드라하고일너라.

   이제사 못보게 하예 못볼시도 的實도하다=이제는 못 보게 하는구나. 보지
못하는 것도 틀림이 없구나. ◇萬里 가는 길에 海姑絕息하고 銀河水 건너
쮜여 北海 가로 진듸='해고절식(海姑絕息)'은 '해구절식(海鷗絕息)'인 듯. 멀
리 가는 길에 바닷갈매기도 쉬지 않고 은하수를 건너 뛰어 북해를 가로 질
러. ◇차돌도 바히 못 어더 먹고 주려 죽는 싸헤 내 어듸 가서 임 차자보리
=차돌도 전혀 못 얻어먹고 굶어 죽는 땅에 내가 어디 가서 임을 찾아보겠느
냐. ◇임이 오셧드란 주려죽단 말 生心도 말고 쌀싸리 그리다가=임이 오시
거든 굶주려 죽었다는 말을 빈말이라도 하지 말고 살뜰이 그리워 하다가.
◇骨髓에 病이 들어 갓과 쎄만 남아 달把子 밋흐로 아장 밧싹 거니다가=뼛
속에 병이 들어 가죽과 뼈만 남아 울타리 밑으로 아장아장 바짝 거닐다가.
◇氣運이 澌盡하야 작은 소마 보온 後에 한 다리 취여들고 되耳 掩 버서 던
진 듯이 벌썩 나쟛바저 長歎一聲에 奄然 命盡하여 죽어간 魂的呼 되여=기운
이 다 떨어져서 오줌을 눈 뒤에 한쪽 다리를 추켜들고 엄을 벗어 던진 듯이
벌떡 나자빠져 긴 탄식 한 마디에 갑자기 목숨이 다하여 죽어간 귀신 되어.
◇임의 몸에 찬찬 감겨 슬카장 알이다가 那終에 부디 잡아 가겟노라 하드라
하고 일너라=임의 몸에 칭칭 감겨 마음껏 괴롭히다가 나중에 꼭 잡아가겠노
라고 하더라 하고 말하여라.

1349. 一身이사자하엿드니 물ㅅ것겨워못살니로다   琵琶갓흔빈대삿기

使슈갓흔등에어이갈다귀삼위약이센박퀴누른바퀴빗겨자갓흔가랑이
며보리알갓흔수통이며주린니갓깐니잔벼룩倭벼룩쒸는놈긔는놈에다
리긔다한모긔부리쏏족한모긔여윈모긔그리마쏔록이심한唐벼룩에더
어려웨라 그中에 참다못견딜쏜五六月伏다림에쉬파린가하노라.

◇ 대조; '피겨갓튼가랑니보리알갓튼슈통니잔벼룩굴근벼룩왜벼룩뛰는놈기는놈의'
가 '비파가튼' 앞에 있음. '여윈모기'는 '살진모기여윈모기'의, '뽀록이' 다음에
'晝夜로뷘틈업시물거니쏘거니빨거니뜻거니'가 있음.『海東歌謠』에 이정보(李鼎
輔)의 작품으로 되어 있음.

　一身이 사자 하엿드니 물ㅅ것 겨워 못 살니로다=한 몸뚱이 살자고 마음
먹었더니 무는 것들이 지겨워 못 살겠구나. ◇琵琶 갓흔 빈대삿기 使슈 갓
흔 등에 어이 갈다귀 삼위약이 센 박퀴 누른 바퀴 빗겨자 갓흔 가랑이며 보
리알 갓흔 수통이며=비파같은 빈대 새끼 사령 같은 다 자란 등에 각다귀 버
마재비 흰 바퀴 누런 바퀴 볏겨 같은 가랑이며 보리알 같은 수통이. ◇五六
月 伏다림에 쉬파린가=오뉴월 복더위에 쉬파리인가.

1350. 재넘어쇠앗을두고 손벽치며애써넘어가니 　말만한草屋에헌덕석
나소깔고년놈이마조누어얽어지고트러졋네이제사어림장이발농군에
들것고나 　두어라 메밀쩍두長鼓를새와무삼하리요.

◇ 대조; 가번 1011과 중복. '발농군'은 '발노군' 또는 '반노군'의 잘못.

1351. 저건너임이오마커늘 저녁밥을일하여먹고 　中門지나大門나셔開
門밧내다라地防우헤치다라셔셔以手로加額하고오는가가는가건넌山
바라보니검어웃득셔잇거늘於臥임이로다갓버서등에지고보션버서품
에품고신으란손에들고즌듸말은듸갈희지말고월항충창건너가서情엣
말삼하랴하고겻눈으로얼풋보니임은아니오고上年七月열사흔날갈가
벗겨성이말니운휘추리삼싼判然이날속엿구나 　맛초아 밤일센만정

倖兮낫이런들남우일번하여라.

저녁밥을 일하여 먹고=저녁밥을 일찍 지어 먹고. ◇以手로 加額하고=손을 이마에 얹고. ◇上年七月 열사흗날 갈가벗겨 성이 말니운 휘추리 삼짠 꿰然이 날 속엿구나=작년 칠월 열 사흗날 벗겨서 말린 회초리 같이 가느다란 삼단이 감쪽같이 날 속였구나. ◇맛초아 밤일센만정 倖兮 낫이런들 남우일 번 하여라=마침 밤이니까 만정이지 행여나 낮이었다면 남 웃길 뻔하였다.

1352. 저건너月廊바희우희 밤口中만치부헝이울면 녯사람이른말이妖怪롭고邪氣로와百萬嬌態하는젊운妾년이죽는다하데 妾이對答하되 妾은듯자오니家翁을薄待하고妾새암甚히하는늙은안해임이몬저죽는다하데.

녯 사람 이른 말이 妖怪롭고 邪氣로와 百萬嬌態하는 젊은 妾년이 죽는다 하데=옛날 사람이 하는 말이 요사스럽고 거짓스러워 온갖 교태부리는 젊은 첩년이 죽는다고 하더라. ◇妾은 듯자오니 家翁을 薄待하고 妾새암 甚히 하는=첩이 듣건대 남편을 박대하고 첩 새움을 너무 하는.

1353. 저건너太白山下에 예못보던菜麻田이좃타 너리너리넝출이며둥굴둥굴수박이며茄子외단참외열엿세라 저여름 다이것드란우리임께들이라라.

예 못 보던 菜麻田이 좃타=예전에 보니 못하였던 채소밭이 좋구나. ◇茄子 외 단참외 열엿세라=가지 오이 단참외가 열렸구나. ◇저 여름 다 이것드란=저 열매가 다 익었다면.

1354. 天寒코雪深한날에 님을싸라泰山으러넘어갈人제 갓버서등에지고보선버셔품에품고신으란버셔손에들고天方地方地方天方한번도쉬

지말고허위허위다싸라올라가니 버선버슨 발은아니슬이되여러번염
원가슴이산득산득하여라.

天寒코 雪深한 날에=날이 차고 눈이 많이 내린 날에. ◇발은 아니 슬이되
여러 번 염윈 가슴이 산득산득 하여라=발을 시렵지 않지만 여러 번 여민 가
슴이 선들선들 하더라.

1355. 寒松亭자긴솔베여 조고만치배무어타고 술이라按酒거문고伽倻
ㄱ고稽琴琵琶저피리長鼓巫鼓工人과安岩山차돌一番부쇠老狗山垂露
취며螺鈿대櫃指三이江陵女妓三陟酒絽년다모아싯고달밝은밤에鏡浦
臺로가서 大醉코 叩枻乘流하여叢石亭金蘭窟永郎湖仙遊潭으로任
去來를하리라.

寒松亭 자긴 솔 베여 조고만치 배 무어 타고=한송정의 한 자가 넘는 긴
소나무를 베어 자그마한 배를 만들어 타고. 한송정은 강원도 강릉에 있는 정
자. ◇安岩山 차돌 一番 부쇠 老狗山 垂露취며 螺鈿대 櫃指三이 江陵 女妓
三陟 酒絽년 다 모아 싯고=안암산에서 나는 한 번에 불이 붙는 차돌 부시
노고산 수리취며 나전 담뱃대와 담배 강릉의 기생 삼척의 술파는 여자들을
다 모아 싣고. ◇叩枻乘流하여 叢石亭 金蘭窟 永郎湖 仙遊潭으로 任去來를
=상앗대를 두드리며 흐르는 물결을 타고 총석정 금란굴 영랑호 선유담으로
마음 내키는 대로 오고 가기를. 총석정을 비롯하여 금란굴, 영랑호, 선유담
은 다 영동지방에 있음.

■太平歌

1356. 이려도太平聖代 저려도太平聖代 堯之日月이요舜之乾坤이라
우리도 太平聖代니놀고놀려하노라.

堯之日月이요 舜之乾坤이라=요임금 때의 세월이요 순임금 때의 세상이라.

歌詞(12種)

■首陽山歌

○首陽山에 고사리걱거 渭水邊에 고기를낙가 儀狄의비즌술 李太白밝은
달이 藤王閣놉흔집에 張騫이乘槎하고 달求景가는 말명을請하자 바람불고
눈비오랴는지 東녁흘바라보니 紫薇峯紫閣峯과 淸淸밝은달 碧水白雲이 層
層坊曲에 절로감을 흰들휘휘 들네이로노노네니나네두하고나루이루하고
네로나일나로이루하고네루에나니네니나노네니나노너니나　穆王은天子로
되 瑤池에宴樂하고 項羽는壯士로되 滿營에悲歌慷慨하고 明皇은英主로되
楊貴妃離別後에　馬嵬驛에울엇나니 寒碧堂淸風月에　萬古天下英雄俊傑이
모야안저 오날갓치 조코조흔날만 아니놀고 무엇사자느냐.

　　首陽山에 고사리 걱거=수양산에서 고사리를 꺾어. 수양산은 중국
　　산서성 영제현(永濟縣) 남쪽에 있는 산으로 백이와 숙제가 절의를
　　지켜 은거하다 아사(餓死)한 곳. ◇渭水邊에 고기를 낙가=위수의 강
　　가에서 고기를 낚아. 위수(渭水)는 강태공이 낚시를 하다 주 문왕
　　(周文王)을 만난 곳. ◇儀狄의 비즌 술=의적이 비즌 술. 의적(儀狄)
　　은 중국 상고시대 술을 처음 만들었다고 하는 사람. ◇藤王閣 놉흔
　　집에='藤王閣'은 '등왕각(滕王閣)'의 잘못. 등왕각 높은 집에. 등왕각

은 중국 강서성 신건현(新建縣)에 있는 누각으로 당(唐)나라 때 세웠으며 왕발(王勃)의 「등왕각서(滕王閣序)」가 유명함. ◇張騫이 乘槎하고 달 求景가는 말명을 請하자=장건이 배를 타고 달구경 가는 말미를 청하자. 장건(張騫)은 중국 전한(前漢) 때의 외교가. ◇穆王은 天子로되 瑤池宴에 宴樂하고=주(周)나라 목왕은 천자의 신분이지만 요지에서 잔치를 열어 즐기고. 목왕이 요지에서 선녀인 서왕모(西王母)를 만나 즐겼다고 함. ◇項羽는 壯士로되 滿營에 悲歌慷慨하고=항우는 천하장사로되 군영(軍營) 가득히 슬픈 노래를 불러 탄식을 하고. 항우가 해하(垓下)에서 유방(劉邦)에게 패하고 오강(烏江)에 빠져 죽기 전에 우미인(虞美人)과 작별하고 죽었음. ◇明皇은 英主로되 楊貴妃 離別 後에 馬嵬驛에 울엇나니=당명황은 뛰어난 군주로되 양귀비와 이별하고 마외역에서 울었나니. 당명황인 현종(玄宗)이 안록산의 난에 귀양 가다 마외역에서 애희(愛姬) 양귀비를 죽이고 울었음.

■襄陽歌

○落日이 欲沒峴山西하니 倒着接䍦花下迷를 襄襄小兒ㅣ齊拍手하고 欄街爭唱白銅鍉를 傍人이借問笑何事오 笑殺山翁醉似泥를 鸕鷀酌鸚鵡盃로 百年三萬六千日에 一日須傾三百盃를 遙看漢水鴨頭綠하니 恰似葡萄初醱醅라 此江이若變作春酒하면 壘麯便築糟丘臺를 千金駿馬로 換小妾하야 笑坐雕鞍歌落梅를 車傍에側掛一壺酒하고 鳳笙龍管行相催를 咸陽市上에歎黃犬이 何如月下에 傾金罍오 君不見晉朝羊公一片石한다 龜頭剝落生莓苔를 淚亦不能爲之墮요 心亦不能爲之哀를 淸風明月을 不用一錢買하니 玉山이自倒非人頹라 徐州酌力士鐺으로 李白이與爾同死生을 襄王雲雨今安在오 江水東流猿夜聲을.

落日이 欲沒峴山西하니 倒着接䍦花下迷를='接䍦'는 접리(接䍫)의 잘못. 지는 해가 현산 서쪽으로 넘어가려 하니 모자를 거꾸로 쓰고 꽃 아래에서 헤매기를. ◇襄襄小兒ㅣ齊拍手하고 攔街爭唱白銅鞮를=양양은 양양(襄陽)의 잘못. 양양의 어린애들은 일제히 손뼉을 치고 길을 막고 백동제를 다투어 부르는 것을. 백동제(白銅鞮)는 양(梁)나라 무제(武帝)가 지었다는 악곡의 이름으로 무제가 의병을 일으켜 양주(楊州)지방을 평정한 것을 기념하여 지었다 함. ◇傍人이 借問所何事오 笑殺山翁醉似泥를=곁에 사람이 묻기를 무슨 일로 웃으시오. 늙은이의 취한 모습이 이충(泥蟲)과 같다고 웃기를. ◇鸕鶿酌鸚鵡盃로 百年三萬六千日에 一日須傾三百盃를=노자작과 앵무배로 백년 삼만 육천일에 하루 모름지기 삼백 잔을 기울이기를. 노자작과 앵무배는 술잔의 이름임. 삼만 육천일은 백년임. ◇遙看漢水鴨頭綠하니 恰似葡萄初醱醅라=멀리 한수의 푸른 물결을 바라보니 흡사 포도주가 처음 익는 것 같아라. ◇此江이 若變作春酒하면 壘麯便築糟丘臺를=이 강물이 만약 술이 된다면 누룩을 모아 문득 조구대를 구축할 것을. ◇千金駿馬로 換小妾하야 笑坐雕鞍歌落梅를='換小妾'은 '환소첩(喚小妾)'의 잘못인 듯. 천금이나 나가는 좋은 말을 유세하여 소첩을 불러서 잘 꾸민 안장에 앉아 웃으며 낙매곡을 노래하네. 낙매곡은 한(漢)나라 때의 가곡. ◇車傍에 側掛一壺酒하고 鳳管龍笙行相催를=수레 곁에 술 한 병을 걸고 봉황과 용의 형용을 새긴 한 젓대를 불어 가기를 재촉하네. ◇咸陽市上에 歎黃犬이 何如月下에 傾金罍오=함양의 저자에서 누렁개를 보고 탄식하는 것보다 달빛 아래 금술 잔을 기울임이 어떻겠는가. 진(秦)나라 때 이사(李斯)가 조고(趙高)의 간계로 사형장으로 가다가 시장에서 개를 보고 그만 못한 것을 탄식했다고 함. ◇君不見晉朝羊公一片石한다 龜頭剝落生莓笞를=그대는 진(晉)나라 때 양공의 비석 한 조각을 보지 못 했는가 (비석의)거북 머리가 떨어져 나가고 이끼가 낀 것을. ◇淚亦不能爲之墮요 心亦不能爲之哀를=눈물을 흘려도 떨어뜨릴 수가 없고 마음 또한 애처러울 수 없음을. ◇淸風明月을 不用一錢買하니 玉山이自倒非人頹라=청풍과 명월을 돈 한 푼 안들이고 살 수 있나니 옥산이 스스로 넘어진 것이지 사람이 무너뜨린 것이 아니라. ◇徐州酌力士鐺으로 李白이 與爾同死生을='徐州酌'은 '서주작(舒州酌)'의 잘못. 서주작과 역사당으로 이백이 너와 생사를 같이 함을. ◇襄王雲雨今安在오 江水東流猿夜聲을=초(楚)나라 양왕의 운우의 꿈은

지금 어디에 있소. 강물을 동쪽으로 흐르고 밤에 원숭이 우는 소리
만.

■處士歌

○天生我才쓸딕업서 世上功名을 下直하고 養閑守命하야 雲林處士되오
리라 三繩葛巾몸에걸고 九節竹杖손에들고 落照江湖景조흔딕 芒鞋緩步로
나려가니 寂寂松關다덧는딕 寥寥杏園개짓는다 景槪無窮조흘시고 山林草
木푸르럿다 蒼岩屏風둘럿는딕 白雲深處집을삼고 江湖漁父갓치하여 竹冠
簑笠젓겨쓰고 十里沙汀나려가니 白鷗飛去샨이로다 一葦片帆놉히달고 萬
里滄波로흘니저어 數尺銀鱗낙가내니 松江鱸魚비길소냐 日暮蒼江저무럿다
泊舟蒲渚도라드니 南北孤村두세집이 落霞暮煙잠겻세라 箕山潁水ㅣ예아닌
가 別有天地여긔로다 淵明五柳심은곳에 千條細柳느러젓다 子陵澤畔낙는
대가 百頭金鱗쒹노른다 一個家僮벗을삼아 半晌겨워바라보니 牛背牧童閑
暇하다 수천사도일삼노라 東林子規슮히우니 醉中懷抱陶陶는듯 酒醒否아
이러나니 逸興風景그지업다 回還麋鹿벗시되여 萬壑千峰오며가며 石路蒼
苔막혓스니 塵世消息끈첫세라 아마도 이江山임자는 나샨인가하노라.

　　天生我才 쓸 딕 업서 世上功名을 하직하고=타고난 나의 재주가
쓸 곳이 없어 세상의 공명을 하직하고. ◇養閑守命하야 雲林處士
되오리라=한가롭게 지내며 목숨이나 부지하며 시골에 사는 사람이
나 되겠다고. ◇三繩葛巾 몸에 걸고 九節竹杖 손에 들고 落照江湖
景 조흔 딕 芒鞋緩步로 나려가니 寂寂松關 다덧는딕 寥寥杏園에 개
짓는다='三繩葛巾'은 '九升葛布(구승갈포)'로 된 곳도 있음. 굵은 갈
포로 만든 두건을 쓰고 마디가 많은 대나무 지팡이를 들고 저녁 때
해지는 경치가 아름다운 곳에 짚신을 신고 천천히 걸어가니 조용하
게 소나무 빗장이 닫혔는데 고요한 정원에 개가 짖는구나. ◇蒼岩
屏風 둘럿는딕 白雲深處 집을 삼고 江湖漁父 갓치 하여 竹冠簑笠

젓겨 쓰고 十里沙汀나려가니 白鷗飛去 샏이로다=푸른 바위는 병풍처럼 둘렀는데 백운 깊은 곳을 집을 삼고 강호에 사는 어부처럼 대나무로 결은 삿갓을 젖혀 쓰고 십리나 되는 물가를 따라 나려가니 갈매기만 날 뿐이다. ◇一葦片帆 놉히 달고 萬里滄波로 흘니 저어 數尺銀鱗 낙가 내니 松江鱸魚 비길소냐=갈대로 만든 돛을 높이 달고 물이 넓은 곳으로 저절로 가도록 노를 저어 두어 자가 넘는 고기를 낚아 올리니 장한(張翰)이 송강의 농어회를 그리워해서 벼슬을 그만두고 고향으로 돌아가 맛보았다는 송강의 농어의 맛에 비길쏘냐. ◇日暮蒼江 저무럿다 泊舟蒲渚로 도라드니 南北孤村 두세 집이 落霞暮煙 잠겻세라=저녁 해가 푸른 강 위에 저물었구나. 배를 부들이 있는 물가에 대고 돌아오니 남과 북의 외로운 마을 두세 집이 저녁의 노을과 연기에 잠겼구나. ◇箕山潁水ㅣ 예아닌가 別有天地여긔로다=소부(巢父)와 허유(許由)가 머물렀다는 기산과 영수가 여기가 아니냐. 사람이 사는 곳과 다른 세상이 여기로구나. ◇淵明五柳 심은 곳에 千條細柳 느러젓다=도연명이 다섯 그루의 버드나무를 심은 곳에 수많은 버들가지가 늘어졌구나. ◇子陵澤畔 낙는 대가 百頭金鱗 쒸노른다=엄자릉이 낚시하던 언덕에 많은 낚싯대가 수많은 고기가 뛰노는구나. ◇一個家僮 벗을 삼아 半晌 겨워 바라보니=어린 종놈을 벗을 삼아 반나절을 넘게 바라보니. ◇牛背牧童閑暇하다 수천사도 일삼노라='수천사'는 '隨春思(수춘사)'인 듯. 쇠등이 탄 목동들도 한가하구나. 봄의 흥취를 따르는 심사를 일삼는구나. ◇東林子規 슬피우니 醉中懷抱 陶陶는 듯=동쪽 숲에서 자규가 슬피 우니 취중의 회포를 돋우는 듯. ◇酒醒否아 이러나니 逸興風景 그지업다=술이 덜 깬 듯 일어나니 뛰어난 경치가 끝이 없구나. ◇回還 麋鹿 벗시 되여 萬壑千峰 오며가며 石路蒼妄 막혓스니 塵世消息 끈첫세라='蒼妄'은 '蒼苔(창태)'의 잘못. 돌아온 미록의 벗이 되어 수많은 구렁과 봉우리를 오가며 돌길과 푸른 이끼가 막혔으니 속세의 소식이 끊어졌구나.

■勸酒歌(現行歌)

○不老草로 술을비저 萬年盃에 가득부어 비나이다 南山壽를 藥山東臺
여지러진바회 곳즐걱거 籌를노며 無窮無窮먹사이다 勸君終日酩酊醉하자
酒不到劉伶墳上土니 아니醉코무엇하리 百年을 可使人人壽라도 憂樂을中
分未百年을 사랏슬째잘놉시다 明沙十里海棠花야 곳진다고설워마라 明年
三月봄이되면 너는다시퓌려니와 可憐하다우리人生 梧桐秋夜밝은달에 님
生覺이새로왜라 님도나를生覺는지 나만홀로이러한지 님도쏘한이러한지
새벽서리찬바람에 울고가는기럭이야 님의消息바랏더니 蒼茫한구름속에
뷔인소래샏이로다 王祥의鯉魚잡고 孟宗의竹筍썪거 감든머리희도록 老萊
子의옷을닙고 養志誠孝를 曾子갓치하오리라 이술한盞잡우시오 이술으란
蟠桃宴에 千日酒니 쓰나다나잡우시면 萬壽無疆하오리라 人間五福壽爲先
은 녜로부터이른배라 비나이다비는바는 山河갓튼壽富貴를 千年萬年누리
소서.

　　藥山東臺 여지러진 바회 곳즐 걱거 籌를 노며=약산의 동대에 부
서진 바위 꽃을 꺾어 산가지를 놓으며. 약산(藥山)은 평안북도 영변
(寧邊)에 있음. ◇勸君終日酩酊醉하자 酒不到劉伶墳上土니=그대에
게 권하노니 종일을 거나하게 취하자 술이 유령의 무덤에까지 이르
지 못하니. ◇百年을 可使人人壽라도 憂樂을 中分未百年을=백년을
사람마다 살더라도 근심과 즐거움을 나누면 백년이 못되는 것을.
◇王祥의 鯉魚 잡고 孟宗의 竹筍 썪거 감든 머리 희도록 老萊子의
옷을 닙고 養志誠孝를 曾子가치 하오리라=왕상이 겨울에 얼음을 깨
고 잉어를 잡고 맹종이 대밭에서 죽순을 꺾고 노래자가 늙어서 색
동옷을 입고 부모님의 뜻을 거역하지 않으면서 정성껏 효도를 하는
것을 증자처럼 하리라. ◇蟠桃宴에 千日酒니=헌수(獻壽)를 드리는
잔치에서 올리는 마시면 천일동안 깨지 않는 술이니. ◇人間五福
壽爲先은 녜로부터 이른 배라=인간의 오복 가운데 수가 제일임을

옛날부터 일컬어 온 바이다.

■勸酒歌(舊歌)

○잡우시요잡우시요 이술한盞잡우시오 이술한盞잡우시면 千萬年이나
사오리라 이술이술이아니라 漢武帝承露盤에 이슬바든것이오니 쓰니다나
잡우시오 勸할적에잡우시오 제것두고못먹으면 王將軍之庫子ㅣ오니 若飛
蛾之撲燈이며 似赤子之入井이라 단불에나븨몸이 아니먹고무엇하리 살앗
실제먹고노세 明沙十里海棠花야 곳진다고설워마라 明年三月봄이오면 너
는다시퓌려니와 可憐하다우리人生 쑤리업는浮萍草라 紅顔白髮이절로오니
권들아니설단말가 藥山東臺 여즈러진바회 곳즐썩거籌로노며 無窮無盡먹
사이다 駕一葉之扁舟하야 擧匏樽以相屬이라 寄蜉蝣於天地하니 渺滄海之
一粟이라 哀吾生之須臾하고 羨長江之無窮이라 挾飛仙以邀遊하고 抱明月
而長終이라 知不可乎就得일세 새벽서리찬바람에 외기럭이슯히운다 님의
消息바랏더니 蒼茫한구름밧게 뷔인소래쑨이로다 梧桐秋夜밝은달에 임生
覺이새로왜라 님도나를生覺는가.

漢武帝 承露盤에=한 무제(漢武帝)가 장수(長壽)를 위해 이슬을 받
은 쟁반에. ◇王將軍之庫子ㅣ오니=왕장군의 창고지기와 같으니. 왕
장군은 왕준(王濬)을 가리킴. 그의 창고에는 없는 것이 없었다고 함.
◇若飛蛾之撲燈이며 似赤子之入井이라=불에 뛰어드는 나비와 같고
우물에 달려드는 어린애와 같다. ◇駕一葉之扁舟하야 擧匏樽以相
屬이라=조그만 배를 타고 술잔을 들어 서로 마시기를 재촉하다.
◇寄蜉蝣於天地하니 渺滄海之一粟이라=천지간에 하루살이처럼 붙어
사니 푸른 바다에 좁쌀 하나처럼 아득하구나. ◇哀吾生之須臾하고
羨長江之無窮이라=우리 생애가 잠간인 것을 슬퍼하고 장강의 무궁
함을 부러워하다. ◇挾飛仙以邀遊하고 抱明月而長終이라=창공을

날으는 신선을 끼고 맞아 놀고 명월을 안고 길이 끝내다. ◇知不
可乎取得일세=갑자기 얻을 수 없음을 알겠네. ◇滄茫한 구름 밧게
뷔인 소래뿐이로다=푸르고 아득한 구름 멀리에 허망한 소리뿐이다.

■白鷗歌

○白鷗야펄펄나지마라 너잡을내아니로다 聖上이바리시니너를좃차예왓
노라 五柳春光景조흔듸 白馬金鞭花柳가자 雲枕碧溪花紅柳綠한듸 萬壑千
峰飛泉瀉ㅣ라 壺中天地別乾坤이여긔로다 高峰萬丈淸溪鬱한듸 綠竹蒼松은
놉기를닷투어 明沙十里에 海棠花만다퓌여서 모진狂風을 견듸지못하야 쑥
쑥써러저서 아주펄펄나라나니 긘들아니景일느냐 바회岩上에다람이긔고
시내溪邊에금金자라긘다 좁합남게 피죽새소래며 함박곳에벌이나서 몸은
둥글고 발은적어서 제몸을못익이여 東風건듯불제마다 이리로접두적 저리
로접두적 너흘너흘춤을추니 긘들아니景일너냐 黃金갓흔쇠소리는 버들사
이로往來하고 白雪갓흔범나븨는 곳츨보고반기어겨 나라든다써든다 두나
래펄치고나라든다 쌈앗케별갓치 놉다랏케달갓치 아주펄펄나라드니 긘들
아니景일너라.

　　五柳春光景 조흔듸 白馬金鞭花柳 가자=도연명의 오류촌(五柳村)에
봄의 경치가 좋은데 백마를 타고 좋은 채찍을 든 것처럼 호사(豪
奢)를 하고 꽃놀이 가자. ◇雲枕碧溪花紅柳綠한듸 萬壑千峰飛泉瀉
ㅣ라 壺中天地別乾坤이 여긔로다=구름이 낮게 깔리고 꽃은 붉고 버
들은 푸른데 많은 골짜기와 산봉우리에 폭포는 내리 쏟아지더라.
술병 속이 마치 별천지와 같다고 한 곳이 바로 여기로다. ◇高峰
萬丈淸溪鬱한듸 綠竹蒼松은 놉기를 닷투어='淸溪'는 '청기(淸氣)'의
잘못인 듯. 만 길이나 되는 높은 봉우리에 맑을 기운이 자욱한데
푸른 대나무와 소나무는 높기를 다투어. ◇좁합남게 피죽새 소래

471

며 함박꼿에 벌이 나서=조팝나무에 피죽새 우는 소리며 함박꽃에
벌이 날아서. ◇깜앗케 별 갓치 놉다랏케 달 갓치=별처럼 까마득
하게 달처럼 높다랗게.

■黃鷄詞

○一朝郎君離別後에 消息죷차頓絶하다 지화자조흘시고 조흘조흘조흔
景에 얼시고죷타景이로다 지화자조흘시고 한곳을들어가니 六觀大師聖眞
이는 八仙女다리고 戲弄한다 얼시고조타景이로다 지화자조흘시고 黃昏점
운날期約두고 어듸를가고서 날아니찾나 지화자조흘시고 屛風에그린黃鷄
ㅣ 두나래를 둥덩치며 四五更一點에 날새라고 꾀기요울거든오랴시나 지
화자조흘시고 달은밝고조요한듸 님生覺이새로외라 지화자조흘시고 너는
죽어 黃河水되고 나는죽어돗대船되여 狂風이건듯 불제마다 於於臥둥덩실
써 노라보자 지화자조흘시고 저달아보느냐 님계신듸 明氣를빌니렴 나도
보자 지화자조흘시고.

  一朝郎君離別後에 消息조차 頓絶하다=하루아침에 낭군과 이별한
뒤에 소식마저 끊어졌다. ◇六觀大師聖眞이는 八仙女을 다리고 戲
弄한다='聖眞'이 앞에 '제자'(弟子)가 빠진 듯. 육관대사의 제자 성
진이는 여덟 선녀를 데리고 놀며 장난한다. 성진은 『구운몽(九雲夢)
』의 남자 주인공. ◇屛風에 그린 黃鷄ㅣ 두 나래를 둥덩 치며 四
五更一點에 날 새라고=병풍에 그린 누런 닭이 두 날개를 둥덩 치면
서 사경과 오경을 알리는 소리에 날이 새라고. ◇님 계신 듸 明氣
를 빌니렴=임에 계신 곳의 밝은 기운을 빌리렴은.

■竹枝詞(一名 乾坤歌)

○乾坤이 不老月長在하니 寂寞江山이 今百年이로구나 어허이요이히요
이히요이히야어ㅣ 一心精念은 極樂南無阿彌像이로구나 아루느니나야루나
冊보다가 窓통탕열치니 江湖두덩실 白鷗등썻다 口號 하날이놉하 구진비
오니 山과물은萬溪로돈다 口號 洛東江上船舟帆하니 吹笛歌聲이 落遠風이
로구나 口號

　　乾坤이 不老月長在하니 寂寞江山이 今百年이로다=하늘과 땅이 늙
　지 않고 달은 항상 떠 있으니 쓸쓸한 강산이 이제 백년이로구나.
　◇一心精念은 極樂南無阿彌像이로구나='精念'은 '정념(情念)'의 잘못
　인 듯. 한결같은 임에 대한 생각은 극락세계의 나무아미불의 모습
　이로구나.　◇洛東江上船舟帆하니 吹笛歌聲이 落遠風이로다='船舟
　帆'은 '선주범(仙舟泛)'의 잘못인 듯. 낙동강 위에 신선의 배를 띄우
　니 피리를 불고 노래 소리가 멀리까지 퍼지는구나.

■漁父詞

○雪鬢漁翁이 住浦間하여 自言居水勝居山을 至菊叢至菊叢於斯臥하니
依船漁父ㅣ一肩高ㅣ라 배씌여라배씌여라 早潮纔落晚潮來ㅣ라 靑蒻葉上에
凉風起하고 紅蓼花邊白鷺閑을 닷드러라닷드러라 洞庭湖裏駕歸風을 至菊
叢至菊叢於斯臥하니 帆急前山忽後山을 盡日泛舟烟裏去하여 有時搖掉月中
還을 어워라어워라하니 我心隨處自忘磯를 至菊叢至菊叢於斯臥하니 叩枻
乘流無定去를 萬事無心一竿竹이요 三公不換此江山을 돗디여라돗디여라
山雨溪風捲釣絲를 至菊叢至菊叢於斯臥하니 一生縱跡이在滄浪을 東風西日
楚江深하니 隔岸漁村兩三家를 濯纓歌罷汀洲靜하니 竹逕柴門猶未開라 배
저어라배저어라 夜泊秦淮近酒家를 至菊叢至菊叢於斯臥하니 瓦甌蓬蒡로

獨斟時를 醉來睡看無人喚하니 流下錢灘也不知를 배매여라매매여라 桃花
流水鱖魚肥를 至匊叢至匊叢於斯臥하니 滿江風月屬漁船을 夜靜水寒魚不食
하니 滿船空載月明歸를 닷디여라닷듸여라 罷釣歸來繫短蓬을 至匊叢至匊
叢於斯臥하니 風流未必載西施를 一自持竿上釣舟로 世間名利盡悠悠를 배
붓처라배붓처라 繫舟猶有去年痕을 至匊叢支局초어사瓦하니 欸乃一聲山水
綠을.

　　雪鬢漁翁이 住浦間하야 自言居水勝居山을=머리가 허연 고기잡이
늙은이가 포구 사이에 살면서 물가에 사는 것이 산속에서 사는 것
보다 낫다고 스스로 말하네. ◇至匊叢至匊叢於斯臥=배의 노를 젓
는 소리. ◇依船漁夫ㅣ一肩高ㅣ라=배에 기댄 어부의 한 쪽 어깨
가 높구나. ◇早潮纔落晚潮來라=이른 아침의 조수가 밀려가자 바
로 늦은 저녁의 조수가 밀려오는구나. ◇靑菰葉上에 凉風起하고
紅蓼花邊白鷺閑ㅣ을=푸른 줄풀 잎에 서늘한 바람이 일어나고 붉은
여뀌꽃 곁에 백로가 한가로움을. ◇洞庭湖裏駕歸風을=동정호의 안
에서 바람을 타고 돌아오니. ◇帆急前山忽後山을=급히 배를 저어
앞산 쪽으로 가니 어느새 뒷산이 되었거늘. ◇盡日泛舟烟裏去하여
有時搖掉月中還을=종일토록 배를 띄워 안개 속을 저어가니 때대로
노를 흔들며 달빛을 띄고 돌아옴을. ◇我心隨處自忘磯를=내 마음
내키는 곳마다 스스로 낚시하던 곳을 잃어버림을. ◇叩枻乘流無定
去를 萬事無心一竿竹이요=사앗대를 두드리며 물결을 따라 정처 없
이 가니 세상 모든 일에 무심하고 낚싯대 하나뿐이라. ◇三公不換
此江山을=삼공과 같은 벼슬이라도 이 강산과는 바꿀 수 없음을.
◇山雨溪風捲釣絲를=산에는 비가 내리고 계곡의 바람이 낚싯줄을
걷거늘. ◇一生蹤跡이 在滄浪을 東風西日楚江深하니=한 평생의 흔
적이 푸른 물에 있고 동풍이 불고 서쪽으로 해가 져 초강이 깊으
니. ◇隔岸漁村兩三家를=건너 편 어촌의 두서너 집을. ◇濯纓歌罷
汀洲靜하니 竹逕柴門猶未開라=탁영가를 끝내니 물가의 모래톱이 조
용하니 대나무길 사립문은 아직 닫지를 않았구나. ◇夜泊秦淮近酒
家를=밤에 진회의 근처 술집에 배를 대기를. ◇瓦甌蓬篷로 獨斟時

를=술항아리와 쑥으로 만든 젓가락으로 술을 마시며 어느 시각쯤이나 되었을까 짐작하니. ◇醉來睡着無人喚하니 流下前灘也不知를=취한 김에 잠이 들어 사람을 부르나 대답이 없으니 물결 따라 앞여울로 왔어도 알지를 못하네. ◇桃花流水鱖魚肥를=복숭아꽃 떠가는 물에 쏘가리가 살졌음을. ◇滿江風月屬漁船을=강에 가득한 바람과 달은 고기잡이배를 재촉함. ◇夜靜水寒魚不食하니 滿船空載月明歸라=밤은 고요하고 물결이 차가우니 고기는 미끼를 물지 않아 배 가득이 빈 달빛만 싣고 돌아오도다. ◇罷釣歸來繫短蓬을=낚시를 그만두고 돌아와 조그만 배를 부두에 매고. ◇風流未必載西施를=풍류란 반드시 서시와 같은 미인을 태워야 하는 것이 아님을. ◇一自持竿上釣舟로 世間名利盡悠悠를=낚싯대 하나를 가지고 낚싯배에 오르니 세상의 명리가 다 유유함을. ◇繫舟猶有去年痕을 欵乃一聲山水綠을=매어 둔 배에 오히려 지난해의 흔적이 남아 있거늘 노 젓는 소리에 산수가 푸름을.

■春眠曲

○春眠을느짓께여 竹窓을 半開한듸 庭花는 灼灼한듸 가는나븨머무는듯 岸柳는 依依하야 성귄내를씌윗세라 窓前에덜괸술을 二三盃먹은後에 豪蕩하여밋친興을 부질업시자아내여 白馬金鞭으로 冶遊園을차자가니 花香은 襲衣하고 月色은滿庭한듸 狂客인듯醉客인듯 興을겨워머무는듯 徘徊顧眄하야 有情이섯노라니 翠瓦朱欄놉흔집에 綠衣紅裳一美人이 紗窓을半開하고 玉顔을暫間들어 웃는듯반긔는듯 嬌態하여마자들여 秋波를暗注하고 綠綺琴빗겨안아 淸歌一曲으로 春興을자아내니 雲雨襄臺에 楚夢이多情하다 사랑도그지업고 緣分도깁흘시고 이사랑 이緣分이 비길듸가젼혀업다 어화 내일이여 내일도내몰내라.

春眠을 느짓 깨여=봄잠을 느지막이 깨어. ◇庭花는 灼灼한듸=뜰에 꽃은 활짝 피었는데. ◇岸柳는 依依하야 성귄 내를 씌윗세라=

언덕의 버드나무는 바람에 흔들리고 듬성한 안개를 띠었구나. ◇
白馬金鞭으로 冶遊園을 차자가니=백마를 타고 호사한 차림으로 술
집을 찾아가니. ◇花香은 襲衣하고 月色은 滿庭한듸 狂客인 듯 醉
客인 듯=꽃향기는 옷에 스미고 달빛은 뜰에 가득한데 미친 사람인
듯 술 취한 사람인 듯. ◇徘徊顧眄하야=이리저리 거닐며 좌우를
돌아보아. ◇翠瓦朱欄 놉흔 집에=푸른 기와와 붉은 난간의 높은
집에. ◇綠衣紅裳一美人이 紗窓을 半開하고 玉顔을 暫間 들어=푸
르고 붉은 옷을 입은 한 미인이 사창을 반만치 열고 아름다운 얼굴
을 잠간 들어. ◇秋波를 暗注하고=눈길을 은근히 보내고 ◇雲雨
襄臺에 楚夢이 多情하다=초(楚)나라 양왕(襄王)이 무산(巫山)에서
서왕모와 더불어 꾸었다는 꿈이 오히려 다정하다.

■相思別曲

○人間離別萬事中에 獨宿空房이더욱설다 相思不見이내眞情 제뉘라서
알니 맷친시름 이렁저렁이라 흐트러진근심 다후루쳐더저두고 자니쌔나쌔
나자나 님을못보니 가삼이畓畓 어린樣子고흔소래 눈에暗暗하고 귀에錚錚
보고지고님의얼골 듯고지고님의소래 비난이다하님쎄 님생기라하고비나
니다 前生此生이라 무삼罪로 우리둘이삼겨나서 잇지마자하고 百年期約
萬疊靑山을 들어간들 어늬우리郎君이 날차지리 山은疊疊하여 고개되고
물은충충흘너 沼히로다 梧桐秋夜밝은달에 任生覺이새로웨라 한번離別하
고도라가면 다시오기어려웨라.

　어린 樣子 고흔 소래 눈에 暗暗하고 귀에 錚錚=어른거리는 모습
과 고운 목소리가 눈에 아물거리고 귀에 쟁쟁하니. ◇沼히로다=웅
덩이가 되었도다.

■行軍樂(譯名 路謠曲)

○오날도하심심하니 길軍樂이나하여보자 어ㅣ업다이년아 말들어를봐
라 노나느니니루노나 너루느니르느니니루나니나루니루히히나니루노오오
느니나루노나느니나니나루노오오나나나루우노오오나니루우우노나 가소
가소 자네가소 자네가다서 내못살냐 定方山城北門밧게 해도라지고 저달
이도다온다 눈비찬비 찬이슬맛고 홀로섯는老松남게 짝을일쿠서 홀로섯냐
내閤氏네 이리로하다서 내못살냐 어ㅣ업다이년아 말들어봐라 조고마한相
佐ㅣ중이斧刀채를 두루처메고 萬疊靑山들어를가서 크다라한고양남글 이
리로찍고 저리로찍어 제호올로 찍어내랴 네閤氏네 이리로하다서 내못살
냐 어ㅣ업다이년아 말들어를봐라 어엽다이년아 말듯거라 네라한들漢宮女
며 내라한들非君子랴 남의쌀년이너쑌이며 남의아들이나쑌이랴 죽긔살긔
는 오날날노만 結斷을하자 어ㅣ업다이년아 말들어를봐라.

해 도라지고 저 달이도 다온다=해가 지고 저 달이 돌아온다. ◇
조고마한 相佐ㅣ중이 斧刀채를 두루처 메고=자그마한 상좌 중이 도
끼를 둘러메고. ◇네 閤氏네 이리로 하다서=너의 각씨네 들이 이
렇게 한다고 해서. ◇네라 한들 漢宮女며 내라 한들 非君子랴=너
라고 해서 왕소군처럼 미인이며 나라고 해서 군자가 아니겠느냐.

■梅花打鈴

○梅花녯등걸에 봄節이도라온다 녯퓌든柯枝마다 퓌엄즉도하다마는 春
雪이하粉粉하니퓔ㅅ지말ㅅ지하노메라 北京가는저譯官들아 唐絲실을부붓
침하세 그믈맷세그믈맷세 五色唐絲로그믈을매세 치세치세그믈을치세 浮

碧樓下에 그믈을치세 걸리소서걸리소서 情든사랑만걸리소서 물아래그림
자젓다 다리우희중놈이간다 중아중아 거긔暫間섯거라 너가는人便에 말무
러보자 그중놈이 白雲을가라치며 頓談無心만하는고나 成川이라通義州를
이리로접첨 저리로접첨 저리로접첨개여노코 한손에는박달방추 쏘한손으
로 물박들고 흐르는淸水 드립더덥석써서 이리로쏼쏼 저리로쏼쏼 출넝축
처 안南山에밧南山에 개암을 개암을 싱거싱거 못다먹는저다람아.

春雪이 하 粉粉하니=‘분분(粉粉)’은 ‘분분(紛紛)’의 잘못. 봄눈이 아
주 펄펄 날리니. ◇唐絲실을 부붓침하세=중국에서 나는 실을 부탁
하자. ◇頓淡無心만 하는구나=아무런 관심을 갖지 않는구나. ◇通
義州를=‘통의주(通義州)’는 ‘通義紬(통의주)’의 잘못으로 비단의 일
종인 듯. ◇한 손에는 박달방추 쏘 한 손으로 물박 들고=한 손에
는 박달나무 방망이를 또 한 손으로는 물이 가득한 바가지를 들고.

함화진 咸和鎭, 1884~1948

한말·일제강점기의 음악인. 장례원 장악(掌樂), 이왕직아악부의 아악수장(雅樂手長), 대한국악원 초대 원장을 지냈다. 주요 저서로는 『조선아악개요(朝鮮雅樂槪要)』(1915) 『조선악기편(朝鮮樂器編)』(1933) 『이조악제원류(李朝樂制源流)』(1933) 『증보 가곡원류(增補歌曲源流)』(1938) 『조선음악통론(朝鮮音樂通論)』(1948) 등이 있으며, 유고로 『국악50년회고록』이 있다.

황충기 黃忠基

경기도 여주(驪州)에서 출생하여, 고려대학교 문과대 국어국문학과 및 경희대학교 대학원 국문학과를 졸업했다. 현재 한국어문교육연구회 회원으로 활동하고 있다.
편저서(編著書)로 『校註 海東歌謠』(1988) 『古時調註釋事典』(1994) 『蘆溪 박인로 연구』(1994) 『역대 한국인편저서목록』(1996) 『해동가요에 관한 연구』(1996) 『가곡원류에 관한 연구』(1997) 『韓國閭巷時調 연구』(1998) 『閭巷人과 기녀의 시조』(1999) 『長時調 연구』(2000) 『註解 장시조』(2000) 『한국학주석사전』(2001) 『한국학 사전』(2002) 『여항시조사연구』(2003) 『기생 時調와 漢詩』(2004) 『고전주해사전』(2005) 『청구영언』(2006) 『靑丘樂章』(2006) 『가곡원류』(2007) 『가사집』(2007) 『성을 노래한 고시조』(2008) 『기생 일화집』(2008) 『名妓 일화집』(2008) 『海東樂章』(2009) 『조선시대 연시조 註解』(2009) 『古詩調 漢詩譯의 註釋과 反譯』(2010) 등이 있다. 『協律大成』(2013) 『六堂本 靑邱永言』(2014) 『고전문학에 나타난 妓生時調와 漢詩』(2015) 『『歌曲源流』에 대한 管見』(2015) 등이 있다.